图书在版编目（CIP）数据

中国冬奥/孙晶岩著．—北京：人民文学出版社，2022（2022.2重印）
ISBN 978-7-02-017071-5

Ⅰ.①中… Ⅱ.①孙… Ⅲ.①报告文学—中国—当代 Ⅳ.①I25

中国版本图书馆CIP数据核字（2021）第243701号

责任编辑　陈　悦
装帧设计　陶　雷
责任印制　任　祎

出版发行　人民文学出版社
社　　址　北京市朝内大街166号
邮政编码　100705

印　　刷　三河市中晟雅豪印务有限公司
经　　销　全国新华书店等

字　　数　530千字
开　　本　710毫米×1000毫米　1/16
印　　张　36.75　插页7
印　　数　10001—30000
版　　次　2022年1月北京第1版
印　　次　2022年2月第2次印刷

书　　号　978-7-02-017071-5
定　　价　88.00元

如有印装质量问题，请与本社图书销售中心调换。电话：010-65233595

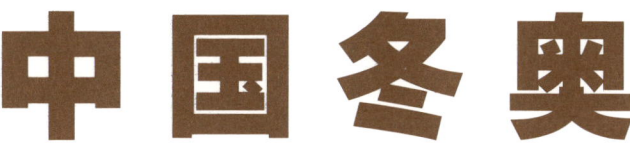

CHINA
WINTER OLYMPIC GAMES

孙晶岩 著

人民文学出版社

^ 国家雪车雪橇中心——"雪游龙",位于北京延庆,是北京2022年冬奥会雪车、雪橇项目比赛场地。 作者 摄

∧ 国家高山滑雪中心——"雪飞燕",位于北京延庆小海陀山,是当今世界难度最大的高山滑雪赛道之一,设有3条比赛赛道、4条训练道。　　　　　作者供图

∨ 国家跳台滑雪中心——"雪如意",设计灵感来自中国传统饰物"如意",位于河北张家口崇礼,是我国首座符合国际标准的跳台滑雪场地,也是张家口赛区冬奥会场馆群建设中工程量最大、技术难度最高的竞赛场馆,是世界首个在顶部出发区设置大型建筑物的跳台滑雪场地。　武殿森 摄(人民图片网)

∧ 国家速滑馆——"冰丝带",位于北京朝阳区奥林匹克公园附近,是北京2022年冬奥会北京主赛区标志性场馆,也是本届冬奥会唯一新建冰上竞赛场馆,是一座先进的硬件设施与数字集成完美结合的智慧场馆。 作者 摄

∨ 首钢滑雪大跳台——"水晶鞋",位于北京首钢老工业园区北区,实现了工业遗存和冬奥会赛场的有效转化和完美结合。 作者供图

∧ 中国冬奥奖牌第一人叶乔波。1992年第16届法国阿尔贝维尔冬奥会500米速滑比赛中,她获得该项目银牌,收获我国冬奥历史上第一枚奖牌。

作者供图

1991年底,叶乔波到韩国汉城参加世界速滑比赛,训练时冰刀忽然断裂,她穿着自己焊接好的冰刀鞋夺得了女子速度滑冰500米、1000米两枚金牌。

作者供图

> 奥运冠军、前中国短道速滑运动员杨扬,在2002年美国盐湖城冬奥会女子500米决赛中以44秒187的成绩夺冠,实现了中国在冬奥会上金牌"零的突破"。
> 新华社记者罗更前 摄

> 2021年,作者在黑龙江七台河市采访杨扬。
> 作者供图

> 中国体育史上第一对双人滑奥运冠军申雪/赵宏博。他们在2010年温哥华冬奥会上获得中国首个花样滑冰奥运金牌。
图片来源：新华网

∨ 中国冰雪项目世界冠军韩天宇和刘秋宏在首都体育馆训练冰场拍婚纱照。
作者供图

> 中国男子短道速滑队运动员武大靖，在2018年平昌冬奥会短道速滑男子500米决赛中打破世界纪录并夺冠，为中国赢得平昌冬奥会首枚金牌。
> 作者供图

∧ 中国速度滑冰运动员高亭宇，在2018年平昌冬奥会中获得男子速度滑冰首枚奥运奖牌。
作者供图

∨ 中国速度滑冰运动员宁忠岩，获2021赛季速度滑冰世界杯加拿大卡尔加里站男子1000米冠军。
作者供图

∧ 中国男子冰球队队长英如镝
　　　作者供图

∨ 中国自由式滑雪名将谷爱凌
　　　作者供图

目 录

001 引 子

003 第一章 走近冬奥会
003 冰雪运动的起源和现状
006 滑雪人心目中的阿尔卑斯山
008 中国的冰雪运动
009 冬奥会皇冠上的明珠
012 想起了老萨马兰奇
019 一位资深体育记者的冬奥感悟

025 第二章 走进冰雪运动强国
025 在加拿大观看世界一流的冰球赛
027 赛普勒斯滑雪场的各国滑雪人
029 中国女作家在加拿大冰球馆
031 温哥华奥林匹克中心的体育达人
033 列治文奥林匹克速滑馆的见闻
034 搭建中加冰雪友谊桥梁
037 国际壶联指定的首席制冰师
040 挪威的冰雪运动从娃娃抓起
043 植物王国英国的绿色奥运

047 第三章 延庆赛区世界顶级山林场馆
048 明珠在山间闪耀
050 游龙在山脊起舞
054 冬奥建设达人
056 "雪飞燕"的忙碌者

059　国家高山滑雪中心领头羊
066　有担当的总建筑师
067　登上国庆观礼台的冬奥人
070　唱黑脸的安全总监
073　工程是怎样修复生态的

074　难度最大的高山滑雪赛道
077　小海陀山2198米现场
079　京奥公司的工程调度会
081　冬奥会为什么相中了小海陀山？

083　第四章　延庆赛区的田野调查

083　从乾卦布局走进三大赛区
086　建一条雪车雪橇赛道有多难
089　冶金建设的国家队

090　本命年，你是否系上一条红腰带？
093　延庆赛场的外国制冰师
096　西大庄科捧上了雪饭碗

100　第五章　生态环保冬奥人

100　北京冬奥会的环保专家
108　移动的草甸和24000棵树

111　雪里已知春信至

116　第六章　张家口的冰雪都知道

116　张家口的大好河山
118　京张延的高速与京津冀一体化
122　"雪如意"吉祥如意
127　"冰玉环"激情相约

128　打造国际化、现代化的奥运城市
130　张家口为冬奥会做了什么？
132　必须采访贾茂亭

137　第七章　云顶滑雪公园

137　习主席来到了崇礼滑雪公园
139　疯狂创业者
148　奥委会主席巴赫的崇礼之旅

150　玉屏秋影揽金波
152　科技冬奥的追梦人
157　一个崇礼小伙子的奋斗经历

- 159　云顶大酒店的三个崇礼姐姐
- 163　崇礼旅游度假区的新生
- 165　我们行
- 171　京礼高速旁的天主教堂

173　第八章　太子城冰雪小镇的昨天和今天

- 173　打造世界级的冰雪小镇
- 176　崇礼太子城行宫遗址探秘
- 180　在5号观景台眺望远方
- 183　女设计师的双城生活
- 186　他在奔波中捡回一条命
- 189　瞧这一家子

193　第九章　冬奥场馆的"北京方案"

- 193　我和首钢的不解之缘
- 194　筒仓和料仓
- 197　废墟美学是一种独特的美
- 198　在首钢的西北角
- 200　秀池与三高炉
- 202　首钢人的无私奉献
- 204　冰火两重天
- 205　四块冰
- 211　第一个投入运营的"水晶鞋"
- 217　沸雪：期盼冬奥
- 219　城市复兴的新地标
- 223　冬奥场馆四面开花

225　第十章　冬奥地标"冰丝带"

- 225　双奥人的一世匠心
- 238　两个奥运，一世传奇

251　第十一章　高山滑雪飞燕驰

- 251　高山滑雪竞赛主任的冰雪情缘
- 262　一个男人名叫鲁西
- 263　战斗民族的山地运行专家
- 264　你见过亚布力凌晨4点的太阳吗？
- 268　功勋教练的传奇人生
- 272　立志扭转冰强雪弱的局面

第十二章　越野滑雪马拉松　275

- 275　在亚布力巧遇全国冰雪十佳
- 279　虎林市的飞毛腿
- 283　雪上马拉松后继有人

第十三章　短道速滑离弦箭　285

- 285　风驰电掣开弓箭
- 287　杨扬：冬奥会中国第一块金牌
- 289　为什么七台河出短道速滑冠军
- 291　冠军城市奠基人——孟庆余
- 295　凌晨3点多在野外奔跑的女人
- 303　通往领奖台的阶梯
- 307　冰场伉俪

第十四章　尽态极妍的花样滑冰　315

- 315　一代天骄冰上花
- 320　起舞弄清影

第十五章　冰球的速度与激情　321

- 321　秋菊芬芳
- 329　响箭鸣镝——甜蜜笑容的背后
- 348　冰球之城
- 358　鹤城，放飞的雄鹰
- 363　程思远向我讲述的往事
- 364　美籍华人助力中国校园冰球
- 365　二马路小学的根
- 368　战鹰从回民小学起航
- 370　中俄元首为冰球比赛开球
- 371　给普京总统献球衣的孩子
- 374　冰球主题酒店经理
- 377　雨夜，走进哈尔滨南城第一小学

第十六章　智斗冰壶　385

- 385　冰上国际象棋
- 389　跟高手过招儿
- 392　复出，是因为心中有梦

第十七章　极速追逐的速度滑冰　396

- 396　中国冬奥会奖牌第一人
- 416　翱翔在冰场的海燕
- 423　冰上玉娇龙
- 426　"金冰刀"的传奇人生

第十八章　雪车雪橇是冰雪运动中的F1　431

- 431　雪车雪橇赛道有哪些项目？
- 434　冰雪运动中的F1
- 436　雪游龙佳节试水

第十九章　自由的精灵——自由式滑雪　439

- 439　凌空斗技云中翻
- 440　千里马与伯乐
- 442　U型池上空的空中芭蕾

第二十章　国际裁判是怎样炼成的？　446

- 446　一飞冲天
- 450　从体育教练到国际裁判

第二十一章　志愿者的一片冰心　455

- 455　玲珑塔前的盛典
- 458　冬奥会志愿者全球招募仪式
- 459　莫道桑榆晚，为霞尚满天
- 463　外语是志愿工作的武器
- 467　奥林匹克环球行
- 474　北京体育大学副校长的奥运心

第二十二章　冬奥文化在中国　478

- 478　北京冬奥会打下美丽中国底色
- 480　北京8分钟
- 489　冬奥视觉艺术家

498　第二十三章　奥运文化与教育

- 498　孙斌的奥林匹克情结
- 500　为什么体校的孩子不易自杀？
- 502　在运动的土壤上播撒文化
- 503　信其师才信其道
- 507　有情怀的人做有意义的事

509　第二十四章　三亿人上冰雪

- 509　龙江精神
- 511　黑龙江的冰雪运动历程
- 514　科研助力北京冬奥会
- 516　冬季阳光体育大会
- 521　700小鹿的体育情结
- 522　孙杨：一个冬天的童话
- 528　她把冰雪运动做成了艺术
- 530　无花果
- 535　吉林省位于黄金滑雪带上
- 536　冰雪运动的灵魂在于参与
- 537　当前学校体育教育有何缺失？
- 538　冰雪运动进校园
- 540　不能辜负每年5个月的冰雪
- 543　国家级冰雪特色校
- 544　农村学校如何抓好冰雪运动？
- 546　富奥冰上运动中心的故事
- 547　践行悟道的冰球教师
- 551　你听说过雪洞吗？
- 553　在冰雪运动中燃烧激情
- 554　吉林市第一实验小学的体育老师
- 556　让我们到冰雪中撒点野
- 563　童年的冬奥时光

576　尾声

579　后记

引　子

2015年7月31日，在马来西亚首都吉隆坡举行的国际奥委会第128次全会上，国际奥委会主席托马斯·巴赫举起双手向世界郑重宣布：2022年冬季奥运会的举办城市是北京，北京联合张家口获得2022年冬奥会举办权。

掌声如奔涌的潮水一浪高过一浪，有谁知道在热烈的掌声背后，有多少人为这个结果而付出了艰辛的努力？

时光倒回到2009年9月，国际奥委会挪威籍荣誉委员杰哈德·海博格考察了正在河北省张家口市崇礼县建设的密苑云顶滑雪乐园，决定和马来西亚卓越集团主席林致华拿督一起向中国政府建议，由中国政府向国际奥委会申请2022年冬季奥运会举办权。

2013年11月3日，中国奥委会正式致函国际奥委会，提名北京市为2022年冬奥会的申办城市，举办冬奥会并期待成为历史上首个双奥之城。

当年中国申办2022年冬奥会强有力的竞争对手是哈萨克斯坦的阿拉木图，阿拉木图不仅有良好的雪场，而且已经连续申办了三届，评委容易打同情牌投他们的票。在中国政府和海外华侨华人的共同努力下，北京如愿以偿。申办成功后，北京成为奥运史上第一个举办过夏季奥林匹克运动会和冬季奥林匹克运动会的城市，是继1952年挪威的奥斯陆之后时隔整整70年后第二个举办冬奥会的首都城市。

第24届冬奥会将于2022年春节期间在中国北京和张家口市举办，北京冬奥会将和中国的春节相遇，这是东西方文化的激烈碰撞，是现代体育与传统节庆的拥抱。届时，中国北京将再一次让全世界不同地域、不同文化、不同信仰的人们欢聚一堂，在丰富多彩的中国文化氛围中共享奥林匹克带来的激情和欢乐。

北京冬奥会是我国重要历史节点的重大标志性活动，是展现国家形象，促进国家发展，振奋民族精神的重要契机，是向世界传播中华优秀文化的重要载体，是构建人类命运共同体的重要舞台。

文化与体育是奥林匹克运动的两大支柱。2022年北京冬奥会举办的冰雪文化宛如一颗璀璨的明珠，吸引着全世界的目光。中国要在体育文化上与国际接轨，必须与冰雪来一场激情的约会。

筹办冬奥会是一个漫长的过程，也是将奥运新理念融入日常生活，促进社会发展的过程。昔日，中国人的冰雪运动不普及，今后，我们要从娃娃抓起，力争三亿人上冰雪。昔日，国人对冬奥项目不熟悉，今后，我们要在这些项目中有所突破。

双奥之城，北京当之无愧！

第一章　走近冬奥会

冰雪运动的起源和现状

　　人类对于冰雪运动的热爱，可以追溯到距今一万多年前的中国新疆阿勒泰，在阿勒泰汗德尕特乡洞穴中，有古人滑雪捕猎的彩绘岩画。我曾经六到新疆，拜访过北疆的阿勒泰地区，那里冬天的气温在零下30多摄氏度，到处都是白雪皑皑的景象。据考证，人类最早的冰雪运动就是滑雪，人类滑雪最早的起源地已经证实为中国的阿勒泰。至今，当地牧民仍然在使用被誉为"人类最古老滑雪板"的"毛皮滑雪板"。

　　北京有记载的冰雪运动从辽金时代开始，从少数民族的冰雪习俗开始。北京的什刹海在清朝时就是滑冰场所，有300年的滑冰史。

　　在电视剧《甄嬛传》中，有一个安陵容在冰上为皇上跳冰嬉舞的场景，真实地记录了清朝贵族冰嬉的情景。清代留下的《冰嬉图》场面宏大，乾隆皇帝亲自参与，并写出脍炙人口的《冰嬉赋》。清代的冰上运动是一种国俗时尚，冰嬉是贵族喜爱的运动。老北京的版画上，就有清代人在什刹海拉冰车的画面。

　　在地球的另一端，斯堪的纳维亚半岛的挪威，在大约4000年前的石雕上，也雕刻着两个脚蹬雪板，手持棍棒的人追捕野兽的场面。

滑雪运动是运动员把滑雪板装在靴底上，在雪地上进行速度、跳跃和滑降的竞赛运动。滑雪板用木材、金属材料和塑料混合制成。高山滑雪由滑降、超级大回转、大回转、回转四个项目组成。人们呈站立姿态，手持滑雪杖，足踏滑雪板在雪面上滑行。

　　现代滑雪运动起源于挪威。1840年，挪威人努尔海姆用柳条把滑雪板固定到靴子上，制成了两侧内弯的滑雪板，成为现代滑雪板的雏形。他还设计出挪威式转弯，也就是制动转弯法。

　　1879年，第一次大型跳台滑雪比赛在挪威奥斯陆举行，国王和上万名观众观看了比赛。

　　雪橇是寒冷地区的交通工具，在美国的阿拉斯加，人们使用传统的木质雪橇。北京冬奥会雪车雪橇为冰上赛道。

　　北京冬奥会的滑雪场在北京延庆和张家口崇礼，我期盼在北京冬奥会的开幕式上，新疆阿勒泰古老的毛皮滑雪板可以闪亮登场，人类悠久的滑雪史上，应该嵌入中国的符号。

　　世界冰雪运动的发祥地在欧洲和北美。"现代滑雪运动的摇篮"是哪个国家呢？答案是挪威。

　　挪威是斯堪的纳维亚半岛的一颗明珠，挪威的高原、山地、冰川、峡湾占据了国土总面积的四分之三。挪威虽然纬度很高，但是北冰洋的海港却常年不结冰，这是因为大西洋暖流所致。因为暖流水温较高，导致暖流经过的地方即使纬度很高也常年不结冰，所以挪威的冬天比中国东北暖和。1901年，首届以冰雪为主题的北欧运动会在斯堪的纳维亚国家举办。

　　挪威人全民热爱滑雪，挪威大约有80%的人滑雪。挪威是世界上最早把滑雪用于军事的国家，挪威1716年建立了世界上首支滑雪部队；挪威人最早将滑雪纳入体育课并发展为竞技运动；1881年，挪威人最早发明滑雪固定器并推向全世界。

西方的滑冰运动起源于北欧，大约2000年前的斯堪的纳维亚人，仿照滑雪的样子，把兽骨磨平，用皮带绑在脚上在冰面上滑行，就是滑冰运动的雏形。

1902年，挪威人阿·鲍尔森和哈·哈根发明了"刀管式"冰刀，大大提高了滑冰的速度。

雪车起源于瑞士，由雪橇发展而来。1924年法国夏蒙尼第一届冬奥会中就被列为正式比赛项目。雪车用金属制成，形如小舟，车头覆有流线型罩，因此也叫"雪地之舟"。

雪橇起源于北欧，据记载，早在1480年，挪威就已经出现了雪橇。1883年，瑞士在达沃斯举行了世界上第一次雪橇比赛；1964年，雪橇在第九届冬季奥运会中被列为正式比赛项目。

冬奥会走过了哪些旅程呢？

欧洲冰雪资源集聚区包括挪威的利勒哈默尔、奥斯陆，法国的阿尔贝维尔、格勒诺布尔、夏蒙尼，德国的加尔米施·帕滕基兴，瑞士的圣莫里茨，奥地利的因斯布鲁克，意大利的科尔蒂纳丹佩佐、都灵，俄罗斯的索契和南斯拉夫的萨拉热窝。这些地区举办过1924年夏蒙尼、1928/1948年圣莫里茨、1936年加尔米施·帕滕基兴、1952年奥斯陆、1956年科尔蒂纳丹佩佐、1964/1976年因斯布鲁克、1968年格勒诺布尔、1984年萨拉热窝、1992年阿尔贝维尔、1994年利勒哈默尔、2006年都灵、2014年索契，共14届冬奥会。

北美冰雪资源集聚区包括加拿大的温哥华和卡尔加里，美国的斯阔谷、普莱西德湖和盐湖城。这个区域举办过1932/1980年普莱西德湖、1960年斯阔谷、1988年卡尔加里、2002年盐湖城和2010年温哥华，共6届冬奥会。

东北亚冰雪资源集聚区举办过1972年日本札幌、1998年日本长野、2018年韩国平昌，共3届冬奥会。

世界上已经举办的23届冬奥会中，有14届在欧洲举办，有6届在北美举办，有3届在亚洲举办，由此可见，欧洲既是冬奥会的发源地，也是举办冬奥会的大本营。

1908年，夏季奥林匹克运动会赛场上首次有了花样滑冰的项目；1924年，第一届冬季奥林匹克运动会在法国小城夏蒙尼开幕，冰雪奥运之旅从此登上了历史舞台。

1924年，冬季奥林匹克运动会正式举办，至今已经有88个国家参与，包括滑冰、滑雪、雪橇、雪车、冰壶、冰球等7个大项15个分项的比赛内容，绝大部分都源自古代世界各民族带有共性的冬季生活技能和冰雪运动形式，成为现代世界各民族冰雪文化集大成的盛会。

冰雪文化发源于世界各民族人民抵御严寒冰雪的生产生活中，在世界高海拔、高纬度地区，人们出门见雪，雪橇成了代步工具，加拿大是冰球王国，挪威、瑞典、芬兰、丹麦等北欧国家，阿尔卑斯山周边国家以及美国、加拿大是冰雪运动的急先锋。

1894年至今已经产生的9任国际奥委会主席，除了第五任艾·布伦戴奇是美国人外，其余8任全部来自欧洲。

滑雪人心目中的阿尔卑斯山

高山滑雪起源于欧洲的阿尔卑斯地区，又称阿尔卑斯滑雪。高山滑雪是在越野滑雪基础上逐步形成的，1936年起被列为冬奥会比赛项目。我曾经拜访过阿尔卑斯山，阿尔卑斯山是天然的冰雪圣地，终日云雾缭绕，山巅在云雾中隐藏，半山腰以上都是朦朦胧胧的景致，积雪很厚，海拔越高积雪越多，一片冰雪世界。这里不仅雪线低，而且山形好，气温不低，瑞士的达沃斯是无数冬季运动爱好者的雪上天堂。

瑞士位于中欧南部，是内陆高山国家，境内素有"欧洲屋脊"之称，大约58%的面积属于阿尔卑斯山脉。由于多山、多雪、多冰川，所以瑞士的冰雪运动普及度高，技术水平高，尤以滑雪运动最受欢迎。

达沃斯是位于瑞士东南部格里松斯地区的一个城镇，靠近奥地利边境，是阿尔卑斯山系最高的小镇，海拔1529米，人口约1.3万，主要讲德语。达沃斯是瑞士知名的温泉度假、会议、运动度假胜地，二十世纪起成为国际冬季运动中心之一。此外，也是瑞士经典火车路线——冰河列车必经的一站。

这个小镇举世闻名，不仅因为它是个旅游胜地，而且因为一年一度的世界经济论坛在这里举行。在这个"欧洲最大的高山滑雪场"，达沃斯办了30年世界经济论坛，现在仍然是个1万人的小镇。俄罗斯索契在举办冬奥会前后，人口也没有变化。

策尔马特是瑞士最好的滑雪场，即使是在夏季，滑雪达人也可以从策尔马特冰川上的雪道飞驰而下。

达沃斯坐拥58条滑雪索道，320公里的滑雪坡地，75公里的越野滑雪道，两个人工溜冰场和一个全欧洲最大的天然溜冰场，达沃斯的七大滑雪场，是冬季达沃斯跳动的血脉。

2019年1月14日至17日，滑雪族全球试滑师体验——瑞士达沃斯站进行。

这项令全球滑雪达人羡慕的滑雪盛宴为深入体验达沃斯的每个人创造了一份自由而迷人的滑雪之旅。

不管是全球滑雪体验师，还是自由滑雪团体，都在达沃斯收获了一份自由且丰富的滑雪体验。他们返程时的状态也表明，这一次的达沃斯之旅，给他们留下了终生难忘的记忆。有舵雪橇起源于瑞士，1989年达沃斯举行了世界上第一次有舵雪橇比赛。

从全球看，每年有数亿人参与冰雪旅游，已建成滑雪场目前有5000多家，分布在80多个国家，集中在滑雪发达的国家，国际冰雪产业主要集中在欧洲、北美和亚洲的日韩两国。

奥地利职业高山滑雪运动员希尔舍，1989年3月出生在奥地利，依偎着阿尔卑斯山长大，得天独厚，从小就在阿尔卑斯山滑雪，2018年平昌冬奥会获得男子高山滑雪全能赛冠军。

世界十大滑雪胜地分别在瑞士圣莫里兹滑雪场、加拿大惠斯勒滑雪场、瑞典奥勒滑雪场、瑞士铁力士雪山、挪威贺美科伦滑雪跳台、加拿大班夫路易斯湖滑雪场、美国韦尔滑雪场、奥地利基茨比厄尔滑雪场、瑞士策尔马特滑雪场、美国阿斯潘滑雪城。

这些国家我几乎都去过，也曾经去拜访顶尖级的滑雪场。毋庸置疑，世界上最好的滑雪场在欧洲和北美。看到世界各国爱好滑雪的人们，我深深感到：体育背后不仅是消费，更是一种文化，一种生活方式。

中国的冰雪运动

冰雪运动充满了魅力，中国的冰雪运动以黑龙江和吉林省较为发达，中国的冰雪运动员，绝大多数来自这两个省。目前世界上举办过冬奥会的国家，几乎都是发达国家。美国举办过4届冬奥会；法国举办过3届冬奥会；挪威、瑞士、意大利、奥地利、加拿大、日本都举办过两届冬奥会；德国、南斯拉夫、俄罗斯、韩国各举办过1届冬奥会。中国成功申办2022年北京冬奥会，标志着中国正在向发达国家迈进。中国的冰雪运动起步较晚，要想进步，必须向国外冰雪运动强国学习。

目前，我国与挪威、奥地利、瑞士、瑞典、芬兰等15个国家展开深入合作，我国运动员到他们那里训练，他们也派教练到中国来，目前在中国执教的外国冰雪项目教练有80多人，这在历史上前所未有。

2022年北京冬奥会共有7个大项，分别为滑雪、滑冰、冰球、冰壶、雪车、雪橇、冬季两项。这7个大项又分成15个分项，分别为高山滑雪、自由式滑雪、单板滑雪、跳台滑雪、越野滑雪、北欧两项、短道速滑、速度滑冰、花样滑冰、冰球、冰壶、雪车、钢架雪车、雪橇、冬季两项。这15个分项又分成109个小项。

在冬奥会目前所设的98个小项当中，雪上项目占69个，冰上项目占29个，雪上项目观赏性强，参与者众多。

为了了解中国丰富的冰雪资源，我专程拜访新疆阿勒泰、喀纳斯地区，黑龙江亚布力滑雪场，吉林北山滑雪场，北京延庆高山滑雪场，张家口崇礼云顶、万龙滑雪场，这些是中国顶尖级滑雪场，踏上滑雪板跟教练学习滑雪。我还在北京、哈尔滨、齐齐哈尔、七台河、长春、吉林访问了十几个顶尖级冰场，冰雪运动最能体现大自然的魅力，北京冬奥会，必将对冰雪运动在中国的普及带来一个新的开端。

冬奥会皇冠上的明珠

高山滑雪是冬奥会皇冠上的明珠，这项运动将速度与技巧完美结合，由于惊险刺激，受到滑雪爱好者的喜爱。

奥地利的施特赖夫高山滑雪赛道堪称地表最难滑雪赛道。施特赖夫滑雪场位于奥地利西南部，创立于1931年，赛道全长3312千米，赛道共有12个极具挑战性的部分，跳跃之后急速左转、S弯长右转弯、滑行、落叶松林内滑行、跳跃和左急转，赛道不仅落差大，而且陡峭，在某些区域，运动员下滑的最高时速可达140公里。

高山滑雪和雪车雪橇等冰雪运动项目在中国基础薄弱，却是冬奥会最大的看点。高山滑雪一次雪上飞跃就要跳20米—40米，似凌空飞燕，赛雪上蛟龙，相当于夏奥会的男子100米跑，精彩刺激，观赏性强，观众很多。以冬奥会为契机，打好京张地区冰雪运动这张牌，可以带动冰雪产业，促进张北地区的经济发展，推进京津冀发展一体化建设。

盘点中国雪场，从新疆阿勒泰到黑龙江亚布力、吉林长白山，虽然雪场条件有基础，雪的厚度达标，但是风速和温度不适合举办冬奥会，因为那里冬天的气温都是零下二三十摄氏度。冬奥会规定零下35摄氏度不允许进行滑雪比赛，更希望在零下几摄氏度的气温中比赛，新疆阿勒泰地区极端气候在零下三十几摄氏度，根本不适合比赛；黑龙江亚布力滑雪场虽然离北京较近，但是气候太冷，在零下20摄氏度以下会失去观众。

纵观世界冬奥会历史，挪威南端在北纬57度左右，北端进入北极圈约在北纬70度左右，中国最北的漠河在北纬53度，挪威比漠河纬度更高，但是大西洋暖流使得挪威冬天气温不太低。挪威曾经举办过两届冬奥会，目前举办过冬奥会最冷的地方就是挪威的利勒哈默尔、加拿大的卡尔加里和日本的札幌，这些地区的2月均温都在零下5摄氏度左右。挪威首都奥斯陆与北京冬天的气温相似，气温平均在零下4摄氏度左右，利勒哈默尔冬天气温平均在零下17摄氏度左右。

阿尔卑斯山冬天滑雪气候也不冷，有时候气温在零上，阿尔卑斯山海拔在3000米以上，雪很厚，这是欧洲国家举办冬奥会得天独厚的场地。

加拿大有着世界最棒的滑雪场，惠斯勒滑雪中心（The Whistler Sliding Centre），可以容纳观众约12000人，是温哥华冬奥会滑雪项目的比赛场地，承办了雪橇、有舵雪车、无舵雪车的比赛。

惠斯勒小镇虽然很小，但是建筑极具欧陆色彩，仿佛置身在欧洲小镇。这里不仅有世界顶尖级的滑雪场，而且还有很多户外运动之地。你可以游览奥林匹克公园和奥林匹克广场，还能在斯阔米什利瓦特文化中心和奥丹艺术博物馆感受原住民不同的艺术与文化。晚上，小镇里有数不清的俱乐部，游客可以体验到加拿大的夜生活，与当地人一起喝酒跳舞。惠斯勒有"小瑞士"之称，一万人口的世外桃源，高峰时人流量有几百万人。

赛普勒斯山滑雪场（Cypress Mountain Ski Resort），坐落于赛普勒斯省立公园内，毗邻温哥华的西部城区。站在山顶，可以直接俯瞰温哥华市区及海港景色。这里举行过温哥华冬奥会自由式滑雪及单板滑雪等项目的比赛，可以容纳观众8000—12000人。

温哥华虽然纬度很高，但是太平洋暖流使得这座城市冬无严寒，夏无酷暑，冬天最低温度在零下6摄氏度左右，很适合滑雪。

高山滑雪是在越野滑雪基础上发展而成的，是整个滑雪运动的精华与象征。这项运动将速度与技巧完美地结合在一起，运动员在滑行过程中左右盘旋，回旋降速，粗犷中不失优雅，跳跃中不失健美，颇受大众喜爱。

为了了解冬奥会历史，我专程来到挪威、芬兰、瑞典、丹麦、英国、爱尔兰、奥地利、加拿大等国家采访，得知高山滑雪是挪威人创造的，挪威的滑雪运动奠基人诺德海姆等人，于1868年在首都奥斯陆的滑雪大会上表演了侧滑和S形快速降下技术。

1890年，奥地利人茨达尔斯基发明了适合阿尔卑斯山地区特点的短滑雪板及滑行技术。

1905年，他在维也纳南部的利林费尔德进行了高山滑雪史上第一次回转障碍降下表演。

1907年，英国创立了阿尔卑斯滑雪俱乐部，这是世界上首个高山滑雪组织。在近一个世纪的征程中，很多届冬奥会是从阿尔卑斯山出发。

世界的滑雪场究竟有多长，只有滑雪者的远见和脚步才能度量。滑雪板来来去去，究竟奔向何方？让不变的探索之心指引方向。明天，冰雪健儿将在哪里创造奇迹？在今天滑雪爱好者的奋斗史里展现，在2022年北京冬奥会上亮相。

高山滑雪运动员滑的是冰状雪，不是天然的新雪。高山滑雪比赛有很多不确定的天气因素，如果一个劲儿地下大雪未必是好事，一则新雪松软，雪质不适于比赛，既难以确保前后间隔出发的运动员赛道雪质一致，也难于确保运动员发挥水平；再则，适逢下雪，平均百公里左右的时速，运动员视线受到干扰，存在严重安全隐患。

与大雪类似会造成高山滑雪比赛改期或取消的，还有浓雾、低能见度、高温缺雪、大风、降雨和强回暖。

自1967年国际雪联设立高山滑雪世界杯赛制以来，至今已成为每到雪季，每周末都要易地举办的顶级赛事。这一赛事在世界各大雪场广受欢迎，已成为雪场证明自己实力、吸引滑雪爱好者的重要举措。

与其他项目不一样的是，高山滑雪总共10个小项，一站世界杯往往只比其中的一两个小项。为此，高山滑雪世界杯既分男女还分小项。如男子世界杯

（滑降+超级大回转），女子世界杯（大回转+回转）等等。

只是这样一来，每到雪季，顶级高山滑雪运动员就都成了不停迁徙的候鸟，一站接着一站比赛，一站比赛被取消，也得马上赶往下一站，无法在原地等候，大家都按赛历逐个忙活。

想起了老萨马兰奇

2008年北京奥运会期间，我有幸两次见过改变世界体育21年的国际奥委会主席胡安·安东尼奥·萨马兰奇先生，一次是在中国人民大学举办的中国人文社会科学论坛暨北京奥运国际论坛上，一次是在北京德胜门举办的第十三届世界奥林匹克收藏博览会上。

申办奥运会赔钱和赚钱是关系到奥运会前途的生死抉择。萨马兰奇正是在1980年国际奥委会生死存亡的关键时刻当上了国际奥委会主席。这个矮个子的西班牙人1920年7月17日出生于巴塞罗那一个贵族家庭，自幼喜欢体育，酷爱拳击。他会讲法语、英语、西班牙语，喜欢收藏。他既是政治家，又是银行家，还是外交家，曾经担任过西班牙驻苏联大使。他头脑聪明，富有亲和力，刚走马上任他就大刀阔斧改革国际奥委会制度，把反对国际奥委会的人吸纳进来，你是我的成员了还能反对我吗？

在萨翁上台之前，国际社会没人愿意办奥运会，因为以往所有的奥运会谁办谁赔钱。1984年，萨翁拿洛杉矶奥运会开刀，银行家的经济头脑使他果断拍板：允许职业运动员参加奥运会比赛，奥运会要适当职业化、商业化。

在此之前，奥运会不允许职业运动员参赛，也就是说奥运会见不到顶尖级的运动员，那收视率怎么可能提高啊？顶尖级运动员出场了，观众数量上来了，收视率上来了，广告量上来了，企业的经济效益也就上来了。这是决定奥运会命运的一着儿棋，这个新政策帮助了美国的旅游公司经理尤布罗斯，他承办的洛杉矶奥运会，改写了几十年来举办奥运会赔钱的历史。从此，尤布罗斯与奥运结下了不解之缘。后来，尤布罗斯这位福星担任美国奥委会主席。

1993年9月，中国组成一个庞大的申奥代表团奔赴摩纳哥的蒙特卡洛，第101次国际奥委会全委会即将在这座赌城举行。四年一届的奥运会是一次极具诱惑力的体育盛典，谁不想赢得举办权呢？

北京申办奥运会代表团由李岚清副总理带队，秘书长是霍英东，出发时一架波音747客机座无虚席，三四百个中国人以澎湃的激情奔向地中海畔。一到蒙特卡洛，魏纪中就拜会了国际奥委会主席萨马兰奇。他和萨翁是老相识了，1974年，魏纪中作为中国体育代表团的翻译来到西班牙。他在马德里的一家饭店里第一次见到了萨马兰奇。他用西班牙语对国际奥委会委员萨马兰奇先生说，世界上只有一个中国，希望他能够主持正义，支持恢复中国奥委会在国际奥委会中的合法席位。

萨马兰奇说："好，我一定尽力！"

萨马兰奇是一个正直守信的人，他承诺了并且不遗余力地做到了，中国感激他！

萨马兰奇有一个愿望，就是在他担任国际奥委会主席期间，要访问所有国际奥委会所在的国家和地区。他风尘仆仆地在世界各地奔波，每到一个地方不去游山玩水，不要盛宴接待，只要求与所在国奥委会领导谈工作，与体育工作者见面，了解他们的困难和问题；与运动员见面，鼓励他们创造更好的成绩；与媒体见面，宣扬奥林匹克精神；与广大群众见面，推动他们参加健身活动。这位德高望重的老人终于在他八十多岁时走遍了二百个国际奥委会所在的国家和地区。

2001年，当萨马兰奇在莫斯科郑重宣布"2008年，北京"时，李岚清副总理兴奋地与萨翁拥抱，众人激动地振臂高呼，魏纪中忍不住热泪盈眶。他兴奋地对同行说："全国人民见证了申奥成功的这一刻，让全国共享成功的喜悦，我们这些为申奥奔忙的工作人员也就心满意足了！"

2007年6月17日上午，我应邀出席第十三届世界奥林匹克收藏博览会开幕式。我清楚地记得那天天气很热，老百姓里三层外三层围在那里，举着的横幅上清晰地写着"萨马兰奇先生是中国人民的老朋友""中国吉祥娃祝北京奥运会圆满成功"的字样。

萨马兰奇先生如约而至，他身穿一件浅灰色的西装，系着浅灰色的领带，神采奕奕。萨马兰奇先生站在舞台上讲话，为开幕式剪彩。我近距离地为他拍摄了几幅照片。他很热情，也很平易近人，就是在这次采访活动中，我得知他不仅喜欢奥林匹克运动，而且喜欢奥林匹克收藏。

参观奥林匹克国际收藏展时，我切身感到奥林匹克源于西方文化，奥林匹克文化源于古希腊的思想。每一枚纪念章，每一张首日封，每一个纪念品上都打上了不同国家文化的烙印。这届国际奥林匹克收藏展就是东西方文化的融合。

我把目光再次投向萨马兰奇，那天会场并不豪华，展厅并不宽阔，我担心群众蜂拥而至会不会挤伤了萨翁，但是87岁高龄的萨马兰奇先生依然热情地参与活动，为奥林匹克加油鼓劲。萨马兰奇先生曾经29次访问中国，在中国收获了爱和友谊。他是一位热爱中国的西班牙老人，在担任国际奥委会主席期间，不仅全力支持北京申办2008年夏季奥运会，也为中国融入世界奥林匹克大家庭做出了巨大贡献。1984年，许海峰在洛杉矶为中国摘得首枚奥运会金牌，萨马兰奇先生亲自为他颁奖；中国乒乓球世界冠军邓亚萍也曾亲口向我讲述萨马兰奇先生对她的关心，萨马兰奇不仅给她颁奖，还亲切地拍拍她，仿佛爷爷对孙女般的疼爱。萨马兰奇先生的和蔼真诚给我留下了深刻的印象；也是从那天起，我开始关注奥林匹克收藏，这对我来说是一个崭新的领域。

我应邀参加在中国人民大学举办的中国人文社会科学论坛暨北京奥运国际论坛，那是一个夏日的下午，我亲眼看到萨马兰奇先生身穿深灰色的西装入场，他个子不高，步伐缓慢而沉稳，当他经过我身边时，我端着照相机近距离地从侧面给他抓拍了照片，清晰地勾勒出他的面部线条和轮廓。他走上主席台，与中国人民大学校长纪宝成、第29届奥林匹克运动会组织委员会顾问、执委何振梁等人一道坐在主席台上。论坛的主题是"奥林匹克：人文理念、社会价值与和谐世界"，萨翁戴着耳机，静静地倾听着大家的发言。会议期间，有人向他赠送了自己绘制的巨幅萨马兰奇肖像，他接过画像，高兴地笑起来。2008年北京奥运会在北京成功举办，同时由萨马兰奇发起的奥林匹克收藏博览会同期举行。

后来，在一带一路的国际合作沙龙活动中，我见到了西班牙前首相何塞·路易斯·罗德里格斯·萨帕特罗，送给他我的长篇报告文学《珍藏世博》，其中有一章写到了西班牙，并向他提起了萨马兰奇，他手捧我写的书，看到我写的关于西班牙的文字和拍摄的关于西班牙的照片非常高兴。我原以为他只会说西班牙语，就请翻译把我的话翻译成西班牙语，没想到他用流利的英语热情地说："你写这本书时，我正担任西班牙首相。"

我幽默地用英语说："如果当时认识您，我一定去拜访您了。"

北京冬奥会倒计时1000天时，我应邀出席北京奥林匹克公园玲珑塔前的盛典，亲眼看到北京市委书记蔡奇、国际奥委会副主席胡安·安东尼奥·小萨马兰奇与运动员、演员一道启动倒计时装置。

2021年秋天，当中国正在紧锣密鼓地筹办2022年北京冬奥会时，我采访了萨马兰奇先生的儿子小萨马兰奇。小萨马兰奇1959年出生，获得美国纽约大学工商管理硕士、西班牙巴塞罗那大学工业工程师学位，是一名会计师。他热爱体育，从事过滑雪、高尔夫球、体操、网球等运动，是国际奥委会副主席、萨马兰奇体育发展基金会发起人。

我问道："尊敬的萨马兰奇先生，请问疫情下的奥林匹克运动如何发展？国际奥委会对今后奥运会有什么改革创新计划？"

他说："2020年东京奥运会的成功向世界表明，在当前的大流行中举办奥运会是可能的。有了正确的应对措施和所有利益相关者的合作，世界上的运动员可以团结起来，安全地参加体育比赛。

"作为我们为2020年东京奥运会所做准备的一部分，我们开展了大量的工作，以确保奥运会能够适应大流行病带来的挑战。因此，我们设计了50多项措施，以最大限度地节约成本，提高效率。这些措施是2014年12月作为《奥

作者赠书给西班牙前首相萨帕特罗（左一），两人聊起了萨马兰奇

林匹克议程2020》的一部分引入的改革措施的延续，目的是使奥运会更灵活、更可持续、更简单地组织并更好地适应其东道国的需求。

"最近，随着《奥林匹克议程2020+5》的通过，这些改革措施得到了进一步加强。塑造奥林匹克运动未来的主要趋势包括团结、数字化、可持续性、公信力以及经济的金融方面的韧性。"

我又问道："北京冬奥会可以从2020年东京奥运会得到什么经验教训和启示？"

他回答："在整个2020年东京奥运会和残奥会期间，北京2022年冬奥会组委会，以及东京2020年、巴黎2024年、米兰科蒂纳2026年和洛杉矶2028年组委会的代表都参加了国际奥委会的奥运体验计划（GEP）。该计划的重点是主运营中心、场馆运营、体育项目的具体要求和运营，以及利益相关者的运营等。它是国际奥委会长期'信息、知识和学习（IKL）'项目的一部分，该项目旨在为即将举行夏季或冬季奥运会的举办方提供关于奥运会规划、举办、会后管理等方面的支持。

"我们已经收到了参加该计划的北京2022年冬奥会团队的非常积极的反馈。我相信,北京2022年冬奥会组委会将吸收他们在东京学到的经验并加以改进,以进一步完善他们关于北京冬奥会的筹备工作。"

我继续问道:"您对中国举办冬奥会有什么期待,如何评价中国筹办冬奥会?"

他热情地说:"北京2022年冬奥会的举办进展顺利,将于2022年2月4日举行开幕式。

"所有比赛场馆都已完工,2021年10月至12月将举行一系列测试活动,以进一步测试它们。许多非竞赛场馆,如主运营中心(MOC)和奥林匹克运输指挥中心(OTC),均已经投入使用,而主媒体中心(MMC)和张家口山地新闻中心(ZBC)已于今年年初正式移交给奥林匹克广播服务公司(OBS)。

"北京2022年冬奥会也在最大限度地利用现有场馆,包括2008年北京夏季奥运会使用的场馆。一些冰上项目,包括花样滑冰、短道速滑、冰球和冰壶,将在2008年奥运会使用过的场地举行,开幕式和闭幕式将再次在有'鸟巢'之称的标志性国家体育馆举行。

"所以,在北京2022年冬奥会正式开幕之前,组委会就已经向我们展示了他们在北京2008年夏季奥运会的会后管理方面取得的巨大进展。

"去年冬天,中国人参与冬季运动的人数创下了新高。北京2022年冬奥会正朝着让中国3亿人参与冬季运动的方向前进。根据中国旅游研究院的数据,仅在2018—2019赛季,中国(大陆地区)就有2.24亿人参与了冬季运动。中国(大陆地区)现在共有654个标准冰场,自2015年以来增加了317%,还有803个室内和室外滑雪场,自2015年以来增加了41%。"

小萨马兰奇先生和父亲一样对中国充满感情,尽管2020年东京奥运会和东京残奥会期间他十分繁忙,仍然在东京奥运会结束后欣然接受我的采访,他觉得自己家三代的人生都和中国紧紧相连，能够为中国体育事业发展做出贡献，这是萨马兰奇家族的巨大荣誉。

小萨马兰奇还说道："我的父亲在领导奥林匹克运动的21年中，将奥林匹克理想融入社会的核心价值观。从1984年的洛杉矶奥运会和萨拉热窝冬奥会到2000年悉尼奥运会，奥林匹克价值通过不断革新而被现代世界所接纳，即更加崇尚公平和平等的社会：这些革新起源于1981年的巴登-巴登奥林匹克大会，那届大会最主要的成果是使得运动员可以参与到未来的体育改革过程中。现任国际奥委会主席托马斯·巴赫就是当年的奥运冠军之一（1976年蒙特利尔奥运会击剑比赛）。巴赫当时被选入的运动员小组，也就是现在国际奥委会和奥林匹克大家庭中最重要的核心机构——国际奥委会运动委员会的雏形。"

我的书房里摆放着萨马兰奇诞辰100周年纪念章，萨马兰奇先生的微笑透着慈祥、安宁与温暖。在他担任国际奥委会主席长达21年的时间里，成功地将奥林匹克运动打造成包容、普世、无歧视的运动，使奥运会成为公平的竞技场，他把一生奉献给体育和奥林匹克事业，献给世界和平和发展。萨马兰奇先生是奥运理念和价值的革新者，奥林匹亚精神的践行者，奥林匹克运动的复兴者。

为了缅怀萨马兰奇先生，萨马兰奇体育发展基金会出品了限量版《萨马兰奇诞辰100周年纪念章》，正面为萨马兰奇先生肖像，背面由奥林匹克会旗、胜利女神、橄榄花枝等元素组成，纪念章材质为黄铜，直径80毫米，编号发行，我收藏的那枚纪念章编号为149号。

不知道为什么，在北京冬奥会的开幕式越来越近的日子里，我格外怀念老萨马兰奇这位中国人民的老朋友，我常常想假如萨马兰奇先生还活着会是怎样，他能够想到北京会成为双奥之城吗？他还会为中国运动员颁奖吗？他还会收藏北京冬奥会的纪念品吗？尽管他已经长眠，但是他的儿子小萨马兰奇先生秉承了父亲对中国人民的友好，全力以赴地支持中国办冬奥会，他的血管里流淌着父亲的血液。中国比当年漂亮多了，又增加了很多奥运新地标，冰雪运动蓬蓬勃勃地展开。这一切，相信老萨马兰奇先生在天堂都会看到。

每当我看到老萨马兰奇先生的雕像，就想起这位中国人民的老朋友，他的慈祥、平易近人、人格魅力和对中国人民的友好将永远铭刻在我的心中。

一位资深体育记者的冬奥感悟

14年前，我写北京奥运会长篇报告文学时曾经采访过《人民日报》资深体育记者缪鲁，他对我说过一句话："冬奥会比夏奥会更有魅力。"当时，我不理解这句话，因为我不了解冬奥会。14年后，当我在国内外深入跟踪采访北京筹办冬奥会后，我才理解了这句话的含义。

缪鲁是《人民日报》唯一一个连续采访过1994年利勒哈默尔、1998年日本长野、2002年美国盐湖城三届冬奥会的资深体育记者。这3届冬奥会分别在三个洲举办，自然各具特色，这也更全面地加深了他对冬奥会的认知和理解。虽然已经退休，但他回忆起采访冬奥会的往事，依然不改当年的观点。他说冬奥会之所以更有魅力，归根结底是因为它独具特色，更有特点。百年之前经顾拜旦提议冰上运动项目毫无争议地进入奥运赛场，首先是因为它和奥运会有着同样的宗旨，有着同样的精神追求。可是当时恐怕谁也想不到，在奥运大家庭中，冰雪项目会异军突起，发展神奇，成为众兄弟中最耀眼的明星。

去利勒哈默尔之前，他觉得挪威的纬度那么高，一定非常寒冷，出发前专门到国家体育总局买了一套为登山运动员特制的含羽绒量97%的羽绒服、羽绒裤，结果到了挪威，才发现那里大西洋暖流导致冬无严寒，下雪天还出太阳，空气中含水量高，扒开雪能够看到绿油油的青草。冬奥会开幕式那天，由于野外没有那么多椅子，记者坐在雪上开会，除了那天他穿着一条羽绒裤外，在挪威其余时间再没有穿过羽绒裤，羽绒服从来都是敞着怀，因为很温暖，拉上拉链太热会感到不舒服。

1994年，缪鲁头一次采访冬奥会，入住利勒哈默尔的冬奥记者村。北欧很富有，利勒哈默尔小镇冬奥村有点像中国的华西村，房子有暖气，可以自动调温。利勒哈默尔的雪太美了，真是漫天飞雪喜若狂。茫茫飞雪却仍然阳光明媚的奇特景色令他兴奋不已，于是放下行装就奔出户外，在人行道旁的雪地上体验蹚雪的感觉，不料，才走十几步，脚下竟一下子踏空，明明是平展展的雪面，却忽如悬崖，他只觉得身体直接下坠，来不及反应，眼前一黑，冰凉的积雪已将他整个埋没，连呼吸都困难了。幸亏他机灵，自己挣扎着爬出雪窝。

他笑着说道："好在雪下面只是一道不太深的沟渠，有惊无险地让我踏实体会了一把灵魂出窍。结果灵魂没出窍，可是这番与北欧白雪的零距离接触，却让我脑洞大开，对冬奥会的认识开了窍。"

冬奥会追求仪式感，每个国家办冬奥都有自己的特色。驻地离赛场很远，从冬奥村到赛场要乘坐汽车，路上每天都要铲雪，道路两旁堆积的雪足有两层楼那么高。当时，世界强调环保的概念，利勒哈默尔冬奥会的一个冰场是在山洞里修建的，建筑材料环保，受到称赞；冬奥会上使用的一次性餐具是用玉米秆做的，压出来的餐具颜色发黄，有一股淡淡的米香，人们开玩笑说："这是能吃的餐具。"

以往，人们重视夏奥会，不重视冬奥会，夏奥会和冬奥会在同一年举办，冬奥会在前，夏奥会在后。1987年，国际奥委会决定把冬奥会和夏奥会分开办，为什么要分开办呢？因为1984年，萨马兰奇把市场机制引入了奥运会，扭转了奥运会赔钱的局面，分开办长线变短线，多一个进财的渠道，何乐而不为？于是，原定1996年举办的利勒哈默尔冬奥会提前两年举办。

百年之间，冬奥会竟犹如一匹不知疲倦的黑马不停奋蹄，一路狂飙。先是在五环旗下另立门户，自成一家，极大地拓展了奥林匹克的影响，接着又自信满满地与奥运会平分4年周期，彻底改变了传统格局，最终完成了奥林匹克运动的中兴大业。更为精彩的是，冬奥会的鲜明特色不仅仅来自大自然的造化，得天独厚占据了一方时空，同时也以自己独有的方式，极大地丰富了人类体育竞技的内涵，拓展了更广阔的领域。提起奥运会，大家自然会想起那句"更高、更快、更强"的格言，正是在这句最简洁不过的格言激励下，一代又一代奥运健儿挖掘自身潜力，奋勇拼搏，公平竞争，建功立业，创造奇迹。而冬奥会上，这句格言其实并不全面，至少还要加上一个更巧。所谓更巧，就是冰雪运动从诞生那天起，实际上就是智慧的博弈、灵巧的较量。

在那之前，缪鲁已经做了十多年体育记者，从奥运会到大大小小的国际赛场，出出入入采访过不知多少次，所以，虽是头回采访冬奥会，可临到赛场他潜意识里并没有特别重视，赛前采访准备都是沿用老规矩做的。结果，这次遇险顿时让他清醒了，还没挣扎出雪窝，他就想到一个问题，这里的雪地和以前见过的太不一样了，那在这种场景里举行的冬奥会能和奥运会一样吗？要报道好冬奥会首先要搞明白它和奥运会的异同，否则岂不是以其昏昏使人昭昭吗？真是感谢老天爷给他上了及时的一课。正是这一开窍，让他看到了冬奥会更深层次的魅力所在。

冬奥会和奥运会比赛最大的差异一目了然，那就是无论是冰上项目还是雪上项目都是踩在冰刀、滑雪板上或者驾驶雪车雪橇进行的。这冰刀和滑雪板虽然和奥运会选手的鞋子一样穿在脚上，可功能和作用却完全不同，后者是为了减小震动增加弹性，前者则是为了降低摩擦和触地压强。不穿鞋，奥运选手照样可以跑跳投，而离开了刀板，冬奥会选手寸步难行更遑论比赛。再进一步说，鞋和刀板都是人类克服地球引力的伟大发明智慧结晶，可是对于竞技运动而言，刀板的重要性远在鞋之上，是冬奥运动的必要手段。所以，刀板的性能改进和提高上不断注入科技含量，融入智慧和技巧，也必然成为冬奥会竞争的最重要的一个方面。事实上，正是这种规则允许的"讨巧"，迎合了时代发展的趋势，使冬奥会成为奥林匹克运动中的新技术、新科技的引领者，而更具竞争和观赏的魅力。

在利勒哈默尔冬奥会上，一直在赛场上奋起直追的中国女选手本来大有希望实现金牌零的突破，可惜在最有实力的女子短道速滑项目半决赛时，我们的领先选手被加拿大对手撞倒，裁判没有判重新开始，夺魁功亏一篑。裁判反复回放录像，无法判定是故意还是无意所致。当时采访冬奥会中国没有派出庞大的记者团，为数寥寥的在场中国记者无不怒发冲冠，反复质疑，终无结果。缪鲁等人在记者会上反复提问题给中国运动员打抱不平。现在想来，可能还真不是裁判别有用心。由于对更巧的追求永无止境，难免会带来一些失误，运动员会有失误，裁判也不例外，但冬奥会上的这样的小插曲，终未酿成过严重后果，这也许是因为冬奥会时的寒冷气候，格外能让人冷静客观，从而宽容了失误，可谓是冬奥会的另一番魅力。

荷兰的短道速滑选手凭借着高科技含量的冰刀，一下子把自己一直保持的领先地位提升到令人望尘莫及的地步，许多外国记者不禁无奈地感叹，这是科技进步带来的新的不平等。当时，缪鲁也很认同这种观点，可后来几届冬奥会上，他看到更多的是这种新技术的迅速普及，提升了这个项目的整体水平，因为这种技术引入固然让先行者大享成果，但同时对追赶者也是启发和激励，他认为对先进技术的不懈追求，才是冬奥会更深层次的魅力所在。

利勒哈默尔冬奥会结束那天，冬奥村贴了一张通告，说请客人务必在上午10点前离开驻地。缪鲁等人有点不舍，他们很怀念这个小镇，就到食堂聚餐吃麋鹿肉，回到驻地时已经超过10点，他们惊讶地发现原来住的房子不见踪影了，而他们打包好的行李整整齐齐地放在房间原位，地上画了一个圆圈，行李完好无损，没有丢失。一打听，原来挪威马上要在北极圈开一个大会，那里的房子就用冬奥村可拆卸的房子搭建，节俭办会。

1998年，缪鲁去采访日本长野冬奥会。长野风光秀丽，相当于东京的夏都，夏天凉爽，类似于承德，是避暑胜地。冬天却异常寒冷，缪鲁和五六个记者一道租住在度假别墅，房间里没有取暖设备，客厅里放着一个炭火盆，缪鲁和另一个记者住在楼下，冬天更加阴冷。虽然条件不好，但是日本人民对于长野冬奥会的热情却十分高涨，毕竟是冬奥会在亚洲举办，日本人抱团，有一种争强好胜的心态，对冬奥会政治热情超过了竞赛热情，很想争亚洲第一。

日本长野的雪比欧洲差远了，但是百姓对冬奥会信心满满。冬奥会和西方的情人节总是重合在一起，1998年2月14日夜晚，缪鲁正在新闻中心写稿，日本朋友送来了大量的巧克力和苹果，说着祝福的话，缪鲁惊讶地发现西方的洋节在日本居然这么隆重，这个他在中国从来没有重视过的节日，居然在扶桑之国感受到她的存在。

一晃4年过去了，2002年，他接到了采访美国盐湖城冬奥会的任务。2001年9月11日，举世震惊的"9·11"事件刚刚发生，2002年初就是冬奥会，临行前大家反复提醒他到了美国一要防恐，二要注意摩门教，注意人身安全。盐湖城位于美国犹他州，地貌有点像中国的新疆，有戈壁荒漠。他来到盐湖城，安保内紧外松，丝毫没有感觉到紧张气氛，看到的是美国人民对冬奥会参加者的友好。他们住在一个别墅里，客厅的茶几上摆满了食品，房东是个华侨，她说食品是摩门教徒送来的，原来摩门教教义规定，从教者必须将自己收入的10%去捐赠给他人。

有一天采访，从赛场回驻地较远，他看到有一堵矮墙，打算翻越矮墙抄近道去汽车站，后来一寻思还是遵守规定绕道走吧。后来，他去了安保中心，无意中看到一面电视墙上都是监控录像滚动播放，那堵矮墙正在监控范围内，暗自庆幸自己没有抄近道，否则自己就会成为恐怖分子嫌疑犯，身上被子弹打成筛子都无法申冤。

人们大都认为志愿者主要是年轻人，可他却在盐湖城搭乘过白发苍苍的老教授驾驶的义务车，美国人民的善良友好给他留下了深刻印象。

缪鲁的话深深地启发了我，我觉得冬季运动只能在特定的环境中进行，冬奥会之所以迷人，还有一个重要原因是雪上场馆完全是在大自然中，观众在观赛中可以欣赏到大自然的无限风光。每次我到雪场采访，凌晨四五点起床，再累我也感到神清气爽，精神愉悦，在亚布力滑雪场看凌晨4点的太阳，在延庆高山滑雪中心出发平台张开双臂做飞翔状，在张家口崇礼滑雪场引吭高歌"我爱你，塞北的雪"，天人合一，我的情感和心灵完全与大自然融为一体。冬季运动更险，高山滑雪、雪车雪橇、自由式滑雪、跳台滑雪非常刺激，凌空飞跃，无限风光在险峰。冬奥会时尚、装备科技含量很高，和工业的发展、科技的进步密切相关，对年轻人有巨大的吸引力，征服了年轻人就赢得了未来。

2002年2月16日晚上，对冬奥会情有独钟的缪鲁终于等来了他期盼已久的时刻，他和同事刘爱成在第一时间急就了一条消息发回《人民日报》：《我健儿实现冬奥会金牌"零"的突破——杨扬获短道速滑女子500米冠军》。2017年，《人民日报》为创刊七十年出版了一套作品精选，七十年间，中国发生了天翻地覆的变化，《人民日报》记录了所有的大事件，收入的体育类本报消息仅11篇，其中就有缪鲁和刘爱成写的这篇。

1.《我国运动员第一次打破世界纪录》（1956年）；2.《容国团荣获世界冠军》（1959年）；3.《我登山队员登上世界最高峰》（1960年）；4.《我在国际奥委会合法权利得到恢复》（1979年）；5.《朱建华跃过二米三八》（1983年）；6.《奥运会开赛第一天传来"零的突破"喜讯》（1984年）；7.《中国女排连续第五次夺冠》（1986年）；8.《第十一届亚洲运动会在北京隆重开幕》（1990年）；9.《亚洲冬季运动会今日开幕》（1996年）；10.《北京获得2022年冬奥会举办权》（2015年）。

看看这些体育消息佳作的题目，足以说明冬奥会魅力无穷是国人的共识。

第二章　走进冰雪运动强国

在加拿大观看世界一流的冰球赛

加拿大是冰雪运动强国，素有"冰球王国"之称，加拿大每三个人当中，就有一个人会打冰球。任何一项体育运动都离不开气候条件，据说加拿大常年冰天雪地，河湖结冰，起初加拿大的原住民印第安人、因纽特人和梅蒂斯人用木头做成圆饼在冰上嬉戏，由此发明了冰球。

2019年冬天，我来到加拿大，亲身感受冰雪运动强国的魅力。我的表姐20世纪80年代从中国的医科大学硕士毕业后，来到加拿大继续攻读医学。她的丈夫是电脑工程师，酷爱冰雪运动，曾经当过体育教练，表姐和表姐夫得知我来加拿大采访冰雪运动，自告奋勇当导游和司机，陪同我采访。

表姐夫罗伯特出生于加拿大魁北克省，那里是法语区，所以他的英语和法语都很地道。他的家乡冬天很冷，一般在零下二十几摄氏度至零下三十几摄氏度，他所在的小学校附近有一块很大的空地，结满厚厚的冰。学校的一位老伯伯把空地浇水建成了冰场，又在冰场旁边搭建了一个小木屋，里面生上炉子，孩子们从家里出来时穿着笨重的羽绒服，打冰球需要穿轻便的运动服，爱好冰球的孩子们可以到小木屋里换衣服、穿冰鞋。老伯伯是校工，有时候要忙其他事情，家长们就自发组织起来，轮流到木屋里点炉子，看护孩子们。

罗伯特从4岁就开始打冰球。在加拿大，打冰球就像中国人打乒乓球那样普遍，孩子如果不会打冰球连朋友都没有。罗伯特开始没有冰球杆，大孩子就把自己用旧的冰球杆送给小孩子用。罗伯特9岁开始送报纸，用自己赚的钱买了一个新冰球杆。魁北克省的教练特别注重教冰球守门员的动作要领，所以魁北克省盛产优秀的冰球守门员。

我问表姐夫加拿大为什么冰球这么好？他说中国孩子放学后就是沉重的家庭作业，加拿大的孩子放学后就是玩，主要运动就是打冰球。你们的孩子是 study,study,study；我们的孩子是 ice hockey,ice hockey,ice hockey，所以我们的冰球打得好。

我笑着反驳："谁说我们的孩子就知道 study,study,study，我们在 study 的同时，也 ice hockey。（谁说我们的孩子就知道学习、学习、学习，我们在学习的同时，也打冰球。）"

每年到了10月份，备受加拿大人瞩目的冰球赛季就会开始，并一直持续到次年6月份。作为加拿大人的国球，冰球赛可谓是加拿大全国上下的盛事，有广泛群众基础的体育运动是产生国球的重要条件。

为了让我更深入地了解冰球文化，表姐夫专门买了加拿大队和美国队的冰球比赛票，我和表姐一家兴冲冲地前去观看。

走进体育馆，只见加拿大冰球队和美国冰球队的队员们站成两排，高声歌唱美国国歌和加拿大国歌，全体观众肃然起立，跟随运动员一起歌唱。

比赛开始了，加拿大队一路领先，观众不时报以热烈的掌声。中场休息时，体育馆的工作人员开着车进入冰场，向观众抛撒礼物。我打量着加拿大观众，感到冰球就是他们的生命；我观察着加拿大冰球运动员，穿上冰刀鞋和护具后，他们酷似铠甲机器人，每个人的脸上都带着灿烂的笑容，就像在参加一场庆祝仪式，打冰球使他们的生活充满乐趣。

比赛重新开始，后来美国队比分追了上来，加拿大队教练为了让加拿大队进球，放弃守门员，充实攻球队伍，想在终场结束时扳回一局。望着加拿大队空无一人的球门，我捏了一把汗。美国队也是冰球强队，打得也很顽强，加拿大队未能如愿，当大局已定时，加拿大观众一片遗憾的嘘声，尽管他们很失望，但是没有骂娘，也没有摔东西，而是早早地撤出了体育馆，他们发自内心为自己国家的运动员摇旗呐喊的场面永远地定格在我的记忆里。

我来到加拿大出售冰球运动用品的商店，只见球衣、冰球帽、冰鞋、冰球杆、头盔、护目镜、护齿、护颈、护胸、护肘、手套、护裆、防摔裤、护腿、抓、挡、钥匙链比比皆是，墙上挂着加拿大著名冰球运动员的照片。我想起了加拿大著名作家斯蒂芬·李科克的话："冰球是加拿大生活的精髓，在如此寒冷的地方，冰球代表着生活的希望。尽管寒风凛冽，我们依然充满活力。"

赛普勒斯滑雪场的各国滑雪人

加拿大冬季寒冷而漫长，使得许多加拿大人对冰雪运动相当偏爱，给阴雨绵绵的冬日增加了许多乐趣。温哥华北岸的两座山赛普勒斯山（Cypress Mountain）和松鸡山（Grouse Mountain）在11月至次年3月的雪季中可以进行多项冰雪活动，除了给专业人士的滑雪和雪板外，游客也可以参加相关的课程来学习滑雪和雪板，有单次的和多次的，甚至还有整个雪季的课程可以选择。即便是一点基础都没有，旅行者也可以在专业工作人员的指导下体验极限运动的乐趣。

表姐一家陪同我来到位于西温哥华的赛浦勒斯滑雪场，这里是2010年温哥华冬奥会自由式滑雪和单板滑雪的比赛场地，因为大落差和丰富的地形受到游客喜爱。

此地最为明显的标志是在山脚有一个绿色的五环，还有几块石头砌成的因纽特人的巨型石刻，这是2010温哥华冬奥会的会徽。设计来源于加拿大北部地区土著民族因纽特人的巨型石刻，石刻形象的名称是"伊拉纳克"，在因纽特语中是"朋友"的意思。

主体是五块矩形组成的张开双臂的抽象人形,寓意着欢迎五大洲的朋友来温哥华参加冬奥会。

赛普勒斯山距离温哥华市中心大约28公里。赛普勒斯山滑雪场是占地30平方公里的赛普勒斯省立公园的一部分,山上有非常完善的旅游服务设施,即使不为滑雪,这里也是登山、远足和观赏风景的好去处。

雪场占地600英亩,年平均降雪量6米,最大垂直落差610米,设有6部缆车、两部地面牵引缆车,共有53条雪道,其中最长的组合雪道长达4.1公里。另外,雪场内还有总长11公里的雪鞋健行步道,以及大温地区其他雪场都不具备的长达19公里的越野滑道。

赛普勒斯滑雪场因为拥有最大落差、最多弯道的雪道以及最多的电梯而出名,能给滑雪者带来非常刺激的滑雪体验。其中高山滑雪和单板滑雪赛道长达1135米,垂直落差则达到208米。站在山顶,可以饱览温哥华市区和周围海港的美景。在温哥华冬奥会期间,这里曾经进行自由式滑雪和单板滑雪两个项目的比赛,有510名志愿者在这里服务。

在温哥华,滑雪是一项非常大众化的运动。这不仅是因为雪场条件极佳,而且花销也很便宜。我采访了几个前来滑雪的人:

第一个是一个美国女士,叫玛丽,60岁,生于美国得克萨斯州,25岁到了美国华盛顿州西雅图,在律师事务所工作。她喜欢滑雪和温哥华的美食,每年都要从西雅图开车来温哥华十几趟,一饱滑雪的渴望。她很快乐,也很自信。

第二个采访的是一个叫做波恩的3岁男孩儿,他的奶奶带着两个孙子一起来滑雪场滑雪,6岁的哥哥爱德华年龄达标允许进入,他因为年龄小不能进滑雪场,只能在斯库特斯(Skooters)儿童初学滑雪场玩一会儿。他看到哥哥进了滑雪场不开心,奶奶带着他在山下等候。他的奶奶很健谈,热爱旅游,去过中国北京、上海、广州、深圳等地。

第三个采访的是滑雪场工作人员彼得,他今年73岁,加拿大人,从事房地产工作，在滑雪场做兼职。他酷爱滑雪，今天，他和妻子、女婿一起来滑雪，一家三口其乐融融。

第四个采访的是加拿大的50多岁的中年女人香娜，住在大温地区的枫叶岭，她脸蛋红扑扑的，脸上还冒着热腾腾的汗水。她在雪场越野走了一个多小时，在原始的林海雪原里锻炼身体。对于喜欢平缓运动的人们，穿雪鞋是个不错的选择。租上一套专业的雪鞋设备就可以让你在雪地里自由行走，按照规划好的雪道慢慢攀上山顶，在雪山之巅尽情享受戏雪的乐趣。香娜很健谈，热情地告诉我她花99加元，在商店里打折买了滑雪杖、雪鞋和滑雪背包等滑雪行头，我觉得她的这种健身方式很适合中老年人。

第五个采访的是一对来自巴西的老夫妻，他们有三个孩子，一个儿子在德国，两个女儿在温哥华，其中一个女儿利用周末陪同父母来滑雪场玩。他们玩的项目叫做 Snow Tubing，就是滑雪胎，这是一种雪地娱乐项目，人们坐在轮胎上手拉手从高高的滑雪道上滑下来。孩子们不会滑雪也可以选择坐雪胎，爬到高高的滑道上，单人或多人一起坐在轮胎上，工作人员会把轮胎以高难度的动作推下滑道，孩子们会在快速下冲和旋转中快乐地呼喊。同时，山上也有区域给孩子们堆雪人，滑雪橇等。

由于雪道不陡峭，所以滑雪胎也深受中老年人的喜爱。我觉得这个项目很棒，甭管你年老年少，你只要从高山上滑下来一次，就会热爱滑雪，增添勇气。

充沛的阳光、完善的设备设施、稳定的降雪量使得这里成为很多家庭出游的选择。在加拿大，我看到很多人都是举家一起到滑雪场玩耍，年轻人可以上高级道滑雪，老年人可以乘坐雪胎滑雪，孩子们可以堆雪人玩雪，举家投身冰雪运动是普及冰雪运动极好的方式。

中国女作家在加拿大冰球馆

1875年，第一次正式的室内冰球赛在蒙特利尔举办。加拿大作为现代冰球运动的发源地，夺得了冰球项目在冬奥会上的首枚金牌，并在多届冬奥会上蝉联冠军。自从冰球纳入冬奥会以来，加拿大冰球队一直占据着霸主地位。

我来到了加拿大冰球馆，因为最近没有比赛，冰球馆闭馆，闲人免进。可是当有关方面得知我是一位曾经写过北京奥运会长篇报告文学的中国作家，现在要写一部关于北京冬奥会的长篇报告文学，需要了解加拿大冬奥会场馆时，立刻向我敞开了大门。

这个冰球馆非常气派，在一进门的走廊里，我看到一个展柜，里面陈列着加拿大女子冰球队守门员佩戴的头盔，还有一双女子冰球运动员参加温哥华冬奥会女子冰球比赛时穿过的白色冰鞋，上面有她的亲笔签名。这位女运动员曾经参加过四届冬奥会，拿过三次金牌，在加拿大人人皆知。

这个场馆是钢结构的天花板，紫红色的座椅，观众席分上中下三个区域，屏幕上展现着加拿大著名冰球运动员的巨幅照片，顶棚悬挂着一些广告牌，上面写着加拿大著名冰球运动员的名字和他服役的年份，比如12号STAN SMYL 1978—1991年服役；16号TREVOR LINDEN 1988—1998年、2001—2008年服役；19号MARKUS NASLUND 1996年—2008年服役；10号PAVEL BURE 1991—1998年服役，他们都曾经在这里进行过精彩绝伦的冰球比赛。

冰球是加拿大的国球，著名冰球运动员的名字在加拿大家喻户晓，在加拿大，你可以不认识特鲁多总理，但没有人不认识著名冰球球星。

加拿大冰球馆曾经举办了温哥华冬奥会的大部分冰球比赛，包括最受瞩目的男女两场冠军决赛。由于冰球在加拿大非常受欢迎，这个场馆也成为温哥华冬奥会期间最热闹、最忙碌的场馆之一，有30多台远程摄像机直播比赛，成为世界的焦点。

加拿大冰球馆的管理人员很高兴我对冰球如此感兴趣，我真诚地说："体育无国界，冰球是加拿大人生活的精髓，我们应当好好向冰雪运动强国学习。"

管理员用惊讶的目光望着我，也许他没有想到一个中国女作家会如此尊重他们的国球冰球。奥林匹克运动的目标是让全世界的运动员在奥运会这一盛大体育节日上相聚一堂，带动人们从运动中体验拼搏的乐趣，感受榜样的力量，成为一个和谐发展的人。进而激励人们为促进一个维护人的尊严的和平社会而奋斗，最终为建立一个更加美好的和平世界做贡献。各国人民之间应该多交往，多沟通，有朋自远方来不亦乐乎，这样才能消除隔阂，增进友谊，这就是奥林匹克的精神。

温哥华奥林匹克中心的体育达人

温哥华奥林匹克中心所在区域是这座城市热闹的集会中心，毗邻景色优美的伊丽莎白公园，可以远眺群山。

温哥华冬奥会时，这里极富土著艺术特色，并成为2010年温哥华土著艺术计划的一部分，该计划由全加拿大的因纽特人和混血艺术家执行，展示传统与现代的艺术风格。

奥运场馆的赛后再利用是一个世界性的话题，建设奥运场馆要花很多钱，如果奥运会赛后场馆闲置门可罗雀，就会浪费纳税人的钱。如果奥运会场馆赛后门庭若市，说明奥运场馆最大化地造福于当地的老百姓，给人民带来了福音。

我走进了2010年温哥华奥林匹克中心，这是温哥华冬奥会冰壶比赛主场馆，这个场馆并不奢华，当年世界各国优秀的运动员在这里举行的冰壶比赛中大显身手，如今变成了社区活动中心，可以滑冰、游泳、健身、打冰球、打冰壶，场馆的一隅改建成了游泳池，市民可以来这里游泳，办卡很便宜。看得出，加拿大的奥运场馆再利用做得很好。

早期的冰壶比赛在冰冻的湖泊和池塘上举行。如果天气允许，有些国家仍然喜欢这种消遣，但目前所有国际国内竞技性冰壶比赛都在室内冰场举行，严格的温度控制保证了冰面的条件。冰壶运动在加拿大非常受欢迎，加拿大只有

3000万人口，却有150万人成为冰壶注册会员，他们每周都要搞冰壶比赛，群众参与性很高。在加拿大，冰壶是群众性运动而不是贵族运动。

2010年温哥华冬奥会后，温哥华冰壶俱乐部入驻这里，并且作为当地社区娱乐的一部分。我看到一群冰壶俱乐部的市民在那里打冰壶，年龄最大的有七八十岁，最小的有30多岁，专职教练精心指导，男女老少相互切磋，这些体育达人是我最关心的，我和他们聊天，他们让我拎起冰壶试试，哇，好沉啊，足足有20公斤！

冰壶运动起源于苏格兰，冰壶又称掷冰壶、冰上溜石，是以队为单位在冰上进行的一种投掷性竞赛项目，这是冬奥会比赛项目，并设有冰壶世锦赛。设男女两个小项，每队为4人，叫做一垒、二垒、三垒、四垒，四垒为队长，也是场上的核心人物。

冰壶为圆壶状，由纯天然不含云母的苏格兰花岗岩制成，且世界上所有的制造优质冰壶用的天然花岗岩均产自苏格兰近海的一个小岛，目前还没有其他的材质可以取代。因此一个冰壶价格不菲，而一个冰壶场地至少需要16个冰壶。

也只有苏格兰人掌握着制作世界顶尖水平冰壶的技术。

冰壶周长约为91.44厘米，高（从壶的底部到顶部）11.43厘米，重量（包括壶柄和壶栓）最大为19.96公斤。刷冰是为了减小冰壶与冰面间摩擦。冰壶是一种充满智慧的运动，有人把冰壶称作"冰上国际象棋"，这一比喻很好地诠释了冰壶的神秘与高雅。

任何一项体育运动都要有广泛的群众基础，仿佛金字塔，底座越宽，塔尖越稳固。体育运动也是如此，参与者越多，尖子运动员也越多。加拿大的女子冰壶运动员琼斯打得特别好，但是由于强手如林，层层筛选，最终谁能参加冬奥会还未可知。

我发现加拿大的老百姓发自内心地喜爱冰雪运动，打冰壶的动作很帅，每当打得顺手，他们就会情不自禁地欢呼起来，看来冰壶运动在加拿大民间十分普及。

列治文奥林匹克速滑馆的见闻

我居住在温哥华列治文市,每次乘车到温哥华市中心,都会看到右手的河畔有一栋椭圆形带有五环标志的建筑,这就是列治文奥林匹克椭圆速滑馆。这座场馆建于弗雷泽河岸边,与温哥华国际机场仅有一河之隔。温哥华冬奥会时,这里进行了12场滑冰金牌争夺战,产生了36枚奖牌。温哥华冬奥会的反兴奋剂实验室也设在这里,列治文奥林匹克馆还提供了全面的医疗、食品和零售服务。

我走进了这个场馆,看到顶棚悬吊着一件巨大的红白相间的运动衣,上面用英文写着:CANADA(加拿大)。

场馆很大,有33750平方米,可以容纳8000名观众。主竞技厅面积有20000平方米,赛道全长400米。

在2010年温哥华冬奥会期间,列治文的Olympic Oval(奥林匹克椭圆速滑馆)是速度滑冰项目的比赛场地,现在已经变身为多功能娱乐中心,用于培训精英运动员和举办国际体育赛事。

这个场馆耗资17800万加元,采用多种环保设计,比如利用冷冻赛道时所产生的废弃热来加热场馆的其他部分,得到了美国绿建筑协会领先能源与环境设计的银色认证。场馆的屋顶采用了大跨度木结构屋顶,呈波浪形设计,这个创新设计获得了加拿大皇家建筑学会的表彰。

我端详着场馆,发现已经被分割成不同区域。首先映入眼帘的是一群孩子在教练的指导下打冰球,孩子们打得十分投入,不分胜负,我非常羡慕加拿大的孩子能有这么好的教练指导,有这么好的场地打冰球。

这个体育馆另外有四块铺有硬木地板的运动场,一个室内赛艇池和划船机,两个健身中心和儿童中心。列治文市50%的人都是华裔,硬木地板运动场里有很多篮球架,有很多市民在打篮球,看来篮球很受加拿大人和华裔的欢迎。

在温哥华冬奥会之后,这座体育馆既为世界高水平的运动员提供表演和比赛场地，也作为当地群众聚会、运动的大型综合性场馆。看到体育馆里热气腾腾的场面和鼎盛的人气使我感到加拿大的奥运会场馆赛后再利用做得很到位。

搭建中加冰雪友谊桥梁

2019年12月，外交圈年终友谊沙龙在北京举行，我应邀出席了这场活动，亲眼见证了中国和加拿大冰雪项目签约仪式。

我采访了加拿大CTC冰雪体育设备公司柯路奇总裁，他是冰雪、冬季运动以及休闲娱乐领域的国际高级专家及管理者，不仅是该领域的开拓者，也是领军者。他长期专注于中国及东南亚市场，指导开发了中国首个商业冰场项目——北京国贸滑冰场，很早就涉足于室内冰雪产业，致力于绿色和节能技

作者采访加拿大冰雪专家柯路奇

术的引进和使用。还参与过北京冬奥会场馆的建设。

柯路奇先生1982年毕业于建筑服务工程专业，2002年来到中国工作。他拥有39年的冰雪行业经验，参与中国和亚洲最具标志性项目的设计，包括2008年北京奥运会、2007年长春冬季亚运会、2010年上海世博会/梅赛德斯—奔驰中心、乔波冰雪世界、香港嘉里中心的克里滑冰场（Kerry Mega Ice）、新加坡的凯德裕冰坊（JCube）、广州万达滑雪乐园与冰场概念设计（至今还是世界上最大的同类室内项目）等。他也负责过韩国釜山的雪城堡、俄罗斯的KHL比赛场以及第三代室内雪场运动、娱乐、休闲项目的雪穹顶等新概念设计的开发等。

他还组织了中国有史以来第一个获北美冰球职业联盟（NHL）认可的冰球夏令营和示范教学班，邀请了NHL历史上最著名的球队——蒙特利尔加拿大人队及其冰球学校和校友明星球员参加。2016年，当中国总理李克强访问加拿大时，在加拿大总理特鲁多陪同下，参观当地"加拿大人"冰球队，获赠印有他名字的球衣。李克强总理穿上球衣，与特鲁多一起为参加训练的小球员开球。

柯路奇先生为冰雪项目的设计和设施（如溜冰场、雪穹顶、雪场、冰壶等）领域提供专业知识。作为冰雪领域的世界著名专家之一，他直接参与了全球30多个国家的800多个冰雪项目。他与国际奥委会（IOC）和加拿大奥委会及其技术顾问、国际体育联合会（ISF）及国家体育协会（NSA）密切合作并提供咨询意见。

他还于2006年被选为有关中国滑冰场设计和建设国家标准滑冰场的外国高级顾问，积极参与冰雪项目咨询。

柯路奇先生以精明的洞察力和丰富的经验，以及对中国商业文化的了解，为企业在中国的商业战略发展计划或项目提供可行性建议。

他曾任中国北京加中贸易理事会副理事长，现为上海渤锐斯谷企业家（国际）精英俱乐部顾问委员会成员，他还是中国制冷协会的现任理事和高级顾问，担任国际制冷协会（IIAR）中国及亚洲地区副主席，倡导二氧化碳等天然制冷剂，是《巴黎气候协定》的坚定支持者和推动者，并对该领域有着一份长久的热情和承诺。

柯路奇先生已经在亚洲居住了18年，娶了一个中国太太，生了一个漂亮的混血儿子，叫做Aivon（艾冯），已经8岁了。他喜欢滑雪，多次带着儿子到崇礼滑雪场滑雪，与儿子一起打雪仗。他积极参与2022年北京冬奥会的开发与推广。

我问道："现在中加关系有点紧张，您为什么要这么热心地帮助我们中国的冬奥会场馆建设，不怕加拿大政府不高兴吗？"

他爽快地说："我才不管他们是否高兴呢，在加拿大，不是企业家看政府的脸色行事，而是政府要听企业家的话。"

我热情地说："体育无国界，加拿大是冰雪运动强国，感谢您对中国的帮助。您会打冰球吗？"

他胸有成竹地对我说："当然，在我们加拿大，几乎所有人都会打冰球。冰球不是加拿大人的专属运动，而是我们送给这个世界的礼物，我期待全世界的人都能来分享这个礼物。"

最近，柯路奇给我发来贺卡，我问柯路奇先生中加冰雪签约仪式进展如何，在为北京冬奥会忙什么？他兴奋地说："喂，晶岩，你好吗？我在北京参与了最后一个阶段的冰场馆的准备。"

他发来了他身穿防护服，戴着口罩和医用隔离面罩站在冰面上，左手握着冰壶的照片，我一眼就认出这是水立方，冬奥会期间的冰壶场馆。

柯路奇热爱中国，我经常看到他在朋友圈发冰雪运动的消息，还发了白求恩的照片以及支援武汉的帖子。他积极参与北京冬奥会国家速滑馆和国家体育馆项目的开发，出现在中国的冬奥场馆一线。疫情防控期间办冬奥有多么艰难，在冬奥场馆，运动员和比赛区域实行闭环管理，我看到了一群像白求恩那样的外国友人为了北京冬奥会兢兢业业地工作着，我从心里感激他们。

北京大使村里有很多不同形状的石头，各国大使用不同文字在上面刻着"和平"的字样，德意志联邦共和国驻华大使写道："没有自由，就没有和平；没有和平，就没有自由。"厄立特里亚国驻华大使写道："当一些国家还处于战乱时，任何国家都无法安定。让和平精神遍布星球上每一个国家。"

我举起照相机拍照，心中充满对和平的向往。窗外白雪皑皑，屋里温暖如春。我欣喜地看到中加两国建立冰雪外交，促进两国之间的友好关系。当年，乒乓外交使得小球推动大球，而今我多么希望冰雪外交能够促进世界各国人民之间的友谊，推动冬季奥林匹克运动，祝愿中加冰雪友谊之花盛开。

我把两年前采访柯路奇的照片发给他，他幽默地说："Nice picture and a nice encounter（美好的画面和美好的邂逅）。"

国际壶联指定的首席制冰师

在中国的冬奥场馆，我采访了一些优秀的外国制冰师。2019年5月，在北京举办的世界冰壶锦标赛中，我亲眼看到中国冰壶队居然战胜了加拿大冰壶2队，这次获胜有运动员的付出，更有外国教练的功劳。

有一位加拿大制冰师叫做汉斯·伍斯里奇，提起他我就想掉眼泪，我曾经把汉斯推扫冰车的照片发给柯路奇，他赞叹道："Best Ice master in the world.（他是世界上最好的制冰师。）"

照片勾起了我的回忆，2019年11月16日傍晚，国家游泳中心场馆运行部工程师张金泉来到首都机场，迎接这位顶尖级制冰师。60岁的汉斯·伍斯里奇来自加拿大的温尼伯市，张金泉接过他沉重的行李，微笑着问道："汉斯先生，您好！您坐了13个小时的飞机一定很累，咱们现在马上回酒店休息。"

没想到汉斯却执拗地说："张先生，你好！我不回酒店。"

张金泉诧异地问道："您想去哪里？"

汉斯坚定地说："去国家游泳中心，我要看现场。"

冬天的北京树叶凋零，北风将树叶吹得在空中打着旋子，汽车在宽阔的马路上疾驰着，张金泉手握方向盘，心情久久不能平静。一个老人从温哥华来到北京，不仅旅途劳累，而且还有时差，明天有繁重的工作，不休息就是年轻人也吃不消啊，可他……

汽车在国家游泳中心的大门前戛然而止，汉斯缓缓下车，走进水立方，张金泉斟了一杯咖啡递给汉斯，他高兴地笑了起来："Ah, coffee, very good! （啊，咖啡，非常好！）"

他喝完咖啡，向张金泉耸了耸肩膀："走！"

来到水立方大厅，只见泳池中的水已经放空，做成了混凝土平面，汉斯手拿水准仪和全站仪仔细地测量着冰场赛道的平整度。冰场有1527平方米，按照国际壶联的规定，冰面平整度的误差控制在5毫米以内就合格，而水立方大厅的冰面平整度误差控制在2毫米以内，他向工程技术人员布置完当天晚上的工作和第二天要干的活儿后，向张金泉平摊了双手："OK，回酒店。"

张金泉驱车载着汉斯向凯迪克酒店驶去，酒店行李员帮助汉斯把行李运到房间，汉斯问行李员："酒店几点吃早餐？"

行李员回答："早晨7点。"

汉斯对张金泉说："张先生，请你明天早晨6点45分来接我。"

张金泉关切地问道："为什么这么早，还没有吃早餐？"

汉斯果断地说："不能等，我必须抓紧工作！"

第二天早晨，张金泉如约而至，只见汉斯手拿一个刚刚打包的餐盒站在酒店大堂等他。5分钟后，他们走进水立方大厅，汉斯向在场的工程技术人员布置完工作，才开始吃早餐。胡乱塞了几口面包、香肠，他就站起来与来自英国的马克副制冰师一起开始工作。

冰壶赛场对制冰的要求极高，必须比短道速滑和花样滑冰赛场的冰面更加平滑。这需要制冰师繁复的工序。冰壶场地浇筑不是一次成型，而是纷繁复杂。底层为初冰层，对冰面的硬度要求很高。制冰时只能用细细的塑料水管一点点地均匀浇上去。冰壶赛道不但需要专业的制冰师制冰，而且还需要纯净的蒸馏水，对于场馆内的湿度、温度也有严格要求。冰壶比赛要求冰面的厚度是8厘米—10厘米，需要喷洒160次水，一层一层去冻，只有层层洒水，冰里才不会有气泡。洒水不是家庭妇女往洗菜池随地泼水，而是颇有讲究，怎么洒，每次洒多少水都是学问，每次洒完水后都要对制冷机组输出的温度、水温、水量进行调整。这些活儿全是汉斯亲自去做，那是他吃到心里的活计，别人干他不放心，为此，他每天要在冰上走3万多步。

初冰层做好之后要刷颜料，也叫刷冰漆，让冰场呈现乳白色，汉斯的身上经常沾上白漆点。等白色的涂料涂刷完毕，还需要用红蓝等色的颜料画赛道，最后用纯水浇筑上层冰面，封住颜料。这一层要求绝对平整，不能出现气泡和杂质。他对工作一丝不苟，要求极严，他平时很随和，谈笑风生，可是在工作中哪个工程师干活儿不合格，他立刻就黑脸，绝不含糊，斩钉截铁地说："我一定要世界顶级水平！"

午餐时间到了，汉斯来到职工食堂，和工人们一起吃份饭。炊事员望着这个和蔼的加拿大老头，热情地给他盛饭菜，他也用生硬的汉语问候人家："你好！"

加拿大温尼伯的时间和北京相差14个小时，北京的白天正是加拿大的黑夜，也是他一天中最困的时候。白天，他跑到卫生间用凉水往脸上浇水，冰镇前额让自己清醒，精神抖擞地制冰，从早晨6点多一直干到晚上8点钟。最后的6天制冰越来越关键，他从早晨6点多一直干到半夜12点钟才回酒店休息。制作底冰时，他就连半夜12点至早晨6点这个时间段都不肯好好休息。他把闹表上到3点钟，凌晨3点已经没有人来接送他，他就和副制冰师马克一起从酒店走到水立方，再看一次制冰效果。冬天北京的后半夜超冷，汉斯和马克冒着寒风走到水立方大厅，浑身冻得瑟瑟发抖。他们仔细查看了制冰效果才返回酒店，这一折腾光路上就要花费40分钟，回来又兴奋得半天睡不着觉，几乎是24小时连轴转。这种辛苦的工作对于一个上了岁数的老人谈何容易？

中国青少年冰壶公开赛于2019年12月3日至8日在水立方举行，这是北京冬奥会前冰立方的第一个赛事。12月3日是汉斯最忙碌的一天，他大清早儿就来到大厅制冰，维护冰面平整。晚上，所有的人都要撤离了，汉斯通知工程师设备应该在什么温度下运行，然后用英文庄重地宣布关灯。一盏盏灯熄灭了，明亮的大厅变得黑暗起来，汉斯深情地凝视着大厅，久久不忍离去。第二天，这里将有一场冰壶盛宴。他发自内心地说："这是一个非常好的了不起的场馆，颠覆了国际壶联对于冰壶场馆的概念，我喜欢冰立方。冰面质量、场地环境都让我们倍感惊喜和满意。"

2019年12月3日是中国青少年冰壶公开赛的第一天，每天早中晚三场比赛，汉斯和马克精神抖擞地坐在现场，每当中场休息都要上来扫冰、制冰、维护场地。

观众席上有4700个看台，水冰转换最大的难题是水中比赛要热，要暖，要有湿度；而冰上比赛要冷，要干燥。冬天在场馆里观看冰上比赛，就要调整好冰面和观众席的温湿度，冰面上泛起寒气，观众席却温暖如春，比赛观赛体验堪称完美。

在北京2022年冬奥会和冬残奥会的各冰上项目场馆中，国家游泳中心首个完成"奥运标准"冰面的制冰工作，首个举办高规格的正式冰上赛事，并率先进入实战运行测试阶段。

2019年12月8日，汉斯和马克要返回加拿大和英国了，张金泉去送行，汉斯是2022年北京冬奥会的冰壶场馆首席制冰师，马克是2022年北京冬残奥会冰壶场馆的主制冰师，他们是一对好搭档，配合默契，相得益彰。望着汉斯花白的头发、马克坚毅的神情，张金泉的眼眶变得湿漉漉的，再见了，汉斯！再见了，马克，咱们北京冬奥会见！

挪威的冰雪运动从娃娃抓起

在加拿大、芬兰、挪威等国家，冰球是国球，冰雪运动是欧洲、北美发达国家热衷的运动，挪威曾经举办过两次冬奥会，一次是1952年第6届奥斯陆冬奥会，一次是1994年第17届利勒哈默尔冬奥会。

为了写好北京冬奥会，我专程来到北欧采访。得知越野滑雪、跳台滑雪、雪橇等冬奥会项目起源于北欧，越野滑雪和跳台滑雪也叫北欧两项，是挪威、芬兰等北欧国家流行的冬季体育运动。早在18世纪中期，挪威已经有了军队举行北欧两项比赛的官方记录。1924年，在法国夏蒙尼举办的首届冬奥会上，北欧两项被列为正式比赛项目。

在挪威的米约萨湖北端，有一座小城叫做利勒哈默尔，适宜滑雪运动。我看到山上的滑雪场很壮观，冬天滑雪，夏天滑草。那里曾经是1994年挪威冬奥会举办地，是挪威最有名的滑雪胜地。清新的空气，新鲜的白雪，英俊的小伙儿和美丽的姑娘在雪上飞跃，那是挪威最美丽的景象。

欧洲的小镇是自然和人文完美结合的产物，挪威的盖罗小镇，是奥斯陆到卑尔根半途中的一座山区小城，滑雪场地处奥斯陆与卑尔根之间，场内白雪皑皑、丘陵密布，是挪威历史最悠久的滑雪胜地，挪威的宋雅王后曾在这里学习滑雪，这里还有挪威最豪华的滑雪旅馆。盖罗小镇旁便是优雅伸向远方的卑尔根铁路线，它经常被人称赞为世界上最美丽的铁路线。

这个滑雪场共有20辆滑雪缆车和39条滑雪道，全长33公里。在这里可以进行高山滑雪、速降滑雪、越野滑雪、滑板滑雪、特里马滑雪、哈士奇雪橇和风筝滑雪等项目。每到冬季这里便成了滑雪的天堂，来自世界各地的滑雪爱好者会聚集在这里享受冰雪带来的刺激和欢乐。

我下榻在盖罗小镇酒店，突然听到有人喊我的名字，仔细一看，原来是发小苗玲玲。她在美国工作过多年，没想到我们竟然在挪威相遇，世界真小。

每年深秋和冬天，盖罗小镇旅馆里有很多从世界各地拥来的滑雪爱好者，甚至连房间的墙上，都挂着孩子们抱着滑雪板，全副武装整装待发的照片。

冰雪运动必须从娃娃抓起，北欧人从孩提时代就练习滑雪。我和表妹找到当地的一所学校，遇到两个挪威男孩儿，一个叫做比尔，一个叫做布莱尔，都是10岁。我问他们最喜欢什么体育运动，他们不约而同地说："喜欢滑雪，从幼儿园就开始滑雪。"

我好奇地问道："你们到哪里练习滑雪？"

他们指着山上的滑雪场说："就在那里。"

挪威人常说：Nordmenn er fdt med ski p beina.（挪威人生来就踩在滑雪板上。）

一项体育运动要风靡全国，领先世界，必须有雄厚的群众基础。乒乓球因地制宜，男女老少都能打，天南海北都能打，室内室外都能打，有钱没钱都能打。条件好的可用高级球台打，条件差的水泥球台也能打，没有球台用几张桌子拼起来还能打，正因为乒乓球在中国有着广泛的群众基础，所以乒乓球当之无愧成为中国的国球。如果说乒乓球运动是中国人骨子里的特长的话，那么滑雪早已是挪威人长在基因里的一种本能与热爱。

比尔好奇地问我："阿姨，您从哪里来？"

我笑着说："从中国来，你们去过中国吗？"

他们摇摇头，脸上一片茫然。我热情地说："中国是一个美丽的国家，人民很友好，我喜欢挪威，欢迎你们到中国旅游。"

我紧紧地搂着他们，表妹为我们拍摄了照片。分别时，我习惯性地伸出右手与他们握手，但是两个男孩子用击掌动作猛地拍我的右手表示再见。哇，这种男子汉式的告别方式真酷！

与他们告别后，我和表妹在山间散步，一辆商务舱汽车从身边驶过，突然听到里面一阵欢叫声。我想着挪威的雪场和峡湾有点走神，表妹提醒我说："刚才那两个孩子和你打招呼呢。"

定睛细看，汽车风驰电掣已经驶出很远了，两只手臂仍然从车窗里伸出来向我挥手，手臂很细、很稚嫩、很执着，望着摇摆的手臂，我的眼眶变得湿润起来。

滑雪的行头很重要，入乡随俗，我在挪威买了冲锋衣和雪地靴，开始没太在意，穿上后才感到特别舒服，既保暖又防滑还不怕雨雪，冰雪运动会带动冰雪装备的发展。

日本作家村上春树曾经写过一部长篇小说叫做《挪威的森林》，在挪威，我深切感受到森林、峡湾、滑雪场的魅力。我可能再也见不到这两个挪威的男孩子，但是挪威的森林、峡湾、滑雪场和热情的人们却永远铭记在我的心中。一阵阵热浪在胸中翻滚，一行小诗浮上脑海：

七律·挪威行

金风送爽北欧游，峭壁峡湾魅惑秋。
淡淡霜天云拓展，淙淙瀑布水欢流。
崎岖古道惊奇险，缥缈空林笑韵俦。
旷野精灵通世界，孩童驭雪入明眸。

再见了，挪威！再见了，热爱滑雪的孩子们！

（注：挪威有精灵之路和大西洋之路。）

植物王国英国的绿色奥运

奥运会不仅是体育运动和竞赛本身，更是自然、艺术、文化与精神，是人类文化的最高成就。我曾经到英国游学，非常喜欢伦敦。伦敦有六个区，像北京的环线那样，越毗邻市中心房价越贵，伦敦的房价一区最贵，六区最便宜，东区穷，西区富。伦敦人爱花，更爱种满鲜花的公园。伦敦的几座大公园紧紧相依，从东至西依次为圣詹姆斯公园、绿色公园、海德公园、肯辛顿公园，公园里鲜花盛开，绿树成荫，鸭鹅戏水，百鸟飞翔，形成寸土寸金的伦敦城里一片奢侈的绿地，这是伦敦人的绿肺啊！

伦敦的建筑有维多利亚式、乔治亚式、哥特式、巴洛克式、洛可可式……多姿多彩，目不暇接。每一栋房子都用自己的方式记录伦敦的历史。一些建筑物正在由主人自费维修，他们宁可不拓宽马路也绝不拆毁老房子的做法，令我肃然起敬。

我来到剑桥大学健身房，与英国朋友聊天，感受体育的魅力。我看到很多英国人在打网球、在跑步机上健身。举办冬奥会离不开气候、环境、地形条件，英国是个岛国，不适合办冬奥会，但是足球、橄榄球、马球、网球、台球、板球、壁球、击剑、赛马、高尔夫球、羽毛球、乒乓球等大多数现代体育都起源于英国，英国有着良好的体育传统，这种传统对人的精神世界是一种熏陶，对体育的热爱使得不适合办冬奥会的英国发明了冰壶这项体育运动。冰壶是由苏格兰当地不含云母的花岗岩石凿琢而成的。冰壶运动起源于14世纪的苏格兰，世界上第一个冰壶俱乐部也是在苏格兰成立的。1924年，冰壶运动首次作为表演项目登上冬奥会的舞台，并成为冬奥会中的主流项目。现在冬奥会上使用的冰壶规定必须购买苏格兰的石材制作的冰壶。

我专程去苏格兰参观世界上最古老的高尔夫球场——圣安德鲁斯老球场；去伦敦温布尔登网球场感受体育场馆。英国的大片草场真的太适合球类运动了，我还专门参观了圣安德鲁斯大学高尔夫球博物馆和温布尔登网球场网球博物馆。

2008年北京奥运会之后，接力棒传到了2012年伦敦，主会场是斯特拉特福德奥林匹克体育场（伦敦碗）。伦敦曾经举办过3届奥运会，英国人有自己节俭办奥、绿色办奥的方式，奥运场馆选址是在废弃的工业区，伦敦奥林匹克公园以前是一批重工业污染的废弃土地，充斥着石油、焦油、氰化物、铅等物质，瓦砾遍地，高压线塔林立。伦敦奥组委在75%以上遭受汽油、石油和重金属污染的土地上，建立了土壤修复工厂，对受到污染的土壤进行清洗，消灭了工业废弃物，再在净土回填的公园种植了树木和花草，建造了奥运主场馆，改变了伦敦东区的环境，给居民带来了福音。

每个国家办奥运都有自己的长处，2020年东京奥运会开幕式的五环标志被人吐槽简陋，其实这个五环标志是用1964年参加东京奥运会的运动员种下的树的木材做成的，这何尝不是对奥运精神的传承？

英国在世界物种保护中发挥着领导作用。从1841年起，丘园就成为英国的皇家植物园。那里土质、气候适宜，种植着很多从南美和大洋洲引进的稀有植物。丘园有大型图书馆、植物标本室和实验室，英国和世界各国的植物学家，经常到那里从事科学研究和学术交流。丘园千年种子库的合作伙伴收集的野生植物种子为世界之最。伦敦奥运会期间，刚巧赶上丘园的玫瑰花盛开，五颜六色，颇为养眼。

英国是植物学家达尔文的故乡，植物学世界一流，英国为全球物种保护立下了汗马功劳。

世界性的网球赛事最高级的就是四大满贯：澳大利亚网球公开赛、法国网球公开赛、英国温布尔登网球公开赛、美国网球公开赛，简称澳网、法网、温网、美网。澳网、美网的场地是硬地，法网的场地是红土，温网的场地是草地。

我来到伦敦温布尔登网球场，温布尔登位于伦敦南部，在人造硬地球场遍及全球的今天，这里依然保持着草地球场的传统。我仔细观察了温布尔登的球场，发现这里的青草长得特别棒，没有虫子，没有灰尘，英国的园艺世界一流，养育这样的青草需要种植技术和特殊的气候条件。我看到这里不仅有上乘的网球场，而且还有著名的温布尔登网球场图书馆，有人坐在图书馆里看书、讨论。

世界四大网球公开赛中的温布尔登网球赛在英国伦敦举办，这是世界大型网球赛中唯一的草地网球场，温布尔登网球锦标赛也是现代网球史上最早的比赛。球场的草地是需要养护的，我在温布尔登网球场见到场馆维护人员用热风机吹草地，因为伦敦多雨，下雨后草地有积水，网球运动员站在上面容易打滑；伦敦气候寒冷，热风机一吹既除湿又升温，给运动员带来舒适感。草地和观众座椅之间还有钢丝网，防止狐狸钻进草地打洞，这些细微之处都说明场馆维护对于运动员出成绩有多么重要。

我去过英国的格林威治大学，学校拥有英国最好的建筑与园林设计专业。我也去过英国的庄园和农村，英国人爱花草是举世闻名的，他们对园艺的热情令人感动，无论是庄园式景观还是英式村舍花园，都搞得十分漂亮。即使在乡村，家家户户的门口也种着五颜六色的鲜花；即使在寒冷的苏格兰高地，大片的金雀花也开得格外绚丽。

伦敦的奥运场馆本身都是低碳建筑，维护成本并不高，其中主体育馆"伦敦碗"的8万个座位中有5.5万个是临时座位。伦敦奥运会结束后，临时座椅已被全部拆除，只保留2.5万个固定座位，降低维护成本，有利于场馆长期运营。

20世纪80年代，中国和海外通邮不便，父亲将他翻译的一部书稿托一位在伦敦丘园进修的中国植物学博士带给我，让我交给出版社。我到了北京植物园取书稿，这位博士带我参观了北京植物园，还向我讲述了丘园的植物保护。我就是这样记住了伦敦，记住了丘园，记住了达尔文的《物种起源》，记住了园艺。

这次北京办冬奥会，中国的环保专家特别注重保护植被，低碳环保可持续。延庆小海陀山移栽了24000棵树，我见到小海陀山初建冬奥赛道时开辟工作面的场景，也见到了环保专家修复生态的硕果。北京2022年冬奥会，观众除了能够看见白色的雪道，还能看到阔叶林的线条，冬天树叶飘落，飞机拍摄下的松树落叶的轮廓，粉红色的花岗岩，是两亿多年前的燕山山脉火山爆发造成的，这是生态冬奥的纪录。当运动员脚踩滑雪板从高山滑雪赛道飞燕驰雪时，当运动员操纵雪车雪橇疾驰而下时，小海陀山两亿年的花岗岩在静静地注视着他们，沉睡在雪床上的植被在默默地注视着他们，那是多么美妙的感觉。

为了绿色办奥，英国人煞费苦心。办奥运会要爱护环境、保护植被、勤俭节约，这是英国人给我的启示。体育无国界，中国举办冬奥会是在圆梦，但是梦想远远没有结束，我们依然在路上。

第三章 延庆赛区世界顶级山林场馆

延庆,古称夏阳川,亦谓妫川,历史久远。《史记》中曾记载,黄帝与炎帝三战而后合,得其志于阪泉。延庆民风淳朴,名山胜水,钟灵毓秀。设立在茫茫山林中的2022年北京冬奥会延庆赛区建筑群落,就如同诗情画意中孕育产生的天然村落,在山水森林间显得既和谐,又闪动着现代科技的光芒。它不仅是国际一流的高山滑雪中心和雪车雪橇中心,国家级雪上训练基地,还是体现绿色、生态、可持续发展理念的典范工程,未来将是北京区域性山地冰雪运动、休闲度假以及冬奥主题公园旅游的胜地。

冬奥工程是世界级工程,代表着国家形象,展示大国实力,开创历史篇章。此前中国没有举办过冬奥会,"三亿人上冰雪"将给中国带来更大的发展机遇。延庆赛区是北京冬奥会建设难度最大的一个赛区,也是市领导高度重视的建设项目。

2022年北京冬奥会延庆赛区承担了重要的功能,赛区分为南区和北区,北区主要建设国家高山滑雪中心,包括运动区、观众区、媒体区、竞赛管理区、场馆运营区、奥运大家庭区和附属设施等;南区主要建设国家雪车雪橇中心、山地新闻中心和延庆冬奥村。冬奥延庆赛区配套基础设施建设项目包括京张高铁、延崇高速、兴延高速等交通保障项目14项,造雪引水及集中供水、佛峪口河水生态廊道等水务保障项目4项,西白庙220千伏输变电工程、玉渡和海陀

110千伏输变电工程等电力保障5项，外围配套综合管廊、气象保障、冬奥森林公园等其他保障工程7项。

建设延庆赛区的工程有几大特点：一是难度大，国家高山滑雪中心和国家雪车雪橇中心是冬奥会建设难度最大的比赛场馆，该比赛在北京市第二高峰举行，届时运动员时速高达140公里，落差大、赛道长，对场馆、赛道等建设提出挑战；二是时间紧，技术标准要求高，建筑质量误差以毫米计算，只能边研发、边施工、边完善；三是小海陀山地形狭窄，缺少基础设施，施工物资只能靠骡马运输，建设者正常情况下爬山往返需要7个小时。

2021年2月16日，全国雪车雪橇邀请赛和高山滑雪邀请赛在延庆赛区开幕，这是北京冬奥会前的实战演习。看着高山滑雪和雪车雪橇赛道高水平的比赛，我不由得回想起与冬奥建设者们一起见证建设延庆赛区的日日夜夜。

明珠在山间闪耀

高山滑雪被誉为"冬奥会皇冠上的明珠"，国家高山滑雪中心位于延庆赛区核心区北区，赛区用地近似扇形，占地面积约432.4公顷，最长赛道全长约3000米，垂直落差大约900米。这里将举行北京2022年冬奥会及冬残奥会高山滑雪项目比赛。国家高山滑雪中心设有7条雪道，包括3条比赛赛道及4条训练道，其中竞赛赛道最大垂直落差约870米，总长度约4800米，总面积约24公顷，将承担高山速降、超级大回转、大回转、回转、平行回转和全能等项目的比赛。其他配套设施占地约6.4公顷，总建筑面积约2.9万平方米。此外，还包括山顶出发区、中间平台、竞技结束区、竞速结束区、集散广场、索道等配套设施，它们以珠链式布局散落在狭长险峻的山谷中，穿插叠落，营造出与山地环境相得益彰的人工景观。站在小海陀山极目远眺，高山滑雪赛道蔚为壮观，面条雪（经压雪机压成的平整、密实的雪道上面有一条一条的细脊，很像压面机里压出的面条而得名，与光滑的雪面相比，这种条纹状的雪面让滑雪板吃雪更深，还能更好地回应滑雪者的力）格外清晰，被国际雪联专家誉为"国际领先水平的赛道"和"世界上难度最高的高山滑雪赛道"。

积极建设，坚守一线

北京冬奥延庆赛区有两个竞赛场馆，国家高山滑雪中心和国家雪车雪橇中心。北控京奥公司是这两个场馆的建设单位并负责两个场馆赛时的设备设施保障，在接到任务后，尽力按照国际奥委会的要求，建设有特色、有创新的冬奥赛区。公司领导多次到法国、俄罗斯、加拿大考察冰雪运动，在工程质量、安全、防火、防汛等方面严格要求，努力建成可持续、能够长期运营的场馆和科技、低碳的场馆，最终呈现出一个与自然相融、与发展相伴的山林场馆。

2017年是延庆赛区的设计年、磨合年，北控京奥公司开始招标后，雪车雪橇项目由上海宝冶集团中标建设；高山滑雪竞速赛道及房建工程由北京城建集团中标建设；高山滑雪的竞技赛道及其他雪道均由中交隧道局工程局有限公司中标建设。

专家荟萃，各显所长

一群不同文化背景的建筑师、设计师、工程师从世界各地聚集到北京延庆，为延庆冬奥会赛区的场馆建设添砖加瓦。我在小海陀山见到了86位外国工程师在专注工作，他们来自欧洲和北美等冰雪运动先进的国家，据统计小海陀山山地运行团队有来自15个国家的外方专家。

冬奥会场馆装备和技术各有各的高招儿：意大利的造雪机好，德国的雪车雪橇赛道好，奥地利的缆车好，加拿大的混凝土喷射技术好……他们的技术人员年龄在30岁到50岁，个个都非常敬业，跟中国建设者一起奋战在建设前线。

高山滑雪赛道垂直落差约900米，建设的7条雪道全长约9.2公里。按照冬奥会竞赛标准，高山滑雪的各项比赛赛道均需采用人工造雪方式。冬奥会对雪道的要求是很高的，北欧、加拿大、美国、俄罗斯、瑞士等国家和地区，具临时道路，做边坡防护、地基处理，进行表土剥离，用于将来的生态修复。扫清障碍开辟出工作面，才能建设赛道。接下来就要开挖土方，进行赛道基础施工。

精诚所至，金石为开

冬奥会雪车雪橇项目上马后，上海宝冶集团有限公司承担了国家雪车雪橇中心的机电项目建设任务。最初大家都对项目一无所知，他们专门跑到韩国平昌考察冬奥会雪车雪橇赛道，那是韩国某公司建设的，他们向人家取经，韩国人竟然张口就要几百万美元的咨询费。

全世界雪车雪橇赛道建设方面德国处于领先地位。此前，国际组织认证的雪车雪橇赛道为16条，其中德国就占了4条。建设奥运工程一定要向世界顶尖水平看齐，因此中国建设冬奥会场馆时，雪车雪橇国际单项组织选定了德国戴勒公司制造的赛道做样板。德国戴勒公司非常精通雪车雪橇赛道的建设、运营和管理，他们把德国国王湖雪车雪橇赛道的图纸提供给中国。上海宝冶集团有限公司来了十几个人做模块试验，需要现场制作一段11米长的真实的赛道，等待国际单项组织认可后才可以施工。赛道是一条U型槽，呈多曲形状，混凝土很薄，但要达到强度标准。最难的就是混凝土的配方，必须借鉴国外先进经验。喷射手必须身体强壮，喷枪仅空枪就有30斤。上海宝冶集团有限公司挑选了30名体能好、技术好的喷射手作业，混凝土喷射技术是毫米级，丝毫马虎不得。

自2018年上海宝冶集团有限公司承建国家雪车雪橇中心项目以来，项目团队革新前沿施工技术，取得多项技术突破，引领多个中国"首创"：成功研制完成高强度、高性能的赛道专用喷射混凝土，并实现了国人自行完成喷射任务，填补了国内空白；采用氨制冷系统和赛道制冰修冰技术，自行组建国内首支雪车雪橇赛道制冰师团队，开启国内首创。同时，项目团队顺利完成了各大里程式节点。

情怀激荡，共创辉煌

国家雪车雪橇中心在小海陀山南麓建设赛道，南侧阳光充足，经常被晒，南坡赛道的雪融问题是客观事实，施工难度大。延庆赛区总规划师李兴钢带领设计团队把德国戴勒公司的雪车雪橇赛道设计落实到施工，李兴钢工作室设计师坚持做气候调节系统，设计了遮阳棚，把赛道按照太阳照射的角度用遮阳棚盖住，遮阳棚设计成纯木结构，追求自然材质，崇尚乡土化的美。

建设单位北控京奥公司总建筑师经过充分考量认为中国传统的木结构复杂且很重，在实际环境下很难安装，而钢结构很轻，提出是否可以二者融合。李兴钢是延庆赛区的总规划师，有自己的设计情怀。然而延庆施工环境复杂，建设冬奥场馆有成本的限制，建设单位必须全面考虑。

益者三友，友直、友谅、友多闻，设计方和施工方就雪车雪橇场馆遮阳棚究竟采取哪种结构交流过多次，推心置腹提出自己的见解，大家坐在一起讨论钢结构和木结构的优劣：木结构的优点是建筑与自然融合，两公里长的赛道每段都不一样，贴合地形，符合山林场馆的环境，缺点是施工难度大，图纸都不好画，材质不如钢结构结实；钢结构的优点是容易加工、悬挑效果好，材质结实，缺点是节点不好处理、外观不如木结构漂亮。最终经过集思广益达成共识：采用钢木复合结构，遮阳棚根据日照角度结果分析做成悬挑结构，大量的钢结构作为骨架，承担结构重力，更加安全，木梁结构作为外观，包在钢结构的外面，无论体育功能还是建筑外形都兼顾得很好。遮阳棚经过日照分析，计算悬挑角度保证赛道不受阳光直射，场馆呈南北走向，太阳从东方升起直接照射，下午转到西方西晒，阳光充足容易使冰融化，设计师和建设者利用能量分析的方式确认屋面遮阳棚悬挑的最佳尺寸，安装了9124平方米的遮阳帘。

冬奥建筑，设计师呕心沥血，建设者添砖加瓦，他们都是英雄。大家拧成一股绳，齐心协力，共创辉煌。

从2017年开工，有许许多多的建设者们像钉子一样铆在工地上，摸爬滚打，不畏艰辛。2020年底延庆赛区核心区四大场馆全部完工，国家高山滑雪中心、国家雪车雪橇中心全面开始造雪、造冰工作。

2021年春节，我又来到延庆赛区采访。这个春节，建设者们没有休息，因为2月16日要举办高山滑雪和雪车雪橇冬季体育赛事。而一年之后的大年初四，这里举办2022年北京冬奥会。节日的延庆赛区，国家高山滑雪中心赛道运动员飞驰而下，国家雪车雪橇中心赛道运动员在积极训练，京奥公司办公室和宝冶集团项目部办公室灯火通明。

北京冬奥会延庆赛区建设是世界冬奥会历史上建设周期最短、难度最大、标准最高的工程，冬奥建设者们无怨无悔，他们把对冰雪运动的热爱融进了赛区建设。高山滑雪项目在北京冬奥会期间将会产生11枚金牌；雪车雪橇项目将会产生10枚金牌。将高山滑雪和雪车雪橇两个最具挑战性和观赏性项目的场馆放在一起，这是北京冬奥会比赛最大的亮点。

冬奥建设达人

李书平是北控置业总经理、北控京奥公司董事长，著名的怀柔雁栖湖国际会都项目就是他带队建设的。这一次，他作为主帅，按照国际奥委会的要求，建设有特色、有创新的冬奥赛区。

一支队伍的士气，往往与主帅关系密切。强将手下无弱兵，这是一支能打硬仗的队伍，特别能吃苦，特别能忍耐，特别能奉献，代表国家形象干世界级工程。李书平干雁栖湖工程时经常通宵不眠，为国家荣誉义不容辞。凭着出色的领导能力，将雁栖湖工程干得有声有色。

冬奥会延庆赛区的工程有几大特点：一是难度大，高山滑雪和雪车雪橇是冬奥会难度最大的比赛项目，运动员时速130公里—140公里，在北京市第二高峰举行比赛；二是时间紧，任务重。山高陡峭，建设者正常情况下爬山往返需要7个小时。

按照国际奥委会的要求，建设有特色、有创新的冬奥赛区，在接到任务后，李书平组织人到法国、俄罗斯、加拿大考察冰雪运动。

国家工程有强大的政府资源在支持，他们下决心一定要把北京市委、市政府和冬奥组委交给的任务完成好；冬奥会工程的质量、安全、防火、防汛要求极严，要建成可持续场馆，既不是建完就完了，也不是冬奥会结束就完了，而是长期运营。延庆是北京市经济落后的区之一，冬奥会的举办为当地经济发展注射了一支强心针，将建成小海陀山、玉渡山、龙庆峡两山一峡旅游带，北京延庆小海陀山和张家口崇礼区一纵要建成冰雪产业带，促进3亿中国人上冰雪，对未来全区乃至全国的冰雪产业发展起到推动作用。

李书平觉得干工程，团队很重要，北控京奥公司是小团队，要求别人做好自己首先带头。接受冬奥赛区建设重任，他的压力很大。这么复杂的工程，难度最大、技术含量最高，究竟怎么干好？他脑子一片空白。但是他抗压能力极强，坚信一切都会好起来。总经理不能愁眉苦脸，必须胸有成竹，让民族精神在冬奥建设上大放光彩。

天将降大任于斯人也，李书平承接冬奥会延庆赛区的赛事保障运营，大型工程必须有调度各方的能力，他对中层干部说："你们都是优中选优，咱们把这活儿干好，会在履历上浓墨重彩描上一笔，展现给人民的是积极的正能量的形象。"

信任不能代替监督，要让每个人有实现自我价值的感觉。冬奥工程事业平台很大，所有的后顾之忧都要解决。考虑到员工大多住在北京市区，他安排每天早晨发两趟班车，晚上加班再发一趟班车。住在延庆的发放租房补贴，让大家吃好、住好。北控置业集团有160多个子公司，8个业务领域，李书平把70％的精力放在延庆冬奥赛区。

2018年，全面开工延庆冬奥赛道工程，李书平一马当先，战斗在第一线，他身先士卒的身影极大地鼓舞了建设者，大家个个如猛虎下山，斗志昂扬，三年来周末很少休息，几乎每周六都要开工程协调会，延庆大城堡的八间会议室每天晚上灯火通明。

中国有一批精干的建设团队潜心研究高山滑雪和雪车雪橇运动。京奥公司的建设者来到中国东北的亚布力滑雪场，到法国、意大利、奥地利的滑雪场观摩，到平昌冬奥会赛场取经，知己知彼，百战不殆。

2022年北京冬奥会和冬残奥会组织委员会主席、北京市委书记蔡奇多次来小海陀山视察，主管冬奥工作的张建东副市长平均一个月来一次。冬奥工程是世界级工程，代表着国家形象，展示着中国大国的实力，开创历史。

李书平有思想，有感召力，学习能力强，是一个优秀的职业经理人，专业的项目管理者。他胸有成竹，把国家高山滑雪赛道和国家雪车雪橇赛道两个场馆建设稳步推进，锻炼了队伍。李书平率领北控京奥人用建设的优秀成果，向全国人民交出了一张满意的答卷。

"雪飞燕"的忙碌者

罗进是北控京奥公司总经理，毕业于太原工业大学，后来到英国诺丁汉大学攻读建筑设计，到爱丁堡攻读项目管理专业，取得两个硕士学位。

冬天延庆天寒地冻，公司按照人头给建设者发放了防寒服，他发现新来的26人没有领到防寒服，有人说要等集中一批人统一购买。罗进发了火："必须马上补发，每个部门都要有服务意识。"在他的督促下，综合办立刻给缺衣服的人补发齐全，暖了大家的心。

延庆赛区是罗进迄今为止干得最难的工程。工程在博弈中完成，挑战远远大于雁栖湖国际会都工程的难度。他长年住在延庆，星期六基本不休息，星期天也未必能休息，他经常拉着总包、监理和施工方负责人开会。

罗进还去了新西兰、瑞士、德国、加拿大等国家，考察世界先进的滑雪场，发现欧洲的冬季雪大，到夏季雪都可以存住，阿尔卑斯山是天然的滑雪场。国内场地建设，他觉得首先要做雪务实验，万一举办北京冬奥会的时候遇到暖冬气温偏高造雪不利，能否存住雪是个大问题。

2017年正月十五，家家户户都在挂灯笼、猜灯谜、闹元宵，罗进一行在这一天冒着严寒来到延庆区的石京龙滑雪场，借地盘进行造雪实验，给雪覆盖保温材料并跟踪观察。可喜的是3月份造完雪，到当年10月份雪还保留有50%。

起初小海陀山没有手机信号，条件艰苦，年轻人不能玩手机觉得很不习惯，建设者们创造条件，改善通信信号，打开了新局面。延庆赛区的建设特点是难上加险，高山滑雪赛道是世界上最难的赛道之一，雪车雪橇赛道是国内第一条、亚洲第三条、世界第十七条赛道，360度的回旋弯，是世界少有的雪车雪橇赛道设计，比赛速度可达每小时135公里。

为了尽可能做到延庆赛区核心区的土方平衡，减少对植被的破坏和对环境的扰动，北控京奥公司积极地优化设计，尽量减少挖方，经多轮积极斡旋，得到了国际雪联的理解和支持，同意了北控京奥公司提出的雪道优化方案，减少了挖方，保护了植被。

雪车雪橇赛道由德国戴勒（Deley）公司设计，包括氨制冷系统。这是一个家族企业，德国人干事情认真，严谨，精益求精。

国家高山滑雪中心高落差、长坡面，酷似一只飞燕，故名"雪飞燕"，我曾经在"雪飞燕"的茫茫飞雪中见到北控京奥公司的罗进总经理。他有时候一天要接到十几个会议通知，应付会议就忙得焦头烂额，只能挑最重要的会议参加。在我采访期间，亲眼见到几个他的工作瞬间：

2019年11月23日，蔡奇书记和陈吉宁市长到延庆区双调研，对延庆赛区的工程提出质量、工期、进度、生态修复的要求；

2019年12月9日，罗进陪同北京市重大办于德泉主任和李书平总经理沿着赛区走了一遍，对施工状况、生态修复和工程场容场貌提出要求；

2019年12月14日是个周六，罗进在延庆开了一天会，晚上才回到北京市区的家里，从天气预报得知周日晚上下雪，他担心小海陀山有事，心里横竖不踏实。虽然安全总监韩小炎在山上盯着，但他觉得自己必须在一线坚守。周日下午四点又从家里出发，开了一小时零40分的车赶到延庆。只有待在延庆，他才感觉自己对冬奥工程看得见摸得着，心里才踏实。

雪在周日晚上十点如约而至，飘飘扬扬覆盖了小海陀山，道路非常滑，通往赛区工地的松闫路被延庆区重大办封路了。周一上午，他上山查看赛区道路除雪铲冰的情况，忙得筋疲力尽。当时造雪已经完成了80%，他看到山上很多建设者在忙碌，有的在挂滑雪防护网，有的在造雪，有的在压雪。

说来也巧，我写《北平抗战秘闻》时接待我在延庆采访的胡玉春局长和姬中伟副局长，现在又与冬奥工程密切相关。罗进得知我和胡局长、姬副局长熟悉，特意安排我们聚会。胡局长对我说："孙老师，冬奥工程在延庆建设，我有扶贫支持国家重大工程的责任。"

我调侃道："胡局长，您扶谁也是扶，你就多扶扶冬奥建设者吧，他们太不容易了。"

胡局长一本正经地说："我扶了，前些日子我还给他们送苹果呢。"

冰雪运动是富有挑战性和观赏性的运动，高山造雪彰显着劳动的欢乐。离开延庆赛区建设者的那天晚上，我一气呵成写下了一首小诗：

七律·题北京冬奥会海陀高山造雪

寒潮刺骨朔风吹，延庆鹅毛扑面飞。
潇洒银蛇争晓月，奔腾骏马竞朝晖。
高山玉骨喷霜絮，白璧冰肌照翠微。
壮士拼搏双测试，加油奥运鼓声威。

一晃一年过去了，牛年的春节延庆赛区的建设者注定不能休息。2021年春节，我再次来到延庆赛区蹲点采访，早晨5点多走出家门，天上的月亮还在打盹儿。我看到罗进总经理更忙了，腊月二十八，他一个上午要开两个会，中午不休息马不停蹄接受我的采访，下午两点接着开会；那天晚上，我在延庆采访到夜阑人静。冰天雪地、寒风刺骨，这样的环境和高强度工作让我深感冬奥建设者的不易。腊月二十九，罗进依然坚持工作；春节期间领导干部值班，罗进挑选了大年三十和大年初一在延庆一线坚守；在阖家团聚的日子里，千家万户都流淌出幸福的欢笑，而他的家里却只有半轮月亮。

国家高山滑雪中心领头羊

他叫刘文浩，1984年出生于辽宁本溪，父亲是本钢的工人。他从小好学上进，考入北方工业大学艺术设计专业，毕业后来到设计院工作，主攻室内设计。他曾经在北控会都公司设计部工作，参加了雁栖湖工程，负责酒店精装修，工作卓有成效。

也许是出生于东北的缘故，他酷爱滑雪，2012年开始利用业余时间到滑雪场练习滑雪，滑得有模有样。听说北控公司要上冬奥项目，他主动请缨来到了小海陀山，担任京奥公司工程部副经理，主管国家高山滑雪中心建设。

办冬奥会，国外是先有雪场再有比赛，而中国是先有选址再有雪场。刚来时小海陀山一片原始风貌，山上本没有路，汽车只能开到海拔800米的临建处，再往上走就要靠双腿了。

2017年的开门大戏是踏勘，筹划工程，看看活儿该怎么干。为了了解地形，刘文浩和同事们一起从临建处向小海陀山巅攀登，需要爬4个钟头才能到达山顶，上下一趟山需要7个钟头。小海陀山有长虫沟，不时会有蛇从施工道路上缓缓爬过，施工时既要防着蛇攻击，又不能把蛇打死，只好用硫黄粉驱除毒蛇。他叮嘱工人带着防治毒蛇咬伤的药上山，学会保护自己。山上偶尔还有野兽出没，它们在地上留下了清晰的梅花脚印。他就那样与山为伴，与苦为友，夜以继日地奋战着。

2018年，国际雪联高山滑雪项目委员会主席鲁西来到小海陀山，刘文浩和郑振国一道陪同他察看地形，从海拔1480米的竞技结束区走到海拔2198米的山顶，700多米的高度，比北京香山的香炉峰还要高，足足两个小时的山路，没想到70多岁的鲁西走得比他们都快，令人刮目相看。

鲁西曾经是著名滑雪运动员，连续几届的冬奥会、世界杯、世锦赛高山滑雪冠军，亲自设计北京冬奥会延庆赛区高山滑雪赛道的坡度、角度、路线和赛道的跳点。

国际雪联高度重视与中国的合作，中国正在采取各种措施积极备战北京冬奥会，国际雪联愿意为中国冰雪项目的发展提供任何力所能及的帮助，建议中国运动员要利用好东道主优势，加快对赛道、气候条件等各方面的适应。

高山滑雪的场地包括滑降、回转、大回转、超级大回转等几类，选择在风力较小、积雪量大的地带，雪面为冰状雪，雪厚1米左右。滑降赛道落差800米，一般宽30米，保留天然的转弯、斜坡等，避免连续起伏的小转弯；回转赛道落差250米，一般宽40米；大回转赛道落差450米，一般宽40米；赛道以波浪式起伏的较陡地形为好；超级大回转赛道落差650米，至少宽30米。各种赛道都应设置出发门、旗门和终点门。选手沿着规定的线路，穿越旗门，连续转弯向下滑行，用时少者胜出。

其中的滑降项目，也有人称为坠山，有多种完成方式。高山滑雪虽然没有空中翻腾动作，但是每次转弯都是与医院或者死神的一次擦肩，最高时速能达到130公里—150公里，比世界上"短跑冠军"猎豹速度还快。

很多人在欣赏国外高山滑雪比赛的同时，也开始展望2022年的北京冬奥会，其实北京方面已经紧锣密鼓地展开，并聘请前高山滑雪冠军伯恩哈德·鲁西作为顾问，亲临现场考察指导。

雪道是由鲁西设计的，如果按照原来的设计方案，高山滑雪赛道总土方量是70万立方米，一兜一兜往山下运土，工程难度大，工期短，至少到2020年底才能修好。雪道修好后还要安装地下管线，时间不等人，必须优化设计。

刘文浩是学习设计的，有自己的设计理念，以往的设计经验帮助了他，他与设计部刘坤经理一道根据工程特点因地制宜地出了一版优化方案，修改了几段赛道的坡度，向北京市重大办和北京冬奥组委领导做了汇报，有关领导看了他的方案后觉得不错，郑振国便对鲁西说："鲁西主席，由于工期不允许，施工单位调整了雪道坡度，有些雪道要改。请您看看是否合理，能否修改一下？"

鲁西非常虚心，第二天就与郑振国、刘文浩一道徒步爬山到现场勘查，采纳了建议，认真修改雪道设计方案，用挖山的石头砌边坡挡墙。

2019年6月，我乘坐全地形车来到小海陀冬奥工地采访，炎热的太阳烘烤着大地，建设者的皮肤被骄阳晒得黝黑。山上没有路，非常危险，尘土飞扬，两车会车时如履薄冰。坐在车里如果不关窗，一会儿工夫衣服就布满灰尘，人也变得蓬头垢面；如果关上窗户就像在闷罐里，衣服立刻湿透，布满汗渍。

小海陀山的气候仿佛娃儿脸说变就变，行驶到山腰，突然下起了倾盆大雨，肆虐的雨水仿佛要把我们冲下山去。山上下大雨，车里下小雨，我用矿泉水瓶子接车顶棚渗漏的雨水。在山脚时艳阳高照，大汗淋漓，可到了山上气温骤降，冻得人直打哆嗦。

高山滑雪中心环境艰苦、条件恶劣，从海拔800米的临建处到海拔2198米的山巅，落差是1400米，16平方公里的地盘上，高峰期有56家施工单位，1.1万人在干活儿，伐树、平整场地、砌边坡、表土剥离、埋管线、建设雪道、供水供电、通信线路……交叉施工难度大，我端着照相机全神贯注拍摄工程场面，脚底一滑，摔了个大马趴。我顾不得掸掉身上的泥土继续采访，亲历了小海陀山雪道建设的艰辛，吃尽了苦头，亲眼看到了刘文浩等冬奥建设者忙碌的身影。

2019年8月，建设者终于修好了一条从临建处抵达海拔1480米的竞技结束区的柏油路。高山滑雪要建设雪道，首先从山顶开刀。符合冬奥会要求的雪道与常规雪场不同，常规雪场依山势而建，而小海陀山山巅是尖的，必须先削平，土方量极大，沿着山脊挖，最深的地方需要用炮锤和挖掘机垂直挖20米。

除此之外，刘文浩还要负责造雪、索道和附属建筑，这些工程都是国内首创，他和建设者从来没有在落差如此高的山上干活，现场运输也很难，只有将机械和材料运进去才能干活。他们在雪道上修了一条之字形的路，只有挖掘机和越野车才能上去，机械上去还要给机械运油料。

大海陀山位于河北省赤城县，没有路只能靠骡马队运输，这些骡马队是以往给驴友运输装备的，刘文浩和工人们开车到河北省赤城县，召集了骡马队先运送帐篷、被褥、食品、水、沙子、石子、监控设备等前期生活用品和建筑材料；在小海陀山这一侧，建设者从竞技结束区到小海陀山顶架起了货运索道，每个吊篮可以运输2—3吨物品，足足运输了一年的货物，解决了前期山上的急需用品。

刘文浩的家在顺义牛栏山，离公司办公室有90公里，为了干好工程，2017年4月，他在延庆工地附近租房，早晨7点30分开车上山，中午在临建简易板房吃盒饭，下午几乎没有5点正点下班的，开会就在海拔800米的临建活动板房里。延庆属于北京远郊区，晚上饭馆关门早，有时候晚上开工程协调会开到九十点钟，过了饭点自己煮点方便面充饥。老吃方便面倒了胃口，后来到街上找饭店，附近只有一个老马拉面饭馆24小时营业，可是天天吃老马拉面胃也不舒服啊。

他是高山滑雪赛道工程负责人，忙得团团转，高山滑雪赛道的总土方量70

作者在延庆采访高山滑雪中心赛道建设负责人刘文浩

万立方米，他每个周末都要加班，只有个别周日可以休息，即使休息每天至少也要接70—80个工作电话，不在现场也要遥控指挥工程。就在我采访他的第一天，他整整接了97个电话。他无暇顾及家庭，只好把媳妇和双胞胎儿子扔在家里。媳妇一个人带不了两个淘气的孩子，就回到辽宁盘锦娘家，请岳父岳母帮助带孩子。5岁的儿子想爸爸，只能通过视频与爸爸对话。有一次电视台播放他的采访镜头，两个孩子看见电视里的爸爸以为是在视频，不停地喊爸爸，还问妈妈为什么爸爸不理我们？

父母和妻儿过一段时间就到北京来看望他，他还是整天不着家，有时候父母和媳妇想跟他唠嗑，他躺在床上唠了几句就困得睡着了。现在，两个儿子已经7岁，在顺义上小学了，他依然抛家舍业奋战在延庆赛区。

他大清早爬起来，匆匆扒拉两口饭菜就往工地赶，中午在临建房吃点盒饭，盒饭的口味实在不敢恭维。有时候在山上下不来，就带点面包香肠垫补一下。他在延庆赛区从来没有睡过午觉；晚上回到租住地，困得东倒西歪，倒头就睡，由于操心过度，他36岁的年纪就有白头发了。

有一次，北京市张建东副市长到小海陀山考察，定了下午来，刘文浩便上午带着一个新来的小伙子去踩点，看看道路和施工情况。他们刚走到山顶突然下起了冰雹，山顶只有草甸，没有棚子遮风挡雨，弹球大小的冰雹把他俩的胳膊砸得布满红印。山顶没有树，小海陀山的脖颈处（海拔1800米）有一片小松树林，里面有个小木屋可以遮挡一下，他们把书包顶在脑袋上往小木屋跑，新来的小伙子摔了两跤，挨了20分钟冰雹砸，浑身都湿透了，终于跑到小木屋避了一会儿，冰雹下了半个小时总算消停了。刘文浩既心疼又担心，心疼新来的同事第一次上山就赶上恶劣的天气，担心的是怕好不容易招来的人因为糟糕的施工环境撂挑子。

2018年12月28日，国家高山滑雪中心技术道路全线贯通仪式在小海陀山举行，本来打算上午9点半开始，没想到当天气温零下30摄氏度，风力将近10级，人都站不住，好不容易等到11点，风小了点，气温上升到零下20多摄氏度，仪式才正式开始。京奥公司新闻发言人夏魏上身穿毛背心、羽绒服、防风专业滑雪服，下身穿三重保暖滑雪裤、戴着滑雪帽、滑雪手套、墨镜，带着一群人，脸上围上了魔术方巾，只留出耳朵，刀子风把耳朵割得生疼。他们站在竞速结束区拍照后，感觉人被冻透了，冻酥了，工会副主席李荣慧为了美，摘掉魔术方巾拍照，两三分钟的时间就把脸冻得生疼。

工人们身穿大棉袄、大棉裤在极寒的天气里干活儿，晚上10点半，主管工程的副总李长洲拎着装满饺子的保温桶，走了40分钟山路到山上给工人们送饺子，中央电视台记者觉得是个好题材，扛着摄像机跟踪拍摄，记者由于没戴帽子，脸部、耳朵立刻冻僵。

小海陀山海拔2198米，刘文浩组建了一个微信群叫做"2198战斗群"，群内都是高山滑雪赛道的建设者，平均年龄30来岁。高山滑雪分为竞速赛道和训练赛道。胡高腾，27岁，负责城建的标段；30岁的高子超家住北京，妻子怀孕，为了不耽误工作，他在延庆租房，把妻子接到延庆居住；计划部经理李阳到了延庆冬奥工程后，头发白了30%……

2018年夏天，刘琦和刘文浩从临建处往山下走，突然弹球大小的冰雹噼里啪啦砸到他们头上、脸上，像石子似的梆梆硬，砸得头生疼生疼。刘琦手捂着头急忙躲进汽车里，刘文浩躲到全地形车里，把拍摄的冰雹照片发到微信群里，群里一片哗然，真是晴天一身土，雨天一身泥，苦中作乐无所畏惧……

2019年冬天，我在延庆赛区冬奥工地多次采访刘文浩，他穿着一件黑色的羽绒服，在皑皑白雪中冻得瑟瑟发抖，却一丝不苟地指挥工程，工作热情依然高涨。造雪、压雪、缆车索道、山地巡逻，在这条世界最险最难的雪道上，他朴实踏实吃苦耐劳，无怨无悔地奉献着青春。

高山滑雪被誉为是"冬奥会皇冠上的明珠"，国家高山滑雪中心位于延庆赛区北区，赛区用地近似扇形，占地面积约432.4公顷，最长赛道全长约3000米，垂直落差大约900米。这里将举行北京2022年冬奥会及冬残奥会高山滑雪项目比赛。国家高山滑雪中心设有7条雪道，其中包括3条比赛赛道及4条训练道。还包括山顶出发区、中间平台、竞技结束区、竞速结束区、集散广场、索道等配套设施，最多同时容纳4500—4600人观赛。

2019年底，高山滑雪赛道和训练赛道（竞速赛道）已经完工；

2020年1月18日之前，高山滑雪赛道已经造好冰状雪；

2020年1月疫情蔓延，刘文浩等冬奥建设者春节不休息，在疫情中保运营，小海陀山从设计蓝图变成美丽赛道的现实；

2020年2月，高山滑雪比赛正式开战，出发台的风筝安上了飞翔的翅膀；

2020年2月底，雪车雪橇赛道顺利完工；

2020年8月，高山滑雪中心雪道工程B1、C1及F1雪道已经完成，技术道路土石方及挡墙工程已经基本完成，B1、C、F索道已经取得客运索道安全检验合格证，附属建筑工程已经完成主体结构施工；

2020年底，延庆赛区核心区四大场馆全部完工，国家高山滑雪中心、国家雪车雪橇中心将全面开始造雪、造冰工作；

2021年春节前，我在延庆赛区蹲点采访，看到刘文浩和雪车雪橇项目经理王永生等人又在开会，今年的春节他们不能休息，因为从2月16日到26日，要举办高山滑雪和雪车雪橇冬季体育赛事。

目前，延庆赛区共建设好7条雪道：3条比赛雪道，4条训练雪道。还有8条联系雪道，3条回村雪道，15条技术道路，两条拖牵雪道。大风筝是山顶最高点，但不是比赛起点，运动员要从大风筝滑到比赛起点，才能开始比赛。雪道最高点2178米，比山巅低20米；回村雪道最低点910米。比赛赛道总长4872米，训练道总长4556米。

我来到高山滑雪竞技结束区，看到面前有三条赛道，左边一条是训练赛道，中间和右边两条是比赛赛道。高山滑雪竞赛主任郑振国带领运动员在比赛赛道刻苦训练，为了每四年一次与世界各国运动员竞争的机会，运动员们正在不停地训练，他们绕着旗门左右回旋而下，宛如银蛇在山间飞舞。左边训练赛道是残疾人运动员在训练，他们有的坐在轮椅上，延庆赛区国家高山滑雪中心的工作人员正在为残疾人运动员调整轮椅。高山滑雪对于健全人都很难掌握，摔跤在所难免，残疾人训练的艰难可想而知，但他们没有一个人畏惧。我站在冰天雪地的山上，戴着暖宝还觉得寒风冻到骨子里，而运动员从山上摔下来，猛撞，受伤，然后爬起来再滑……

刘文浩滑雪滑得很棒，像箭似的在延庆赛区的高山滑雪竞技赛道飞翔。我常常想如果帕瓦罗蒂去督促建造音乐厅，乌兰诺娃去督促建造芭蕾舞剧院，科比去督促建造篮球场，会是什么样子？热爱是最好的老师，刘文浩对滑雪运动的热爱促使他对北京冬奥工程的滑雪赛道建设格外上心，精益求精，他把对冰雪运动的热爱融注进了高山滑雪赛道的建设，用情感在建设高山滑雪赛道，这是心的呼唤，这是爱的奉献，人民不会忘记他。

有担当的总建筑师

罗均武是北控京奥公司总建筑师，在我的眼里，他是一个求真务实、对工作极端负责任、敢于讲真话的人。山地建筑非常复杂，工程建设太难了。从建设国家雪车雪橇赛道开始，他与各部门的磨合就开始了。

雪车雪橇场馆遮阳棚究竟采取钢结构还是木结构？早先考虑到建筑外观和结构需求，中国建筑设计研究院李兴钢工作室设计的屋顶和遮阳棚设计了纯木结构。但在深化设计的过程中产生了问题，结构计算与选材出现矛盾，造价测算也比预计的高很多，罗均武和他的同事们会同施工单位，推心置腹地和李兴钢团队共同寻找更好的解决方案。大家坐在一起讨论钢结构和木结构的优劣，经过集思广益，各方达成共识，最终选定了钢木复合结构，既满足了结构的稳定性要求，也降低了造价，在满足设计师情怀的同时，也尽到了业主的责任，力求达到节俭办奥的要求。

干冬奥国家重点工程有荣誉感，痛并快乐着。罗均武牵头组织优化设计、方案评估，改变了抗滑桩的排列形式，原来设计每条雪道至少打四条抗滑桩，现在三条雪道每条打两排抗滑桩，缩短了施工工期，节约了造价。

李兴钢是延庆赛区的总规划师，他的团队还有两位干将：邱涧冰和张玉婷，他们都是这个项目的主要设计师，颇有才华，都是有情怀的建筑师，然而情怀和现实之间总有一些差距，罗均武站在建设单位的角度，必须考虑工期和成本。在与李兴钢团队的磨合过程中，也和他们建立了深厚的友谊。

从2017年开工，到2020年底完工，罗均武像钉子一样铆在工地上，与建设者一道摸爬滚打，非常辛苦。中国人的施工效率得到了外国专家的认可。国家高山滑雪中心山顶出发平台海拔2198米，是北京市海拔最高的建筑，造型巍峨，犹如一只展翅欲飞的风筝，远远看去，把山尖盖住了。

国家高山滑雪中心垂直落差约900米，建设的7条雪道全长约9.2公里。按照冬奥会竞赛标准，高山滑雪的各项比赛赛道均需采用人工造雪方式。为了延庆赛区建设，罗均武操碎了心。

延庆的一年四季是春之鹅黄、夏之浓绿、秋之斑斓、冬之苍茫。现在的小海陀山披上了绿装，罗均武满怀信心迎接北京冬奥会、冬残奥会的到来。

登上国庆观礼台的冬奥人

他叫刘坤，1982年出生在唐山，毕业于河北工程大学土木工程专业，到中冶下属单位做施工管理，西单大悦城就是他们做的项目。2011年他来到北控京奥公司，担任主任工程师，负责雁栖湖三标段的工程管理。

2017年6月份，他开始接触冬奥工程，担任北控京奥公司设计部经理，工作重点、环境、性质有了很大变化。冬奥工程的特点是工期短，施工人员进场了，机械设备准备好了，可是设计图还没有出来，整个建设团队等米下锅。他只好边设计、边施工、边办理手续。作为中层管理干部，他要处理好京奥公司与北京冬奥组委的关系。国际雪联对赛道有要求，北京冬奥组委要求他们每天参加不同的会，制定设计方案要细化到多少个垃圾回收点这些细节。

馒头山比较饱满，适合修建雪道。而小海陀山过于陡峭，设计施工难度很大。小海陀山地质情况欠佳，碎石土和强风化的花岗岩，土和碎石稳定性差，只能半挖半填。

陡峭的山势必须保证边坡的稳定安全，北京延庆每年都下雨，使得边坡容易垮塌。北京天然降雪很少，然而，高山滑雪赛道的雪要一两米厚，雪的密度每立方米570千克，施工队需要把雪压平再注水。高山滑雪项目第一次造雪要用70多万立方米水，2021年冬天计划用160万立方米水造雪。水需要用管线和泵站往山上打。这就牵扯到水的可持续性，一共用多少水，产生多少污水？

高山滑雪在1400米处观赛，观众可以坐缆车上山，也可以乘坐大巴车上山，大巴车爬山的坡度不能过大，需要修建盘山公路，公路边要修建挡墙。国际雪联高山滑雪项目委员会主席鲁西的团队来到小海陀山现场，问道："你们为什么要在赛道上修这么多挡墙？"

刘坤回答："阿尔卑斯山是天然滑雪场，冬天风小，适合滑雪。小海陀山的地形不如阿尔卑斯山，必须削山填沟，所以需要修挡墙。"

高山滑雪赛道和雪车雪橇赛道完全是两种不同的设计理念，高山滑雪赛道是感性化的，赛道有四个跳跃点。小海陀山的地质状况以碎石为主，土的黏聚力不好，刘坤每周都要上山查看工程进度。正常雪道宽度不少于60米宽，砍掉树、削掉土后，要保证山脊的梯形面积达到60米宽，在山谷里多加了两条雪道。

中国的雪场没有用土填的雪道，从土方平衡角度看，在山谷回填，一条雪道需要回填20万立方米的碎石土，碎石土对石头的粒径有要求，不能大于300毫米，如果遇到洪水容易滑坡，为了避免大量堆方、填方，他们必须消纳，找中交集团下属的公路规划院，采用打抗滑桩的方法，把雪道分成几段，让每段土都稳定住。

阿尔卑斯山滑雪场是以天然雪为主，人工雪为辅；而小海陀山滑雪场却是以人工雪为主，天然雪为辅。天然雪有雪核，六棱形。人工雪是用造雪机人工造雪，就是把水打碎成小颗粒喷射出雾状水，在零下温度下飘扬的过程中结成冰晶，落在地上是冰碴，看起来像雪。这种往雪里注水的冰状雪表面附着冰壳，运动员滑雪时摩擦力小，速度快，不会形成很深的轨迹。

延庆赛区的造雪量远远大于其他雪场，7条赛道一起造雪，2019年11月底后半夜是造雪的窗口期，气温合适，工人们必须后半夜起床造雪，昼夜连轴转，我亲眼看到他们使用意大利进口的造雪机造雪，用压雪机压雪，造一层雪、压一层雪，压实了才达标。一般雪场雪厚400毫米就可以开业给大众滑雪，瑞士阿尔卑斯山的天然雪大概一米厚，压实了再注水上面是冰雪混合物形成冰壳，人上去是站不住的。野雪一般民众是滑不了的，野雪很暄，只有专业运动员才能滑野雪。

造雪的水来自佛峪口水库，佛峪口水库的水通过管道打到山上。工程队在海拔900米和1050米处分别建了两个塘坝，在海拔1290米处建了一个蓄水池，两个塘坝能够储蓄17万立方米的水，1050米处的塘坝与外部管线衔接，水满了就会流到海拔900米处的塘坝，这个塘坝备用，兼顾赛后用水。

成本部经理调走了，从2019年3月至9月，刘坤身兼双职，在担任设计部经理的同时还兼任了半年的成本部经理。采购责任重大，他把主要精力放在成本上，跟施工单位谈价位，不让公司当冤大头。雪车、雪橇项目的刮冰器需要从德国进口，代理的报价很高，刘坤先了解刮冰器在德国的正常价位，发现代理比德国公司出厂价高了好几倍，可是北京冬奥组委说必须买这家的，他就一直不买压着对方，经过多次谈判，多方斡旋，最后代理商按照原价卖给了他，仅此一项就为国家节省了1000多万元人民币。

冬奥工程难度远远大于房地产开发，工作面的地质有灾害点，可是选址已经定下来只能在这里修建，他必须迎难而上。成本部工作必须有责任和担当，冬奥会场馆建设和比赛器械一定要过硬，他们按照国际雪联的认定，压雪机、造雪机、安全网买的是意大利的，索道买的是奥地利的……

刘坤的家位于北京海淀区西三旗，早晨6点多从家里出来赶地铁倒班车，晚上很晚才能回家，11点半睡觉，5点多又得爬起来，每个周六都要开会。他索性在延庆租房，他的女儿刘美希上小学三年级，为了工作，他一点也顾不上家务，是个不称职的父亲。

设计和成本是互相联系的，有的可以调整设计方案降低价格，他凭着高度的责任心精打细算，为国家节省了大量资金，被评为北控集团优秀员工。新中国成立70周年大庆，他与杨仲生副总一起登上观礼台，亲眼见证了国庆70周年阅兵。

唱黑脸的安全总监

黑脸是传统戏曲的角色，通称黑头。因勾画黑色脸谱，故又称"黑脸"。黑脸含褒义，比如包公脸谱表示忠耿正直，铁面无私，忠勇。韩小炎在建设者中便是这个唱黑脸的角色，他是北控京奥公司安全环保部总监，负责延庆冬奥建设项目的安全保卫工作。

中国办冬奥会是他多年的梦想，他满怀信心投入建设中。2016年9月，他和罗进、李长洲、顾立海一道从河北赤城爬小海陀山踏勘，由于经验不足，他们没有配备登山设备，只是穿着普通的旅游鞋向山上攀登。山上气温为0摄氏度，飘着大雪，他们没有带登山手杖，也没有穿户外登山服和登山鞋，步履维艰。山上连手机信号都没有，饿了吃一口自己带的火腿肠和面包，渴了喝一口冰冷的矿泉水。山上连羊肠小道都没有，只能按照驴友留下的路标往前闯。

罗进爬得腿疼，韩小炎崴了脚，李长洲的鞋子裂口了，只好解开驴友做路标的红绳子绑在鞋子上，四人咬牙坚持前进，整整用了9个小时，终于看清了小海陀山施工的地形。

延庆赛区的冬奥工程工期最紧、作业面交叉最复杂、施工机械车辆最多，安保部的人所有节日一天都没有休息，出现问题第一时间处理。他的工作很琐碎：监管施工扬尘，禁止滥砍滥伐，监督不能乱倒施工垃圾，消防防汛，边坡修复，山地救援和山地防护，表土剥离……

小海陀山的苦令人难以想象，冬天气温在零下30摄氏度。2018年岁末，中央电视台记者到延庆赛区采访冬奥工程。小海陀山山巅海拔2198米，工人们在寒冷的气候里干活需要补充热量，饿了要垫补一下，韩小炎等人给山巅的工人送去电暖器、电褥子、热饺子、方便面、保温桶、火腿肠、榨菜、松花蛋，记者扛着摄像机拍摄，没想到拍摄结束后，耳朵居然冻伤了。

韩小炎家住在北京市光彩路，离延庆的办公地点有120公里，每天上下班需要5个小时；从办公室到冬奥建设工地还有30公里，最快也要开45分钟。京奥公司的中层干部每周6天工作制，每周六上午要开业主协调会研究工程，忙的时候星期天也要加班。小海陀山施工，森林防火是重中之重，他认真组织森林防火，建立微型消防站，风力灭火器，安装了50个消防水箱，盛了400吨水，切断火源。

山上几千人干活一律不吸烟谈何容易？他敢于唱黑脸，铁面无私，严格要求，任何打火机、汽油、酒不允许进山。作为安全总监真是如履薄冰，战战兢兢，生怕出一点纰漏。

他家里兄弟两人，哥哥在外地，他家务负担很重，家庭成员老的老，小的小，为了工程他付出了很多很多，2019年4月初，他的父亲在成都华西医院住院，肺部感染住在ICU病房，主管工程的副总李长洲说："小炎，你回去吧。"

他心急火燎地赶到成都华西医院，看到父亲已经上了呼吸机，不能说话，他紧紧地拉着父亲的手，眼泪唰唰地往下流。ICU探视只允许待半小时，他攥着父亲的手久久不舍得松开。护士催促他离开，他鼻子酸酸地走出病房，真是生离死别啊！

他惦记着工程，马不停蹄地回到北京，没想到刚刚回来两天，父亲就永远地离开了这个世界，他连父亲的最后一面都没有见到。

他的母亲80多岁，居住在北京5层楼上，没有电梯，多需要他这个身边唯一的儿子去照顾啊，可是他忙于工程，母亲只好一步步挪下楼找老邻居唠嗑，自己做饭；他还有一个15岁的女儿韩一璠正在上高二，每天晚上做作业到10

点多钟。他对家庭严重失职，女儿从小学到高二，十年时间他都在干工程，没为女儿开过一次家长会，辅导过一次功课。2019年恰逢女儿中考，他一天也没有回家，一门心思扑在工作上。单位的班车晚上5点发车，而他根本无法正点下班，每次都是摸黑开车回家。

冬奥工程难啊，建设雪车、雪橇赛道需要打人工挖孔桩，安装新风系统，属于高危作业，桩的孔径在80厘米—100厘米，人用钻头、锤子和镐往下挖岩层，挖到地下20多米，害怕冒水和有害气体，更担心塌方，所以干这种活儿都是父子桩、夫妻桩，只有亲人之间才能格外注意安全、配合默契。韩小炎认真督战，延庆赛区雪车雪橇赛道打了近千根桩，没有发生一起事故。

2019年夏天，小海陀山工地要防汛，他作为安保总监盯现场，两个月没有回家。他挂帅的安保部所有的节日都在工作，没有休息一天。2019年春节，他大年三十值夜班，然后每天都在施工现场忙碌，整整在山上待了七天。

2019年11月29日下午，他在海拔1400米的半山腰检查工程，下午两点多，突然下起了雪，他通知总包方立即停止施工赶紧下撤。为了安全，他耐心疏导下山的人员车辆，劝阻强行下山的总包人员，车辆一律停靠路边，人员徒步下山，他冒雪边走边做工作，有一辆水泥车不听指挥强行下山，结果翻到山沟里。他见状让指挥人员靠边，组织人马到沟里捞车，先救人再保护现场。下午3点半到4点，雪越下越大，所有的车辆都停驶了，他在900米塘坝的山路上行走，一个趔趄摔倒了，手机摔了出去，屏幕都摔碎了。他从雪中艰难地爬起来，掸掉身上的雪，继续指挥工人下山。栗超工程师把车扔在山上，从海拔1400米的竞速结束区往下走，雪越下越大，那天，最早下来的是六七点钟，最晚下山的到了九十点钟，天漆黑一团，摔跟头是家常便饭。

冬奥工程安全做不好一票否决，由于韩小炎的突出贡献，他被评为北控京奥公司先进个人、京奥置业公司先进个人，北京市从事安全工作前20名先进个人，受到总经理嘉奖。

工程是怎样修复生态的

31岁的刘琦是哈尔滨人，毕业于中国石油大学艺术设计专业，毕业后到北控工作，参加过雁栖湖工程。

2017年8月，他接触了冬奥会工程，第一件事情是从小海陀山海拔800米的临建处往山上修路，修路就要先砍树。开始，环保中的水、气、声、渣、光他心里门儿清，可是对于可持续则一头雾水，这个词外延太大。梁德栋工程师以可持续方案为主，刘琦的任务是把方案落地。

北京冬奥组委的可持续专家们制定了矩阵表，有环保、水保、可持续等54项内容，他们聘请了环保监理、水保监理进行监测。冬奥人的建设速度是飞快的，从8月初开始修路，到了9月1日，3.8公里的路就通车了。他每天要做生态修复，有断面的地方做小边坡，杜绝水土流失，完善绿化方案，制定的植物名录得到植物专家的认可。山路只有7.5米宽，边坡窄的地方一两米，宽的地方十几米。他和同伴一起做表土剥离，剥离了780多立方米的表土，这些腐殖土有旺盛的生命力，修完路覆盖在山上，阳光照射，雨水滋润，跟原生态的土一模一样。

植物是相生相克的，物竞天择适者生存。绣线菊、铁线莲、二叶舌唇兰都是本地物种，他们积极保护，修路时移走的植物在其他地方生长。二叶舌唇兰在海拔1400米的山上都能生长，修路时挖出的大石头不往山下运，而是就地造景，石头缝之间填腐殖土，石头缝就会长草。小海陀山的石头粗砺，具有山体特性的石头多，可用土不多，他们就去外购延庆当地的种植土。牵牛花很漂亮，但不是小海陀山的本来物种，见到就要拔掉，毫不含糊。把山上砍伐的树木锯短做成临时步道，就地取材，用绿色的防尘网盖住裸露的坡面，防止尘土飞扬、雨水冲刷坡体。他在劳动中渐渐地懂得了可持续发展的意义。

2018年，上小海陀山没有路，只能走为高山滑雪赛道修的"之"字形路。山路格外陡峭，胳膊肘弯一个连着一个，汽车里的水桶都冻成冰。

有一次，刘琦和李阳在海拔1290米的蓄水池附近检查工作，赶上暴雨，雨水一个劲儿地往车里进溅，李阳的鼻子里全是土，刘琦立刻拽着李阳躲到房子里避雨，对他说："有经验的人都知道登山时体温不能降低，一定要保持体温，脚没有力量就会滑下来。我会在身上带巧克力和压缩饼干，吃不上饭时补充能量。"

2018年10月，刘琦带队从海拔1400米的正南坡爬山考察生态环境，检查高山草甸剥离工作，爬山过程中突降大雪，他们一直爬到山顶，设计部女工程师喻雪没戴手套，手冻得通红，开始发痒，刘琦急忙把自己的手套递给喻雪。到了施工营地，喻雪问有没有热水，我的手冻僵了，想烫一烫。刘琦生长在冰天雪地的哈尔滨，冬天天气贼冷，零下30摄氏度是小菜一碟，懂得防冻伤的道理，急忙说："你的手红、凉、痒，如果再不处理就会冻黑。千万不能把没有知觉的手放在热水盆里泡，要用冰雪搓手，一直搓到有知觉。"

小海陀山顶冬天的气温比哈尔滨还冷，极端气温在零下30摄氏度，他们在山顶帐篷里休息了一会儿，用雪给喻雪搓了半个小时的手，总算有知觉了。为了环保可持续，刘琦奉献青春无怨无悔。

为了继续保持小海陀山的物种多样性，北京冬奥组委在施工运营阶段想到了诸多解决办法，在打造冰雪赛区的同时，打造四季山林，为赛区与人和环境的和谐共存打下了基础。

难度最大的高山滑雪赛道

全世界只有十几条高质量的滑雪赛道，俄罗斯索契的滑雪赛道，国外运动员经常来训练，北京周边有20多个滑雪场，初级雪道居多，雪场质量不高，延庆赛区借冬奥之势把小海陀山建成高水平的滑雪场，让中国运动员和冰雪爱好者不出国门就能尽情滑雪。

建设冬奥会比赛雪场就要劈山伐树，开辟作业面，而小海陀山没有路，只有一条驴友用脚踩出的羊肠小道。担任延庆赛区高山滑雪、雪车雪橇工程和配套基础设施建设的是北控置业公司，这是一支敢打硬仗的建筑队伍。

京奥公司负责延庆赛区两个竞赛场馆和配套基础设施建设。北京冬奥会延庆赛区场馆建设的特点有四点：

一是建设难度最大，市政基础设施约等于零。高山滑雪是冬奥会难度最大的比赛项目，滑雪时运动员的时速是130公里—150公里，在北京第二高峰上，从海拔2178米的出发点滑到海拔1480米和1285米的到达地，巨大的落差，有时候赛道呈直上直下状态，赛道也是迄今为止最陡峭复杂的，由国际雪联高山滑雪项目委员会主席亲自设计；雪车、雪橇赛道由德国人设计。

二是时间紧，建设周期最短。索契冬奥会场馆是有基础的，举办索契冬奥会只需要一些小的改造；但是北京冬奥会完全是在一座野山上建设，只有一条松闫路（从松山到河北闫家坪）通达赛区的边缘。2018年初招标，当年10月才出齐图纸，延庆赛区作为北京冬奥会最难的一个场地却要第一个举行测试赛，2019年末就要完工，具备举行测试赛的条件。

三是地形狭窄，地质条件差，有的雪道在山谷，有的雪道在山脊，山谷需要填方，山脊需要挖方，挖了之后要打桩，才能承载相应的重量。

2017年7月29日开始修进场路，8月31日修通，由于经常下雨无法干活，实际修路只有22天，修好一条施工便道，然后再修雪道。

冬天下雪，大雪封山，每年的有效施工时间只有七个月，2017年小海陀山第一场雪是10月2日，2018年第一场雪是9月27日，2019年5月10日小海陀山上还下大雪，下冰雹是家常便饭，夜里气温在零下27摄氏度，冬天极寒气温近零下30摄氏度，施工环境恶劣。

这座野山很高，无水无电无路，从山底爬到山顶需要4个小时，运输货物只能依靠骡马和直升机，人工背水上山，一斤水两元，一吨就是4000元；交通堵塞，5000名工人撒在山上干活儿，如果住在山下，每天光上山就需要很长时间，有时候，工人早晨6点出来，上午10点才能到达山上。我见到工人们住在帐篷里，潮湿、寒冷，很多困难是在施工过程中出现的，而不是在建设前预料到的，建设者感到自己在投标时对建设难度估计不足。

四是技术标准最高，冬奥会比世锦赛对比赛场地技术标准要求高，建筑质量误差以毫米计算，毫米和厘米的技术标准关系到运动员的生命安全，以往中国没有高山滑雪和雪车、雪橇这两个项目的场馆，没有任何经验。北京冬奥会要形成可持续场馆，边研发边施工边完善。不是建完就完事，也不是冬奥会结束就完事，而是长期运营。

建设之初，北控京奥公司成立了冬奥会筹办工作领导小组和核心区工程建设指挥部，统筹、协调、监督赛区生态环境保护工作。

延庆区政府是代业主，2017年4月5日，延庆区政府给北京市领导汇报，明确延庆赛区分A、B两个包，A包为高山滑雪中心、雪车雪橇中心和相关的配套基础设施，政府全额投资，北控集团作为延庆赛区实施主体；B包为奥运村和新闻中心的投资、建设以及整体赛区的赛后运营。

2017年10月，北控京奥公司作为A包的建设单位，同时北控集团还是A包的管理单位。

北京冬奥延庆赛区有两个竞赛场馆，国家高山滑雪中心和国家雪车雪橇中心，北控京奥公司是这两个场馆的建设单位，并负责两个场馆赛时的设备设施保障。

2018年8月，延庆赛区招标完成。三标合一，中标单位是一个联合体，万科、北京住总集团、中建一局三家单位组成联合体，与北控置业公司成立了国家高山滑雪有限公司，负责B包。尤其是雪车雪橇赛道，从设计到施工，我们都没有经验。

延庆区贫困，道路建设很不完善。过去从北京到延庆，只有一条松闫路能够到达赛区的边缘。京奥公司的建设者从2017年春天开始建设，修进场路。

北京冬奥会和世界园艺博览会的举办为延庆的经济发展注射了一针强心剂。西大庄科村要建成民俗村，在那里建设滑雪场，政府给村民建设新房子，他们可以居住、开民宿，搞农家乐，发展餐饮业，为前来滑雪的游客服务。

2022年冬奥会花落延庆，小海陀山成了奥运高山滑雪项目的比赛场地，同时按照延庆已经制定完成的《延庆冰雪产业发展规划》，计划到2025年，构建起"一轴、两翼"的产业布局，"两翼"分别是以奥林匹克冰雪旅游小镇为中心，串联古崖居、龙庆峡等景区的海陀山冰雪旅游文化产业带和以长城休闲文化古镇为中心，串联八达岭滑雪场、岔道古城等资源的八达岭滑雪旅游产业带。

小海陀、玉渡山和龙庆峡是两山一峡，要在北京北部建设北山旅游带。小海陀和赤城是一纵，冰雪产业带，对于未来冰雪产业的发展，有着不可估量的作用。

小海陀山2198米现场

北京周边有20多个滑雪场，我去过延庆的石京龙滑雪场，顺义的莲花山滑雪场，初级道居多，不够完善，所以不少冰雪发烧友跑到国外去滑雪。全世界只有十几条高山滑雪赛道，俄罗斯寒冷，索契的滑雪赛道每年都有很多来自世界各地的运动员前来训练，我在挪威和加拿大雪场也看到很多来自世界各地的滑雪爱好者。延庆的这条高山滑雪赛道有好几个出发口，既要让国家队运动员能训练，也要保证冬奥会赛事。

北京冬奥会场馆建设就是想为中国老百姓留下几座永久性的滑雪、滑冰场馆，造福人民。

要建设低碳环保可持续场馆，节能、绿色，5G全覆盖，智慧灯杆，人工智能，张北地区要搞风力发电，中低层地热，不破坏地下水。山林场馆与自然相融，与发展相伴。

延庆赛区雪车雪橇中心的东面就是北控京奥公司临时办公点，白色的板房俗称"大临"，海拔800米；高山滑雪的竞技结束区在海拔1480米，竞速结束区在海拔1285米。

竞技雪道弯道比较多，2019年6月，为了了解延庆赛区的冬奥工程，我在

"大临"办公点匆匆扒拉两口盒饭,就坐着全地形车从山脚向山巅进发。山路弯弯,崎岖不平,大地被火红的太阳烤得滚烫滚烫。雾炮机紧张地工作着,洒出的水雾在高温下稍纵即逝。

我曾经走过青藏线的天路,也曾经走过挪威的精灵之路、老鹰之路和大西洋之路,我以为挪威的精灵之路上连续11个胳膊肘弯是世界上最险峻的路,到了小海陀山,才晓得真是小巫见大巫了。这里本没有路,北控京奥人根据国际雪联高山滑雪项目委员会主席鲁西设计的高山滑雪赛道,在野山上大刀阔斧开辟作业面,像愚公移山那样将深挖出来的树木用人工和毛驴驮下山,在原始森林里开辟出一条之字形道路,将大型车辆和设备盘旋运输上山。

到处都在施工,到处尘土飞扬,山上没有柏油路,全是新开辟的盘山土路,旁边就是万丈悬崖,路边连块挡石礅都没有,由于山路狭窄,经常遇到会车,一堵就是半天,在这里干活真是心惊胆战。

我在山上看到了许多外国建设者,有俄罗斯的、奥地利的、意大利的、德国的,大多来自冰雪运动发达的欧洲。他们身穿工作服,灰头土脸,敬业地工作着。他们主要负责缆车和造雪系统,国际奥委会要求北京冬奥会赛道的索道必须采购有奥运经验公司制造的产品,而国内生产的索道没有经过奥运会的检验,购买外国生产索道的悖论是:这次的设备如果不采购国货,以后很难再有机会出头,因为没有任何一个国家举办冬奥会会选择购买中国的索道设备。

高海拔的山气候变幻莫测,山脚艳阳高照,走到半山腰突然大雨倾盆,雨点噼里啪啦砸在车顶棚,费尽九牛二虎之力上了山,山脚是36摄氏度高温,而山巅只有18摄氏度,穿短袖衫的我冻得直打哆嗦。

抬头仰望,发现周围有很多绿网,这是环保工程师的杰作。我三步并作两步向绿网跑,但这里山势陡峭,砾石遍地,刚下过雨,山路非常滑,我一个趔趄摔了个跟头,裤腿沾满了泥水。我爬起来向山巅攀登,发现绿网下掩藏的是青草,探头探脑地冲着我笑。

山巅有一块简陋的石碑,上面写着:小海陀山2198米。周围有钢筋水泥等建筑，这是正在修建的气象站和山顶平台。我站在那里拍照，用镜头记录延庆赛区建设的瞬间，照片也忠实地记录了我裤腿上的泥点。每一个真正的作家都用生命创造作品，我喜欢这种挑战，不入虎穴焉得虎子，报告文学的生命在于真实，而现场感是真实的保证。

京奥公司的工程调度会

一个星期六的上午，我应邀参加北控京奥公司的业主工程调度会议，大家开始汇报成果：山顶平台建设到什么进度，造雪泵房怎么样了，造雪机安装了几台，造雪完成了多少。

北京市重大办副主任丁建明几乎天天跟北控京奥员工一起指挥，北京市重大办延庆处处长于德泉积极推进工作。规划建设部部长刘玉民，北京市副市长张建东经常来延庆赛区，视察、指导工作。

工程部、设计成本部的很多负责人和一线的同志都把延庆赛区冬奥建设项目当成自己的荣誉来看待。这支队伍很多人来自雁栖湖工程，有的人是专门为了冬奥会这个特殊工程而来。

北控京奥公司有个不成文的规矩：星期六基本不休息，星期天不能保证休息。每次到延庆赛区采访，我都要早晨5点多起床赶路，深深感到延庆赛区的建设者太辛苦，冬天两头摸黑，见不到太阳。

赤日炎炎似火烧，在京奥公司的会议上，我亲眼看到大家冒着37摄氏度的高温，放弃休息开会，还得不停地找缺点、争论、吵架、挨骂，不断地应对各种变化。大型工程的组织跟一般工程完全是两个概念，北控集团做过北京通州城市副中心和怀柔雁栖湖国际会都工程的建设，胸有成竹。大家满怀激情，心无旁骛地讨论工程，我被会议的气氛深深感动。

李书平总经理带领着北控雁栖湖建设团队连锅端到延庆赛区，这是一支负责任、肯担当、有经验、能奉献的团队，经历过各种项目的历练，能够赶出来比的长嵯山上打得敌人丢盔弃甲,最后37名战士英勇跳崖;老10团官兵也曾经在崇礼县与日本鬼子拼刺刀,鬼子哇啦哇啦地叫,杀人时眼睛都是红的。

平北抗日根据地的大本营就是在海陀山,在极其残酷的战争年代,以赤城为中心的平北抗日军民经受了各种艰苦考验,挺进军10团官兵们就是在这座山上与日本鬼子周旋,牵着鬼子的鼻子走。挺进军战士在山上盖窝棚,鬼子烧了,他们接着还盖。

当我在冬季穿越海陀山,切身感受到彻骨的寒冷时,我才深深感悟到当年挺进军10团官兵在这里安营扎寨有多么不易,挺进军10团政委曾威的胳膊就是在崇礼县被日本鬼子的子弹打成贯通伤,这是一块被烈士的鲜血染红的土地。

第四章　延庆赛区的田野调查

从乾卦布局走进三大赛区

我在田野调查上得到过费孝通先生的真传，费老教导我：作家要以积极的姿态深入参与社会生活，用所学的专业知识为人心的完善和社会的进步提供特殊的推动力。你到监狱采访，以女作家特有的细腻、耐心和技巧与女囚建立了一种心与心交流的氛围，从中获取了真实的资料，你的调查采访活动成为这个特殊群体自我经历的再梳理过程，这是一个不断强化自身自新意识的极有意义的过程，你成功地完成了参与式的社会调查，对特殊人群的自新过程，也就是再社会化过程产生积极的作用。你今后调查采访任何一个大事件，必须要在现场待半年以上，亲力亲为，认真思考，提出自己的独特见解。

我记住了费老的话，用三年时间在三大赛区和冰雪运动强省奔波，风雨无阻跟踪采访北京冬奥会，经常在一线跟班作业。

看北京冬奥会三大赛区图，延庆赛区在北京赛区的西北方向，而张家口赛区又在延庆赛区的西北方向。这使我想起了后天八卦中的乾卦，西北的乾位是个重要的方位，乾是八卦中的大哥大，一切行为的规范、法度的纲领、地位的尊崇，比如君主、父亲、丈夫、中坚力量等等，都可以归类为乾卦。

乾为健，为天，为父，为首，为马，为君，为玉，为寒，为冰，为大赤，为木果……

八卦在创作之初就与天文历法密切联系，八卦的四象表示四季，北京冬奥会举办日为2022年大年初四，按照农历入春，春是少阳，即阳气初生。

2020年岁末，我在延庆赛区驻队深入生活，每天走马灯似的不停地采访；2021年大年初四，我5点多钟就爬起来，赶赴延庆赛区采访，几天的雾霾一扫而光，赛区的天格外晴朗，一年之后的大年初四，这里将举办北京冬奥会。

北京2022年冬奥会延庆赛区承担了重要的功能，国家高山滑雪中心位于延庆赛区核心区北区。

延庆赛区将进行高山滑雪、雪车、雪橇3个大项，高山滑雪、雪车、钢架雪车、雪橇4个分项，21个小项的比赛，共产生21块金牌。

北区主要建设国家高山滑雪中心，包括运动区、观众区、媒体区、竞赛管理区、场馆运营区、奥运大家庭区和附属设施等。

南区主要建设国家雪车雪橇中心，包括运动员区、观众区、媒体区、竞赛管理区、场馆运营区、奥运大家庭区和附属设施等。建设奥运村、山地新闻中心、西大庄科民俗村等赛时服务配套设施。

冬奥会期间观众究竟怎样送上去？一个方案是坐缆车上去，一个方案是建公路，坐大巴车上去，在海拔1400米左右的位置观赛。为了安全，大巴车上山，坡度不能过大，坡度小路线必然长。

国家雪车雪橇中心位于延庆赛区核心区南区，总占地面积约19公顷，总建筑面积约6万平方米，赛道中心线长度约1935米，竞赛长度约1610米，垂直落差127米，将承担双人雪车、四人雪车、单人钢架雪车、单人雪橇、双人雪橇和团队接力等项目的比赛，观众总席位约8000个。

我仔细地端详着雪车雪橇场馆，她位于冬奥会延庆赛区核心区南区中部山脊之上。

新建的国家雪车雪橇中心将进行北京2022年冬奥会雪车、钢架雪车和雪橇的比赛。比赛项目包括：雪车（男子4人、男子双人、女子双人）、钢架雪车（男子、女子）、雪橇（男子、男子双人、女子、团体接力）。

雪车雪橇赛道一共有16个弯，冬天采访雪车雪橇场馆，由于赛道里都是冰，我只能在出发口观看运动员训练和部分赛道内景。赛道有3个出发区，出发区1在最上面，出发区3在最下面。出发区1是男子出发区，出发区2是女子出发区，出发区3是青少年出发区；夏天没有冰了，我从出发区1沿着赛道往下走，一直走到360度回旋弯，这是赛道的第11个弯，真是一个绝妙的观景点，从赛道里仰望东北方，可以清晰地看到小海陀山巅高山滑雪赛道出发点的大风筝。我从赛道跳出去，到了一个圆形平台，这是B3伴随路，在这里可以清晰地看到国家高山滑雪和雪车雪橇两个场馆遥相呼应，看到雪车雪橇赛道世界少有的360度回旋弯有多么奇妙。我拍摄了很多照片，身临其境感受到这个场馆的宏伟漂亮，体会到运动员在赛道里的滑行轨迹。

延庆风大，场馆利用风模拟软件，对遮阳背板的风环境进行模拟，以获得赛道附近的风速分布情况，模拟结果验证可将风速降低35%。

雪车雪橇在滑行过程中容易撞击赛道，需要安装防撞栏导向器防翻滚保护装置。场馆安装了遮阳帘，这天，天气格外晴朗，一阵风吹过，白色的遮阳帘轻轻地摆动，发出窸窸窣窣的声音，光影像水浪似的在遮阳帘外面游荡，幻化成新奇的图案。太阳高悬，遮阳棚用悬挑的方式跟太阳对抗，在遮阳棚、遮阳帘、遮阳背板综合作用下，遮蔽了98%以上的太阳辐射。

风吹帘动，光影跳荡，光影是美丽的，但是雪车雪橇场馆的冰必须与太阳捉迷藏。冬天我走进赛道，只见冰面洁白平整，冰凉彻骨髓，没有一丝阳光，游龙屋面尺寸在优化后保证整个赛道均匀地处于低能耗状态。

雪车雪橇赛道科技含量很高，设计师和建设者太聪明了，他们用屋顶、固定式百叶等各种固定措施，利用遮阳系统屏蔽太阳直射辐射，利用遗传算法优化遮阳构件，屏蔽太阳直射辐射。

天空与赛道长波辐射热交换随着昼夜变化，得热和放热兼而有之。设计师利用控制手段，根据昼夜变化降低冷量流失。在夜间打开遮阳百叶或拉开拉帘，就能加强赛道与天空换热。利用百叶和可调建筑构件控制赛道与天空的辐射角，周边物体表面发射率越低，越可以减少赛道与周边物体的换热速率。周边物体与赛道的辐射热阻越大，越可以降低赛道与周边物体的换热速率。

设计措施是减少屋顶及周边地形的发射率，减少因周边物体的辐射影响。建设者给屋顶吊顶时选用低发射率材料或涂料；利用拉帘减少外部物体的辐射影响。白天拉上拉帘屏蔽周边高温物体的长波辐射。

雪车雪橇场馆的出发区没有大门遮挡，延庆风大，风大摇大摆地从出发区进入赛道，赛道表面风速会加强赛道冰面表面对流换热，加速冰面融化，降低风速可以缓解此过程。设计师利用地形、树木和赛道背板等建筑构件，使赛道表面的风速降低。

我走进制冷机房，看到值班人员聚精会神盯着监控。室内清洁，机器运转正常。氨制冷的主要原理通过氨泵将氨液分离器中的液氨输送至埋设在赛道内的制冷管，液氨吸热制冷后降低混凝土的温度，达到制冰的条件，液氨吸热后变成氨气，通过压缩机设备回收至机房并经过处理后再次形成液氨，循环使用。机房内设计了完整的消防设施，同时氨制冷系统设计了 SIS 系统，能够在机房发生火灾或者氨气泄露等紧急情况时进行应急处理。

建一条雪车雪橇赛道有多难

国家雪车、雪橇中心是北京冬奥会雪车、雪橇、钢架雪车项目比赛场地，北控京奥公司是业主，由上海宝冶集团有限公司建造。经过两年多的建设，场馆已经像游龙一样匍匐在山脊上。

延庆赛区是北京冬奥会施工难度最大的区域，而我在延庆赛区蹲点采访时间最久，所以对这里的工程技术人员比较熟悉。我与北控京奥公司工程部副经理王永生、工程师聂全利、那苓，以及上海宝冶集团国家雪车雪橇中心机电项目部项目经理李宇、项目总工程师冯涛等人聊工程，对这个项目心中有了数。

雪车雪橇为管状的赛道内铺设冰面，赛道的设计及施工难度为冬奥会项目单独最高，需要两个国际单项组织（IBSF 国际雪车联合会、FIL 国际雪橇联合会）进行认证；德国的雪车雪橇赛道比较先进，目前，国际单项组织认证的雪车雪橇赛道为16条：其中亚洲3条，北美4条，欧洲9条，德国就占了4条。

雪车又称有舵雪橇，起源于瑞士，由雪橇发展而来。1924年，在法国夏蒙尼冬奥会上，男子四人雪车被列为正式比赛项目。雪车用金属制成，形如小舟，车头覆盖有流线型罩，因此也叫做"雪地之舟"。

从2018年初，延庆赛区开始建设雪车雪橇赛道。先移树，平整场地，修建临时道路，做边坡防护、地基处理，进行表土剥离，用于将来的生态修复。

扫清障碍开辟出工作面，才能建设赛道。接下来就要开挖土方，进行赛道基础施工。由于地质条件复杂，底下有砾石和孤石，不宜爆破，只能用风镐打碎。山地坡地不能用机器打，只能用人工挖孔桩施工，最浅的孔8米深，最深的孔18米，直径8米，井里只能容纳一个人干活儿。两个人配合，一个人挖土，一个人往上提土，亦称夫妻井。打孔会出水，就要用水泵边抽水边挖孔。每挖一米，需要在井壁周边做支护，先绑钢筋、浇混凝土，等待混凝土凝固，然后再挖一米做支护，一直挖到井底。

雪车雪橇国际单项组织要求赛道零沉降，赛道往哪儿拐，井就在哪儿挖。建设者一共打了999个桩，再打钢筋笼，浇混凝土，把承台加到桩上，U型槽底板要1.2米厚，2米左右高，侧墙3米—4米厚。赛道全长1975米，加上出发区和结束区一共有2200多米。

建设之初我到延庆赛区采访，看到雪车雪橇场馆周围蒙着一层布遮挡，我钻进去，看到工人在做立柱施工，赛道下面安装主管，U型槽上面插钢棒，在钢棒周围做摇摆柱，摇摆柱和固定柱是固定赛道的。安装支撑体系和管道夹具，绑扎钢筋，这里有菱形的钢筋网，钢织网和钢筋，还要安装制冷无缝钢管，制冷系统是赛道的骨架。下一步是安装模板，搭设防护棚，喷射混凝土、遮阳棚钢结构及照明、管线的安装。

接下来是制冷设备的安装、系统的调试、制冰、修冰，赛道综合认证。雪车雪橇赛道为中国首届冬奥会项目，很多技术属于国内首创。

这项工程对总包商的工程管理能力及技术实力提出挑战，北控京奥公司是业主，协调设计和总包的关系；施工者是上海宝冶集团。宝冶人与京奥公司和设计者抓紧对接，共同推进设计进度。建设者每天早出晚归，中午不休息。遇到极端气候，冬天接近零下30摄氏度，七八级大风是家常便饭，十二级大风也曾经光顾，刮得天昏地暗，山呼林啸。

国内用于地下工程、边坡工程、基坑工程、加固等工程的湿法喷射混凝土工艺，一般在原结构表面湿喷混凝土，只需单面成型，而北京2022年冬奥会延庆雪车雪橇中心项目赛道设计，为双曲面混凝土，内含不锈钢制冷管道以及钢筋网，曲面段要双面成型，为国内首创，赛道工作面表面平整度控制在3毫米以内，所以对于喷射混凝土空间成型技术的研究十分必要。北京2022年冬奥会延庆雪车雪橇中心项目赛道为国际第17条赛道，这条赛道的成功开发意义重大，将成为国内喷射混凝土技术新的里程碑。

赛道混凝土配方的研发及相关制作材料的研发，推进项目实施，提前开始赛道基础施工，保证正式赛道开工后能够快速保质保量完成。工期紧、任务重、难度大，但是中国人施工的能力是首屈一指的，舍得下大力、流大汗，近年来历届冬奥会雪车雪橇中心项目从设计到施工的工期，加拿大温哥华冬奥会用了30个月，俄罗斯索契冬奥会用了20个月，韩国平昌冬奥会用了15个月，中国北京冬奥会用了14个月。

春节，是中国人最重要的节日，也是中国人最想家的节日，我望着为了北京冬奥会抛家舍业的建设者，欣然填词：

西江月·海陀山冬奥备战

岁末晨星灿烂，夜听晓月微鼾。游龙狂舞觅朱丹，赛道风筝鸟瞰。

银橇冰车争逐，高山滑雪皇冠。卧薪尝胆竞波澜，笑洒青春血汗。

冶金建设的国家队

上海宝冶集团有限公司（以下简称上海宝冶）始建于1954年，承担并顺利完成了新中国第一大钢铁基地武钢的建设；继武钢之后，又相继建设了马鞍山轮箍厂、攀枝花钢铁基地、宝钢。还承担了鞍钢、包钢、湘钢、鄂钢、日钢、越南河静钢铁基地、马来西亚关丹钢铁基地等一大批国内外冶金工程项目，书写了独属宝冶的"高炉传奇"，并扛起了"冶金建设国家队"的首面大旗。

进入新世纪，上海宝冶转型改革在国内外打造了一系列精品工程，如北京奥运会主场馆国家体育场、上海世博会建筑群、深圳大运中心主体育馆、青奥会主场馆南京奥体中心、APEC主会场北京雁栖湖国际会展中心及日出东方酒店、金砖会议主场馆厦门国际会展中心及国际会议中心、中国进博会主场馆国家会展中心、金鸡百花电影节主场馆海峡大剧院、北京冬奥会国家雪车雪橇中心、杭州亚运会射击射箭现代五项馆、上海迪士尼、北京环球影城、亚洲第一的上海吴淞国际邮轮码头等建筑，宝冶人向世界展示了中国制造的雄厚实力。

干奥运工程一定要向世界顶尖水平看齐，中国建设冬奥会场馆时，国际雪车雪橇单项组织选定了德国戴勒公司设计的赛道做样板。在收到戴勒公司给的11米长的德国国王湖雪车雪橇赛道的图纸后，上海宝冶公司迅速组织了来自旗下6个专业分公司的几十号人分工协作开始做模块试验，也就是说要现场制作一段11米长的真实的赛道，在国际单项组织对这个样板段各项技术指标进行认证后才被允许进行正式赛道的施工。雪车雪橇赛道架设在U型槽内，由54段不同空间曲面形状的喷射混凝土通道紧密连接而成，赛道内有序排列着近十万米的制冷管道，这些管道犹如人体的毛细血管承担着运送制冷剂的作用，混凝土则完全覆盖包裹在管道上面，如同人体的肌肉。

密密麻麻弯弯绕绕的制冷管道最终构成的曲线形状是赛道成型的基本骨

架，也是赛道成型精度的基础，而薄薄的混凝土附着其上需要有足够的强度，因此雪车雪橇赛道建造的重点难点就在于赛道骨架建造精度的控制和混凝土配方的研发。

本命年，你是否系上一条红腰带？

李宇1985年出生于湖北省宜昌市五峰土家族自治县，考取了西安建筑科技大学机械设计制造及自动化专业，在湖北伢子的心目中，武汉就是大城市。由于宝冶人建设了武钢和宝钢，李宇对上海宝冶公司充满向往，毕业后就投奔了上海宝冶。

冬奥会雪车雪橇中心项目上马后，李宇于2018年初来到延庆，担任上海宝冶国家雪车雪橇中心机电项目部经理，带领团队开始了对国内首条雪车雪橇赛道建造的研发和摸索。

为确保样板段赛道一次性认证通过，必须借鉴国外先进经验，最终上海宝冶公司请了美国喷射混凝土协会的喷射混凝土专家摩根教授和张博士，并带来了助手马丁，在现场指导喷射混凝土生产和喷射工艺，耐心教宝冶人理论和操作。张博士是华人，有爱国心，他既懂工程又懂中文，便于沟通。

李宇的主要工作内容有四项，第一是赛道建造，第二是制冷系统，第三是赛道照明系统，第四是计时计分系统，这几项工作与雪车雪橇比赛息息相关。

在延庆赛区，我见到了宝冶人建造的模块，这是一段11米长的钢筋混凝土赛道。2018年盛夏，国际雪车雪橇联合会单项组织前来认证，他们在对模块的曲面形状确认无误后随机指定一个点，建设者就在那个位置上用水钻和切割机切割了一个长方形的洞，在洞壁上可以清晰地看到被切割断的钢筋和制冷管，还可以看到混凝土的密实度。切割后的模块暴露在光天化日之下，制冷系统、赛道骨架、钢筋网一目了然，他们将切割块拿到实验室检测，混凝土的密实度和强度完全达标，两个国际单项组织的专家认证后心服口服，当即在模块上签字，一共有8位专家的签名，有黑色的字迹，也有蓝色的字迹，这些签名就是令箭，有了这支令箭，宝冶人才能进行正式赛道的施工。

雪车雪橇场馆装有世界顶级的遮阳棚系统，兼顾美观和实用性。场馆内建有中国首条达到奥运标准的雪车雪橇赛道，目前，中外双方制冰师正在赛道精心制冰，每天都要修冰、刮冰，空间三维坐标必须保持毫米级的精度，不能出差错。在北京冬奥会前，这条赛道将用于举办国际训练周、世界杯等重大赛事和保障国家队参加冬奥会比赛前的冲金训练，在此之前中国国家队只能奔赴国外排队在别人的赛道上进行训练。

李宇有两个儿子，老大叫做李卓恒，今年5岁；老二叫做邓景桐，跟妈妈姓，是2019年元宵节生的，与赛道一起长大，今年两岁。平时，两个儿子跟着妈妈在上海生活，李宇想念儿子，只能靠手机视频解相思之苦。

2020年1月20日，德国江森公司的专家抵达延庆与宝冶团队开始实施赛道制冷系统的安装调试工作。同年2月，新冠疫情发生后，德国专家被迫撤离回国，虽然如此，北京冬奥组委和北控京奥公司要求宝冶公司必须按原计划在3月份完成赛道制冷系统的安装调试并进行首次制冰，从而确保早做早发现问题，为赛道尽早投入使用做好充分准备。

2020年2月，小景桐刚满1岁，也是雪车雪橇制冷系统调试的关键时刻，在疫情肆虐之际，宝冶人成立了制冷系统攻关小组，利用远程监控和视频会议方式，与国内外专家一起，顺利完成了赛道制冷系统的安装和调试工作，为赛道首次制冰创造条件。

2020年3月9日—15日，原计划举办雪车雪橇赛道预认证活动，受疫情影响，宝冶人自力更生，在外国专家不在场的情况下，最终于3月10日实现了整条赛道首次制冰。

高峰时小海陀山有2000多名宝冶人在建设赛道。冰制好了不等于万事大吉，运动员每滑行几轮，制冰师都要修冰。有时候运动员在滑行中由于速度太快，把帽子和眼镜掉到赛道上，他们还会去捡遗留物，李宇经常盯着监控视频，提醒工作人员迅速离开赛道，只有赛道空无一人，才能允许下一个运动员滑行，确保他们在滑行时赛道没有任何障碍物。

极限运动速度太快，有时候运动员掌握不好，身上就会撞得青一块紫一块的。山上风大，七八级大风猛刮，有时候遮阳帘会脱钩，有时候猴子会调皮地跑到赛区，都需要有人去处理。夏天下雨，山上要挖泄洪沟，他们都要与设计师沟通。

德国戴勒公司是一个家族企业，掌门人叫做乌伟·戴勒，他们非常精通雪车雪橇赛道的设计。赛道的形状要符合运动员的运动轨迹，确保运动员在滑行时人身安全，他们对管道的清洁度和光滑度提出很高的要求，管道的介质不同形状不同，安装时误差是多少，都有严格的规范。业主京奥公司工程部、设计部和宝冶公司项目部与戴勒公司不停地开视频会议，德国的时差比中国晚6个钟头，他们下午两三点开会，就是中国时间的晚上八九点，有时候德国人开会到晚上10点，就是中国时间的午夜两点，经过54次确认，赛道才建设好。建好赛道后还要开视频会议，每个月国际雪车联合会、国际雪橇联合会两个单项组织和戴勒公司还要来飞检，远程监控。

德国专家到延庆，李宇等人就与他们一起研究切磋，偶尔会议开到晚上8点还没有弄明白，外国专家回到山脚下的酒店吃饭，他们就从山上跟到酒店，不停地刨根问底，有时候要问到夜里一点多钟才能问出个子丑寅卯。欧洲人双休日不上班，可是为了保证训练和测试赛，延庆赛区的外国专家双休日都跟中国人一起上班。有一位外国专家幽默地说："太累了，我希望自己能够活着看到北京冬奥会。"

德国人工作认真、严谨，疫情防控期间，为了及时得到专家的指导，延庆雪车雪橇赛道制冷系统的运行情况会用视频连线德国，宝冶的工程技术人员与外国专家建立了微信群，德国江森公司的工程师兰柏特每天都在家里用电脑监控赛道运行情况，一旦发现异常，立刻打电话指导，或者在微信群中询问。长期熬夜使兰柏特眼圈乌黑，我看过他的照片，典型的熊猫眼，他的辛苦和敬业可想而知。

国家雪车雪橇中心位于北京2022年冬奥会延庆赛区西南侧，是冬奥会中设计难度最高、施工难度最大、施工工艺最为复杂的新建比赛场馆之一，同时也是国内首条雪车雪橇赛道。

自2018年中冶集团上海宝冶承建国家雪车雪橇中心项目以来，项目团队革新前沿施工技术，取得多项技术突破，引领多个中国"首创"：成功研制完成高强度、高性能的赛道专用喷射混凝土，并实现了国人自行完成喷射任务，填补了国内空白；首次研发出空间双曲面高精度高清洁度制冷管道制作安装技术，在确保赛道成型精度的同时保证了氨制冷系统运行的安全稳定，同时尝试完成了开放空间超规模氨制冷系统的调试工作，为赛道制冰打下坚实基础；同时自行组建国内首支雪车雪橇赛道制冰师团队，研发了修冰补冰技术，开启国内首创。

同时，项目团队顺利完成了各大里程式节点：2018年7月24日项目一次性顺利通过国际单项组织对赛道模块的测试认证；2019年9月17日迎来赛道合龙贯通；2020年3月10日顺利完成首次正式制冰修冰任务；2020年9月30日顺利完成赛道制冰工作；2020年11月9日，国际奥委会在官网发布消息，北京冬奥会的雪车雪橇场地认证成功。

2021年2月16日，相约北京雪车雪橇测试赛在延庆举行，有150名宝冶人在小海陀山加班，保证国家队正常训练和比赛。2021年春节前后，我在延庆赛区采访，亲眼看到李宇在带领大家保障赛道运营。

今年是牛年，也是李宇的本命年，为了确保北京冬奥会的练兵，这个36岁的属牛人节日都在加班，他没有时间为妻子买一束鲜花，没有时间为儿子买一个玩具，甚至没有时间为自己买一条红腰带。

延庆赛场的外国制冰师

我曾经乘坐邮轮从芬兰经过波罗的海到爱沙尼亚，爱沙尼亚的南面是拉脱维亚共和国，位于东北欧，原来隶属于苏联。拉脱维亚于1991年独立。拉脱维亚的意思是"铠甲""金属制的服装"，是一带一路上的国家。

在延庆赛区，我见到了8个外国制冰师，分别来自拉脱维亚、俄罗斯、法国和加拿大，每个国家有两个人。他们很年轻，充满朝气，当我给他们拍照时，一个制冰师把腿跷起来抱着另一个制冰师，做出滑稽的动作，显得活泼俏皮。在这群制冰师中，有一对来自拉脱维亚的兄弟，哥哥叫做马丁斯·绍赛斯，弟弟叫做奥斯卡斯·绍赛斯。哥俩儿长得很像，但是哥哥的身高比弟弟高一头。马丁斯是一个美男子，一双鹰眼显得机敏睿智，鼻梁高挺，嘴唇很薄，络腮胡子，栗色的头发在后脑勺上扎成一个发髻，用棒球帽套住，相貌比他的实际年龄显得老成。

马丁斯高中毕业后考取大学，学经济专业。东北欧国家气候寒冷，冬季运动普及，他酷爱冰雪运动，大学期间到冰场勤工俭学。他特别喜欢雪车，觉得那是战车，滑行起来时速130多公里，呜呜的叫声震耳欲聋，很刺激，于是就在雪车赛道跟着师傅学习制冰。

热爱是最好的老师，他很快就上手了，每天制冰、刮冰、修冰，从20岁开始一干就是12年。由于他制冰技术好，被邀请到拉脱维亚、加拿大、俄罗斯、奥地利、韩国制冰，名气也随之越来越大。制冰的一技之长使他有机会去了世界很多国家，亚洲、欧洲、北美，眼界变得开阔了。

中国成功申办冬奥会后，冰雪运动蒸蒸日上，有关方面向马丁斯抛出了橄榄枝。2019年8月23日，他应邀来到中国陕西，觉得天气好热啊！他喜欢西安的文化底蕴，多么古老的城市，十几个朝代在那里建都，大雁塔、小雁塔、钟楼、碑林、半坡遗址、兵马俑、华清池、骊山、大唐芙蓉园，中国不仅风景美，而且饮食香，人友好，他在西安的冰场制冰，在炎热的夏天给古城的人们带来清凉的欢乐。

2020年1月，他应邀来到北京冬奥会延庆赛区雪车雪橇场馆，精心制冰，一直干了三个多月。4月份雪季结束，他回国休假，见到了父亲和母亲，滔滔不绝地向他们讲述在中国的经历。

延庆赛区国家雪车雪橇中心是国内首个雪车雪橇场馆，各项工程于2020年全面完工，并通过国际雪橇联合会、国际雪车联合会专家的认证，已经具备办赛条件。这里的竞赛内容设有雪车、钢架雪车、雪橇三大竞赛项目，将产生10块冬奥会金牌。

雪车雪橇赛道建好了，运动员到位了，万事俱备只欠东风，最后就需要优秀的制冰师来维护赛道。中国邀请了世界顶尖级的制冰师，有俄罗斯索契冬奥会雪车雪橇竞赛部长卡萨特金·尼古拉、制冰师格奥尔基·弗洛塔尔金；法国制冰师罗曼·扬·查马耶、阿诺德·阿尔宾·法比安·杰卢安；加拿大制冰师马克斯韦尔·托马斯·安德森·麦克阿瑟、托马斯·詹姆斯·林福德；拉脱维亚制冰师马丁斯·绍赛斯、奥斯卡斯·绍赛斯等人。

2020年8月，马丁斯和弟弟奥斯卡斯再次来到北京小海陀山，马丁斯觉得延庆赛区的雪车雪橇赛道是世界上最大的赛道，技术含量很高，制冰对自己也是挑战。有人说"教会了徒弟，饿死了师傅"，马丁斯却不这样想，他觉得技术无国界，既然中国盛情邀请我，我就要在这里挑大梁，对得起东道主的信任。他的手很巧，带领中外制冰师一起制冰。修冰刀在他的手中仿佛一把魔刀，所到之处冰变得格外平整。他从冰面结霜厚度、冰面洒水气阀调整、大型进口设备的使用、修冰刀等方面，通过实地操作手把手毫无保留地对徒弟进行传帮带。

马丁斯对赛道了如指掌，力求不断造出理想的冰型，冰制得好，滑行者才能节约时间。

我问道："马丁斯先生，360度回旋弯难修吗？"

他眨眨眼睛，一本正经地告诉我："360度弯不是最难的，我担心的是第14弯—15弯，是赛道的最低点，有四段上坡路，经常有人在这里翻车，只有制冰理想、修冰平整才能保证运动员的安全。"

雪车和钢架雪车有刹车，而雪橇是没有刹车的，结束区赛道就需要用上坡控制速度，运动员滑行一轮，雪车雪橇的冰刀会在冰面上造成划痕，制冰师必须用修冰刀及时修冰。

欧洲人双休日是必须休息的，圣诞节更是隆重的节日，拉脱维亚人的新年、情人节、耶稣受难日、复活节、劳动节、母亲节、圣灵降临节、仲夏节、父亲节、万圣节等都是法定的节日，他多么期待阖家团聚啊。可是为了保证北京冬奥会备战，从2020年8月至今，马丁斯一直奋战在延庆赛区，圣诞节、元旦新年和中国的春节，他都坚守在工作岗位，履行着自己的职责，没有与家人团聚。

2021年2月16日是中国的大年初五，俗称"破五"，也是中国老百姓吃饺子、迎财神的日子，"相约北京"冬季体育系列测试活动2020—2021赛季全国雪橇邀请赛在延庆赛区举行，这是北京冬奥会的热身赛、模拟赛，我看到马丁斯和他的团队正在一丝不苟地工作，他们没有节假日，没有休息，仍然奋战在一线，与运动员并肩作战。他们来自不同的国度，拥有不同的技能，从不同的角度观察世界，他们有着不同的背景，却因为奥运这个相同的目标聚集在一起。

在拉脱维亚，拉脱维亚语是官方语言，通用俄语，拉脱维亚语属于斯拉夫语系。马丁斯会讲一口流利的英语，只要一谈起雪车雪橇赛道，他的眼睛就直放光。他告诉我："奥林匹克是一个大家庭，奥林匹克的意义就是世界各国人民友好相处。我爱制冰，我要竭尽全力帮助中国制造最好的冰面，让运动员在延庆赛区创造好成绩！"

西大庄科捧上了雪饭碗

在延庆赛区小海陀山海拔900米处，有一个村庄叫做西大庄科村。全村53户，119人。

这个村的人唐代由山西省洪洞县迁到了北京延庆，传说八分书的创始人王次仲就是松山人。至今，这里还有一尊王次仲像。

西大庄科村由于地处山区，位置偏远，每人1.5亩薄地，高山缺水，旱涝听天由命，在1995年以前，村民生活贫困，是国家级贫困村，村民靠吃救济，人均纯收入在延庆倒数第一。年轻人跑到外面打工，就剩下老人和小孩儿，严重的空心化。后来，延庆区委书记周继亭到这里包村，扶贫济困。

延庆是北京的夏宫，山区夏天凉快，气温比北京市低6摄氏度，不需要空调。1998年，村里开始搞民俗旅游；2003年，村里建了9个农家院，农民开车从张山营镇采购食品，做农家饭，一些村民到农家院打工，给村里带来了收入。

1963年，一个男婴出生在西大庄科村，取名为徐建喜，他小学和初中都在村里上学，是个人见人爱的孩子。小时候村里烧柴火，他经常上山砍柴；1970年通电，2000年后烧煤气罐，家里盘了土暖气，种地靠天吃饭。

2010年夏天，他当上了村委会主任，带头搞农家乐，先是用村委会的房子搞了一个农家乐，扶持了一户农民，农民资金不足，徐建喜就借钱给他，外请师傅做饭，土豆焖饭、莜面、贴饼子、火勺、傀儡（一种延庆当地食品）、菜团子、土鸡蛋……9个农家院可以同时接待500人吃饭。村里有16000亩的山场，需要护林防火，一些村民就去看山护林，逐渐有了收入。后来，他担任西大庄科村党支部书记兼村委会主任。

到2015年，村里年人均收入达到两万元，家家户户买了彩电、冰箱、洗衣机，自来水入户，没有低收入户，大部分房子翻建了，村民小日子过得挺滋润。

2014年，专家们来小海陀山选址测绘，村里的党员带头当向导，背着仪器设备带路。小海陀山是一座野山，阴天看不到太阳，他们手拿镰刀在野山上开出一条一米宽的路，专家们用仪器设备测量气候、温度、山的高度、落差，为申奥取得了重要数据。

2015年，北京冬奥会申办成功，西大庄科村成了冬奥核心区，慕名而来的人多了，有的乱扔烟头，有的崴了脚，出现了安全隐患，驴友出险报警，公安就找到村委会，村民立刻领着武警前去救援。有护林员24小时巡逻森林地区，村里还成立了向导队、搜救队、保洁队，服务保障冬奥建设，土地流转，确保冬奥会筹备期间的外围保障和建设环境。

2018年，全村村民农转非，男性60岁、女性50岁拿退休金，补交保险，使得农民的社保、医疗有保障，老有所依，退休者老有所养。现在，西大庄科村全部被征地，村民领钱到外面租房住。

2018年2月13日，凡是户口在西大庄科村的村民一律给以补偿，一户给270平方米的房子，宅基地面积一平方米补偿2700元，地上附着物评估后给予补偿。

2019年6月，按照冬奥延庆赛区总体工程进度要求，张山营镇启动了位于冬奥赛区内的西大庄科村腾退拆迁工作，经过前期精心准备，于2019年6月15日当天顺利完成全村所有住户签约腾退工作，村民们依依不舍地离开了自己世代生活的山村。

徐建喜告诉我："征拆入户动员时，村民们都非常不舍，世世代代都生活在这里，都不想搬，但是大伙儿都明白，办冬奥，西大庄科人不能给国家拖后腿，所以我们很快就完成了腾退签约。"

西大庄科村回迁房项目总体风貌与冬奥媒体村和奥运村保持一致，在充分突出北方山地村落特点的同时，回迁总面积11000平方米，已于2020年底竣工。

2021年6月，在原址已经盖好房子，等北京冬奥会结束后就开始回迁，这个村的村民得到了冬奥会的实惠，他们吃定了冰雪饭，北京冬奥会要召集一些懂得冰雪项目的临时工，参加喷雪、压雪、开缆车、高山滑雪测试赛外围服务保障培训，建设大众雪场，民俗旅游，这些都是高薪就业。昔日这里每年五一劳动节至十一国庆节有游客，以后要全年经营高端民宿，一栋民宿一晚上4000元，周末还预订不上。村集体的房子1200平方米，公寓是30平方米，每户在公寓有60平方米的房子，没有公摊。

张山营镇有32个村，京礼高速在延庆冬奥村的位置开了一个出口，方便了西大庄科冬奥村。过去这个村穷，现在，冬奥会给西大庄科村民带来了福祉，冬奥会后，这里将建设一个民俗村和大众雪场，保留老村落遗址，北京的滑雪爱好者可以到这里滑雪，体验民风民俗。村民房屋改善了，家家户户有了新房，上下水基础设施改善了，有液化气管道，每户至少得到100多万元的拆迁补偿，最多的一户得到500多万元补偿，医疗养老问题解决了，农民农转非，年轻人自谋职业。全村老百姓打心眼儿里感谢冬奥会，感谢政府。

昔日，西大庄科村人以务农为主，村庄紧邻松山自然保护区，属于深山区，只有一条土路贯通山上山下，交通十分闭塞，这里的农家院生意并不火。北京冬奥会改变了村庄的面貌，西大庄科村将以海陀冬奥小镇的新面貌迎接八方来客。在2022冬奥会赛时，这里将提供工作人员、志愿者配套、赛区集散、消防、安保、停车、商业、住宿等多种后勤支援保障功能，为北京冬奥会保驾护航。

赛区群众捧起"雪饭碗"，青少年纷纷走上冰雪去——以北京2022冬奥会为契机，不少人实现了脱贫增收，奥林匹克精神和健康生活方式也得到了倡导。将来北京冬奥会后，会有很多人前来海陀山滑雪，西大庄科村就是他们吃住、训练的理想之地。西大庄科村人吃定了冰雪饭，得冬奥会的天时地利人和，为北京冬奥会添砖加瓦。

第五章　生态环保冬奥人

北京冬奥会的环保专家

在北京大学，我见到了蔡志洲。他是交通运输部环境保护中心负责人，北京 2022 年冬奥会和冬残奥会可持续性咨询和建议委员会委员，可持续专家。

他出身书香门第，小爷爷蔡邦华是中科院动物所副所长、中国第一代昆虫学家、中国科学院院士；伯父蔡晓明是北京大学生物系教授，伯母田毓起是生物防治所所长，擅长用真菌防治蝗虫，对植物进行生物防治；父亲蔡葵毕业于复旦大学中文系，是中国社会科学院文学研究所《文学评论》常务副主编、连续三届茅盾文学奖的评委。

蔡家祖籍江苏溧阳，家风崇尚读书，家学渊源。蔡家人有个特点是旁系遗传衣钵，爷爷挣钱养家，把读书的机会让给弟弟蔡邦华；小爷爷蔡邦华把哥哥的儿子蔡晓明培养成生物学家；伯父蔡晓明又把弟弟的孩子蔡志洲培养成生态学家。蔡邦华把自己的专业书籍送给侄子蔡晓明，蔡晓明又把自己的专业书籍送给侄子蔡志洲，伯父不仅知识渊博，而且至今还能写小的英文字和俄文字。小爷爷蔡邦华院士和伯父蔡晓明教授，都是中国昆虫分类学的扛鼎之人，也是基于昆虫种群推及生态学研究的先驱。

受家庭影响，蔡志洲从小就对生物感兴趣，参加了北京市少年宫生物小组，在北京101中、大觉寺都搞过夏令营生物社会实践活动。他本科在中国农业大学植物保护专业读书，这是世界植物保护最好的高校之一，学校里有五个院士。

盯住"生水气声渣"

1987年，蔡志洲考取了北京大学环境中心生态学研究生，环境中心有学习生物的，有学习大气物理的，还有学习生态保护的，他在这里汲取了知识的乳浆，丰满了飞翔的羽翼。硕士毕业后，分配到交通运输部公路科学研究所工作，后来调到交通运输部环境保护中心任总工程师，现主持交通运输部环境保护中心日常工作，系我国第一批交通环保的专家。

如果说祖国山河的绿化是中国绿化的骨架的话，交通基础设施就是遍布全国的毛细血管，全国哪里都有公路和铁路，交通运输部的环保像血脉一样在全国分布极广，具有很大的影响力。公路、铁路、水路交通，航空港的环保工程比比皆是，他走遍了全国各地，去过青藏公路、川藏公路，整天同"生水气声渣"打交道。生就是减少砍伐、土石方，治理水土流失，保护生态；水就是污水处理，保护自然水系；气就是减少汽车尾气、降低施工扬尘；声就是减少噪声；渣就是处理固体废弃物。

可持续包括环境保护、水土保持、绿色建筑、清洁能源、社会可持续五个方面。为了2022年北京冬奥会，北京冬奥组委在全国招标环境保护，可持续发展项目，交通运输部环境保护中心中了其中的一个标。

蔡志洲团队中有10多个人，负责延庆赛区环境监理和有害生物入侵监控。一线蹲点的有5个人，最大的余军工程师63岁，是一个返聘的专家；最小的李思工程师23岁，大学本科毕业，大学期间有两年空军从军经历，工作中发挥了熟练驾驭无人机的专业优势。他们在延庆租了两间房子住，几乎天天要跑工地，全方位地开展现场巡视、监督工作，反馈优化设计和施工方案。

延庆赛区开山面积16平方公里，施裸露面约为两平方公里，为随时了解环境影响程度，需要每月、每季不定期地进行环境监测。蔡志洲团队在海陀山布了很多监测点，监测环境、空气、水质、噪声等数十个指标，判断是否噪声太大影响动物生长，水质污染影响湿地生态系统，施工中是否洒水降尘，树木移植成活率、生态恢复是否需要强化等等，为工程管理提供依据。

建设高山滑雪赛道和雪车、雪橇赛道，就要在海陀山开辟工作面，伐树锄草，移栽树木，施工完成后还要恢复工作面，裸露的边坡要进行生态恢复。赛区的表层土壤里有大量的种质资源，这些土不够进行生态恢复的，有的还需要从赛区外面运来。

守护生物链的卫士

生物界有生物链，物竞天择适者生存，只有生物链平衡，生物才能和平共处。生物链最害怕外来物种入侵，外来物种生命力极强，会侵占当地资源。

蔡志洲是户外运动发烧友，小海陀山是他昔日与驴友经常光顾的地方。那里的植物呈垂直带谱，白桦树遮天蔽日，沙参、山丹、百合竞相开放。海陀山高峰有三个：大海陀、二海陀、三海陀。主峰大海陀山巅海拔约2241米，三峰之间的鞍部是草甸，盛开着胭脂花、狼毒花等奇花异草。"驴友们"一般是晚上5点钟开始爬山，用三四个小时爬上山顶，在鞍部搭帐篷露营，晚上在山顶数星星，抓萤火虫、拍摄星轨。第二天早晨起来看日出，山上的野花缠绕着他们，蝴蝶依恋着他们，露珠亲吻着他们，别提有多惬意了。

蔡志洲和他的团队接受了延庆赛区（高山滑雪、雪车雪橇、山地新闻中心、冬奥村）的环境监理、环境监测项目，并延伸负责珍稀植物移植监理、环境有害生物入侵监控等任务。得知要在小海陀山建设冬奥赛区，想到多年相伴的敏感的生态环境，蔡志洲不禁心里一惊，也在思考：我能做些什么？

如今对于小海陀山监督环保，蔡志洲格外认真，率领团队煞费苦心地盯现场，尽量保护赛区内的表土资源，剥离表土全部用于赛区的原位生态恢复工程。

建设高山滑雪赛道就要开辟盘山路，盘山路需要有护坡，裸露的边坡要进行生态恢复，他督促工人们做好表土的收集与利用。护坡的土是从赛区外面运进来的，里面有大量的外来物种种质。他们要把表土剥离掉，把底下的土加以利用。赛区里的土是有用的，要装进塑料袋里储存。一方面不能让赛区外的有害生物进入赛区，另一方面尽量保护赛区内的表土资源，让其在生态工程中原位恢复。

环境保护是一门深奥的学问，施工单位某些人觉得这个长头发的蔡工程师太矫情，嫌麻烦不愿意进行赛区里的表土剥离，他们趁人不备直接将挖出的土扔掉了，也不情愿剥离赛区外面的土。蔡志洲就苦口婆心地宣讲：小海陀山的生物多样性已经足够了，生态是原生的最好，外来土壤带有外来种质资源，会破坏原有生态，小海陀山只适合栽种原有植物，牵牛花固然漂亮，苋菜固然悦目，可是海陀山原来没有牵牛花和苋菜，这些植物会干扰小海陀山的植物生长，必须拔掉，不能让外来的有害生物的种子进赛区。

他讲得头头是道，更在实际施工中严格把关，守护山林。

蔡志洲的微信名叫做大菜，微信头像是一棵白菜，菜叶翠绿，菜帮纯白，脉络清晰，白菜属于十字花科，昭示着他对生物的热爱。

小海陀山的山林记住了一个身材高挑头发花白的身影，他坐在石头上端详植物，给施工单位做培训，他就像一个哨兵，严密地监视着外来物种的入侵。每次上山都要亲自拔掉牵牛花和苋菜等外来植物。他还建立了一个微信群，每天给工人发照片，说明什么是本土植物，什么是外来物种。

荆条、胡枝子（豆科植物）、紫菀、脱皮榆等都是小海陀山原生的植物，可以做护坡和道路景观。穿龙薯蓣是野山药，还有二叶舌唇兰，水毛茛，这些都是需要保护的植物。

沙参像藕荷色的铃铛，法国人结婚新娘捧的花铃兰就是这种植物。蔡志洲严格控制施工红线，保护珍稀植物，保护表土资源。

太行山从山西蜿蜒而来，在北京八达岭居庸关的这条沟叫做关沟。小海陀山在燕山山脉西部的末端，生物呈多样性。燕山山脉主要是花岗岩结构，小海陀山是一座石头山，挖出来的石头数不胜数，松山上的花岗岩上面有松枝花纹，漂亮极了。如果买石头做护坡挡墙要花一亿元，蔡志洲就让工人们用粉红色的花岗岩填雪道，消化了30万方土石方，优化了原来国际雪联高山滑雪项目专家的设计。

佛峪口水库是冬奥会造雪的水源，30公里以外有白河堡水库，为了保护水源，修建了一条从小海陀山到白河堡水库的输水管线。国家林草局和松山自然保护区给施工单位下令必须听环保专家的话，环保法规定是业主负责环保，谁污染环境谁来治理。

我经常看到蔡志洲在朋友圈发放飞无人机的图片，他和队友建立了无人机遥感监测管理系统，以飞鸟的视野巡天遥看。遥感影像清晰度高，可以发现小石块的扰动；无人机建立的数字化模型可以测量分米级的工程量变化。他们在山上山下设定了十多个点位，每个月航拍全景影像，为领导和施工单位提供第一手资料。

小海陀山上的高山草甸格外美丽，也非常脆弱。那里山高、风大、气温低，形成高山草甸的美景要千百年，而一旦破坏，又是千百年才能"轮回"。这里的表土和植物体、植物根系紧紧结合在一起。保护表土和植物是一个系统工程。在环境监理的指导下，工人们秋季把表土和植物一起分割成草皮块，码放成"矮墙"，盖上厚厚的毡毯。春天施工结束，草皮块移植回坡面，经过精心管护，小海陀山的草甸重新焕发了生机。

蔡志洲是一个性格随和的人，但是在工作中却六亲不认。树木植被不能多砍一棵，车辆人员不能越界半步，碎石渣土不能随处堆弃，高山草甸不能随便碾轧。他和同事们用红绳标出施工的边界，每天上万步地巡查，并用无人机拍摄，立此存照。他的"轴"和"犟"令某些人不快，但他绝不妥协。时间长了，施工单位理解了他的苦心，把保护环境当成自己的事。

我非常佩服蔡志洲这样的诤友，为了国家工程，不当和事佬，敢于坚持原则，有境界。

北京2022年冬奥会和冬残奥会可持续性愿景是"可持续·向未来"。

2017年,《国际奥委会可持续性战略》提出,奥林匹克运动在五个方面与可持续发展紧密关联,这五个方面分别是:基础设施与自然场所、采购和资源管理、交通运输、劳动力、气候变化。可持续性已成为整个奥林匹克运动必须优先考虑的事项。

冬奥会赛区周边环境也施行可持续发展策略,张家口赛区用了绿电,就是风能和太阳能,施工要运来很多集装箱,他们认真检查木质包装箱上有没有植物的检验检疫标志。

怀来的光、张北的风、延庆的水电点亮了北京的灯——清洁能源将助力北京冬奥会在奥运史上首次实现所有场馆绿色电力全覆盖。

延庆赛区高山滑雪赛道和技术道路,赛季覆雪厚度在1.4米—1.6米,用水量超过百万立方米(吨)。早春3月下旬至4月初的十余天,气温渐暖、土温回升,雪水集中融化,如何加以控制?夏季暴雨同样有洪水梦魇。在环境监理工作中,蔡志洲利用学识,参照海绵城市、海绵公路、海绵机场的经验,第一次在国际上提出了"海绵赛区"的理念,与建设单位、设计单位一起,以"渗、滞、蓄、净、用、排"为技术核心,群策群力付诸实践。

延庆赛区的劣势是小海陀山几乎没有雪,完全依靠人工造雪。冬天建造了厚厚的人工雪场,春天到了,100余万立方米的雪在三四月份要全部融化完,需要建造生态型的排水沟,生态化的比赛坡道和场地,渗水砖往地下渗水,不能形成积水,要把整个赛区建造成海绵赛区。

为了"可持续"这个冬奥会角色的初心,蔡志洲和他的战友没日没夜地苦干着,尤其是常驻山地的工程师,连冻带累,膝盖都有劳损。在全国人民抗疫的洪流中,延庆冬奥会的建设者依然坚守岗位,连春节都在加班。作为北京2022年冬奥会可持续性咨询和建议委员会委员、交通运输部环境保护中心负责人,延庆赛区环保监理监测负责人,蔡志洲的职责是小海陀山的生态保护,肩上的担子沉甸甸的。

2020年2月,蔡志州再次来到延庆,看到冬奥延庆赛区的索道非常先进,全封闭的轿子坐在里面稳稳当当。在空间维度上，可以看见花岗岩的山崖、雪道和飞鸟，轿子四周满眼都是风景。在空间维度上，施工中尽量保护了索道下方的灌草植被，基座尽量少占林地。

延庆赛区保护级别最高的植物是北京市的一级保护植物、溪流里边的一种水草叫水毛茛。水毛茛是北京的狭域分布特有物种，世界唯一，隐居深山，和北京冬奥会延庆赛区的高山滑雪等环境保护非常搭，是北京冬奥会生物多样性保护的天然标志。它重要的原生栖息地就在小海陀山，在长虫沟、佛峪口河和塘子沟隐秘的山溪中，有小片的零星分布。

水毛茛就是一个干净水环境的指示生物，只有干净的水才能存活，没有干净的水就死了。修盘山道路和雪道时，粗放的施工，很多土石方流下来就会形成滑坡，雨季的时候土壤裸露，泥浆水下来就会把这条山溪弄成一条小黄河，水毛茛就不能存活了。

蔡志洲和他的团队配合在这个山溪周围建了很多生态型排水沟，在施工时把这些坡面都覆盖防护网，尽量减少坡面的开发。所以在山溪的上、下游，前后都没有污染物流到山溪里，清澈的河流才能保证水毛茛良好生长。

在延庆赛区的建设中，建设者们提前圈定重点溪流、林地、高山草甸等保护地，专项开展保护植物标记、动物通道选址、边坡防护、生态恢复等环境保护设计。保护措施到位，水毛茛这样娇气的植物才能自由生长。

延庆赛区生态恢复工程，为赛后长期人与环境的和谐共存打下了基础。建设完以后，就要在运营期可持续发展下去，实现社会发展与环境保护的和谐。蔡志洲提过一个概念，叫做"冰雪赛区，四季山林"，每年人们在冬季享受延庆的冰雪，冰雪季以后，春天山林又回归于自然，徒步山林的人们和鸟兽一起在山林中潜行，看草长莺飞。

工作了三十多年，蔡志洲觉得有机会把积累的经验和情怀奉献给冬奥这个北京山地的国际舞台，是荣幸，也是山一样的责任。三年培育绿色冬奥，千日还看秀美山河。

北京2022年冬奥会，观众除了能够看见白色的雪道，还能看到阔叶林的线条，冬天树叶飘落，飞机可以航拍到落叶后森林的轮廓，以及两亿多年前燕山造山运动形成的粉红色花岗岩群峰，这都是生态冬奥的环境元素。当运动员脚踩滑雪板从高山滑雪赛道飞燕驰雪时，当运动员操纵雪车雪橇疾驰而下时，小海陀山两亿年的花岗岩在静静地注视着他们，那是多么美妙的感觉。

蔡志洲长发飘飘，乍一看像个画家，颇有些艺术家的范儿。我经常跑延庆冬奥赛区采访，深知从北京到延庆有多么不易，早晨5点多爬起来，从北京城赶到延庆城区会看到"美丽夏都，激情冰雪"的字样，此时往小海陀山工地走还有30公里，交通不便，气候无常，冬天奇冷。我以为蔡志洲是个男人，又是"驴友"，他去延庆赛区就是一脚油的事儿，堪比草上飞。后来才得知他是癌症患者，经历了两次癌症手术，先是肾癌，后来又是肺癌。到了延庆赛区必须爬山，而山越高氧含量就越低。我曾在延庆赛区山腰"大临"处头晕目眩感觉不适，冬天到了海拔2000多米的山巅会感到寒冷缺氧，在山上我也尝到过瓢泼大雨和大雪纷飞的滋味儿，正因为我有学医的经历，有多次亲临其境的驻队采访，所以我能够切身体会到一个肺癌手术的患者在高海拔地区工作有多么艰辛。

生态系统保护是环境监理的基础性工作，在延庆冬奥赛区海拔850米—950米的山谷和山坡上，雪车雪橇赛道和冬奥村掩映在核桃楸、大花溲疏、糖芥等为特征的绿林之中；在海拔950米—1500米的地方，生长着暴马丁香、榆、蒙椴、山杨、大花溲疏、绣线菊、糖芥等近百种植物；在海拔1500米—1800米的地方，是阔叶林和针叶林混交林带，有白桦、落叶松、胡枝子等几十种乔木、灌木和草本植物；在海拔1800米以上的地方，气温低、山风大，逐渐没有了大型乔木，开始出现高山草甸，在夏季的阳光中，小红菊、银莲花、胭脂花等各种野花竞相开放。山间沟谷中是佛峪口河的上游山溪，从海拔850米的西大庄科村到海拔2198米的小海陀山顶，阔叶落叶林、阔叶针叶混交林、高山草甸、山溪湿地多种生态系统多样性丰富，层次过渡，具有垂直的分布特征。

人对于幸福有不同的理解，有人把赚大钱当成幸福，而蔡志洲觉得把兴趣当成职业，为民造福是最大的幸福。他憧憬着2022年冬奥会后，山林依旧，冬奥赛区提供了一个可持续性发展的中国答案。回归自然，实践了可持续理念。

移动的草甸和24000棵树

聂顺新是土生土长的延庆人，延庆有72个连营，他的家乡叫做香营乡，有400多户。延庆是深山区、生态涵养区，经济贫穷落后。作为长子，他从小

延庆生态修复

就帮助父母干农活，家里种了黄豆、绿豆、红豆、芝麻、花生，还种了杏、桃、海棠等果树。每当收获的季节，他家的小院里就飘满了果香。他对植物和家乡充满感情，喜欢养仙鹤来、仙人掌等植物。他觉得延庆只有发展旅游业和服务业，才能进一步发展。

延庆水资源丰富，有官厅水库、白河堡水库、佛峪口水库，还有妫河、野鸭湖等。

他在北控京奥公司环保及可持续发展工作组工作，担任环保工程师，陪同我上小海陀山采访环保工程。

登上小海陀山巅，我看到有很多白色的编织袋装满了腐叶土，这种土又称腐殖土，是植物枝叶在土壤中经过微生物分解发酵后形成的营养土。在这个由多种微生物交替活动使植物枝叶腐解的过程中，形成了很多不同于自然土壤的优点。一是质轻疏松，透水通气性能好，且保水保肥能力强。二是多孔隙，长期使用不板结，易被植物吸收。与其他土壤混用，能改良土壤，提高土壤肥力。三是富含有机质、腐殖酸和少量维生素、生长素、微量元素等，能促进植物的生长发育。四是分解发酵中的高温能杀死其中的病菌、虫卵和杂草种子等，减少病虫、杂草危害。

延庆赛区的雪道、边坡、森林经营、草甸的保护和恢复、表土剥离，需要把表土利用起来，种植绿化时用上土，经过上半年的沉淀，形成腐殖酸肥料，每个地方都有技术方案，给对接的设计部门，落入图纸当中，把环保理念从技术到落实。环保一共制定了54项矩阵表，43项需要北控京奥公司完成，其中7项需要与政府部门合作，36项需要独立去做。

早先的小海陀山完全是原始风貌，在没有路的情况下，设计院的建设者要凭着脚力，扛着设备，穿越山林去前期勘测，早晨六七点就出发，中午在山上用自带的干粮、水吃饭，放线时经常碰到蛇，蚊虫叮咬是家常便饭。

聂顺新虚心好学，碳管理、可持续采购，每天都学习新技术。他刚来时已经有了路，乘坐烧柴油的全地形车动力大，轮胎结实，但是有时候水温过高，刹车失灵。他一个月至少要跑现场四五次，他熟悉小海陀山的地形地貌，像羚羊一样嗖的冲上山头，掀开一块绿色的网状布，聚精会神地观察着。

小海陀山的植物呈垂直带谱，海拔1800米以上以草甸为主，北控人为了保护生态，在北京林业大学和环保顾问的指导下，制定了亚高山草甸保护方案。从2018年初冬开始，他们在小海陀山顶用小铲子铲土，土层保留15—30公分，纯手工剥离了2400平方米的草甸，担心草被阳光晒死，就地堆放后罩上了防晒网，定期浇水。草甸长势喜人，建设者在雪道修好后，立刻将这些草甸再移栽过去，保持山巅绿草如茵的原貌。

生态恢复很难，最好的保护是不动植物，但是搞建设不可能不动。有的植物喜阴，有的植物喜阳。小海陀山海拔落差大，高海拔气温变化大，来了一块云就下雨，不是每棵植物都能活。植物需要有国家相关部门的检疫证，包装箱要检疫，不能移栽有病虫害的树。

聂顺新是一个对工作充满激情的人，我们在松山看移栽树种时，他突然喊道："孙老师，您等一等，我去看看二叶舌唇兰。"

他身材瘦小，行动敏捷，很快就跑到山坡上，兴奋地喊："我找着三棵。"

我被他的激情感染，一鼓作气冲上山，只见两片嫩绿的叶子刚冒头，酷似人的舌头和嘴唇，极不起眼儿，可是聂顺新却像看到自己孩子长大那样高兴。原来，松山盛产兰花，二叶舌唇兰是其中的一种，植物学家打算在松山建立兰花园。

植物学充满了学问，不是每一棵植物都能存活。小海陀山隶属于北京松山国家级自然保护区，物种丰富，现在要在这里建设冬奥会赛场，就要暂时打破这里的生态平衡，要做好生物入侵监控。

聂顺新等人编制了延庆赛区监控生物入侵方案，对工程建设等人类活动干扰的潜在生物入侵风险进行监控，防止生物入侵。

树是人类最好的朋友，延庆赛区的建设者在北京林业大学教授移植全程学术指导下，往八号地移栽了24000棵树，往松山国家级森林保护区移栽了

11000多棵灌草，成活率很高。移栽了35000棵树和灌草就是挽救了35000个生命，树木常绿，生命常青。

移植树木应就近移植，小苗有生长周期，保护边坡，通过"重点保护树种、重点移植技术、重点保护环节"的图文专业记录梳理树木档案，应用突破国内国际领先创新移植技术，一年四季移植并保持高成活率与高保存率，进行保护性移植，现在，这些树木长势良好，90%都成活了。

小海陀山里有很多动物，聂顺新在山上见过蛇、野兔、野鸡、松鼠、黄鼠狼、臭鼬等动物。出工前他们要涂抹防止被蛇咬伤的药，身上带着防毒蛇咬伤的急救药。

建设初期，人和机械撒在山上，每天要花很多钱。有一天，工人在巡山时发现一只棕色的怀孕斑羚失足跌落山谷，腿受伤不能行走，他们急忙抱起斑羚向松山走去。斑羚睁着眼睛恐惧地看着工人，没想到工人们不但没有伤害它，还在松山为它搭建了一个窝，罩上隔离网，请兽医给它治病，精心饲养，安心疗伤。当斑羚康复后，工人们立刻把它放归自然。工人们还制作了很多鸟巢挂在森林里，给鸟提供一个舒适的窝。

雪里已知春信至

2021年盛夏，北京冬奥会延庆赛区满目郁郁葱葱，我注视着小海陀山，草木茂盛，视野开阔，令人心旷神怡。高山滑雪赛道全长9.2公里，沿着山脊绵延起伏，赛道上铺上了植物纤维毯，这是耐寒的草籽，草对于水土流失可以起到防治作用。

往事如烟，2019年夏天，我到小海陀山采访冬奥建设，当时还没有柏油路，我乘坐全地形车在土路上跋涉，一场突如其来的大雨给了我见面礼，一个跟头摔得我满身泥泞。我用照相机记录延庆赛区建设的瞬间，照片也忠实地记录了我衣服上的泥点。

我见到了廖凌冰,他是北控京奥公司设计部负责园林景观设计的工程师,毕业于四川大学景观建筑设计专业。

山是有灵性的,小海陀山为什么会生长这些植物是千百年来物竞天择、适者生存的结果。建设赛道之初把一座野山剃成了一片片的秃瓢,要想修复如初就要了解它原有的面貌。于是在冬奥工程大面积展开前,廖凌冰与他的同行们就对整个建设地进行了生态本底调查,对原有林斑分布、动植物分布、河流分布等进行了调查记录,这对后期的植物设计非常重要。他们在小海陀山中进行本底调查工作长达数月,编制了动植物保护手册,对建设者进行施工中的生态保护培训,让每一个冬奥建设者都去了解这座山,将生态修复理念贯穿到整个冬奥会场馆的建设过程中。

建设工程时,首先做基础伐树,整个小海陀山云雾缭绕,土里面石头多,机械无法上山,只能靠人工或者驼队往山下背树、运土。

万物生而有灵,小海陀山也是如此,有着根深蒂固的本土记忆。本土记忆就是不能有外来入侵物种。我观察了小海陀山的植物,发现凡是适合在公园里生长的迎春花、菊花、兰花等大部分花卉都不适合在小海陀山生长。海拔决定了植物的生态分布,小海陀山的植物必须是耐寒、抗冻、抗风的植物,必须是那些皮实的、粗犷的、倔强的、有着顽强生命力的植物。我曾经与环保工程师一起去小海陀山看表土剥离,剥离的表土之所以珍贵,是因为土里的本土植物种子其他地方买不到。种子的生命力太强了,剥离下来的表土存放一年,日晒雨淋无人理睬,可是重新撒在作业带上照样长出植物。

"海陀戴雪""云海日出"是延庆的盛景,游人上海陀山是哪儿漂亮去哪儿,而园林景观工程师和环保工程师却是哪儿难看去哪儿。从2018年开始,廖凌冰等人对赛道工作面进行表土剥离,在赛道周边及边坡上种植了油松、山杨、元宝枫、青杨、暴马丁香等乔木;种了云杉、樟子松等常绿植物;种了山桃、山杏、迎春、三桠绣线菊、迎红杜鹃、小花溲疏、胡枝子、天目琼花、金银木、紫穗槐等灌木;还种植了东陵苔草、紫花苜蓿、披碱草、高羊茅、早熟禾、黑麦草、铺地柏、沙地柏、三叶地锦、五叶地锦、狗枣猕猴桃、麦冬、垂盆草、景天、佛甲草等植物；在停车场及下凹绿地种植了油松、元宝枫、核桃楸、旱柳、山桃、山杏、金银木、沙地柏、蒲苇、狼尾草、鸢尾、马蔺等植物，不停地浇水、养护。

赛区有126块修复土块，面积为191万平方米。冬奥建设者赋予小海陀山新的记忆。他们就地保护五角枫、白桦、山杨、蒙古栎、核桃楸等原生树种，避让珍稀苗木，保护山中原始村落，工程依山就势，将施工对植被的破坏降到最低，传承山的本土记忆，还要将它延续。

延庆赛区有山林场馆群，生态冬奥园，这是冬奥工程的设计理念，要想冬奥场馆群融入山林，那么冬奥工作者就要走进山林。植物的事情应该与植物对话，小海陀山从无路到有路，从安静到喧哗，廖凌冰与他的同行们不知走过多少个来回，直到将一草一木牢记于心，直到他们发现自己早已是这小海陀山的一部分。

自从第一条施工路打通，廖凌冰和同事没有一刻停歇，只要有一周没有去山中查勘，现场就已经有翻天覆地的变化，他们要用三年的时间完成冬奥生态工程的大部分工作，而这是从无到有的巨大工程。生态修复工作是最急速的那一道闪电，因为受气候和种植条件影响，低中海拔有两个种植季，大规模的施工要在雨季到来前和冬季来临前完成，这有利于植物的存活，也更经济；而高海拔地区全年仅仅只有一个种植季。

2020年是生态修复工程最集中最关键的一年，他们需要在种植季来临之前，准备好所有的事项，踏勘现场，针对性地给出方案，对苗源地进行调查，确保没有生物入侵，对外购的种植土做好检疫工作等等。

生态修复讲究时效，越早修复效果越好也越简单，冬奥工程工期严峻，他们成立了"生态修复队"，白天在现场发现问题后，立刻就提出解决思路和解决方向，并将任务分配到个人，当晚就由廖凌冰整理并记录过程。他把全部心思放在延庆赛区的生态保护上，与同行一道指导工人对赛区进场道路两侧边坡进行生态修复，在施工过程中设置动物通道，保证野生动物活动畅通；随着场馆建设方案的确定，生态修复措施随场馆建设同步实施。2019年，松山路口两侧有3000亩生态林景观得以提升。

规划设计冬奥森林公园，作为冬奥遗产保留下来。小海陀山是一座石山，建设者充分就地资源化利用，将赛区施工过程中产生的废弃石材、木材变废为宝，利用石材修筑挡墙、树池、临时停车场、生态排水沟等。利用树木搭建树池、临时存放平台等。把地表土人工剥离，回铺绿化带。表土营养成分高，有很多植物种子在里面，工人们用小铲子和手做表土剥离，整整剥离了7.68万立方米表土。小海陀山石头尖利，工人们就地利用石材做挡土墙，没有从外面购买石材。

由于雪车雪橇三号路的施工，导致东侧坡体不稳定，需做混凝土格构梁处理。但是大面积的混凝土格构梁坡度极陡，生态修复难度特别大。此区域在奥运村的西面，也是未来观众进入雪车雪橇广场的必经之路，是延庆赛区的脸面，不绿化很难看。边坡坡度有60度—70度，他们将种子和黏合剂糅合在一起，喷洒在格构梁里，方格内采用蜂巢格室＋喷播的方式进行生态修复，在横梁之间种植爬藤类植物，在格构梁下回填赛区弃土，再用油松等高大的常绿乔木，配合与周边融合的色叶树种，有效遮挡格构梁体。

截至2020年底，已经超计划完成了整个生态修复工程的94%。经过6年修复，延庆赛区完成生态修复216.3万平方米。

小海陀山是为冰雪而生，2021年这个冬季是建设者最后一次全面测试造雪设备，廖凌冰去查勘冬季种植效果时又完整地走了整个赛区，全规模造雪让人心潮澎湃，雪花飘扬在山谷中的所有角落，大千世界都被皑皑白雪覆盖，山中的林木接纳每一片雪花，让它们在自己的肩膀停留，廖凌冰几乎分不清楚哪些林木是原来的主人，哪些又是带来的宾客。

2021年11月，小海陀山国家高山滑雪中心开始造雪，冰雪才是这里的主角，2022年的2月小海陀山会穿上一袭白衣迎接世界的目光。五湖四海的眼睛都注视着那个早春二月。雪里已知春信至，望着漫天飞雪，我分明听到了春天的信息，春天的韵律。

　　延庆赛区的故事像汪洋大海，我只能采撷几朵浪花。干工程，中国人是世界一流，炎黄子孙肯于吃苦，舍得拼命，这是国运昌盛的体现，这是铁人精神的传承。

第六章 张家口的冰雪都知道

张家口的大好河山

为什么中国第一条自主修建的铁路是要穿越崇山峻岭的张家口？因为当时张家口的贸易地位接近于广东。

站在张家口大境门前，看到清晰的车辙，我的眼前浮现出昔日商队从这里向库伦出发的场景，耳边响起了悠远的驼铃声。

北京冬奥会张家口运行中心就设在中国人民大学的前身——华北联合大学的校园旧址。大境门匾额上察哈尔都统高维岳题写的"大好河山"四个颜体大字遒劲有力，给人一种苍凉悲壮的感觉。

张家口地区包括四区10县，4个区分别为桥西区、桥东区、崇礼区、万全区。10个县分别是张北县、康保县、沽源县、尚义县、蔚县、阳原县、怀安县、怀来县、涿鹿县、赤城县。申办冬奥会时，张家口坝上的张北、沽源、尚义、康保四个县加上阳原县，是张家口地区的5个国家级贫困县；其余的区县除了怀来全部为省级贫困县。

张家口发展的出路何在？北京冬奥会给张家口的发展带来了契机。

从赛事安排上，我们能看到张家口赛区在北京冬奥会中的重要性。北京冬奥会和冬残奥会将于2022年2月4日至3月13日在北京、延庆、张家口三个赛区举行，冬奥会和冬残奥会将设7个大项，15个分项，分别进行109个小项和78个小项的比赛。北京赛区将承办所有冰上项目，延庆和张家口赛区将承办雪上项目。其中，张家口赛区将承办其中51项和46项，分别占冬奥会和冬残奥会金牌总数的47%和59%。

为了筹办2022年北京冬奥会，中国政府将打造沿北京—延庆—张家口一线，分三个区域布局竞赛场馆和非竞赛场馆，建设三个相对集聚的场馆群。

张家口赛区共有8个场馆，4个竞赛场馆分别为云顶滑雪公园、国家跳台滑雪中心、国家越野滑雪中心、国家冬季两项中心；4个非竞赛场馆分别为张家口奥运村、张家口山地新闻中心、张家口山地转播中心、张家口赛区颁奖广场。

其中云顶滑雪公园是北京冬奥会7个雪上竞赛场馆中唯一利用现有滑雪场升级改造建成的场馆，张家口山地新闻中心利用云顶大酒店会议区改造而成。

北京冬奥会张家口赛区将进行两个大项（滑雪、冬季两项）、6个分项（单板滑雪、自由式滑雪、越野滑雪、跳台滑雪、北欧两项、冬季两项）、51个小项的比赛，产生51枚金牌，是产生金牌数最多的一个赛区。

通过冬奥的筹备，张家口敏锐地看到了发展的优势——冰雪产业。一方面，以崇礼区为核心，在坝上地区打造北方冰雪创意基地；另一方面，为促进滑雪产业集聚、持续发展，规划建设了崇礼区冰雪文化产业园和仕腾奥运产业园，重点引进滑雪器具、运动装备生产及冰雪文化创意等项目。

北京市与张家口市地域相邻，山水相连，随着京张高铁的建成通车，北京到张家口的时间缩短为一个小时以内，这大大加快京张两市在地域上的同城化建设，实现两地在经济、文化、教育、科技、生态、金融、信息交流等各个方面的深入对接。张家口可以借力北京这个国际大都市，在更广领域、更深层次、更高水平上优势互补、协同共进，实现本地经济社会的跨越式发展。

根据《中国冰雪旅游发展报告2020》，2018至2019冰雪季我国冰雪旅游人数达2.24亿人次，规模产值达8000亿元，以冰雪休闲旅游为核心的大众冰雪市场正在形成，冰天雪地正成为"金山银山"。

北京冬奥，不仅是中国与世界的双赢，也是体育和经济社会发展的共舞。办好2022年北京冬奥会，是实施京津冀协同发展战略的重要举措。

京张延的高速与京津冀一体化

北京2022年冬奥会的航空、高铁、高速公路、地方道路等多种交通基础设施组成了立体互补的交通服务。

2008年北京夏奥会时只有一个奥运村，奥运场馆基本都在奥林匹克公园周围，奥运村离奥运场馆很近；可是2022年第24届北京冬奥会的场馆布局规划却包括三个区域，一是北京赛区：城北部的奥林匹克公园中心区，城西部的首都体育馆和五棵松体育中心，5个冰上项目将在这里举行；二是延庆赛区：北京西北部距离市区约90公里的延庆区小海陀山，将举行雪车雪橇和高山滑雪项目比赛；三是张家口赛区：距离北京约220公里、距离延庆小海陀山约130公里的张家口崇礼区。除了首钢园跳台滑雪和延庆高山滑雪和雪车雪橇外，所有的雪上项目将在张家口举行。

三个奥运场馆群有三个奥运村，分布在北京、延庆和张家口的崇礼区。这三个奥运村的设置使得奥运村到竞赛场地、训练场馆的交通时间必须最小化，其中北京赛区在15分钟之内，延庆赛区在10分钟之内，张家口赛区在5分钟之内。比赛场馆相距220公里，就必须解决好交通运输问题。

为此，北京建设连接北京—延庆—张家口三地的高速铁路和高速公路。其中建设了北京至张家口的城际铁路，全线长174公里，主线共设置了10个车站，时速在每小时200公里至350公里之间，乘坐火车从北京北站到延庆大约需要20分钟，从北京北站到张家口崇礼太子城大约需要65分钟。

我第一次到延庆采访是1990年夏天，那时北京至延庆的交通极不发达，我从北京市区到延庆县整整开了半天的车才到达。而今年我到延庆采访，连接北京城区和延庆间的省道兴延路已经通车，因为，2019年世界园艺博览会在延庆举办，促进了延庆的市政建设和交通，从世园会到北京市区只开了一个多钟头就到达了。

北京到张家口赛区有京藏高速公路（G6），京新高速公路（G7）和110国道（G110）连接，兴延路与延崇路（延庆至崇礼）连接，形成北京冬奥会期间的一条交通要道。

在公路路网建设方面，作为奥运高速通道的延崇高速（延庆 — 崇礼）已经于2019年底主线通车；环首都地区环线（G95）张家口段、太行高速公路张家口段等4条高速通车运营；京蔚高速（北京 — 蔚县）公路西段、京尚高速（北京 — 尚义县）张北县至冀蒙界段正在建设；一大批交界处的"断头路""瓶颈路"打通工作加速推进。

借力筹办、举办冬奥会，在京津冀区域交通一体化的大格局下，路网建设加快推进，初步形成了铁路、公路、机场交织互补的一体化交通格局。

昔日，我从北京到张家口的蔚县采访，路上开车三个半钟头才能到达。而今，在铁路路网建设方面，京张铁路、大张铁路（大同 — 张家口）、张呼铁路（张家口 — 呼和浩特）、崇礼铁路等四条高铁2019年底建成通车，从张家口崇礼去北京，最短只需要47分钟，张家口正式纳入北京"一小时交通圈"；太锡铁路（太子城 — 锡林浩特）太崇段2020年已经开工建设，将于冬奥会前建成通车，届时将连通2022年冬奥会雪上项目主要比赛地张家口崇礼区和太子城冬奥村两大核心地区。

在航空运输方面，宁远机场改扩建已经完工，国内航线达到11条，具备国际通航条件，截至2019年旅客吞吐量达到30.4万人次、货邮吞吐量达到49.5万吨。同时，在崇礼云顶滑雪公园、古杨树场馆群、张家口市二医院、原251

医院，分别建设4个直升机停机坪，用于赛时服务和平时交通保障。通用机场方面，张北中都通用机场已经建成，怀来、宣化等5个通用机场项目正在推进前期工作。

在重要交通枢纽方面，高铁张家口南综合客运枢纽（北广场）已完工，崇礼客运枢纽、太子城高铁站客运枢纽建设正在有序推进，2020年底建成。

北京冬奥会促进了张家口冰雪装备制造产业的加速发展。全市建设了宣化区、高新区两个冰雪装备制造园区，一大批京津冰雪产业项目落户园区，其中，中索国游索道试验线已经建成使用，国家体育用品质量监督检验中心（张家口）冰雪实验室即将运营。全市累计签约冰雪产业项目69项，落地58项，总投资331.73亿元，开工项目17项，投产运营24项，实现产值5.66亿元。

京张体育文化旅游产业带加快建设，全域旅游发展迅速，培育了草原天路，即张家口坝上的公路，被誉为中国的66号公路。现在，草原天路、蔚县民俗、赤城温泉、崇礼滑雪等标志性旅游产品，每年吸引大量国内外游客前来观光旅游。尤其是冰雪旅游得到飞速发展，崇礼滑雪已经成为张家口市乃至河北省旅游的一张重要名片，真正实现了冷资源到热经济的华丽转身，全市目前已经建成万龙、云顶等七家大型滑雪场，拥有雪道177条，总长度164公里，索道和魔毯70条，总长度45公里。

北京冬奥会的环境建设是十分重要的，因为要吸引三亿中国人上冰雪。这里以长城文化为主体，举办各种文化艺术类的活动，通过长城文化宣传中国，把冬奥会和脱贫攻坚结合起来，打造100个长城脚下的美丽乡村。

长期以来，提到河北，总存在一些偏见，比如"河北的重工业，尤其是'笨、重、黑'的钢铁、煤炭等产业比重过高"，"河北高新技术产业没什么亮点，产业缺乏高级感"，"河北在京津冀一体化中发挥的作用很有限"，"河北雾霾严重"等等。

其实，这都是老黄历了，现如今，河北早已旧貌变新颜。

河北是我国唯一兼有高原、山地、丘陵、平原、湖泊和海滨的省份，自然禀赋多姿多彩。而之前被人诟病的雾霾，也已随着蓝天保卫战的打响有所改善，2018年河北全省就迎来了空气质量6年来的最高水平。两年来我在张家口崇礼采访期间，明显感到这里的空气很清新，尤其是崇礼区的云顶滑雪场，PM2.5每立方米只有3微克。

京津冀协同发展是党中央在新的历史条件下作出的重大决策部署，是重大国家战略。

2022年北京冬奥会在北京和张家口两地举办，就是在联手下一盘京津冀一体化协同发展的大棋。张家口赛区将举办跳台滑雪、单板滑雪、自由式滑雪、北欧两项、冬季两项和越野滑雪等滑雪项目的比赛。新建五个比赛场地：北欧中心越野滑雪场、北欧中心跳台滑雪场、冬季两项中心、云顶滑雪公园A场地和B场地。

在中国搞冬奥会，如果不依托北京这种大都市，难度很大。京张两地距离在150公里以内，修条高铁47分钟就到达。张家口的崇礼区位于河北省西北部，北邻内蒙古草原，南倚张家口市，夏季平均气温为19摄氏度。冬天雪量大，全年积雪1.5米，雪质参数符合国际滑雪标准，是北京周边最佳滑雪场，发展滑雪产业的理想区域。崇礼自2000年以来，每年都举办崇礼国际滑雪节，地道的崇礼人从小就会滑雪，崇礼滑雪场有很多日本人来滑雪。

京张两个城市联办，高山滑雪场要求3公里以内800米的落差，本来北京延庆和密云区依偎燕山，都有条件建高山雪场，但是密云与张家口崇礼区距离远，而延庆毗邻小海陀山，占了地利之便，所以有人开玩笑说"延庆赛区是饶的"。

2008年，中国才通了第一条高铁，社会的生活方式也发生了改变。高铁是个好项目，但有利就有弊，高铁造成的一个特点是火车路过很多小城市，这些城市的人才远离家乡跑到大城市了。

可持续涉及经济、环境、社会，这是一个维度，张家口要想发展，必须有青年人参与，克服空心化。张北地区干旱，就发展绿色走廊，生态涵养。崇礼是最佳滑雪场地，纬度高，气候寒冷，塞北雪花大如席，有开展冰雪运动的独特条件，开展京张地区的冰雪运动，有利于张北地区的扶贫，促进京津冀一体化发展。

张家口市建设国际化开放城市，推动中国冰雪运动的发展。看到张家口的巨变，我格外高兴，欣然赋诗：

七律·咏张家口

初冬叶落雨霏霏，寒露披霜塞北飞。
大境门高迎客至，张库道古忆商归。
驼铃继响成丝路，马帮传声见玉葳。
冰雪之乡期奥运，黄金丰草待春晖。

"雪如意"吉祥如意

国家跳台滑雪中心的造型如同一柄如意，是张家口赛区场馆中的佼佼者。

张家口赛区包括三个组团：第一是云顶滑雪公园场馆群，第二是古杨树场馆群，第三是太子城冰雪小镇。云顶滑雪公园场馆群有空中技巧、雪上技巧、U型场地、坡面障碍技巧、单板平行大回转、障碍追逐6条赛道，为竞赛场馆；张家口山地新闻中心是非竞赛场馆，位于云顶大酒店内；古杨树场馆群包括国家跳台滑雪中心、国家越野滑雪中心和国家冬季两项中心3个竞赛场馆，1个张家口山地转播中心为非竞赛场馆；第三个组团太子城冰雪小镇，有张家口颁奖广场、张家口制服与注册分中心、张家口冬奥村，均为非竞赛场馆。

2017年1月23日，中国国家主席习近平考察北京冬奥会筹办工作。习近平从北京乘专机到达张家口市宁远机场。一下飞机，就冒着严寒驱车来到冬奥会张家口崇礼区的云顶滑雪场考察。习近平主席在考察张家口时强调，北京冬奥会所有建设工程都要坚持百年大计，精心设计、精心施工。冬奥筹办工作开展以来，张家口实施了一大批冬奥、涉奥项目，2020年冬天，我来到崇礼采访，在古杨树场馆群，我亲眼看到国家跳台滑雪中心等场馆正在紧锣密鼓地建设中，当时的最低气温是零下15摄氏度，属于不宜施工阶段，但是为了抢工期，工人们在加班加点地奋战。天上纷纷扬扬飘洒着雪花，漫天皆白，雪里施工情更迫。我站在雪中采访，照相机镜头捕捉到了鹅毛般的雪花在空中飞舞。中铁建工的工人告诉我，他们早晨5点多起床，7点就要到岗，每天工作十几个钟头，连中午都不能休息，晚上五六点才收工。

如意在东汉时就出现了，在清朝时，已成为宫廷的珍宝之一。它的造型是由云纹、灵芝做成头部衔接一长柄而来。"如意"是由古代的笏和搔杖演变而来，当时人们用它来搔手够不到的痒处，可如人之意，故名"如意"。"如意"，是玉雕件中较为特殊的制品，是我国传统的吉祥之物。

国家跳台滑雪中心和中国的传统吉祥物件"如意"外形相似，雅称"雪如意"，是清华大学张利设计的，与首钢的滑雪大跳台珠联璧合，相得益彰。由于建筑上面有一个圆盘，工人们亲切地称其为"大脑袋""圆脑袋"。"雪如意"将承担北京冬奥会跳台滑雪、北欧两项的比赛。

冬奥赛区着力进行山体生态修复与景观提升，恢复原有自然景观风貌，使其如同自然天成。其中，古杨树场馆群景观风貌将"以玉为图、以碧为底"，玉就是"雪如意"和"冰玉环"，碧就是自然生态的基底，未来将重点打造融合山、甸、林、缘（边坡）的近自然风貌，形成山形碧影、稀树花甸、疏林草地、延绿增景的特色。过去，这里大多是荒坡，现在依托山势建造的雪如意巍峨挺立，周围实施了绿化，一片郁郁葱葱。

跳台滑雪又称跳雪，19世纪起源于挪威。1860年，挪威德拉门地区的两个农民在首届全国滑雪比赛大会上表演了跳台飞跃动作，开跳台滑雪之先河。19世纪末，跳台滑雪先后传入瑞典、瑞士、美国、法国、意大利和波兰等国家。

跳台滑雪的比赛设施由出发台、助滑坡、着陆坡、缓冲区组成，开始是利用山坡的自然地势进行，19世纪80年代开始出现土木结构的跳台，后来不断进行跳台升级，1926年在瑞士的蓬特雷西纳建成60米级的跳台；1927年在瑞士的圣莫里茨建成70米级的跳台，这些都是随着空中滑翔技术的提高而不断出现的新的跳台设计。崇礼区建设的雪如意滑雪跳台落差是164米，宽度是50米，堪称跳台滑雪的大型跳台了。跳台滑雪富于刺激性，观赏性，跳台滑雪比赛高速滑行中风驰电掣，如梦如幻，令人期待。

2020年12月21日，河北省第二届冰雪运动会开幕式在张家口市崇礼区国家跳台滑雪中心"雪如意"举行。200名活力四射的冰晶女孩手持"雪花"上场了，河北省第二届冰雪运动会开幕式在飞雪中拉开帷幕。

开幕式的举办地"雪如意"已经建成两条赛道，我采访时刚刚通过国际雪联验收并正式投入使用，此次开幕式是"雪如意"建成后的首秀。璀璨的灯光之下，"雪如意"气势恢宏、精美绝伦，必将成为河北省最具辨识度的冬奥地标式建筑。

2021年1月19日，习近平主席来到崇礼国家跳台滑雪中心考察。这是张家口赛区建设工程量最大、技术难度最高的竞赛场馆，赛时将承办跳台滑雪和北欧两项项目的全部比赛，产生8块金牌。习近平看望慰问了运动员、教练员等。跳台滑雪国家集训队领队许高航当天为习主席作讲解。她说：疫情导致比赛机会减少，只能关起门来练内功。去年底开始，队员们集中进行风洞训练，可以感受3个不同气流角度的姿态，避免了跳台训练时空中时间过于短暂的问题，训练效果大为提高。

2021年夏天，我再次来到崇礼采访，在张家口奥体建设开发有限公司总经理贾茂亭的关照下，登上了新建好的"雪如意"。从去年三九天的寒风萧瑟大雪纷飞，到今年三伏天的骄阳似火汗流浃背，44摄氏度的温差使我见证了"雪如意"的寒来暑往。

贾茂亭公司的工程项目都在古杨树村，国家跳台滑雪中心也叫雪如意，那是世界上独一无二的跳台。雪如意的顶峰海拔1799米，底部海拔1635米，从顶峰俱乐部的大脑袋到底部的结束区，落差是164米，宽度是50米。

2020年11月18日，崇礼开始下雨，后来下雪，11月开始造雪。我多次到现场观察雪如意的工程建设，在崇礼的漫天飞雪中，雪如意显得格外肃穆。国家跳台滑雪中心坐西朝东，是我国首座符合国际标准的跳台滑雪场地，也是张家口赛区冬奥会场馆群建设中工程量最大、技术难度最高的竞赛场馆。跳台剖面因与中国传统吉祥饰物"如意"的S形曲线契合，因此被形象地称为"雪如意"。

利用这个跳台的S曲线即赛道剖面的S线和中国古代文化如意的S曲线，形成一种对冬奥赛事独到的中国文化表达。跳台滑雪中心建成后将成为张家口赛区的主要形象场馆，承办冬奥会跳台滑雪比赛，会后将用于国际比赛和国家队训练，以及旅游观光、足球比赛、滑草在内等一系列大众体育休闲活动。

跳台由顶部的顶峰俱乐部、中部的大跳台、标准跳台及裁判塔，底部的看台区组成。运动员等人群通过缆车系统以及上山道路，可便捷地从山下到达山上运动员出发大厅、VIP入口区等区域，助滑道将采用国际上先进的冰面助滑道系统，提高比赛观赏性。大、小跳台之间通过专用电梯便捷联系。山下南侧看台设有技术楼，包括奥运大家庭等用房。赛时将产生8枚奥运金牌。

雪如意由清华大学的张利设计，顺着山势而建。贾茂亭挂帅的奥体公司是业主，由中铁建工集团、中铁十八局和北京金河水务三家单位施工。

崇礼的冬奥会工程最大的难度就是没有图纸就干，边干边设计，贾茂亭在大学学的是结构设计，毕业后在建筑公司从技术员一步一个脚印做到项目总工程师、技术科科长、总工程师、副总经理、开发公司总经理，一天也没有离开过工程。在承担冬奥会工程时，他一切从实际出发，当设计与工程发生矛盾时，他注重发挥骨干工程师的作用，三个臭皮匠赛过诸葛亮，再难也是搞建筑，万变不离其宗，在一线的人更懂得如何施工。他坚持自己的意见，据理力争，敢于抗旨，出了问题遇到困难勇于担当，实践证实他的意见是正确的。

在野外干工程，经常遇到村民告状，修赛道时村民一会儿说挖了他家祖坟要赔付，一会儿说他家的树没有给钱。他出身农村，知道怎么跟村民打交道，怎么跟政府部门打交道，用家乡话与老百姓沟通，保障了工程顺利推进。

按照北京冬奥组委和河北省委、省政府的要求，他率队顺利完成了国家跳台滑雪中心、国家越野滑雪中心、国家冬季两项中心、直升机停机坪、冰玉环、蓄水池、张家口冬奥村、医疗站、冬奥村的医疗诊所等冬奥工程。奥运村2020年11月底完工，除了山地技术官员酒店2021年8月完工，山地媒体转播中心2021年9月完工，其他的工程都完工了。

我走进俗称"圆脑袋"的山顶环形的"顶峰俱乐部"，这里将配备包含可容纳500人的会议厅及360度旋转餐厅，可以俯瞰崇礼古杨树赛区景观。我在挪威的利勒哈默尔小镇见到的雪场冬天可以滑雪，夏天可以滑草。崇礼雪如意场馆的山体可以进行跳台滑雪以及夏季滑草等大众极限运动；看台区域比首钢滑雪大跳台宽敞多了，赛后可承办演唱会、足球赛等大型文体活动。

我来到跳台顶端的钢结构台阶，俯瞰大地，台阶很陡峭，往下看有些头晕目眩。跳台上写着"BeiJing 2022"的字样，跳台的主体已经竣工，想象着将来冬奥健儿将从这里踩着滑雪板凌空飞跃，真是连鹰都自愧弗如。见到竣工的"雪如意"，深感冬奥设计者和建设者的不易，欣然赋诗：

潇湘神·咏崇礼雪如意大跳台

深谷空，深谷空，浪漫白雪刺椎风。筑造玉关人欲醉，山中如意更玲珑。

圆脑峰，圆脑峰，助推腾跃笑凌空。展翅滑翔鹰自愧，跳台银链映飞虹。

"冰玉环"激情相约

古杨树场馆组团由"雪如意"和"冰玉环"组成,在"雪如意"的前方,有一个分叉,远远望去,仿佛英文字母大写的 Y 字,下面的一竖就是"雪如意",上面的两个分支一边通往国家冬季两项中心,一边通往国家越野滑雪中心,这两个场馆形成一个环状连接通道,各场馆之间由平均高度约 8 米的半圆步行云台"冰玉环"连接,将国家跳台滑雪中心、国家越野滑雪中心、国家冬季两项中心三个冬奥场馆组成了一个环,周围还有山地转播中心、技术官员酒店、山地直播间,这是一个新建的冬奥场馆组团。

国家跳台滑雪中心赛后将建成国家队训练基地,小跳台为儿童训练;国家冬季两项中心赛后继续作为比赛场地,夏季为山地自行车场地;国家越野滑雪中心赛后建成四季户外体育公园。

国家越野滑雪中心将承担北京冬奥会越野滑雪和北欧两项的比赛。越野滑雪是冬季项目中的马拉松,赛道路线长,运动员比赛时间长,是典型的耐力项目。赛后,这里将被打造成"山地公园"和"户外休闲中心",实现四季运营。

冬季两项由远古时代的滑

作者在张家口崇礼"雪如意"采访冬奥建设者

雪狩猎演变而来，1960年被列入冬奥会比赛项目。它是越野滑雪和射击相结合的运动，要求运动员具备动转静、静转动的能力。冬季两项的比赛对运动员的滑雪水平与射击水平有很高的要求，运动员脚踩雪板身背枪支进行比赛，滑行和射击交替进行。

国家冬季两项中心将承担北京冬奥会冬季两项以及冬残奥会冬季两项和越野滑雪的比赛，赛道附近有明长城的遗址。赛后，这里还能开展马术、山地自行车、轮滑等大众体育休闲项目，实现四季运营。

打造国际化、现代化的奥运城市

北京与张家口借着北京冬奥会的东风，强强联手，在社会公共领域的合作不断加深，区域社会服务水平显著提高。在教育合作方面，张家口市先后与北京朝阳区、海淀区、门头沟区教委签订了教育合作战略协议，与联想集团签订了职业教育战略合作协议。北京理工大学怀来分校开工建设，北京101中学国际中学落户张家口市。职业教育蓬勃发展，高教园区项目加快推进，截至目前，张家口市与京津教育机构合作项目265项，其中北京195项，天津70项。

京张两地的医疗合作逐步推进，以保障冬奥、提升本地医疗水平为导向的医疗合作不断深化。在《京冀张医疗卫生协同发展框架协议》指导下，张家口市目前已经有6家市属医院与北京知名医院开展合作，成功打造出"天坛模式""同仁模式"等可复制推广的合作模式。经过多方努力，2019年10月，北医三院崇礼院区被列为第一批国家区域医疗中心10个试点项目之一。该项目建成后，将为保障冬奥和提升本地医疗水平提供重要支撑。

我看到了北医三院崇礼分院，为冬奥配套，崇礼区新建医院为"北京大学第三医院（崇礼区）国家区域医疗中心"。医院规划总建筑面积38万余平方米，占地约224.40亩，拟设病床800张。目前该医院建设的一期工程已经完成，创伤中心楼即将投入使用。

北医三院的运动医学闻名遐迩，国家队很多著名运动员都是在这所医院疗伤。滑雪难免受伤，北医三院在崇礼开设分院，可以第一时间及时救治冰雪运动中的受伤者，也可以救治崇礼的普通老百姓。5年来，市属合作医院合作学科累计接诊门诊18.8万人次，收治住院患者4.5万人次，开展手术11034例，会诊疑难病例15040例。京张医疗合作不仅留住了本地患者，而且还吸引了山西、内蒙古等地患者慕名前来就医，一定程度上缓解了北京的就医压力，5年来减少进京就诊37万人次，分级诊疗作用初见规模。

在崇礼区，我看到了白色的冰雪博物馆，这是全国社会科学普及基地及河北省社会科学普及基地，也是张家口市社会科学普及示范基地和张家口市公民科学素质教育基地；我还看到了华侨捐资建设的华侨冰雪博物馆的设计模型和建筑工地，每次去崇礼我都来这里，亲眼见到华侨冰雪博物馆从打地基到竣工的模样，这座博物馆宛如一只海燕在皑皑白雪中展翅飞翔。

在战争年代，英雄的张家口人民以博大的胸膛养育了革命，养育了八路军；党报《人民日报》的前身《晋察冀日报》从张家口走来，晋察冀边区政府从张家口走来，中国共产党创办的第一所大学中国人民大学的前身是华北联合大学。北京重点中学101中也是从张家口走来的，如今101中在张家口建立国际学校，就是不忘初心，回报养育过自己的地方。

冬奥会是体育赛事，北京与张家口加强体育合作，着力培养体育人才，张家口学院开设了冰雪运动专业，张家口市冬季项目运动队组建完成，全市已经评定冰雪运动培训基地59个，共命名冰雪运动特色学校80所。积极举办各类体育活动，举办了第三届海淀张家口冰雪挑战赛、首届京张青少年"快乐冰雪·助力冬奥"挑战赛、幽州古道云越野等活动，并举办京津冀"世界雪日·国际儿童滑雪节"，家庭雪上趣味活动暨张家口市青少年冬令营活动，实现了三地青少年手拉手上冰雪，参加人数达2000多人。

筹办冬奥会，对促进京张科技合作产生了积极影响。围绕科技冬奥，京张双方以"服务冬奥赛事、促进产业转型升级"为导向，不断强化科技领域合作。

张家口市积极鼓励科技创新，支持高校和企业开展科研活动，向科技创新要生产力，取得显著成效。

京张科技合作深入开展，签署了《京津冀科技资源信息共享与协同发展合作框架协议》，正式加入"京津冀科技资源共享合作平台"，实现了京津冀科技资源数据交换、科技信息开放共享、科技成果精准对接的科技协调创新格局。先后与首都师范大学、北京科技大学等高校建立了科技合作关系。

加快建设科技创新载体，建成了涿鹿科技园、博创智造等21家国家、省、市级科技企业孵化器，141家工业企业建立了研发机构，其中规模以上工业企业79家。环首都现代农业科技示范带建设加快推进，怀来、赤城、涿鹿三县共获批省级农业科技园区3家，建成星创天地16家、农业科技小巨人企业28家，获省厅资金支持290万元；河北怀来国家农业科技园区创建工作加速推进。

积极申报国家和省科技冬奥项目，2020年申报国家科技冬奥4个专项项目，2个参与项目；8个项目列入省科技冬奥专项计划。大量承接京津技术转移、成果转化和产业外溢，2020年前三季度完成技术交易额6.84亿元。

随着冬奥脚步的临近，京张一体化合作正在向更深层次不断迈进，张家口展示给世界的除了精彩、卓越、非凡的奥运赛事，还有开放、包容、繁荣发展的现代化都市群。

张家口为冬奥会做了什么？

张家口政府下了一盘大棋，第一步是打造城市地标，为后续发展提供支点。在张家口赛区古杨树场馆群开展方案设计时，面向全球公开征集，从美国、法国、瑞士、加拿大等多个国家的顶级设计团队中优选各家所长，由清华大学综合，形成了"雪如意"和"冰玉环"的最终设计方案。"雪如意"的国家跳台滑雪中心，与北京赛区的"冰丝带"将共同构成北京冬奥会的地标性建筑。在太子城冰雪小镇的方案设计中,邀请了8位院士、14名建筑大师和35家设计团队组成了"大师工作营",以当时国内最高水平完成了太子城冰雪小镇和张家口奥运村的设计方案。通过这些措施,让城市名片更加响亮,为打造国际冰雪运动与休闲旅游胜地奠定更坚实的硬件基础。

第二步棋是在住宿、餐饮等行业实施了质量提升三年行动计划,明确了提升服务水平的工作目标和政策措施,通过持续的努力,力争让张家口的旅游业实现蜕变。积极发展健康事业,在北京市的支持下,大力推进北医三院崇礼院区和4个区域诊疗中心建设,一方面缓解北京的非首都功能,另一方面为张家口市打造"康养之城"提供有力支撑。积极推动会展等新业态的发展,取得了第30届中国厨师节举办权,在疫情发生前举办了两届崇礼论坛。

第三步棋是取得了竞技赛事和冰雪运动推广的双突破。借助冬奥会的筹办,让张家口的冰雪运动从萌芽状态发展成经济社会发展的重要支撑。2019—2020年雪季,张家口市承办了11项国际国内赛事,举办了152项群众性冰雪运动,参与冰雪运动的人数达到400万人次。

张家口市打造了一批冰雪运动特色学校,开设了一批冰雪运动相关专业学历教育,建设了一批冰雪运动培训基地,培育了一些国际一流的冰雪运动综合培训中心。成立了国内首个雪上运动培训联盟,建成冰雪运动特色学校80所,培训基地34家。张家口学院被确定为2022年冬奥会培训基地,张家口市青少年冰雪运动综合实践基地成为全国唯一以冰雪为主题的研学实践教育基地。

第四步棋是把冰雪产业作为全市七大主导产业之一,加强规划,实施了《张家口冰雪产业发展规划》《张家口市支持冰雪装备产业发展若干措施》等政策措施,依托冬奥会对冰雪产业的带动效应,主动出击,市领导带队分赴瑞典等冰雪产业发达的国家和地区招商引资,让更多的知名企业落户张家口市。高标准建设了高新区和宣化区两个分别占地3000多亩的冰雪运动装备产业园,壮大冰雪产业集群,建设国家冰雪装备制造基地。目前,张家口市累计签约冰雪产业项目69项,落地58项,其中投产运营24项,冰雪产业初具规模。

第五步棋是坚持可持续理念，立足建成首都水源涵养功能区和生态环境支撑区，开展蓝天、碧水、绿地、净土行动，全面推进可再生能源示范区建设，打造低碳奥运专区。进一步实施"三沿三旁"（沿路、沿河、沿湖，城旁、镇旁、村旁），造林绿化提升工程，构建沿冀蒙边界防风阻沙防护林，沿坝水源涵养防护林以及深山区水源涵养防护林等为骨干的生态防护体系。张家口的整体空气质量始终保持京津冀地区最高水平，崇礼的PM2.5平均浓度降至每立方米15微克。

在筹办过程中，张家口政府没有将目光拘泥于赛事本身，而是着眼于打造城市名片，主动融入京津冀协同发展大局，协调推进冬奥会筹办、扶贫攻坚和打造首都水源涵养功能区和生态环境支撑区。显而易见，冬奥会给张家口带来的变化是全方位、立体化、多层次、影响深远的。

必须采访贾茂亭

采访张家口市委常委、常务副市长、冬奥办副主任郭英时，他热情地叮嘱我："你到了崇礼的大山上，一定要好好采访一下贾茂亭，他的事迹很感人。"

我记住了这个名字，并与他约好第二天上午在崇礼云顶滑雪场见面。父亲说我总是风里来雪里去，到张家口赶上了今年的第一场冬雨，而到崇礼又赶上了今年的第一场冬雪。当我从张家口整装待发时，接到了通往崇礼的公路因大雪封路的消息。我见缝插针采访了张家口报业集团，好不容易等到11点，才接到了公路解封的信息。我们马不停蹄向崇礼进发，平时一个小时的车程，因为大雪整整走了两个钟头。上山后，我看到加油站旁有一个路标，写着三个大字：马丈子。

我琢磨着马丈子地名的来历，究竟是汉语、满语还是蒙语？我断定这个地名一定有一段故事。我继续探究，发现崇礼的地名很有意思：太子城、头道营、二道营、三道营、转枝莲、棋盘梁、老虎村、后窑沟村……根据相关史籍记载以及太子城遗址发掘结果，太子城有可能是《金史》中记载金章宗驻夏的泰和宫，太子城就是因为这座行宫而得名。据说头道营、二道营、三道营是因金代皇帝驻军而得名，马丈子村是金章宗入驻行宫后，卫队的马在那里养而得名；转枝莲村原意是转旨连，是侍从给百姓转达金章宗圣旨的地方；京礼高速从崇礼的口子出来叫做棋盘梁村，相传是金章宗下棋的地方；老虎村是金章宗打猎的地方；后窑沟村是因为那里有很多孔窑洞，周围的山叫做大马群山。

在四道沟，看到一排土黄色和咖啡色相间的公寓楼，这8栋公寓楼叫做丽苑公寓，被人戏称为"八匹马"。望着这排错落有致的公寓，我的眼前仿佛出现了八匹土黄色的骏马在漫天飞雪中奔跑的画面。

风雪兼程赶到崇礼云顶滑雪场，却得知贾茂亭整整等了我一上午，下午有会赶到张家口市了。陪同我的冬奥组委的人说："孙老师，本来安排了三个单位的采访，贾经理到张家口了，能不能减少一个？"

我斩钉截铁地说："不能，郭英副市长点名让我采访他，奥体公司是张家口市政府的台柱子公司，古杨树场馆群和张家口冬奥村都是他们建的，必须采访！"

我的执拗决定了我和他的相见，好事多磨，我相信这是个有故事的人。

1971年，贾茂亭出生在河北省张家口市沽源县，这是一个贫寒的农家，家里有五个孩子，他排行老四，有两个哥哥、一个姐姐、一个弟弟。他自幼努力学习，考取了河北建筑工程学院建筑工程专业，毕业后分配到怀来县第三建筑公司，整整工作了21年。

2017年6月，他到张家口奥体建设开发有限公司担任副总经理，后提拔为总经理。当年的崇礼一片荒芜，奥运村在太子城村，三个冬奥场馆在古杨树村，这两个村的村民刚刚拆迁走，留下杳无人烟的村落，乌鸦在空中鸣叫，显得荒凉而寂寞。

当时，公司只有一个董事长，按照规划要先建设古杨树村国家越野滑雪中心和国家冬季两项中心的赛道，贾茂亭带领樊卫兵、毛微星、胡海燕三个人上山踏勘。万事开头难，没有公车，他们就开着私家车从怀来和沽源来到崇礼；没有补贴，他们就自费加油；没有宿舍，他们就住在崇礼县城；没有食堂，他们就在马丈子村村民家开伙吃饭。山路异常难走，他们抛家舍业自己搭汽油费跑工程。外国专家来崇礼看场地，没有图纸，在山上随机插旗帜作为赛道的标识。插旗帜容易，把旗帜飘扬的地方变成国际雪联专家认可的赛道谈何容易？

首先要建设国家越野滑雪中心和国家冬季两项中心赛道，他率领工人在荒山上开辟工作面，30厘米深的草皮要全部铲掉，开始用装载机推赛道效果不理想，他们便根据赛道的宽度用三台挖掘机斗子平推赛道，铲除了杂草和油菜花，给赛道剃了个秃瓢儿。

贾茂亭等四人既要到北京冬奥组委开会，又要在工地督战，2017年7月，国际雪联的专家来认证，对赛道的角度、宽度、边坡的长度和坡度提出具体要求，开始开工的是国家越野滑雪中心和冬季两项中心两条赛道，2018年5月起，公司成立了，开始干其他工程。最初叫做兴垣公司，2018年8月，正式改名为张家口兴垣投资管理有限公司，成立了奥体中心，隶属于张家口市政府管辖。

崇礼的大山海拔1630米，风大，施工条件恶劣，每年的无霜期为5—10月份，只有无霜期才能施工，冬天不能施工。他们租房子建起了食堂，早晨7点半上班，晚上6点30下班，经常加班加点，从来没有双休日和节假日。他把冬奥工程当成国家大事，丝毫不敢懈怠。从崇礼到张家口一个小时的车程，从崇礼到怀来一个半小时的车程，北京冬奥组委张家口运行中心在张家口，他经常跑到张家口开会，却没有工夫回家探望。

贾茂亭在崇礼整整待了4个冬天，最冷的时候是1月份，气温为零下30摄氏度。没有工棚，就拿汽车当工棚。开始没有经验，他仗着年富力强身体壮，没有注意保暖，整天在野外忙活，把腿冻伤了。我也曾经因为采访北平抗战在密云古北口冻伤了腿，至今腿都不能自由下蹲，贾茂亭告诉我：他至今穿棉裤腿蹲不下来，和他一起上山踏勘的几个骨干都蹲不下来，只好在腿上贴膏药、拔火罐。正因为自己深受其害，所以他对所有上山的工人说："你们一定要多穿，我就是被冻伤的，你们千万不要二愣子不穿棉裤，崇礼的风像刀子六亲不认。"

2018年10月，正当贾茂亭在崇礼冬奥工地干得如火如荼时，不幸悄悄向他袭来。他的弟弟贾茂城在沽源出车祸，他匆匆赶回老家，把弟弟送到沽源的医院，交了治疗费就返回工地。他和弟弟年龄相仿，小时候弟弟总像一个小尾巴似的跟着他这个哥哥，他疼爱弟弟，有了好吃的舍不得吃，悄悄留给弟弟。如今弟弟成了植物人，他把弟弟托付给姐姐照料，咬紧牙关在冬奥工地拼搏，只有夜深人静时，他才能偷偷地面向沽源老家的方向默默流泪。

屋漏偏逢连阴雨，破船又遇顶头风，弟弟的病不见好，两年之后，二哥贾茂盛又患急性尿毒症去世。噩耗传来，他头晕目眩，按照家乡风俗，人死后在头七那天埋葬，而这七天正是冬奥工程吃紧的时候，他把痛苦嚼碎咽进肚里，夜以继日地赶工期，只有休息时才敢跑到野外偷偷地哭泣。贾家有四个兄弟，兄弟情深，如今四个兄弟，一个植物人躺在医院，一个撒手人寰，命运对他太残酷了！

他在二哥去世的第六天晚上9点赶回沽源县，第二天头七含泪埋葬了二哥。父亲已经去世了，望着母亲斑白的头发在风中飘曳，他的心飘洒着凄风苦雨。家里只剩下母亲、大哥和姐姐，他紧紧地握着姐姐的手说："姐，妈和弟弟就交给你了，我得回去忙工程。"

姐姐抹着眼泪说："茂亭，你回去吧，冬奥工程不能耽误，家就交给我了！"

万万没有想到，他回到崇礼刚刚几天，母亲就患肺心病躺倒了，她孱弱的身体实在不能承受白发人送黑发人的痛苦。贾茂亭急忙把78岁的母亲接到张家口251医院住院，雇人护理母亲。家里接二连三地出事，他这个总经理在众人面前不露声色，意气风发地带领大家建设冬奥工程，中秋节只能在家里待半天。

贾茂亭还是两个孩子的父亲，大女儿贾卓21岁，像她的名字一样卓越，以优异成绩考入北京对外经贸大学读大三，还参加了第二届全国法语微视频大赛复赛；小女儿6岁，在怀来老家上一年级。他的妻子侯淑云是一个贤惠的女人，照顾老人孩子，操持家务无怨无悔。干工程没有钟点，冬奥会议又多，他经常误了饭点儿，饥一顿饱一顿是家常便饭，他的汽车后备厢里装满了矿泉水、热水瓶和方便面，误了饭点儿就在汽车里泡碗方便面吃。

冬奥的建设者都经历了什么，张家口的冰知道，雪知道，山川知道。

作者采访张家口奥体建设开发有限公司总经理贾茂亭

第七章　云顶滑雪公园

习主席来到了崇礼滑雪公园

2017年1月23日，习近平主席到崇礼密苑云顶滑雪场视察，碰到云顶滑雪公园的当家人林致华，热情地与他握手。

在北京冬奥会张家口赛区临时展馆考察时，习近平主席询问建设规划是什么风格、有什么特点。在沙盘前，习近平详细了解了赛区整体规划设计情况。他说，赛区建设一定要找准定位，就是建成滑雪旅游胜地，不要贪大求全。当前，一切规划和建设都要聚焦和服务于办好北京冬奥会这个中心任务。比赛设施建设一定要专业化，配套建设要有自己的特色，体现中国元素、当地特点。

山峦起伏，银装素裹。站在临时展厅外的平台上，习近平远眺北京冬奥会赛事和配套设施建设场地，语重心长地说："现在距离北京冬奥会举行还有5年时间，各项筹备工作既要往前赶，也要掌握好时间节奏，注重空间承载能力，充分考虑赛后场地利用等问题，做到科学谋划，合理配置要素。"

在云顶滑雪公园训练场，习近平看望了正在集训的国家滑雪队运动员，了解雪上技巧、空中技巧等项目训练情况。习主席肯定了运动员们刻苦训练、勇攀高峰的精神。他指出，要看到我们冰雪运动的普及程度和竞技水平还不够，还有短板，需要加快补齐。

国家滑雪队队员围拢在习主席身边。习近平说，要借筹办冬奥会的东风，把我们的冰雪运动普遍开展起来。他勉励运动员科学训练、快马加鞭，在北京冬奥会上取得优异成绩。习近平说：人生能有几回搏！寄希望于你们，寄希望于我们的青少年。努力吧！

在滑雪场里，一群穿着滑雪服、戴着雪帽雪镜、脚踩雪板的冰雪少年吸引了习主席的目光，他们是来参加滑雪冬令营的。

"这是姑娘还是小子啊，戴着头盔看不出来了。""你从哪里来呀？这么小就来学滑雪啊。""开心吗？开心就好！"习近平同孩子们亲切交流，并向教练了解了他们学习滑雪和食宿等情况。他鼓励孩子们在滑雪运动中既勇于挑战，又注意安全。

习近平强调，冰雪运动要从孩子抓起，希望将来能从他们中间出现一批优秀运动员。

习近平主席走进云顶大酒店的一家滑雪用具店，向店员详细询问了头盔、雪服、雪鞋、雪板等滑雪用具的品牌、价格、产地，了解其功能用途和销售情况。他问售货员配齐一套雪具需要多少钱，售货员回答："一万两千元。"他幽默地说："啊，不便宜。"

商店外的大厅，上百位游客和滑雪爱好者看到习主席来了，簇拥过来，争先恐后同习主席握手，向习主席拜年。习近平亲切问候大家："新春快乐，祝你们在这里玩得开心！"

习近平主席去崇礼密苑云顶滑雪场视察时，栗战书、王沪宁等人陪同。王沪宁用英语问一个瑞士外籍运营总监："你是瑞士德语区还是法语区的？"那个主管惊诧地说："怎么中国领导人这么有水平？"

1月是崇礼最冷的季节，密苑云顶滑雪场上，虽然气温零下20摄氏度，却挡不住滑雪爱好者的运动热情。习近平主席对大家说，我们要办一届绿色、节约、廉洁的冬奥会，其重要意义在哪里呢？就在于全民健康是全面建成小康社会的题中应有之义。强身健体，就是要让人民群众生活得更好。

疯狂创业者

云顶滑雪公园究竟是谁创立的呢？

在马来西亚首都吉隆坡，有一个华人企业家叫林梧桐，他原是福建山区的贫苦农民，1937年从福建安溪县逃难下南洋到马来西亚，以借来的一点钱白手起家，当木匠，搞建筑公司，顽强打拼，成为一个建筑商，创下了一片新天地。

50多岁时，林梧桐相中了吉隆坡70公里之外的乌鲁加里山，在荒山中创办出世界著名的云顶旅游度假区，成为马来西亚最优秀的企业家。

林梧桐有三儿三女，都在英国接受教育。他创办的马来西亚云顶集团，有53年的历史。棕榈油全球前三，15年前就在美国圣地亚哥建立了棕榈油种子基因的研究中心，后来又研究人类基因，做了生物技术的药品，治疗癌症和帕金森病；云顶集团第二个产业就是邮轮，全球排第三，能够建造20万吨邮轮；第三是旅游业，全球闻名；第四是主题公园，世界品牌主题公园，从客流量来说仅次于迪士尼。

马来西亚首相对他说："林先生，你对马来西亚做出了杰出贡献，我们要奖励你，你想要点什么？"

他说想发展旅游业，马来西亚政府给以大力支持。改革开放之初，林梧桐第一个开邮轮回到家乡福建，希望发展邮轮。

林梧桐的小儿子林致华1954年出生在吉隆坡，从小在欧洲接受教育。1979年，25岁的林致华第一次来到中国，看到中国刚刚改革开放，经济比较落后，既有兴奋，也有失望。血浓于水，他深深地热爱祖籍国，感到中国人有三个特点：第一努力做事，第二非常聪明，第三如果给予机会，中国的经济一定会大发展。他开始与中国做橡胶生意。

林致华在英国读书时受到人们热爱冰雪运动的感染，30多岁后开始学习滑雪，居然一滑就上瘾了，世界所有的好雪场都光顾过，他尤其喜欢美国科罗拉多州的 Vall 滑雪场和加拿大的惠斯勒滑雪场，那是世界顶尖级的滑雪场，欧洲和日本的滑雪场也光顾过。滑雪高手喜欢滑野雪，一般人滑压过的雪，压过的雪瓷实滑起来安全。世界滑雪比较成熟的是北美和欧洲，雪场好，服务到位。

1997年1月，他到中国崇礼来看塞北滑雪场，雪场虽然简陋，但是雪质好，他佩服雪场开发者的勇气和进取精神。当时，农民住在太子城村，一道沟、二道沟、三道沟、四道沟、五道沟一带没有电，农民到这里种圆白菜。

后来，他认识了万龙滑雪场董事长罗力。好利来创始人之一的罗力带着5000万元投资进入了一个完全陌生的行业，投资建设了崇礼万龙滑雪场，数十年磨一剑，现在万龙滑雪场是中国滑雪产业的风向标，也是雪友心目中顶级雪场的代名词。罗力酷爱滑雪，他对林致华说："别人滑雪是发烧，我滑雪是发疯了。"

1997年1月，林致华第一次踏上崇礼的土地，突然发现这里的山叫大马群山，马来西亚的别称叫做大马，这是冥冥中的缘分啊！

热爱滑雪的人都有一种共同的境界，喜欢挑战，喜欢户外运动，喜欢大自然。林致华在万龙滑雪场滑得很惬意，萌发了子承父业，在张家口崇礼贫困的山区中投资建滑雪度假区的念头。他说："崇礼是一个贫穷的地方，有冬奥会我来干，没有冬奥会我仍然要干好。"

崇礼原名西湾子，是"张库古商大道"的必经之地，也是汉蒙回满及西方文化的交汇之地。这里有草原天路和优质的滑雪场。

林致华敏锐地发现崇礼具有发展冰雪运动的六个优势条件：第一，冬季降雪早、存雪期长，10月初就开始降雪，存雪期长达150天；第二，积雪厚，降水量大，全域降水量465.2毫米，积雪深度1米以上；第三，温度、风速适宜；第四，山形地貌丰富，境内80%为山地，海拔从814米延伸到2174米；第五，生态环境良好，森林覆盖率67%，赛事核心区周边高达81.5%；第六，空气质量优良，环境空气质量综合指数为2.59左右，PM2.5每立方米19微克。

崇礼虽然贫穷，植被却很茂盛。从一道沟到五道沟像一个阶梯逐步上升，一道沟在最外面，五道沟在最里面。他走进五道沟山谷之后，顿时觉得这是一个很隐秘的地方，进入山谷的入口很小，经过入口之后，里面却很大，并有一番美景。茂密的森林郁郁葱葱，绿色的草坪分外养眼，空气格外清新，宛如走进了瑞士。在汉语里，"苑"这个字的意思是古代养禽兽植林木的地方，多指帝王的花园。

林致华想，父亲开发马来西亚云顶，硬是把荒山野岭开辟成一级旅游胜地。如今，马来西亚云顶高原度假区年接待2600万人次，平均每天有8万游客。马来西亚地处赤道，属于热带雨林气候，中午最热时需要洗澡。他突然产生了浪漫的想法：崇礼的五道沟万籁俱寂，雪野茫茫，多像私密的花苑啊。我要在这里建雪场，就叫密苑云顶滑雪场。希望"密苑"这两个字可以做成北京的一个后花园，每个人在这里度假都可以找到天堂的感觉。

他用父亲的经验首先征地，把五道沟等区域建成旅游胜地。罗力把林致华介绍给崇礼县领导，2007年，林致华说想到崇礼投资建滑雪场，有人说："马来西亚骗子最多，小心点，别信他们。"

2007年，他刚来崇礼时连路都没有，到处都是荒地，山路十分颠簸。几辆越野吉普车开进来，林致华拿着对讲机叮嘱大家："前面有沟，注意。"大家捏了一把汗：咱们在这么落后的地方怎么能搞国际滑雪场，还要搞成中国的达沃斯，这个马来西亚拿督是不是异想天开？

张家口市的领导关切地问道："林先生，你们在崇礼建滑雪场有什么要求？"

林致华说："第一，张家口要有飞机场；第二北京到崇礼的高速公路上要给我们密苑云顶滑雪场留个口子；第三要保证水源。"

张家口市的领导果断地说："可以把张家口的军用机场改为民用和军用两用机场。京礼高速公路给崇礼留出口，附近有个云都水库，可以给你们云顶滑雪场供水。"

艰难的探讨中，张家口市的领导支持他创业。密苑云顶滑雪场地处太行山和燕山交会的大马群山之中，这里年平均气温只有3.3摄氏度，夏天22摄氏度—25摄氏度，积雪时间长达150天。得天独厚的地理优势，为密苑云顶乐园冰雪娱乐项目创造了绝佳条件。这里设有单板、双板娱乐区，高、中、低级雪道，还有儿童雪道，可以满足不同滑雪者的需求，是中国极佳的赏雪、玩雪、娱雪的旅游胜地。

2008年北京奥运会，国际奥委会官员海博格曾经帮助过中国。2010年8月7日，林致华邀请国际奥委会市场委员会主席海博格，考察国家级贫困县太子城村边已动工的云顶密苑滑雪场。离开崇礼后海博格到处游说："我去了中国一个叫崇礼的地方，这里的雪好，中国有成功申办冬奥会的可能性。如果申办冬奥会成功，可以把雪上项目放在崇礼，把冰上项目放在北京。"2011年3月23日，他俩带云顶团队到石家庄向河北省政府提出重要建议……今天，这里翻天覆地。

从1997年到2007年，林致华盯崇礼的小气候有10年了，这里的雪太好了，得天独厚，是天然的滑雪良场。

河北省的领导诧异地问林致华："你拉个老外来，跟我们河北有什么关系？"

林致华一本正经地说："海博格可不是一般的老外，他是国际奥委会成员。"

林致华在国际上广交朋友，开始酝酿动议协助中国政府申办冬奥会。他是因为爱才到崇礼建雪场，他与国际友人沟通、协调、争取、推广，为中国政府申办2022年北京冬奥会摇旗呐喊。

林致华带着肖焕伟总裁去北京市政府，拜见时任北京市委副书记、北京市市长王安顺，向他建议三A战略。林致华说："申办冬奥会投票要抓住三个A，一个亚洲（Asia），一个非洲（Africa），一个阿拉伯国家（Arab），亚洲一个A，非洲一个A，阿拉伯国家一个A，他们没有雪不办冬奥会，你对他好，他就投你票。"

阿拉木图连续申办三届冬奥会，用漫长的12年建设雪场。哈萨克斯坦邀请美国最好的公关公司制作宣传片，推介片开头，汗水一滴滴落下，很打动国际奥委会的评委。

时任北京市委副书记、北京市市长、北京2022年冬奥会组委会执行主席王安顺说："当时，冬奥会好多项目很花钱，我们就把延庆项目让北京担下来了。"

就这样，北京为了冬奥会修建了高架桥、京礼高速、京张高铁。奥运场馆赛后再利用很难，崇礼云顶滑雪场很多雪道老百姓都能玩，春夏秋也有滑草、热气球、徒步、山地自行车、天文知识普及观星、儿童夏令营、卡丁车、UTV/ATV穿越、滑板、国学讲堂、健康管理和养生、山地植物知识普及和花草标本制作、音乐节、电音节、马拉松、蔚县非遗打树花表演以及各类会议接待，北京冬奥会后仍然能够吸引大量的游客和滑雪爱好者。

北京有关领导对林致华说："林先生，办冬奥，请您多上心。"

林致华不解地问肖焕伟："办冬奥我很高兴，他们怎么说我伤心？"

肖焕伟扑哧一声笑了："林先生，他们说让您多上心，不是伤心，上心就是多关照的意思。"

2013年11月3日，中央电视台《新闻联播》晚7点钟播报中国准备申办冬奥，刚巧林致华从吉隆坡去香港，崇礼密苑云顶乐园首席执行官兼总裁肖焕伟看到电视后，怀抱一束鲜花去机场接林致华，告诉他这个喜讯："林先生，恭喜你，我们的努力成功了！"

林致华高兴地接过鲜花，脸上露出了喜悦的笑容。他感慨地说："我选择崇礼是考虑到此地靠近北京市场，既然申办冬奥会就一定要成功！"

林致华是中国在吉隆坡三百人的申办冬奥会代表团成员。在北京申冬奥成功庆祝晚宴上，马来西亚卓越集团主席、密苑云顶乐园创始人兼董事局主席拿督林致华和马来西亚云顶集团主席林国泰与时任国务院副总理刘延东合影留念。

北京冬奥会对京津冀一体化、对张家口地区的精准扶贫带来巨大的推动作用，带来了几万亿的资产投入。

在吉隆坡，林致华答记者问，中国代表团为什么要申办冬奥会，他是第一家在张家口崇礼投资冰雪产业的国际企业，他真心希望中国能够成功举办冬奥会，促进冰雪产业的发展。

作为2022年北京冬奥会的比赛场地之一，崇礼为我国冰雪产业的发展做出了极大的贡献。从热爱到不舍，爱国华侨林致华给崇礼带来机器的轰鸣，也改变了崇礼人的命运，改变了周边乡镇的经济，改变了冰雪产业的发展。

世界上有多少绝美的风景，林致华就有多少探索的心情，然而探索之初的道路是艰苦曲折的，甚至是枯燥乏味的。他是个求真务实的人，投入大量资金一分一分开发。2008年冬天，林致华再次来到崇礼县，路灯昏暗，房子破旧，食堂只有简单的饭菜。当地没有娱乐设施，刚刚修了个卡拉OK厅，装修材料味儿刺鼻，县委书记说邀请了县广播员陪同大家唱卡拉OK。这一切对于在马来西亚舒适环境下长大的林致华来说很不适应，创业的艰难至今仍然历历在目。崇礼没有800米落差的高山，建设雪场开的是美军吉普全地形车。崇礼的山有很缓的坡，感觉是条平路，绵延一点点下坡。

探索开发的路既具有挑战性，又富有魅力，当林致华脚踏实地在崇礼奋战了十几年之后，崇礼回报给他的不再是荒山野岭，而是一大片洁白的雪场和绿色的翡翠。

林致华先在四道沟建了云顶世界酒店，有32个房间，后来又开发了云顶大酒店，仿照美国Vall滑雪小镇一栋酒店的模样建造，有行政套房、单人间、双人间等不同规格的房间可以接待游客；最后又在一道沟建造了太子滑雪小镇。密苑现有3432个房间，5760个床位接待游客。

从一道沟到五道沟是大密苑，一道沟区域是体育公园和规划馆，二道沟区域是太子滑雪小镇，三道沟区域是云顶大酒店，四道沟区域是云顶世界酒店、丽苑公寓（俗称八匹马）、国家滑雪公园里的六个冬奥竞赛场地，五道沟区域是别墅和康养项目。

我应邀来到五道沟林致华的住处，发现门口的石头上刻有"漫松园"三个字，环顾四周，满山松树，绿草环绕，林先生告诉我"密苑"和"漫松园"的名字是他起的，我感到他很有文人情怀和浪漫雅兴。他的家布置得很雅致，车库的墙上挂着滑雪板、高尔夫球杆和山地自行车，彰显一个正宗的户外运动爱好者的兴趣；他把崇礼的各种野花做成标本压在玻璃板下，展示一个植物学家的爱好；墙上挂着一幅画，是北京三不老胡同至德胜门西大街的图案，白底红画，旁边是绿色的竹子，体现一个建筑学家的品位。

我推开落地门走到平台，面前是一个绝妙的高尔夫球场，草的质量很好，一尘不染，空气中飘散着青草的芬芳。望着眼前绿草如茵，鲜花盛开的景色，我赞叹道："这里真像瑞士和奥地利的小镇。"

林致华高兴地说："是的，我几十年的付出都值了！"

他送给我一本关于崇礼野花的书，看得出他对崇礼的爱，既有滑雪胜地，也有草原天路，还有烂漫野花，更有2022年北京冬奥会，他是一个充满了生活情趣的人。探寻他的精神世界，我明白了他为什么能够在24年前一眼就相中了一贫如洗的崇礼，这里的自然环境、文化底蕴、悠久历史、淳朴民风、东西方文化的荟萃深深地吸引了他，他的慧眼识珠源于丰厚的知识，广阔的视野，精明的商业头脑。

他始终坚持做良心滑雪场，器械、设备都要最好的。在崇礼投资滑雪场是赔钱的，他已经投了93亿元，用的都是最好的品牌，我亲眼看到密苑云顶滑雪公园里一台奥地利生产的红色多贝玛亚牌缆车就花1.2亿元人民币，他购买了不同规格的5台。德国专家来了后赞叹："密苑云顶乐园的硬件条件比德国好，来滑雪的中国人穿得好。"

很多人喜欢挣快钱，恨不得今天投资明天就回本。林致华在崇礼已经亏损10年了，但他矢志不移。旅游投资要想扶持起来，培育、就业、纳税，需要漫长的时间。2019年，崇礼密苑云顶滑雪场收支持平，尤其是春节期间，一个假期可以完成雪季三分之一的接待游客量。2020年、2021年雪季，因为疫情影响游客减少，好多雪场不给员工发工资了，而林致华却坚持给员工发工资。北京冬奥组委要求崇礼的雪场必须有一家五星级酒店，大家都不愿意评五星级，因为五星级酒店价位高影响客源，林致华和肖焕伟勇敢担当，加强硬件设施，提高服务质量，打造五星级酒店，满足游客度假型和高端消费，为北京冬奥会当好铺路石。

面对国际奥委会考评团的精彩回答

2015年3月，国际奥委会18个人来崇礼密苑云顶乐园考评比较顺利，在山下酒店吃早餐时，有人问："为什么业主不上来？"

林致华和肖焕伟闻讯立刻就上了金花阁。有一个委员问道："密苑云顶乐园跟政府有默契吗，是为了申办冬奥会才建设的吗，为什么专门让我们来看云顶滑雪公园？"

陪同考评团的北京奥申委副主席杨树安说："正好业主在这里，我们请业主回答这个问题吧。"

作者采访爱国华侨林致华

林致华没有一点思想准备，事先没有人让他发言，陪同考评团的其他领导都有些紧张，有人从背靠座椅到起身端坐，目不转睛地盯着他。

林致华坦然地用英语回答："我是个马来西亚人，热带地区的人，我喜欢滑雪，之所以到崇礼投资建滑雪场，是因为中国的经济发展了，我从1997年1月就多次来这里考察雪况，发现这里雪很好。我们家族是投资经营主题公园的，所以就想在这里做个主题公园，做一个滑雪度假区，密苑云顶乐园就是滑雪旅游度假区和主题公园。到2007年，我听说政府要在这里开通北京到崇礼的高速公路了，就决定在这里投资。中国的市场在高速发展，谁都知道人均GDP超过一定的量以后，滑雪运动就会有很大的发展。更重要的是这里靠近北京，北京是中国最大的消费市场。至于政府申办冬奥会，如果能申办成功，那对我们滑雪度假区的发展将有很大的推动作用，我很幸运；但是如果没能如愿，我也会继续按照原计划投资建设好这个滑雪度假区，这和申办冬奥会没有关系。"

他的英语十分流利，在座的国际奥委会官员都听懂了，他的回答赢得了18位考评委员的热烈掌声。在场陪同的中方领导听完林致华的回答后，放松地将身体又靠在椅背上。

茶歇的时候，河北省省长张庆伟过来拍拍林致华的肩膀称赞道："林先生，您的回答画龙点睛。"

一旁的许宁副省长对市委书记侯亮说："我们在新加坡学习一年，没把英文学好，是个遗憾。"

伦敦政治经济学院创立于1895年，是英国久负盛名的世界顶尖公立研究型大学，为伦敦大学联盟成员和罗素大学集团成员，被誉为英国G5超级精英大学。教学和科研集中在社会、政治、经济学领域，著名社会学家费孝通就是这所大学的博士。林致华毕业于伦敦政治经济学院，具有深厚的造诣。他的回答既不是说教，又不是空喊口号，而是合情合理。我觉得林致华绝不是一个单纯的商人，他很有政治头脑，有外交家的智慧，有文人的情怀。

考评团团长是俄罗斯副总理，他主动与林致华交流，说不办北京冬奥会，崇礼就显得没有生气。

这一刻，林致华明白，自己多年的心血付出终于得到了认可。他的密苑云顶项目总规划46.88平方公里，总投资超过180亿元。云顶滑雪公园规划共开发88条总长度70公里的滑雪道，配备22条总长度约30公里的缆车。现已开放41条适合不同滑雪者的专业雪道，建有5条全进口高速索道，缆车配备电加热座椅及防风罩，成为中国顶级山地度假胜地、世界级雪上乐园。

林致华对我说："密苑云顶滑雪场不是世界最好的滑雪场，却是最舒服、服务最到位的滑雪场，游客一到，从买雪票、订餐厅、帮助滑雪客穿鞋、抬滑雪板、教滑雪、录像都是一条龙服务。加拿大的惠斯勒滑雪场服务很好，就是餐馆缺少中餐，而云顶金花阁上的兰州拉面特别好吃，又很便宜。国际奥委会主席巴赫来崇礼看雪场，要去太子城村，农民向他招手，他问道：'你们家有电视机吗？'农民说：'有啊，请你到我的家来做客。'办冬奥会一是要有效，二是充分利用奥运遗产，从夏奥会到冬奥会，奥运场馆完全可以再利用，改造利用并不难。"

云顶的夏天格外富有魅力，热气球、缆车餐厅、徒步越野、山地自行车、夜晚观星……丰富多彩，引人入胜。包括冬季滑雪度假、春夏秋季的高尔夫和户外运动以及四季皆宜的中医养生馆、高科技种植和酿酒等众多项目，配套建设五星级标准山顶酒店和乡村酒店式俱乐部等服务设施。凭借区域内优越的山地、林地、雪地和气候资源，利用位于居京畿西北的便利地缘，整体项目建成后，将成为集冰雪度假、消夏避暑、休闲养生、生态观光融为一体且功能齐备的生态旅游休闲度假区，年可接待游客180万人次以上。密苑云顶乐园的落成，让多年来隐秘于深山中的崇礼一跃成为全国乃至全球游客的焦点，更是带动了整个张家口地区旅游度假市场的深层次发展。

奥委会主席巴赫的崇礼之旅

2013年，来自德国的击剑运动员托马斯·巴赫当选为国际奥委会主席，他是历史上首位当选主席的奥运冠军。

2015年8月29日，国际奥委会主席托马斯·巴赫来崇礼密苑云顶乐园，当时从太子城到云顶到处都在修路尘土飞扬，密苑云顶乐园首席执行官兼总裁、2022年北京冬季奥林匹克申办委员会委员肖焕伟抱歉地对他说："我们现在到处都在建设，工地很乱，在这里接待您不好意思。"

巴赫幽默地说："工地乱了我很高兴，这是好事，要是2022年冬奥会举办时还是这样乱就糟糕了。"

密苑云顶滑雪公园的媒体总监赵琼拿了一瓶张家口本地出品的红酒递给巴赫，想请他在商标上签字。巴赫迟疑了一下说："我从来不在酒和烟上签字。"

赵琼委婉地说："这个不是做广告，而是要在2022年冬奥会开幕式上开瓶庆祝。"

巴赫的脸上露出了笑容，立刻就签了。巴赫拿出手机和员工一起玩自拍。他在往太子城小镇走的时候突然提出："我可不可以看一下太子城？"主人同意了，他看到老远的地方有村民。他问道："我可不可以走过去跟村民说几句话？"

肖焕伟总裁说："当然可以。"

太子城村有700多名村民，巴赫走过去，亲切地问道："你们认识我吗？"

村民大声说："认识。"

巴赫诧异地问："你们怎么会认识我呢？"

村民双手竖起大拇指，学着巴赫的样子说："北京！"

巴赫高兴地笑起来，接着问道："你们知道这里要办冬奥会吗？"

村民七嘴八舌地说："知道。"

巴赫又问道："你们支持办冬奥会吗？"

村民异口同声地说："支持！"

巴赫好奇地问："你们为什么会支持？"

村民说："因为冬奥会让我们的生活变得更美好！"

巴赫感慨地说:"我今天亲眼见到了中国老百姓,亲耳听到他们对北京冬奥会的支持,我会告诉我的朋友们。"

玉屏秋影揽金波

云顶滑雪公园是北京2022年冬奥会和冬残奥会比赛场地之一,这里将举行2022年冬奥会自由式滑雪和单板滑雪两个分项,以及20个小项的比赛,包含空中技巧、雪上技巧、U型场地、坡面障碍技巧、单板平行大回转、障碍追逐等6条冬奥赛道,共计将产生20块金牌,其中U型场地、障碍追逐、障碍技巧、平行大回转的4条雪道是利用现有雪道进行改造,雪上技巧和空中技巧两条赛道是在新的坡道上建成的。云顶滑雪公园是中国健儿的大秀场,谷爱凌、徐梦桃、刘佳宇等运动员都将在这里亮相。测试赛高度拟真冬奥会,运动员和国际雪联对云顶滑雪公园给予高度评价,在冬奥会开幕前的冲刺阶段,6条赛道的场地造雪和塑形是首先要完成的两大重点,所有的造雪工程12月下旬完成,国外塑形师12月下旬和1月上旬到达,对赛道进行塑形。

作为"相约北京——2021年国际雪联自由式滑雪和单板滑雪世界锦标赛"比赛场地,同时也为大众冰雪运动提供优质场地,密苑云顶乐园全力开展赛事筹备工作。

我去过加拿大温哥华周边的著名滑雪公园,平心而论,温哥华滑雪场环境优美,雪质良好,气温和湿度也很舒适,但是他们的餐饮却不敢恭维,西餐虽然丰盛,却满足不了中国人的胃。而中国是饮食大国,就烹饪而言,中国人的智慧闻名遐迩。在密苑云顶滑雪场,我注意到大排档里,饺子、刀削面、自助餐中西合璧,老北京餐厅的烤鸭和炸酱面满足北京人的口味儿,青龙餐厅的川菜满足喜欢辣味儿的食客,蓝湖餐厅的西餐满足偏爱西餐人的需求,尤其是金花阁上的兰州牛肉拉面,价廉物美特别受游客欢迎。张家口在崇礼举办过烹饪大赛,云顶滑雪公园的厨师囊括所有奖牌,用的都是本地食材:莜麦、黄米、圆白菜、土豆等健康食品，特别对胃口。

我在云顶大酒店看到很多外国游客，肖焕伟总裁告诉我：云顶大酒店以前是大使馆外国人的滑雪胜地，现在，我们酒店的房间已经预订到了年底，冬奥会促进了中国人的滑雪热情。

在云顶大酒店，我看到两个小伙子拿着滑雪板兴冲冲地走进电梯，一打听原来是周五下午从上海坐高铁来北京，从北京南站乘坐地铁到北京北站，再从北京北站乘坐高铁到崇礼太子城。在云顶酒店周五周六住两个晚上，滑两天雪，周日下午再乘坐高铁返回上海，不耽误次日上班。

我还看到北京的一家四口，两个孩子，大女儿6岁，小儿子3岁，居然与父母一起来滑雪。我问那个胖乎乎的男孩儿："你会滑吗？"

他说："滑雪好玩，我刚学。"

我看到在云顶，开私家车来滑雪的人比比皆是，酒店门口的梧桐大道两侧停满了私家车，观察车牌，京字头和冀字头的车牌很多，北京冬奥会还没有召开，就已经造福于中国人，太令人兴奋了。

北京冬奥会期间，云顶大酒店作为山地新闻中心，接待来自世界各地的新闻记者。赛后仍然接待游客，承接会议展览，举办比赛时继续作为媒体中心使用。

除了冬奥场馆，还有星级酒店项目、北医三院崇礼院区等医疗保障项目、延崇高速和京张高铁等交通类项目，这些项目的实施，让张家口的硬件设施在较短时间内有了质的飞跃。比如京张高铁，如果没有冬奥会，是不可能在2019年年底就通车运行的。这条铁路带来的经济和社会效应是长期的，市民们将享受到更多的便利，享受经济社会发展带来的实惠。

有了梧桐树，引得凤凰来。为了实现"精彩、非凡、卓越"办冬奥的目标，张家口政府全力建设相关服务设施，大力提升服务能力，软硬件的同步提升，有效地带动了旅游、康养等相关产业的同步发展。张家口将软硬件建设都做到位了，又有紧邻京津的区位优势，冰雪产业的大发展指日可待。

云顶滑雪公园是北京冬奥会7个雪上竞赛场馆中唯一一个利用现有雪场改

造而成的场馆，其中平行大回转、障碍追逐、坡面障碍技巧和U型场地技巧四条赛道为南北走向，在北面的阴坡；空中技巧和雪上技巧两条赛道为南北走向，在南面的阳坡。这个场馆群位于崇礼云顶密苑景区深处，幽静而深邃。

2021年10月，雪花纷纷扬扬在崇礼飘洒，河北省省长许勤、副省长严鹏程再次来到云顶密苑督战冬奥筹备工作，有条件要上，没有条件创造条件也要上。冬奥会倒计时了，必须撸起袖子加油干啊！于是，雪炮重新轰鸣，冬奥赛道换装，云顶滑雪公园开始造雪。每一支雪枪、每一台雪炮打出的雪花，都是建设者的汗水和泪水凝结而成。

10月12日，国际雪联的22位专家从德国法兰克福辗转来到崇礼，现场验收冬奥会赛场。不久后，障碍追逐世界杯比赛在云顶滑雪公园举行测试赛。几个月后，来自世界各国的运动员将在云顶滑雪公园新建的空中技巧、雪上技巧、U型场地、坡面障碍技巧、平行大回转、障碍追逐6条赛道上一展雄姿。

10月是丰收的季节，望着崇礼金色的秋景我欣然填词《太常引·密苑金秋》：

玉屏秋影揽金波，崇礼引吭歌。舞蹈伴仙娥，健儿笑，琼花奈何？
云天锦绣，凌空傲雪，壮丽看山河。场馆泪婆娑，五环路，宾朋众多。

科技冬奥的追梦人

在密苑云顶滑雪场，我见到了一个胖乎乎的小伙子，他就是密苑云顶滑雪场信息技术部总监陈康。他在大学学的是建筑设计，后来阴错阳差地爱上了信息技术，并且一发而不可收。

热爱的未必擅长，而擅长的则必定是热爱的。对IT业的兴趣使他崭露头角，2010年，陈康被马来西亚卓越集团上海分公司录用，做投资旅游度假区的前期规划；2012年，他负责上海公司的信息技术工作。

2014年5月，陈康调到崇礼密苑云顶滑雪场，主抓信息技术工作。上海是中国生活最方便的城市，国际大都市令人眼花缭乱，服务业特别到位。当时，北京冬奥会还没有申办成功，崇礼非常落后，各项基础服务设施都不完善。如果在上海，要联络，手机、座机、电脑、对讲机一应俱全，而崇礼雪场巡逻基本靠狗，通讯基本靠吼，交通基本靠走。光缆出故障有了急事只能打电话叫当地的农民来修光缆，语言都有障碍。最初，他听不懂崇礼话，崇礼人也不会说普通话，就连送快递都无法沟通，人家扯着嗓子喊崇礼话，语调都拐到姥姥家了，他还是丈二和尚摸不着头脑。他原来的社会关系、期望值和根都在上海，猛地来到贫穷的崇礼，心理落差很大。

太子城村的贫穷令他记忆犹新，他出来跑步，只见农民们一字排开蹲在墙角晒太阳，像看怪物一样看着这个城市来的年轻人。自从太子城村因为冬奥会成了拆迁村，村民身价大涨，每个人补偿百万元以上，一些残疾人也娶上了媳妇。政府给太子城村村民发钱那天，张家口市福特汽车4S店打出了横幅：恭喜崇礼太子城村村民喜提福特翼虎19辆。

4S店很会做生意，把福特汽车送到村口，村民凭身份证领车，车主先开着，拿到赔付款再交钱。村里30多岁的人不念书的很多，拿到钱先买辆奔驰、宝马显摆一下。

当时云顶滑雪场信息技术部只有两个人，陈康和郭剑飞。小郭26岁，却有10年工龄了。因为他小学五年级就辍学出去打工，后来读了信息技术的技校，文化程度不高。陈康觉得信息技术这个行业需要高学历的人，怎么小学文化就能干这行？陈康和小郭一起到商店买东西，陈康把买好的豆豉递给他，小郭拿起豆豉说道："豆鼓酱。"

陈康说："这字不念鼓，念尺子的尺。"

小郭不好意思地说："这字有时候也念鼓。"

陈康执拗地说："这字什么时候也不念鼓。"

仿佛一瓢水浇了个透心凉，陈康寻思：这样的文化水平能跟我搞信息技术吗？

崇礼滑雪产业的发展包括各式各样的人，负面的就是票贩子和黑教练。开始，密苑云顶滑雪场的滑雪卡不用实名制，被票贩子钻了空子，票贩子以很便宜的价格买一张年卡，按天贩卖给不同的滑一天雪的散客，滑雪票是一天数百元，票贩子赚昧心钱海了去了。还有黑教练，没有经过正规的滑雪培训，冒充是云顶滑雪场的正规教练抢游客，教课时游客出现滑雪事故是不堪设想的。

2015—2018年，陈康开始优化技术，与票贩子斗智斗勇。不用实名制的卡变成了有照片的卡，首先想到的是面部识别，会员来了后要到前台摄像头扫描面部，只有扫描结果和照片吻合才能进入。当时只有面部识别技术，还没有虹膜识别技术。但是票贩子又有了新招，把自己的照片和卡给散客，散客拿着票贩子的照片和卡到前台激活就能进入雪场，使云顶蒙受许多经济损失。

票贩子升级后，陈康继续拿出对策，投入了指纹验证，游客必须按指纹才能进入雪场；票贩子狡猾极了，将自己的云顶会员卡和指纹膜租给散客继续倒票。魔高一尺道高一丈，陈康又绞尽脑汁应用了静脉识别技术，游客的手指往仪器上一按，人手的静脉纹路就显示出来了，人的静脉走向是不一样的，这下子，票贩子无计可施了。

崇礼县城有12万人、7个滑雪场，农民的地被征调了，就靠雪场吃饭，有的刷碗，有的当清洁工，有的当服务员，也有的当票贩子和黑教练。但是用科技的力量就能够规范这个行业的发展，造福崇礼百姓，让大家都有一个正当的工作。

2018年，科技部鼓励企业研发科技冬奥项目。2008年北京奥运会有三个理念：人文奥运、绿色奥运、科技奥运，北京2022年冬奥会是2008年北京奥运会理念的延续。密苑云顶滑雪场是冬奥会的比赛场地之一，陈康带领团队攻关，现在有3个项目通过科技部审批。

第一个科技冬奥项目是索道安全检测，雪场离不开索道。雪场运营的基本任务是保障雪场和运动员的安全，云顶滑雪场斥巨资购买了世界一流的缆车硬件设备，运行多年无任何安全事故。关于索道安全监测的技术难点在于，现在的索道缺乏一种预警系统，出了问题才开始检测故障原因。由中国特检院牵头，云顶滑雪场参与研发的这个项目已经在云顶滑雪场的索道投入测试。运用索道安全检测系统，在索道正常运行下就能预判即将出现的安全隐患。过去索道安全检测项目只能检查局部，现在能够检测液压鼓胀是否正常，强电电流是否稳定，给索道安全运行提供强有力的保障。科技冬奥，要给运动员和大众一个安全的滑雪场。

云顶滑雪场有三种索道，一种全封闭缆车，一种不封闭一排坐几个人的缆车，一种两个人坐的缆车。缆车的第一目标是保证云顶滑雪场滑雪游客和冬奥会竞赛运动员使用，我乘坐过他们购买的奥地利多贝玛亚缆车，全封闭，坐在上面非常平稳安全，几分钟就抵达山顶。贵州兴义马岭河曾经出现缆车故障导致游客死亡事故，云顶滑雪场每一种特种设备都购买最好的，让滑雪场成为行业内索道安全的标杆。

第二个科技冬奥项目就是颌面冻伤救治移动5G诊疗车。我曾经亲耳聆听中国移动董事长王建宙讲5G的应用技术，他向我展示了医生运用5G技术远程治疗病人的案例。冬奥会期间志愿者长时间处在户外容易冻伤，为了及时救治，密苑云顶滑雪场与北京大学附属口腔医院合作，联合研发了颌面冻伤救治移动诊疗车，目前国内外的移动诊疗车主要以卫生技术车辆医疗功能设备配套为主，本项目研发基于医疗大数据和人工智能的智能化软件诊疗平台，解决目前传统门诊坐诊和急诊救治效率低、准确率低等问题，借助AI经验学习人工智能辅助疾病诊断可以有效提高疾病诊治的稳定性和反应时间，实现现场救治。同时基于5G网络、语音智能提示，建立响应时间短、诊疗决策准确的专家远程审核网络平台。本项系统及5G诊疗车和诊断流程是国内首创。陈康参与了这个项目的研制过程，代表云顶人为科技冬奥做出了自己的贡献。

第三个科技冬奥项目是赛事用雪保障关键技术的引进和应用。目前国内外多是对雪场雪质单一指标的监测，未形成系统化的监测系统。本项目将形成雪场雪质综合观测体系，建立属地化的雪质判别模型。建立面向雪质演变的，包括雪硬度、雪密度、表面温度、雪粒径、含水量等参数在内的雪道质量监测和预报系统。对各类赛事不同项目的用雪进行可行性预测分析和预报。这个系统在雪质检测预测方面技术标准属世界一流，国内首创。

2021年有世锦赛，2022年有冬奥会，重大科技的进步需要重大历史事件来促进，云顶公司开发的这些信息技术服务冬奥会后将投入使用到各行各业去。

林致华董事长的目标是云顶要办科技冬奥，滑雪场不是一个山林里的度假区，应该赢得跨界发展。郭剑飞是这个团队的一个缩影，从实践中学，他虽然起点很低，但是在冬奥会的基础建设阶段，他努力学习，有了长足的进步。他负责雪场的监控对接，布网布控，经过七年的雪场磨炼，现在可以独当一面。

现在的云顶滑雪场信息技术部已经今非昔比，吸引了高学历的人才，从最初的两个人发展到十几个人，从小学毕业到高学历的海归。昔日，云顶滑雪场信号不好，有的地方连2G信号都没有，现在云顶滑雪场5G信号全覆盖。陈康想做一个科技冬奥的展示区，让游客体验到科技进步的魅力，比如：智慧门锁、电子安全周界、裸眼3D技术……云顶有无形的电子周界，游客看不见雪场有围栏，但你一旦进入区域仪器就会报警。山区防火非常重要，森林消防，只要有火马上报警。密苑云顶滑雪场在安防上投入很大，云顶大酒店内有600个摄像头，雪道上有218个摄像头，无死角，全覆盖，24小时昼夜工作。

陈康2014年初来乍到云顶时，周围环境很糟糕。今年是密苑云顶滑雪场的第7个雪季，科技冬奥给雪友带来的首先是安全、便利的体验感。陈康也爱上了云顶滑雪场，对这里的一切了如指掌。雪场的光缆很乱，他竭尽全力去修光缆和电网，当他看到光缆一切正常后，心里一块石头落了地。

2021年10月，国家科技部部长王志刚、河北省省长许勤一行考察云顶密苑科技冬奥五项成果，这五项成果分别为："赛事用雪保障关键技术研究与应用""冬奥会冻伤及颌面创伤综合防治及关键技术""冬奥关键区特种设备安全运行保障技术"三项国家级科技冬奥项目；"云顶滑雪场智慧运营管理系统开发与应用示范"一项省级科技冬奥项目；"云顶滑雪场智慧节能集成与综合示范"一项市级科技冬奥项目。王部长对河北省科技厅领导说："给云顶些政策。"听了这话，陈康乐得嘴都合不拢了。

冰雪运动是一项时尚运动，青年人是这项运动的生力军：陈康认为赢得了年轻群体就赢得了雪场的未来。他大力推动云顶滑雪场的数字化转型，把很多线下的服务转到线上运营中来。通过网络直播、APP应用、滑雪手机游戏等项目的实施，使云顶滑雪场在年轻人群中聚集了很高的人气，通过跨界合作把云顶滑雪场推向了更广阔的天地。2020年，云顶滑雪场邀请刘昊然、王一博录制视频推广和普及2022冬奥会的相关信息。镜头前，演员刘昊然声情并茂地说："北京冬奥会自由式滑雪将产生13枚金牌，空中技巧、雪上技巧、U型场地技巧、坡面障碍技巧等比赛在张家口赛区的云顶滑雪公园举行，大跳台比赛在北京赛区的首钢滑雪大跳台进行，这里有凌空飞跃，这里有华丽翻腾，绝对超乎你的想象。"

歌手、演员、主持人王一博说："北京冬奥会单板滑雪比赛包括在张家口赛区云顶滑雪公园角逐的U型场地技巧、坡面障碍技巧、平行大回转、障碍追逐等，还包括在北京赛区首钢滑雪大跳台比拼的单板大跳台，一共产生11块金牌，让奥运点燃新年梦想。2022，你我一起为青春和活力呐喊。"

他们都是24岁的青年，青春靓丽的面容很受青年人追捧，视频播出的瞬间聚集了广大的流量和关注。陈康笑着说："让这哥儿几个给大家科普冬奥会比赛场地，比啥都管用。"

光阴荏苒，从2014年初到崇礼至今，一晃7年过去了，7年的时间很长，长到忘记了初来时的模样。如今，陈康自信从容，这份从容并非一蹴而就，既有坎坷也有眼泪，既有砥砺前行，也有欢声笑语，只有努力奋斗过的人才能谈得上追梦，他庆幸自己能为筹办北京冬奥会尽绵薄之力，他始终觉得，这也是一个冬奥建设者职业生涯最大的荣光。

一个崇礼小伙子的奋斗经历

他叫郭剑飞，1987年出生在崇礼西湾子镇东村，2003年，他的妈妈生下第二个孩子，他觉得家庭的重担更重了，如果自己继续念书，势必会增加家庭的开支，而身为农民的父母实在没有能力拿出更多的钱，于是，他决定辍学到北京打工。

当时，从崇礼到北京没有火车，只能从崇礼花5元钱乘坐公共汽车到张家口，再从张家口花27元钱乘坐绿皮火车到北京。他带了200多元钱闯北京，找的第一份工作是在华北大酒店餐饮部当服务员。

安华桥旁的华北大酒店位于北京的繁华地段，他努力工作，每个月挣350元钱，酒店管吃管住，他舍不得花钱，除了生活必需品其他一律不消费，攒够了1000元钱就到邮局给家里寄钱。他的妈妈分娩后奶水不足，想到自己寄钱可以给妹妹买奶粉，他的心就乐开了花，16岁了，终于可以帮父母解决后顾之忧了。初来乍到，由于说话有崇礼口音，他被人讥笑过，受人歧视的滋味儿不好受，他就借了一本教说普通话的书认真学习普通话。

他对计算机网络感兴趣，理想是搞计算机网络。于是，他辞掉了华北大酒店的工作，来到昌平的一个网吧，每天工作12个小时，边打工边学习。早晨6点网吧开门，他去打扫卫生，一直干到晚上8点钟交班，工作之余就跑到中关村科技一条街去转，打听到上地有一个计算机学习班，学期一年，学费16800元。他想报名学习，就向家里借钱，姥姥、三姨、小姨给他凑了1万元，爸爸从信用社给他贷款5000元，加上自己攒的钱凑够了学费，他于2005年10月来到北京学习计算机。

为了省钱，他给自己规定每天吃饭不得超过10元钱，早晨经常饿肚子，中午花5元钱吃一碗面条，或者买一碗盖浇饭，晚上花2元钱买一张大饼吃，连咸菜都舍不得买，但是95元一本的关于微软服务器操作系统的书，他连眼睛都没有眨一下就毅然决然地买下苦读。经过一年的学习，他了解了计算机的简单原理，微软邮箱防火墙怎样处理，掌握了简单的电脑维修技术，毕业后到北京某房地产公司管理网站工作，月薪600元。为了让自己在学校学到的知识有用，后来又到了网吧工作，月薪1200元，计算机有新系统他就可以升级，维修简单的计算机故障。

2008年，父亲在家乡给他找了份崇礼农业发展银行办公室网络管理员的工作，属于机关劳务派遣，还有三险一金，他就回到崇礼，在农业银行工作。2010年，张家口旅游胜地有限公司（密苑云顶公司）招聘懂计算机的人，他去应聘，成为办公室网络主管，月薪4000元，还有五险一金，他非常珍惜这个工作机会，渴望多学习。

冬奥会给他的家乡带来了巨大变化，他家里是农业户口，三口人九亩地，家里的旧房子和地，政府赔付了200多万元，他家在张家口市中心买了一套90平方米的房子，父母和妹妹搬到那里居住，妹妹在张家口第四中学读高二；他在崇礼买了一套102平方米的房子，结婚后生了两个女儿。他的妻子在崇礼汽车站工作，夫妻俩勤俭持家，小日子过得挺滋润。

90年代，崇礼只有两条街道，一条清水河，只有主街道有路灯，住房除了机关家属楼外一律为平房，就医只有县医院和县中医院两所医院，上学只有两所小学、两所中学。

2003年，崇礼有了不错的滑雪场，没有缆车，雪客自己扛着滑雪板爬山。2008年，林致华先生来崇礼建设雪场，冬奥赛区的网络监控，郭剑飞跟北京冬奥组委的技术部都有协作。昔日崇礼县城有四个行政村，目前90%的地被征收，逐步把农民变成社区居民。

2015年，北京申办冬奥会成功给崇礼注入了新鲜的活水，拆迁补偿加大，万龙、云顶、富龙、银河、长城岭、太舞、多乐美地七大滑雪场在崇礼安家落户，崇礼人过上了好日子。郭剑飞担任密苑张家口旅游胜地有限公司信息技术部经理，夜以继日地工作着，他感谢冬奥会给家乡带来的变化，感谢卓越集团给他提供了发挥才干的天地。

云顶大酒店的三个崇礼姐姐

北京冬奥会给崇礼人创造了很多就业的机会，目前，张家口崇礼全区近3

万人直接或间接为滑雪场服务。

在云顶大酒店洗衣房干活的大姐是拆迁村的，她开始嫌累，想把岗位给别人。后来觉得还是在云顶干活实惠，毕竟家藏万贯不如日进分文。在崇礼，只要你肯干，就一定能有所发展。

云顶大酒店6层楼层主管贺玉芳1977年出生在崇礼四台嘴乡，家里兄妹三人，她排行老三。崇礼从县城往山上走，依次是头道营、二道营、三道营、马丈子、转枝莲、太子城、棋盘梁、古杨树、营岔村。

贺玉芳的娘家在营岔村，1998年，媒人给她介绍了转枝莲村的一个后生叫做王东亮，在山西当兵。她看到婆家有5口人，16亩地，虽然不富裕，但是王东亮人老实厚道，穿一身军装挺精神，就答应了这门亲事。1998年底，王东亮复员回到家乡，与贺玉芳结婚，生下两个女儿。

2011年冬天，贺玉芳的娘家营岔村开始拆迁；2012年，卓越集团开始招工，贺玉芳前来应聘当保洁员，三顿饭管吃，月薪1600元，丈夫王东亮也打零工，家里逐渐有了积蓄。

大女儿王凯琴上了燕京职业技术学院，2021年毕业后在廊坊高铁当乘务员；小女儿12岁，在崇礼西湾子小学读五年级。

现在，贺玉芳每天坐半个小时的班车上班，每天早晨8点开完晨会，她要学习10分钟的英语，云顶大酒店总经理助理张光教英语口语，一共教30句日常用语，"欢迎入住我们酒店""我可以打扫您的房间吗？""客房服务，我可以进来吗？""请问您的房号是多少？""请问您需要洗衣服吗？""请问您需要夜床服务吗？""我去叫一个修理工来。""对不起让您久等了。""祝您今天过得愉快。"……都是实用的服务用语。她认真学习，在英文前标注汉语发音，比如House keeping, May I come in？（客房服务，我可以进来吗？）她就在come in旁边标注"卡门阴"……

看着贺玉芳的英语本上歪歪扭扭的字迹，我想起鲁迅先生的话："我每看到运动会时，常常这样想：优胜者固然可敬，但那虽然落后而仍非跑至终点不止的竞技者，和见了这样竞技者而肃然不笑的看客，乃正是中国将来的脊梁。"

贺玉芳学英语的方式虽然笨拙但是实用，她没有在大都市受过高等教育，她只是崇礼一个普普通通的农家大姐，但是她热爱家乡、热爱北京冬奥会，她用最原始的方法学习英语，抓住机会用英语与外宾交流，回家让女儿帮自己纠正发音，英语不仅在北京冬奥会期间用得着，而且在平时接待外宾中也派上了用场。

2020年10月，国际奥委会的9个代表来张家口崇礼认证冬奥会场地，需要住在太子城滑雪小镇的公寓里，北京冬奥组委向云顶大酒店借人去服务，有人害怕疫情不愿意去，贺玉芳自告奋勇去工作，每天打扫房间，发放饭菜，收垃圾，有时用简单的塑料英语与外宾对话。她觉得卓越集团的领导好，关心员工，每月给自己发4000元工资，还有五险一金，自己得对得起这份工作。如果没有北京冬奥会，她现在还在面朝黄土背朝天刨土坷垃，是北京冬奥会改变了她的命运，她工作很开心，业余时间还参加志愿服务，助学、助残，帮助孤寡老人。

马秀兰是云顶大酒店10楼服务员，1971年出生在崇礼砖瓦沟村，家里兄妹5人，她是老疙瘩。17岁时父亲不幸去世，母亲又找了老伴儿，她尝到没爹的日子有多么艰难。崇礼农村时兴早婚早育，她20岁嫁到马丈子村，马丈子村有1000多人，40%出去打工。村庄全拆了，拆迁时婆家的房子赔付了100多万元，让村民到县城租房。

2013年，她来到云顶大酒店应聘，培训后担任楼层服务员，一个楼层有30个房间，每间都要打扫干净。崇礼有个太舞滑雪场，马秀兰的丈夫刘海录在太舞酒店洗碗，夫妻俩每月赚6000多元钱。

早先家里有地，农忙时回家种地，崇礼的农民喜欢种圆白菜、土豆，早晨3点多起床，4点多到地里种地，蔬菜需要浇水，太阳出来圆白菜的叶子就会晒蔫儿。农民们心照不宣，谁家菜种得多让谁先浇水，为了能够早浇水，就必须起早。她家租了15亩地种了金红，金红是塞外野果，是种植在冀北张家口、承德、东北、内蒙古东部的一种苹果。崇礼的圆白菜特别好吃，3角—5角钱一斤，薄利多销。

她有两个孩子，儿子刘博28岁，是厨师；女儿刘娟18岁，在廊坊北华航天学校学习导航工程，她和丈夫错峰上班，她上早班，每天早晨7点到晚上5点上班，早饭和晚饭可以给家人做；丈夫上晚班，每天下午3点至晚上12点上班，两人倒班可以照顾家庭。儿子到了结婚年龄，她给儿子在县城买了90平方米的房子，自己和丈夫在县城租房住。

女儿刘娟在崇礼县城当冬奥会志愿者，崇礼搞冬奥测试赛时在马路上疏导交通，跟派出所民警一起到酒店和小区排查户口，到崇礼县城捡垃圾、擦小广告。女儿的心愿是冬奥会时到崇礼的滑雪场当志愿者；儿子除了干厨师外还到冬奥工地干点小工程，给滑雪场垫沟、铺路。

她是崇礼翻天覆地变化的见证人，亲眼看到家乡一年一个样，以前崇礼到处都是土路，只有能走两驾马车的窄路，现在马路拓宽了；以前做饭烧柴火，现在都用电饭锅、电炒勺；以前有的乡亲住窑洞，现在大部分人住楼房，电视、冰箱、洗衣机，一应俱全；以前出行不方便，现在有了高铁、长途客运大巴，上北京和张家口方便极了。她深有感触地对我说："是北京冬奥会改变了我们一家的命运。"

卢丽娟1991年出生在崇礼县白旗门乡门头营村，她还有一个妹妹。四年级跟随父母到保定，在狮子沟乡读完高小和中学，就到北京某度假村当服务员、领班和主管，每月600元工资。

2012年，她来到云顶大酒店餐饮部当领班，现在担任云顶大酒店青龙餐厅经理。她的妹妹在张家口学院航空专业毕业，2020年到云顶大酒店前台实习。

卢丽娟的丈夫在万龙滑雪场物业工作，她的儿子5岁，上幼儿园，夫妻俩在崇礼县城买了120平方米带阁楼的复式房子，一家三口其乐融融。卢丽娟参加云顶大酒店的各种培训、礼仪、消防培训、技能考核，为了迎接北京冬奥会，酒店员工利用每周一、二、三、四中午的时间组织学习英语口语，每个月学习

10句英语，要求员工会背会说会读。

冬奥会增加了崇礼的知名度，增加了就业机会，带动了崇礼的旅游发展，引起了全世界的瞩目。她娘家离县城有15公里，休息时回娘家看望父母。她在餐厅工作，上晚班，经常晚上坐10点半的班车，11点才到家，早晨送儿子上幼儿园。她过的是全新的生活方式，平时家里不开伙，儿子在幼儿园吃饭，她和丈夫在单位吃饭。

当年到北京打工觉得北京很繁华，回到崇礼看到家乡盖起高楼大厦。尤其是高铁的开通太便利了，她和表妹一起带孩子乘坐高铁到北京逛前门、天安门、颐和园、动物园，方便极了；她现在看病做手术，预约好北京的大医院后坐高铁一天往返非常方便。她感慨地对我说："感谢北京冬奥会给崇礼带来的变化，如果没有北京冬奥会，我可能现在在北京打工，孩子就成了留守儿童。我要努力，对得起这份工作。"

崇礼旅游度假区的新生

2020年12月3日，2021年元旦北京至太子城的高铁票放票刚刚4个小时，两个早班高铁所有座次全部售罄，说明国人对于冰雪运动的热爱与日俱增。元旦放假，游客要举家把假期挪到云顶滑雪场滑雪度假，那里没有雾霾，没有新冠，有的是充足的负氧离子，有的是冰雪的激情，有的是户外运动的浪漫。如今，举家到滑雪场迎接新年已经成为国人的时尚。

我的表弟一家就是滑雪超级发烧友，表弟在德国留学，阿尔卑斯山是天然的滑雪场，他见证了欧洲人对于冰雪运动的热情。在侄子毛毛上的学校，老师带领学生练习滑雪，侄子毛毛和侄女妞妞都是6岁学习滑雪，他们最初在北京市的滑雪场练习，后来到崇礼滑雪场跟教练学习，孩子学得飞快，现在可以滑高级雪道。滑雪运动是表弟全家的嘉年华，他们觉得孩子带上作业本和雪具，全家在雪场休假是非常惬意的。教练把侄子、侄女的滑雪动作录像奉送，两个孩子在朋友圈一发，健美的滑雪姿势引来亲朋好友的称赞，也成了滑雪运动的广告片。

初学时需要租雪具，会滑了就自备雪具。以往表弟驾车带领全家从北京到崇礼滑雪，现在通了火车方便多了。

北京通往崇礼的高铁、高速公路修通了，打造北京一小时生活圈。北京到崇礼的高铁有太子城站，崇礼北站。崇礼富龙小区提供业主接车。崇礼有云顶、万龙、富龙、太舞、长城岭、多乐美地、银河7个滑雪场，富龙有唯一的夜场滑雪场，可以玩到晚上8点。这里的滑雪设施配套，雪道质量、小镇的雪场氛围很好。在崇礼县城，快递、外卖送上门，崇礼区有了蔬菜配送。

在北纬40度寒带上的崇礼狮子沟村，村民们普遍用太阳能给自家供上了电，照明、做饭、取暖、洗热水澡。这是几千年来一个划时代的脱贫后享受美好生活的典型场景。

表弟一家连续几年到崇礼滑雪，觉得崇礼滑雪场的硬件有很大的改变，路修好了，房子变漂亮了，人文素质提高了，老百姓生活变好了。近日崇礼冰雪旅游度假区获批国家级旅游度假区，成为河北省内首家国家级旅游度假区。

作为2022年冬奥会雪上项目举办地之一，近年来崇礼抢抓机遇，大力发展以冬季滑雪、夏季户外为主导的体育休闲产业，在打造国际知名的冰雪运动和冰雪旅游胜地、国家冰雪运动推广普及中心的同时，持续提升冰雪旅游优势地位，连续举办国际知名滑雪赛事。

同时，崇礼通过逐年开展旅游服务技能培训、比赛，发起厨房革命、厕所革命，引进国际一线星级酒店品牌等措施，不断完善旅游基础设施，提升接待服务水平，为旅游从"一季热"到"四季火"转变打下坚实基础。

目前，崇礼七大滑雪场成为国内最大的高端滑雪集聚区，具备成为世界级滑雪胜地的基本条件。全区拥有雪道169条，长162公里，其中15条雪道通过国际雪联认证，各类缆车索道67条，长44.5公里，云顶、太舞、万龙、富龙四家雪场连续两年入围"中国滑雪场十强"。

当前的国际形势复杂多变，世界经济形势不太乐观，尤其是2020年肆虐全球的新冠病毒疫情，打乱了全球体育赛事科学系统的时间安排，使得国际体坛赛事时间表一片混沌。奥运会的时间点颇有讲究，相隔太远观众不解渴，相隔太近又影响观赛情绪。2020年东京奥运会延期举办，这在奥运历史上史无前例，势必对2022年北京冬奥会的观赛效果和赛后的可持续发展造成一定的冲击。观赛也有审美疲劳，东京2020年奥运会和北京2022年冬奥会相距不足半年，在观众关注度、收视率上会有很大影响。新冠病毒在世界蔓延，对2022年北京冬奥会的赛事会造成巨大冲击。尽管如此，体育仍在继续，冬奥仍在前行。疫情的不确定性使我们更加理解生命的意义。如何在后疫情时代恢复各国民生经济，使人民外交和国际间文化互动起来？这是国际社会的共同期盼。

云顶滑雪公园有6条冬奥会赛道，这是北京冬奥会张家口赛区最精彩的比赛，也是谷爱凌等滑雪健儿展示滑雪英姿的地方。就在我采访云顶滑雪公园一周前，国际雪联的25位专家刚刚完成对云顶滑雪公园冬奥场馆建设的认证，对云顶滑雪公园的赛场给予高度评价："我们看过世界上很多滑雪场，这是最棒的场馆之一。你们真的做了非常杰出的工作，尤其我们看到空中技巧和雪上技巧的赛道照明是非常好的，空中和雪上的投光灯就像掌上明珠一样。我们对你们是有非常高的期待的，你们也充分实现了这样的期待。你们的场馆非常好，也会成为全世界这个体育项目最好的场馆之一。除了场馆以外，你们整个组织也非常好。这些场馆不仅仅是最好的体育场馆，也会成为中国冬季运动最好的遗产。崇礼当地区域也会成为旅游业，尤其是冬季旅游业非常重要的基地。"

北京冬奥组委评价说："从可持续发展角度讲，云顶模式是最好的，政府的投入少，未来的社会效益高。"

我们行

预约采访上海景泰建设股份有限公司总经理李明祥，他说他一大早就在工地上。我说我就喜欢在工地上采访，他说太早，气温也太冷。我说不怕，不经一番寒彻骨，哪来梅花扑鼻香？

第二天一大早儿，我在张家口市崇礼区四台嘴乡云顶滑雪场堵住了李明祥。他的头发在脑后扎成一个小刷子，典型的艺术家的范儿。他挂帅的公司建筑质量优异，大名鼎鼎的上海东方明珠、徐汇区8万人体育馆、浦东机场等工程就是他们公司参与建造的。

李明祥1966年出生于安徽省安庆市，是陈独秀、严凤英的老乡。他从小喜欢美术，一个叫做黄光辉的上海知青下放到他们镇，那个知青擅长画画，他就拜黄光辉为师学习绘画。黄光辉把大上海的文化种子播撒在李明祥幼小的心田里，他渴望艺术，渴望创造，渴望新天地。1985年，他考入中央工艺美术学院特艺系，就是雕塑大师韩美林上的那所大学。1989年毕业后，他成为北漂，住在学校的宿舍里，到光华路附近的国贸上班。1990年4月新加坡置地招工，需要有人在工地上画壁画，他以优异的绘画技能顺利应聘，到新加坡工作了4年。

1994年，他从新加坡回到上海，在金钟置地房地产开发公司任副总经理，分管设计开发。上海淮海路上的金钟广场就是他们公司参与设计建造的。

后来，李明祥担任上海景泰建设股份有限公司总经理，景泰公司曾经获得鲁班奖、国优奖、上海建筑工程白玉兰奖。

2009年3月，他率队来崇礼参与密苑云顶滑雪场的建设。崇礼的气温与长春的气温相仿，冬天较冷，他这个南方人经历了严峻的考验。景泰不是最大的公司，也不是最有名的公司，业主找他们来是看中了这个公司不偷工减料，认真做工程。初来乍到没水没电，到处是荒山，五道沟连村民都没有。

崇礼是两个大陆板块相撞挤出一座山，属于燕山山脉。崇礼的山以石头为主，树长不高，山表面的浮土只有30厘米—50厘米。崇礼奥林匹克公园以人造雪为主，造雪要埋水管、布电缆，造雪管是无缝钢管，冻土层有2.5米深，施工必须挖到2.5米以下，要给大山开膛破肚，44条雪道，总规划88条雪道。

崇礼的极端寒冷天气气温在零下三十几摄氏度，春秋季节，所有门窗不密封，由于外墙保温没有考虑到气候因素，曾经冻坏过楼的底板。管线必须穿过冻土层，如果放到冻土层上一定会冻掉。挖沟挖出来的砾石不能直接覆盖在管线上，压雪车有25吨重，如果压雪车压在石头上，石头的棱角会损坏管线。因此，每条造雪管道都要进行X光探伤。

2015年，中国成功地申办冬奥会，密苑云顶滑雪场成为2022冬奥会核心赛区。李明祥肩上的担子沉甸甸的，他深深地懂得：只有一流的工程质量，才能确保办成一流的冬奥会。市场决定人的走向，他精益求精，聘请中石化建设化工厂的工人来焊接管道。中石化的技术工人毕竟太少，如今社会组织结构变化了，缺乏传帮带，现在的技术工人在50岁左右，能吃苦，但是他们的孩子不愿意接父母的班，很多都考大学离开了这个地方；农村的留守青年愿意干，可是没有学历胜任不了。焊接管道是核心技术类的工作，需要过硬的技术，野外作业如何留人是一个难题。

在崇礼，每年的4月—10月是最佳施工季节，0摄氏度以下不适合施工，但是为了赶工期，只能冒着严寒干活。0摄氏度以下施工要用胶和水泥。100公里长的造雪管道，都是用80厘米直径的无缝钢管。这些钢管需要到钢厂特制，一截有6米长，从天津港运来。焊点出现焊伤一点都不能含糊。

崇礼找不到合适的工人，他们从南通和长三角请工人来，雪道是在山上开辟出来，挖掘机在75度的坡度上作业，行话叫做刷坡，比杂技演员走钢丝还难。上海人喜欢动脑筋，他们先用压土机将雪道压平，再自己制作绞盘，把钢缆缠在绞盘上，用绞盘吊着压土机把75度的坡压平，远远望去，只见一根钢缆绳子吊着压土机来回摆动，仿佛给压土机吊威亚在作业。这是在拿命赚钱，一小时2750元的报酬都没有人愿意干，刷一面坡需要花费几十万元。

2020庚子之年疫情肆虐，40多名员工回湖北过春节了，李明祥时刻惦记着员工，对他们说："这一刻，挂念的是回鄂探亲的40多位同事，希望你们每天保持和公司的联系，你们以及家庭有任何困难，景泰将不畏风雨，全力相挺。我的职责就是维护你们1600多名员工及家庭的幸福安康！"

他觉得中国企业家很多都是穷山沟里爬出来的穷孩子，风险、辛苦唯有自知。他在微信上写出了告员工书：告景泰集团及各下属公司：疫情肆虐，天灾。收到武汉及湖北员工求援电话，惭愧力不能及而寝食难安。感谢各位，零下30摄氏度，依然一声令下，使命必达！我承诺集团及其下属所有企业不减薪、不裁员。以此宽慰在疫区的所有同事。你们安心，有我！

疫情期间武汉封城，可是崇礼的工地上有300多名武汉的工人，李明祥命令公司开车于春节过后到湖北接员工的一家老少出来。云顶酒店的服务员到延庆打疫苗，结果有12人当场辞职，她们都是崇礼人，征地时赔付了她们很多钱，所以不在乎工作。

景泰公司不是逆行者，是在艰难困苦中敢于开拓的勇者，谋划未来和人生的智者，你敢战，随我来！

2020年7月23日正值大暑时节，是一年中最热的日子，距离2021年世锦赛只剩下55天的施工时间。5号楼楼面的混凝土浇筑，6号楼泄爆口的垫层浇筑，U型场地技巧、空中技巧、雪上技巧赛道的建设，世锦赛考虑两处用气膜棚，凡是他可以拍板的，一律24小时赶工，景泰一贯的使命必达；政府可以拍板的，他无权决断，总是在考虑阶段，天天开会、时时开会，没有结果，一直在思考。大家都需要像总经理一样两脚沾满泥土的领导，可惜这样的领导太少了！

在陡坡上干活比较难，运送材料也比较难，野外作业不能用城市思维和管理模式，对待刷坡，李明祥觉得必须调动工人的主人公意识，他先找班长问道："任务能完成吗？"

人有从众性，他提方案、发奖金，进行战前动员，要求大家在土的平面再造雪。工人们被他的鼓动打动，轮流去刷坡，大家站成一排热烈鼓掌，一个人上一段，每次干一小时，完成任务就喝酒庆祝。

上海的管理团队干活细腻，答应的事情一定认真完成，来不得半点敷衍。景泰公司一共有2670个工人，每天早晨李明祥带头摸黑上工，一直干到傍晚5点钟天擦黑才收工，大家领会技术要求，从干中学。

中国工人干活不惜力，李明祥努力办好食堂，早餐10元标准，午餐和晚餐各30元标准，让工人们吃饱吃好。为了拴住人心，他鼓励员工拖家带口来崇礼，鼓励工人的妻子到食堂、小卖部、仓库工作，安保也请一些年龄大的人来。年龄大的人干活踏实，不会这山望着那山高。他觉得当自己不能改变社会架构时，就要顺应社会架构，把人力资源调整到最佳状态。

清晨天刚蒙蒙亮，天气预报气温一般在零下5摄氏度左右，可是刮风时体感温度在零下15摄氏度左右。张家口的崇礼是张北草原刮向内陆的一个大风口，冷热交汇，非常寒冷、干燥，刮风时在山顶有些站不住人。每天早晨5点半，景泰人在食堂吃早餐，6点钟开晨会，宣布每天要干的活儿；6点10分出发上山，6点半开始干活儿。每个人的手机上下载小程序，有每天的工作日报，一目了然。

2020年国庆节前夕，崇礼的大山被大自然的画师染得一片金黄。世锦赛即将到来，2000多名景泰人站在一线，不分白天和黑夜地连轴转。云顶滑雪公园由上海景泰建设股份有限公司EPC总承包（设计，建造，运维）。云顶有6条冬奥会赛道，其中自由式滑雪的U型场地技巧、坡面障碍技巧、雪上技巧、空中技巧、障碍追逐、单板滑雪的平行大回转赛道基本建设完毕，这是我国首次建设国际标准冬奥赛道，每个赛道都没有案例，每条赛道国际雪联都有具体要求。未来的20天，他们还有转播中心、运动员休息中心、裁判中心、技术保障中心、雪车设备保障中心、直升机停机坪要完成。太难了，开了一年的会，只留给他们20天。李明祥坚信一线所有为此奋斗的景泰员工，我们行！

滑雪是一项极限运动，冬奥会赛道的坡度不能高一度，长度也不能长一寸，就这样，他们完成了100万立方米的造雪量。在与中交、中建、中铁等集团军联手建设冬奥场馆的战斗中，景泰的优势是突击队，敢打硬仗，专门解决难的、苦的工程。

一年干了奥地利8—10年才能完成的活儿

2020年11月6日，星巴克在密苑云顶滑雪场开业，开业的前一天，李明祥以传统的方式在星巴克买了很多精美的西点和咖啡，请大家好好地喝了一杯。这是全球顶级的雪场团队，11月9日，国际雪联的50位专家团队要来崇礼验收冬奥赛场，对景泰公司修建的雪道做认证，大家讨论的都是我们怎么样才能做得更好，国际雪联的大神就是认证的通行证。景泰公司2600多名现场员工在崇礼的大山里努力奋斗。海拔2100米、坡度为75度的大山，没有发生一起安全事故，工程质量达标。他们天天在演练，只有自信，才可以气定神闲，而自信是建立在几千人一年来有组织、有计划、有目标的完美工作中。

云顶滑雪公园是北京冬奥会张家口赛区冬奥会场馆之一，主要承接的是自由式滑雪和单板滑雪的比赛，建有U型场地、坡面障碍技巧、平行大回转、障碍追逐、空中技巧和雪上技巧6条赛道，2019年全部完成主体工程建设。其中，U型槽、坡面障碍技巧、平行大回转、障碍追逐4条赛道在规划设计阶段就充分研究原有山形地貌，依托密苑云顶滑雪场既有雪道改建完成，最大限度地保护周边生态、减少工程施工量。

云顶滑雪公园建设施工时，赛道和场馆区域共挖土石方约39万立方米，其中35万立方米实行了就地回填，多出的土石方用于临建道路铺设、造雪设备井等建设，做到了施工时精准测量和规划，最大限度减少运输距离，实现了土石方挖填平衡，降低工程建设过程的碳排放。

2020年11月7日上午，李明祥身穿滑雪服，戴上头盔，脚踩单板滑雪板，在雪场刷了一遍赛道，好舒服啊！张家口政府的领导紧张得如坐针毡，而他心里却很踏实。滑雪板的脚感告诉他：景泰人建设的是一流的雪道，绝对可以过关。

这次认证是北京冬奥会的核心节点，所有雪上项目的赛道认证结论：景泰人创造了奇迹，运动滑雪场的技术总监说："我们一年干了奥地利8到10年才能完成的工程。"

国际雪联的专家称赞："你们用半年时间完成了国外需要8到10年才能完成的工作，卓越、完美，这个赛场将是冬奥会的掌上明珠。"

听到这样的评语，李明祥的心中腾起阵阵热浪：这是国际雪联专家对2600多名景泰人，对景泰的管理团队、技术团队辛勤付出的肯定，也是对所有帮助过景泰的人的肯定。我们在最艰难的时刻迎难而上，完成了艰巨的任务，今生无憾！

我和国际雪联的专家前后脚来到崇礼云顶滑雪场，看到了壮观的崇礼冬奥场馆建设万马战犹酣的景象，憧憬着在一年零三个月之后，这里呈现出精彩绝伦的冰雪盛宴。

2020年中国建筑工程装饰奖揭晓，景泰建设再获三项大奖。李明祥觉得天气很冷，没有什么比奖杯的温度更温暖人心。2020，疫情肆虐的凛冬，这温度凝结着所有景泰人的汗水和泪水。更感恩今天还奋战在冬奥项目现场的同事，那是零下30摄氏度的极寒之地。

云顶滑雪公园将在北京冬奥会上举办自由式滑雪的单板滑雪比赛。冬奥卫冕冠军Leman说："超燃的一场比赛，尤其是在冬奥会测试赛上。""看到所有的基础设施都投入到比赛中，这真是太酷了，这提前让我感受到了冬奥会的氛围。"2021年年底，李明祥对我说："负26摄氏度，冬奥开赛还有33天，64项整改完成46项。现场所有工人还在拼命。眼前总是浮现长津湖战役的壮美。"

亲爱的读者，当你们为冬奥健儿的精彩比赛鼓掌时，请记住这里有景泰人辛勤的汗水和不懈的努力。

京礼高速旁的天主教堂

在京礼高速崇礼出口，桥上有五个圆环代表五环，在五环桥旁边，有一座天主教堂，这座教堂有192年的历史。

崇礼县城在辽金时始建，元朝时为定边城，明末叫大东沟。清初，因该村所处之地在东沟门村西边的山湾和清水河的拐弯处，以地得名，称西湾子。公元1700年（清康熙三十九年）天主教传入西湾子后，开始兴建大小教堂。1980年，中国实行改革开放政策，宗教政策逐步落实。1982年河北成立了张家口教区，由西湾子教区、宣化教区组成，锡林郭勒盟归属呼和浩特教区代管。现在崇礼县城北新街仍有一座较小的西湾子天主教堂。城内许多机构都利用了当年的教会设施。崇礼县境内则到处可见天主教堂的尖塔。

西湾子是华北地区最大的天主教区，200年前有法国传教士来传教。崇礼天主教盛行，大山里也有天主教堂，这座天主教堂位于棋盘梁村，传说当年金朝太子到崇礼曾经在那里下棋而得名。2017年，修建京礼高速时，需要拆除棋盘梁村，当地政府没钱拆村，就动员密苑（张家口）旅游胜地有限公司将12亿元人民币借给崇礼区的城市建设投资公司来拆除村子。密苑（张家口）旅游胜地有限公司体谅政府的难处，立即借钱给城投公司，这些钱一部分用于赔付村民，一部分用于工钱。城投公司有人嫌棋盘梁村的这座教堂碍事，想拆掉教堂，肖焕伟总裁发了一段语音给崇礼区委书记王彪，把习主席保护文化遗产的讲话给他看，反复说明保护文物的重要性，坚决反对拆除教堂。

崇礼大山上192年的建筑几乎没有了，当年修建这座教堂要耗费多少人力物力？在肖焕伟的坚持下，这座教堂最终保留下来了，他们打算把修复好的教堂用作图书馆。

从"雪如意"上拍的天主教堂

第八章　太子城冰雪小镇的昨天和今天

打造世界级的冰雪小镇

过去，崇礼是苦寒的地方，老百姓靠种土豆和圆白菜、莜麦生活，由于交通不便，以前去趟北京非常困难。北京冬奥会给崇礼带来了发展的契机，由于建设国际顶级冰雪小镇在我国是一个空白，2016年6月，崇礼区政府举办太子城小镇城市设计研究国际征集活动，活动汇集了来自英国、美国、加拿大、西班牙等国具有冬奥小镇建设经验的团队，收集国际最新理念，通过与清华设计研究院的方案整合，让国际顶级团队的智慧在中国崇礼落地。国际征集活动确立了太子城小镇的定位、规模、未来引进的产业。

法国举办过第一届冬奥会的小镇夏慕尼、加拿大举办过温哥华冬奥会的小镇惠斯勒，都在国际上闻名遐迩影响深远，北京冬奥会也要打造国际级的滑雪小镇。

2017年10月，崇礼区政府邀请中国建筑学会举办了中国建筑大师工作营。这是新中国成立以来该学会组织的级别最高、规模最大、质量最好的建筑师工作营，集中了8名工作在建筑行业一线的院士和19位勘察设计大师对太子城小镇进行了概念建筑设计。规划出了小镇的三个地块：四季商街、国际会议会展中心和国际度假酒店群三个组团，确立了小镇的雏形。

崇礼太子城小镇是北京冬奥会核心区的配套工程。招投标时，代业主是张家口崇礼区政府。2018年5月18日，中赫集团、太舞集团、首旅三家联合体中标，彼时，张家口政府对小镇已经做好规划。

崇礼太子城小镇位于2022年冬奥会张家口赛区核心，连接太子城高铁站及云顶和古杨树两大冬奥场馆群，总占地面积2.89平方公里，太子城小镇赛时将承担冬奥颁奖、贵宾接待、制服与注册、交通换乘、文化活动等服务功能。

在设计、施工和运营思路上，崇礼太子城小镇始终将可持续发展作为重中之重，时刻秉持绿色办奥的理念，在项目设计、建设乃至未来运营的全流程中，崇礼太子城小镇应用了超前的技术理念和措施，按照国际一流、中国元素的标准稳步前进，可保证在未来数十年不落伍。崇礼太子城小镇的建设，带动了崇礼当地经济的发展。

许多国家在冬奥举办地都会建设一个世界级小镇，作为后冬奥时代冰雪运动的聚集地，以实现冬奥场馆和设施的后续利用。鉴于我国冰雪运动相对滞后的事实，借鉴历届冬奥举办地的经验，河北省政府最终决定以太子城高铁站和冬奥场馆为核心，打造连接一南一北两个竞赛场馆群的崇礼太子城小镇，赛时小镇具备为冬奥会提供冬奥颁奖和贵宾接待、交通换乘、餐饮、住宿等后勤保障服务的条件，赛后将是充满活力的、国际化四季度假小镇。

太子城考古遗址公园是太子城冬奥核心区"一城两轴"的一城，也是两轴的交界点，南北轴被称为体育产业轴，从北到南依次为太子城小镇四季商街、国际会议中心和古杨树场馆群。南北轴的起点是遗址大道，遗址大道（奥运大道）贯穿太子城小镇四季商街组团，北起遗址公园，南至小镇景观湖，串联起冬奥颁奖广场和大道两旁鳞次栉比的特色店铺。

从国际征集活动到中国建筑大师工作营，太子城冬奥核心区设计规划按照国际一流、中国元素的标准稳步推进。在大师工作营，16位建筑大师各抒己见，掀起头脑风暴，设计建筑时要考虑山洪、风力、山形、地貌、气候等多种因素，八仙过海各显神通。经过激烈的角逐，择优录取，筛选出8位设计师的设计作品。

第一是四季商街，由中国建筑设计研究院副总建筑师李兴钢设计，雪花状的房子，有序排布形成商街，从空中看建筑呈雪花状，寓意山谷中的雪花；

第二是国际会议中心，由梅洪元大师设计，他是哈尔滨工业大学建筑学院院长，中国寒地建筑工程设计领域学术带头人，也是中国寒地建筑第一人，中国工程院院士，他30余年坚持在寒冷的东北地区第一线从事寒地建筑工程设计与科学研究，主持设计了寒地博览建筑、文化建筑、体育建筑、教育建筑等各类型50余项重大建筑工程，主持承担了国家科技计划和欧盟研究计划等16项国内外科研课题。

他设计的太子城国际会议会展中心、冰雪会堂别出心裁，太子城小镇剧院可以容纳800人，请了英国TPC团队专门做专业剧院设计。设施和品质一流，舞台可以变换八九种功能，可以T台走秀，也可以上演大型的歌舞剧，定位是国际级专业剧场。太子城国际会议会展中心屋顶模仿山的走势，不显突兀。太子城小镇是非竞赛场馆，展示国际化。企业来做小镇会企业化运营，颁奖广场南侧有张家口制服和注册分中心；

第三是国际度假酒店群，可作为企业家会客厅。崇礼太子城小镇是一个南北走向的长条小镇，隐藏在山谷里，国际度假酒店群在高铁站的西边，推门见山。建筑业界精英汇聚在这里，12栋建筑已经中标正在建设。这么多大师的智慧浓缩在一个山谷里，建筑一律四层以下，限高20米。

洲际酒店集团在小镇2.89平方公里的土地上布局了4个酒店，分别是洲际公寓、崇礼洲际酒店、崇礼逸衡酒店、金普顿酒店，涵盖了从酒店式公寓、运动型酒店、高端酒店到奢华酒店的所有酒店类型。洲际酒店属于高端商务酒店，洲际公寓在四季商街，适合全家住宿；还有金普顿酒店，属于奢华酒店。洲际酒店和逸衡酒店都是冬奥签约接待酒店，国际度假酒店群在冬奥会期间可用于贵宾接待。这些酒店提升了张家口地区整体的酒店接待水平。

国家做了规划，企业掏钱，中赫集团作为牵头投资运营商，计划投资256亿元建设太子城小镇，中国崇礼世界级论坛对标瑞士达沃斯，依托崇礼地区优越的山地环境、气候条件、配套设施（包括交通、会展、住宿、餐饮、体育、休闲、市政等），实现从知名冰雪旅游度假胜地到世界级论坛举办地的华丽升级。

崇礼太子城小镇七大特性，全周期实现绿色低碳和可持续发展。

1. 气候适应：根据气候特点营造室内外空间，实现四季皆宜；
2. 场地适应：充分论证防洪、风环境等自然因素，保证冬奥遗产传承；
3. 交通导向：引入有轨电车慢行系统，实现绿色交通；
4. 景观设计：延续自然的环境和形态，保护原生态景观；
5. 绿色施工：装配式建筑实现节能减排；
6. 慢行系统：打造山间亲水慢生活；
7. 小镇生活：全新度假场景，实现后冬奥时代可持续发展。

北京冬奥会带火一个小镇的人文风情和经济建设。相传当年建塞罕坝林场时崇礼太子城也想建一片林场。崇礼不是荒山野岭，而是植被丰富，有松树和桦树，樟子松郁郁葱葱，白桦树高大挺拔，每到秋天，万山红遍层林尽染，绿化率达到80%。

建设者在太子城建起了山间明珠景观湖，吸引水生动物，建好娱乐设施，游客一家老少都可以来玩。国际化全时全家全季度假目的地，休闲、购物、娱乐、餐饮琳琅满目，亲子乐园、景观湖绿色生态，湖边漫步水景秀精彩纷呈。迪拜的高楼大厦在沙漠建起，拥有世界上最高的人工建筑哈利法塔，还有世界上面积最大的人工岛项目棕榈岛，给阿联酋带来巨大的经济效益。国际著名设计师在崇礼聚会，一座新兴的冬奥小镇将在北京的后花园崇礼崛起。

崇礼的山山势平缓，适合徒步、越野、登山，曾经举办面山向海汽车拉力赛。加拿大的惠斯勒小镇和瑞士的达沃斯小镇夏天有山地自行车、滑草，通过建冬奥小镇让老百姓一年四季都能享受到张家口崇礼的山野乐趣。

崇礼太子城行宫遗址探秘

从北京清河火车站和北京北站出发，50分钟—65分钟就到了崇礼太子城火车站。太子城是崇礼区一个古老的地名，千真万确是因金代太子的行宫而得名。

辽金的皇帝有"四时捺钵"的习惯。"捺钵"是契丹语的译音，意为辽帝的行营。辽帝保持着先人在游牧生活中养成的习惯，居处无常，四时转徙。因此，皇帝四时各有住处，谓之捺钵，又称四时捺钵。辽代不同时期四时捺钵的地区也有所变化和不同。自辽代以来，"捺钵"一词由行宫、行营、行帐的本义被引申来指称帝王的四季渔猎活动，即所谓的"春水秋山，冬夏捺钵"，合称"四时捺钵"。

一个崭新的太子城，一座国际一流、充满活力的四季度假小镇，呈现在世人面前，持续为全球访客提供令人惊艳的观感和舒适的体验。

小镇中心一座景观湖格外引人注目，它就是"山间云湖"，仿佛群山之间一条玉带上镶嵌的宝石，更是太子城福地中的点睛之笔。从设计学角度来讲，所谓山水灵气，有山必有水，群山之中的一泊湖水，让整个小镇、整个区域都充满了灵气。

小镇在太子城奥运村和高铁站附近，连接张家口赛区云顶和古杨树两个竞赛场馆群，建成后将承担赛时核心区配套保障功能，提供冬奥颁奖、贵宾接待、交通换乘、休闲娱乐等服务，赛后成为一座国际化四季度假小镇。

太子城遗址位于河北省张家口市崇礼区四台嘴乡太子城村村南，西距崇礼区政府所在地20公里，2018年2月14日公布为省级文物保护单位。遗址四面环山，南北各有一条河流自东向西绕城而过后在城西汇合西流，地理位置优越。该遗址位于北京2022年冬奥会张家口赛区太子城奥运村项目占地范围内，为做好遗址文物保护工作，河北省文物研究所、张家口市文物考古研究所、崇礼区文广新局组成联合考古队于2017年5月开始，对太子城遗址进行了全面文物调查、勘探、发掘，取得重要成果。

太子城为金代中后期皇室行宫遗址，太子城遗址为金代春山秋水四时捺钵盛世的重要行宫之一。太子城行宫遗址的南北向轴线，略向东偏移，其大致指向为金中都的皇城方向。其表现了金代游牧政权的血缘联系与祖制崇拜特征，是尚祖制的典型体现。

太子城遗址出土文物丰富多样，多维度折射出辽金时期高度发达的社会面貌和文化风俗。反映了多民族融合的社会风俗。

太子城考古遗址公园作为2022年冬奥会张家口赛区奥运村的奥运广场，承载了向世界展示中华悠久历史文化的重要作用；遗址公园除了自身系统展示金代行宫城池遗址的遗产价值外，对于传承奥林匹克精神同样具有重要意义。

考古遗址公园的建设，能够最大限度地展示当地文化特色，促进遗产保护与生态环境相融合，带动崇礼经济社会文化协调发展，并为联合相关资源打造国家级5A景区奠定基础。

真实、完整地保护崇礼太子城遗址的不可移动文物和可移动文物，保护遗址四面环山、山环水绕的整体山水格局，维护遗址开阔的视线空间特征，实现遗产价值的整体保护，为考古遗址公园的建设奠定实质性的基础。金朝女真族的统治者尽管保留了本民族的很多特点，但在礼制方面已经完全汉化了。

中国第一历史档案馆副馆长、著名明清史研究专家李国荣研究员是我30多年的朋友。就崇礼的金代行宫遗址和金代历史，我专门向他请教。

2017年太子城冬奥核心区开工建设，发现地下有重要文物遗存。经考古发掘，确认太子城遗址为金章宗夏捺钵的泰和宫。太子城遗址是第一座经过考古发掘的金代行宫遗址，是仅次于金代都城的重要城址，对于金代都城研究具有重要推动作用。2019年3月，太子城遗址入选"2018年度全国十大考古新发现"，同年10月被国务院公布为第八批全国重点文物保护单位。

崇礼太子城是全世界唯一一个有考古遗址的冬奥小镇，冬奥核心区发现820年前皇家行宫遗址，在人类奥运史上尚属首次。冬奥村和四季商街原先选定的是太子城的遗址，为了保护文物展现中华文化，四季商街和冬奥村做了让步，将冬奥村往东移，四季商街往南挪，完好无损地保留了行宫遗址；原来以为只是一个县级文物保护遗址，没想到挖掘出庞大的行宫遗址，太子城即金章宗的泰和宫。规划中的冬奥核心区发现金代行宫遗址引发各界关注，如何同时做好冬奥场馆建设和考古遗址保护工作，就成为了重要议题。

金章宗完颜璟（1168—1208），女真名麻达葛，是金世宗的嫡孙。10岁的时候，即被封为金源郡王。师从太子侍读——进士完颜匡、徐孝美学习女真语言文字及汉学经书。大定二十五年（1185），金世宗皇太子完颜允恭病逝。大定二十九年（1189年），世宗驾崩后，完颜璟以嫡孙的身份继承皇位。他精通汉学，以文治国，政治清明，成为金代最繁荣兴盛的时期。

在崇礼奥运村西边就是太子城遗址，堪舆文化促使我细细地打量周围的环境，北面是背山，南面是望山，东西两翼均有护山，仿佛是太师椅的扶手，背山似乎是太师椅的靠背，望山宛如太师椅前的大殿。青山环绕，前有罩，后有靠，真是一块风水宝地。在背山和望山的中轴线上就是太子城行宫遗址，沿着遗址大道往南走，就是太子城小镇。在行宫的西面正在建设一个带有金代建筑特点的博物馆，红白相间，也叫"雪落宫墙"，将陈列在太子城行宫遗址考古发掘出来的文物。现在，当年开掘的考古遗存已经被土覆盖住，留了一小部分用钢化玻璃罩住，避免破坏。透过玻璃可以清晰地看到里面的石头、砖头、瓮城宫墙等遗迹。南门及瓮城是太子城的主城门，南门为单门道砖砌造建筑，城门上原有木结构建筑。南门外有瓮城，东西54米，南北38.5米，瓮城外有护城河及城外道路遗址。

太子城遗址位于张家口奥运村的核心区，遗址范围原规划为张家口奥运村、太子城冰雪小镇等奥运场馆。为做好遗址保护与展示工作，北京冬奥组委会与河北省政府对原规划进行调整，将奥运村最核心的位置调整为太子城考古遗址公园。太子城为奥运村注入了820年前的皇家文化底蕴，奥运村将通过太子城向全世界展示中华文明的博大精深，二者相辅相成、相得益彰。

2022年北京冬奥会临近，位于冬奥会张家口赛区的太子城考古遗址备受瞩目。太子城遗址东邻冬奥村，南接崇礼太子城小镇。东南距北京市区140公里，西距崇礼县城20公里。遗址呈长方形，东西350米，南北400米，总面积14万平方米，约210亩。太子城遗址、崇礼太子城小镇、奥运村、奥运赛场将融为一体，文化、历史、奥运、体育多维度立体交织，遥相呼应，为北京冬奥会增添浓重的中国文化元素，向世界全面展示中国文化内涵。

在5号观景台眺望远方

站在5号观景台向前望去，左前方最高处是云顶滑雪公园，云顶滑雪公园的右下方是冬奥村，冬奥村的西侧是太子城遗址，太子城遗址的南面是四季商街，四季商街的南面是景观湖，景观湖的南面是龙桥、国际会议会展中心，白色的圆顶建筑是可以容纳2500人的冰雪会堂。5号观景台的前方是高铁太子城站，从高铁站走出就是冬奥颁奖广场；5号观景台西北侧是国际度假酒店群，我非常欣赏这12栋建筑，风格迥异，各有特色，北京冬奥会时可用于接待外国元首。

崇礼太子城小镇位于2022年冬奥会张家口赛区核心区，毗邻太子城高铁站，总占地面积2.89平方公里，总建设规模达到134万平方米，涵盖了冬奥颁奖广场、景观湖、四季商街、国际会议会展中心、国际度假酒店群、冰雪特色配套区、生态居住区等开发建设内容。冬奥会时，崇礼太子城小镇承担核心区配套保障功能，提供冬奥颁奖、贵宾接待、交通换乘、休闲娱乐等服务，赛后将成为一座国际化四季度假小镇。

小镇核心区域有三大功能区，一是服务于小镇生活配套的四季商街组团，提供开放式商业街区、精品酒店、各具风情的餐饮酒吧，并配有大型主题儿童乐园，满足不同客群的多元化需求。不仅如此，坐落于四季商街核心的冬奥颁奖广场，也使该组团成为2022年冬奥会必不可少的组成部分。

二是规划有容纳2500人的冰雪会堂、国际会议中心、会展中心、国际高端酒店的太子城国际会议中心。为了兼顾后奥运时代的可持续运营，小镇从规划设计到运营思路对标国际冬奥小镇和世界级会议会展平台，已签约顶级的洲际酒店集团、国际一流的会议会展运营商北辰会展集团。

三是以奥运期间高规格贵宾接待酒店为主体的国际度假酒店群，将会结合赛时赛后需求分期开发，目前已经引入金普顿、悦榕庄等一流度假酒店。

作为中国北方山地风格、以四季运营为特点的旅游小镇，崇礼太子城小镇目标是成为贯彻京津冀协同发展战略的示范项目，成为服务冬奥与可持续发展的典范，成为中国文旅小镇在世界的新名片。

太子城冰雪小镇的建筑设计别出心裁，有李兴钢设计的四季商街雪花小镇，梅洪元设计的会展酒店山形屋顶。四季商街组团屋顶受雪花造型启发，打造雪花主题小镇街区，从空中看，屋顶仿佛六棱雪花飘落在山野，外立面也是五颜六色的雪花造型。会议会展中心组团呈黑色和咖啡色，屋顶造型与山势契合，颜色与泥土相近，连绵起伏。所有建筑设计不高过山体，融入自然。

太子城小镇的交通设计非常先进，打造高铁 TOD 枢纽示范区，建设立体化公共交通系统。从高铁出来有四条通道：第一条是高铁站与四季商街建立地上平台，从地面直接到颁奖广场，适合春秋季使用；第二条是高铁站与四季商街建立地下通廊，也叫"暖街"，从地下直接进入四季商街，营造不同气候条件下的舒适出行体验；构建人车分行的高品质慢行环境；优化资源配置、合理保障小汽车出行；打造以人为本的地下城系统。其中，地下通廊满足寒冷冬季或雨雪天气的出行需求；会展中心建立地下暖街慢行走廊，提升严寒天气下游客的交通体验；第三条是宽 17 米、双向四车道的一号公路，作为小镇最重要的主干线，连接着太子城高铁站、文创商街、国际会议中心、太舞小镇及古杨树赛区；第四条是地下综合管廊，主要敷设一些管道，不走行人，成为太子城冰雪小镇的生命线。

太子城小镇从设计规划到施工运营，每个环节都紧扣绿色、环保、可持续发展的主题，同时申请了中国绿建、美国 LEED 的认证，将成为中国首个绿建三星全覆盖小镇。

崇礼的植被丰富多彩，山地以白桦、山杨和华北落叶松林为主，夏天到崇礼，野花盛开，满眼都是绿色，充满生机，非常养眼。崇礼太子城小镇认真贯彻绿色办奥要求和可持续发展工作，不仅关注小镇场馆赛后利用的长期运营，更是对绿色环保着墨颇多。在2019年中国绿色建筑峰会上，太子城小镇成为全球首个获得"LEED城市：规划与设计"铂金级预认证文旅项目，成为未来向世界展示中国绿色小镇与文旅产业的最佳窗口。

太子城的酒店设计别出心裁，建筑充分尊重当地的原生自然环境，追求建筑群体与山地环境的协调关系。建筑群体呼应周边山地环境，与环境形成统一整体，材质选用地方材料，适应北方气候。疏密有致——结合地形环境排布建筑体块，层叠错落、富于变化。含山抱水——建筑轮廓线依着山水之势变化，自然质朴。内外交融——灵活组织内院、内街以及天桥、连廊，室内外空间与景观相互渗透。和谐融入山地自然环境，契合山地地貌，张弛有度。

国际会议会展中心的亮点是小镇龙街，白色的龙桥依偎在景观湖畔，灵动的龙桥仿佛在呼唤着什么。高低错落的小镇龙街从空间上给人以多样的体验，散落在龙街上的各个下沉广场，为丰富的室外活动提供了便利的场所。龙街作为建筑群的核心主轴线，从台阶、步道、广场等景观要素中体现奥运精神，诠释冰雪主题，形成片区重要的冬奥主题轴线。小镇龙桥作为项目建筑群的点睛之笔，"龙头"在湖面盘旋昂起，形成鲜明的标志性，同时提供空中漫步观景步道，"龙身"进入龙街后与小镇大地景观融为一体，自然亲切，"龙尾"跃然翘起，灵活生动。整体造型也与冬奥会的体育精神契合，充满了青春活力。

四季商街的亮点是雪花设计。走出太子城高铁站，即步入了崇礼太子城小镇的四季商街，也是冬奥会张家口赛区的接待分中心。通过航拍镜头俯瞰全钢结构的屋顶，一朵朵"雪花"美轮美奂。四季商街的设计正是受精美绝伦的自然造物——冰晶雪花启发，将其几何形状转换成抽象的雪花母题；雪花在水平方向上错缝拼合，四向延伸；拼合的雪花立体演变为雪花建筑及街市。

小镇国际会议会展酒店项目参照国际经验，规划建设中国北方山地风格的会展中心，可举办国际性重要会议、高峰论坛，同时，提供多种类型的展览场地、高档住宿、餐饮配套。会议会展功能标准参考世界小镇级别的博鳌亚洲论坛相关设施，同时也考虑了城市级别的APEC峰会设施标准，满足承办世界级论坛、会议展览、商业展览的配置条件。可承接不同级别的国际及国内重要会议，可满足政界以及商界不同会议对于场地的需求，场地附属设施齐全，各中小会议室面积配比合理，结构清晰。为奥运赛时及赛后提供大型展示、国际论坛以及高端住宿的配套设施，使其成为城市的崭新名片，为2022年冬奥会提供有力的服务支撑，将崇礼全面打造成冰雪旅游的胜地。

女设计师的双城生活

崇礼太子城冰雪小镇的建设者从北京来到崇礼，开启了双城生活，有了高铁往返，每周至少一个来回，京礼高速没有开通前，开车单程4个小时，北京从兴隆口到延庆，北京段叫兴延高速；延庆到崇礼叫延崇高速，整段叫做京礼高速；以前从北京到崇礼开车走京藏G6高速途经八达岭、延庆、怀来、下花园、宣化、张家口市区、崇礼，经过张承高速，正常开是3个半小时；京礼高速开通后，从北京到崇礼开车两个半小时。高铁通车后，一个小时就到达。

姜微是张家口赛区崇礼会展酒店建筑设计负责人，她出生于哈尔滨，由于父亲是干建筑工程的施工总包，她没有上过幼儿园，是在工地长大的孩子。她的表哥和表嫂都读的哈尔滨工业大学，表哥还在哈尔滨工业大学工作，她高考也报考了这所大学的建筑学院，并被录取。她的丈夫也是学建筑的，大学毕业后一起投奔表哥来到北京闯荡。

2018年5月，她参与太子城小镇冬奥项目建设，她的父母退休后在三亚生活。当时她的儿子凯迪只有3岁，为了全力以赴投入工作，她把父母从三亚接到北京帮她带孩子。

苦与乐作为人生两个互补的色彩是交织在一起的，自从到崇礼工作，姜微就尝到了苦乐参半的滋味儿。她的家住在北京马连道茶叶城，到崇礼工作就要起大早儿，开始是乘坐汽车赴崇礼，高铁开通后，她早晨8点半前赶到西直门火车站乘车。不管是选择哪种交通工具，她都必须早晨5点钟起床。她和另外几个同事做会展中心项目。谢俊强负责结构，高文涛负责建筑，孙洪涛、马牧原负责精装修，姜微负责统管。他们住在崇礼县城，早晨拼车往工地赶，到公司吃早饭，晚上一起摸黑回驻地，办公地点是活动板房，亲眼见证了崇礼太子城从无到有，从规划到建设的全过程。在崇礼待长了，到了北京都不适应，回到北京国际俱乐部感觉反差太大，看到霓虹灯都觉得新鲜。

几十年前崇礼是一片原始风貌，乡亲们住在山上，如果产妇临产，需要用驴车拉到山下医院生孩子。北京申办冬奥会成功，太子城村搞考古挖掘，村民到考古工地干活比种树一天多50元报酬。姜微住在崇礼县城，开始路没有修好，崎岖不平，她买了辆河北牌照的汽车开车上山。崇礼的冬天零下30摄氏度，她觉得风硬，比哈尔滨还冷，滴水成冰。环境熏陶人，刚做项目时整天泡在工地，晴天一身汗，雨天一身泥，面对工长、工头，见到活儿没有干好，她张嘴就斥责，冬奥工程工期短，耽误不得，她必须像包公那样铁面无私。施工期间尘土飞扬，两辆车之间都看不清，能见度极低，建设者是苦寒，而滑雪者是乐寒，只有建设者的付出才能换来滑雪者的乐趣。

夏天，她把父母和儿子接到崇礼，崇礼的空气好，没有雾霾，没有蚊子。爷爷奶奶带着孙子玩无人机，崇礼是玩无人机的胜地，在北京开车出六环都不一定找到一个可心的玩无人机的地方，到崇礼，无人机任意飞，只会担心无人机很快没电了。崇礼真是遛娃的好地方，老人孩子来了都不想走。

她带着儿子坐缆车到太舞小镇的高处俯瞰整个太子城的工程。有一天，保姆说："凯迪将来长大了也像你爸爸妈妈那样当建筑师吧。"

姜微和丈夫异口同声地说："不行！"

凯迪却执拗地说："我要当建筑师，我要去火星建房子。"

姜微无奈地说："那你需要研究一下在火星建房子用什么建筑材料。"

一天晚上，姜微哄儿子睡觉，儿子缠着她讲故事，她发现5岁的儿子看的是原子相关的书籍和小视频。她一把将儿子搂在怀里："凯迪，搞建筑太苦了，建筑师也可以会中医嘛，中医博大精深，人也活得通透长寿，你还是学中医吧。"

她急忙给儿子讲屠呦呦研制青蒿素获得诺贝尔医学奖的故事，儿子却坚定地说："你和爸爸为什么都学习建筑，中医是什么，我不知道，但我还是想学建筑，看妈妈建设的房子多漂亮啊！"

她的心变得暖暖的，不管儿子将来从事什么行业，做一个有追求的人最重要。

她对北京和崇礼的双城生活产生了感情，崇礼是避暑胜地，北京的夏天非常炎热，1个小时后到崇礼，立刻觉得凉爽。崇礼太子城到北京北站1个小时，到了北京从西直门地铁换乘就可以回家，交通超级方便，仿佛生活在一个城市。每次从崇礼回到北京都感觉回到了大城市，大城市的人和车，还有大城市的空气都是那样熟悉。

2018年6月进场时，崇礼还是一片原始耕地，当地种庄稼不用浇水，因为地下水位较高。慢慢地崇礼变成了一个大工地，各种类型的工程车是凯迪的最爱，堵起车来一点插队的机会都没有。上下班沿途的壮观景色就是到处都在修路。姜微买了辆白色的汽车，戏称"小白"，她给"小白"上了河北牌照，每天拉着同事一起上下班，虽然是新手，却想成为太子城车神。"小白"已经变成共享轿车。崇礼不用洗车，洗了也白洗，因为老是尘土飞扬，有人实在看不下去了，热心地帮她洗车、修车，顺便调侃一句："您停车时轱辘怎么是歪的？"

我曾经在三伏天和三九天采访过张家口赛区，2020年冬天我感受到刺骨的寒风；2021年夏天，我到国际会展中心采访，刚刚下过雨，到处都是泥泞，深一脚浅一脚走进场馆，裤腿已经布满泥点。看到工人们在挥汗如雨地工作，太子城项目高级场馆运营经理董庆岩告诉我："这里的每个人都是拼命三郎，都在为北京冬奥会加班加点奉献。"

站在泥水里，我身临其境感受到姜微有多不容易。女人是柔弱的，但是艰苦的环境逼迫你必须像男人一样打拼，粗砺的生活可以改变人的性情，久而久之她的性格也变得粗犷而豪放。在崇礼，她有时候会忽略性别，灰头土脸跑工地，工作起来风风火火，大刀阔斧，同事们竖起大拇指："姜哥，厉害！"

有一天，她在崇礼开会汇报工作，突然接到老爸电话，她心头发紧，以为家里出了什么事。开完会急忙回拨电话问家里有啥事，老爸说："闺女，没啥事，我和你妈买菜呢，把这几天的项目照片发几张给我看看。"

撂下电话她有点哭笑不得，老爸干了一辈子项目不烦吗？退休了还愿意关心女儿的项目进程，不过她还是愿意跟老爸讨论项目，姜还是老的辣，老爸每次都会给自己一语中的的建议。

2020年国庆节，她回北京休假，丈夫经常到海南出差，金秋十月，崇礼已经可以穿薄羽绒服了，北京刚刚入秋还是最美的季节，气候宜人，而海南则穿短袖。趁休息赶紧整理衣物，猛然发现她要准备北京和崇礼秋天和初冬的衣物，而丈夫要准备北京和海南秋天和夏天的衣物，她整理起来都快蒙圈了。

光阴荏苒，太子城小镇酒店幕墙落架子了，终于等到了这一天。酒店幕墙施工有那么多同甘共苦的兄弟，中信渤海铝业公司的负责人赵立勇经理、张总、田总、业主管理幕墙的王超、土建的兴旺、设计小高、合约君华……大家是同一条战壕的战友，一起在工地摸爬滚打，用汗水和心血浇灌出一幢幢建筑之花。

2020年，8个月的驻场工作和生活快结束了，生活又给了姜微好几个彩蛋。为了2021年的开业抢工，在这个施工冬歇期她必须做好更充足的准备，给自己重新上弦迎接2021年。

就这样，姜微和同事们在崇礼已经奋斗了三个春秋，一起见证了太子城小镇从规划到运营，从设计到竣工。见证了张家口赛区的变迁，崇礼有了景山学校崇礼分校、北医三院崇礼分院，还有了气势恢宏的冬奥建筑。她来自冰城，在哈尔滨学习过滑冰，在崇礼雪场，登上滑雪板就会滑，直接就上了中级道。她热爱太子城冰雪小镇，国际会议会展中心的设计者梅洪元又是她的老师，觉得很亲，不管多难，她都坚持不懈，无怨无悔。

他在奔波中捡回一条命

2021年7月14日，在张家口赛区冬奥颁奖广场，一个胖乎乎的小伙子向来自美联社、路透社、法新社等境外媒体的记者介绍太子城冰雪小镇的总体情况，他就是于博。

于博2009年从北京市第二外国语学院毕业，到北京市东城区民政局工作。他喜欢足球，到央视网做足球编辑，后来又到搜狐体育当编辑，目的就是圆体育的梦。

2017年，中赫集团收购北京国安队，他来到中赫集团工作。2017年11月4日，国安比赛日，他这个足球迷前去观看，没想到赛前在北京工体西门被汽车撞飞，死里逃生，仅仅4天后就咬牙上班了。2008年北京奥运会，他没有当上志愿者成为永久的遗憾；2018年担任崇礼太子城小镇高级媒介经理，他下决心一定要为北京冬奥会添砖加瓦。他的女儿于果2016年出生，女儿刚刚两岁，他就离开了北京，在崇礼租房子，一年有大部分时间待在崇礼，有时连双休日都在加班。

在于博的眼中，崇礼有过两次飞跃，一次是2012年，滑雪产业进驻崇礼，促进了崇礼的经济发展；一次是2015年中国申办冬奥会成功，崇礼变成面向世界的冬奥胜地。曾听一位政府工作人员感叹道："没有冬奥会，崇礼还是崇礼；有了冬奥会，崇礼就是崇礼。"

近年来，崇礼变成了一个大工地，基建、道路、交通、场馆、雪场、宾馆、民生、就业，崇礼不再只是一个小县城，她被世人瞩目，崇礼人看世界的视野变大了。

在崇礼工作久了，于博对崇礼产生了深厚的感情，在崇礼会想念北京，回到北京又会想念崇礼。他管到崇礼叫做"回崇礼"，管到北京叫做"去北京"。我去过他的办公室，两个办公区里都各有上百名工作人员在忙碌着。我去过他们的食堂，饭菜比较简单，然而这一切都没有影响他对崇礼的热爱，看着崇礼平地起高楼，看着亲手建设的太子城冰雪小镇日新月异，想象着颁奖广场冬奥会运动员站在领奖台上热泪盈眶，他的心变得暖融融的。

2019年12月30日，京张高铁通车，北京至张家口、北京至太子城同天开通，他购买了当天8811次高铁首发列车票，早晨8点30分从北京北站出发，上午9

点35分到达太子城。火车呼啸着向前驶去，他的心情格外激动，这条路他走了无数回，原先都是自己开车或者搭同事的车，自从有了高铁，他就像长了飞毛腿，他把每张车票都精心收藏着，2021年7月1日建党100周年那天，他仍然买的是8811次高铁票，这趟车的时间好，赶到崇礼不耽误上班。票上印着"奋斗百年路，起航新征程，热烈庆祝中国共产党成立100周年"的字样，截至2021年7月，他整整收藏了82张车票，他舍不得扔掉，那是他青春和奉献的见证。

为了冬奥建设，崇礼太子城小镇的建设者过着双城生活，奔波在北京和崇礼之间，交通不便，这些年轻人是在拿生命去拼搏。崇礼冬天的路极难走，漫天皆白，雪里行车情更迫，雪地很滑，有时候汽车开着开着就掉到沟里了，还会发生追尾。在京张高铁开通前，为了赶到崇礼上班，早晨，于博和几个同事五点半在车公庄集合，拼车往崇礼赶。五点半集合，路远的人4点就要起床饿着肚子出门，艰辛可想而知。

2019年1月，于博休年假前一天，当天中央电视台记者到崇礼采访，他赶到那里安排好工作后，独自驾车从崇礼回北京，开到京礼高速延庆段时经过一个隧道，出隧道时前面一辆货车停在行车道上，他的汽车追尾，车头一下子扎进货车的轮子下面，车的右边都撞坏了，幸亏他系了安全带才保住了命。

他吓出了一身冷汗，急忙跳下车，只见汽车冒白烟，他想给家人打电话，发现手机不在身边，跑回车里拿手机，却看不清手机屏幕，原来是眼镜撞飞了，他又跑到车上找眼镜，他的书包放在副驾驶位置，发生事故时书包里的电脑被撞了两个大坑，据处理事故的交警透露，这是京礼高速开通后发生的第二起交通事故。

回到北京，他急忙到医院检查，好在没有大碍，再次死里逃生。2020年5月的一天，他在上班的路上不小心滑了一个跟头，顿时腰疼难忍，走不了路，只能坐轮椅，在家躺着。5月17日，崇礼又是雪花纷飞。那天，在崇礼太子城有一个重要接待，于博必须来介绍项目情况。他的腰椎间盘突出症严重开不了车，疫情防控期间又不让乘坐高铁，66岁的父亲开车把他从北京拉到崇礼太子城，他瘸着腿完成了接待任务，父亲当天晚上又开车返回北京。一天开几百公里山路，也真难为他的父亲了。

这一折腾，腰疼得钻心，到医院检查，医生诊断为：腰椎间盘轻度变性、腰3椎体内血管瘤、腰4—5椎间盘轻度膨出并左旁中央型突出、腰5—骶1椎间盘膨出并中央型突出、椎管狭窄。

我去崇礼采访那天赶上高速公路封路，崇礼太子城小镇的建设者告诉我，封路是为了保证安全。他们曾经在公路上行驶，大雪弥漫，汽车轮子打滑掉到沟里了。崇礼的山路没修好前特别颠簸，于博经常在这里开车，山路颠簸，由此加剧了腰椎间盘突出症。

北京到崇礼的路上有很多奇特的气候景观，沿途要经过八达岭隧道，从北京进隧道时还下雨，出了隧道就下雪了。

只要下大雨，崇礼的工地就会变成烂泥塘，小汽车经常陷进泥里无法自拔，我去太子城小镇采访赶上大雨，只能开四轮驱动的越野车。常年奔波跋涉，于博汽车的机油箱被磨破，车身伤痕累累。

于博是土生土长的北京男孩儿，从小喜欢国安队。他对我说："说真的，真的因为热爱，因为对工作的执着，付出了很多。作为一个北京人，流着国安血液的中赫人，有幸见证并参与到国安、太子城、工体这样不可复制的国际一流项目中，为这样的国家工程付出，幸福、自豪，我要努力！"

瞧这一家子

无论走到哪里，我都喜欢与老百姓交谈，北京冬奥会究竟给崇礼的贫困农民带来了什么，他们的生活发生了什么样的改变，是我非常关心的问题。于是，我迈开双腿找崇礼土生土长的大哥大姐聊天，破解心中的谜团。

在崇礼太子城小镇，我见到了赵春新，他是崇礼人，1966年出生在崇礼四台嘴乡营岔村，父亲是怀来县人，后来到四台嘴乡定居。他家兄弟三人，他排行老三。崇礼工业不发达，高寒地区气候寒冷，种不了小麦，农民种莜麦、土豆、圆白菜和胡麻为生，日子过得很艰难。

赵春新脸色黝黑，脸上洋溢着坦荡的笑容。他是一个不服输的人，由于家境贫寒，他总想改变命运，东拼西凑借钱雇了辆卡车到内蒙古买牛，打算回到崇礼县贩卖。当年内蒙古的牛便宜，买一头牛400元，他开着东风140卡车载着十几头牛欢天喜地回到崇礼，幻想着倒手赚差价，没想到买的牛全部患口蹄疫，崇礼县畜牧局发现是病牛，勒令立即无公害处理，他赔了个底儿掉，欠了一屁股债。18岁的小伙子刚想创业就遇到骗子，仿佛掉进冰窟窿透心凉。

欠债的日子不好过，1984年，他被逼上梁山，投奔老乡闯北京，崇礼人管到北京叫做"下北京"，因为崇礼在山上，北京在山下。刚来北京时朝阳区健翔桥一带都是稻田，他在洼里乡、大屯乡一带租简易房居住，开始在昌平工地筛沙子，一天挣2.4元钱，好在干粮便宜，烧饼二两粮票几分钱一个，面条1毛多钱1斤，他从牙缝里往外攒钱。后来他又干拆迁，在邮电学院、北京师范大学、清河、大北窑一带都干过活，还去河南煤矿打过工，把辛辛苦苦挣的钱寄回家乡还债。

他在北京结了婚，媳妇也是崇礼人，没有工作，在家给他做饭。1990年，儿子赵金龙出生，在北京洼里乡关西庄附近上小学；1999年，女儿赵玥出生，媳妇含辛茹苦拉扯两个孩子，他拼命挣钱养活一家四口。2003年，全国闹非典，媳妇带着儿女回到家乡，他一个人在北京打拼，毕竟在北京挣钱容易。

他在大北窑的光华木材厂干过拆迁，天不亮就起床，到工地干活儿，干三个月可以给老娘寄几百元钱。他感谢北京，如果没有北京，他欠的债猴年马月才能还清啊？他讲诚信，挣了钱赶紧还给人家。

2012年，他在北京打工，总有一种漂泊的感觉。千好万好不如家好，过去是家乡穷出来打拼，现在有点小钱了，他拖家带口回到家乡。

2015年，北京和张家口申办冬奥成功时，看到家乡人载歌载舞地庆祝，他的心活泛了，现在家乡建了那么多雪场，有的是营生，他用辛辛苦苦挣的钱买了车，带动全家在家乡干活，只要有一双勤劳的手，还愁没饭吃？

冬奥拆迁前他住在现在的太舞小镇所在地，拆迁后全家人都派上了用场。他的妻子单冬梅上过高中，在太舞滑雪场当保洁，后来升为主管，能用英语与前来滑雪的外国人简单交谈。赵春新在崇礼太子城小镇工地项目做保安，除了五险一金，每个月还净赚4000元；冬歇期一过，赵春新的儿子赵金龙也回到冬奥工地运输土方。赵春新在崇礼县城买了房，105平方米，三室一厅，住得很舒服。他家买了三辆车，他的儿子雇了两个人，三个人一起在太子城小镇运土方；他的女儿赵玥今年22岁，属兔，在大连上大学读会计专业。北京到崇礼没通高铁前，女儿回家从大连先坐火车去北京倒车，如果没赶上火车还要在北京住一宿，然后从北京坐火车到张家口，赵春新再到张家口火车站接女儿回崇礼，女儿回一趟家要折腾两天时间。现在，通了高铁和动车，早晨9点零8分从大连出发，下午3点6分就到北京站，再从北京站乘坐地铁到北京北站，18点出发，19点就可以到达太子城，回家的路程只需大半天。

过去，从崇礼到北京交通不发达，只能沿着107国道走延庆，路况不好，遇上堵车要消耗更多时间，赵春新曾经一趟行程就用了一个礼拜。现在，京张高铁开通，京礼高速通车，从北京到崇礼开车是一脚油儿的事儿，坐高铁就是一小时生活圈。

崇礼县城有一尊滑雪雕塑，一个男人身穿红衣服、蓝裤子，头戴黄帽子，做出滑雪的动作，很酷。赵春新和妻子路过滑雪雕塑时，对妻子说："冬梅，我给你照张相。"

单冬梅举起双臂摆了个心形的造型，赵春新用手机不停地拍，冬梅喊着："拍漂亮点，给闺女发微信。"

崇礼人捧起家门口的"雪饭碗"。冰雪旅游业的发展让不少农家院生意蒸蒸日上。现在，保洁、筛沙子等零活每天挣300元，赵春新当保安值晚班，白天还找活儿打零工。

现在，55岁的赵春新不想"下北京"了，在家乡有旱涝保收的工作，建设单位还管饭，一家人小日子过得挺滋润。女儿学的是会计专业，拿到初级会计师证书，赵春新心疼"小棉袄"，想让闺女放暑假在家玩几天，可闺女却很上进，不愿意在家吃闲饭，她恳求母亲："妈妈，您给我找个工作实习，不在乎挣钱，我想锻炼锻炼。"

2021年暑假，赵玥7月8日回到崇礼，觉得家乡的空气好清爽，到处都在热火朝天地建设。她申请到崇礼太子城小镇财务部实习，不为挣工资，就为了锻炼。赵金龙结婚生子，赵春新的孙子已经4岁了，一家人和睦美满，祖孙三代其乐融融。

在冬奥会驱动下，京张地区在交通、环境、产业、公共服务等领域合作不断深入。崇礼昔日的羊倌变成了农民滑雪队队长，很多农民变成雪场的教练、保安、服务员，赵春新只是千千万万个崇礼农民的一个代表，目前崇礼区直接或间接从事冰雪产业和旅游服务人员已达3万多人，其中包括昔日的贫困人口9000多人。

作者采访崇礼农民赵春新

第九章 冬奥场馆的"北京方案"

我和首钢的不解之缘

2007年5月，为了撰写奥运长篇报告文学《五环旗下的中国》，我和一批中外记者一道应邀来到首钢采访。

从陶楼出来，我们去厂区参观了月季园和群明湖，月季园里有300多种月季，约11万株。最难忘的是炼铁厂的4号高炉，那座高炉马上就要停产了，看到工人们恋恋不舍的样子，我的心里很不是滋味儿。我用照相机从不同侧面拍摄那座高炉，想把它永远地定格在我的镜头里。不知道为什么，鼻子一阵阵发酸，眼眶也变得湿润起来。

后来，我又去了曹妃甸首钢新厂采访。首钢1919年建厂，在京西这块热土上，首钢人创造出一个又一个的奇迹。但是为了北京奥运会，为了北京的碧水蓝天，首钢人远离栖身近一个世纪的石景山，搬迁调整，成为我国第一个向沿海搬迁的大型钢铁企业。

10年过去，弹指一挥间，为了撰写2022年北京冬奥会的长篇报告文学，我再一次走进首钢园，顿时被眼前首钢工业园的崭新面貌惊呆了，难道这就是那个到处是工业遗迹，遍地是废弃的高炉，近年来出现萧条沉寂的首钢吗？

从来没有一个企业像首钢这样与奥运结下不解之缘，2015年，奥林匹克再一次选择了北京，与东方文明古都订下充满激情与魅力的冰雪之约。2022年北京冬奥梦想连接着整个世界，更牵系着首钢人的奥运情结。

10多年前，为了首都的碧水蓝天，为了北京2008奥运会，首钢人肩负起沉甸甸的历史责任，率先搬迁到曹妃甸，为京津冀协同发展开路，为北京奥运会做出了突出贡献。从2008到2018，变化的是时光，不变的是首钢期盼奥运、情系奥运、参与奥运的强烈愿望，是首钢人为民族、为国家做贡献的历史担当。

首钢工业园改造是北京市政府的大手笔，是国家行动和首钢建设者积极性的完美结合。

首钢有两个湖，一个叫做秀池，有35000平方米，是三号高炉内壁的冷却循环水蓄水池；另一个叫作群明湖，湖畔修建了一个仿古牌楼，上面写着"群明生辉"四个大字，比秀池还要大，都是高炉冷却循环水，水温有20多摄氏度，来自西伯利亚的绿头鸭、针尾鸭每年都在这里过冬。首钢是一个名副其实的花园式的工厂。

首钢停产后，首钢人实在舍不得拆掉厂里原有的建筑和设备，这是他们几十年的心血和汗水浇灌的果实啊！于是，首钢建设投资有限公司（简称首建投）应运而生，他们打算建设首钢，对外招商引资，搞文化创意产业。园区建设的宗旨是：第一，要有工业风；第二，要有首钢味儿；第三要有历史感；第四要和自然相结合。

于是，他们招兵买马，很多学工程设计、土木建筑、园林绿化的精英人士云集首钢，具体规划是先从园区西北角的筒仓开刀。

筒仓和料仓

首钢园区面积有8.63平方公里，西北角是储存高炉冶炼原料的地方。火车将煤粉、焦炭、烧结矿、石灰石等原料运到这里，通过翻车机把原料卸到皮带运输机上，再通过转运站把原料分门别类储存在筒仓里，生产时再把原料通过皮带运输机、转运站送入料仓进行配比，配比完成后再用皮带传送到高炉进行冶炼，铁水出来后再去炼钢，这就是这个区域的工作流程，曾经为首钢年产800万吨钢材提供了强有力的保证。由于担负从河北宣化运送铁矿石的这条铁路叫做西十线，所以这个区域叫做西十料场，筒仓叫做西十筒仓。

首钢共有16个筒仓，修建磁悬浮铁轨拆掉了3个，剩下的13个筒仓排成两排，南边是6个，北边是7个，亦称南6筒、北7筒。筒仓是圆柱体形状，有6层楼高，储存着炼铁需要的矿石原料，每个筒能够存放1.1万吨原料。料仓呈一个长方形横陈在筒仓前面，首钢停产后，筒仓和料仓到处是煤灰和尘土，显得空旷寂寞。

首建投邀请了清华大学华清安地公司、比利时戈建事务所和英国斯锐公司前来设计改建筒仓。这个6层楼高的庞然大物，筒壁最厚的地方是1.2米，最薄的地方是0.5米。要住人必须给筒壁开窗，清华大学建筑师负责设计1、2号筒，其设计理念是保持工业风貌，中规中矩，他们设计的窗户是方形的，满足室内的通风和采光需求；比利时建筑师负责设计3、4号筒，设计的窗户是长方形的，纵向开洞，体现了德国工业园的设计风格，洞开得大采光好，屋里很明亮；英国建筑师负责设计5、6号筒，设计的窗户是圆形的，在筒壁的窗户旁涂抹红色的圆形图案，精心点缀。

筒仓很高，当年卸料时是由上往下倒，为了防止原料摔碎，设计师特意将筒仓内部设计成上下两部分，上面是一个漏斗，下面是一个锥体，卸料时可以缓冲原料。在改造1号筒仓时，设计师特意保留了筒仓分料器的整个内锥漏斗和四分之一外锥体，并且利用分料器的地下空间设计制作了一个展厅，展厅主要展示本区域由工业建筑向现代化创意办公空间的升级改造过程。改造好的筒仓38.3米高，直径22米，地上6层、地下2层，单层面积380平方米。

在改造中，设计师还运用了低碳、节能、绿色的高科技环保技术：光纤照明、光伏发电、雨水收集系统、无负压供水系统、中水回用、再生砖、草籽收集、原树移栽等。在景观设计中，他们充分利用废弃的建筑材料和设备设施进行艺术再加工，比如，5、6号筒仓的窗户是圆形的，给筒仓开洞后，挖掉的圆形筒壁呈一个磨盘状，设计师索性将其放在筒仓前的绿地上，或者用作大门装饰和座椅，别有风味儿。园区中因基础设施建设而拆除的铁轨及枕木，用于筒仓北侧的景观火车道、挡土墙和花坛；第一线材厂的蒸汽火车头移到料仓南侧的火车道上，作为工业小品摆放，增添了园区的工业文化气息。

料仓首层大堂顶部的照明设备是从二型材老厂房拆除的旧灯具，共有120盏，既增添了工业时代感，又体现环保节能。绿色生态和智慧城市技术，应用了多项绿色节能、低碳减排技术，随处可见的旧物利用，每一个细节都在讲述着独特的意义。

北京市有关领导始终关心首钢，他们多次到停产后的首钢调研。2013年2月，北京市政府成立由市长任组长的新首钢高端产业综合服务区发展建设领导小组，并且召开第一次会议，要求加快推进长安街西延、丰沙线落地等重大市政工程，高起点、高标准做好首钢园区全面系统规划。

2015年，中国申办冬奥会成功，冬奥组委需要有一个长期的办公地点。昔日北四环上的奥运大厦已经不能满足需要，在北京市领导的力主下，冬奥组委入驻首钢。

到首钢首先要解决工作、吃饭、住宿和停车的问题。当时，5、6号筒仓室内装修还没做，他们紧锣密鼓开始设计，3号筒仓的一层装修成临时餐厅，1号筒仓的地下一层改装成展厅，5、6号筒仓装修完毕，具备了拎包入住的条件。

2016年4月26日，北京市政府召开第三次领导小组会，原则同意首钢老工业区改造建设思路的请示和《新首钢高端产业综合服务区发展建设近期重点任务安排》。要求抓紧冬奥组委入驻首钢的契机，坚持高标准、高质量、高水平推进新首钢地区开发建设。

2016年5月13日，冬奥组委正式入驻首钢园区。6月26日，近200名工作人员正式到首钢上班。

为了给冬奥组委提供交通便利，首钢人从阜石路上开辟了一个大门，大大方便了人们出行。

西十筒仓冬奥广场改造项目实现了建筑设计、人文科学和工业美学的完美结合。

废墟美学是一种独特的美

陆艳方是首建投规划设计部的工程师，他觉得德国鲁尔工业区的改造是一个成功的范例，首钢的改造是一件史诗般的事业，要做好这件事情，文化不能缺席，要向鲁尔工业园借鉴。

他毕业于北京林业大学风景园林专业，初来乍到，看到首钢的工业遗迹有点发蒙，昔日他接触的都是青山绿水曲径回廊，而这里火车铁轨纵横交错，到处是高炉，究竟怎么设计改造？慢慢地，他觉得这是一个工业风格的民用场所的改建，应该往民用趣味性上靠拢，不是标本式的保护，而是复兴，为其注入新的活力，使其有声有色。

有一天，他看到一个物业公司的人来送水，用几根手指头就轻松地拎起了一桶水，他诧异地问道："你怎么有这么大的劲儿？"

那个人回答："我原来是炉前工。"

他被这句普普通通的话打动了，是啊，首钢人还在老厂房工作，建设着自己的家园，他们没有被清空，他的生命和工厂在一起。设计高炉的人再来参与改造高炉，使用和建设一体化，这根线就能延续。

首钢地界里有庞村、养马场村、白庙村等几个村庄。首钢以长安街为界，长安街以南为南区，主要炼钢；长安街以北为北区，主要炼铁。他们邀请清华大学建筑系的朱育帆教授在首钢南区设计了一平方公里的绿地，围绕永定河周边做了园林景观设计，把北京地区的历史糅了进去。首钢昔日有5座高炉，停产后把规模小的5号高炉拆除了，剩下的4座高炉成了宝贝疙瘩。3号高炉锈蚀得很厉害，他们邀请首钢技术研究院的技术人员集中攻关，做高炉的防锈试验。3号高炉涂的涂料远看仿佛一层铁锈，近看是一种独特的工业原料颜色，与周围环境十分搭配，晚上，灯光照在上面，反射红光，特别好看。

他笃信废墟美学，好比圆明园大水法的大石头，就那样散乱地堆放更有现场感，使人联想起当年八国联军火烧圆明园的景象；好比北京密云古北口的残长城，就那样不加修复更有历史沧桑感，使人回想起当年长城抗战爱国官兵洒下的殷殷鲜血。

对于旧厂房，有的人老想拆掉，嚷嚷着："5号高炉拆了，4号高炉留它干啥？""不生产了，西边的4个晾水塔留着干啥？"

陆艳方总想保留，总是给"拆字派"踩刹车："别动，留着有用！"

他学景观设计，对于园区的绿化特别上心。他主张种北京本地的花草，采集草籽就地繁衍，原生态保护。他们邀请比利时戈建事务所的设计师来设计园区绿化，如今，首钢的绿化搞得非常抢眼，马路中间没有栅栏，一律用绿化带来分割道路，机动车区、非机动车区、自行车道和行人道一目了然，就连垃圾箱都是用首钢的废钢管制作的各种造型，不仅美观而且适用。

在首钢，陆艳方觉得自己有用武之地，他的很多想法在这里能够实现。他希望给首钢注入新的活力，让这个老工业园有生命力，他期盼中国风范北京味道的首钢崛起在世界的东方。

在首钢的西北角

罗刚是首建投工程设计部部长助理，他的专业是土木工程。2014年入职首钢时，他看到的是满目的蜘蛛网和皮带通廊，地上地下比比皆是碎石、矿料、煤粉，尘土飞扬，烟雾缭绕。他负责一线工程管理，确保工程质量。筒仓、料仓和转运站本来都是工业建筑，现在要改成住人的建筑，"蜀道难，难于上青天"。

筒仓有30多米高，改造筒仓时，他想保留首钢原有的老工业遗址状态，首先要拆除筒仓上面的钢结构通廊和转运站通廊，再给筒仓开洞。刚走进筒仓时，由于没有开洞，里面黑洞洞、阴森森，空气污浊。他们足足干了两个多月，才拆除掉筒仓里的漏斗和锥体。

他们用经纬仪和水准仪把窗户的圆心点找出来画好，用水钻头逐个打出眼儿来。他们站在筒仓周围的脚手架上放线定位，用金刚绳锯锯出窗户的形状，筒壁用机械吊装下来。

筒仓变成了一个内部结构简单的圆柱体，要建6层楼和2层地下室，就要改造建筑单体，每一层的空间都要分割开来，也就是说要用建筑材料铺设每一层的楼板。筒的外壁安装电梯，电梯外是一层玻璃幕墙。

他们邀请汉能公司给南边的6个筒仓和料仓安装多晶硅发电板和薄膜发电板，它是一种由光能转化成电能，再由电能转化成光能的技术，通过光纤将阳光导入到灯罩上照明。

首钢园区有大量的绿色植物，冬奥广场的绿色植物大多移栽自园区内部。他们通过人工方式在园区里收集草籽进行育种，种植绿色景观。北京水资源匮乏，水景花园不能用自来水，用的是中水。他们采用雨水调蓄池为主要调蓄设施，配以下凹绿地和透水铺装为辅助调蓄。调蓄总容积为1940立方米，雨水一次最大收集量为900吨，主要用于绿化景观补水，道路浇洒等。透水砖可以有效渗雨水，补充地下水源。

建筑需要地砖，首钢首华科技公司研发了再生砖，用拆除的工业建筑垃圾制作而成，铺装面积1.6万平方米，使用再生骨料两万吨，占总骨料量的70%，既节省了开支，又使工业建筑垃圾变废为宝。

北京地区空气不佳，他们给筒仓安装了新风系统，可以过滤掉90%的PM2.5。当时的办公条件不是太好，刚装修好的筒仓难免有味，可冬奥委的工作人员毫无怨言。

北京冬奥组委入驻后，首钢设计院和中联筑境联合成立了一家公司叫做首钢筑境公司。他们继续改造料仓、转运站和联合泵站。工人们早晨5点钟上班，晚上7点钟下班，将N3－2转运站改造成会议室和员工餐厅，将N1－2转运站改造成人力资源部办公室；将料仓改造成规划发展部办公室；将N3－3转运站改造成办公楼，外面是玻璃幕墙，里面的钢柱和混凝土柱子都是原有的，安装了智慧照明系统，将光感应器安装在窗帘附近，当外面的阳光照进来，屋里的灯自动灭掉；当外面的阳光较弱，屋里的光线就会增强。空调安装了温度感应器和红外线感应器，人不在屋里时空调会自动关闭；将N3－17转运站改造成综合服务楼，设立了邮局、医务室、美容美发室和服务人员宿舍。

其中一个老厂房，鸟巢的中方设计师李兴钢将其设计成宾馆，用了钢结构，保留了原来厂房的墙体，请了故宫修缮墙体和壁画的团队来做。墙体上有油渍，他们用专业设备去油，再刷一层保护剂，呈现出原汁原味儿的建筑，现在这儿成了精品酒店。

首钢的优势是有一山两湖，一山是石景山，两湖是群明湖和秀池。建设的宗旨是修旧如旧，不是重新修建，而是缺啥补啥，比如建筑上有个窟窿，不是推倒重建，而是在窟窿种出一朵花。料仓改建的办公楼保留了混凝土立柱和钢板横廊，还保留了一段原生态的风格，粗犷与精致互动，现代与原始共存。转运要做锈钢板，使锈不再往里面侵蚀。市场上有很多锈钢板，首钢人偏偏自己设计自己制作，最后制作的锈钢板别具一格。冬奥园区最南面是联合泵站，露出的混凝土柱子和钢梁都是老物件，有一种沧桑感。联合泵站原来只有一层，他们改造为二层建筑，上面加了露台，站在上面可以眺望秀池周围的风景。本来首钢的建筑呈粗犷风格，他们在建筑的墙壁上种上爬墙虎等绿植，表皮坚硬与柔软互补，相得益彰。

秀池与三高炉

首建投大跳台协调部胥延部长看出我对首钢工业园有深厚的感情，提出带我到现场观看，我说："咱俩明天早晨八点半三高炉前见面。"

第二天大雨滂沱，我驾驶的汽车像一叶扁舟，驰骋在狂风暴雨中。我准时来到了三高炉前，胥延在雨中等我。他笑着说："孙老师，您今天穿旅游鞋就对了。"

我爽快地说："我采访工厂时都是穿旅游鞋。"

我非常欣赏三高炉的设计，高炉旁边有一座仿古小亭子，秀池原来是一个深5米的35000平方米的晾水池，碧波粼粼，游船荡漾，绿树环绕，鸟语花香，主要用途是存放炼铁循环用水。

风光旖旎的秀池仿佛一个美丽的公主，依傍着三高炉这个英俊的王子，形影不离。随着三高炉的改造进程，秀池也迎来新的生机，它被改造成新型水下车库和下沉式圆形展厅。为了节省空间，建设者别出心裁将水放掉，将空间用楼板平行隔断，经过防水工程和混凝土浇筑，下面形成一个停车场，可以停放850辆汽车；上面蓄水，水深0.8米，水中种上浮萍芦苇，仍然是一座美丽的池塘。建设者别出心裁将三高炉掏空改建成一座博物馆，设ABCD四个展馆，一个是中国工业博物馆，一个是首钢展示中心，举办各种展览。

三高炉和秀池通过水下廊道进行连接，地上部分采用折线形的地景建筑设计，将博物馆报告厅、临时展厅、餐厅等配套功能，以活泼的小尺度滨水建筑呈现，让高炉之刚与秀池之柔自然承接，相得益彰。最有创意的是在秀池中挖了一个碗，碗的顶部蓄上10厘米的水，别有一番趣味。碗底就是博物馆的一隅，叫做静水院，可以由秀池柳堤步入湖面纵深，沿着清水混凝土砌筑的首钢功勋墙逐级而下潜入池中。站在碗底仰望天空，刚巧可以看到三高炉的炉顶。穿过水下廊道来到高炉内部，登高攀升，你可以饱览整个高炉炼铁的全部工艺流程，整座博物馆鲜活地呈现在人们面前，动态地诉说着首钢曾有过的峥嵘岁月。

三高炉涂了一层铁锈红，这层红不是一拍脑门就决定的，而是集思广益，光铁锈红的油漆就筛选了很多种。高炉的护栏也是精心设计的仿工业护栏，彰显着强烈的工业元素。晚上，灯光映照在三高炉上，一片火红格外抢眼，秀池水中红色的倒影分外妖娆。

秀池改造是首钢园区西十冬奥广场南侧延伸建设项目，也是首钢园区北区改造建设的重要工程之一，既保留了原有的水面景观，又解决了北区停车难的问题。

建设者还用建筑垃圾制作混凝土砖，与原来首钢的烧结砖搭配铺地；将草本植物的种子和树种挪过来，在园区栽种枫树、狼尾草、野菊花等等生命力强的植物，与粗犷的建筑风格十分协调。工人们还用工业废料做了几个雕塑，有炼铁高炉模型、吹萨克斯的乐手、鸵鸟、焊工用的焊把……煞是好看。那些日子，冬奥组委的同志们就是在建筑的轰鸣声中工作，眼看着冬奥广场和西十筒仓在嘈杂声中茁壮成长。

首钢人的无私奉献

首钢的西北角就是冬奥组委办公地，这里已经初具规模，筒仓、料仓、转运站和联合泵站改建的办公楼拔地而起，标新立异，彰显着青春的活力，呼唤着冬奥会的到来。

姜金玉原先是首钢天车工，首钢停产后，她特别失落，觉得自己像没娘的孩子。后来，冬奥组委来首钢办公，2016年3月8日，全世界都过妇女节，她也过上了盛大节日——正式到首钢冬奥物业事业部工作，在西十筒仓展厅当讲解员。

她家住在北京石景山区模式口西里，到冬奥园区上班后，她把西十筒仓当成了自己的家，早晨7点就来上班，晚上6点才走，双休日加班加点是家常便饭。她的母亲患有尿毒症需要透析，她只有周末才能陪护一次。她的儿子田硕今年16岁，读高二，为了儿子，她和丈夫晚上不看电视，一门心思保证儿子安静读书。

展厅在地下一层，由于没有安装空调，冬天很冷，阴冷潮湿，她站在那里讲解，冻得浑身直打哆嗦。吃饭没有准点，她得了胃病，犯病时疼痛难忍。她是个勤快人，平时做饭、打扫卫生，把家收拾得井井有条。可自从到了冬奥园区工作，一天最多接待12拨客人，讲解一次是20分钟，12拨等于站着讲解了4个钟头，累得腿肚子直转筋，回到家里瘫软在沙发上，一点力气也没有了。一个礼拜也拖不了一次地，饭更是没有工夫做，只好给儿子叫外卖。一次，她参加重要会议时，她的父亲血糖高住进房山区医院，家里人都没敢告诉她。她爱首钢，讲首钢，将全部心思扑在首钢，令人佩服。

宋伟明是首钢园区服务公司冬奥物业事业部副经理，这个毕业于中国地质大学的小伙子正在自考北大人力资源管理硕士。冬奥组委办公区的前台服务员就是他从黑龙江职业高中挑选了9人，现在都成了挑大梁的骨干。他还从首钢铁区留守处挑选了45名安保人员，其中安保组长李红继就是首钢转型职工中的标杆。

2016年7月21日，有人反映5号筒仓漏水，他急忙检查，发现是5号筒仓地下一层的设备间漏水，马上组织抢修，购买了防汛沙袋、塑料布，防止淹坏设备。他还带领人整理干枯树木，扫水、送电，确保会议正常进行。

2016年8月26日，冬奥组委召开第一次主席办公会，郭金龙书记来了，宋伟明早晨7点提前上班，布置会场，吊线，摆置茶杯、桌椅、话筒都要一一测试，椅子是否舒服，茶叶是否充足，事无巨细，他事必躬亲，那天他一直忙活到晚上8点多钟。有时候会议开到晚上11点，服务员必须盯到晚上11点。

他制定了"5、3、4、1"规矩：5就是手到擒来的小问题5分钟解决，3就是一时解决不了的30分钟搞定，比如椅子腿缺少个轮子，屋里的电源插销坏了，需要到库房领；4就是大一点的问题比如电线电闸故障、配钥匙、紧急采购，必须4个小时之内解决；1就是涉及报修、空调滴水等问题必须1天之内解决。

2018年国际奥委会在首钢召开平昌冬奥会总结会，会议的台型怎么布置，水电气如何保障，他下了很大功夫。160多名国际奥委会成员要在首钢举办露天冷餐会，他选择好露天车广场的一块草坪作为现场，考虑到外国女士喜欢穿高跟鞋，而草坪凹凸不平容易崴脚，他请绿化公司的工人用压路机压平；草坪周围的绿植有蚊虫，他事先组织户外驱蚊，将灭蚊药稀释后喷洒在草丛里，将驱蚊灯安装在草坪隐秘处。6月4日开会，他前一天晚上发现会场没有残疾人坡道，立刻找人连夜赶制，盯着工人整整干了一宿，终于在开会当天赶制好了。

为了这次国际会议，从5月25日到6月8日，他半夜一点之前没有合过眼，皮鞋里每天都是脚汗。他家住在农大附近，早晨6点出门，7点之前赶到单位，晚上8点之后下班，到家就9点多了，他回到家见到的都是女儿熟睡的模样。他的女儿刚刚两岁，出生时他本来可以休两个礼拜的陪产假，可是为了工作，他只休了5天假。超负荷的工作疲惫不堪使他患了缠腰龙，又疼又痒，他咬牙轻伤不下火线。正是由于他的付出，保证了国际会议顺利召开。

冰火两重天

段若非是山西长治人，32岁，本科在荷兰瓦赫宁根大学读土地管理专业，后来在意大利米兰理工大学城市规划专业硕士毕业。

硕士毕业后，段若非选择回国报效祖国。2011年，他来到首建投规划设计部工作，他打心眼儿里感到兴奋，觉得英雄有用武之地。当时三高炉由于停产后年久失修，热胀冷缩，下降管断裂了，出现了安全隐患。有人说赶紧拆掉三高炉，消除安全隐患。

他骑着自行车拿着谷歌地图在首钢转悠，对照地形图，觉得很震撼，欧洲每个国家都有工业园改造，但他们的面积很小，而首钢有8.63平方公里，像一张白纸，好写最新最美的文字，好画最新最美的图画，首钢建设好了一定是顶级的。

新首钢2011年版控制性详细规划出台后，得到北京市政府的批复，他们跃跃欲试，展开规划设计。他和比利时建筑师戈建是好朋友，他们都是在欧洲学习建筑设计，设计理念契合。戈建第一个提出绿化用首钢的草本，群明湖东路的绿化带将机动车和非机动车分离，还有专门的自行车道，中间全部用植物隔开。大桥是纯混凝土建造，体现老工业元素，就连垃圾桶都是工业设计，管道式样。

首钢和奥运有着千丝万缕的联系，鸟巢是钢结构，首钢为北京2008年奥运会新建体育馆提供1.58万吨优质钢材；也为水立方工程提供了大量优质钢材；为国家体育馆工程完成的总建筑面积为80976平方米，跨度为114米。主体钢结构制作、安装完成量达3347吨。当年2008年北京奥运会主会场鸟巢的建设，首钢人就精心施工，确保鸟巢的工程质量。李宁点火的2008奥运会主火炬塔，就是首钢人制作、安装的。

奥运为首钢北京园区开发建设创造了千载难逢的历史机遇，新首钢园区北区分别为冬奥广场、石景山景观公园、首钢工业遗址公园、城市织补创新工场、公共服务配套区等五个片区建设。首钢全力服务保障备战冬奥、率先启动冬奥组委办公、国家体育总局冬奥训练馆及冬奥赛事等重点项目，成为打造文化、生态、产业、活力复兴的首都城市复兴新地标。

四块冰

冬奥广场包括三个内容：第一是北京冬奥组委办公地；第二是2022年北京冬奥会正式比赛项目——滑雪大跳台；第三是建设国家冬训中心。

秀池南面原来是精煤车间，长300米、宽66米，这个长方形的厂房是个储藏煤的老仓库，早先是为了卸煤方便而建设的，长度相当于一列火车。

曹雷是河北衡水人，北京工业大学土木工程系毕业，在他的职业生涯中希望有挑战。他是首建投工程建设部冬训中心项目经理，负责"四块冰"的建设。2017年5月，他和同行初来精煤车间，逐个建筑部件商量拆除什么，保留什么。他们用高压水雾喷射降尘，脸上身上到处都是煤灰，呛得人呼吸困难，整个人就变成了黑乌贼。他们决定拆除屋面结构和周边墙体的围护结构，留下柱子和天车梁。他们将原有的结构保留，做好场地清平。

我国冰上项目运动员原来是在首都体育馆训练，为了迎接2022年冬奥会，首都体育馆改建，运动员需要有一个新的训练场所，国家体育总局决定在首钢建设国家冬训中心：一个短道速滑馆、一个花样滑冰馆、一个冰球馆、一个冰壶馆，俗称"四块冰"。精煤车间这块宝地就定为做三块冰：一个短道速滑馆、一个花样滑冰馆和一个冰壶馆。

这三个馆的面积是25600平方米，按照以往的正常工期，建造这么大面积的符合冬奥会比赛的专业场馆需要两年半至三年的时间，可是时间不等人，给他们的硬性指标只有13个月的时间，2018年6月必须交付使用。这13个月经历了春节民工返乡、两季农忙农民工要回家夏收，2017年因北京市环保要求停工90多天，实际建设时间只有10个月，他们一天当成两天用，24小时连轴转。

曹雷有个6岁的女儿曹益嘉，为了工作，他几乎没有陪女儿逛过公园、看过电影、开过家长会。甚至连二胎都不敢要。小益嘉抱怨说："你这个爸爸不称职，人家小朋友的爸爸都领着他们上公园、逛街，你一次都没来过。"女儿的话像刀子扎在他的心上。

曹雷的父母70多岁了，2017年冬天，他的父亲患心脏病在301医院住了一个多月的院，那会正是工程较劲儿的时刻，他没有去陪伴过一天。食堂中午11点半至12点有饭，可是他经常加班误了饭点儿，晚上加班没有饭，只能泡方便面。一次，小益嘉不慎小腿骨折，特别盼望爸爸能早点回家陪伴自己，可是曹雷却夜以继日地在工地摸爬滚打，无暇陪伴女儿。他每天晚上8点才能回家，每周还要在单位办公室住两个晚上，所有的双休日都在加班，觉得亏欠家人太多太多。

他每天不停地接电话，联系相关事宜。有一次，他在冰壶馆房顶检查工程，华为手机不小心滑出裤兜，从18米高的房顶上掉到地面摔得粉碎。为了检查施工质量，他每天都要走1万多步，有时需要走两万多步，两万多步就是15公里啊！

水暖工程师徐在伟的岳母摔碎了膝盖，家人给他打电话希望他帮忙送到医院，他忙完工作赶回家时，岳母已经进了医院；他急急忙忙赶到医院手术室时，岳母已经做完手术回病房了。妻子说你什么都赶不上。后来他终于有时间赶到医院探望，岳母已经出院回家了。

项目组的工程师王堃妻子怀孕，他没有陪伴妻子做过一次产检。工程部精装修工程师郗来齐一门心思扑在工作上，无暇照顾家庭，媳妇跟他闹离婚。他们没有双休日，只有无私奉献。各级领导和媒体不断来参观，美国、俄罗斯、哈萨克斯坦等20多个国家的客人前来参观，韩国平昌冬奥会主席带了20多个人来参观，他们都要热情接待。2017年，国际奥委会巴赫主席第一次来首钢，精煤车间正在做结构施工；2018年6月巴赫再来首钢，场馆已经竣工了。

按照国际惯例，花样滑冰制冰整体厚度在40厘米—50厘米，由5厘米—6厘米底层冰、冰漆层和20毫米左右的冰面组成。冰漆层主要起到美观作用，需要喷洒专用冰漆才能成型。为了保障冰体坚硬度和平整度，每次浇水制冰都要用刮冰机刮平，清冰车压实扫平，制成一块冰需要刮冰100至200次。

制作这样一块长60米、宽30米的国际标准滑冰冰面，一般需要10到15天时间，决不允许中间有缝隙。按照建筑学规范，冰下面的基层必须有缝。首建投公司聘请国际一流制冰团队AST公司全程参与制冰，昼夜加班，一个星期就完成了。他们将混凝土的配比做了要求，用远远高于国家标准的先进仪器进行冰面浇注，也就是通常说的打冰面。混凝土基层有9—11层构造，加热管、制冷管、防水……加起来有50厘米厚，必须保证每层不能出错，专业团队要求冰面高低差在3毫米—5毫米以内，而"四块冰"的冰面高低差在2毫米，30×60米的冰面用了整体桁架技术，提升滑移技术，缩短工期3—5个月。

我走进了"四块冰"的花样滑冰训练馆，场馆整洁明亮，冰面水平如镜，在灯光的照射下熠熠生辉。为了全力保障国家队队员在训练和参赛时真正"无差异感"，制冰工序及各方面设施严格按照冬奥会标准要求，包括场馆灯光照明度、空调温湿度、除尘等都有严格要求。制冰有十几道精密工序，保障结构层分为地板加热防结露冻胀层、防冻胀加热层、保温层、保护层、滑动层、防水层、混凝土制冷层等，最终才呈现光洁的一块冰。

设计师把厂房的结构保留了，红灰颜色水泥板材料的骨料是建筑垃圾做的，内装修秉承了莫兰迪原则：环境朴素，不要扎眼，让运动员把注意力放在冰上。厂房原本没有吸音效果，为了吸纳噪声他们将混凝土板穿孔，木饰面也穿孔。他们考察了国内很多场馆，比如新疆冰上运动场馆走廊是瓷砖地胶，运动员走在上面容易摔跤，于是就在首钢新场馆的地面铺设运动地胶，使运动员穿着冰鞋走在上面不至于滑倒。而在热身区，四条跑道地胶呈鲜红色，运动员进行训练就要神经兴奋，红色是令人兴奋的颜色。

由于首都体育馆要装修改建，从2018年6月开始，国家短道速滑、花样滑冰和冰壶运动员就来到首钢的短道速滑馆、花样滑冰馆和冰壶馆训练。在花样滑冰馆，我看到中国花样滑冰队总教练赵宏博身穿羽绒服在指导运动员训练，跳跃、托举、旋转，运动员们在冰面上翩翩起舞，腾挪飞跃，似乳燕飞翔，赛天鹅起舞。赵宏博称赞道："首钢花滑馆已经达到世界顶级水平，是现代场馆与工业遗存的结合。这是我见到的最好的一块冰，我们将以最高的训练标准迎接2022年北京冬奥会！"

我走进花滑馆的邻居短道速滑馆，这里的环境也很给力，中国短道速滑原主教练李琰说："感觉这里特别酷，非常有艺术感，这里是我们备战2022的'风水宝地'。"

精煤车间变成了三块冰：最东面是冰壶馆，中间是花样滑冰馆，最西面是短道速滑馆。我采访那天，国家短道速滑队出去军训去了（运动员也需要军训，培养吃苦耐劳精神），花样滑冰运动员在训练。我国冰雪运动员主要来自黑龙江、吉林，现在新疆的冰雪运动也在蓬勃发展。国家体育总局的朋友告诉我：

作者采访中国速滑队总教练李琰

首钢花样滑冰馆的标准比匈牙利世锦赛花样滑冰场馆好。

首钢花样滑冰馆冰面长60米、宽30米，事先冻好，训练结束后，需要不断浇冰，有时候训练中途冰面被冰刀划伤，也需要制冰。我国购买了美国的浇冰车，10分钟就能制造好光洁的冰面。

冰壶运动对于冰面的温度、湿度和硬度有着极高的要求，在冰壶馆，我看到加拿大制冰工程师吉米带领首钢工人在制冰，本来冰场应该半个月做好，但是运动员着急训练，吉米带领一班人赶制，7天就完工了。吉米告诉我："冰雪运动很烧钱，加拿大的冰雪运动十分发达，参加者很多。我今年59岁，有44年的制冰经验，我非常喜欢中国，期盼2022年冬奥会在北京成功举办。标准的冰场长60米、宽30米，下面敷设冰管，上面喷射冰漆，最上面一层是训练用冰，花样滑冰需要5厘米—6厘米厚的冰，用清冰车压实扫平，制成一块冰需要刮冰200次，我要给北京人带来一流的冰面。"

冰壶馆门口设计了喷泉景观，建设者将拆除的混凝土仿旧后重新制作，训练馆里楼梯台阶是水泥的，木头扶手，顶棚的钢梁刷上油漆，国家队的运动员称赞道："这才叫场馆呢！"

运动员公寓条件非常好。如今，国家队运动员住在酒店公寓，全力以赴投入到备战冬奥紧张的训练中。

一个冰壶40斤重，是苏格兰制造的。2019年5月，在首钢冰壶馆，我观看了2018—2019世界壶联冰壶世界杯总决赛，来自美国、加拿大、瑞典、瑞士、挪威、苏格兰、俄罗斯、日本、韩国等冰雪强国和地区的运动员前来参赛。我观看了瑞典与瑞士女子冰壶队、中国和加拿大男子1队冰壶队、加拿大男子2队与苏格兰男子冰壶队、瑞士和挪威男子冰壶队、瑞典和美国男子冰壶队的比赛，加拿大来了两支队伍，中国男子冰壶队与加拿大男子1队交手，取得了令人欣喜的成绩。

作者在首钢采访加拿大制冰师吉米

冬奥会体现出一个国家的发展水平，换句话说迄今为止能够举办冬奥会的国家基本都是发达国家。中国是发展中国家，是冰雪运动弱国，2016年，北京地区注册的青少年冰雪运动员只有79人，而2018年，北京地区注册的青少年冰雪运动员就达到4500多人，短短两年的时间就翻了57倍，奥林匹克运动对中国冰雪运动的推动，由此可见一斑。

以前中国北方没有一所可供比赛的达到世界先进水平的冰球馆，首钢邀请北美专业冰球联盟比赛专家设计中国最棒的冰球比赛场馆。这是带观众观看台的比赛馆，有多种功能，铺上地板还能够打篮球，符合国际标准。从2019年10月开始，国家女子冰球队也来到首钢冰球馆训练，短道速滑和冰球队曾经到外地训练，但是首钢仍然是他们备战北京冬奥会的训练大本营之一。

第一个投入运营的"水晶鞋"

京西石景山脚下，滑雪大跳台"水晶鞋"已成为首钢工业遗址公园的新地标。

胥延毕业于哈尔滨工业大学建筑系，毕业后到中冶设计院工作，做过房地产公司，北京电视台结构建构施工管理、国贸二期、鸟巢的钢结构卸载等公用、民用等建筑，都洒下了他的汗水。走在大街上，他指着高楼大厦对孩子说："这个楼是爸爸盖的，那个楼是爸爸盖的。"别提多带劲儿了！

他后来担任首建投大跳台协调部部长，说起这个项目，他的心中充满了自豪，在四块冰的南面是群明湖，湖的西侧有四个冷却塔，这里原来是首钢电力厂所在地，主人打算在这里开发攀岩、跳水、潜水等体育项目。2022年北京冬奥会期间，这里要举办滑雪大跳台比赛。这是平昌冬奥会新设立的项目，本来单板滑雪大跳台应该设在北京延庆区或者张家口，但是国际奥委会认为这个项目适合在城市举办，国际奥委会主席巴赫来首钢考察后相中了这里，2017年9月13日，国际奥委会确定滑雪大跳台首钢园区选址方案。

清华大学建筑研究院张利教授应邀担任主设计，他是2022年北京冬奥会申办的主陈述人，也是2022年北京冬奥会场馆的设计师之一，延庆和张家口都有他的设计项目，这次在首钢，他的设计方案叫做"雪飞天、冰丝带"，灵感来自敦煌壁画中的飞天造型，他把群明湖畔的四座双曲线冷却塔作为依托，在群明湖的西南角建造一个60米高符合国际标准的滑雪大跳台，比赛时，用灯光在冷却塔上打出飞天的造型，蔚为壮观。

首钢滑雪大跳台的建设还将带动周边景观建设，比如北京的母亲河永定河、群明湖和冷却塔、燕都第一仙山的石景山，首钢的工业遗产设施，赛后将作为体育休闲公园向市民开放，届时，大跳台、石景山、群明湖、电力厂、制氧主厂房将成为永定河东岸一道美丽的风景线。这个项目于2018年底开始施工，迎接2019年的沸雪北京国际雪联单板及自由式滑雪大跳台世界杯赛和2020年的冬奥会测试赛。

杨佳琼是大跳台项目协调部的工程师，他出生于辽宁省辽阳市弓长岭区，那里有铁矿。如果说迁安是首钢的矿山，那么弓长岭就是鞍钢的矿山。雷锋参加工作后来到鞍钢，分配到辽阳弓长岭铁矿工作，从那里参军入伍，所以弓长岭竖起一块标语：雷锋从这里走向全国。辽阳出英雄，大名鼎鼎的八路军团长白乙化和红色特工邹大鹏就是辽阳人。作为辽阳这方热土哺育的孩子，杨佳琼身上有着浓厚的正气。

他刻苦学习，考取了沈阳建筑大学，学习建筑工程经济管理专业，2002年大学毕业后到首钢工作，领导告诉他北京已经定了举办2008年奥运会，我们招聘你们就是为了北京奥运会搞奥运建筑的。

2017年确定大跳台选址，2018年3月，杨佳琼作为秀池工程负责人正率队在首钢秀池上面建设车库和水下展厅，突然领导要求他负责滑雪大跳台工程，奥运工程是国家重点工程，工期紧，工程质量要求高，他的压力很大。

平昌冬奥会新增添的滑雪大跳台是临时性建筑，赛完就拆掉了；而首钢滑雪大跳台将成为世界首例永久性保留和使用的场馆，依托首钢工业园遗址进行建设，是2022年北京冬奥会唯一一个位于市区的雪上比赛项目举办地，也是雪上项目在大城市的第一个景观，给人民带来福祉。大跳台西北侧是首钢原电力厂的一个车间厂房，正在改造建设成星级酒店，满足运动员和观众的需求。

大跳台选址地是一片老厂房，有氧气厂南区、氧气厂北区、冷却塔，面积十几万平方米。杨佳琼急忙与清华大学设计院和设计工程师潘晓智沟通，商量哪些建筑保留，哪些建筑不保留。氧气厂北区和十总降（首钢变电站），从2018年4月开始液压拆除，到2019年初已经拆除完毕，地面以上的障碍物基本看不到了。

2018年7月，他负责群明湖改造。大跳台选定位置后，由清华大学设计院、清华同衡设计院来共同设计群明湖的景观和大跳台的景观，清华大学设计院做大跳台景观，清华同衡设计院做群明湖景观。他们把群明湖的西南角切割后做成驳岸，缩小湖面，切下来的群明湖一角放掉水后与群明湖湖底一样高，再用土将切下来的那个角填高形成一块空地，这块空地高于群明湖的水面。由首钢建设集团来建设，杨佳琼在建设现场协调各单位的工程进度和施工穿插。

杨佳琼住在古城职工宿舍，每天早晨7点上班，中午在单位吃饭，下午1点上班，一直盯到晚上九十点才能下班。2019年施工较劲儿时正好赶上高温天气，施工现场温度是42摄氏度，在现场站一会儿就满头大汗，焊接区的高温可想而知了。

2019年4月底开始吊装大跳台钢结构，计划在8月下旬大跳台本体结构吊装完工。4100多吨的主体完成后，还要安装木墙板，负责市政管线、供水、供热、供电、预埋管线，埋管就得挖沟，挖沟就得断路，埋管如火如荼，挖沟一步也不能少。杨佳琼暗下决心一定要把首钢滑雪大跳台建成一件艺术品。人能够参加一次奥运工程，一辈子都有个说头。

2019年8月，国际雪联决定12月中旬在首钢的滑雪大跳台举办沸雪世界杯比赛，有单板滑雪和双板滑雪的大跳台赛事。离12月比赛只有3个多月时间，只能倒排工期，加班加点，工人们连轴转，杨佳琼夜里经常十一二点下班。工期提前两个月，现场施工的难度更大，氛围更紧张，10月21日那天，工地上有

5台挖掘机在工作，最多时一天有十几台挖掘机在工作，机器的轰鸣声震耳欲聋。

他的家在河北省迁安市，妻子在迁安首钢矿业公司工作，独自带着一对儿女在迁安，他们夫妻长期两地分居，正常情况下他两周跑一趟，现在为了冬奥工程赶工期，三个多月来他只回了一趟家。他是党员，负责工程管理，必须坚守岗位。整整300多天，他把工地当成了家，把奥运工程当成了自己的头等大事，天天吃食堂，没有睡过一个囫囵觉。

12岁的女儿杨蕊萌和6岁的儿子杨博安在迁安首钢子弟学校上学，儿子老是问："爸爸，你什么时候回家？"

杨佳琼说："爸爸忙，你到北京来看比赛吧。"

儿子画了一幅画，天上有一轮火红的太阳，两个烟囱冒着蓝色的烟，一栋小房子有红黄蓝绿四种颜色的窗户，地上长着红花和绿草，在画的背面写着：爸爸：您辛苦了，呜呜呜呜，爸爸，我想你了。

看到这幅画，这个硬汉子的眼眶湿润了。

首钢滑雪大跳台项目本体是钢桁架结构，施工跨度大，制作安装难度大，有弧度和双曲面，需要进行钢结构预拼装模式，然后整体吊装。大跳台由11段钢桁架结构组成，工人们先在唐港钢结构加工厂焊接了11段桁架，用汽车运往首钢现场模块式拼装，吊装焊接成整段。吊装焊接是工程难点，最大的一个构件126吨重，在大构建的棚子里，国家级技能大师王文华和刘宏在指导焊工认真地焊接钢构，他俩一个是首钢劳模，一个是北京市劳模，有着丰富的焊接经验。参加工程的焊工需要参加理论考试和实际操作考试，必须技术过硬才能上岗。

首钢滑雪大跳台的设计、施工无先例可循，面对巨大考验，首钢建设投资公司通过各种赛事观摩学习，与国际奥委会、冬奥组委及市区主管政府部门反复沟通论证，与设计、施工等单位紧密配合。杨佳琼开始对这项运动一无所知，他和同事一是到国外取经，二是反复观看以往冬奥会、世锦赛高台滑雪运动的比赛录像，了解这项运动的特点，对场地的需求做到心中有数。

首钢滑雪大跳台共有四组支撑柱，其中，1线柱为大跳台最高支撑柱，自下而上由四节组成，采用分段拼接组装方式，安装时分成四段安装，工厂预拼现场组装，在工程现场地面拼接完成后再进行吊装。总高度为49.1米，相当于16层楼高，总重量约为480吨，其中1线四节柱高20米、长9.2米、宽5.1米，总重量159吨。

2019年5月30日，首钢滑雪大跳台项目1线四节柱空中对接成功，准确吊装到位。至此，大跳台1线柱安装全部完成，为确保项目按期完成主体结构施工和设备安装调试，满足测试赛条件奠定了基础。

正常电梯是垂直的，轿厢是垂直的，而首钢的滑雪大跳台却是平台斜形电梯，嗖的一声就抵达出发口。赛道长164米，最宽处34米，最高点60米。

大跳台建好后，还要有配套设施。首钢滑雪大跳台项目的座椅和造雪等设备安装调试工作陆续展开，2019年11月移交给赛事组委会进行12月举行的沸雪比赛。

杨佳琼和他的工友们克服设计和施工过程中遇到的种种困难，仅用300多天时间，就将其从图纸变成了实物，从设计理念变成了现实，既满足了赛事需求又兼顾了空间、功能、结构、安全等多方面的因素，成为北京城市老工业遗址文化与奥运文化完美融合的代表性景观。

在建设者的汗水中，滑雪大跳台诞生了。从群明湖北面看，大跳台在水中的倒影宛如一架展翅翱翔的飞机，它的整体形状酷似一只水晶鞋，上面48米处是出发区，站在场馆顶部的出发平台，可以俯瞰首钢园北部区域。运动员从那里助滑到缓冲区，从缓冲区的平台开始起跳，展现雪上飞翔的英姿。

首钢市政公司在群明湖畔种上各种鲜花，有金鸡菊、常夏石竹、千屈菜、西伯利亚鸢尾、线叶蓟、萱草、八宝景天……植株强健，管理粗放，都是适合首钢生长的植物，大大提升了景观。

2019年12月13日晚上7点，在首钢园群明湖畔，随着优美的音乐，首建投产业部上演了高塔光影秀——冰火铸梦。第一幕叫做"冰雪飞天"，几年前我第一次听到张利的设计时想到的是飞天反弹琵琶的造型，眼前幻化出敦煌的风景。灯光秀的飞天盘腿而坐吹箫，橘黄色的裙子潇洒，绿色的裙裾飘逸，红色、蓝色的飘带在空中飞舞，淡粉色的祥云在空中缭绕，以敦煌莫高窟命名的"散花天"的壁画光影，展现出瀚海心迹，西域风情，美不胜收。

第二幕叫做"百年钢火"，三座冷却塔分别打出首钢园、首钢集团、首钢建厂100周年的广告；钢花喷溅，钢水奔流，火红的年代在眼前尽情展现。

第三幕叫做"奥运精神"，各种各样冰雪运动的动感画面打在冷却塔上，立体视觉效果使人如临其境，这是柔与刚的结合，这是冰与火的联姻，这是历史文化与现代科技的握手，这是飞天梦想与奥运精神的诠释。

美丽的画面倒映在群明湖中，湖心岛的黄色琉璃瓦镶嵌着明亮的灯光，星星一闪一闪眨着眼睛偷偷窥探，绚丽的光影中工业遗存和滑雪大跳台交相辉映，绚丽夺目。

冰雪奥运与丝路飞天场景的动感画面打在了冷却塔群上，立体视觉效果分外震撼。灯光的柔美与建筑的刚硬结合，历史文化与现代科技相呼应，沉浸式的视听盛宴让现场观众大呼过瘾。通过音乐与影像配合，石景山、永定河、群明湖等图景逐一展现。

保利集团在冷却塔上借助白色的雪景打出红色的灯光，在电厂的烟囱上打出"新时代首都城市复兴新地标"的字样。八分钟内，风格迥异的三幕剧轮番登场，《冰雪飞天》把中国传统文化"飞天"的形象展现在冰天雪地的景色中。

比赛期间，杨佳琼的妻子和儿女来到现场观看，看到如此漂亮的大跳台和精彩的表演，他们打心眼儿里感到骄傲，因为这里面有自己亲人的奉献。

望着如梦如幻的场景，杨佳琼心潮起伏，热泪盈眶。他爱大跳台，他的微信头像就是大跳台的照片，那是他的血脉，他的心肝。

2019年12月5日，我来到首钢大跳台采访，看到了首次向世界亮相的大跳台。见过这个场馆从一无所有开始建设，更加感到这是一个安全、踏实、舒适的场馆，是冬奥工程开工最晚、竣工最早、投入使用最早的一个奥运场馆，也是冬奥会北京城区内唯一的雪上比赛场地。

首钢滑雪大跳台将在北京冬奥会期间，承担单板和自由式滑雪大跳台比赛项目，设计理念源自中国敦煌壁画中传统的飞天造型，从侧面看上去犹如一只灵动的水晶鞋。赛道结束区周围有座椅，可以举办演唱会、发布会等大型户外活动，我就是水晶鞋首次举办冬奥会志愿者招募新闻发布会的亲历者。现在，首钢滑雪大跳台已经进入冬奥会正式比赛场馆团队运行模式。

沸雪：期盼冬奥

首钢园滑雪大跳台由四家联合设计，牵头的是清华大学建筑学院副院长、建筑设计院总工程师张利，首钢设计院、中联筑境设计院和戈建事务所参与设计。

平昌冬奥会第一次把滑雪大跳台项目引进比赛，以往冬奥会和世锦赛滑雪大跳台是临时搭建的，有的在缓坡上，既简陋又不安全。国际雪联看到中国把首钢滑雪大跳台作为永久性建筑，十分欣赏。

跳台滑雪是一项极限运动，受众趋向年轻化，一般参赛者年龄在14岁—25岁。

潘晓智是浙江温州人，毕业于北方工业大学，参与滑雪大跳台工程，他曾到美国盐湖城世锦赛滑雪大跳台观摩学习，美国盐湖城是在山地上建造滑雪大跳台。

首钢滑雪大跳台一是借鉴了中国传统文化敦煌飞天的意象，飞天向空中飞翔，滑雪大跳台也是运动员向空中飞翔；二是结合了奥运工程与工业遗存共存的理念，70多米高的冷却塔，发电厂、晾水池、群明湖、制氧厂与跳台共存；三是与永定河、永定河大桥——合力之门、燕都第一仙山——石景山、月季园结合。

经过300多天的施工建设，首钢滑雪大跳台已经正式亮相。作为北京冬奥会北京赛区首个建成的新建比赛场馆，首钢滑雪大跳台即将迎来首项赛事检验——2019沸雪北京国际雪联单板及自由式滑雪大跳台世界杯。

沸雪已经在北京举办10届了，先后在北京工人体育馆、鸟巢和首钢滑雪大跳台举办过不同的赛事。赛道坡度是可变的，2019年冬天，来自世界各地100多个运动员来到北京首钢滑雪大跳台训练比赛，一决雌雄。

2019沸雪北京国际雪联单板及自由式滑雪大跳台世界杯12月12日在北京首钢园拉开战幕。

宛若敦煌"飞天"飘带的首钢滑雪大跳台由赛道、裁判塔和看台区域三部分组成，赛道长164米，赛道最宽处34米，最高点60米。比赛形式为：单板选手从高处疾速下滑，通过大跳台起跳，进行高空空翻、回转等技术动作。

一个运动员激动地说："运动员需要比赛专注，来到首钢滑雪大跳台我分心了，因为首钢园太美了，我要把自己的滑雪场面珍藏起来。"

他请队友用摄像机拍摄了自己滑雪的场面作为纪念。

德国人德克当过滑雪运动员，又是设计场地剖面塑形专家，他深有感触地说："作为大跳台领域的参与者，我最大的荣幸是能够参与到这项运动和首钢大跳台的建设中。"

首钢园滑雪大跳台是北京2022年冬奥会北京赛区唯一的雪上比赛场地，届时会承办单板及自由式滑雪大跳台比赛项目，将在这里产生4块金牌。

冬奥会后，首钢园滑雪大跳台还将成为世界首例永久性保留和使用的滑雪大跳台场馆，成为专业体育比赛和训练场地，并面向公众开放。

望着首钢园，我欣然填词：

望远行·首钢园

秀水生辉映玉钟，高炉斟酒醉颜红。筒仓俯首伴青骢，精煤亲证卧薪功。

冰晶履，喜相逢，塔台魂梦与君同？凌花追忆铁流融，飞天期待月明中。

城市复兴的新地标

2017年9月28日，北京市委、市政府召开北京城市总体规划实施动员和部署大会，蔡奇书记作重要讲话，明确提出："首钢地区应成为城市复兴新地标。"

说到老工业园区改造，首钢人不断摸索，怎样才能既有活力又合乎潮流呢？他们决定以保留工业建筑遗址风貌为原则，打造一个个体育产业项目。首钢人对首钢充满了感情，白宁总规划师牵头做了首钢规划，以绿色、环保、可持续发展为主。他心里门儿清：工业遗存不能丢，36项筒仓、料仓、转运站、高炉等建筑必须原址原貌强制保留，72项建筑可以局部片段保留；普通的工业建筑可以迁移保留，就是保留柱子和框子。袁芳工程师是规划部管设计的，周婷是清华大学土木建筑系的博士，段若非是留学欧洲的硕士，大家一门心思做好首钢的工业园改造。

石景山景观公园，位于北区的西北部，这是一座海拔183.7米的小山，最早叫做碣石山、湿经山、石径山等，最后定为石景山。早在晋代，山上就有建筑。西边依傍着永定河，永定河在元明两代通称浑河，明朝的正德皇帝、万历皇帝，清朝的康熙皇帝、乾隆皇帝都曾经登上石景山视察永定河水患，康熙皇帝赐名永定河，沿用至今。永定河为海河流域北系最大河流，与北京城市的形成和发展关系密切，是北京的母亲河。当年雍正皇帝为了治理永定河水患，曾经在永定河畔的北惠济庙里铸造了一个大铁牛，寓意铁牛镇水。

石景山上有东天门、西天门和南天门，东天门附近有一口双眼古井，距今已有300多年的历史，应该是碧霞元君庙古建筑群落中的僧人生活用水。东天门系明末建筑，门洞两侧石壁镶嵌楹柱式石刻，造型美观，石刻上雕莲叶，下托荷花和吉祥草纹饰。山上还有戏台、碧霞元君庙、元君殿、寮房、天空寺、天王殿、八仙殿、三清殿、钟楼、鼓楼和金阁寺遗址。元君殿里有60甲子保命神，天空寺里供奉东岳大帝。碧霞元君庙东面是放生池、天王殿和钟鼓楼，西面是西山门。寮房是和尚的住处，金阁寺比潭柘寺的年代还要早，距今有2200多年的历史。天主宫是唐朝初年建造，供奉玉皇大帝，28级台阶上雕刻有月牙，旁边画有二十四孝图，意思是孝则死后升天；不孝则死后下地狱。

进入孔雀洞，供奉的是佛祖释迦牟尼，据说在这里祭拜可以祈求祛病除灾；孔雀洞上面是晒经台和普观洞，山上还有一块巨石，上面雕刻着《金刚经》。从孔雀洞拾级而上，可通往三世佛洞，山崖上镌刻着明朝万历皇帝登上石景山视察永定河水患时，看到山崖峭壁间生长着茂盛的崖柏，被其旺盛的生命力所感染写下的"灵根古柏"四个大字。山上还有开凿于唐代的本来洞，供奉的是地藏王。登上洞旁的台阶，依次可见到元辰殿、十二生肖殿、吕祖庙、老君庙、药王殿、望诊亭、药园、二十四孝牌、天梯、昊天门、天主宫。石景山的正门是南天门，有95个台阶，代表九五之尊。西山门出去有祭天台和祈天殿。

山上的制高点是功碑阁，建于1993年，是由首钢人在石景山最高处建造的钢筋混凝土结构。原址是一座10多米高的金阁寺舍利塔（1940年被日本侵略者炸毁）。功碑阁是一座三层四方座，三层八角攒尖式建筑，造型仿照了颐和园的佛香阁，第一基台呈"之"字形登阁楼梯，八角阁檐由黄色的琉璃瓦覆盖。原来的设计创意是想把曾经为首钢建设做出过突出贡献的劳动模范的名字及事迹刻在碑上，后未能实现。由于功碑阁在石景山最高处，所以无论从山下的哪个角度，都能看得清清楚楚，功碑阁也就成为石景山地区的地标性建筑物。

站在功碑阁眺望，京城景致尽收眼底。既可以鸟瞰十里钢城的雄伟壮观，又可以西望苍茫西山的清秀多姿，既可以欣赏莲石湖公园的旖旎风光，又可以领略丰沙铁路线的蜿蜒曲折。原来，石景山东与紫禁城、西与定都塔在一个纬度上，石景山西侧毗邻永定河，永定河大桥的新景观"合力之门"就是比利时设计师戈建设计的，这里是石景山区与门头沟区交界处，刚刚建设好的八中分校新校舍也清晰可见。

49岁的牛桂森是石景山区水屯村人，是首钢的邻居，从小就到首钢厂区的湖里玩耍，扎猛子、摸鱼，别提有多快乐了。长大后成了首钢工人，如今在首钢绿化公司工作，在石景山负责接待参观，每天最多接待七八拨客人。他早晨7点多就上班，打扫卫生、开电梯、督促工人施工时注意防火，他对自己的要求是随时达到参观标准。北京市郭金龙书记和蔡奇书记来参观时，他早晨6点多钟就到岗了，从龙烟别墅到功碑阁整整跑了七个来回，还要详细解说。由于常年锻炼，别人上山要走20分钟，他5分钟就一溜小跑赶到了；国际奥委会主席巴赫来参观时，他从早晨7点一直盯到18点，洗地、扫地，经常到了饭点吃不上饭，最晚的一次半夜11点下山，到家都12点了。他的母亲半身不遂，大腿股骨骨裂需要卧床休息，媳妇肩膀骨刺住院，他却帮不上一个指头的忙。为了接待巴赫，他整整半个月没歇班，他掌管着山上所有寺庙的钥匙，对每一个景点了如指掌。

石景山由石灰岩构成，系太行山余脉，建设者采用太行山石材修建庙宇，栽种适合本地生长的植物。我仔细观察山上的植物，发现有侧柏、桧柏、崖柏、银杏树、柿子树、椿树、槐树、构树、松树、核桃树、五角枫、黄栌、竹子等。这座山历史悠久，北京市的石景山区就因为这座山而得名。石景山道教佛教两教并存，挖掘历史文化内涵，打造石景山、永定河融为一体的西部开放空间，构成立体生态体系，成为北京市城市空间结构中的标志性节点。

首钢工业遗址公园，位于北区中东部，这里原来是焦化厂，要做大修复，以工业流程的主要遗存和绿化空间为主体，实现绿轴景观（长1.9公里，宽120米—300米），传承京西百年历史独有的"铁色记忆"城市风貌。

城市织补创新工场，位于北区东南部，原来是首钢的机械厂，修旧如旧，打造高精尖产业发展的重要空间载体。

公共服务配套区，位于北区东北部，原来是首钢的8个库房。首钢停产后，这里变得分外萧条，阴森森的，很多人白天不敢一个人走进去。工业建筑给人的印象是傻大黑粗，首钢人通过工业遗存织补性改造，实现研发创新平台、企业办公、人才公寓等公共服务有机结合的城市功能。

北京的老厂房改建，798厂是个范例，但是798厂是无线电厂，高大的工业建筑不多。首钢的筒仓和料仓都保留了漏斗，标新立异。过去，酒吧一般采用砖头贴，车轮或者罗盘装饰，而今，在高炉前面是现代化的星巴克，坐在这里喝着咖啡，观看着淡绿色雄伟的皮带通廊和妩媚的秀池，别有一番滋味儿在心头。玻璃幕墙是现代的，锈板刷漆是原始的，追求锈迹斑斑的效果，这就是对称反差的美。

为了长安街西延，首钢将厂东门从原址向西移600米，在长安街西延长线北侧原拆原建，原来是坐西朝东面向长安街，现在原封不动挪到大桥旁，调转方向坐北朝南。

注重建筑品位与地域特征的结合、首钢传统文化与时代风貌的结合，打造既具有首钢特色又符合新时期发展要求的城市风貌。首钢组织成立了首钢园区城市风貌研究课题组，由中国工程院院士吴良镛、张锦秋、程泰宁、何镜堂、马国馨等人领衔，联合中国工程院、北京市规划委员会、北京市规划设计研究院、北京市建筑设计研究院、清华大学建筑学院等单位，共同开展深入研究。园区规划、地下空间、绿色生态、绿色交通、城市设计、人防专项研究，完成了前期项目的顶层设计。首钢建了垃圾焚烧厂，垃圾分类，尽量不输出垃圾，自我消化。首钢园区呈现景观式绿地、下凹式绿地。首钢的雨水回收系统堪称一绝，当积水时，绿地自动回收，尽量不让雨水流走；雨水进入调蓄池进行绿化灌溉、洗车、洗地、冲厕，晾水池改成了景观水体和水上乐园。

首钢的城市风貌是冰火两重天，昔日的首钢是火的世界，到处都是高炉，到处都是钢花飞溅，铁水奔流，热气腾腾；如今的首钢要打造冰雪世界，到处是晶莹的冰雪，玲珑剔透的冰场，雪棱花静谧安详，粗犷的管道、憨态可掬的牛腿柱和冰清玉洁的白冰相伴，对比产生的美感十分强烈。

如今，首钢的钢铁生产流程已经迁出北京10年了。奥运会后的场馆再利用是国际性的难题，改造一个工业园比建设一个工业园要难，花费也大，首钢在短期内老厂房改造，商圈把人气重新聚起来，展现出工业园区发展的新时代，给全国的老厂房改造做出了样板。

美国铁狮门公司与首钢的深入合作，将是京西第一个启动国际对接项目，通过双方的强强联合，必将把首钢园区打造成国际体育、文化交流中心。首钢集团在保留工业遗存的同时，也在为可持续发展、适合人类宜居环境做出突出的贡献。徜徉在首钢园区，我感受到的是令人难忘的文化之旅、精神之旅、科技之旅、欢乐之旅，更重要的是冬奥之旅。

2018年6月4日，国际奥委会主席巴赫先生来到首钢，亲眼看到破旧的老厂房旧貌变新颜，他激动地说："中国人历来聪明睿智，中国有句古话：百闻不如一见，如果你对城市更新感兴趣，如果你想了解奥运会是如何推动城市发展，如果你还想知道奥运会是如何助力实现一个城市、一个区域乃至一个国家的发展规划，那请你环顾四周，看看这个堪称典范的首钢园区，你将会知悉所有答案。我深信北京2022年冬奥组委与首钢集团此次合作将会非常成功，预祝2022年北京冬奥会成为一届非凡卓越的奥运盛会。"

新首钢地区已经成为奥林匹克运动推动城市发展和老工业区复兴的生动实践。绿色办奥、共享办奥、开放办奥，首钢人向2008年北京奥运会交出了一份满意的答卷，也必将为2022年冬奥会做出新的贡献！

冬奥场馆四面开花

北京冬奥会冰上运动基本在北京城区进行，雪上运动基本在崇礼和延庆举行。

举办奥运会一定要有场馆，冬奥会的场馆建设远远难于夏奥会，夏奥会建设的场馆都在北京市区，交通运输方便；而北京冬奥会场馆却大多在野外、高山、横跨京冀两省，分为北京、延庆、张家口三个赛区。

场馆是最直接的奥运遗产之一，在北京冬奥筹办工作中，一方面充分利用现有场馆，另一方面也统筹考虑赛事需求和赛后利用，努力实现场馆的持续利用，这就是北京冬奥场馆给奥林匹克运动提供的"中国方案"。

北京冬奥会需要众多场馆，其中五棵松体育馆、首都体育馆、国家体育馆、水立方等，属于旧场馆再利用，场馆建设和利用要坚持生态优先，利用现有及临时场馆和设施，保护赛区生态环境。

五棵松体育馆可以在6个小时之内实现冰球、篮球比赛转换，是国内首个在一块比赛场地上举办篮球、冰球赛事的场馆，将承担北京冬奥会冰球赛事。用超低能耗技术建造的五棵松冰上运动中心，在北京冬奥会期间将作为冰球训练馆使用，目前已经完工，其特殊设计的多彩外幕墙体系，让场馆被誉为"冰菱花"。

首都体育馆始建于1968年，将承办短道速滑和花样滑冰。首都体育馆是北京市十大风貌建筑之一，项目团队将"修旧如旧"改造理念融贯于首体老馆翻新中，场馆外观从传承保护角度出发，保留原建筑结构和材料，采用仿石涂料将场馆外立面重新喷涂，整体颜色秉承中国的传统色调。

2020年11月中旬，北京冬奥会第一块二氧化碳跨临界直冷制冰冰面在首都体育馆诞生，正对冰面的天花板上安装有激光投影幕布系统。

首都体育馆走廊顶部有超长异形软膜天花彩灯进行主题渲染，凸显冬奥主题色彩。

国家体育馆作为北京2008年奥运会主场馆之一，将变身北京冬奥会男子冰球和女子冰球比赛场馆，以及北京冬残奥会冰橇冰球比赛场地，目前场馆改造已经完工，2021年1月开始制冰。

水立方变成冰立方也是旧场馆改造的突出亮点，在水立方游泳池上铺上地板再铺上冰面，立刻焕然一新，一馆多用。首都体育馆建设时间较早，设施陈旧，这次装修下了大力气，将场馆节能改造，努力达到绿色建筑二星级标准，实现废弃物减量，让旧场馆老树新花派上用场。为了助力推广普及冰雪运动，场馆增设旱地冰壶体验项目，吸引游客前来体验。

第十章　冬奥地标"冰丝带"

北京赛区有6个竞赛场馆举行比赛，分别为：国家游泳中心的冰壶比赛；国家体育馆的冰球比赛；五棵松体育中心的冰球比赛；首都体育馆的短道速滑和花样滑冰；国家速滑馆的速度滑冰；首钢滑雪大跳台的单板滑雪。其中，前面四个是旧场馆改造再利用；后面两个是新建冬奥场馆。

双奥人的一世匠心

2019年11月21日，我与国际滑联的专家一道走进正在建设中的国家速滑馆，到处都是建筑材料，到处都在叮叮当当地施工，到处都在如火如荼地建设，橘黄色的起重机高扬起手臂伸到顶棚。馆里像个迷宫，我和北京冬奥组委速度滑冰竞赛主任王北星沿着看台走居然走错了路。

2021年3月19日，当我再次走进国家速滑馆采访时，新建的场馆已经今非昔比，旧貌换新颜。精致的顶灯酷似一枚枚钻戒，镶嵌在天幕上；椭圆形的冰面宛如凝固了的牛奶，使人忍不住想上冰滑行；玻璃幕墙外有22条由高低盘旋、似环绕飘舞的"冰丝带"，其设计灵感来自冰雪运动与速度的结合，象征着速度滑冰竞技时优美的冰刀轨迹，同时22条"冰丝带"又象征着在2022年举办北京冬奥会。"冰丝带"由晶莹剔透的超白玻璃彩釉印刷,平均每条丝带长约620米,总长度约13640米。

国家速滑馆南北长、东西短,主席台设在东侧,约12000个观众座椅,从洁白的冰面向四周渐变,从乳白、浅蓝,到深蓝,直至和墙体融为一体,仿佛由冰面伸至悠远的星空一样,在冰面的映衬下,场馆显得格外舒适温馨。

国家速滑馆外立面二层以上为高工艺曲面幕墙系统,有玻璃单元3360块,面积约为18462平方米。幕墙玻璃面板采用半钢化双超白双银低辐射双夹胶中空玻璃,由4片8毫米厚超白弯弧半钢化热浸玻璃组成,中空层为12毫米,内填充氩气。

国家速滑馆屋面索网结构采用国产高钒封闭索,索网结构平面投影尺寸约198米×124米,是世界最大的索网体育馆屋面。索网结构索体紧密,表面平整,防腐性能高,承载能力强。屋面索东西向为承重索,南北向为稳定索,均

国际雪联专家在国家速滑馆外看到了冰墩墩　孙晶岩摄

采用双索，承重索直径64毫米，共49对（98根）；稳定索直径74毫米，共30对（60根），索体总长度约为18564米，屋面索体总重量约为581吨，在承载力不变的情况下大幅度地降低了屋面结构用钢量。

作为北京2022年冬奥会新建的标志性场馆，国家速滑馆有很多亮点：世界首个采用二氧化碳跨临界直冷制冰技术制作的速度滑冰冬奥场馆；拥有亚洲最大的约12000平方米的多功能全冰面，冰面采用分模块控制单元，可以根据不同项目分区域、分标准制冰；国家速滑馆屋面单层双向正交索网结构的钢索，充分体现出集约化建设的理念，全部使用中国制造的高钒密闭索，填补国产索在大型体育场馆屋面应用的空白；"冰丝带"幕墙完美展示了速滑馆的速度与激情；规划选址采用2008年北京奥运会曲棍球、射箭临时场馆用地，规划建设时充分保护场内原有生态系统，充分利用既有资源功能空间……

景山万春亭眺望落日的男人

每年最后一天的下午，北京景山万春亭上常常会有一个男人站在那里向远方眺望，开始是自己"独上春亭，望断紫禁城"；尔后，是带着一个男孩子站在那里眺望，唯有这一天的下午他才百分之百有空休息，他要盘点这一年自己究竟干了什么，他要好好地看一下北京中轴线。

这个眺望落日的男人叫做武晓南，身旁的男孩子是他的儿子。武晓南是北京市国资公司副总裁，国家速滑馆公司党委书记、董事长，国家速滑馆团队运行主任，曾任国资公司奥运办公室副主任，北京奥运会曲棍球场、射箭场项目部总经理，国家体育场总经理。他有幸赶上了这个时代，作为北京两届奥运会的亲历者，他在奥运建筑、奥运场馆管理上投入了全部精力。参与奥运会上瘾，关键是你得热爱它。他曾经在曲棍球场、射箭场项目上倾注数年心血，曾经参与组织"鸟巢""水立方"开工仪式，曾经与国家体育场、国家游泳中心团队一起破解大型场馆赛后运营的世界难题。

国家速滑馆是北京冬奥会地标性建筑，他像熟悉自己手心手背那样熟悉国家速滑馆的一砖一瓦，一草一木，他在不停地探索奥运场馆的综合利用和反复利用。奥运会是超大型活动，只要有一个目标，尽管实现的过程中会很曲折，有很多艰辛，你仍然会体会到快乐，虽然全过程如切如磋，如琢如磨，但是收获的是满满的快乐幸福的回忆，成就感是其他项目很难给予的。

六度空间理论是一个数学领域的猜想，你和任何一个陌生人之间所间隔的人不会超过六个，也就是说，最多通过六个中间人，你就能够认识任何一个陌生人。

世界真小，作为同在北京市海淀区长大的孩子，我和武晓南有一些相熟的人和地点。他的父亲在兵器研究院做管理工作，母亲在农科院工作，他从小在车道沟大院长大，北京理工大学附中毕业，上大学就到了一墙之隔的中国人民大学。我恰好在兵器研究院工作过，也曾经在中国人民大学听过课、讲过学，认识人大毕业的一些精英，我对武晓南说，看在我和你的师兄是朋友的面子上，我得好好挖挖你。你是一个学文科的人，为什么对奥运建筑、奥运场馆管理如此精通？

探索武晓南的精神世界，不能强调学文学理，管理从哲学上讲是相通的，他是中国人民大学国民经济计划系毕业，计划汇各方之力，组织各方资源。他好比是一个信息中心、协调中心，让大家在一起愉快地工作。

从中国人民大学毕业后，他被分配到北京市政府办公厅工作，每天骑着自行车从车道沟往正义路赶，在自行车的海洋里，他感受到老百姓的喜怒哀乐，见证了首都面貌的日新月异。北京申奥成功的那天晚上，他正在北京市委办公厅加班，午夜两点走出位于正义路的办公室来到长安街，满大街都是举着小红旗的人，人们高呼着："人民万岁""中国万岁"。

干冬奥建筑寄托了他10多年前的记忆和情怀。北京奥运会期间，他担任国资公司奥运办公室副主任，参与奥运会场馆建设。2006年，在建设鸟巢、水立方的基础上，他又接到要建设网球、曲棍球、射箭场馆的任务。奥林匹克公园西北角，几乎涵盖了北京奥运会的全过程，网球、射箭、曲棍球、残奥会脑瘫足球和盲人足球在这里举行，北京残奥会最晚结束的一个项目也是在奥林匹克公园的这个场馆群落下帷幕。这里既有设计师的建筑智慧，也有运动员的拼搏佳绩。

当时，武晓南作为业主，需要高效、节俭、廉洁地建设好奥运场馆，保障好奥运会。建设时需要考虑怎么保障奥运会的需求，这是庞大的工作体系。他经历过奥运会情绪上的高低起伏，亢奋，累并快乐着。

当沸腾的钢水喷发之后

当沸腾的钢水喷发之后，当蓬勃的激情燃烧之后，一切都要从踏踏实实的建设开始起步。武晓南是一个智慧型的带头人，他负责建设的曲棍球场和射箭场在奥林匹克公园的西北角，建设好场馆后，他提出了让专业射箭运动员试一试场地的建议。他举着一个蓝色的夹子，身后跟着40多位射箭运动员，带着他们熟悉场馆线路，听取他们的意见和建议。走到主场时，他停住脚步，对大家说："现在我们走到主场了，未来的决赛场，会有6个人站在这里参加比赛，期待这块场地能创造出奥运佳绩。"

场馆是有灵性的，只有熟悉场馆才能热爱场馆，只有热爱场馆才能发挥潜能。中国女排的福地是福建漳州排球训练基地，国家跳水队的福地是山东济南游泳跳水馆，国家队滑冰运动员大多都曾在哈尔滨黑龙江省冰上运动中心滑冰馆和长春冬季运动管理中心滑冰馆训练过，在这些场馆训练都有心理暗示作用。武晓南的导引貌似漫不经心，其实绝非可有可无，他的充满人情味儿的京片子在运动员心中起到了定海神针的作用。

2008年8月14日，中国运动员张娟娟在女子射箭个人半决赛、决赛中以110环的成绩夺得女子个人射箭冠军，夺取中国射箭项目上的首枚金牌，冲破了韩国队在射箭项目上的垄断。

天空飘洒着雨点，那是老天流出的喜悦的泪花，张娟娟射箭夺冠时，别人在热烈欢呼，武晓南却热泪盈眶地在场外踱步，这里洒下他多少汗水，只有太阳知道；这里倾注了他多少心血，只有月亮晓得。与他朝夕相处的场馆给张娟娟带来了好运，接下来女子曲棍球还要在这里比赛，他期盼中国女曲姑娘也能在这里为国争光。

中国女曲是中韩合作的教练班子，主教练是韩国的金昶伯，他对队员要求非常严厉，故有"魔鬼教练"之称。2007年，"好运北京"国际曲棍球邀请赛在北京奥林匹克森林公园曲棍球场举行。当发现曲棍球场地有一块草发黑时，武晓南在比赛结束后追到了上海女子曲棍球队员驻地，问金教练为什么曲棍球场地有一块草发黑，金教练说那是菌的原因。

听了金教练的话，武晓南茅塞顿开：铺塑料草时铺快了，下雨沤了草地就会发霉变黑。回到北京，他带领团队及时对发霉的草坪进行了重新处理，草地顿时变得绿油油的。经过精心维护，北京奥林匹克公园的曲棍球场馆得到了国际组织专家认证。

2008年8月22日晚，还是在这个场馆，中国女曲与世界排名第一的荷兰女曲进行了北京奥运会冠亚军争夺战，虽然中国队以0比2不敌对手，最终获得银牌，但这是中国曲棍球奥运历史上的第一枚奖牌。武晓南的心里乐开了花，曲棍球场馆是露天的，场馆草地的平整性、透水性、保水性的数据都达标，他和建设者为参加比赛的运动员提供了优质场地，得到曲棍球队队员的褒奖，他为自己参与建设了好的奥运场馆而自豪。

北京残奥会开始了，也是在这个场馆，盲人足球踢出了风采，获得北京残奥会亚军，足球1:1平巴西队，盲人足球；3:1战胜韩国队，盲人足球；他们自信地说："恐韩症是明眼人的事情，我们盲人运动员不怕韩国队。"

场馆球类比赛从早到晚都在举行，曲棍球场在北京2008残奥会时转换为脑瘫七人足球和盲人五人足球的赛场，武晓南深深地为盲人的拼搏精神所感动，那天晚上是他的不眠之夜。当北京奥组委团队慰问盲人足球运动员时，运动员发自内心的激情和感动，令武晓南记忆犹新。

一晃7年过去了，2015年，北京冬奥会申办成功的那天晚上，武晓南参与了北京奥林匹克公园广场庆典活动的筹办。凡事预则立，不预则废，他做了几个预案：1.申办冬奥会成功；2.申办冬奥会失败；3.下雨怎么办；4.不下雨怎么办？他想好了，成功了就热烈庆祝，失败了就悄悄收场；下雨了就将队伍撤到水立方，不下雨就在奥林匹克公园广场举行庆祝活动，组织游行庆典。他的心紧紧地揪了起来，期盼着决定命运的时刻。

2015年7月31日晚上，国际奥委会第128次全会在马来西亚吉隆坡举行，将投票决定2022年冬奥会的举办城市。他目不转睛地盯着电视机屏幕，激动人心的时刻终于到来。2022年冬奥会举办城市在马来西亚吉隆坡揭晓，中国北京和张家口获得举办权！北京成为奥运历史上第一个既举办过夏季奥运会，又将举办冬奥会的城市。听到国际奥委会主席巴赫先生说出"北京"时，他的心仿佛要跳出胸膛，那份紧张、激动、荣耀与自豪，情感交织，眼眶湿润。他在北京海淀区长大，太热爱北京这座生他养他的城市了，得知北京成功申办冬奥会，北京人将与冰雪来一场激情的约会，他怎么可能不热泪盈眶呢？

2016年年底，有关方面面向全球组织了国家速滑馆建筑概念设计方案征集，武晓南担任国家速滑馆初评运营组组长，各路精英呈现的十几个方案，他反复对比掂量，着重看设计理念是什么。突然，冰丝带的设计理念让他眼前一亮，22条丝带环绕椭圆形的滑冰馆，象征着速滑运动员在椭圆形的冰面上滑行，冰刀产生的轨迹，丝带在飞舞环绕。

在中外12个设计团队提供的12个设计方案里，澳大利亚博普勒斯公司提交的方案无疑是最抢眼的，冰丝带方案中选亮相时，吸引了众多的目光。国际奥委会主席巴赫说："国家速滑馆这个设计我特别欣赏，每当看到她就想到速度滑冰，感到速度与激情。"

北京建筑设计院的设计团队承担了后续的施工图设计工作。武晓南觉得未来的场馆应该是一个以体育运动为中心的城市综合体，冰丝带应以冰雪运动为中心，是一个老百姓对冬季运动美好向往的集中地。北京奥运会最好的场馆形象记忆就是鸟巢和水立方，冬奥会后，再回忆就应该是冰丝带。未来的国家速滑馆内，你可以看到冰雪为特色的体育竞赛、展览展示、群众健身、文化休闲等不同经营业态，他不希望冰丝带仅仅靠卖票来参观，靠视觉感知来吸引人，最好是深度参与体验，传播营销，冰丝带为老百姓提供深度参与的服务，结合网络营销平台，各种资源汇聚上线，对大家是更好的服务。各种业态汇聚上线，这么多富有创意的好玩的项目，老百姓一定会记住冰丝带，武晓南非常期待冰丝带场馆再出现张娟娟夺冠时的欢呼声。

他把这座场馆归纳为6个词：精耕细作、拔地而起、编织天幕、丝带飞舞、最快的冰、智慧的馆。

作为北京冬奥会的标志性建筑，国家速滑馆用不到半年的时间完成地下结构，在此之前是一个规划设计和基础建设"精耕细作"的阶段。2018年9月完成主体结构，国家速滑馆真正"拔地而起"。随着钢结构环桁架滑移就位，2019年3月屋面索网结构编织张拉完成，实现了"编织天幕"。2019年，国家速滑馆封顶封围，"冰丝带"外形整体亮相，"丝带飞舞"。2021年1月首次制冰调试成功，同年4月"相约北京"系列测试活动，国家速滑馆的大道冰面得到各方一致好评，向"最快的冰"迈进一大步。与科技部、北京市科委、北京理工大学等单位强强联合，努力打造"智慧的馆"迎接北京2022年冬奥会的检验。

筹办冬奥会，武晓南的神经格外兴奋，每天的太阳都是不同的，每届奥运会也是不同的。夏奥会是重要的人生经历，冬奥会有更多的挑战，解决好困难就是最大的快乐。天降大任于斯人也，他的使命是建好冬奥会场馆，保证奥运顺利举行，还有后期运营，鸟巢和水立方的赛后运营为办好冬奥会积累了丰富的经验。迎来冬奥需要解决很多问题，他很享受解决困难的过程。作为业主，他在北京筹办冬奥会的过程中不断克服困难，不断与各方沟通，奥运会不是一个人能完成的，需要团队合作，集各方之力，汇各方人才，讲究沟通，出发点是为了共同的目标，万事理字当先，举办赛事的场馆一定要出彩儿。

历史把武晓南放在了奥运场馆建设的重要岗位，计划拆掉北京奥运会曲棍球、射箭两座临时场馆前，他来到现场，看到自己用汗水和心血修建的场馆就要化为乌有，心怀不舍。再想到未来这里将矗立一座北京冬奥会标志性场馆，又忍不住心潮澎湃。

国家速滑馆的建设是业主牵头，总包、监理、设计共建，大家集思广益，互相沟通，各团队密切配合，不断磨合。场馆建设完成后，参与筹办冬奥的运行团队进驻，同事们初来乍到场馆不熟悉环境，业主最熟悉场馆，只要大家互相理解，多走一步，善于表达，就能凝聚人心。

武晓南平时待人接物总是笑呵呵的，说话风趣幽默，似乎很随和。但是到了工作中就显出庐山真面目，格外较真儿。他是个直肠子，不会拐弯抹角，看到某些人工作不达标，就急赤白脸地跟人家喊，有时候也会拍桌子，但他再急躁也是为了工作，对事不对人。大家体谅他的初衷是好的，理解他唱黑脸为了啥。他多花时间与大家沟通，团队的凝聚力会化解矛盾。举办一届精彩非凡卓越的冬奥会谈何容易？需要一步一个脚印去实现目标。当年曲棍球场地和射箭场地建设时，他请了运动员来沟通交流，而今举办冬奥会，办赛要出彩，参赛也要出彩，运动员依然是最重要的客户群之一，他邀请速度滑冰冠军王北星来场馆坐镇出谋划策，冰丝带的第一块冰刚刚铺好，就请王北星上去试滑，耐心倾听她的意见。以运动员为中心是本届冬奥会提出的口号之一，武晓南把服务好运动员作为自己的首要目标。

2021年4月13日，我和外国使节一起去国家速滑馆参观，武晓南深情介绍冰丝带。看到我和武晓南在聊天，北京建筑设计研究院的设计师说："冰丝带场馆的业主在这儿呢！"武晓南幽默地说："我对你们设计的屋顶有意见，以后一定要按照业主的身量去设计，像我这么胖的体形上不去，是因为你们把屋顶的出口设计得太小了，这是最大的失败。"

在国家速滑馆的引领下，北京冬奥会场馆一共有7处冰场选择了使用二氧化碳制冰。为了达到最好的制冰系统调试和最佳的制冰效果，邀请了国外制冰师马克和他的团队来到中国，还从哈尔滨和长春请来两个制冰师团队帮助冰丝带制冰。马克和他的团队往返于加拿大和中国，严格遵守两国的防疫规定。在北京隔离期间马克度过了他60岁的生日。那天，中方团队为他举行了一场"隔空派对"，当他看到武晓南帮他订的生日蛋糕时开玩笑说："我真不知道你们中国人这么重视60大寿。这么说来，我能在中国庆祝60岁生日也许是最好的。"

国家速滑馆制冰团队里还有一群年轻的身影，他们是来自"双冰场馆制冰人才订单班"的学生。2019年，在国资公司统一部署下，国家速滑馆、国家游泳中心与北京电子科技职业学院联手开设了"双冰场馆制冰人才订单班"，学生进入冬奥场馆实习被写入培养计划。武晓南说："保障冬奥会要组建过硬的冰务团队，赛后运营更离不开人才支撑。但当时，国内专业制冰人才很少，在北京更加稀缺。利用建设顶级场馆的机遇带动职业人才培养，不仅符合国家职业教育发展方向，也能为国家留下宝贵的冬奥人才'遗产'，企业和学校一拍即合。"

作为双奥人，这些奥运场馆倾注了武晓南的一片丹心。

二氧化碳直冷制冰

奥运场馆要按照世界高标准建造，电力消费需求综合实现100％可再生能源，新建室内场馆达到绿色建筑三星级标准。清洁能源将助力北京冬奥会在奥运历史上首次实现全部场馆绿色电力全覆盖，张家口的风就起到了风力发电的作用。

当前，温室效应日趋严重，雾霾、沙尘仍然会袭击北京和张家口，2021年3月15日，蒙古国来的沙尘暴再袭北京，上午9点钟，北京城六区PM10浓度高达每立方米8108微克。生态环境部副部长赵英民表示：本次沙尘暴是突发性的，沙尘随大风直奔北京，浓度也远超预测，这说明人类对自然的认识有限，我国生态脆弱问题依然严重，生态环保任重道远。

举办冬奥会就要聚集人，一届冬奥会从五湖四海来的运动员、裁判、记者、观众要有几万人，凡是有人群的地方必然排放二氧化碳。为了应对冬奥对气候变化的影响，就要开展低碳管理，促进低碳能源利用，推进低碳场馆建设，构建低碳交通系统，实行低碳办公措施，探索碳排放补偿机制。张家口地区靠近内蒙古，风沙大，对于这个风口我们要进行大气污染防治，开展风沙治理，水源保护和治理。加强区域生态环境联防联治，切实改善京张地区生态环境质量。

二氧化碳制冷有很多优点，无毒无味、节能、稳定性好、制冷均匀等等。北京大学工学院能源与资源工程系教授张信荣表示：目前市场主流制冷剂都有强烈的温室气体效应以及对臭氧层的破坏作用，而二氧化碳是一种天然、绿色、环保的制冷剂。液态的二氧化碳蒸发吸热完成制冷和制冰的过程。在这个排热过程中，我们可以把这个热量全部回收利用。

张教授的建议得到了专家的首肯，在冰板构造、制冰，冰面的研发过程中开了很多专家会。武晓南做了很多认真的前期调研。国家速滑馆冰面巨大，二氧化碳既可以当制冷剂，也可以当载冷剂，冰面下的传导是均匀的，低于0.5摄氏度的误差，二氧化碳制冷的选择就是挑战，要做最快的冰。

国家速滑馆以"冰"和"速度"为设计象征，从设计理念、技术工艺、材料选取、施工技法等多个方面实现了创新和突破。而在国家速滑馆建设之初，二氧化碳直冷制冰只是一个设想。

确定了二氧化碳制冰后，场馆团队开始逐渐打造"最快的冰"。20多名高压双证焊工60多个日日夜夜的不懈努力，8574道焊口全部完成焊接。17厘米的完整混凝土地面，水平高差控制在4毫米左右。这些扎实的工作，为制作"最快的冰"打下坚实基础。经底板清洁、底冰浇筑、喷漆画线、分层多次浇冰、冰眼敷设、防撞垫安装等多道工序，场馆首次制冰顺利实施。

国家速滑馆冰面比赛区规划3条400米速滑比赛道、1条速滑比赛练习道、两块标准冰场、1块活动冰场。在赛后，我们依旧期待这块划时代意义的冰面，继续体现它的价值。

国家速滑馆制冰系统负责人马进说："这是第一次在能够满足冬奥比赛要求的多功能超大冰面滑冰馆采用二氧化碳制冰技术。作为北京冬奥会速度滑冰比赛场地，国家速滑馆拥有亚洲最大的多功能全冰面设计，冰面面积达1.2万平方米。充分考虑赛后再利用。"

国家速滑馆冰面采有分模块控制单元，可以将冰面划分为若干区域，根据不同项目分区域、分标准进行制冰。平时可以接待市民开展冰球、速度滑冰、花样滑冰、冰壶、短道速滑等所有冰上运动。

国家速滑馆是世界上最大的采用二氧化碳跨临界直冷制冰系统的冰面，也是全球首个采用二氧化碳跨临界直冷制冰的冬奥场馆。这项技术是目前世界上最环保的制冷技术，碳排放趋近于零；同时也是最先进的制冷技术，冰面温差可以控制在0.5摄氏度以内。这样制冷相比较传统方式不仅效能提升20%以上，而且制冷非常均匀，不会出现部位温度不一样的情况。同时，国家速滑馆专门建设了能源管理智能系统，将制冷产生的余热用于运动员生活热水、融冰池融冰、冰面维护浇冰等。

武晓南觉得二氧化碳制冰可以在冬奥会的时候给我们提供一块冰面温度最平均最均匀的冰面，它的余热回收产生的热平衡将为我们每年节约大概两百万度电，是实现可持续发展的一个良好基础。二氧化碳制冰不仅绿色环保，而且制冰质量好，他立刻联系国家专利局申请专利。

2022年北京冬奥会几个场馆使用新型的二氧化碳制冷剂，这将是冬奥会历史上首次使用这项技术，炎黄子孙用实际行动表明了中国为维护地球共同家园做出的努力。

一湖一场一赛道

武晓南是北京奥运会北区场馆群服务副主任，职责是为观众服务。他像熟悉自己手心手背那样熟悉冰丝带这个场馆的地域：张娟娟的奥运会射箭冠军是在这里取得；盲人足球的残奥会亚军是在这个场地获得；如今，速度滑冰的健儿又要在这里展翅飞翔，他对这块吉祥之地充满了感情。

国家速滑馆已经竣工，但是周边还需要搞绿化和配套建设，他想在冰丝带周边建造一湖一场一赛道，一湖就是在现在简易办公楼的位置挖一个湖注入水，冬天冻成天然冰，和场馆里的冰面相映成趣。

北京奥运会时他和这个场馆的所有运动员朝夕相处，对盲人足球运动员留下深刻印象。盲人踢足球需要戴眼罩和头箍，守门员是明眼人，比赛时裁判用木棍敲球门框，足球里有铃铛，盲人听风辨器踢球。北京奥运会最后一场盲人足球赛，巴西盲人队员往中国队球门射门，明眼人守门员没有守住，中国队获得亚军，守门员当场痛哭流涕，这个场面令武晓南记忆犹新。

正因为北京奥运会盲人足球曾经在这块场地进行，而国家速滑馆没有冬残奥会的项目，他想在场馆周围建设一个盲人足球场，建足球场倾注了他对盲人足球运动员的感情。健全人平时可以来踢足球，届时会给每人发一个眼罩，五分钟之内免费体验盲人足球运动，让你体验盲人足球的精神内涵。然后扫二维码，请您关注一下盲人足球，摘掉眼罩后正常踢球。

《西西弗的神话》是法国作家阿尔贝·加缪一部哲学随笔集。里面有一句话给他印象深刻："意识因关注事物而照亮事物。"他想用足球场表达对盲人足球运动员的敬意。

一赛道就是以冰雪运动为中心，聘请为冬奥会设计赛道的专家围着冰丝带场馆设计一条越野滑雪赛道和冬季两项赛道，夏天可以滑草，冬天可以搞越野滑雪和冬季两项运动。

场馆里面速度滑冰，外面越野滑雪、冬季两项，相映成趣，相得益彰；冰丝带里面分区控制，有速度滑冰、花样滑冰、短道速滑、冰球、冰壶……冰球和滑冰区域周围设有挡墙。

他想在观众区做一个酒吧，男人们坐在高脚椅上一边喝着威士忌聊天，一边看着自己的孩子挥着冰球杆向自己这边的挡墙冲来，是不是有种村上春树小说里的感觉呢？孩子们在滑冰，带孩子来的妈妈们为孩子们选择冰刀鞋和打冰球的护具，一幅多么美丽的画面啊。

作为场馆管理者，武晓南竭尽全力组织资源，求助各方，怎么测冰温，怎么往冰下埋管线监测运动员滑冰速度和蹬冰力量，都需要不断学习。

北京男孩儿大多都喜欢历史，喜欢体育，我是在武晓南的提醒下才注意到在国家速滑馆红线内西南方向，有一座乌雅·兆惠墓。

乌雅·兆惠是正黄旗满族人，曾任山东巡抚、户部尚书、协办大学士。卒于乾隆二十九年（1764）。墓丘早已夷为庄稼地，但墓地前面的华表和墓碑还在。一对汉白玉的华表高高耸立，华表的顶部刻有蹲兽冲天吼，冲天吼下面的望柱上横插着云板，上面刻有祥云。按常规华表前面应有石狮，当地庄户老张头说，早先是有一对石狮子，五十年代连同三块石碑一块拉到八宝山去了。墓碑十分高大，有"加赠太保、原任协办大学士、户部尚书、一等武毅谋勇公兆惠"的字样，立碑日期为乾隆二十九年十二月二十五日。

武晓南有时候会站在乌雅·兆惠的墓碑旁浮想联翩。这块地皮原来属于洼里乡，乌雅·兆惠是乾隆年间著名的武将，平定了北疆准噶尔之乱，荡平了南疆的大小和卓之乱，因此成为中国历史上收复疆土最多的将领。这位将军跨越天山南北作战，死后埋葬在洼里乡，天山是一座有积雪的山，乌雅·兆惠选择冰丝带旁的一角作为长眠之地，冥冥中预示了冰丝带与冰雪之间的渊源。

武晓南干一行爱一行，倡导大家熟悉冰上运动，并熟悉与冰上运动相关的各个系统之间的关系。对于冰面温度和冰底温度是多少，二氧化碳排放多少，出水口的温度多少，他都烂熟于心。国家速滑馆以运动员为中心，智慧场馆要能拍摄、抓取运动员动作，搞好力量、速度等运动数据分析。作为双奥人，武晓南在手机上制作了冰上15个项目运动的微信表情包——大道速滑从这里出发。奥运会承载了他的梦想，寄托了他的期盼。

两个奥运，一世传奇

郑方行

在东岳泰山脚下，有一个泰安市；在泰安市的怀抱里，有一个不起眼的县城——宁阳县。宁阳县历史悠久，西汉时汉高祖于宁山（今伏山村南）之南置县，因山南为阳，故名宁阳。县里最好的中学是一中。1988年，宁阳第一中学爆出了冷门：当年山东省的高考理科状元在这所名不见经传的中学出现。宁阳的著名景点有文庙、神童山森林公园、禹王庙和灵山寺，小县城出了一个神童郑方，瞧这名字起的，上数学课时同学们会拿他开玩笑：郑方，老师今天讲"郑方行"（正方形）。

他的父亲是县里的公务员，母亲从农村到县土产公司做职员，普普通通的家庭养育了三个子女。母亲受到的教育不多，但是傍晚的时候，会在乡下的家里，坐在昏黄的灯光下，一边手工给玉米脱粒，一边给孩子们讲状元郎进京赶考、高中皇榜的传说。宁阳一中有一批热爱教育的好老师，非常敬业，语文老师毛树贤是省作协会员，文采飞扬，精心研究孙犁的作品。他鼓励郑方学好语文、训练写作。郑方因此语文成绩很好。他学业轻松，不死读书，门门功课优异，看起金庸的小说通宵达旦。

他参加过山东省高中数学、物理、作文大赛，文理兼修，德智体全面发展。山东是高考大省，考生极多，能够在山东省考出状元谈何容易！而这个貌不出众语不惊人的小伙子硬是摘取了桂冠。那时候高考是先报志愿，究竟报考哪所大学好呢？父亲的一个朋友从事建筑行业，热情地对他说："建筑行业不错，你报建筑专业吧，同济大学的建筑系最好。"

他听从叔叔的建议填写高考志愿，第一志愿就是上海同济大学建筑系。高考631分，被同济大学录取，读了五年本科。上大学以后才开始从头学习画画、学习德语，全凭自己的悟性跟同济的老师们学习建筑学专业。

郑方在同济大学读书时，钱锋老师博士毕业到同济任教，开设体育建筑设计课。钱老师可谓是他在体育建筑领域的启蒙老师，为他开启了专业领域的大门。他在同济大学不仅倾心专业训练，而且热爱体育运动。参加校运会1000米比赛，能排前十名。对体育的热爱长久不变，中年以后开始尝试马拉松比赛，42公里全程。到目前已经参加过北京、京都、纽约等10个马拉松比赛，比赛完，奖牌送给女儿做礼物，存在她的小柜子里，光彩照人。他现在仍然每周坚持跑步，每年跑上千公里。建筑设计需要综合运用数理、几何、逻辑、绘画、写作的本领，文理艺术兼修使得他如鱼得水，体育又能锻炼坚强的意志。

1993年临近本科毕业，因为清华大学研究生外语考试没有德语科目，他用一个月的时间强化英语，以优异成绩考取清华大学建筑学院，跟从俞靖芝老师读硕士。清华大学建筑学院是大师云集的地方。知行合一，先生们的学识和作品引领了中国设计理论和实践的发展，是建筑学的殿堂。清华地处首都北京，精研传统，人才济济，学术氛围浓厚。从到清华大学读书开始，到2022年冬奥会，他从事建筑刚好满30年。1996年，他硕士毕业到清华大学设计院工作；1999年，他跟随清华大学建筑学院庄惟敏老师，参加设计的第一个体育建筑就是清华大学综合体育中心。

2003年8月，郑方正式加入中建国家游泳中心设计联合体，负责水立方的设计工作，自此写下两个奥运7个场馆设计的传奇。设计联合体由中建总公司牵头，成员包括澳大利亚PTW、ARUP和中建国际（深圳）设计公司（后更名"CCDI悉地国际"）三家，赵晓钧担任中方总负责人。从方案深化开始，郑方担任设计联合体执行总负责人，主持水立方奥运会赛前的设计工作。同时，他组建设计联合体，在奥林匹克公园网球中心（后更名"国家网球中心"）、曲棍球场、射箭场设计竞赛中获胜；独立设计在沙滩排球赛场的设计竞赛中获胜。由此，他为2008年北京奥运会主持设计了5个竞赛场馆。

2008年8月，游泳运动员在水立方24次刷新21项世界纪录，菲尔普斯一个人得到8块金牌；中国跳水梦之队在周继红领队带领下，获得跳水的7块金牌，书写了奥运史上的传奇。奥运会赛后，郑方作为设计总负责人，陆续主持完成水立方2009年赛后改造、2014年APEC改造、2022年冬奥会冰壶赛场改造的设计工作。

这些场馆的设计，都实现了建筑形式、结构性能和节能策略的完美统一，使北京奥运场馆融合了世界范围内可持续设计的顶尖技术，深刻地影响了当今大型公共建筑的设计。这些场馆也锻造了他独特的建筑设计观念，包括三个核心要素：象征性的体积、超级结构和渐变立面。

2009年秋天，他回到清华大学，跟庄惟敏教授读博士，学习技术哲学、人类学课程，潜心研究技术的意义和方法。理论结合实践，成就了他的博士论文研究。2014年6月，郑方在自己亲身参加设计的清华大学综合体育中心里面，接受陈吉宁校长拨穗，从他手里庄重地接过了博士证书。

奥运是不可重复的历史，郑方大学毕业时对建筑专业充满好奇和探索的愿望，塑造了自己的人生。北京奥运会期间，他主持设计国家游泳中心、国家网球中心等5个赛场，这是时代赋予他的机遇。

郑方的博学、真诚和谦和获得同行、同事们认可。北京冬奥会申办成功，国家游泳中心董事长杨奇勇就拉着他一起商量如何为冬奥尽力。这两个建筑专家在北京奥运会时还是两个小年轻，是同一条战壕的战友，彼此非常默契。水立方里面的画应该怎么挂，展览应该怎么布置，杨奇勇时常认真听取建筑师的意见。杨奇勇忧心忡忡地对他说："到了冬奥会，水立方的游泳池要浇上砼，改成冰场。我觉得不成啊，这是全世界最快的游泳池，真要浇上砼，我就当场辞职。"

郑方安慰杨奇勇说："放心，咱国建筑工业化体系发展这么久，还有那么多科学家，预制装配场地一定能达到现浇砼场地一样的性能。"

2016年4月，两人一起到瑞士巴塞尔观看男子冰壶世锦赛，研究可以拆装的制冰系统。当时拜见了世界冰壶联合会的主席凯特·凯斯尼斯，她非常喜欢水立方。虽然技术官员们对冰壶场地的复杂性忧心忡忡，她仍然支持水立方进行水冰转换实验和测试。条件是：如果实验不成功，立即采取浇筑砼的方案。

游泳池改成冰场这件事，以往只在日本东京的一个小体育馆做过，夏天做游泳池，冬天铺上冰场做社区活动，都是小打小闹。但是冬奥会的冰场，需要的是世界上标准最高、技术要求最严格的冰。中国是基建王国，有建筑工业化体系，从数字设计到智慧建造，中国的建筑在全世界理应处于领先的位置。要面对水冰转换这样前所未有的挑战，必须得到最新科技的支持。于是，他俩从瑞士归来，直奔北京市科委。

国家游泳中心以水为灵魂，创造了无数奇迹，绝不能失去世界上最快的游泳池，还要做成世界上最有智慧的冰场。他们到北京市科委恳请课题帮助。市科委社会发展处的邢永杰处长和祁丽荣工程师大力支持，为水立方水冰转换立项：研发世界上最高标准、最有智慧的人工冰场。然而水是液态，冰是固态；冰场的基础需要像浇筑砼一样坚固；游泳池又湿又热，冰场又冷又燥；水立方的自然光线照射对冰也有影响。怎么解决这些难题呢？

两个挚友在一起商量，杨奇勇说自己哈工大的师兄张文元教授能够解决怎么让冰场坚固稳定，研究力学和结构性能；郑方了解清华大学建筑学院的江亿院士是中国顶级的空调制冷和环境专家。于是，郑方和杨奇勇到清华大学建筑学院拜访，恳请江亿院士加入，指导科研队伍研究室内环境和气流组织。后来，水立方冬夏场景转换的研究获得科技部"科技冬奥"专项支持，研发可持续技术体系和智慧场景，为世界范围内奥运场馆的运营树立典范。

科研团队成功组建，郑方、杨奇勇和科学家们一起设计试验、测试方案，在水立方搭建了两条、五种不同体系的试验赛道。来自清华大学、同济大学、哈尔滨工业大学、北京交通大学等四所大学和中建一局、商汤科技等科研团队齐心协力，攻坚克难，成功研发冬夏场景的智能转换体系，包括可转换场地、可调节环境、智慧场景控制和增强观赛体验等关键技术，在"相约北京"测试活动全面应用。郑方的博士导师庄惟敏院士主持科研项目实施方案论证，和专家们一起提出了宝贵的指导意见，保证了技术的圆满实现。有感于郑方等设计师的科学攻关，欣然赋诗：

七律·咏水立方变冰立方

丹枫诱惑思霞梦，桂月寒兰笑意融。
驱动火云迎赛事，协调冰水似神工。
清风泳道开心境，素蕴瑶壶耀眼瞳。
璀璨方晶花绽放，扬鞭跃马鼓声隆。

冰上划痕成丝带

2016年6月，北京市规划委员会组织国家速滑馆的国际设计竞赛，杨奇勇鼓励郑方参加设计竞标。郑方当时所在的公司规模小，无法通过资格预审参赛。

但是射箭场、曲棍球场都是他主持设计的奥运场馆，那里曾经洒下他的汗水，他实在太爱这个地方，太想再为冬奥出力。于是，他在全世界寻找合作的设计公司。5月30日，郑方推荐博普勒斯公司在中国的负责人到上海同济大学讲座，约定合作参加国家速滑馆的设计竞赛。当时一共有英国、德国、日本、法国、澳大利亚等7家外国设计公司、5家中国设计公司参与竞赛。英国的福斯特公司设计了香港汇丰银行、首都机场T3航站楼等著名建筑，在建筑界大名鼎鼎；国内的中国建筑设计研究院、清华大学、华南理工、哈工大、北京建筑设计研究院也是最强的国内大院，12家实力雄厚的设计公司开始竞标。

2016年7月22日，国家速滑馆的国际设计竞赛开始，到2017年4月25日《北京日报》报道"冰丝带"方案获胜，设计竞赛历时9个月。

从"冰丝带"竞赛获胜之后，技术设计和建造历时4年，郑方百感交集。他想起法国著名昆虫学家、文学家、博物学家法布尔的话："四年黑暗中的苦工，一个月阳光下的享乐，这就是蝉的生活。"奥运会的特点是，4年尘土飞扬的建造，16天比赛举世瞩目的辉煌。

他说，如果我们短暂的一生有一些必须要做的事情，那么到体育场看比赛，一定是自己全力推荐的：去亲眼见证赛场上精妙绝伦的技巧，体验风驰电掣的速度，感受石破天惊的力量。而奥运会，就是这样的顶级赛事，没有之一。

作为一个建筑师，他有幸参与了两届奥运会场馆建设，主持2008年奥运会5个场馆、2022年冬奥会两个场馆，总计7个竞赛场馆的设计任务，与奥运结下了一生的缘分。他时常觉得作为一个建筑师，能赶上两次奥运会，经历这样一个波澜壮阔的时代是何等幸运。建筑的历史，就是我们生活中一切事物的历史。

2018年9月，国际奥委会副主席、北京冬奥会协调委员会主席小萨马兰奇现场考察水立方和冬奥会场馆，郑方负责水立方和冰丝带的陪同和讲解，小萨马兰奇称赞："北京正在筹办一届充满智慧的冬奥会。"

不同时代的建筑书写城市的历史

北京奥林匹克公园中间的仰山，是北京2008年奥运会之前修建的，位于北京城市中轴线的最北端。仰山的名字取其高山仰止的意思，和紫禁城北的景山合称，表达"景仰"的意思。仰山虽然只有49米高，但是象征意义无比重要。郑方思忖着：国家速滑馆肯定不能比仰山更高，而且应该是一个环保节能的建筑，还是北京冬奥会的文化符号。

郑方对国家速滑馆的场地心里门儿清，从一开始就分析2008年北京奥运会的前后院关系和赛时运营流线，形成了强化中轴线、扩展奥林匹克森林公园、控制建筑高度三个设计准则。一旦开始，设计概念的产生和发展如同行云流水，一气呵成。

2016年8月，博普勒斯公司找了伦敦的一个叫做CRAB的工作室作为合作方。郑方独自乘坐CA937航班，去伦敦和他们一起工作两周。他一边通过网络，指导北京的同事们尝试设计概念，一边在伦敦和CRAB工作室沟通各自的方案进展。CRAB主要是AA建筑学院的实习生，习惯于由擅长的软件制作复杂特异的形体，郑方明确地知道这些行不通，于是详细地向他们说明自己带领北京小组做的完整椭圆、透明立面的设计概念，沟通为什么作为中国的国家符号，速滑馆应该像鸟巢和水立方那样，单纯、完整、有力。

郑方很喜欢伦敦。伦敦的房子跨越时代，有新有旧，新房子的现代故事和老房子的历史故事同样精彩。这里的每一个角落都有某个时代的建筑在诉说过去，这里的大街小巷都流露出历尽风霜的痕迹。一刹那间，你可以从建筑跨越数百年的历史。伦敦鲜活而完整，无论你是学自然科学、人文科学还是学艺术，徜徉于伦敦丰富的杰作中，都能找到站在巨人肩膀上去发现、创造的感觉。伦敦的建筑代表着每一个时代建筑的最高峰，有很大的包容度，符合建筑的本源。郑方住在伦敦的利物浦街站，周末跑步，经过金融城、圣保罗大教堂，自舰队街一直到圣詹姆斯公园和白金汉宫、绿色公园，从威斯敏斯特桥过泰晤士河，经过南岸，再从千禧桥返回。从近代以来的建筑到当今最高技术的建筑，鳞次栉比。伦敦和北京的城市有特别的相像之处，具有跨越时代的包容性。北京既有皇城和古老的四合院，也有鸟巢、水立方和冰丝带这样最新锐的设计，冬奥场馆应该记录时代的最新技术。

北京冬奥会新地标

大道至简，国家符号应该是一个完整形态，而不是碎片。

郑方和同事们完成预想的设计策略：中间凹陷的双曲面屋顶、倾斜透明的立面，以及屋顶起伏一致的立面线条。然后他们研究发展立面圆管的数量和分布。最早在立面上使用了18根圆管，用犀牛插件使这些圆管形成内外不规则的错位，连接错位的圆管定位玻璃幕墙，分隔室内和室外空间。这样立面就包括4叠弯曲的玻璃幕墙，以及这4个褶皱上渐变分布的玻璃管。当时的想法很简单：要想立面的线条有进退关系，最有效的方法是做成带有弯曲面的玻璃。在曲面玻璃凸出的部位，玻璃管非常密集；而凹进的部位，玻璃管更疏松。10月初，郑方的团队把完成的数字模型提交给实体模型公司、效果图和动画公司，按计划开始后期制作。在深圳3D打印弯曲透明的立面小样，测试实体模型的视觉效果。

看到建筑效果图和动画的小样，郑方把国家速滑馆和鸟巢、水立方的立面局部组合在一起观察，觉得它们的立面都带有渐变、时尚的质感，应该有一个相称的名字。叫什么好呢？"冰糖葫芦"？"冰陀螺"？都不好。直到看见效果图上像轻纱一样的曲面玻璃，灵机一动，就叫做"冰丝带"吧。这个名字刚柔并济，朗朗上口，通俗易懂，它将传遍全世界。不远的将来，《北京日报》会在头版公布"冰丝带方案赢得国家速滑馆国际设计竞赛"！

2016年10月20日，冰丝带方案由博普勒斯公司交付。从10月底到12月，经过技术组初评和院士、专家评委会评审，从12家竞赛单位选送的设计方案选中了前三名，其中就有郑方设计的"冰丝带"，方案编号B04。前三名都要根据主办方的意见，限时修改方案。

设计方案是郑方做的，他当时工作的公司平台小，必须找一个业绩足够的大公司才有机会参加竞赛。他有着强烈的奥运情怀，只想着给北京设计一个好场馆，为时代留下一个好作品，将自己的心血毫无保留地拜托博普勒斯公司递交。竞赛进入前三名之后，博普勒斯公司委派伦敦的工作室修改方案，距离初始的设计概念越来越远，冰丝带方案面临失败。郑方的心像利刀绞割般疼痛，这段时间是他职业生涯中最黑暗的时期。幸亏北京市规划委员会否决了博普勒斯公司的多次修改。

四个月已经过去了，博普勒斯公司请郑方修改设计，方案重新回到郑方手里。

2017年4月，郑方接手修改设计方案，纵使刀光剑影，我自岿然不动。当时国家领导人看过最初的方案，提出冬奥场馆要有冰雪特色。他把原先建筑的内核改成蓝色以增强冰雪特色；立面丝带由54条改成22条，寓意2022年北京冬奥会。4月14日，递交设计完成稿。

2017年4月25日，郑方一早到长安兴融中心停好车，在大堂咖啡厅等候一个项目工作会。点好早餐茶，在微信朋友圈看到北京日报首席记者耿诺写的新闻：

《与鸟巢水立方为邻！冬奥新建馆芳名"冰丝带"》

他一时百感交集，眼泪几乎夺眶而出。转发新闻的时候，他用了"两个奥运，一世传奇"的标题。建筑师生逢盛世，该当用设计创造历史，书写传奇。

设计是有灵性的

作为北京市建筑设计研究院冰丝带项目负责人，郑方带领工作室的十几位建筑师，以及北京建院的工程师、专业顾问工程师一起，重新开始方案深化设计。在竞赛方案提交的时候，曲面玻璃幕墙的结构还没有确定，只在最终的修改方案中有钢索支撑S形龙骨的示意。所以，最初的阶段用于解决曲面幕墙的结构体系和建筑效果问题。建筑师建模，结构工程师计算、优化，他们一起研究了很多方案，中间颇多争议。

郑方和项目组的同事们一起，分步骤解决了几何逻辑构建、超大跨度索网找形、曲面幕墙工艺、单元式屋面系统、预制看台、消防性能化、机电综合、冬奥运行和流线等关键技术问题。从2016年10月概念设计的第一版三维建模，到BIM模型交付施工现场，完整的速滑馆数字模型有近20个。2017年11月20日完成初步设计；2018年6月完成施工图设计。建造过程总体进展顺利，建筑效果逐步显现，像胶片显影一样，慢慢接近效果图和动画预想的场景。

冰丝带是代表现今时代集大成的一个冬奥建筑。然而从概念到实施，把设计蓝图变成一个现实的场馆，还需要艰苦的付出。尤其是屋顶和曲面玻璃幕墙两大难关。在科技部"科技冬奥"专项支持下，郑方和同事们完成了很多世界首创的研究：

速滑馆是世界上跨度最大的单层正交索网结构体育馆，为它找到空间最紧凑、结构性能最高、室内效果最动感的屋顶双曲面。

研发世界上第一个金属单元柔性屋面系统，适应钢索结构的变形。

大规模的曲面玻璃幕墙前所未有。他们用数字化模型去测试，使生产工艺标准化。

一直到冰丝带竣工，郑方与团队一直并肩战斗，使传统的建造过程变成全部数字化的过程。不像工地，更像现代化大工厂。在我采访时，设计师仍然在现场督促收尾工作。

冰丝带是一个有智慧、有生命的建筑。最初设想的绿色节能、高效结构、建筑效果总体都实现了。郑方心潮起伏，回想2008年8月，和成千上万的观众一起，在自己负责设计的场馆里看激情燃烧的比赛；那种场景仿佛就在昨天。2022年冬奥会转瞬将至，他期待再次看到奥运圣火照亮每一个人。

建筑师一定要博采众长，见多才能识广。他曾经在2008年北京奥运会、2012年伦敦奥运会和2018年平昌冬奥会现场观看比赛；也曾经访问悉尼（2000）、雅典（2004）和东京（1964、2020）的奥运场馆。每个城市的设计各有特点；但在他看来，北京的场馆从设计、建造、运营角度，都能代表当今时代奥运场馆的最高水准。建筑不只是美好生活的场所，它还是一个凝聚当今技术力量的复杂系统。

也许，我们应该感谢山东宁阳县那个劝郑方报考建筑学院的叔叔，正是他的点拨，少年的郑方才走上了建筑之路；我们也应该感谢同济大学和清华大学，正是这两所大学培养了一个优秀的建筑师；我们更应该感谢这个时代，正因为国运昌盛，中国北京才可能两次申奥成功，郑方才有幸设计这些奥运场馆，为我们所有人生活、热爱的城市描绘壮丽的画面，成为名副其实的双奥设计师。

主持设计7个奥运场馆，是他一生的荣耀。水立方、冰丝带项目获得各种奖项，他实至名归：中国建筑学会第7届青年建筑师奖、第11届中国青年科技奖、北京市委市政府表彰奥运工程建设功臣、中共中央国务院表彰先进个人等。在场馆设计过程中，他和很多学识渊博、充满智慧、勤恳敬业的人共事；他从内心深处尊敬和感谢他们，也赢得了他们的敬重。

同济大学建筑学院的郑时龄院士创立了建筑批评学，郑方对建筑的认识很多来自他的著作。2019年，郑时龄老师当选全国最美教师，郑方和三位同济校友陪同他参加中央电视台的颁奖典礼，当场背诵了老师的教诲："建筑作品用于表达建筑师和社会对建筑本体的认识，蕴含了对未来方向的思考，表现出历史参照性和导向性。"

"绿色节能可持续"是北京赛区冰上场馆新建和改造的核心主题。郑方告诉我在轻型结构和智慧建造方面，"冰丝带"采用面向未来的单层双向正交马鞍形索网结构，大大减少屋顶用钢量；在打造可持续赛后利用场景方面，"水立方"通过"水冰转换"可拆卸结构，已实现冬季、夏季两个使用场景的转换。此外，在北京赛区冰上场馆新建和改造过程中，建筑师为场馆建立节能体系，包括控制新建场馆容积、增强自然通风和采光利用，提升场馆能源运行水平等，降低了冰上场馆对环境的整体影响，提高了场馆运行效率。

郑方像一块海绵，总在吸纳新知；他像一只勤劳的蜜蜂，不停地在花丛中忙碌。最近，他参加雄安设计讲坛，听袁烽老师讲后人文数字建造未来；他奔赴石家庄城市馆、图书馆，领略设计的魅力；他还在清华大学经管学院做"西体东看台"城市体育创新发展讲座，协助同行一起，破解体育场馆规划建设与运营管理难题。

每当郑方面临艰巨的挑战时，首先想到的就是向母校求助。冰立方和冰丝带科技冬奥专项攻关，他邀请同济大学的老师，还有清华大学自己的博士生导师庄惟敏来指导。

日本作家村上春树写过很多文学作品，难能可贵的是他还是一个马拉松爱好者。郑方也是马拉松爱好者，酷爱跑步，无数次在奥林匹克公园经过水立方、冰丝带、莲花球场，看到这些从自己设计的蓝图变成现实的建筑，内心都充满自豪。回想起与同事们日夜奋战的岁月，觉得所有的辛苦与付出都值了。不久的将来会有千千万万人来到冰丝带，见证激动人心的历史时刻，那是他最期盼的美好瞬间。

最近，郑方给我打电话兴奋地告诉我，国家速滑馆金属单元柔性屋面获评2021年度"建筑防水行业科学技术奖——技术进步奖"一等奖。

连续访问了十几个冰场，现场观看了2020—2021赛季全国速度滑冰冠军赛，我深感速度滑冰的魅力，这是速度与激情的展现。激动人心的比赛即将开始，屋顶上的3圈LED体育照明灯开启，曲线飞扬，星汉璀璨，犹如银河高悬空中。我觉得她的穹顶仿佛一枚巨大的钻戒，她的冰面酷似凝固的牛奶溢出乳香。前年我亲眼见过冰丝带建设中的模样，而今再睹芳容分外高兴，欣然赋诗。

七律·咏国家速滑馆

环绕飘飞俊秀梁，晶莹剔透润心房。
玲珑穹顶钻光亮，洁白冰肤雪乳香。
方叹高钒织索网，又疑仙桂映帘墙。
雄鹰展翅任腾跃，速度豪情尽骏翔。

2021年金秋，"相约北京"速度滑冰中国公开赛在国家速滑馆"冰丝带"闪亮登场，这是北京冬奥会首场国际测试赛。国家速滑馆的冰面经过国际测试赛检验，被国际滑冰联盟副主席创·埃斯普利形容为"无与伦比"。两年前与国际滑联专家一起参观"冰丝带"的场景历历在目，如今听到这样的赞许，我的心情格外激动。当年的大工地，今天的好赛场，唯有亲历，才能感悟。在3天比赛中，共有4名运动员5次滑出个人最好成绩。

奥运比赛是唯一一个让全世界聚会一处和平竞争的大会。奥运是多元世界上最强有力的团结象征。在我们脆弱的世界上，尽管存在各种分歧，体育的力量使世界汇聚一堂，让我们对迎来一个更美好的未来有了希望。

第十一章　高山滑雪飞燕驰

高山滑雪竞赛主任的冰雪情缘

　　北京冬奥组委体育部高山滑雪项目竞赛主任郑振国是一个帅气的山东汉子，他出生在海滨城市日照，从小喜欢体育，小学开始就边读书边训练，是一个出色的短跑运动员，百米短跑成绩11.1秒。

　　郑振国以田径的优异成绩考入北京体育大学后，潜心钻研运动训练专业，枯燥而艰辛。他好学不倦，在老师的指导下又练起了健美操和健美。这个山东小伙子崇尚尽善尽美，凡事要么不做，做就要做到极致。经过严格训练，他练出了八块腹肌，腹部清晰的马甲线，胳膊上的肱二头肌格外抢眼，身上涂上橄榄油，肌肉线条清晰，肌肤油光闪闪，活脱脱一个《健美》杂志封面模特的形象。2001年，他获得北京市健身先生冠军、中国健身先生季军，健美比他的短跑成绩还好。

　　郑振国这棵体育的好苗子从本科一直读到硕士，2005年硕士毕业后到国家体育总局冬季运动管理中心工作。他接触了冰上雪上各个项目，心里特别喜欢雪上项目。他边工作边读博士，终于获得了北京体育大学运动训练学博士的学位。他做梦也没有想到中国能够成功申办下2022年北京冬奥会举办权。机遇只垂青有所准备的头脑，他又参加北京冬奥会冬运备战考试，笔试面试均拔尖，高兴得心花怒放。

他在山里长大，从小就喜欢大山，哺育他成长的日照山村有连绵起伏的大山，空气格外清新，植物无比茂盛，给人以震撼的感觉。登山则情满于山，观海则意溢于海，户外运动给他带来快乐，登山挑战给他带来幸福。

2013年，他带领国家高山滑雪队到奥地利的施拉德明小镇参加高山滑雪世界锦标赛，担任管理和翻译工作。高山滑雪是一种速度项目，滑雪的时速在120—150公里，在陡峭的雪道上要造冰状雪，工作人员往雪中注水，在寒冷的气温下凝结成冰。首次出征，他还不敢滑冰状雪，令人遗憾的是，他带去的中国队十几个人没有一个人能够从高山出发点滑下来。

高山滑雪起源于阿尔卑斯山地域，又称"阿尔卑斯滑雪"或"山地滑雪"。高山滑雪是在越野滑雪基础上逐步形成的。特定的地理环境产生特定的求生方式，经常处于冰天雪地的北欧早在五千多年前就已经开始有滑雪运动了。与其他起源于欧洲的冰上运动类似，它也是由原始狩猎演变而来并逐渐成为一种交通方式在北欧流行开来。今天能见到的最早的滑雪板现保存于"滑雪运动之都"挪威奥斯陆，那里陈列着一些1500年前的滑雪板。

随着滑雪运动的更大普及，北欧人不满足于只在平地上进行雪野角逐，他们的兴趣从平地越野速滑转向地形复杂的高山丛林间。

冬奥会高山滑雪设11个小项，男女各五项。男子项目设：滑降、回转、大回转、超级大回转、全能（滑降/回转）；女子项目设：滑降、回转、大回转、超级大回转、全能（滑降/回转）。还有一个混合团体比赛，两名男运动员，两名女运动员，平行回转。

最大的难题是高山滑雪赛道

举办2022年北京冬奥会，最大的难题是高山滑雪场，必须是落差在800米以上的高山。郑振国和国际奥委会的人一起勘察选址，北京地区海拔2000米以上的高山只有延庆区的小海陀山和门头沟区的灵山，灵山虽然比小海陀山高，但它在北京的西面，孤零零地坐落在大山深处。而小海陀山的优势是毗邻河北赤城，赤城和崇礼都有天然滑雪场，延庆小海陀山往西北一条线便于打造京张冰雪产业带。

选定小海陀山后，郑振国等人开始攀登踏勘。从赤城拽着荆棘爬小海陀山，上山容易下山难，上山要爬两个多小时，下山要走5个多小时，来回整整爬了七八个钟头。高山滑雪本应该在山的阴面举行，因为阴面雪不易融化；但是由于北京坐落在海陀山的阳面，所以最终高山滑雪场及雪车、雪橇赛道选择在阳面建设，无疑给造雪和滑雪增加了难度。

从2014年初申办冬奥会到筹办冬奥会，郑振国陪同国际雪联高山滑雪专家鲁西等人数十次攀登小海陀山，经过踏勘形成考察报告，指导修建我国第一条冬奥会标准的高山滑雪赛道。他亲眼看着小海陀山从原生态的山林一点点变成了2022年北京冬奥会高山滑雪胜地。他热爱滑雪，善于钻研，乐于接受高山滑雪项目繁杂的挑战，经过磨砺能驾驭竞技滑雪赛道的冰状雪；他热爱户外运动，喜欢攀登高山、山地骑行和健美运动。

高山滑雪是一种穿着带有固定脚跟、固定装置的滑雪板在雪道中由上向下滑的体育活动。其他滑雪项目（越野滑雪或跳台滑雪）使用的固定装置是脚跟处与雪板可以实现分离的。现代竞技性高山滑雪分为速度项目和技术项目。前者包括滑降和超级大回转，后者包括回转和大回转。速度项目采用单轮制，赛道较长且陡峭，滑行速度快，转弯较少，且旗门间距较大。技术项目则挑战运动员在间距较近旗门的赛道上展示滑行技术的能力，两块滑雪板必须一起通过这些旗门。在同一赛道（两次不同线路）上进行两轮滑行后，综合时间最短的运动员获胜。高山滑雪全能项目包括了滑降或超级大回转和回转，综合时间最短的运动员获胜。

高山滑雪比赛前几个上场的运动员最占便宜，因为雪道平整，便于滑雪。随着滑雪人数的增加，雪道被滑雪板划出一道道深沟，后来者的脚下就会坎坷不平。为了保持公平，工作人员必须及时平整雪道。高山滑雪竞赛有600多人为这个项目服务，有起点团队、计时团队、推雪员团队，赛道上仅推雪员就需要60人，他们站在1.7米的雪板上，像一道人墙那样并排滑行将雪推平；有旗门裁判团队，还有赛道维护人员，拿着铁锹将赛道的浮雪铲除，使雪道保持平整、坚硬。

2016年，郑振国从国家体育总局冬运中心的普通工作人员摇身一变成为北京冬奥组委体育部高山滑雪竞赛主任。他参加过两届国际雪联高山滑雪世锦赛的竞赛组织工作，还参加过2018平昌冬奥会高山滑雪项目测试赛等多个国际级比赛。这是世界一流竞赛项目的竞赛主任，他的任职要经过国际雪联的同意。

2017年底，北京冬奥组委组织工作人员到韩国平昌观摩高山滑雪测试赛，郑振国来到平昌，看到工作人员拿着上百公斤重的水管子往雪道上浇水，紧张地平整雪道。平昌很冷，雪道浇上水很快就冻成冰，他哆嗦着上了冰状雪的冰坡，雪板摇晃直打滑，稍不留意就会摔倒，他切身体会到滑冰状雪的艰难。

冬奥会等国际比赛上高山滑雪运动员每天都有人受伤，经常看到直升机接送伤员去医院救治。直升机整天在赛区上空盘旋，有的运输伤员，有的运输防护网、临时厕所、广告牌，有的运输滑雪板。山上风大，雪会掩埋雪道上的区域线，工作人员脚踩滑雪板，身背沉重的颜料桶，像农民喷洒农药那样往洁白的雪道上喷洒蓝色的颜料画线，标明滑雪区域。

除了在雪场线路两侧插设的红色和绿色的指示旗外，还设有旗门。滑降比赛旗门由回转标杆和旗门布组成，雪道上竖起旗帜叫做旗门，比赛时运动员要绕着旗门呈S形滑雪。速度飞快难免撞倒旗帜，工作人员要在运动员滑雪比赛的间隙把旗门修理好。

高山滑雪难度很大，行头非常复杂，滑雪板、固定器、止滑器、滑雪杖、滑雪服、滑雪镜、滑雪手套、滑雪袜、头盔、滑雪鞋，一个都不能少。

在以往的冬奥会比赛中，优秀运动员会带专门的打蜡师为自己服务。滑雪比赛前打蜡是一项必不可少的程序，对技术水平相当的竞争对手，往往能够起到决定性的作用。滑雪蜡分为滑蜡、防滑蜡、硬蜡、软蜡、底蜡、液体蜡、粉状蜡等种类。要根据天气温度、湿度、雪地温度、雪质的变化、比赛的时间距离等因素来选择蜡的品种和打蜡的方法。往滑雪板上打蜡是一项复杂、科技含量高的工作，所以有专门的比赛打蜡师。盲人滑雪要有导滑师，打蜡师要早晨4点起床，给滑雪板修刃、打蜡，做好辅助工作。

走向欧洲，领略高山滑雪的魅力

2017年，郑振国到瑞士的圣莫里茨参加了高山滑雪世界锦标赛。圣莫里茨位于瑞士东南部，被湖泊、森林和阿尔卑斯山环绕着。这里是世界最著名的冬季运动天堂，举办过冬季奥运会和FIS高山滑雪世锦赛，他被比赛的精彩场面深深地震撼着。

2018年，他来到意大利的博尔米奥小镇观摩世界杯比赛，学习高山滑雪，看到工作人员拿着大水管子往雪道上浇水，10分钟后就结成冰，又平又整，像木桌一样坚硬。晚上又下雨，结成很硬的冰，雪道接近于纯冰面。为了备战北京冬奥会，他必须感受接触冰状雪。为了让运动员的滑板不在冰上留下深沟，必须以最快的速度滑过冰面。

高山滑雪是大众普及度最高的项目，滑雪的人比滑冰的人多，也是世界上最难组织的比赛。高山滑雪是一项玩命的运动，比赛时有600多人散布在赛道上多兵种作战，有起点、计时、推雪、旗门裁判、维护赛道等团队，每个环节都要从头学起。滑雪赛道要有防护网，防护网分为A网和B网，A网高，B网低，A网要有防护气垫，架设在最陡峭的地方，一般是在拐弯处，露出雪面4—6米；B网架设在赛道两边。每层之间两米宽的距离。一道网拦时速30公里，一条高山滑雪赛道一般要有2—4层防护网。

所有的体育比赛项目裁判不需要上运动场，但是高山滑雪竞赛，裁判和竞赛主任必须大量上赛道分布在雪道上，踩着雪板站在冰状雪上很危险，连转身都十分困难。郑振国是竞赛中心主任，负责2022年北京冬奥会的高山滑雪竞赛组织工作，高山滑雪的所有动作他都要会做，所有步骤他都要懂，不仅要会滑雪，而且要会开雪地摩托。

高山滑雪是一个速度项目，时速要求在120—150公里，在崎岖的雪道上，运动员需要滑冰状雪，这就需要在坚硬如木头的雪中注水，在寒冷的气温里冰冻得又整又硬，这样运动员在滑雪时不会出现深沟。

挪威、奥地利、瑞士、德国和意大利等欧洲国家，阿尔卑斯山的白雪给冬季运动带来了福音，郑振国在意大利的博尔米奥小镇学习高山滑雪冰状雪制作，用大水管子往雪上注水凝结成冰，沿着洁白的雪道往下滑。浇了冰后赶上下雨，赛道雨上又结冰，他向赛道奔去，只见提示牌上的大字赫然醒目："该赛道只为专家级滑雪者提供。"

他没有退路，只能明知山有虎，偏向虎山行。他专挑最差的雪道练习，在雪包上滑行。因为是从山巅往下滑，条件非常艰苦，运动员不能随时上厕所，只能少喝水，尽量憋尿。滑雪是剧烈运动，容易出汗，天冷汗结了冰，衣服箍在身上特别难受。

阿尔卑斯的第一速度

滑降项目在高山滑雪中赛道最长、落差最大、地形最复杂。滑降项目世界杯以上的比赛要求高山落差男运动员在800米—1100米，女子运动员在450米—800米，运动员从高大的山体上滑下，1000多米的高度，最快速度达到每小时160公里，堪称阿尔卑斯第一速度。修建雪道时故意把起点修得很陡，有利于快速滑下去，使运动员在几秒中达到高速；国际雪联对赛道的旗门设置有要求，要有很多拐弯，以便控制速度，不会让运动员总是这么快地下滑。滑降比赛雪道是冰状雪。用水管对赛道注水，冰状雪通过人工滑行来平整，雪道上没有浮雪和雪堆，像平板一样光滑。高山滑雪滑降比赛通常有50—80名选手参赛，运动员使用雪板和雪杖，男子选手的雪板2.18米长，女子选手的雪板2.1米长，雪杖是弯曲的，呈流线型。

在博尔米奥世锦赛中有57位高山滑雪高手，其中有8位没有完成比赛，因为赛道太难，充满了起伏、跳跃和跳坡。速度快时，滑板板刃没有修好就容易出问题。博尔米奥滑雪场最陡峭的地方坡度达到63％，超过50％的坡道有4—5处。100％是45度，这是最陡峭的坡度。为了保证运动员的安全，赛道两边要修建防护网、防护垫，终点区有防护气垫。举办世界杯以上的滑降项目比赛必须有直升机跟踪医疗救援，以便将颅脑、躯干损伤的运动员包扎好快速运出赛道。

高山滑雪里最难的是速度项目，包括滑降和超级大回转，地形多变，起伏、跳跃、斜坡、冰状雪。运动员在冰状雪上快速滑行，速度快很容易受伤。高山滑雪滑降项目的运动员对身体素质要求全面，运动员要有爆发力、耐力、平衡能力、协调能力、柔韧性，对体能要求很全面，运动员采用蹲踞式的姿势，左右中心移动，对抗地面的离心力和摩擦力。

每个滑雪者都遇到过摔伤的坎儿，2018年底，在意大利的博尔米奥，天刚下过雨，赛道雨上结冰，非常滑，坡又格外陡峭。一个国家队教练在滑行时摔倒了，撞伤了鼻梁骨。郑振国咬牙训练，滑雪时重力乘以加速度，他不小心撞到了防护网的杆子上，顿时天昏地暗，一阵眩晕，整整5分钟才醒过来。爬起来一看，裤子摔破了，手套摔丢了，肩胛骨剧烈疼痛，整整疼了两个多月。

2019年9月10日，郑振国赴瑞士进行高山滑雪训练。

其他项目的竞赛主任大多在室内或者平坦的雪道上工作，比如冰壶、花样滑冰、速度滑冰、短道速滑都是在室内冰场；越野滑雪和冬季两项坡度也不大，但是高山滑雪必须在陡峭的赛道上。国内普通雪场的高级道坡度是30％，延庆高山滑雪赛道最陡坡度是68％，长度3000米，落差800米，整条赛道他必须滑下来。

对于滑雪运动员来说，摔跤是家常便饭，高山滑雪运动员没有一个人没有受过伤。正因为艰难才刺激，正因为刺激才挑战，这就是冰雪运动的魅力。他爬起来继续滑雪，边滑还边用手机拍摄滑雪视频。旗门倒了该如何扶起，冰面有沟要如何填平，赛道上如何制作冰状雪，滑雪板如何打蜡才能好滑，他都要逐一熟悉学会。菜刀不锋利切不了肉和菜，滑雪板的刃不锋利滑不了冰状雪，他因此学会了修板刃。

唯有艰难才有挑战

高山滑雪场地巨大，是一项富有魅力的体育运动，冬季项目需要造冰造雪，我国曾经参加过高山滑雪技术项目的比赛。

高山滑雪运动疾速、壮观、惊险、多变，被誉为冬奥会皇冠上的明珠。你看那运动员从山巅急速而下，宛如游龙，在险峻的雪道上高速滑行，将速度与技巧完美结合。

我国没有举办过世界杯以上水平的高山滑雪比赛，高山滑雪竞赛组织被称为"世界上最难的体育竞赛组织"。

一是竞赛管理人员众多。郑振国开始全球招募国际国内高山滑雪组织管理人才，其中有110名参加过冬奥会、世界杯以上级别比赛的外国裁判，490名滑雪水平高的中国裁判和管理人员。他要给外国裁判发竞赛邀请函，帮助办签证、订机票、安排接机，酒店住宿、交通运输、一日三餐、打疫苗。他在雪场办了4期培训班，每期120人，对中方管理人员进行滑雪技能、竞赛岗位技能、插旗门、推雪、划线、安装防护设施、安装起点和终点设施、考核竞赛规则、裁判登记考试，评定相应的等级，让裁判持证上岗。600人的吃喝拉撒和管理，事无巨细，样样在行。

二是工作环境艰苦。这些人在备战北京冬奥会期间早晨4点起床，4点30吃饭，5点出发，6点30之前到达小海陀山赛场，零下20多摄氏度气温寒冷，冻得人上下牙直打架。他们携带的器材就有100多种，旗门杆、旗门布、雪钻、号码布、滑雪板、出发点的棚子、安全防护网、记分系统……6点30开始安插旗门、安装A网B网、检查记分系统和起终点的设备、推雪平整雪道……在海拔2198米的高山上，上去了就不能随便下山，中午只能在野外吃盒饭，上厕所不方便。本来天寒地冻喝口热水会暖和些，但是为了减少上厕所，工作人员只好少吃少喝。

三是赛道陡峭。我观察过延庆的高山滑雪赛道，大概有9段赛道，山巅海拔2198米，大风筝也叫山顶楼，一楼是运动员休息室、医疗团队休息室、场馆运行部工作人员休息室。在大风筝下面，就是高山滑雪竞技赛道的第一段叫云端，海拔2000米，陡峭的斜坡非常险峻，旁边就是万丈悬崖，需要设置四五层B网防护，以防运动员起跳就被甩出山谷。云端高耸入云，这是男子滑降的起点，下面是女子滑降的起点。第二段叫松树林，两边都是茂密的松树，很漂亮，坡度有难度，是侧坡；高山滑雪竞技赛道不是高速公路，而是有起伏、侧坡，还有跳跃点。第三段叫白脸，赛道朝阳，面对太阳，明晃晃一片白茫茫，故而得名。白脸的位置海拔1700米，山势十分陡峭，坡度达到70%。这段赛道浇成冰状雪一般专家都不敢滑，站在那里有掉下去的感觉。第四段叫海陀碗，海拔1500米，又陡又凹，形状像一个碗，当地人叫做"好汉坡"，意思是只有好汉才能爬到这个高度；在这样险峻的山巅干活儿随时有受伤的风险，用铁锹平整雪道体力消耗大，内衣湿透了不能及时更换，风吹进身体透心凉。

我站在延庆赛区中间平台向北观望，清晰地看到面前的竞技赛道和竞速赛道。竞技赛道起点的坡度约等于36%，一般开车下地库的坡度为15%，其陡峭度可想而知。竞技赛道的起点是1955米，终点是1500米；竞速赛道的起点是2170米，终点是1285米。

郑振国仿佛是一个上满了发条的闹钟，嘀嗒嘀嗒地走个不停。

2017年，他到瑞士的圣莫里茨参加了高山滑雪世界锦标赛；

2017年底，他到韩国平昌冬奥会学习取经；

2019年9月13日，他的中秋节在瑞士度过；

2019年9月15日，他驾车马不停蹄地赶到首都机场，接国际雪联高山滑雪项目委员会主席鲁西一行去延庆冬奥赛道考察；

2019年9月19日，他在现场观看直升机在延庆救援演练。这个冬天，世界上最难组织的比赛将在世界上最难的赛道上展开；

2019年10月，他陪同国际雪联高山滑雪项目委员会专家在北京延庆赛区检查缆车和雪道的安全设施；

2019年11月中旬，延庆赛区要首次人工造雪。把白河堡水库和佛峪口水库的水用三级泵站压上山，他每天要盯现场；

2020年1月16日至20日，全国第14届冬运会在延庆小海陀山举办高山滑雪速度项目竞赛，小海陀山从无到有真正变成了一个正规的赛道。造雪、压雪、安装防护网，忙得不亦乐乎。

2021年春节期间，我在延庆赛区采访，看到郑振国带领团队在训练，做好赛场服务保障。中间平台前最西边的赛道上还有残疾运动员在训练，挑战2022年北京冬残奥会。

高山滑雪竞赛最害怕出现几种情况：一怕大雪，欧洲雪大，一晚上几十厘米厚的雪就铺满赛道，全部浮雪要推掉；二怕大雾，影响运动员的视线；三怕大风。延庆赛区没有欧洲那样的大雪，但是风大，2020年1月，全国第14届冬季运动会比赛时小海陀山没有出现大雪，也没有出现大雾，但是出现了大风，那里简直就是个风口，风大缆车晃动厉害就上不去了，中间有两天因为风大改了赛期。

高山滑雪运动员上山到出发口有四种途径：一是乘轿厢式缆车，二是乘坐椅式缆车，三是乘雪地摩托，四是脚踩滑雪板，手拽着T-Bar往山上走。轿厢式缆车风速不能超过每秒18米，座椅式缆车风速不能超过每秒20米，大于这个风速缆车无法运行，轿厢式、座椅式的缆车到不了山顶，运动员只好拽着T-Bar登上山，或者由工作人员开雪地摩托把运动员运到起点。

冬奥会、世界杯等高水平国际滑雪比赛上NTO（国内技术管员）摔伤的比例相当高，裁判不是坐在一个固定位置，而是要滑行观察运动员的动作，所以有摔伤的风险。一个NTO赛前准备时不小心被旗门绊倒滚落下去，造成膝关节十字韧带断裂。2021年7月，一个翻译在小海陀山也把膝关节的十字韧带摔伤。

2020年2月15日至16日，高山滑雪世界杯原定在延庆站举办，这是北京冬奥会第一次测试赛，因为疫情取消了。

2020年3月，雪车雪橇场地预认证在北京延庆举行。

高山滑雪是大众普及度最高的项目，也是最难、最艰苦的项目。唯有艰难才有挑战，唯有挑战才有魅力。高山滑雪山体高大，洁白的雪，场地震撼，维护赛道格外艰难。

郑振国的高山滑雪竞赛组织团队有13人，其中两个俄罗斯人尼古拉和萨沙，尼古拉是高山滑雪山地运行主任，负责造雪、压雪、安装防护设备；萨沙是俄罗斯前高山滑雪运动员，负责110名外籍裁判的接待管理工作；副主任安林彬是退役的滑雪运动员，负责招募培训管理600个裁判和雪场工作人员；杨四为是户外运动爱好者，喜欢越野跑；刘金因为热爱滑雪辞掉铁饭碗，到崇礼当滑雪教练，后来又到新西兰学习新西兰滑雪教学体系，取得滑雪教练证，是唯一获得国际雪联高山滑雪资格认证的技术代表，负责管理安装赛道相关器材和设施；张刘君毕业于北京工业大学机械工程自动化专业，一次高中同学聚会相约滑雪，他欣然前往，没想到第一次滑雪居然没有摔倒，而且还上了高级道；别人踩滑雪板只是玩玩，而他踩滑雪板却转变了人生的风向标。张刘君选择到奥地利学习奥地利滑雪指导员体系，成为首位获得奥地利高级别滑雪指导员认证的中国人，回国后担任过崇礼滑雪学校校长，郑振国求贤若渴，邀请他见面，问他是否愿意到自己的团队工作，张刘君欣然应聘，负责竞赛组织日程管理和服务保障……郑振国善于团结人，培养人，注重让团队的每个人边干边学。

郑振国的家在北京海淀区，长年在延庆工作。早晨，披着星星出门；晚上，戴着月亮回家，有时候还要住在延庆。

高山滑雪因为要在赛道上滑行工作，需要较好的体能储备。为了有良好的身体素质和体能，他经常去健身房锻炼，有一个项目是抡战绳，他一次抡15分钟，每次

高山滑雪中心竞赛主任郑振国在延庆高山滑雪测试赛现场工作

4组，每组40秒，战绳重10多公斤，抡完后全身都是汗水，人仿佛从水里捞出来似的。他每天都要在单杠上做引体向上，每次做10个，一共做4组，锻炼身体素质，应对工作挑战。为了备战北京冬奥会，他咬牙拼搏。

人才往往都要经历从潜到显的孕育和显露的过程。在高山滑雪竞赛主任这个位置上，郑振国日益显露出更大的能量，他深有感触地对我说："我干这项工作，只会滑雪是远远不够的，我要把全部的心思放在竞赛组织上，带领团队以优异的工作迎接2022年北京冬奥会。"

一个男人名叫鲁西

1948年，一个男婴在瑞士安德马特小镇呱呱坠地，父亲给他取名为伯恩哈德·鲁西。阿尔卑斯山是天然滑雪场，在他1岁半时，父亲就带他到雪场滑雪，从此与雪结下不解之缘。

瑞士人有一半国民都滑雪，他身边的小朋友都会滑雪，七八岁就参加滑雪比赛。尽管他的第一任妻子在雪崩中罹难，他自己滑雪也曾经五次受重伤，但他对高山滑雪有一种刻骨的热爱，他周围有很多滑雪高手，认定自己必须百分之百地投入才能有所突破。当一个人热爱一项事业超过热爱自己的生命时，所有的拦路虎都望而却步。他为高山滑雪而生，功夫不负苦心人，1970年，他带伤参赛，荣获世界杯高山滑雪冠军；1972年札幌冬奥会，他一举斩获男子滑降项目冠军。

一个人一辈子只能做一件事，他觉得人类总要去探索极限运动，他把全部热情和精力都倾注给高山滑雪运动，是国际雪联高山滑雪项目委员会主席。滑雪冬奥会冠军在瑞士享有极高的荣誉，他获得札幌冬奥会高山滑雪滑降项目金牌后，瑞士以他的名字制作了邮票，可见人们对高山滑雪冬奥冠军有多么崇拜。从1988年开始，历届冬奥会的高山滑雪赛道都聘请他来设计。他热爱这个职业，长年奔波在世界各大雪场乐此不疲。

2014年，中国聘请鲁西到北京帮助踏勘小海陀山，郑振国陪同鲁西和加拿大伊克森滑雪场设计公司的设计师一起去爬小海陀山，加拿大设计师认为小海陀山太陡峭，无法设计出合适的雪道。郑振国觉得正因为小海陀山落差大，具备建造高山滑雪赛场的条件。他不死心，拉着鲁西继续踏勘，没有道路，下雨路滑，鲁西不愧为雪山下长大的运动健将，体力极好，爬山步子很大，像敏捷的羚羊似的跑得飞快，有时候连郑振国都有点追不上他。每次爬山往返都需要七八个小时，年轻人爬起来都呼哧带喘，鲁西却神情自若气定神闲，边爬边观察地形，经过反复踏勘，鲁西断定"这座山具备做高山滑雪赛道的潜力"。

他突破了我国设计赛道的传统思想，精心设计了延庆赛区高山滑雪赛道，有起伏、有倾斜、有陡坡、有缓坡、有跳跃、有转弯、有加速、地形多变、切合山体地势，不过多地挖土石方。高山滑雪赛道是历届举办冬奥会的城市或小镇最大的拦路虎，小海陀山建好赛道后，鲁西骄傲地称赞："这是世界前五名的高山滑雪赛道。"

郑振国调侃道："鲁西先生，小海陀山高山滑雪赛道就是您的 Baby（孩子）。"

听了这话，鲁西高兴地回答："Of course,this is my baby.（当然，这是我的孩子。）"

战斗民族的山地运行专家

在北京冬奥组委体育部，有一个金发碧眼的俄罗斯人，他就是高山滑雪山地运行经理尼古拉。他1984年出生在莫斯科，在莫斯科郊外的小木屋长大，他的父亲是俄罗斯高山滑雪国家队教练，尼古拉孩提时代就被父亲带到雪场滑雪，他酷爱滑雪，觉得高山滑雪有一种飞起来的感觉。滑雪是与大自然亲近，阳光、山峰、清新的空气、美丽的风景，多么令人神往！有一年，在瑞典的奥勒小镇举办高山滑雪世锦赛，他滑雪不慎把肋骨摔断了，仍然坚持工作。

尼古拉热爱科学，考取大学攻读地球物理学硕士，和父亲一道参加过索契冬奥会、平昌冬奥会和北京冬奥会三届冬奥会的筹办工作。他担任过平昌冬奥会的高山滑雪竞赛副主任，在雪上能够跳跃40米—60米，活脱脱一个"雪上飞"。

他非常聪明，英语流利，心理年龄远远大于生理年龄，沉稳、冷静、认真，自从到中国工作以来，他作为山地运行专家扑在一线，造雪、压雪、安装防护设备、山坡如何削土石方，造雪炮应该往哪里挪，他一一精心指导。高山滑雪赛道的防护网分为A网和B网，A网架设在悬崖上，高6米；B网架设在普通赛道上，高2米，中国团队不会架设A网，尼古拉就指挥外国山地运行团队来架设。他特别能吃苦，不怕寒冷。高山滑雪山地运行主任每天都要起早，尼古拉长期住在延庆城区，每天早晨4点起床，5点钟带领100多名俄罗斯专业人员上山，保障冬奥会的高标准运行。延庆冬天很冷，喝酒可以御寒，俄罗斯人喜欢喝酒，但是尼古拉却很自律，很少喝酒，吃得也很少，因为在雪道上吃多了经常要上厕所，为了方便工作，他有意节制饮食。他起早贪黑、废寝忘食、争分夺秒地指挥造雪、压雪、安装安全防护网，每天工作结束还要召开山地运行联合会议，总结当天的工作，布置第二天的任务。如果用三个字来形容他，最贴切的就是"泡雪场"。

泡是一种工作状态，一种敬业精神，一种全身心的投入，一种不畏艰险的境界。从尼古拉身上，我们感受到奥林匹克精神的光芒。

你见过亚布力凌晨4点的太阳吗？

从七台河市采访归来，我马不停蹄奔赴亚布力滑雪场，走出火车站，一行灯箱广告语映入眼帘："中国的达沃斯，世界的亚布力"。

与黑龙江省冬季运动与后备人才管理中心雪上科科长崔红彬交谈，我急切地说："我想看明天的全国高山滑雪冠军赛。"

他说："孙老师，您明天必须凌晨3点多钟起床。"

我问他为什么要这么早上雪场？主人告诉我：今年3月底雪季结束，本应3月份举行比赛，但是因为疫情把比赛推后了。高山滑雪属高危项目，对场地及雪质要求极高，现在亚布力的雪凌晨冻得比较结实可以滑雪，上午9点之后太阳高挂，有的地方的雪就开始变软，不利于竞赛，所以必须大清早抢点儿开始比赛。

前几天我在哈尔滨开往七台河的绿皮火车上晃荡了一宿，下了火车立即采访，接着又杀回马枪赶到亚布力，连续几天没有休息好，我真想睡个囫囵觉。但是要想看到教练员、裁判员怎么插旗门，安装安全B网，看看运动员怎么滑雪，我必须去看亚布力凌晨4点的太阳。我只是一天早起，而运动员和教练员早起却是家常便饭。

崔红彬关切地问道："孙老师，您这些天采访很累，咱们4点上山，您能起来吗？"

我斩钉截铁地说："能！"

亚布力雪场位于黑龙江省哈尔滨尚志市亚布力镇，是中国冰雪运动的福地。青云雪场是1974年建的，青云是一座小山，没有索道和缆车，后来在大锅盔山选址，1980年建亚布力雪场和办公楼，因竞技体育而生，是中国唯一的体制内的高山滑雪、越野滑雪场，保证运动员在这里训练，中国60岁左右的滑雪运动员几乎全部在青云雪场训练过。从1980年开始，中国的冰雪运动主要在黑龙江和吉林两省开展，冰雪文化不是几年就能养成的。黑龙江和吉林之所以冰雪文化兴盛，得益于地利之便。亚布力是俄语，意思是青苹果，这一带新中国成立前是《林海雪原》里许大马棒管辖的地盘。

1989年，亚布力建设了第一条索道，是日本制造的单人吊椅索道；第一个发展期是1993年第七届全国冬季运动会在亚布力举办，建设了高山滑雪运动员公寓；1996年第三届亚洲冬季运动会举办，建设了高速公路和场地设施；2009年第24届大学生冬季运动会，新建了风车山庄，这老百姓可以滑雪的大众雪场；之后还建了哈尔滨至亚布力的高铁站，便捷的交通给亚布力雪场带来了无限生机，可以容纳50万游客。

亚布力属于长白山脉，大锅盔山、二锅盔山是黑龙江省体育局为运动员打造的雪场，三锅盔山是为大众打造的雪场。亚布力是举办过亚洲冬季运动会的雪场，是国内唯一举办过国际A级雪上综合性赛事的雪场，韩晓鹏、李妮娜等中国滑雪宿将都曾经在亚布力雪场训练过。

在全国高山滑雪冠军赛上跟班作业

亚布力雪场有三座山，分别叫做大锅盔山、二锅盔山、三锅盔山。锅盔是北方食品，饼大直径二尺，又圆又厚像锅盖，亚布力滑雪场的这三座山因为山形酷似锅盔而得名。

凌晨4点钟，我和崔红彬在雪具大厅集合，换鞋换雪板走50米来到1号索道，坐缆车上到高山宾馆，再走100米来到2号索道，乘坐轿厢式缆车到达海拔1020米的零点；从零点上3号索道，乘坐缆车到达海拔1209米的亚布力大锅盔山顶出发点。山上奇冷，空气清新，风早早就醒了，皎洁的雪覆盖着山峦，层峦叠嶂，宛如新生的意境。我庆幸自己起了个大早儿，领略到了日月同辉。山上有一栋红色的房子，在皑皑白雪中显得格外醒目。

高山滑雪旗门数与速度的快慢成反比，选手沿着规定的线路，穿越旗门、连续转弯向下滑行，用时少者为胜。我认真观察教练员、裁判和雪场工作人员仔细地清理雪道、安插旗门、装A网B网，崔红彬身穿灰黄相间的滑雪服、脚踩滑雪板像天兵似的随时滑向他需要到达的地点。他要检查场地、召集裁判员协助插旗门、检查滑雪全线路的计时系统、起点终点的对接，协调整个竞赛组织工作，来来回回检查了三遍竞赛线路。我羡慕地说："你们这些会滑雪的，真是雪上飞啊！"

他笑着说："孙老师，您的照相机很专业，请您帮我们多拍摄点比赛照片。"

高山滑雪的场地包括滑降、回转、大回转、超级大回转、平行大回转等几类。高山滑雪赛场地处山野，置身高寒，对气象条件要求很高。冠军赛这天风力较小，超级大回转弯道少但是速度快，运动员从山顶往下滑，时速最快能够达到110公里—130公里。比赛前我端着照相机拍摄山上的松树、桦树、雪场、旗门、防护网、运动员拿着滑雪板出征的样子；比赛中我全神贯注抓拍运动员回转、超级大回转的精彩镜头，高速度意味着高风险，运动员仿佛旋风一样在我的眼前掠过，雪板滑过之处，激起一排排跌宕起伏的白色浪花，晶莹剔透，蔚为壮观。冷风袭人，我的手都快冻僵了。看到工作人员忙碌的身影，我感叹一场全国高山滑雪冠军赛，有多少人在为运动员付出！

2020年底和2021年初，疫情袭击着中国，国际雪联要打积分赛，此时谁办赛谁有风险。在严峻的形势下，黑龙江省主动承担国家任务，承办全国高山滑雪锦标赛、冠军赛，为北京冬奥会争取参赛资格，本次比赛技术代表刘金女士是中国第一个高山滑雪项目国际雪联技术代表，也是目前亚洲唯一一位女性技术代表。

崔红彬2020年11月来到亚布力，除了12月20日回哈尔滨开了短暂的几天会，一直在山上待了4个多月，他的家和爱人在哈尔滨，母亲和姐姐在沈阳，元旦和春节他都在山上工作，没有见过家人。以前理发是到山下的理发馆，疫情防控期间全封闭，只好买把推子自己理发，把头发理得像狗啃似的。

这次国际雪联赛事有几大亮点：第一，筹备时间最短，他从3月9日开始筹备，4天4宿没有阖眼，竞赛场地要获得国际雪联认证；第二，以黑龙江省一省之力完成国际雪联积分赛，完成中国运动员参加北京冬奥会高山滑雪参赛资格获得积分的任务；第三，在国内雪场首次使用盐修复场地，盐在近零摄氏度环境下可以迅速板结雪道，延缓雪融化；第四，中国首次把单板平行大回转锦标赛和冠军赛、高山滑雪锦标赛和冠军赛四站全国比赛以及6场国际雪联积分赛集中时间段，在黑龙江省亚布力雪场举办。

4月初在中国进行滑雪比赛，是比赛允许的条件下气温最高、战线最长、赛事最晚、办赛最难、开赛时间最早的比赛。赶上大风天，黑龙江尚志地区在大范围停电的情况下，顺利完成了国际雪联积分赛。按照规定：参加北京冬奥会的高山滑雪运动员必须参加国际雪联5次以上积分赛并获得国际雪联积分，才能获得北京冬奥会参赛资格积分。这场比赛如果不办，就会影响中国运动员在北京冬奥会高山滑雪项目的参赛资格。

今年，疫情在世界蔓延，很多雪场都不接比赛的任务，国际雪联积分赛想在亚布力雪场举办，雪场必须让国际雪联的人来认证，经过多方努力，黑龙江省亚布力雪场取得国际雪联场地线上认证。亚布力雪场是全国最晚融化的雪场，4月初的季节，中国只有亚布力具备举行国际比赛的综合办赛能力，崔红彬和他的战友们不负众望，每天3点多起床，夜以继日地工作，圆满完成了国家队运动员参加2022年北京冬奥会参赛资格的竞赛任务。

功勋教练的传奇人生

在黑龙江省亚布力滑雪场，我见到了鹤岗市高山滑雪教练李镇雄，他个子不高，只有1.6米，眼睛炯炯有神，说话透着大碴子味儿，听着十分亲切。鹤岗高山滑雪队27年夺得130多项国家、省级冠军，6项世界冠军。一个没有高山滑雪场地的煤城，经济不景气，何以成为中国高山滑雪冠军的摇篮？

李镇雄1961年出生在吉林省镇赉县，随父母到了黑龙江省延寿县，是朝鲜族人。1972年，11岁的李镇雄到延寿县中和镇朝鲜族小学踢足球，体育老师李海军让他练越野滑雪，越野滑雪非常累，距离长，平均20公里；滑雪需要技巧，摔伤、崴脚都是家常便饭，李海军教练说他滑雪横冲直撞，给他起了个外号"武士道"。他玩命苦练，1974年就获得黑龙江省越野滑雪少年冠军。

越野滑雪运动员个子越高越好，个子高腿长步子迈得大，李镇雄个子矮吃亏，李占停教练让他改练高山滑雪，把他和李淑云派到阿城体校学习高山滑雪，经过刻苦训练，他不负众望，1977年在黑龙江省高山滑雪锦标赛少年组夺得冠军，全国高山滑雪锦标赛少年组第五名。

亚布力雪场初建时只有石头房，住着黑龙江省专业队运动员。1978年，李镇雄作为运动员兼教练员，带领运动队住在山下青云村的农民家，一个大炕上睡五六个运动员，吃农家大锅饭。训练一身汗无法洗澡，上厕所是农家院的旱厕，条件十分艰苦。

每天早晨5点半吃完早餐，李镇雄带着王永涛、张东金、李淑云等人从青云村往山上走，那时候的亚布力从一片原始森林刚刚开发雪场，他们路上碰到过野猪、狍子、野鸡、野兔和白桦树，一派原生态景象。当年亚布力没有缆车，他们扛着滑雪板走到大锅盔山顶出发点，从出发点滑到零点，然后再把滑雪板从零点扛上山，循环往复。为了中国的高山滑雪事业后继有人，他们每年都要在亚布力待一个雪季，与雪为友，与苦相伴。

王永涛是他的同事兼学生，后来，王永涛去了黑龙江省高山滑雪队，在专业队刻苦训练，多次在全国高山滑雪竞赛中拔得头筹，在1991年全国第七届冬运会高山滑雪大回转比赛中夺得冠军，现在担任国家队U型单板滑雪队教练。

1982年6月，李镇雄到阿城玉泉镇中心校滑雪基地担任教练员，教的学生杨立新、安林波先后进入哈尔滨队和八一队。1984年，他又调到鹤岗萝北县体校当教练，1985年输送许红才到哈尔滨队。

点石成金，他的手下英才辈出

1987年12月，李镇雄到日本长野县参加教练员培训，跟随日本的丸山米西教练学习高山滑雪，苦练犁式，半犁式，横滑降，平行式，过旗门等技术动作。高山滑雪是用双板呈S形往下滑，横向滑行时减速，他每天早晨5点30分起床，6点30分—8点到雪场服务，8点30分上雪场练到11点，下午12点30分继续上雪场滑到3点，一天在雪场练5—6个小时，取得国际雪联颁发的教练员资格证书，学成回国后到萝北县体校任重点班教练。当地没有雪山，他就带领学生背雪自制雪场训练，春夏秋季没有雪，他就用油锯片加胶皮轮，自制70厘米长的轮滑鞋进行模拟滑雪训练，他当时的学生有任立刚、任立恒、许红才、董金芝等人，他把自己在日本学到的高山滑雪技巧毫无保留地教给徒弟。

任立刚于1989年1月在松花湖全国二青会高山滑雪比赛中获得第五名，1989年5月选入黑龙江省专业滑雪队后，多次获得全国高山滑雪比赛冠军，全国冬运会冠军；同年任立恒、董金芝入选黑龙江专业队，董金芝多次在全国高山滑雪比赛中获得冠军，全国冬运会冠军，现在哈尔滨市滑雪队训练科任职。

黑龙江省运动员农村孩子多，穷孩子能吃苦，夏天以轮滑为主，穿旱冰鞋练习轮滑技术，冬天踩滑雪板练习滑雪。亚布力滑雪场是李镇雄的大本营，每年冬天都要率队到亚布力训练4个月，脸晒得黝黑，脸上、手上都有冻疮。李镇雄呕心沥血培养优秀运动员，把他们输送到黑龙江省专业滑雪队乃至国家队。

1993年，鹤岗市体工队滑雪队成立，李镇雄调到鹤岗市体工队任滑雪教练，他的第一批学生有刘培华、王剑威。他给学生做高山滑雪示范动作，增强体能训练，他做梦都在训练运动员。1995年，刘培华就荣获黑龙江省高山滑雪冠军；1996年5月入选黑龙江省专业队，刘培华获得全国高山滑雪冠军，王剑威获得全国高山滑雪冠军和全国第十届冬运会冠军。刘培华和王剑威现任黑龙江省雪上训练中心自由式滑雪和双板U型场地教练员。

1996年，李镇雄开始带夏丽娜、李光旭、郑华、郑敏、黄海滨等运动员，一直带到2000年，在他的指导下，队员们滑雪技术大提高，夏丽娜、李光旭和郑华进入黑龙江省专业队，郑敏和黄海滨进入八一队，荣获全国冬运会高山滑雪冠军，郑敏先后担任八一队、国家队高山滑雪教练。

2001，李镇雄的儿子李云峰加盟鹤岗市滑雪队，李镇雄带出了李云峰、陈旭、聂星波等优秀运动员，李云峰和陈旭一起到了国家队后先练高山滑雪，后来主攻U型场地技巧，现在担任教练。

女运动员刘佳宇是黑龙江省鹤岗市的坐地户，2002年，经人介绍投奔到李镇雄麾下。高山滑雪是滑雪的基础，李镇雄把自己的滑雪技巧毫无保留地传授给刘佳宇。在李镇雄的手上练了1年多，刘佳宇进步飞快，先后进入黑龙江省哈尔滨滑雪队和国家队，2018年平昌冬奥会，刘佳宇荣获单板U型池亚军，还获得单板U型池世锦赛冠军；李镇雄的学生李洋送到黑龙江省滑雪队后，斩获全国冬运会冠军，现在是国家队双板追逐教练。

高山滑雪之家

李镇雄一家三口都是高山滑雪、U型场地技巧运动员，初学时很苦，李镇雄摔断过肋骨，脚也崴过，但他酷爱滑雪，乐此不疲。他的儿子李云峰12岁时就跟着爸爸学习滑雪，冰雪世界太美了，亚布力滑雪场就是他们冬天的家。李云峰没有辜负父亲的期望，到国家队后先练U型场地技巧，后改为平行大回转，像雄鹰一样凌空飞跃，曾斩获单板U型池全国冠军、亚洲第三的好成绩，现在和父亲一起在鹤岗市当教练，父子俩兢兢业业，被称为"大李教练"和"小李教练"，他们总是冬训最早上山，最晚下山，往省队和国家队输送了大量的优秀滑雪队员；李镇雄的儿媳妇李爽也是女中豪杰，在他的指导下于2005年入选黑龙江省专业滑雪队，2014年在索契冬奥会斩获U型池第八名。

李镇雄视滑雪为生命，执教40年，人到花甲之龄，往黑龙江省专业滑雪队、八一队和国家队输送了几十名学生，桃李满天下。现在，他的学生刘佳宇、张晓松、倪悦名、王金正在打积分赛，迎战2022年北京冬奥会。刘佳宇在崇礼练U型场地技巧；张晓松和倪悦名在延庆练高山滑雪；王金在崇礼练雪上技巧，已经拿到冬奥会参赛入场券。

高山滑雪竞赛的裁判不是坐在一个固定的地方打分，而是不停地在雪场巡视。在亚布力，我亲眼看到花甲之龄的李镇雄既当教练又当裁判，坐着缆车上下巡视，在回转和平行大回转比赛中，运动员难免碰倒旗门，旗门倒了要重新插上，雪不平用雪板推，精心平整场地，检查旗门、扶杆、防护网是否到位，高山滑雪回转和平行大回转滑行长度1600米，红旗和蓝旗在赛道依次摆开，必须一红一蓝，队员在旗门旁做S型穿行，天兵天将风驰电掣，这是高山滑雪最精彩的项目。

2005年，李镇雄不幸患肝硬化、脂肪肝，但仍坚守滑雪教练一线，他见证了亚布力雪场的起步和兴旺，能够培养出这么多高水平的运动员和教练员，是他最大的骄傲。他虽然只是一名基层的滑雪教练，却用心血和汗水浇灌出一代代雪上天骄，刘佳宇、任立刚、王永涛、王剑威、张晓松、倪悦名、夏丽娜、王金、朱天慧等人都是全国冠军，在内蒙古举行的全国第十四届冬运会高山滑雪技术项目上，一共有14枚金牌，黑龙江省运动员夺得9枚金牌，李镇雄的学生就摘得6枚金牌。中国高山滑雪运动从无到有，李镇雄功不可没。

立志扭转冰强雪弱的局面

高山滑雪是新中国成立后开展的首批雪上项目之一，由于基础薄弱，场地条件差等原因，我国的高山滑雪发展比较缓慢。

黑龙江小伙子任立刚1986年来到鹤岗市萝北县体校学习滑雪，滑雪需要天赋，他的爆发力好，但耐力欠佳，他的弟弟任立恒受哥哥影响，也走上了滑雪之路。在李镇雄教练的指导下，1988年，任立刚参加全国第二届青年运动会在亚布力雪场举办的预赛，身为业余体校的运动员在预赛中打进决赛，在吉林省松花湖1988—1989赛季高山滑雪决赛中斩获第五名。

1989年，任立刚进入黑龙江省高山滑雪中心，师从彭先武教练，他十分要强，一定要从山巅滑到终点。1999年1月，全国第九届冬运会在吉林省北大湖滑雪场举行高山滑雪比赛，他荣获大回转项目冠军；2000年，他在滑雪中不幸右锁骨骨折，俗话说：伤筋动骨一百天，受伤后半个月，骨头还没有长好就参加黑龙江省运动会，夺得高山滑雪项目4个冠军；受伤一个月后，在2000年全国高山滑雪冠军赛中，斩获两个冠军。

2003年，他从黑龙江省学生训练中心运动员转为教练员，工作单位在哈尔滨，人经常跑到亚布力滑雪场训练。第一批突出的运动员有夏丽娜和刘晶，他想让他们打2008年的冬运会，训练要狠一点，亚布力雪场的缆车，最早第一班上去的肯定是黑龙江省的队员；最晚下山的也肯定是黑龙江省队员。正常情况下缆车下午3点关闭，任立刚要带队训练，缆车师傅就等着他们。他每天都要给运动员拍摄滑雪录像，回来后看训练录像到半夜12点，有时候睡着觉突然就醒了，赶紧爬起来看录像。他们冬天练高山滑雪，夏天练轮滑和体能，把别人喝咖啡、打麻将、唱卡拉OK的时间都用在训练上，功夫不负苦心人，他教出的运动员在高山滑雪项目上硕果累累：

2008年，全国第十一届冬运会在黑龙江省齐齐哈尔市举行，其中雪上项目在亚布力滑雪场举行，黑龙江省的女子运动员就包揽了高山滑雪的全部冠军，夏丽娜夺得两枚高山滑雪金牌；董金芝夺得1枚高山滑雪金牌；那一年，每场比赛的前三名一定是黑龙江省女队。

2012年，在吉林省吉林市北大湖举行的全国第十二届冬运会上，夏丽娜夺得一枚高山滑雪金牌；李洋夺得一枚高山滑雪金牌。

2016年，在新疆乌鲁木齐市、昌吉回族自治州两地举行的全国第十三届冬运会上，夏丽娜夺得一枚高山滑雪金牌，孔凡影夺得两枚高山滑雪金牌。

2021年，在内蒙古举行的全国第十四届冬运会上，倪悦名夺得两枚高山滑雪金牌，孔凡影夺得两枚高山滑雪金牌，朱天慧夺得1枚高山滑雪金牌，王美霞夺得1枚高山滑雪金牌。

2021年4月4日，2020—2021赛季全国高山滑雪冠军赛，女子高山滑雪全能前五名全部是黑龙江省女子滑雪队队员，倪悦名获得女子大回转冠军。

2019年夏天，任立刚率队到智利滑雪两个月，9月份去了奥地利、德国、意大利，追着高山滑雪的竞赛跑，12月才回国。2020年出现疫情，他们顶着疫情坚持训练。国家高山滑雪队的骨干基本上都是黑龙江省队员，黑龙江省有一位12岁的队员成绩好，立马就被国家队挑走。

崇礼11月份下雪，2020年12月初，国家高山滑雪运动员在崇礼打国际雪联积分赛，任立刚在崇礼万龙滑雪场滑过，就雪场线路长度、雪场坡度而言他还是喜欢亚布力。目前国家队高山滑雪男女运动员有14人，黑龙江省就占了8个，其中孔凡影、朱天慧、倪悦名、张玉莹、王圣洁、张晓松、高群七人是任立刚的学生，备战北京冬奥会，张晓松、高群、吉林籍运动员张洋铭、徐铭甫已经拿到北京冬奥会的入场券。

  2021年1月，黑龙江省的天气恶劣，狂风暴雪，任立刚率领高山滑雪运动员每天都在苦练。2020—2021赛季全国高山滑雪锦标赛和冠军赛，正常的竞赛应该上午9点举行，因为比赛时间拖到四月初，白天雪有点融化，所以竞赛时间必须往前提，于是，运动员、教练员和裁判早晨4点40分上缆车到达山巅，开始竞赛。从2020年11月初到2021年4月初，任立刚一直在亚布力雪场坚守，一年有七八个月不能回家。

  冬奥会上，当国旗升起，国歌奏响，运动员站在高高的领奖台上向观众挥手，请记住在他们的身后有优秀的教练员，他们是人梯，托举着运动员实现梦想！

  中国残疾人高山滑雪队于2021年12月7日至10日参加2021年残奥高山滑雪奥地利世界杯，张梦秋在高山滑雪大回转女子站姿项目上为中国拿回了残奥世界杯的第一枚金牌！

第十二章　越野滑雪马拉松

在亚布力巧遇全国冰雪十佳

越野滑雪起源于北欧，与北欧国家比，中国的越野滑雪基础薄弱，训练环境和训练时间有局限性，运动员在技术和体能上有所不足。

但是中国运动员没有气馁，仍然坚持拼搏。在黑龙江亚布力雪场，我正在全神贯注拍摄全国高山滑雪冠军赛运动员飞驰而下的场面，突然接到一个电话："您是孙老师吗，我是王岩，咱们在零点见面好吗？"

我来到零点位置，只见一个穿红色运动服的女人向我走来，她就是黑龙江省雪上训练中心越野滑雪教练王岩。

王岩1973年生于哈尔滨，从小热爱体育，田径成绩突出。1987年，14岁的王岩进入黑龙江省体工二队，开始学习滑雪。冬天的亚布力气温在零下30多摄氏度，日本教练带着他们练越野滑雪，这是雪上项目中最苦的体能项目，相当于跑步中的马拉松，对运动员的速度、耐力和身体协调性要求很高。

她擅长中长跑，属于跨界跨项从事越野滑雪。中长跑、自行车、球类的训练基础对越野滑雪帮助很大，经过1987—1988年一个雪季的训练，她就参加了在亚布力举办的全国青少年越野滑雪比赛。1990年，全国第七届冬季运动会在哈尔滨市举行,她在家门口斩获越野滑雪3枚金牌,是黑龙江省越野滑雪项目零的突破。

1992年,第十六届冬奥会在法国阿尔贝维尔举办,她与叶乔波、李琰等运动员一起出征,叶乔波和李琰在速度滑冰和短道速滑比赛中一举夺得3枚银牌,实现了中国运动员在冬奥会上奖牌零的突破。那次参加比赛的中国运动员60%是黑龙江籍,王岩与王秀丽、叶乔波等人被评为全国冰雪十佳。

忍受别人忍受不了的你就是冠军

越野滑雪的赛道地形多变,通常由三分之一的上坡、三分之一的下坡和三分之一相对平坦的赛道组成。选手的腿要不停地向前迈动。我体验过越野滑雪,感觉在雪上踩滑板走很费力,眼睛得经常盯着雪板以防滑倒。时间长了,你会感到肌肉在燃烧,心跳加速到极限。但是身体再疲劳,运动员必须保持清醒的头脑。

亚布力是王岩的福地,也是她的苦地,几乎年年冬天她都在亚布力训练。她的母亲有运动天赋,跑步好,王岩遗传了母亲的运动基因。全国第七届冬季运动会在亚布力举行,冬天零下三十几摄氏度,穿着单薄的鞋子,长距离滑行磨得脚上全是泡,日本教练用烤灯给她烤脚,用钳子夹着钉子在烤灯上烧,再用烧红的钉子挑破泡,疼得她嗷嗷叫。滑行时脚趾顶着鞋头,磨的泡最大,两个大脚趾都得烤,烤完后只能用脚后跟走路,不敢用脚尖走路。她平时穿38号的鞋子,脚肿后42码的鞋子都穿不上。

很多越野滑雪运动员普遍存在短期内成绩迅猛提升,但达到第一个瓶颈后就难以突破甚至难以持续。这里面除了运动员心态的原因之外,还有科学训练的种种因素。王岩把每天的训练做到极致,她的强项是速度快,耐力好,适合从事中长跑,她的400米、800米跑得又快又好;越野滑雪的中距离是10—15公里,长距离是30公里。15公里中距离就是5公里的上坡、5公里的下坡、5公里的平地,越野滑雪滑雪板窄长,雪杖细长,王岩笃信"忍受别人忍受不了的你就是冠军!"她特别能吃苦,一心一意为国争光。越野滑雪训练高强度,她一天五练，冬季在雪中摸爬滚打，夏季做山地综合训练，山上有很多牛粪，训练途中她脚上踩的都是牛粪，仍然咬牙坚持。

1995年1月14日至1月24日，全国第八届冬季运动会在吉林省吉林市北大湖举行。来自全国33个代表队的579名冰雪运动员参加了9个分项58个小项的争夺。天气寒冷，王岩戴着毛线雪帽、墨镜参加比赛，15公里的传统项目，她50多分钟就滑到终点，一头栽倒在雪地上，晕了过去。不知道过了多久，她慢慢地睁开眼睛，看到一堆人围着自己，急忙问道："我是第几？"

队友们搂着她的肩膀："第一，你是第一！"

她很纳闷儿：队友们不去比赛围着我干什么？她疲劳至极，两条辫子散乱了，雪帽和墨镜什么时候丢的，在哪里丢的，一点都想不起来了，脸冻得通红，鼻涕眼泪直流。她急忙爬起来跑步热身，下面还有越野滑雪项目，她必须拼命！她就那样咬牙斩获女子越野滑雪一枚金牌和一枚银牌。

大运动量的训练，使得王岩腰椎间盘突出，走路走不了直线，双手放不下来，老得举着，不然就感觉双肩像插刀般疼痛。她住进北京市北医三院，这所医院的运动医学非常发达，很多运动员受伤都在这里疗伤，刚出院就又投入到训练中。

有一年，她在亚布力参加全国越野滑雪比赛，丈夫带着4岁的女儿添添也跟随她来到亚布力，女儿添添发烧，刚巧她的丈夫出去了20分钟，回到房间就看到孩子体温太高烧得抽搐了，丈夫急忙光着脚跑出去，找了辆车把女儿紧急拉到山下的医院抢救。

还有一次，她在内蒙古参加越野滑雪比赛，得知女儿生病，母女连心，她坐了一路车哭了一路，比赛时还要面带微笑迎接挑战。当运动员难，当母亲运动员难上加难！

速度与耐力共舞

王岩每天早晨6点15分出来训练，主要是进行跑步与核心力量训练，锻炼小肌肉群。然后吃早餐，吃完早餐就继续滑雪训练，上午从8点30分滑到11

点30分，下午从2点30分滑到5点，晚上从6点30分滑到7点30分。冬天在雪上滑，夏天没有雪就练轮滑，冬练三九，夏练三伏，每天至少练7个小时，冬天下刀子顶锅也得练。累得筋疲力尽时她甚至想：谁要是现在把我的腿打断了我得谢谢他。

越野滑雪队有50多人，男女运动员都有，男运动员多，以黑龙江籍为主。她干了8年专业越野滑雪教练，被评为国家级教练。每年冬天，她春节、元旦都不休息，只有雪季结束才有20天的假期。2021年，亚布力雪场的雪季3月23日结束，本应该4月13日开工，由于备战冬奥，4月9日就要开工训练。

我与王岩是2021年4月3日见面，这一天是清明节，也是她的春假，她没有休息，只要有全国性的比赛，她必须在现场。她在亚布力雪场观看尚金财等人的训练，他们比赛完要到坝上参加训练，她的目光时刻追踪着这些展翅高飞的雄鹰。

王岩整天浸泡在黄连水里，她觉得人的精神促使你最终走向成功，越野滑雪第一要有奉献忘我的体育精神，第二要有头脑。在最艰难最累的时刻，她的脑子里仿佛有两个小人在打架，一个小人说："太累了，我受不了了。"另一个小人说："王岩，你不能停下来，你只要坚持，胜利就是你的！"意志和品质是培养和练出来的，思想是教育出来的，如果放弃了训练就放弃了身边支持你的人，国家荣誉高于一切。

当队员时，王岩牢记"奉献"两个字；如今当教练员，她仍然牢记奉献两个字。她非常爱自己的队员，这些队员苦孩子居多，单亲家庭占70%，县级市的运动员居多，她用自己的精神影响他们的人生观。队员没有衣服穿，她自掏腰包给他们买衣服；队员放假没有地方去，她请他们住到自己家；队员家里贫穷没钱买种子种地，她自费帮助买种子……她对队员们说："我愿做你们的母亲，给你们插上翅膀一跃而起，实现每个孩子的梦想。"

2018年，她带的越野滑雪青年队给解放军队输送了冬季两项运动员，陈国光是八一队优秀教练员，王岩把自己的学生王强、唐今乐交到陈国光教练手里，语重心长地叮嘱他一定要带好他们；现在，李馨、尚金财、王强、池春雪、孙青海、李宏雪、孟红莲7个运动员正在崇礼和坝上备战北京冬奥会，他们是我国越野滑雪和冬季两项的主力，其中，女运动员池春雪曾经荣获青年奥运会女子越野滑雪亚军；女运动员李馨在全国第十三届冬季运动会中荣获女子越野滑雪4枚金牌；王强和唐今乐在全国第十三届冬季运动会中荣获男子冬季两项和越野滑雪冠军。

她既是一个好教练，又是一个好母亲。2021年，她的女儿添添从中央财经大学毕业，她感慨地说："添添，你用才智和学识取得今天的收获，又以明智和果敢接受明天的挑战。"

2021年3月，在内蒙古乌兰察布举行的2020—2021赛季全国冬季两项冠军赛中，她带的队员荣获全国冬季两项冠军。

国家越野滑雪集训队长距离组的训练非常辛苦，雪况测量、加压训练结合滑雪专项训练34公里、下坡专项测速、短冲专项训练、跑步10公里训练、竞走10公里训练、飞行器核心力量训练结合专项训练、射击训练……训练结束，蜡师要为运动员的雪板打蜡。

中短距离组的训练也很艰苦，教练为运动员讲解技术，自由式滑雪30公里、专项技术单杖滑行、飞行器核心训练、有氧跑6公里、上坡训练、游泳训练、射击训练、恢复再生漂浮舱、恢复再生高压氧舱……

王岩喜欢红色，总爱穿红色衣服，戴红色帽子，她把痛苦嚼碎咽进肚里，锐利的锋刃桀骜不驯，刚直不阿。王岩像她的名字那样坚毅，百折不挠，她已经人到中年，仍然与茫茫雪野为伴，她用爱心和心血托起北京冬奥会中国越野滑雪的太阳。

虎林市的飞毛腿

提起越野滑雪，黑龙江省鸡西市的运动员堪称佼佼者。鸡西，一个名不见经传的煤城，为什么能够在越野滑雪中脱颖而出，为什么能够在全国起到领头羊的作用？答案在教练员和运动员的辛勤付出。

在亚布力雪场，我见到鸡西市越野滑雪教练赵文强带着一群队员在练习轮滑，赵文强个子不高，脸色黑里透红，眼睛里迸发着火星。他1988年出生于黑龙江省虎林市，他的父亲擅长跑步，经常在运动会上崭露头角。

赵文强遗传了父亲的体育基因，参加虎林市中小学生运动会，四年级的赵文强跑1500米和3000米，3000米的跑步成绩超过虎林市体校同龄的孩子，引起了体校教练的重视，向他抛出了橄榄枝。1999年，11岁的赵文强进入虎林市体校，之后短跑教练、中长跑教练和越野滑雪教练都来挖他，他邻居家的孩子也在体校练习中长跑，劝他说："文强，你练越野滑雪吧，中长跑一场马拉松运动员有上万人，越野滑雪是冷门容易出成绩。"

他听从了邻居哥哥的话，赖晓林教练发给他雪杖、雪板、雪鞋，让他在雪地上走，他觉得很新奇。越野滑雪只有走顺了，脚底下走出根了才能进一步滑行。1999年11月末，他跟随赖教练来到亚布力雪场练习越野滑雪。他们住在越野楼，每天早晨6点起床出早操，7点回来吃早餐，8点30分再到雪场训练到10点30分，下午1点半练到3点，山上没有雪了就回虎林市练习轮滑。赖教练非常敬业，下雨打着伞来，下雪顶着雪来，赵文强敬佩赖教练，在赖教练的感召下风雨无阻地训练。2003年7月15日，他进入黑龙江省中专队，参加黑龙江省越野滑雪比赛成绩突出。练习了1年后，16岁的赵文强进入黑龙江省滑雪队。2008年，在亚布力举行的全国第十一届冬运会上，赵文强参加越野滑雪比赛，整整滑了两个多小时，竞赛获前8名，还获得男子50公里自由滑行第五名。

越野滑雪比赛涉及两种技术规则：传统式技术和自由式技术。在传统式技术比赛中，两个滑雪板必须放入赛道上压好的雪槽内，并保持与滑行方向平行。选手通过向前跨步，利用身体的重心将滑雪板有弧度的位置压到雪面上，以产生摩擦力，从而发力滑行。自由式滑行赛道上没有固定雪槽，滑雪板呈八字形移动，动作类似于滑冰。传统式技术比赛中不允许有双脚或者单脚的蹬雪动作，而自由式技术比赛典型的动作类似于滑冰时的蹬冰。

2008—2009赛季全国越野滑雪冠军赛，成人越野滑雪男子30公里双追逐比赛，前15公里是传统式技术滑行，就是交替式跨步向前滑行；后15公里是自由式技术滑行，恰似蹬冰式滑行，二者雪板不同，雪杖的高度也不同，中途有一个换板区需要换雪板和雪杖。赵文强到达终点时衣服都湿透了，脸上冒着热气腾腾的汗水，他获得成人男子30公里双追逐冠军，年度总积分第二名。

当好一盘棋的棋子

2010年，22岁的赵文强退役来到鸡西市体工队，刚巧赖晓林教练也调到鸡西市体工队，师徒相聚分外高兴。城里的孩子很少有父母同意练这么苦的项目，鸡西体工队穷孩子多、矿工的孩子多、乡下的孩子多，他们到了体工队觉得很幸福，唯有苦练才能出人头地。他们特别能吃苦，身体素质好，有拼劲儿，赵文强和赖晓林拧成一股绳，手把手地教徒弟，在家乡带出了不少人才。

赵文强的师妹池春雪只有23岁，以优异成绩选送到黑龙江省越野滑雪队，获得冬青奥会自由滑5公里技术滑行亚军；在全国第十三届冬运会上，荣获越野滑雪两枚银牌、1枚铜牌；在甘肃白银举办的2020—2021赛季全国越野滑雪冠军赛中，池春雪荣获9枚单项冠军、外加1枚总积分金牌，一共斩获10枚沉甸甸的金牌。现在，她已经取得2022年北京冬奥会参赛资格，在承德坝上参加越野滑雪训练。满丹丹是赵文强的师妹，她比他晚进虎林市体校一个雪季，她出生于贫困山村，在虎林市体校训练两年后进入黑龙江省滑雪队，在全国第十一届冬运会取得短距离1.2公里越野滑雪传统技术滑行冠军。

雪季是滑雪运动员训练的黄金时间，中国人最重要的节日元旦和春节都在雪季中，都不能与家人团聚，最冷最苦的季节必须在雪野里拼搏，雪季结束后运动员和教练员可以放一个月的春假，但是国家队运动员连春假都不能保证休息。

2020年夏天，亚布力雪场新建了越野滑轮场地，2021年雪季结束，赵文强就带领队员抓住季节的尾巴训练，鸡西市体工队是黑龙江省队越野滑雪的腿，向黑龙江省队输送优秀运动员是他的职责，他把一生中最好的青春年华献给了教练员事业，一心一意地培养家乡的越野滑雪运动员。越野滑雪不只是险，还有苦和累、消耗体力，雪上马拉松必须有韧劲儿，每天早操40分钟，上午练两个小时，下午练1小时30分钟，雷打不动。鸡西市的越野滑雪队是黑龙江省最好的队，赵文强目前带了11个小队员，这些训练好比打地基，只有打好地基才能盖好房子。

鸡西文体广电和旅游局重视原有雪上项目，为了省钱，在亚布力滑雪场的山脚青山村盖了一栋房子，自己做饭，节省了吃住费用。现在，鸡西市体育局的越野滑雪、单板滑雪、U型场地技巧三个项目都在亚布力雪场冬训，从训练到比赛，他都要去协调。

鸡西市越野滑雪蒸蒸日上，虎林市的飞毛腿，赵文强功不可没。

作者采访鸡西市越野滑雪队员

雪上马拉松后继有人

我登上的高山滑雪出发点是大锅盔山，只有一条雪道的是二锅盔山，滑轮场地正对面的是三锅盔山。在滑轮场地，我见到一群孩子拼力在滑行，气温很冷，我和赵文强穿着羽绒服，而孩子们有的只穿着短袖、短裤。

在这群队员中，一个身体瘦弱身穿白色衣服的男孩儿引起了我的注意，这是赵文强在鸡西市农村小学发现的，叫王世孝，2008年8月13日出生。他没有新衣服，赵文强就给他买衣服、帽子、水果，把他招到鸡西越野滑雪队。他是一个苦命的孩子，刚出生，父母就离婚了，父亲带他到六七岁就把他送到福利院，他连母亲长什么样都不记得。他从零基础学起，滑行时身体弯曲的力度很大，像虾米似的腰弯得很低。越野滑雪距离长，冬天冷，夏天热，身高占优势，个高腿长跨度大，王世孝坚持训练1年半，成绩在前8名，他知道自己是孤儿，没有其他出路。平时他住在福利院，福利院就是他的家，集训时就到越野滑雪队跟随赵文强练。看到他瘦弱的样子，我的眼泪扑簌簌滚落下来，一个劲儿地鼓励他。黑龙江省体育局的孙昱处长对他说："以后的路要自己走，好好学习，好好训练，拿好成绩，如果以后有比赛，我给你颁奖。"

另外一个身穿红色衣服的男孩儿滑了过来，皮肤白皙，眉清目秀，他叫钱宇帅，2008年出生在鸡西市，他的父母在外面做生意，父母离异，独自跟姥姥生活，赵文强把他招到鸡西市越野滑雪队，他12岁开始学习越野滑雪，特别能吃苦，也很聪明，知道比赛状态好时应该站在什么位置滑，状态不好时应该站在什么位置跟滑，在哪个点什么时候冲刺，滑行几十公里其他队友没有劲儿了我要在什么时候甩他，怎样安排技术战术……钱宇帅今年元旦、春节一直跟随赵文强教练训练，没有休息。按照规定国家法定休息日加班应该有三倍的工资，但是鸡西市越野滑雪队的教练和队员没有任何补贴，完全靠自觉苦练。有时候到亚布力雪场训练一练就是半年，钱宇帅在黑龙江省越野滑雪锦标赛同龄人中获得第三名。

　　越野滑雪的赛道地形多变，以突出越野的特点，选手的腿脚要不断迈动前行。长距离的户外寒地运动使得运动员的肌肉仿佛在燃烧，心跳加速，呼吸急促。滑轮是在无雪季节的一种替代训练，长距离的滑轮既枯燥又疲倦，对身体和意志都是极大的考验。虽然我国的越野滑雪基础薄弱，但是有王岩、赵文强这样敬业的教练，中国的越野滑雪后继有人。每当看到自强不息、为国拼搏的青少年，我都想掉眼泪。少年强则中国强，我对钱宇帅说："你要跟赵文强教练好好训练，你在黑龙江省具备少年组冲金的实力。吃得苦中苦，才有大出息。"

第十三章　短道速滑离弦箭

风驰电掣开弓箭

中国的冰雪运动是冰强雪弱，迄今为止，中国运动员在冬奥会上夺得过13枚冠军奖牌，有12枚是冰上运动，只有一项是雪上运动，就是韩晓鹏在2006年意大利都灵冬奥会夺得自由式滑雪空中技巧冠军，实现了中国队雪上项目与男子项目两个冬奥会金牌零的突破。

以往挪威、瑞典等国家雪上技术强。近年来冬奥会雪上项目增加了一些技巧项目，雪上技巧类项目有双板项目，也有单板项目，其实我们也有争夺奖牌和金牌的实力。

在中国队获得的12项冰上运动冬奥会冠军中，有10枚金牌来自短道速滑。短道速滑是冬奥会项目，全称短跑道速度滑冰，比赛场地的大小为30米×60米，场地周长111.12米，直道宽不小于7米，弯道半径8米，直道长28.855米。短道速滑19世纪80年代起源于加拿大，当时加拿大的一些速度滑冰爱好者常到室内冰球场上练习，随之产生了室内速度滑冰的比赛，20世纪初，这项比赛亦逐渐在欧洲和美洲国家广泛开展。

1988年，短道速滑在卡尔加里冬奥会被首次列为表演项目，1992年，阿尔贝维尔冬奥会上，国际奥委会才正式列为冬奥会比赛项目。

短道速滑的竞技魅力在于比赛时多名选手同时出发，但是内道选手会在短距离项目（500米）起跑时具有距弯道距离更短的优势，促使运动员尽可能地提升滑行速度，以便在后续轮次抢占更有优势的起跑位置。第一轮的出发位置由抽签决定，接下来的轮次则根据成绩由内向外分配道次，虽然比赛规则要求滑行过程中可以随时超越对手，但是实际上超越起来非常困难，在比赛中经常会出现因运动员实施超越与反超越导致相互碰撞摔倒、犯规等情况，或因判罚导致取消运动员比赛资格及申述。

冬奥会比赛项目注重竞技性和观赏性，短道速滑竞技性极强，比赛采用淘汰制，以预赛、1/4赛、半决赛、B组、A组决赛的比赛方式进行。4—7名运动员在一条起跑线上同时起跑出发，预赛站位通过抽签决定，之后进行的比赛站位由上一场比赛的成绩决定。

2002年盐湖城冬奥会，杨扬夺得短道速滑女子500米和1000米两个世界冠军，实现了冬奥会金牌零的突破。

韩天宇、武大靖、任子威（从右至左）在2019年10月8日国内短道速滑测试赛上获奖

2018年2月22日，平昌冬奥会短道速滑男子500米决赛，武大靖以39秒584的成绩打破世界纪录强势夺冠。

杨扬：冬奥会中国第一块金牌

在采访北京筹办冬奥会时，我又见到了杨扬，她是我14年前采访报道过的运动员，现在是北京冬奥组委运动员委员会主席、北京冬奥组委体育部副部长、国际奥委会委员。

和夏奥会相比，冬奥会不仅是设项不同，而且最大的区别在于冬季运动对人的各项素质，从体能到技巧要求更高。在以往的几届冬奥会上，金牌一次次与中国冰雪健儿擦肩而过。

2002年，杨扬夺得冬奥会女子短道速滑500米比赛的金牌，成为中国第一位冬奥会冠军。2002年，杨扬在世界短道速滑锦标赛上，一举夺得短道速滑500米、1000米、1500米以及个人全能4枚金牌，并实现了个人全能项目上的六连冠。整个运动生涯里，杨扬一共获得过59个世界冠军，是获世界冠军最多的中国运动员。杨扬的金牌意义非凡，她创造了中国人在冬奥会上金牌零的突破，使中国提升了在世界冰雪运动中的地位。

短道速滑需要意志，更需要天赋。杨扬对中国的冰雪运动一往情深，担任北京冬奥会和冬残奥会运动员委员会主席、世界反兴奋剂机构副主席，全力以赴把中国的冰雪运动推到一个新台阶。

杨扬觉得冬奥会带来的溢出效应在经济、文化及体育事业发展方面都有体现，这也逐步成为一种现象：于经济而言，冬奥会融入京津冀协同发展战略之中，为三地全方位、高质量发展注入活力；于体育事业而言，为普通群众了解冬季运动项目打开了一扇窗，激发全民参与的积极性，助力体育强国的梦想实现；于文化而言，冬奥会正成为一个载体，一张亮丽的名片，向世界讲述中国故事，为构建人类命运共同体添墨加彩。

北京作为"冬夏双奥之城",将会为世界贡献非常多的奥运遗产。我们要在国际视野下,呈现中国蓬勃发展的盎然生机,通过讲述我们的梦想,呈现人性的光辉,让世界看到我们为奥林匹克运动做出的贡献,从而影响世界。

北京冬奥会的筹备过程,就是百姓的获得感不断增强的过程,我实实在在地感受到,我们的冰雪运动项目正在迅速走近百姓。比如中国的中小学生都要参与"一冰"或"一雪"运动。从全国范围来说,很多中小学也成了冰雪特色学校。

冰雪产业和冰雪推广本来就应该相互支撑、相互促进。中国的冰雪运动底子薄,这是我们的弱项。但在冬奥会筹备过程中,我们有机会把劣势变为优势。"三亿人参与冰雪运动"是普及推广冬奥项目的强大动力。要以冰雪产业发展助推冰雪事业发展,国家给予相应的政策支持非常重要。

杨扬退役后面临多项选择,一是当大学教授,二是在国家体育总局体制内当正处级干部,三是到国际奥委会工作。她选择第三条道路。作为国际滑联理事会运动员委员会委员、国际反兴奋剂委员会成员、妇女委员会委员,在国际上可以发出自己的声音。在国际体育组织工作,相对自由的身份,虽然没有一官半职,但有国际体育平台。

2001年,杨扬等运动员一直在备战2002年美国盐湖城冬奥会并最终在冬奥会上夺得金牌。现在,她想搭建一个平台,以运动员为中心制订防疫计划,欢迎全世界运动员来中国。

反哺家乡,滑冰女皇荣归故里

2021年4月2日,杨扬回到家乡七台河,给家乡的小滑冰队员捐赠150套运动服,给家乡捐赠她获得的奥运金牌的复制品。我陪同杨扬登上七台河市冠军楼,里面陈列着杨扬、王濛、孙琳琳、范可新、张杰、李红爽、刘秋宏等冠军的照片和奖牌。

当年,杨扬从佳木斯市汤原县到七台河学习滑冰是她命运的转折点,自从杨扬到了七台河滑冰队,她的妈妈说:"这个孩子不用我养了。"

杨扬领着女儿参观,她的女儿指着一张董延海教练与杨扬等小队员的合影问道:"这是你吗?"

我立刻抢拍了这个镜头,杨扬的女儿在娘胎里就和妈妈开启申奥之旅,今年6岁。时代不同了,杨扬当年身穿一件黑衣服,留着娃娃头,活脱脱一个假小子的模样。穷人的孩子早当家,家境贫寒使得她自强不息,正是孟庆余教练和董延海教练把她领上了短道速滑世界冠军之路。

如今,功成名就的杨扬返回家乡,与小运动员们热情地合影,鼓励他们好好训练,为国争光。在七台河冰上基地,我看到杨扬与短道速滑的小队员在一起,小队员向她献花。杨扬接过鲜花问:"你们的梦想是什么?"

孩子们异口同声地说:"当世界冠军。"

孩子们穿上冰鞋,表演滑冰。杨扬问道:"谁能告诉我滑冰怎样才能产生速度,怎样减少风的阻力?"

孩子们七嘴八舌,杨扬说:"蹬冰时间延长,蹬冰力量大,才能产生速度。滑行时要压低身体,这样才能减少阻力。你们太幸福了,有这么好的滑冰馆训练。基本功要打牢,你们一定要分清要我练和我要练的关系,要我练是按照教练的计划去练,只要达到他的要求让他满意就行;还有一种是我要练,比如我就分析我的优势在哪里,领滑能力强,但是我的弱点是超越能力差,在体力好的时候要快点滑,加强超越能力和专题训练,我擅长中长距离滑冰,同样的滑3000米,我把3000米变成3个1000米,合理分配体能,还剩9圈时,我要练习超越,带着目标和计划去滑。如果应付教练去完成任务滑就会很累,我要练的意识,每天给自己增加训练难度,我要看教练对我制订的一周训练计划,今天练速度,明天练耐力,要有主动训练的能力,我要练和要我练是两种不同的境界,你们好好练,希望以后在国际短道速滑大赛中见到你们!"

为什么七台河出短道速滑冠军

2002年美国盐湖城冬奥会上,杨扬勇夺女子500米、1000米两枚金牌,为中国队实现了冬奥会金牌零的突破。在2006年意大利都灵冬奥会和2010年加拿大温哥华冬奥会上，王濛斩获4枚金牌，成为短道速滑女子500米的实力超群者；在2018年韩国平昌冬奥会上，武大靖打破男子短道速滑500米世界纪录，夺得冠军。

迄今为止中国获得的13枚冬奥会金牌中，有10枚来自短道速滑，其中仅有1枚是男子选手武大靖在平昌冬奥会500米中夺取的，其余9枚全部来自女子选手。七台河市短道速滑运动员就荣获6枚金牌。这里走出了杨扬、王濛、张杰、孙琳琳、范可新、李红爽、张杰、王伟、刘秋宏、孟晓雪、于威等一批优秀的短道速滑运动员。七台河位于黑龙江省东部，南与鸡西市、牡丹江市毗邻，北与佳木斯市、鹤岗市接壤，东与双鸭山市相连，西与哈尔滨市相通，是一个不起眼的地级市，也是全国三大保护性开采煤田之一。

七台河曾先后走出3位冬奥冠军、3位特奥冠军、7位世界冠军和一大批优秀短道速滑运动员，获得冬奥会金牌6枚、特奥会金牌4枚、世界级金牌173枚、国家级金牌535枚，15次打破世界纪录，擎起国家冬奥会金牌总数半壁江山，是享誉中外的"冬奥冠军之乡、世界冠军摇篮"。

短道速滑为什么青睐七台河，七台河培养短道速滑冠军有什么绝招儿？为了破解这个谜团，我只身到七台河市探个究竟。七台河市不通飞机、高铁，只有老式的绿皮火车从哈尔滨开往七台河，我在老牛拉破车似的火车上折腾了一宿，终于抵达。七台河短道速滑冠军馆位于桃山区山湖路北端，耸立在桃山和仙洞山之间，毗邻桃山湖和湖滨广场。

2021年4月2日，我和黑龙江省体育局局长陈哲、杨扬等人一道走进七台河短道速滑冠军馆，这里设有8层展厅，展馆通过实物、雕塑、图片、资料、音像等，深入挖掘了七台河市47年滑冰事业的历史，系统总结了七台河的冠军精神。

七台河市为迎接2022年北京冬奥会，落实国家"三亿人上冰雪"实施纲要，发挥"国家重点高水平体育后备人才基地""国家短道速滑七台河体育训练基地"作用，进一步弘扬冠军城市精神，扩大七台河短道速滑项目优势，将观光塔整体打造成具有教育性、参与性、昭示性和科普性的短道速滑冠军馆，使之成为宣传"中国冬奥冠军之乡"的阵地，弘扬冠军精神的爱国主义和家国情怀的教育基地。

冠军城市奠基人 —— 孟庆余

在七台河市，我看到了庆余公园。一座城市以一个人的名字命名公园，我去过北京和青岛的中山公园、上海的鲁迅公园、哈尔滨的兆麟公园……七台河市能够以滑冰教练的名字命名公园，在全国实属罕见。

孟庆余，1951年8月出生在哈尔滨一个普通工人家庭。1969年作为上山下乡知青来到七台河，在新建煤矿当井下采煤工人。他有一个业余爱好就是滑冰，曾经荣获哈尔滨小学生滑冰比赛第三名和中学组冠军。他不管下井多么累，休息时只要有空随便找个水泡子就去滑几圈。随着他的滑冰水平越来越高，多次代表七台河市参加滑冰比赛并夺得冠军。

1974年5月，他调入七台河市体委组建速滑队，当时，水平高的滑冰教练嫌庙小不愿意到七台河来；七台河市又找不到专业滑冰运动员，孟庆余就凭着娴熟的滑冰技巧担任速滑队教练员。

20世纪70年代的七台河速滑场是一个破旧的田径场，他的办公室和队员们的宿舍就在田径场的看台下，没有浇冰车，他就自己研制浇冰车；没有滑冰场，他就用手推着装满两吨水的浇冰车，午夜两点绕着冰场浇冰。手冻得又红又肿，棉袄被水淋湿冻成了"冰铠甲"，他依然乐此不疲。

早期，他招收8—16岁的队员滑冰，没有像样的冰鞋，他就带着孩子们穿着绳绑冰刀滑冰，亲自给大家做示范动作，自己掏钱给队员们买冰刀鞋。有了冰鞋，他就替队员们修冰刀、磨冰刀，队员们穿的冰鞋都是他亲手改造磨制的。一个人可以影响一座城市的精神风貌，一时间"放学以后滑冰去"成为七台河市一道亮丽的风景线，在孟庆余的带动下，滑冰运动在七台河市迅速兴起。

1984年，他到七台河市体校挑人，看到一个16岁的姑娘在跑步，她叫赵小兵，1968年在辽宁出生，5岁随父母来到七台河勃利县河口村，15岁进入七台河市体校田径队。赵小兵顽强的奔跑，反应机敏，不服输的劲头儿给他留下深刻的印象。他对田径队队长说："让这个孩子来跟我学滑冰吧。"

队长找到赵小兵，瓮声瓮气地说："赵小兵，那个老头相中你了，你去学滑冰吧。"

赵小兵丈二和尚摸不着头脑："哪个老头儿？"

队长指着孟庆余说："喏，就是他！"

就这样，赵小兵和几个年轻人一道进入了滑冰队，师从教练孟庆余。那年头，滑冰太苦了，冰鞋不合脚，赵小兵的脚被冰鞋磨出一个窟窿，脱袜子时把皮都拽掉了。那会儿没有室内冰场，全是在野外冰河或者浇冰场上滑。冬天的七台河气温在零下35摄氏度，滑冰不能穿棉袄棉裤，只能上身穿一件毛衣，下身穿一条衬裤、一条单裤，滑冰时手从手套里拿出来，就像猫抓挠似的又痒又痛，手上有很多冻疮。但是再苦再冷，赵小兵没有退缩过。

短道速滑是速度、技术和力量的综合较量，由于赛道狭窄，运动员的滑行占位非常重要。要想占据内道必须滑行速度快。为了让她快速提高成绩，每天大家训练结束，孟庆余领着赵小兵再滑一两个小时。1989年，赵小兵的滑冰技术日臻成熟，孟庆余就让她当基础班教练。赵小兵尽职尽责，她教过的第一批运动员有韩梅等人，把孩子教得像模像样了就选拔给孟庆余。

孟庆余的学生，大多来自煤矿工人和农村家庭，赵小兵家生活困难，三个兄妹，母亲没有工资，父亲每月只有37.50元工资，却要养活全家5口人。赵小兵刚从农村出来，租不起房子，虽然她是重点培养的运动员，可以吃重点灶，但她吃不起。孟庆余家30多平方米的房子只有一间卧室，他就把这一间卧室让给赵小兵，自己和妻子、儿子一家三口住在客厅里。赵小兵吃重点伙食，每月应该交15元钱，她家交不起，孟庆余便替她交伙食费，在20世纪80年代，每天都可以吃到鱼肉蛋，真是烧了高香了。

1986年7月，孟庆余从黑龙江省佳木斯市汤原县体校发现了豆芽菜般的杨扬，把她领到七台河市少年业余体校速滑队。杨扬的爸爸在七台河当警察，让孟庆余教女儿练习滑冰。当时，孟庆余教大班，董延海教小班，杨扬开始跟孟庆余教练练习，后来师从董延海。

这是一幅令人难忘的图画：被人称为"老头儿"的孟庆余其实只有30多岁，他带领一群运动员在冰河上滑行，扛着一架松下牌摄像机给队员们摄像，端着一架照相机给队员拍照，再把队员的滑冰录像放给大家看，指导纠正动作。就在这片冰河上，一个个震惊世界短道速滑赛场的运动员从孟庆余的手中脱颖而出。经过孟庆余和他的弟子董延海两位启蒙教练的精心培育，杨扬一步一个台阶地向上攀登，终于走出家门、省门、国门、冲出了亚洲，登上了世界冠军的领奖台。成为目前世界上唯一五次蝉联世界短道速滑锦标赛的全能冠军和冬奥会金牌为一体的运动员。杨扬常说："无论我走多高，滑多远，都不能忘记教练当年对我付出的心血呀！"

孟庆余1999年被评为国家高级教练员，他曾任七台河市体工队队长，助理调研员，先后被评为省级优秀共产党员、黑龙江省十佳公仆、黑龙江省劳动模范、"全国五一劳动奖章"获得者等荣誉，1997年参加在上海举行的全国群众体育先进工作者表彰大会。

在七台河市的孟庆余小屋里墙上挂着一块黑板，黑板下面放着几盒粉笔。孟庆余经常在黑板上给运动员讲滑冰要领，黑板上清晰地写着：基本姿势：两脚两腿并拢，两手背后互握成曲蹲，大小腿夹角110度，上体与地面夹角15度，小腿尽力前弓，头微抬起，目视前方5米处，黑板上还画着几个小人的滑冰动作。

墙角有一个煤炉子，上面安装有烟囱。炉子旁是一个陈旧的脸盆架，上面有一个脸盆。墙上挂着一个旅行袋、一顶棉帽、一双冰刀鞋，还有一面镜子，上面写着："劳动喜庆唱有余，调济清平乐彩云"，我猜想是孟庆余结婚时别人送的礼品。因为孟庆余的妻子叫韩平云，这句对子把孟庆余和韩平云的名字都嵌进去了。还有一张黄色的桌子、一个黄色的柜子、一张木板床。

最引人注目的是墙上悬挂的一些奖状，是七台河市人民政府颁发给少年体校的。屋里放着一辆旧自行车，是孟庆余的交通工具。我看到杨扬非常认真地观看着小屋里的陈设，那里有她青春的记忆。杨扬不是天赋高的运动员，学习滑冰也晚了，但是她有头脑，刻苦训练，滑不好就不吃不睡，从要我练变成我要练，不断地超越自我。

王濛1985年出生于七台河市，父亲是矿工，她是天才型的运动员，爆发力好，有头脑（凡是能够当上世界冠军的运动员必须有头脑、有实力）。

在王濛的眼里，孟庆余是个"魔鬼教练"，他经常在训练时喊："脚底下踩严了！"

孟庆余觉得身体技能是基础，运动技巧是关键，响鼓也要重槌敲，他可没少敲打王濛。王濛深有感触地说："由于小时候基础打得好，所以现在能够承受大负荷的训练。正是因为孟老师的严格，才造就了今天的自己。"

王濛性格像个男孩子，有侠义心肠，她潜心观察男孩子的滑冰动作，怎么收腿，如何蹬冰，别人看热闹，她是看门道，接受能力很强。1998年由七台河市输送到黑龙江省冰雪分校，成为孟庆余的弟子。

孟庆余查阅了大量国内外资料，针对七台河训练条件更适宜主攻短道速滑的实际，提出七台河市速滑队要把训练转向专攻短道速滑项目，这是他根据冰雪运动发展趋势多年来潜心琢磨出来的方案。这个具有远见卓识的决策奠定了七台河市今天具备源源不断为国家和上级运动队输送短道速滑优秀后备力量的实力。

1993年3月28日，孟庆余的弟子张杰在北京世界短道速滑锦标赛中，与队友一道打破了女子3000米接力世界纪录。

杨扬现任全国青联副主席、全国政协委员、政协第十三届全国委员会教科卫体委员会委员、北京冬奥会和冬残奥会运动员委员会主席。不管她取得多么辉煌的成绩，她都不能忘记自己是从七台河市起步的。

王濛在2006年都灵冬奥会短道速滑500米折桂，温哥华冬奥会短道速滑独揽三金，蝉联女子500米金牌，成为中国冬奥卫冕第一人，共获得128枚奖牌，七破500米世界纪录，是世界短道速滑史上首位突破500米43秒大关的女运动员，中国冬奥会奖牌榜首位。世界杯短道速滑女子500米、1000米、3000米接力积分世界排名第一，她用实力开创了"濛旋风"时代……

教练员在中国体育中的地位至关重要，如果一座城市只出一个世界冠军，可能是偶然；如果一座城市出了一群世界冠军，则一定是必然。我想：七台河市成为中国短道速滑冠军之乡的答案找到了，这就是七台河市有优秀的短道速滑教练员，这就是孟庆余精神，这就是顽强拼搏不断超越自我的精神！

凌晨3点多在野外奔跑的女人

孙琳琳出生在辽宁，后来举家搬到七台河市。赵小兵到小学挑队员，把跑得快跳得远的孩子集中到一起，测试爆发力、速度、耐力、协调性和反应能力，二年级孩子的200米跑步相当于成人的800—1500米，绝大多数孩子跑到150米后就没有力气了，最关键是后50米，8岁的孙琳琳在最后50米咬牙从倒数第二名追到全组第一名，看到她汗流浃背的样子，赵小兵感到孙琳琳有毅力，心理素质好，把她挑选到学员队。

由于滑冰队员上午要到学校上文化课，赵小兵每天早晨4点半在训练场教学员滑冰，训练场就是水泡子和学校的浇冰场。为此，她常年每天凌晨3点多起床，4点半准时在训练场等学生。有一次，她去训练场的路上没有路灯，伸手不见五指，跑着跑着突然看到前面影影绰绰似乎有一个人影，她吓得哭起来，但一寻思，孩子们还等着自己上课呢，她一咬牙一跺脚，硬着头皮往前跑，管他是人是鬼也得往前冲，到了跟前才看清原来是一根电线杆子。

还有一次，她顶着风雪往训练场跑，看到前面有一个男人也在跑。她心里发毛，凌晨3点多，路上黑灯瞎火，万一是坏人怎么办？自己也打不过他啊！可是，通往训练场只有这一条路，她必须提前赶到。她盘算着我还是跑吧，如果我跑他也跑，说明他是好人；如果我跑他不跑，说明他是坏人。她提心吊胆向前跑去，结果那个男人也拼命往前跑，她悬着的心落了下来。过了一会儿，当她和那个男人擦身而过时，那个男人说："哎呀妈呀，你吓死我了，你一个姑娘大黑天的跑什么呀，我还以为碰上坏人啦。"

她抱歉地说："大哥，对不起，我必须往前赶路。"

按照生物钟，凌晨3点多是人睡得最沉的时刻，冬天零下35摄氏度的气温，北风呼啸，谁舍得离开热被窝啊？赵小兵这个女教练就是这样每天穿着单薄的衣服从家里跑步到训练场，日复一日，年复一年，风雨无阻，到了训练场，遇上雪要扫雪，碰上冰碴儿要清除冰碴儿。她的丈夫自己研制了一台浇冰车。她期盼着：如果退休前咱家能有自己的滑冰馆，我一定放鞭炮庆祝！

你的精神，我来传承

直到2013年12月19日，赵小兵45岁那年，七台河市才有了室内滑冰馆，可是孙琳琳的家离训练场很远，跑步要跑1个小时才能到。她不住在队里，由于家穷没有车接送；李红爽家也没人接送，孙琳琳和李红爽也是凌晨3点多钟起床，冒着寒风向训练场跑去，当她们呼哧带喘跑到训练场时，赵小兵教练已经打扫好冰场，笑眯眯地等着她们了。

凌晨4点半，月亮还在酣睡，星星还在梦乡，赵小兵就在寒风中带领学员滑冰，一直滑到7点钟，再把孩子送到学校，匆匆扒拉一口冰凉的饭菜就上课。

1991年，23岁的赵小兵怀孕了，从怀孕到分娩，她只休息了5天。她家到冰场有一个很长的大下坡，怀孕七个月时，她被滑冰的队员撞倒了，肚子剧烈地疼痛，她觉得对不起儿子。后来身子重了不敢到冰上滑冰，她就让队员们到自己家训练。她家旁边有座岩石山，她挺着大肚子不厌其烦地教队员们练习单腿支撑、双腿支撑、侧蹬、后引、移动重心、滑行……

1992年9月3日，她生下儿子。刚刚坐完月子，10月4日，她就带着队员们上冰训练了。冰雪是极寒之物，产妇是多么害怕冰雪啊，可是为了给祖国培养短道速滑运动员，赵小兵长年累月与冰雪为伍，与寒湿相伴，她的身体阴虚，手脚冰凉。

孙琳琳家离训练场太远了，赵小兵热心地帮助孙琳琳在训练场附近租房子，动员自己的母亲给队员们做饭。她母亲范桂敏跟孩子们住在一起，每天凌晨3点多叫队员们起床，给队员们做一日三餐。有的队员家穷交不起伙食费，赵小兵就自己掏腰包。她把全部心思都放在培养短道速滑运动员身上，没有给儿子做过早餐，她的儿子总是饿着肚子上学。她把自己训练得有基础的孩子送到孟庆余手里深造。

他倒在了奔向冰场的路上

由于七台河没有室内滑冰馆，在室外滑冰一年只能上三四个月的冰，时间太短，所以每年夏天，孟庆余都要带队员到哈尔滨冰上训练基地训练。冰点紧张，七台河队经常被安排到半夜训练，一宿没有阖眼的孟庆余要把睡得很香的队员们叫醒，带领他们上冰。

2006年7月，孟庆余教练回七台河挑选短道速滑运动员的苗子，他和赵小兵、张长红、姜海、马庆忠等几个教练到七台河安乐小学去选队员，他下车后手扶着车门，没想到张长红猛的一关车门把孟庆余的手夹伤了，伤得很重，指甲盖都掉了，赵小兵急忙给孟庆余的手上药。

过了几天，赵小兵给孟庆余打电话："孟老师，有一个叫鲍婷婷的女孩子滑冰的感觉特别好，在滑冰上有发展，但是夏天没有冰，测跑跳她成绩不突出没选上，您是不是来看一下？"

孟庆余教练太了解赵小兵了，果断地说："我不看了，你看中的队员一定行！"

赵小兵高兴地说："孟老师，我赶紧让孩子家长把鲍婷婷送到哈尔滨。"

孟庆余好心地说："家长送孩子从七台河到哈尔滨得花多少钱啊？过几天，我到七台河年检车辆，顺便捎上她们，不要花钱啦。"

2006年8月2日上午10点，原定孟庆余教练带领队员在哈尔滨冰雪运动中心冰上基地上训练课，从七台河到哈尔滨有四五个小时的车程，正常情况应该五点出发。头一天晚上，赵小兵让鲍婷婷和她的妈妈在七台河体育局宿舍住宿，凌晨4点30，赵小兵亲自把鲍婷婷和她妈妈送到孟庆余手里，临行前很多家长邀请孟教练吃饭，他为了避嫌将手机关机了。赵小兵关切地对他说："孟老师，手机费是共产党给您报销，您就开机吧。"

孟庆余教练执拗地说："共产党的钱不是钱啊？ 能省就省点吧。"

他为了省手机费关掉手机，早晨5点钟，载着鲍婷婷和她的妈妈向哈尔滨驶去。那天路上有雾，他的手没有好，是带伤驾车。他惦记着10点钟还要带队员上冰，开车速度有点快。万万没有想到，不幸就在不久后发生了。上午8点半左右，鲍婷婷的妈妈给丈夫打电话说出事了。鲍婷婷的爸爸急忙给赵小兵打电话："教练，鲍婷婷出事啦。"

赵小兵接了电话一下子就蒙了，她急忙拨打孟庆余的电话，手机关机。她焦急地对丈夫李岩说："孟老师怎么不接电话呢，这时候怎么还想着漫游费呢？"

她想拨打鲍婷婷妈妈的电话，可她却没有手机。赵小兵急得火烧火燎，等了好久才接到一个陌生的电话，是军车司机打来的。原来，孟庆余那天手上有伤，天气有雾，加上疲劳驾驶，不幸出了车祸，从他开的汽车撞到路上行驶的大货车到汽车停下冲出了100多米，中间汽车翻了三次，孟庆余和鲍婷婷不幸遇难。鲍婷婷的妈妈拦了无数辆汽车都没有人停车，最后是一辆军车停下来，帮助她打电话报警通知各方，军车司机告诉赵小兵："司机已经没了，方向盘扎到肺里了。"

得知孟庆余因公殉职，赵小兵崩溃了，她泪流满面地对丈夫说："孟老师和鲍婷婷都没了，鲍婷婷的妈妈才28岁，是我让鲍婷婷到哈尔滨跟孟老师学滑冰，现在孩子没了，鲍婷婷的妈妈要是揍我怎么办？"

丈夫紧紧地搂着她的肩膀安慰说："婆啊，不管她打你还是骂你你就挺着，你只是疼一下，而她失去的是一个孩子。"

万万没有想到，当她见到鲍婷婷的妈妈时，这个28岁的年轻母亲丝毫没有埋怨她，而是拉着她的手贴心地说："教练，你不要哭，你对俺家孩子太好了，你让俺孩子上哈尔滨也是为了俺家好，俺不怨你，要怨就怨孩子命不好。"

听了这话，她哭得更厉害了，七台河这座小城孕育了多么朴实的人民，社会治安好，几十年凌晨3点多跑步从来没有碰到坏人；出了人命关天的大事，家长没有半句抱怨，想的是教练对自己孩子的恩情。跟朴实的人在一起可以纯洁灵魂，越是对待朴实的人就越应该以善良相报，赵小兵领着鲍婷婷的妈妈到医院检查，看看有没有内伤。

孟庆余像一块铺路石，铺路石凝聚着忠诚，铺在哪里就在哪里落地生根；铺路石象征着奉献，它不避艰辛以苦为伴，默默地承载着前行的脚印；铺路石闪烁着坚贞，它从没有被埋没的痛苦，即使粉身碎骨也甘愿把自己与坚实的大地融为一体，铺就一条坦荡的通途。

2003年一年，孟庆余向省体校、省体工队、国家队共输送了28名优秀运动员，创历史之最。从1986年市体工队正式组建至今，由孟庆余亲手带出的队员共获得世界级金牌43枚，省级、国家级金牌214枚，总计获得各个级别金牌263枚，7次打破世界纪录。在2003年的全国冬季项目总结会上，七台河市体育局被评为特殊贡献单位。如今，在他的身边又聚集了一批热爱短道速滑、悟性高、素质全面的好苗子，七台河市体工队成为名副其实的"孟家军"。

孟庆余说过："奖章对于一个真正的运动员来说，是通向世界体坛高峰路上的一块块里程碑，而对教练员来说，是向党组织交上的一份份工作总结。速滑是我生命中最重要的部分，即使有一天倒在了冰场上，我也无怨无悔！"

孟庆余的遗体在七台河市火化，那是他离开家乡满怀青春热血奔赴的城市，是他在井下挖了几年煤的城市，是他带出了众多世界冠军的城市，前来送行的人络绎不绝，七台河人民永远怀念他！

滑冰馆前那个用拥抱迎接队员的教练

孟庆余把全部的爱献给了中国的短道速滑事业，献给了他的学生，他对七台河市贡献很大很大，可是欠家人的却很多很多。

他本来工资就不高，却把微薄的工资用来资助队员；他本来家里房子面积就不大，却把狭窄的空间挤出给队员住；他一心扑在训练上，连妻子生孩子都没有守候在身边；他和妻子结婚28年，两人在一起的时间不足4年，元旦和春节正是滑冰训练的热季，他连和家人一起过个团圆年都是奢侈。他的妻子韩平云对赵小兵说："老孟一辈子没享过福。"

赵小兵执拗地说："不对，孟老师是幸福的，滑冰是他热爱的事业，他热爱事业胜过生命，他是在奔向冰场的路上去世的，每天都能看到孩子们的进步成长，这就是他的幸福所在。"

赵小兵和丈夫李岩都敬佩孟庆余，他不善言谈，却做在实处。孟庆余有一个儿子，他把全部心思都放在滑冰队上，无暇顾及自己的儿子。他对工作极端的负责任，对队员极端的热忱，深深地感染了赵小兵，孟庆余精神在她的身上传承。从她当上教练，就无微不至地关心队员，小队员拉了尿了，她给孩子们洗裤子；孩子们家里困难交不足饭费，她就自己掏腰包补贴。她有两个儿子，一个叫白致诚，一个叫李金泽，她对两个儿子说："儿子，幸亏你俩不挑妈，你们要是挑妈，妈可不合格，妈每天早晨3点多离开家带队员训练，没工夫给你们做早饭。"

儿子说："嗯哪，挑也没有用啊，你的学生比我们还重要。"

赵小兵知恩图报，真诚地对丈夫说："孟老师是咱俩的恩人，小时候，他给我交了好几年的伙食费，我今天所有的一切都是孟老师给的，孟老师喜欢开车，把咱家的车送给他开吧。"

孟庆余因公殉职后，赵小兵急火攻心病倒了，第二天凌晨3点多她咬牙起床去给队员们训练，李岩大声说："婆呀，今天你要是起来，我就跟你急眼。你都病成这样还去，再去我就生气了！"

赵小兵含着眼泪对丈夫说："你要是爱我就要以我喜欢的方式去爱，你让我躺在床上我就生气了，孩子们自己在冰场上我能放心吗？"

她丈夫说："有什么不放心的，让他们自己滑去呗。"

赵小兵坚决地说："不行，孩子们自己在冰场我不放心。"

她硬撑着爬起来向冰河走去，那里有滑冰队员在等着她，她要完成孟老师没有完成的使命。

现在，七台河市建起了室内滑冰馆，孩子们用不着数九寒天到冰河上去训练了。与赵小兵聊天，我情不自禁地被她感染，不由自主想掉眼泪。

2014年之前，七台河市没有固定的室内滑冰馆，几十年训练都是在室外打游击，有时候到水泡子滑，有时候到浇冰场滑。每天凌晨三四点起床训练队员，一个人早起一天两天并不难，难的是32年如一日。现在，有室内滑冰馆了，起床可以晚一个钟头，但是每天早晨4点50分，在七台河体育中心滑冰场门口，总有一个身穿运动服的教练在等待学生，她每天早晨都会给队员一个仪式，那就是亲切的温暖的拥抱。

我理解这拥抱的滋味儿，我在汶川抗震救灾期间，对于灾后的孤儿和少年儿童也是用拥抱去安慰他们，此时此刻唯有肢体语言可以表达我对他们的关爱。

赵小兵秉承了孟庆余的优良作风，队员们生病了，她自费带孩子去医院看病，替他们付医药费。赵小兵和孩子们右腿搭在右腿上，一边拍巴掌一边用左腿跳圈，先让孩子们兴奋起来，滑冰才有劲儿。在冰场上，她跪在冰上，手扶着队员的腰，耐心地教孩子们滑冰要领。孩子们对滑冰的热爱让她感动，对每个细小的技术都能认真领会，第一次接触的技术动作竟然如此娴熟。有一天早晨跑步突下大雨，任凭雨水浇，没有一个孩子掉队，当孩子们冲过4公里终点时，一个个犹如落汤鸡，不畏风雨，不惧严寒，他们拼搏的样子真帅！

我问小队员们："你们到这里练滑冰目标是什么？"

孩子们不假思索地回答："当世界冠军！"

是啊，这里是短道速滑世界冠军的摇篮，每个来到这里的学员都朝着世界冠军努力。在滑冰场的侧面，墙壁上挂着杨扬、王濛、孙琳琳、范可新等10名运动员的照片，其中有3名冬奥冠军：杨扬、王濛、孙琳琳；7名世界冠军：范可新、李红爽、张杰、王伟、刘秋宏、孟晓雪、于威。他们的共同点就是"世界冠军"，其中3名世界冠军出自赵小兵教学的少儿短道速滑班。赵小兵教练有这样的实力，绝不单单是由于队员身体素质好，而是因为她32年如一日带队冬练三九、夏练三伏，冰冻三尺非一日之寒，她的成功是点滴积累持之以恒。

把学员们当成自己的孩子，这是赵小兵对孟庆余精神的传承。赵小兵要求孩子们称呼自己为"教练"，但是队员们更习惯称呼她为妈妈。即使在训练场上，孩子们也不放过任何一次和她黏在一起的机会，她在孩子们心里，既是教练，又是妈妈。198号的小队长闫恩齐被妈妈批评了，回头看到赵小兵的那一瞬间，一头扑在赵教练怀里，小嘴巴噘得老高，委屈的泪水让人心疼。把他搂在怀里的瞬间，赵小兵再也控制不住自己的感情："宝贝儿，别怕，有教练呢！"

闫恩齐只有8岁，担心队友受伤，晚上精心准备了红色的医药包，默默地放在训练场上，他的行为感动了赵小兵，这孩子心中有爱，眼里有光。

执教30多年来，从室外自己浇冰场，到室内现代化冰场；从陪学生们同吃同住，到学生们眼中的"妈妈"，赵小兵培养的运动员在国内外赛场上，共获得奖牌400多枚。她也因为多年辛勤的付出，先后获得全国巾帼建功标兵、黑龙江省优秀共产党员、省三八红旗手等多项荣誉称号。荣誉的背后是她的那份初心。

孟庆余的精神影响着一代又一代的教练员，滑冰主教练张利增曾经在国家短道速滑队执教3个月，心无旁骛，他觉得什么事情都没有训练重要，一切以训练为主，训练和比赛很枯燥，没有节假日，连周六、周日都在训练。因为热爱，不觉得乏味。2021年清明节，队员们有的家庭也有亲人去世，需要去扫墓，但是他们没有时间去祭奠亲人，还要利用休息日上冰。2021年4月4日，张利增带队回哈尔滨，参加4月5日的冰上训练。因为哈尔滨周日不开冰场，张利增就带队上午在七台河滑冰馆练习滑冰，练完两个小时再乘坐大巴车回哈尔滨，争分夺秒不放过一分钟抢冰点。

很多女孩子娇气，不愿意吃苦，而七台河市的女孩子有超人的吃苦能力，重点班选队员侧重从素质选，孟庆余教练极力主张练女生，以前都是以速度滑冰为主，改短道速滑是孟庆余的主意，无论是训练定位还是方法手段，他都有自己独到的见解。

从1999—2003年，七台河市滑冰队有50个队员，其中46个女生，4个男生。短道速滑很累，高强度，每一圈是111.12米，圈小弯道就多，对运动员的速度、耐力、爆发力要求很高。短道速滑既要有能力，也要有技战术，往往技战术比能力还重要。孟庆余教练在专业上有头脑，点子多、抓得紧；过去全国练短道速滑的队伍少，强度比速度滑冰大，体能消耗也大，七台河市的女孩子敢于吃别人吃不了的苦，每天凌晨起床，争分夺秒在练习；城市冰雪文化氛围浓厚，有广泛的群众基础，体育局领导重视短道速滑这个项目，所以这里人才辈出。如今，孟庆余亲手带出的赵小兵和张利增等教练都成为挑大梁的人，赵小兵带基础班，张利增带重点班。重点班是一个教练组，有5名教练，作为主教练，张利增要管队员的训练和生活，他最大的心愿是为祖国培养更多、更优秀的短道速滑运动员。

离开七台河市之前，我留心观察了这座城市，一个并不富裕的煤城，却舍得下大力将冠军馆、庆余公园、杨扬街作为城市标志，我想人的成长离不开自然环境和社会环境，山清水秀之处，可以陶冶作家、画家的性情；七台河的孩子之所以这么小的年龄就立志夺世界冠军，得益于这座城市的奥林匹克教育深入人心，得益于这座城市有一支优秀的教练队伍。

通往领奖台的阶梯

我要讲述的主人公来自黑龙江大庆，他叫石竟男，1994年4月7日出生于中国黑龙江省大庆市。

他从小热爱体育，在大庆市石化总厂第七小学上学时，打乒乓球，跑步，爱好广泛。二年级时，学校举办运动会，他报名参加赛跑并且取得优异成绩。

当时，张海英老师担任学校短道速滑队教练。比赛结束，她就拉着石竟男的手去找体育老师，高低要把这个男孩儿抢过来招到短道速滑队。体育老师说："您去问他的家长，如果家长同意，我们没意见。"

石竟男的父母深知运动员艰苦，不太同意儿子学滑冰。张海英就苦口婆心地做他父母的工作，还带着校长与他父母谈话。他的父亲问道："竟男，你愿意学滑冰还是考学？"

他干脆地说："我对滑冰感兴趣！"

父亲考虑了半天，最终同意他加入短道速滑队。有了张海英的指导，石竟男8岁开始滑冰，大庆的学校里有滑冰馆，在伯乐的调教下，小马驹的滑冰技术突飞猛进。

小学毕业后，他离开家乡到黑龙江省短道速滑队报道，长年累月在哈尔滨接受专业滑冰训练，很少与家人团聚。2014年2月，索契冬奥会选拔赛，19岁的石竟男被选拔进国家队，师从李琰教练学习短道速滑。一进国家队气氛不一样了，他有一种闭关的感觉，挑战自我，脑子里只有冬奥会备战这件大事。所有的能量往一块使，非常专注，为了练好滑冰，他下决心不碰手机，别人给他发微信都不看，这对一个年轻运动员有多么不容易。

铜牌闪着金光

2014年2月，石竟男与队友一起奔赴俄罗斯参加索契冬奥会比赛，这是他首次进军冬奥会，初到赛场，想到自己终于能够代表国家在国际赛场和其他国家选手一决雌雄，作为一名新人特别兴奋，也很紧张。但他坚信：只要自己坚持不懈地努力，结果不会令人失望。

男子5000米接力每队会派出4名选手上场比赛，由半决赛和决赛组成。为了保持较高速度，通常情况下，第一棒运动员滑行一圈，最后两圈由一名选手完成。比赛中的选手在接力过程中，只需要用身体的任何部位接触下一棒选手就完成了接力。

男子5000米接力由武大靖、石竟男、韩天宇、陈德全组成。这4个小伙子全部来自中国东北，武大靖是黑龙江佳木斯人，石竟男是黑龙江大庆人，韩天宇和陈德全是辽宁抚顺人。他们年轻有为，石竟男和武大靖不满20岁，韩天宇18岁、陈德全19岁。陈德全是208号，石竟男是211号，武大靖是212号，韩天宇是209号。

他们代表了中国短道速滑运动员的实力，每天都在磨合，默契到不用说话就能明白队友想干什么。他要超越了，打交接，一个眼神队友心知肚明，冰场上45圈瞬息万变，眼花缭乱，5个队决赛，规则允许随时可以换棒，一般滑一圈半换棒，分得清清楚楚。赛场上一点失误都不能有，在接力项目上每个人都竭尽全力，把每个动作都做到极致。

短道速滑的竞技魅力在于比赛时多名运动员同时出发，但是内道运动员会在起跑时占有优势。谁都想先占内道，第一轮的出发位置由抽签决定，接下来的轮次根据成绩由内向外分配道次。虽然比赛规则要求滑行时可以随时超越对手，但是要想超越非常困难。

短道速滑的5000米接力竞争异常激烈，一来是因为能够参加冬奥会的运动员水平不相上下，二来因为几个队在场上比赛，人员众多，很容易出现绊倒摔跤现象。

2014年2月22日，索契冬奥会短道速滑男子5000米接力决赛打响。比赛场上有俄罗斯、美国、中国、哈萨克斯坦、荷兰五支队伍，发令枪响时，运动员挨得很近，中国队员第一棒是武大靖，他刚开始滑就被荷兰队选手绊倒了。按照短道速滑的规则：如果有人在滑第一个弯道之前被绊倒了，裁判应该吹哨重新滑，但是裁判没有吹哨，这完全出乎运动员意料之外。中国运动员愣了几秒钟，反应过来裁判不吹哨必须奋起直追，武大靖几秒钟的工夫就落下了大半圈。俄罗斯第一棒运动员始终滑在第一位，美国第一棒运动员也很争气，哈萨克斯坦第一棒运动员排在第三，眼看着中国运动员与奖牌无缘，但是武大靖毫不示弱，在落后半圈的情况下奋起直追，终于在交给第二棒韩天宇时追上了强手哈萨克斯坦队员。接力需要配合默契，4个小伙子在训练中经过长时间的磨合，已经培养出很深的默契，当场上发生意外后，他们相互间仍然有足够的自信。日常的各种比赛增强了他们的应变能力，他们心里明白：这种情况下只需要接好自己那一棒，不要放弃就足够了。

开场不利，第二棒韩天宇、第三棒石竟男、第四棒陈德全第一反应是愣了一下，随后马上进入状态，快速追赶其他选手，他们没有受武大靖摔倒的影响，始终没有放弃希望，心无旁骛，一心向前，最终超越哈萨克斯坦队员。

这次比赛的结果是俄罗斯队在主场发挥良好，获得冠军；美国队牢牢地把住老二的成绩获得亚军，中国队获得季军收获一枚铜牌。当夺取铜牌时，石竟男的心情特别激动，马上高扬五星红旗，向全场观众致意。国家体育总局刘鹏局长感慨地说："短道速滑男子5000米接力铜牌闪着金光。"

他的字典里没有放弃二字

中国男队5000米接力在世界上首屈一指，1000米半决赛时，石竟男被一个荷兰运动员撞伤了，他的腰疼痛难忍。李琰教练问石竟男决赛能不能上，石竟男知道中国队的实力当时在世界领先，团体比赛如果得金牌每个运动员都有份儿，但他为了中国队的成绩决定不上。他退下后另外一个运动员上场了，突然换了一个选手，四个小伙子就没有平时配合那么默契，石竟男坐在观众席上观看比赛，比自己滑都紧张。时至今日，他都能准确地说出那场竞赛每一圈队友们滑的状态。

2015年，短道速滑世锦赛男子5000米接力举行，荷兰、中国、匈牙利、韩国队参加比赛，4支队伍势均力敌，没有明显的差别，比赛十分激烈，中国队状态不错，武大靖、石竟男等队员一直在前面领先，比赛渐入佳境，他们打乱对手的节奏，韩国队在交接棒时出现了重大失误，中国队滑得很稳，武大靖率领中国队顽强拼搏，整个比赛过程堪称完美，四个小伙子不负众望，获得短道速滑世锦赛男子5000米接力冠军。赛后他们紧紧地拥抱在一起，眼睛里满含泪花。

2015年11月，短道速滑世界杯蒙特利尔站男子5000米接力赛在加拿大举行，石竟男和队友获得冠军。

2016年，短道速滑世锦赛男子5000米接力赛在韩国举行，石竟男和队友勇夺冠军。

2018年，石竟男脚踝受伤缝了几针，休息了一年多，就转到北京队了。他非常热爱家乡大庆，每当他回来，家乡的父老乡亲都给他热情的欢迎，家乡的叔叔阿姨对他特别亲切，他不把自己当成名人，只把自己当成大庆的孩子。

他得知5年前我在江西省兴国县成立了孙晶岩老区工作室，为革命老区的孩子办图书馆，立刻热情地赠书，还应我的要求为孩子们题词。

2021年夏天，他回到大庆，边弹吉他边唱歌，还在大庆奥林匹克体育馆坚持短道速滑训练，期待中国队能够在2022年冬奥会上取得好成绩。他的队友武大靖、任子威已经获得2022年北京冬奥会参赛资格，他真诚地为他们祝福！

冰场伉俪

在北京，我与短道速滑世界冠军刘秋宏相约见面。我提前到达，一边看书一边等候，突然走过来一个女士问道："请问您是孙老师吧？"

我没有告诉她我穿什么衣服，长什么样？可茫茫人海中她居然一眼就认出了我，她的聪慧令人佩服。我仔细地打量着她，瘦高的身材，清癯的脸庞，明亮的眼睛，一身白色T恤衫，显得简约干练，这是一个清澈得一眼就能看到底的姑娘。

1988年，一个叫做赵丽的孕妇在七台河市辗转反侧，母亲埋怨道："闺女，你找的男人太穷，赶紧把肚子里的孩子打掉离婚吧。"

可是公公婆婆却斩钉截铁地对赵丽说："离婚可以，你肚子里的孩子是我们老刘家的根，你必须给我们留下来！"

孩子是母亲的心头肉，赵丽生下了孩子，是个女婴，在内心的煎熬中坐完了月子。3个月后，赵丽听从父母意见离了婚，这个襁褓中的女婴就是刘秋宏。由于刚出生就离开了母亲，爷爷奶奶格外疼爱她，她在单亲家庭长大，非常敏感，也很懂事。她上了七台河市新建小学，从小就显露出良好的体育天赋，长跑和跳远成绩突出。万万没有想到，小学二年级时，她的父亲又因车祸去世，她失去了父爱和母爱，命运对这个瘦弱的小丫头太残酷了。

一天，七台河市滑冰教练姜海到新建小学选苗子，一眼就相中了刘秋宏，把她招到滑冰队精心教她滑冰。过了一段，刘秋宏的母亲到滑冰队看望女儿，姜教练见到她惊讶地说："赵丽，原来刘秋宏是你的女儿啊，怪不得有滑冰天赋呢。"

刘秋宏丈二和尚摸不着头脑，怎么姜教练会认识母亲？原来她的母亲早先也是七台河市的滑冰队员，和姜海、赵小兵教练年龄相仿，她的体育基因来源于母亲。

姜海是一个朴实热情的人，非常敬业，每天后半夜起床到冰场整理场地，下雪需要扫雪，冰不平需要清冰，还要推着装满水的桶给不平的冰面浇冰。有一次，他在修冰时不小心掉进冰窟窿，两条裤腿全都湿了，上岸后裤子冻成了冰铠甲。他顾不得换裤子，依旧乐呵呵地给队员们清理冰场，创造良好的滑冰条件。

冰场平整了，刘秋宏等30多名孩子在冰上展翅飞翔。姜海将自己的滑冰经验毫无保留地传授给刘秋宏，把她推荐到孟庆余的手下，孟庆余是功勋教练，不仅教滑冰，而且还教如何做人。他每天早晨到早市买菜，队员们吃饭时一个劲儿叮咛："别浪费啊，都给我吃干净。"

在孟庆余的调教下，刘秋宏脱颖而出。冬天奇冷，她滑冰时手上脚上长满冻疮，双手都是裂纹，奶奶见到后心疼地哭，爷爷无微不至呵护她，陪着孙女滑冰，和孙女一道总结滑冰的经验，给孙女磨冰刀。七台河市没有室内冰场，孟庆余带队到哈尔滨训练时，冰场总给七台河的队员排后半夜两三点的冰点，刘秋宏非常懂事，自己上好闹钟，再困也要爬起来上冰，从温暖的房间里走出来，看到天上的星星好亮好大，偶尔还有流星划过天空，星星都能睡觉，而13岁的刘秋宏却没有睡囫囵觉的福分。

在人生的道路上，欢乐和痛苦交织着，就在刘秋宏刻苦训练日有长进时，她的爷爷不幸去世了，她觉得天都要塌了，出生3个月母亲就离开了自己，9岁父亲就去世，如果没有爷爷奶奶，她不知道能否活下来。

后来，刘秋宏被选拔到牡丹江体工队，师从丁自来教练，丁教练还带过李琰。失去了爷爷和父亲，母亲又改嫁，刘秋宏觉得人生太不完整，感到十分孤单。幸亏大姑疼爱她，大姑家在牡丹江，家里有两个孩子，日子并不富裕。在牡丹江队时，大姑出钱供侄女训练，休息时还请侄女到家里吃饭。刘秋宏觉得别人滑不好有退路，而自己没有，只能靠滑冰闯天下，因此，她练得十分艰苦顽强。

2006年，18岁的刘秋宏与孙琳琳、孟晓雪等人一起进入国家队，成为中国短道速滑女队的主力队员。她爆发力好，擅长短距离项目，尤其是500米和1000米手到擒来，进国家队一年就出成绩，2007年，在意大利都灵举办的第二十三届世界大学生冬季运动会上荣获女子短道速滑3000米接力金牌。她留下一串串闪光的脚印：

世界杯2007—2008赛季女子短道速滑3000米接力金牌；

2008年，短道速滑世界团体锦标赛金牌；

2008年，全国短道速滑锦标赛暨第十一届全运会短道接力预赛，她把女子短道速滑500米、1000米、1500米、全能和3000米接力金牌全部收入囊中。

2008—2009赛季世界杯美国（盐湖城）站3000米接力金牌；

加拿大（温哥华）站3000米接力金牌；

中国（北京）站500米（2）金牌、3000米接力金牌；

日本（长野）站3000米接力金牌；

2009年，短道速滑世锦赛500米亚军、3000米接力冠军；

2009年，短道速滑世界锦标赛（奥地利维也纳）3000米接力金牌；

2009年，短道速滑世界团体锦标赛（荷兰海伦芬）站金牌；

2009年，第二十四届世界大学生冬季运动会（中国哈尔滨）500米金牌、1000米金牌、3000米接力金牌；

2009年，第十一届全运会短道速滑比赛（青岛）3000米接力金牌；

2009—2010赛季，世界杯韩国（首尔）站3000米接力金牌；

加拿大（蒙特利尔）站3000米接力金牌；

美国（马凯特）站3000米接力金牌；

2010年，全国短道速滑联赛北京站500米金牌。

马上就要备战温哥华冬奥会了，她状态达到巅峰时刻，她和王濛是中国队的双保险，枫叶之国的征战势在必得。正当她拿金牌拿到手软之际，不幸向她悄悄袭来。一天，她在首都体育馆冰场上滑冰，滑得太累了，不知不觉一个寸劲儿，右腿抬腿时，左腿绊了一下，右腿的冰刀从左大腿前方切割下来，把左腿切了巴掌长的一个大口子，肉往外翻着，鲜血喷涌，她顺势倒在冰上，昏了过去。她被送往医院，医生给她的左腿缝了200多针。

巅峰时刻本应施展才华，可是因为受伤不能在温哥华冬奥会上决一雌雄。她不服输，坚持训练。尔后，2010—2011赛季世界杯，她斩获女子短道速滑3000米接力金牌；2011年，再次夺得短道速滑世界锦标赛3000米接力金牌。

刘秋宏的刻苦令人赞叹，主教练李琰在2011年第七届亚冬会上，大胆给予刘秋宏机会。从低谷中站起来的刘秋宏不负众望，在哈萨克斯坦亚冬会一举夺得女子500米金牌、3000米接力金牌；2011—2012赛季，世界杯女子短道速滑3000米接力金牌。她经济条件好转后给奶奶在哈尔滨买了房，她要尽一个孙女的孝心。

2012年对于刘秋宏是个特殊的年份，一是因为她荣获短道速滑世界锦标赛3000米接力金牌，二是因为这一年国家队来了一群新队员，其中有一个来自吉林队的16岁的小伙子叫韩天宇。

刘秋宏像对待弟弟那样对待韩天宇，天气冷了，提醒他多加衣服别感冒；

休息时一起逛街、看电影，聊天，他们之间谈得最多的是训练，慢慢的就觉得有说不完的话。有时候，训练结束李琰教练在冰上指导韩天宇加练，刘秋宏就静静地坐在观众席上观看；当刘秋宏在滑冰时，韩天宇也会向她竖起大拇指表示祝贺。刘秋宏滑冰个人综合能力强，把自己的滑冰经验毫无保留地告诉韩天宇，使这个小弟弟进步飞快。

逆境中的刘秋宏佳绩频传，2013年，世界锦标赛匈牙利站3000米接力金牌；2014年，世界锦标赛加拿大蒙特利尔站3000米接力金牌。

刘秋宏深知世锦赛、世界杯金牌非常珍贵，她更渴望获得一枚冬奥会金牌。温哥华冬奥会错过了，她等来了索契冬奥会。此时，她已经26岁，只要能够站在冬奥会的赛场上，她就感到荣耀。毕竟年龄大了，腿又受过伤，在索契冬奥会上她竭尽全力，最好成绩获得第四名，与领奖台失之交臂。刘秋宏的冠军梦破碎了，她用8年时间等来的冬奥会，最终只有失落和无奈。

回到祖国，刘秋宏面临退役，就在她的人生低谷期，韩天宇找到她提出与她交朋友。他诚恳地说："秋宏，过去在队里咱们一起训练、一起玩不觉得什么，现在你要离队了，我才知道我缺少了什么，我不能没有你！"

听到这样的表白，刘秋宏本能的反应是拒绝，韩天宇虽然人好，但是毕竟比自己小8岁，自己在单亲家庭长大，再也不想尝到夫妻离异的痛苦了。面对刘秋宏的拒绝，韩天宇没有气馁，真诚地说你要是顾虑年龄大可不必，这个请你放心。

退役后，刘秋宏进入北京体育大学冠军班攻读体育教育专业研究生，韩天宇继续在国家队拼搏，休息时就跑到北京体育大学看望刘秋宏。后来，刘秋宏到美国学习一年，他们每天都要微信联络，中美两国时差颠倒，刘秋宏起床给韩天宇发微信："我要上课了，祝你晚安！"

韩天宇起床后给刘秋宏发微信："我要训练了，你今天上课怎么样？晚安！"

刘秋宏的童年饱受苦难，早早地便尝到父母离异、童年丧父的痛苦，命运残忍地将刘秋宏咬得遍体鳞伤，伤口流淌着殷殷鲜血，韩天宇就是来抚平刘秋宏伤口的那个人。

韩天宇1996年6月3日出生于辽宁抚顺，这是雷锋当兵的地方，也许是雷锋工作过的城市自带光芒，雷锋精神能够熏陶人，韩天宇真诚、朴实，有一种善根。

他6岁开始学习轮滑，于2002—2006年间拿到了8个国家级冠军和5个省级冠军，共计20枚奖牌。10岁开始练短道速滑。因成绩优异被选入吉林省滑冰队，2012年从吉林队入选中国短道速滑国家队。他滑冰综合能力强，耐力、速度、超越都很突出，进入国家队后，很快崭露头角：

2012年2月，获短道速滑世青赛（澳大利亚墨尔本）男子超级1500米冠军，这是中国选手首次获得该项目世青赛金牌。

2013年2月，获短道速滑世青赛（波兰华沙）男子1000米、1500米冠军及全能亚军，3项成绩均为中国选手的历史最佳战绩。

索契冬奥会马上就要举办，李琰主教练让韩天宇练男子5000米接力，与武大靖、石竟男、陈德全配合滑接力。武大靖是第一棒，快速起跑，抢占位置；韩天宇是第二棒，也叫超越棒、主力棒；第三棒是石竟男，要守住位置，迅速超越；第四棒是陈德全，练习最后冲刺的路线，四个人配合默契才能成功。

2013年，索契冬奥会备战训练最紧张的时候，韩天宇和刘秋宏相约备战索契冬奥会，为国争光。那时韩天宇初出茅庐，上升势头明显，但要想取得参赛资格不易；索契冬奥会成为刘秋宏圆梦奥运的最后机会。互相鼓励、一起拼搏的那段日子，是两人度过的最美的时光。

2014年2月，韩天宇首次出战索契冬奥会，夺得短道速滑男子1500米银牌，这是中国队在该届赛事上的首枚奖牌，也追平了中国队在该项目冬奥会最好成绩，此外还与武大靖、石竟男、陈德全配合获得男子5000米接力项目铜牌。

2014年3月，韩天宇首次出战短道速滑世锦赛（加拿大蒙特利尔）单项比赛并获得男子1500米银牌，创造了该单项中国队的世锦赛最好成绩。

2015年2月，短道速滑世界杯土耳其埃尔祖鲁姆站，先后获得男子1500米、5000米接力金牌，这分别是他的第一个世界杯个人、团体冠军。

2015年3月，在莫斯科举办的短道速滑世锦赛，韩天宇先获男子500米季军，又与武大靖、陈德全、许宏志搭档获得男子5000米接力金牌，首次加冕世锦赛金牌。

2015年11月，获短道速滑世界杯加拿大蒙特利尔站男子1000米金牌，这也是中国队在该赛季的首枚金牌，随后又夺得本站男子5000米接力冠军。

韩天宇像一颗冉冉升起的新星，滑冰成绩一路上升，前途无量。而此时的刘秋宏已经退役，不可能在国际比赛上出场。韩天宇的后劲儿越发明显，恰恰是在他春风得意时，他坚定地向刘秋宏表白了感情。

2016年3月，短道速滑世锦赛在韩国平昌举行，20岁的韩天宇对父母说："爸妈，我要是比好了就把秋宏带回家让你们看看。"

母亲说："嗯哪，你要是比好了就把秋宏带回家吧。"

爱情的力量是巨大的，在刘秋宏的支持下，韩天宇在韩国首尔举办的世锦赛上荣获短道速滑男子1500米冠军，这是中国男队在世锦赛历史上的首枚1500米金牌，随后又夺得男子个人全能金牌，成为继2001年李佳军之后，时隔15年中国男子短道速滑又诞生的一位全能王，同时帮助中国队卫冕男子5000米接力冠军。

他没有食言，从韩国回来休假，就带着刘秋宏回到抚顺，韩天宇的父母一口一个"姑娘"地叫着刘秋宏，整了一桌菜招待她。看到儿子与秋宏如胶似漆相濡以沫，老两口开心地笑了。后来，刘秋宏热情地陪同韩天宇的父母到哈尔滨旅游。

2018年，韩国平昌冬奥会，韩天宇作为主力冲刺棒与队友一道获得男子5000米接力银牌。同年6月，22岁的韩天宇和30岁的刘秋宏步入了婚姻的殿堂。

韩天宇看到秋宏因为爷爷和父亲去世，母亲改嫁有时候悲伤，细心地安慰妻子，刘秋宏也无微不至地关心丈夫，韩天宇喜欢看电影，刘秋宏就陪同他到电影院看《战狼》，鼓励他向英雄学习；韩天宇比赛，刘秋宏就帮他分析对手的特点，应该如何超越对方；韩天宇在荷兰阿姆斯特丹比赛时摔倒，短暂休克，腰受伤，刘秋宏就时刻关心他的冷暖，爱情给了他无往不胜的力量。2019—2020赛季短道速滑世界杯，他又斩获上海站1500米银牌、1000米金牌。

2019年，刘秋宏生下了儿子，取名韩楚恒，夫妻俩觉得搞体育的人必须有恒心。小家伙不仅长得和韩天宇一模一样，而且性格也像爸爸，爱说话，喜欢表达。韩天宇深深懂得在自己获得的金牌背后，有妻子刘秋宏的付出。当他成绩平平时，是刘秋宏鼓励他；每次结束训练，他一个人留在冰场加练时，是她一直陪在他的身边。他深有感触地说："滑到最后，真的没有力气了，但只要看见秋宏，就会有更多的动力滑下去。"

体育改变了刘秋宏的人生，小时候她很腼腆，不愿意与人说话，从事体育运动后，她逐渐变得开朗。她现在是首都体育学院冰雪运动教研室的教师，教滑冰，全力以赴培养冰雪运动员。

为了备战2022年北京冬奥会，刘秋宏和韩天宇又天各一方。每天晚上是韩天宇的按摩恢复时间，刘秋宏就带着儿子与他视频，楚恒奶声奶气地喊着"爸爸，我想你！"

韩天宇一边与儿子唠嗑一边对妻子说："媳妇，你带孩子辛苦啦。"

听了温馨的问候，她的鼻子一酸，忍住泪水鼓励道："天宇，好好练，为了北京冬奥会，我和儿子支持你！"

第十四章　尽态极妍的花样滑冰

一代天骄冰上花

哈尔滨真是冰雪运动的天堂，全国第一个室内冰场在哈尔滨建立，后来，室外冰场在哈尔滨四面开花，走到哪里都能看到滑冰的人，中国的冰雪运动员相当多是从这座城市出生。

1982年，姚佳出生在哈尔滨，从小好动、淘气，4岁就被妈妈送去学习滑冰，滑冰学校提供冰鞋，有老师指导。6岁进业余体校，9岁进入黑龙江省滑冰队学习花样滑冰，成为女子单人滑专业运动员。她觉得花样滑冰优雅，充满艺术性。滑冰运动员13—17岁是最容易发挥能量的年龄，后来，姚佳进入国家青年队训练，练习花样滑冰。

花样滑冰包括男子单人滑、女子单人滑、男女双人滑、冰上舞蹈四个项目，当时双人滑和冰上舞蹈在哈尔滨市队训练，大名鼎鼎的申雪和赵宏博都在那里训练；黑龙江省队有很多项目，男女单人花样滑冰、短道速滑、速度滑冰……姚佳在黑龙江省队训练。

她在教练的指导下刻苦训练，教练说要做到"三从一大"，就是从难从严从实战出发，大运动量训练。她每天早晨起床出早操，再上五六个小时的陆地课、跑步、体能训练、减肥，然后再上5个小时的冰上课。早晨训练天气寒冷，嘴里呼出来的气在脖套上都冻成大冰溜子，只好把冰溜子转到脖子后面继续训练。花样滑冰运动员要在冰上做舞蹈动作，摔跤是家常便饭，做一个动作都要上百上千次摔跤才能成功。为了滑冰灵巧，她不敢吃饱饭，为了身材苗条，体重一直保持在80多斤，1999年在哈尔滨举办的全国花样滑冰冠军赛中荣获女子单人滑冠军。

花样滑冰运动员是吃青春饭的，20岁，在其他职业还是英姿勃发的年龄，但是20岁的姚佳却退役了。2004年，22岁的姚佳来到北京第二外国语大学学习英语，4年后大学毕业，正好赶上北京举办2008年奥运会，她被招聘到国家体育总局冬季运动管理中心花样滑冰部，做竞赛管理工作。

中国花样滑冰运动员的弱项是表演，管理工作就是要计划运动员在哪个国家训练、比赛，请哪个国际知名编排师编排舞蹈和花样滑冰动作。现在，中国花样滑冰双人滑在世界首屈一指。

世界花样滑冰的强国有：俄罗斯、美国、加拿大、日本、法国、意大利、中国，中国的花样滑冰在世界算上等水平，世界排名在第五名左右。俄罗斯、美国、加拿大之所以排名靠前是因为他们花样滑冰不偏科，每个项目都强；而中国的花样滑冰只有双人滑强，男子单人滑尚可，女子单人滑和冰上舞蹈比较弱。

她目睹了中国花样滑冰队的辉煌

作为花样滑冰队员，姚佳亲眼目睹了中国花样滑冰队的辉煌。

陈露是中国花样滑冰女子单人滑运动员，1994年，在挪威利勒哈默尔冬季奥运会中，获得了中国第一枚花样滑冰女子单人滑冬奥会奖牌；4年之后的日本长野冬奥会，她又一次获得冬奥铜牌。陈露将中国女子单人花滑推向了巅峰，此后20年再无人能够企及。

中国花样滑冰双人滑有著名的老大、老二、老三，老大是申雪、赵宏博；老二是庞清、佟健；老三是张丹、张昊，他们的教练都是哈尔滨队的姚滨。

花样滑冰难度很高，运动员不仅要有好的表演能力，而且还要对音乐表达、艺术表达有深刻的感悟。国家体育总局冬运中心把宝押在申雪和赵宏博身上，聘请国外著名编排师为他们编排滑冰动作，带领他们看《图兰朵》歌剧，精心选择音乐，帮助他们理解歌剧《图兰朵》的内容，熟悉这部歌剧的人物命运，从情感上贴近人物。申雪和赵宏博用冰上或柔美或刚毅、或激进或缠绵的身体语言讲述着古老的故事：一段发生在中国的公主图兰朵和鞑靼国王子卡拉夫之间的动人的爱情。申雪/赵宏博更是用惊人的胆略和毅力，经过几个月艰苦顽强的磨炼，他们初步掌握了世界上从来没人能完成的动作——沙霍夫四周抛跳。对《图兰朵》的精彩演绎帮助他们夺得了个人运动生涯的第一个世界冠军。拉手10年的纪念正是这枚沉甸甸的世锦赛金牌！

2002年盐湖城冬奥会上，申雪/赵宏博在双人滑节目中创造了在世界大赛上首次使用四周抛跳的历史，获得了铜牌，这是中国双人滑在冬奥会夺得的首枚奖牌。

2003年花样滑冰世锦赛在美国华盛顿举行，申雪右踝关节意外严重扭伤，坚强的她竟然打着封闭上场参赛。凭借顽强意志和拼搏精神，申雪/赵宏博战胜了俄罗斯名将托特米安妮娜/马列宁，蝉联世锦赛冠军。

爱情给人力量，2010年，申雪、赵宏博在温哥华冬奥会冰场上舞姿优美，情绪饱满，很好地诠释了《图兰朵》的内涵，这对心心相印的情侣在合作18年后，终于夺得了中国体育史上首枚花样滑冰奥运会金牌。

2006年，张丹与张昊在2006年意大利都灵冬奥会双人花样滑冰项目中夺得银牌。

现在，申雪担任中国花样滑冰协会主席，赵宏博担任花样滑冰国家队主教练，他们不仅荣获了冬奥会花样滑冰双人滑世界冠军，而且还把自己的学生也培养成双人滑世界冠军。

长江后浪推前浪，哈尔滨姑娘隋文静在观看了申雪/赵宏博2002年冬奥会比赛之后，决定走上花样滑冰道路。2007年隋文静跟韩聪组队参加双人滑。2012年，首次参加成年组世界大赛的哈尔滨运动员韩聪／隋文静便获得了2012年四大洲花样滑冰锦标赛双人滑冠军。

2014年，韩聪／隋文静再度获得四大洲花样滑冰锦标赛双人滑冠军。

2015年，韩聪／隋文静获得世界花样滑冰锦标赛双人滑亚军。

2015年，韩聪／隋文静夺得世界花样滑冰大奖赛双人滑冠军。

2017年2月18日，韩聪／隋文静以历史最高分225.03分夺得四大洲花样滑冰锦标赛双人滑冠军。

2017年3月30日，在芬兰赫尔辛基举行的2017花样滑冰世锦赛上韩聪／隋文静获得双人滑自由滑第一，并以232.06分的总成绩首次加冕世界冠军，并且成为继申雪／赵宏博、庞清／佟健之后，中国的第三对双人滑世界冠军。

双人滑大放异彩，单人滑也不示弱。2013年，哈尔滨运动员金博洋获得世界花样滑冰大奖赛青年组总决赛冠军。

2016年，金博洋获得波士顿世界花样滑冰锦标赛男子单人滑比赛季军，创造了中国男子单人滑选手在世锦赛上获得的最好成绩。

2017年4月，金博洋获得赫尔辛基世界花样滑冰锦标赛男子单人滑铜牌，同时亦进入男单"300分俱乐部"；10月，获得国际滑联花样滑冰挑战赛芬兰杯男单金牌；12月，入选2017CCTV体坛风云人物年度最佳男运动员奖候选名单。

2018年1月，金博洋以300.95分的总成绩首次夺得四大洲花样滑冰锦标赛男单冠军。

2018年2月17日，平昌冬奥会花样滑冰男单自由滑比赛中国选手金博洋得到194.45分，以总分297.77分获得第四名。2019—2020赛季花样滑冰大奖赛第四站中国杯的比赛中，金博洋以261.53分获得中国杯冠军。2022年北京冬奥会，隋文静、韩聪、金博洋是中国队冲击奖牌的种子选手。

为了中国花滑，她无私奉献着

不同的冰上项目对冰的厚度、质感要求是不一样的，2022年北京冬奥会期间，为了节省场馆，北京冬奥组委决定当花样滑冰和短道速滑两个项目在同一天相遇时，都在首都体育馆比赛。花样滑冰要求冰的厚度5—7厘米，冰温在零下5摄氏度，冰的质感要软；短道速滑要求冰面越薄越好，厚度3—5厘米，冰面薄、质感硬，运动员才能滑得快。这两个项目在同一个场馆，两个小时之内必须转换冰场。北京冬奥组委聘请了平昌冬奥会的制冰师，制造一块冰，冰面5厘米，通过调整冰温满足花样滑冰和短道速滑的要求。花样滑冰冰场周围是界墙，不需要防冲撞；短道速滑冰场周围是安全防护垫，短道速滑是1米宽的、花样滑冰是20厘米的防护垫，冰场周围的防护垫都要更换。北京冬奥会大型体育器材都是从国外进口，只有花样滑冰的防护垫是国内生产的。

姚佳是国际滑联级裁判，2016年在美国波士顿、2017年在意大利米兰担任世锦赛花样滑冰裁判。她亲眼看到运动员在国外比赛非常辛苦，吃不惯西餐，吃个饺子就算过节了。身上到处都是伤，跟腱断了还要坚持训练。

2018年8月，姚佳担任北京冬奥组委体育部花样滑冰竞赛主任，她的职责是协调沟通运动员的吃住行，做好后勤保障，从奥运村到场馆，班车几点发车、班车要多大、多少辆车、多长时间一趟，运动员住在哪里、吃什么标准、在哪里训练，花样滑冰的表演赛如何组织？整个冬奥会只有花样滑冰前3名的运动员在最后一天进行表演赛，可以做比赛时不让做的动作，按照国际组织的指令统筹安排。称职的竞赛主任不仅要知道场馆内发生的事情，还要知道场馆外发生的事情。比如一个运动员的箱子丢了，里面有他的专用冰鞋，滑冰运动员只能使用自己的冰鞋，如果临时用一个生疏的冰鞋会影响成绩，竞赛主任要及时把他的箱子找到。

北京冬奥会期间，所有竞赛组织工作人员工作时间延长，没有充足的时间睡觉，官方训练6点开始，她必须4点到位。

一个运动员出成绩有多少人在为他服务，姚佳要提醒运动员注意自己项目的比赛时间。为了中国的花样滑冰，她无私地奉献着。

起舞弄清影

花样滑冰起源于欧洲，包括男子单人滑、女子单人滑、双人滑、冰上舞蹈和团体赛5个项目，关键的技术动作包括跳跃、旋转、托举、步法及转体和燕式步。

花样滑冰是我国最早参加冬奥会的项目之一，申雪、赵宏博曾经三次荣获世锦赛花样滑冰冠军。花样滑冰比赛将冰雪运动的力量与美感完美结合在一起，2010年温哥华冬奥会，上苍再一次眷顾这对冰上伉俪，他们微笑着摘得花样滑冰冠军的金牌。

在此之前，中国女单花样滑冰运动员陈露在1994年利勒哈默尔冬奥会和1998年长野冬奥会上，两次夺得铜牌。

我曾经在首钢花样滑冰馆和黑龙江齐齐哈尔市花样滑冰馆近距离观看过运动员训练，眼花缭乱的旋转，惊心动魄的跳跃，令人目不暇接。花样滑冰运动员一天要训练10个小时，晚上要理疗，运动员受伤了，还要坚持训练，2020年新冠疫情暴发，运动员不放假坚持集训。夏天38摄氏度高温，运动员在三亚夏训，冬练三九，夏练三伏，跑步、陆地空转、陆地模仿冰上动作，让肌肉形成记忆，提高冰上成功率。

舞蹈演员在舞台上表演需要调动音乐、布景、灯光效果、服装等元素，然而花样滑冰比赛不允许使用布景和灯光效果，要通过运动员的冰上竞技展现惊险和美丽，反映编排的主题与意境，需要与背景音乐相配合。这是冬奥会上最受观众喜爱的项目之一，我们期待着。

第十五章　冰球的速度与激情

秋菊芬芳

湖南郴州，一个离广东省最近的城市，俗称湖南省的南大门。郴州市一中系湖南省示范性普通高级中学，湖南省重点中学之一。在1993年的湖南郴州一中里，有两个走读生，男的叫何平，女的叫段菊芳，学校经常晚自习，走读生要结伴回家，何平和段菊芳就走得很近，同学们议论纷纷："他们俩早恋了。"

其实，两个年轻人并没有谈恋爱，但是同学们的议论却把他们逼到了一起。高考填志愿时，何平喜欢体育，想报考武汉大学或者武汉体育学院，段菊芳想与何平在一座城市，也报考了武汉体育学院体育管理专业。她没有任何体育细胞，体重只有80多斤，却阴错阳差地被武汉体育学院录取了。她的英语很好，满分是150分，她考了140多分，老师说中国马上要申办奥运会，需要体育管理人才。

何平以郴州市探花的成绩如愿以偿考取了武汉大学，毕业后在武大读研。段菊芳大学毕业回到郴州市体育局工作。如果何平也回到郴州，这对年轻人生活的轨迹应该围绕湖南的南大门旋转；但是何平研究生毕业后分配到北京工作，促使段菊芳励精图治，2001年她考取了北京体育大学体育管理专业研究生，2004年硕士毕业后来到国家体育总局冬训中心从事体育科研工作，研究运动生物、运动生理、运动心理学，后来鬼使神差地当上了冰球部场外裁判。她像一朵秋菊，静静地绽放芬芳。

力与美的结合

段菊芳性格温柔，似乎不适合从事冰球这项运动。万万没有想到，当她第一次担任亚洲男子冰球联赛场外裁判时，竟然被深深地震撼了。她觉得冰球运动充满了暴力与美，很刺激，太酷了！

2008年中国承办女子冰球世锦赛，段菊芳做竞赛组织工作，她外语好，借调到冰球部，与外国运动员沟通，管理中国女子冰球队。当时，中国冰球不发达，这支队伍清一色来自哈尔滨和齐齐哈尔，她来到队员面前，没想到黑龙江姑娘豪爽，说话嗓门大得顶破天，嚷嚷着："段姐来了"，说着一把搂住她的肩头，表示友好用力过猛把她的眼镜都打碎了。近视眼没有眼镜什么也看不清了，她揉着眼睛，心里却想打退堂鼓，这支队伍自己能管吗，自己文静的性格驾驭得了这些野马吗？

中国女子冰球队曾经是世界女子冰球界的一支劲旅，于20世纪90年代中期达到辉煌，这期间，球队两次获得女子冰球世锦赛第4名，并且有被誉为"中国的万里长城"之称的世界顶级冰球守门员郭宏。1996年哈尔滨亚冬会女子冰球比赛中，中国女子冰球队夺得金牌，1999年江原道亚冬会女子冰球比赛上，中国女子冰球队成功卫冕金牌。1998年长野冬奥会上，女子冰球首次成为冬奥会比赛项目，中国女子冰球队获得参赛资格，夺得第4名。

黑色6秒钟

2006都灵冬季奥运会是第20届冬季奥运会，2006年2月10日至2006年2月26日在意大利都灵举办。2005年，中国女子冰球队在首都体育馆与瑞士女队比赛，争取2006年都灵冬奥会的参赛资格。开始打得不错一直领先，都已经赢定了，没想到在终场时裁判忘了按表，晚按表6秒钟，就在这关键的6秒钟里被对方打进了一个球，终场哨声吹响，瑞士姑娘狂欢起来，中国女子冰球队痛失进军都灵冬奥会的资格，只得憋足了劲儿，进军2010年温哥华冬奥会。还要再等四年，可是女子冰球运动员的运动生涯中能有几个4年？

段菊芳接手中国女子冰球队时正值低谷期，黑色6秒钟对中国女冰是致命性的打击，队员情绪不高。这些女队员大多来自农村，平均年龄21岁，她对队员们说："你们不用叫我领导、老师，叫我姐就行。只要合乎规则，我一定会给大家争取权益；如果违规，你不要开口。"

段菊芳办事有板有眼，对于队员合理的要求尽量帮助，比如队员受伤了，她竭尽全力帮助联系到北医三院检查、治疗；队员需要休假，符合规定的她替队员力争；队员的津贴，能够争取到的她一定力争；但是违反规则的事情她铁面无私。虽然她性格温柔，但队员们觉得她是自己人。

冰球运动员真是武装到牙齿，比赛时运动员必须戴头盔、面罩护脸、护颈、护肘、护胸、护齿、防摔裤、冰刀、手套，18岁以下的男子和女子必须戴有机玻璃全护罩，成年男子比赛时佩戴半面罩。冰球运动员很容易被球和球杆打到牙齿，很多职业冰球运动员都没有门牙，这是一种高危的运动项目，球打掉门牙是常有的事情，所以冰球比赛必须有牙医在场。

经历了2005年的黑色6秒钟，在取得了温哥华冬奥会的比赛资格后，中国女冰特别珍惜这个机会。中国女子冰球队员个个都是女汉子，她们年轻、富有活力、有雄心壮志、有想法，在训练场上摸爬滚打，勤奋和刻苦令人汗颜。习惯性脱臼等伤痛司空见惯，大家带病坚持训练，轻伤不下火线。

见多才能识广

冰球运动员要想提高技术必须有对手，她硬着头皮带领中国女子冰球队到世界40多个国家训练、比赛，聘请加拿大籍教练训练。段菊芳与队员们沟通，这些运动员见多识广，心里有主意，她特别尊重运动员，倾听她们的呼声。在亚洲，当时中国女子冰球队的劲敌是日本队，她们天天看日本队的比赛录像，分析她们的长处和短处，研究如何能够战胜她们。当时中国女子冰球队有个特点就是慢热，一上场往往不在状态，比分落后，打一会儿才能进入状态，但是不言放弃。2008年一场升降组比赛，中国女子冰球队与对手比赛0:3落后，输了球就要降组，结果中国姑娘不言放弃，在最后的2分钟里连追4个球，反败为胜4:3赢了，扭转了局面。

世界女子冰球美国和加拿大女队站在金字塔塔尖，绝对是第一军团；芬兰、瑞典、瑞士、俄罗斯等国的女队站在塔脖子，算是第二军团；中国、日本、捷克、哈萨克斯坦等国的女队站在塔肚子上，算第三军团。第一军团离第二军团距离差距很大，如果在一个军团里面，谁出线看临场发挥得如何。

2008年，段菊芳第一次带队出征是带的男子U18到西班牙打比赛，就是年龄在18岁以下的男子青年队。后来在加拿大一个运动员耳朵被打开裂了，她带队员去医院看病。加拿大医院看病繁琐，要给病人做全程检查，段菊芳说："他是中国国家队的冰球运动员，要参加比赛，你如果全面检查我们就会耽误比赛。"

医生一听是中国国家冰球队队员，立刻答应简化检查手续，马上做耳朵手术。根据当地法律，给年龄在18岁以下的异性做手术必须有监护人看着，段菊芳就陪同那个中国运动员做完了手术，恢复良好，没有耽误比赛。

加拿大的冰球是最棒的，她每年9月底到12月初带队到加拿大训练。由于她经常率队出征，每次回到家里，幼小的儿子都紧紧地扯着她的衣襟，段菊芳问他为什么老拽着妈妈的衣襟，他说："我怕一松手妈妈又不见了。"

她率领中国女子冰球队来到加拿大，加拿大人热爱冰球、尊重冰球，当时中国注册的专业女子冰球运动员只有100多人，却打进了冬奥会，加拿大人特别惊讶："哇塞，你们这么少的专业运动员就能打进冬奥会，太牛了，这是个奇迹！"

由于穷，出席公众活动时，除了比赛队服中国女子冰球队没有统一的服装，别人问，你们怎么穿得不一样？中国姑娘只好搪塞：我们出来时间长了，没带多少衣服，衣服洗了。

中国女冰的冰球水平离加拿大女冰差距很大，只能跟加拿大青年女队比赛。加拿大家庭、社区、俱乐部和国家对冰球运动员投入很高，冰球队伍多，比赛多如牛毛，她们平时在俱乐部打球，周末有七八百场比赛，加拿大的冰球人士对中国队很友好。有一次在美国波士顿附近的昆尼皮亚克大学比赛，一上场中国女冰就丢了5个球，芬兰教练汉尼斯斥责道："你们对得起自己胸前的五星红旗吗？对得起人家把你们作为国家队高规格接待吗？你们难道要带着耻辱离开吗？"

汉尼斯的训斥很起作用，中国姑娘的情绪调动起来了，虽然没有进球，但是没有让对方进一个球。

中国女冰领队叫于天德，运动员出身，脾气火爆，说话喜欢爆粗口，他习惯手里拿着矿泉水瓶子给运动员训话，但他酷爱冰球运动，为运动员操心，跟着运动员一起练习跑步；教练张志男跟队跟了很长时间，心脏不好，还有高血压，他带中国女冰多年，常年在外训练，付出了很多。

在异国他乡遇到热心肠

中国女子冰球队来到大多伦多地区。当地一个室内冰场的经理叫做梅尔，是犹太人，中国女队经常租他的冰场训练，他在自己的冰场上打上中国队的标志，表示这是中国队的主场，把更衣室打扫干净。中国女冰以他的冰场为基地跟他相处很好；当中国女冰要租其他冰场时，委托他帮助谈判，他帮助中国姑娘挑选宾馆，把价格压得很低。国外的宾馆大多都带厨房，他知道中国姑娘早餐不喜欢喝牛奶，喜欢喝粥，就要求宾馆给每个房间的中国姑娘准备电饭煲，早晨给她们熬粥，让她们吃得舒心。

有一次在加拿大比赛，中国和加拿大两个女子冰球运动员迎面撞击在一起，中国队员张犇的肩膀被撞脱臼了，当时正处于一个进攻的关键点，不能替换队员，她顺势做了个倒地动作，让肩关节又回复原位继续比赛。谁都没有发现这里的奥秘，其中甘苦唯有自知。张犇不仅名字男性化，上场后性格也像男孩子一样勇猛。可是，当年中国女子冰球队不受重视，运动员一个月只有1000多元的津贴费，受伤了也要训练、比赛。

温哥华有一位福建华侨按摩师，手法很棒，正常情况下按摩收费每小时200美元，他赚钱已经赚够了，长期的按摩使他的手都有点变形了。但他热爱祖国，下班后来到中国女子冰球队住的酒店，为运动员免费治疗。他有一句口头禅："哪个队员受伤了，我来搞一搞。"

搞一搞就是正骨、按摩、治疗的意思，后来，中国女子冰球队的姑娘们就给他起了个外号叫做"搞一搞先生"。

2009年，中国女子冰球队在多伦多训练时，主力队员金凤铃不幸受伤需要治疗，领队把她送到诊所，说明情况，这位福建华侨医生斩钉截铁地说："放心，我一定让她在比赛时能够上场。"

他按摩手法很重，疼得金凤铃龇牙咧嘴，可是按摩后她却觉得舒服多了，比赛时准时出场。队员们想看尼亚加拉大瀑布，华侨医生特意关了一天诊所，与儿子一道开车送中国姑娘们去大瀑布游览，还热情地发给每个姑娘一个红包，给她们拍照留念。

还有一位香港同胞叫做胡文新，担任国际冰球联合会副主席。他家里富裕，自幼爱打冰球。他看到当地报纸报道说"中国女子冰球队队员是大熊猫，国家重点保护对象，数量很少却不拿工资，运动员大量受伤"，心里特别难受。他主动找到中国女冰，热情地说："我能否赞助你们队伍？"开始，中国女冰以为他是骗子，后来才知道他是真心爱国。他赞助了中国女冰1000万元人民币，在赞助合同里写得很清楚：这笔钱多少给运动员发津贴，多少请外教。

后来这些钱专款专用，国家体育总局一方面用这些钱给运动员发津贴，另一方面聘请芬兰国家队主教练汉尼斯教大家打冰球。中国姑娘不负众望顽强拼搏，拿到了温哥华冬奥会的比赛资格。温哥华冬奥会中国女冰比赛期间，身为上市公司董事长，胡文新专程从香港飞到温哥华，买了一面五星红旗，组织了啦啦队，为中国女冰摇旗呐喊。

有一位毕业于耶鲁大学的医学教授，在耶鲁大学求学期间就是学校冰球队的守门员。他在美国波士顿开了一家诊所，主攻脊柱外科，参加过世界医学大会。当中国女子冰球队到波士顿训练时，他找到中国女子冰球队，想让自己的女儿跟中国女冰一起训练。当中国女冰到美国训练时，他利用自己的时间热情地帮助联系冰场，用自己的会员卡帮助租宾馆，牵线让中国女冰跟美国大学的校队打比赛。只要中国女冰在波士顿附近训练比赛，他场场不落。

有一次，中国女冰在波士顿比赛，他说好了来看比赛，却突然有一场手术，紧急上台。比赛期间，段菊芳突然看到观众中有一个身穿手术衣、上面有血迹的男人在观看比赛，原来，这位医学教授做手术时，冰球比赛已经开始了。下了手术台，他怕耽误时间，连手术衣都没有来得及脱掉就风驰电掣赶到了冰场。

60多岁的弗兰德是加拿大安大略省冰球协会主席，帕特是加拿大安大略省冰球协会副主席，她们力主让女子冰球进入冬奥会。她们特别平易近人，经常帮助中国女冰，只要有中国女冰的比赛，她俩一定开车前来观看。段菊芳问道："你们为什么对我们这么好，竭尽全力帮助我们？"

她们说："冰球是加拿大的国球，不是加拿大人打得好我们就高兴，我们希望世界各国人民都能打好冰球，你们中国女冰在国内不受重视，但是这帮孩子特别棒，一直在坚持，在国际大赛上拿到了很好的成绩，只要愿意打冰球的人，我们都要支持，你们值得我们帮助！"

加拿大密歇根市市长是一位在任的年龄最大的女市长，80多岁，跟弗兰德和帕特关系亲密，她动员了很多华人，自己开车来到场馆观看中国女冰的比赛，帮中国女冰开球，给中国姑娘打气助威。

温哥华冬奥会期间，中国女冰与美国女冰相遇，美国姑娘打疯了，以10∶0的成绩遥遥领先。中国姑娘不气馁，即使输了也不放弃。恰好弗兰德和帕特邀请中国国家体育总局局长刘鹏来到冰球场观看中国女冰与美国女冰的这场比赛，就在他跨进球场的一瞬间，中国姑娘进了一个球。当时正值中国农历春节，中国姑娘精神状态好，她们虽然身板小，却勇敢地用身体挡球，其他国家冰球队的护具特别高级，可是中国姑娘的护具比较廉价，护腿太薄了，身上被球砸得青一块紫一块，守门员的身上伤最多。

冰球意味着文化和精神

段菊芳对冰球的热爱深深地感染了儿子，她的儿子何赞书5岁就学习打冰球，参加过冬奥会宣传片的拍摄，冰球打得很棒。篮球和足球靠明星的个人技术，而冰球要求团队精神比篮球和足球高。打冰球靠团队精神，配合默契才能取胜。

冰球意味着文化和精神，冰球运动员素质很高，培养一个冰球运动员需要大投入，一般中产阶级才有条件打冰球。冰球的规则是：比赛前两支队伍要握手，奏国歌时运动员要全体肃立，训练结束运动员要感谢教练、感谢家长；比赛中一旦对方运动员受伤，其他运动员一律不能再冲撞他；如果一个运动员受伤后站起来继续比赛，所有的运动员都要为他鼓掌；比赛结束，所有的运动员要互相握手；其他队登台领奖，所有的运动员要鼓掌；任何球队赢球后不能嘲笑输了的一方；比赛结束运动员出席晚宴，男运动员要西装革履，女运动员要着礼服裙……这些规矩写到冰球行为规范里，重在体育精神。

温哥华冬奥会后，中国女子冰球队大换血，吸纳了新鲜血液，2014年索契冬奥会、2018年平昌冬奥会都没有打出好成绩。

1998年，中国女冰在长野冬奥会上拿到第4的名次，那是中国女冰最好的成绩，处于巅峰时刻。2015年，段菊芳离开冰球部又开始冰球科研；2016年，来到北京冬奥组委体育部担任冰球竞赛主任。工作重心转移了，她要关心冬奥会的竞赛组织、场馆设计、制冷需要哪些东西，运动员更衣室、裁判员更衣室需要什么家具？冰球馆的大屏幕要挂多高，安保放在什么位置？冰刀鞋需要磨刀，磨刀器材如何维修？

2018年5月17日19点，国际冰联在哥本哈根表决并全票通过中国男子及女子冰球队获得2022年北京 — 张家口冬奥会直通资格。

中国女子冰球队现阶段参加女子冰球世锦赛甲级 B 组的比赛，主教练是雅各布·克利克。

学习、借鉴、提高，补齐我们与冰球发达国家的短板，是我们不变的追求和使命。

响箭鸣镝 —— 甜蜜笑容的背后

2018年5月，在荷兰蒂尔堡举行的世锦赛冰球比赛中，中国冰球队与塞尔维亚队交锋，塞尔维亚队员用肘部恶意犯规给中国运动员英如镝带来巨大的伤害：左脸颧骨骨折，轻微脑震荡，满脸是血。裁判紧急叫停，医生带着诊疗包向他跑来，他诧异地问道："你们怎么这么快就到了？"

其实从受伤到医生赶到有一段时间，只是他被撞蒙了，满眼冒金星，脑子一片空白。坐在观众席上的英达和梁欢向儿子跑来，夫妻俩望着满脸是血的儿子没有掉一滴眼泪，英达劈头就问："巴颜，你能不能接着打？"

哪个父母不疼儿女，英达真是个血性汉子，他知道儿子站在冰场上就好比战士上了战场，哪个战场没有伤亡？英达是满族，有着马背民族勇猛征战的特性，在他的潜意识里，只要儿子能够坚持，就一定让他打完比赛。

然而英如镝伤得太重了，断裂的颧骨撕裂般疼痛，满脸血迹，左眼上眼睑乌青，他摇了摇头，教练紧急换人，英如镝被拉到医院处理伤口，父母立即带领儿子回国治疗。在飞机上，高空压力和气流颠簸使得他头晕目眩，但他没有吭一声。

在北京一家著名国际医院，X 光和 CT 显示英如镝五处颧骨断裂性骨折，左上牙松动。

我学过解剖学，深知颧骨和颧弓是面部比较突出的部位，这种凸起的地方在受到暴力伤害的时候容易发生骨折。颧骨与上颌骨、额骨、颞骨都相互连接，其中与上颌骨的连接面最大。所以当颧骨骨折时，容易合并上颌骨的骨折。如果上颌骨骨折会对脑组织造成伤害，他必须立刻手术。

英如镝躺在了手术室，英达忧心如焚，他一再恳求医生让自己进手术室看儿子做手术。医生严厉地拒绝了，因为颧骨手术是让患者张开嘴，医生用开口器将患者的嘴撑开，撕扯得很难看，医生担心亲人看到后受不了。麻醉师开始麻醉，英如镝在全麻下做了四个多钟头的手术。颧骨手术既复杂又精细，医生在他的颧骨上打了四根钢钉才完成了手术。这4个钟头对英达来说每一分钟都是煎熬，父子连心，他在手术室门口来回踱步，恨不得替儿子去挨这一刀。

初夏的北京气候逐渐变热，疼痛折磨着英如镝，术后左脸浮肿，外面的伤口虽然缝合了，嘴里还有伤口，骨头愈合也有一个过程，每天的洗脸、刷牙、吃饭、喝水都要活动颧骨，痛苦可想而知。这已经不是英如镝第一次受伤了，为了冰球，他的左耳被打断过，耳朵缝了八针。这回颧骨手术，医生让他静养，可他术后三四天就上冰训练了，他觉得作为职业冰球运动员，受伤是工作的一部分，他无法离开冰场，只要一段时间不上冰就找不到感觉了，他必须到冰面上找回自我。他为冰球而生，滑行技术好，看到冰场上那只纵横驰骋的雄鹰，谁能想到他的颧骨还在隐隐作痛？

一件事儿能整明白就算烧了高香

1998年8月16日，一个男婴在北京呱呱坠地，体重9斤3两，医学上叫做巨大儿。婴儿倒是又重又欢实，可是母亲在怀孕和分娩中却没少遭罪。这个胖小子属虎。

贾谊在《过秦论》中写道：收天下之兵，聚之咸阳，销锋镝。

曹植在《名都篇》中有"揽弓捷鸣镝，长驱上南山"的名句，镝是箭头的意思，也指箭，锋镝、鸣镝，就是内部有三个小空洞的箭头，射出时会发出响声。英达给心爱的儿子取名英如镝，寓意要带着响声一往无前所向披靡。

2001年的一天，英达和妻子带儿子去逛国贸商场。国贸里有一个冰场，是加拿大冰雪运动专家柯路奇创建的北京市第一个室内冰场。一群孩子在滑冰，滑得好惬意。夫妻俩想继续逛商场，没想到小如镝却像钉子似的铆在那里，眼巴巴地望着冰场，死活不肯离开。爸爸问道："你是不是想学滑冰啊？"

英如镝点点头："是，我想学滑冰。"

当年中国的冰雪运动不普及，好冰鞋都买不到，英达立刻托朋友从美国买了好冰鞋，给儿子报了滑冰班。送孩子学滑冰的任务由梁欢承担，她乐不可支，有教练看管，自己也乐得去逛会儿商场。万万没有想到，这一送就点燃了小如镝对冰雪运动的兴趣，最开始学花样滑冰，他平衡力好，觉得冰上世界太美了，滑得如痴如醉，像模像样。

一年之后，一位教练见英如镝身体壮实，建议他改练冰球。当时中国的冰球教练不多，国贸冰场有很多滑冰的教练，却只有两三个冰球教练，他的冰球启蒙教练是王泽民。北京打冰球不普及，只有200多个孩子打冰球；场地也很少，只有国贸、西单和亦庄三个冰场可以打冰球，然而冰球的魅力无法阻挡，打过几次冰球后，英如镝就着了魔般爱上了这项运动。冰球太酷了，这是男子汉的运动啊，守区、中区、攻区，每个区域都有谋略；九个争球点，每个争球点都有剧烈的对抗；仅一个射门就有拉射、弹射、大力击射、反手射门、垫射五种；瞄准就有左下角、左上角、右上角、右下角、中间五个点瞄，冰球是团队运动，进球和助攻价值相等，需要有高超的技术和清醒的头脑，还要善于配合，在教练的指导下，他突飞猛进。

上苍如此眷顾这个男孩儿，既给了他一双长腿，又给了他一双修长的手，这是练习冰上运动和弹钢琴良好的先天条件。此时的英如镝开始练习弹钢琴，钢琴与冰球是完全不同的两门技艺。一个需要静如处女坐在琴凳上静心弹奏，一个需要动如猛虎在冰场上纵横驰骋，两项技艺都需要投入大量的时间和精力，父母觉得既然这孩子对钢琴和冰球都有天赋，家长就应该做出牺牲，全力以赴支持孩子发展爱好。

英如镝精力旺盛，一度还想学习围棋，考虑到他的特长和精力，父亲决定让他把围棋减掉，因为人的精力有限，有所不为才能有所为，什么都学必然什么都不精，要想把爱好干到专业水准，必须专注干一件事情，毕其功于一役。

热爱的未必擅长，擅长的则必定是热爱。英如镝把钢琴和冰球两门技艺都掌握得得心应手。2004年，6岁的英如镝在北京市"希望杯"钢琴比赛中夺得第一名。同年，他又荣获日内瓦——瑞士钢琴大赛特等奖。

在两门顶尖级的技艺面前，二者必居其一。按照英家、梁家书香门第的基因，文质彬彬的英如镝选择弹钢琴也许更加适合，这么练下去，中国继郎朗之后可能再出现一个钢琴才子。但是在儿子的职业选择上，父母从来不替他包办。

一件事儿能整明白就算烧了高香，8岁时，英达对儿子说："巴颜，钢琴和冰球都要投入大量的精力，作为专业你只能选择一样，你究竟想学什么，爸爸和妈妈尊重你的意见。"

英如镝考虑了一会儿果断地说："我想选择冰球。"

虎仔队崭露头角

于是，英达把儿子送进北京一家业余少儿冰球俱乐部练球。这家俱乐部有一支少儿冰球队名叫虎仔队，小如镝是其中的一员。冰球是烧钱的运动，练冰球的费用相当昂贵，一套普通的装备最少6000元，高的超过万元。而且每月的训练费用相当可观，一般工薪家庭承受不起。虎仔队很多小队员都是外籍孩子，其家庭经济收入不菲。为培养儿子练冰球，英达几乎倾其所有。

当时虎仔队在北京仅有的几家冰场训练，为更好地照顾儿子，英达义务出任虎仔队的领队，英如镝担任队长。英达每天开车送儿子去练球，再接他去学校上文化课。英如镝曾经发过一张照片，爸爸蹲在地上给他系鞋带，他配了幽默的文字："这个小孩儿是谁我不知道，蹲在地上给他系鞋带的是他的跟班英达。"

为了儿子，英达付出得太多太多，著名导演成了称职跟班，既当司机又当领队，每天往返接送儿子回家。为了儿子的爱好，不擅长体育的英达成了体育迷，说起冰球历史和技术战术一套一套的。每当儿子参加比赛，他总是拽上几个好友为儿子助威。

2007年4月,英如镝所在的虎仔队,参加北美少儿冰球世锦赛,在108支参赛队伍中,虎仔队出人意料地夺得了U8段冠军,英如镝当选为赛会的最有价值球员。这是中国人获得的第一个冰球世界冠军,英如镝也因为出色的表现获得了本届比赛的"得分王"称号。英达和梁欢激动地站在球场,手举着爱子的奖杯和奖牌簇拥着儿子,心中比吃了蜜还甜。身穿白色球衣的英如镝站在父母中间,一副乖巧的模样。正是这场比赛,激发了英达送儿子出国学习的决心。

雏鹰向北美飞去

世界冰球强国在北美和欧洲,加拿大、美国、俄罗斯、捷克运动员都打得不错。虎仔队夺冠,北美职业冰球联盟下面的波士顿棕熊队向英如镝发出邀请,将他作为球队的重点苗子培养,希望他过去练球。这时英如镝才8岁,梁欢不放心儿子这么小就出国打球。英达则认为这是个难得的机会,他告诉妻子:"要想让儿子成才,父母就得狠下心来。"

英达的姐姐住在芝加哥,他积极联络芝加哥少年冰球队和当地的公立学校,由于英如镝有世锦赛冰球U8段冠军证书,被当地冰球队顺利录取。

2007年8月16日,在英如镝9岁生日那天,梁欢带领英如镝登上了飞往美国的航班。为了心爱的儿子,一个美好的家庭拆成了两半,英达带着一岁的女儿在中国生活,梁欢带着9岁的儿子在芝加哥冰球队训练,再送到公立学校读书。

美国的小学教育很开放,英如镝在那里学习英语和文化知识,比较轻松;但是打起冰球就不那么轻松了,因为美国的冰球运动十分发达,非常普及,球员水平高,打法彪悍凶猛,比赛意识强,经验丰富。英如镝在国内同龄人中打冰球是佼佼者,可是他坦诚地对我说:"我们家没有搞体育的,我运动天赋不好,爆发力、耐力不行,不善于冲撞。"

刚到芝加哥的时候,英如镝幸运地遇到了美国冰球教练瑞恩·泰勒(Ryan Taylor),他给英如镝上冰球私教课,发现这个中国男孩子悟性很高,便耐心地教给他技术、战术。瑞恩·泰勒很重视英如镝，给他提供了很多上场训练的机会。这些一对一的私教课使英如镝受益匪浅，也使他在异国他乡领悟到新的冰球打法和理念，至今他在场上打球，都能用到瑞恩·泰勒教练教给自己的绝活儿。英如镝非常感激恩师，到现在都和这个美国教练保持联系。

到了美国英如镝一度感到力不从心。国内的打法多注重个人技术，有炫技的成分，而国外的打法讲究速度、技术和团队配合，由于训练方法不同，英如镝跟美国运动员不是一个量级，当时很难赢球。

为了给儿子创造良好的打球条件，英达加大工作量，除了在电视台主持节目，还当导演并演出电影，他的戏很棒，《围城》里的赵辛楣被他演得惟妙惟肖，他在电影《梅兰芳》《风声》中的表演活灵活现，都给人留下深刻印象。他拼命工作，全家四口人的生活费用压在他一人肩头，作为顶梁柱必须撑起这个家。

父亲的艰难付出小如镝看在眼里，记在心上，他暗下决心：我得对得起老爸的付出。他很节省，除了打冰球的开销，从来不大手大脚花钱。母亲更是如此，穿旧衣服，自己做饭，给儿子做出精致的西餐和中餐，当司机接送儿子。英如镝小时候是一个性格内向的孩子，不敢坐过山车，不敢跟生人讲话，刚到国外时，英语不太熟练，尤其是英语冰球专业术语有的听不懂，身为华人在异域打球，打法不凶猛，不擅冲撞，难免遭受外国小队员的挤对。他很懂事，受了委屈从不向父母诉苦，总是报喜不报忧。

他10岁那年却要跟11岁的美国孩子一起打球，打冰球的孩子相差一岁能力差距很大，与这些比自己大一岁的高水平冰球队员拼杀，英如镝学会了什么是先进的打法，增强了冰球意识和进取精神，懂得了什么叫做天外有天。那时候几乎场场输球，国内的朋友来电话询问英如镝的打球情况，英达不好意思说总输球，机智地搓着装薯片的纸袋打岔："哎呀，你说什么，信号不好，我听不见。"

久而久之对方心知肚明直接戳穿："我不问巴颜打球的情况，一问就该信号不好啦。"

作为一个职业运动员，要学会输球，不能过于伤心，在国外的历练让英如镝学会坚强，三天两头输球没有把英如镝击垮，这个倔强的中国男孩儿不服输，他尝尽了输球的滋味儿，也激起了战胜对手不甘沉沦的决心。镝就是箭头的意思，而且是带着响儿的箭头，自己一定要咬牙，无愧于这个名字，成为一支响箭。

如何能够成为一支响箭，唯有吃别人吃不了的苦，拼别人拼不了的命。当同龄的孩子还在父母身边撒娇时，英如镝已经独自在异国他乡的冰场上打拼。英达和梁欢摔打他，磨砺他。近朱者赤，人在跟高手过招儿中成长，第二年，他已经学会了美国冰球的进攻意识和先进打法，当11岁的英如镝与同龄的孩子较量时，他觉得如鱼得水，游刃有余。那些年真难为了梁欢，她为了儿子做出了巨大牺牲，一个优秀的编剧变成了优秀的司机和厨师，一心一意地给儿子做饭，加强营养，接送儿子上下学、打冰球。在妈妈的精心照料下，英如镝长得很结实，体能好，他既是技术型队员，也是冲撞型队员，在跟美国孩子和加拿大孩子打球中没有吃过亏。

唯有舍得，才有获取

我曾经在加拿大采访过专业冰球运动员，观看过加拿大和美国职业冰球队的比赛，正如乒乓球是中国的国球一样，冰球是加拿大的国球。从体质上看，北美的运动员和欧洲的运动员适合打冰球，他们身材高大，尤其是这项运动在12岁以后赛中允许冲撞，很多中国人不适应。中华民族以内敛、含蓄、谦恭著称，打球依靠技术战术取胜，在考验灵活性的体育项目上比较灵光，不擅长冲撞别人，然而冰球就是这样一项残酷的运动，冰球运动员比赛和训练时很容易伤到牙齿、面部、肩肘和膝关节。12岁后，英如镝发现美国孩子打冰球开始允许赛中冲撞，那个赛季他不适应，不愿意去冲撞别人，也不敢去迎接激烈的撞击，个人得分狂跌到12分，在对手强悍的冲撞和身体对抗下，自己的技术完全被压制，自信仿佛顷刻间灰飞烟灭。

我在加拿大近距离观看过世界一流的冰球比赛，感觉冰球运动员戴着头盔、护肩、护胸，手握冰球杆在场上滑行，就像巨大的钢铁侠迎面扑来。冰球运动的直面对抗对于中国孩子极具挑战，对于中国家长更为艰难。孩子是爹娘的心头肉，哪个家长舍得看到自己孩子在拼抢中被激烈撞击？按照在国内学过的打法自然轻车熟路，但是要想更上一层楼必须融入欧美的打法。在改变打法和被淘汰两种结果面前，英如镝和父母一起选择了前者，唯有舍得才有获取，马背民族的勇猛鼓舞了儿子，成为英如镝职业生涯的一个重要转折点。

在芝加哥练了5年球后，英达在康涅狄格州租了小房子，英如镝在那里打了1年冰球；后来，英达在波士顿买了房子，又举家搬迁到波士顿。英如镝喜欢匹兹堡企鹅队，喜欢克罗斯比，在芝加哥住的时候支持黑鹰队，在波士顿居住后又喜欢棕熊队。

2014年，国家体育总局冬运中心的段菊芳带领中国女子冰球队到美国巡回打冰球，向高手学习。得知段菊芳一行到了波士顿，英达热情地邀请中国女子冰球队到家里做客。英如镝给中国女冰队员端茶倒水，彬彬有礼，给大家弹钢琴，给段菊芳留下了很好的印象。国外学冰球私教费用很高，段菊芳就让英如镝跟中国女冰队员一起练球。既节省了学费，又开了眼界。英如镝比妹妹英闻笛大8岁，哥哥在冰球场上驰骋，妈妈经常带着妹妹观看，慢慢地，妹妹也爱上了冰球，担任守门员，打得十分勇猛。在父母的关心下，英如镝茁壮成长，知书达礼，不仅会弹钢琴，冰球打得也很出色。

英如镝在北美打冰球进步飞快，加拿大向英如镝抛出橄榄枝，2015年，17岁的英如镝来到加拿大安大略省多伦多市打青年冰球职业联赛，多伦多是加拿大最大的城市，是安大略省的省会，也是加拿大的政治、经济、文化和交通中心，世界著名的国际大都市。英如镝在那里屡创佳绩，学到了很多新东西。

冰球改变了英如镝的生活，使他在性格上、职业上、身材上都发生了改变，他深有感触地对我说："我欠冰球很多东西，我很开心当年选择了冰球，如果我当时选择了上学、弹钢琴考音乐学院或者早点进入演艺圈，今天的我不会是现在这个样子。"

人生能有几回搏？

2015年，北京获得2022年冬奥会举办权。英如镝心花怒放，申奥成功对于中国冰雪运动是极大的促进。

2016年，18岁的英如镝在祖国最需要的时候毅然回到祖国。他真是与9有缘，人生第一个9，9岁生日当天，告别故乡登上了飞往美国的飞机出国打球；人生第二个9，在18岁生日当天与昆仑鸿星奥瑞金冰球队签约，参加大陆冰球联赛，雏鹰的心中充满了渴望。

大陆冰球联赛前身为俄罗斯冰球超级联赛，与北美冰球联赛并列为世界顶级两大冰球联赛，同时也是全球国际化程度最高的职业冰球联赛。此前，英如镝没有打过职业冰球联赛，上场坐冷板凳在所难免。队友都是20多岁的队员，有的都结婚了，而自己是18岁的球员，不上学了，参加职业联赛特别孤独，尤其是自己出去吃饭感觉很孤独，之前在学校从来没有一个人吃饭，都是跟同学和伙伴在一起，说说笑笑多热闹，可是这回吃饭他一个人坐在餐厅，吃的寿司，为了掩饰尴尬，只好拿一张报纸边看边吃。

英如镝的成人礼是在冰上迎来的，年仅18岁的他在大陆冰球联赛当中度过了自己步入成人社会最关键的一年。那个赛季，他又爱又恨，无论是陆地还是冰上训练，技术方面提高很快，是他整个冰球生涯中提高最快的赛季。但很多时候要坐冷板凳，一场比赛只能上两三分钟，那个赛季对于他不是享受而是磨炼，人正是在磨炼中成长壮大。好在俄罗斯教练弗拉基米尔·尤津诺夫（Vladimir Yurzinov）对他很好，他是一名退役的冰球运动员，曾经在苏联冰球联盟效力，经验丰富。在他的指导下，英如镝的冰球技术有了长足进步。他学会独立生活，自己看好护照、钱包，自己动手整理房间，增强了生活能力，变得自律。

冰球运动由苏联传入中国，在昆仑鸿星，英如镝还认识了俄罗斯教练亚历山大·巴尔科夫，这是一个苏联的老教练，带着两个俄罗斯教练教学。2016年，中国曾经邀请他担任青年冰球队教练。

一般来说，冰球运动员的身高体重和灵活性是相悖的，身高块儿壮的人往往灵活性欠佳，而灵活性强的人往往又比较瘦，冲撞力量不足。英如镝身高1.85米，块头较大，但是在场上灵活机敏，速度很快，敢于冲撞。他打球不吃独食，不搞个人英雄主义，经常在场上控制球佯装进攻，骗过对方球员，突然把球传给队友，让队友进球，他很享受给别人创造进球机会的瞬间，因为冰球是团队项目，助攻和进球同样伟大。执教经验丰富的亚历山大·巴尔科夫一眼就看出英如镝在冰球事业上前途无量，他欣赏英如镝的冰球意识和冰球风范，毫无保留地教给他职业打法，鼓励支持他，推荐英如镝当副队长。

2018年，英如镝参加大陆冰球联赛的跨国联赛，见多才能识广，冰球运动锻炼了他的意志，他作为出色的前锋敢打敢拼，打法发生了改变，从气势上压住对方，同时头脑非常灵活，这个腼腆的内向的羞涩的男孩儿长大了，敢于与人沟通，也敢于坐过山车，曾经在一个赛季内凭借自己优秀的技战术狂揽98分，成为队里的核心人物。

2017年至2018年，他参加俄罗斯冰球超级联赛，打了40场比赛后进了两个球，队友们为他鼓掌，他的心和球队贴得更加紧密了。

2018年，他的球衣前多了一个A字，这是球队副队长的意思。在其位必须谋其政，他在职业联赛中要起到领袖的作用，得为整个球队负责，他意识到必须不断学习，不仅是荣誉，而且是责任。他成熟了，在教练的指导下，经过多年的努力，他成为一个职业冰球运动员。他的性格变了，小时候害怕与生人打交道，现在活泼开朗，在昆仑鸿星即使打不了冠军，进入这个团队也对自己性格和球技有帮助。2018—2019赛季，他主要在俄罗斯冰球联赛打球。他1998年出生，自命为98号球员，穿98号球衣。他在队里虽然年龄小，实力却不可小视，打出了新成绩。

他的技术突飞猛进，那个赛季，他50场比赛得20分；下一个赛季，50场比赛得16分，在当时联盟里破了中国球员的纪录，在联盟成员里也是突出的成绩。

他在昆仑鸿星奥瑞金队担任副队长，逐步扮演着中国冰球名片的新角色，昆仑鸿星是在俄罗斯打比赛，同时他加盟北体职冰球队，全称北京体育职业学员队，实际上就是北京队，主要在国内打比赛。

在北京冰球主场奥众冰上运动中心，丝路超级冰球联赛（SRHL）的比赛现场总有一个忠实的观众，这个人就是英达，他是英如镝的忠实粉丝，更是他的坚强后盾。

2018年8月份，刚刚痊愈的英如镝又头戴头盔出现在冰球场上。我是医学院校科班毕业，我知道颧骨骨折有多么痛苦，打四根钢钉有多么难受，那毕竟是异物啊！阴天下雨会难受，咀嚼硬东西会难受，喝啤酒撸羊肉串更会难受，然而，英如镝向我讲述这段经历却讲得云淡风轻，好像只是腿上擦破了块皮那么简单。我心疼地问道："你妈妈当时一定哭了吧？"

他说："没有，我妈当时看我满脸是血还拍照发朋友圈呢。"

他可以扮演球队领袖的角色

作为2022年冬奥会的举办国，中国男子、女子冰球队直通2022冬奥会，这是唯有举办国才有的待遇。冬奥会对于中国来说是百年不遇，中国冰球队作为弱队能够在冬奥会上与世界强队决一雌雄更是百年不遇，英如镝非常珍惜这个机会。

当年与他一起打球的宋安东到美国康奈尔大学打球去了，当初到美国打球，没有十年的签证，英如镝必须在美国住满3—6个月回国一次，来回折腾，有人说："真麻烦，干脆改成美国籍算了。"

父亲坚决不同意，儿子，你是中国人，老爸培养你是为了你有朝一日能够为国效力！他觉得父亲的决定是正确的，毅然回国打球，带动中国的青少年热爱冰球运动，在冬奥会上展示中国人的风采。

如果英如镝选择继续在国外打球，前景是显而易见的，但是他选择回国报效祖国。回国效力是一条艰难的路，中国队的冰球水平较低，在强手如林的冬奥会赛场会输得很惨，但是人生能有几回搏？他能够为中国冰球做的贡献是提高自己的水平，推广中国冰球。

为了支持儿女学习冰球，英达家设置了健身房和冰场，冰场设置了一个球门，英如镝、英闻笛兄妹可以随时穿冰刀鞋上冰练习，哥哥练习射门，妹妹练习守门，英家的冰球场见证了兄妹俩顽强训练的身影。

英如镝告诉我：从冬奥会申办成功的那一刻起，我就开始真正为国家荣誉而努力，今天的职业球员身份让自己更有信心和责任去肩负这份重任。从小在国外学习冰球，自己有着不同于国内队员的训练模式，我愿意为国效力。

从体质人类学看，英如镝具备打冰球的先天条件，身材高大，块儿壮，他在冰球运动上的天赋是与生俱来的。他诚恳地对我说："现在想起来国内陆地训练教练老让我跑步，在国外训练教练老让我蹬车，其实应该练蹬车，因为冰球运动员应该有良好的蹬冰能力，而蹬车更能增强腿部力量。我出国晚了，我要是再早一点到加拿大和美国学冰球，会有更大进步。"

英如镝是幸运的，9岁就受到了美国正规的冰球训练，接触了北美最先进的冰球打法，加上后天的努力，把他锻打成一块合金钢。他所具备的冰球技术，在场上所表现出的综合能力，已经超出了那些从小接受少年体校培训的国内同年龄段的孩子，他的出现是中国冰球运动的幸事。

我朋友家有一个叫毛毛的男孩子，在北京某小学上四年级，是学校的冰球队员，打后卫。有一天他感冒发烧，家人不让他打球，他紧紧地扒着冰场的栏杆望着冰场迟迟不愿意离开。我的朋友把这张照片发给了我，看着毛毛的背影，我想起了英如镝，这些热爱冰球的孩子都有过这种经历。演员王刚的儿子上小学四年级，也是学校冰球队的主力，打得很好，冰球是他们共同的爱好，要想打好冰球，必须有一种热爱，英如镝具有明星气质，是孩子们的偶像，他多次将自己的冰球杆送给孩子们，他把冰球的种子播撒在中国青少年的心田里，引领青少年热爱冰雪运动，是他最大的功劳。

丝路超级冰球联赛北京主场第二轮第一场刚刚结束，昆仑鸿星奥瑞金冰球队迎来自己的主场第一场胜利，5∶3战胜对手，全队振奋，全场欢腾。刚刚走下赛场的英如镝的脸上还淌着汗珠，看到刚刚观赛结束的冰雪特色校孩子们簇拥着自己，他很开心，很多孩子是因为他认识了冰球运动，把他当成偶像。他从来不耍大牌，亲切地与孩子们互动，看到孩子们这样关注冰球，他感到欣慰。

冰球是上苍赋予他的使命

2020年7月，天降大任于斯人也，英如镝入选国家体育总局冬运中心男子冰球集训队。22岁的英如镝正是冰球运动员的最佳年龄，他担任中国男子冰球队队长，带领28名运动员在沈阳体育学院封闭式训练。

在体育界，要想让别人服你，首先你的技术要好，孙晋芳如果二传技术不到位，不会让她当中国女排的队长；同时，你还要会团结人，孙晋芳传球就是号着女排队员的脉搏给球，知道球传给谁，传到什么位置能发挥最佳作用，知道如何组织进攻，起到了中国女排主心骨的作用。英如镝也是如此，他在虎仔队担任过队长，在青年队担任过队长，在昆仑鸿星成人职业队担任过副队长，在中国男子冰球队又担任队长。一方面因为他球打得漂亮，是核心球员；更重要的是他素质好，性格好，脾气好，不生气，不辱骂队员，场上有清醒的头脑和进攻意识，善于团结队员。

太阳是孤独的，月亮也是孤独的，但凡优秀的人都要品尝孤独的滋味儿，在追求梦想的道路上，他的孤独时常与枯燥为伍，每天早晨7点多起床，上午进行陆地训练，手抓150公斤重的杠铃练习举重，在拳击房一遍又一遍地练习拳击，在操场上一圈又一圈地跑步，每次要跑6000—8000米；下午还要进行冰上训练，手拿冰球杆在冰场摆好的冰球间画龙，手拿冰球杆对着球门做不同角度的射门，在冰上练习飞快滑行，汗水把运动服湿透了，白皙的皮肤晒成古铜色，高强度的训练给了他健康的体魄，也磨炼了他的意志。

国家冰球队队员来自五湖四海，一个球队是一个团队还是一盘散沙，决定在场上能否打得出色，英如镝努力与队友建立兄弟的关系，像磁石一样把大家紧紧地团结在一起。他既要每个球员都具有高超的个人技术，更要大家拧成一股绳，形成一个拳头。

启迪冰上运动中心那个蓝色的背影

2020年冬天，全国冰球锦标赛于12月2日至13日在云南省腾冲市启迪冰上运动中心举行，这届比赛是全国冰球锦标赛首次在长江以南地区举办，是中国冰球协会年度最高级别赛事，也是2020年度唯一的全国性成年冰球赛事。一直在国家队训练的运动员回到各代表单位参赛，英如镝回到了自己的母队北体职队。

本次男子组比赛吸引了8支队伍的240人参赛。比赛分为A、B两个小组，A组包括哈尔滨、重庆、北京、北京体育职业学院，B组包括齐齐哈尔、上海、安徽、佳木斯。第一阶段进行小组单循环赛，第二阶段则将根据小组赛成绩进行单败排位赛。

中国冰球运动的强省是黑龙江，不仅哈尔滨队很强，而且齐齐哈尔是全国冰球城市，实力不容小觑。哈尔滨队和齐齐哈尔队被誉为东北传统强队，东北虎威风凛凛。果然不出所料，首场比赛，哈尔滨队对阵北京队。比赛一开场，双方就展开激烈对抗。第8分钟，哈尔滨队左闰丞首开纪录。打球最怕打疯了，哈尔滨队是卫冕冠军，实力雄厚，打法剽悍，进球后，哈尔滨队越战越勇，接连几次威胁对方球门，虽然北京队在进攻端更加主动，但哈尔滨队门将夏盛戎高接低挡力保球门不失。这场比赛，哈尔滨队6:1战胜北京队。

英如镝心里很清楚：哈尔滨队和齐齐哈尔队都是强手，与哈尔滨队分到一组是碰到冤家了，跟他们打第一场不要拼抢激烈，小组能够出线就行。于是，他使了一个眼色，队友心知肚明，大家悠着打，2+1的打法，就是英如镝和一个强手带一个年轻队友去打，最终以 A 组第二名出线。

12 月 12 日下午，北体职队对阵 B 组第一名齐齐哈尔队，这是一支冰球劲旅，北体职队必须使出百分之百的力量去打，只有打赢了 B 组第一名，才能参加冠亚军决赛，否则只能拿个第三名。英如镝下了战令：今天的战术是不顾任何私人目标，不在乎自己进球得分，只在乎球队能否赢。冲撞要凶猛，拼抢要紧，要给对方压力，不要怕消耗体力，上去就得压住他们，比赛必须拿下，每个球都必须打好！

球员们上场了，第一局 0:0；第二局是规整的进球，第三局就开花了，英如镝在场上虎视眈眈，拿到球就让对方害怕，用强大的精神力量震慑对方，他的眼神冒火，进攻凌厉，球员们犹如猛虎下山，气势太猛了，终于以 5:1 打败齐齐哈尔队。但是他和队员们体力消耗很大，比赛结束，这个 1 米 85 的汉子一屁股坐在凳子上，连脱护具的力气都没有了。

当天晚上，浑身的骨头架子都酸痛，他睡了一个囫囵觉；13 日，他一整天都躺在床上睡觉，他必须养精蓄锐保持体力打决赛。

12 月 13 日晚上，北体职队与哈尔滨队在决赛中狭路相逢。哈尔滨队个人技术水平高，不可小视。英如镝带领的队伍出师不利，一个球员被禁赛了，后卫受伤了，头一天和齐齐哈尔队拼抢太激烈体力不充沛，以 2:1 的落后比分进入第三局。英如镝拿出老虎的威风，率领队员敢打敢拼，勇猛冲撞，但是哈尔滨队也不是吃素的，他们身体强壮，打法老到，到终场仍然是平局。只好打加时赛，双方互不相让，又打成平局。只好靠点球大战决定胜负。最后是 5 打 5，谁先进 3 个球就赢。哈尔滨队进了 2 个球，北体职队也进了 2 个球，按照场上队员的技术，很多队员都是可以进球的，但是压力太大了，场上无数双眼睛盯着球员，此刻就看心理素质了。轮到北体职队发点球了，这个发球的运动员平时技术很过硬，但是场上的气氛太紧张了，空气仿佛都凝固起来，英如镝敏锐地捕捉到那个发点球队员的眼神有些慌乱，毫不犹豫地顶了上去，多年在国外打球的经验帮助了他，他放下包袱临阵不慌，沉着地击球，打中了！

此时，还不算大功告成，哈尔滨队员上场了，那可是技术高超的强手啊！英如镝背对着他没有看他，随着一声巨响，英如镝用眼睛的余光看到队友们热烈地欢呼，知道对方最后一个点球没有打中。

北京体育职业学院队在12月13日举行的男子冰球决赛中，和哈尔滨队之间展开激烈争夺，火药味儿十足，最终，以戏剧性的点球大战，5比4击败卫冕冠军哈尔滨队，创下了北京冰球全锦赛历史最佳战绩。

腾冲有个大滚锅，此刻腾冲市启迪冰上运动中心变成了一口大滚锅，英如镝最后一个进球一锤定音，启迪冰球馆沸腾了，身穿蓝色冰球服的北体职队员滑行冲到冰上，将冰球杆扔到冰上，将手套抛向空中，在冰上抱成一团，泪飞顿作倾盆雨。英如镝背对着观众，不敢看大家的眼神，他的脸上洒满了泪雨。他用背影朝向观众，球衣上那个醒目的98号格外引人注目。北体职队荣获冠军，英如镝感慨万千，他为自己的球队骄傲，为生他养他的城市北京骄傲。这一天等得太久了，这个球队等待了4年的冠军，这个城市等待了64年的冠军，终于花落北京。

国家体育总局冬运中心的王宁说："这次北京夺冠，我们感觉既在意料之外，又在情理之中，具有偶然性，同时也具有必然性。虽然我们这次做足了准备去冲击冠军，但是没有想到真的能把奖杯带回来，因为我们自身感觉还是和齐齐哈尔、哈尔滨是有差距的。北京这座城市等待这座奖杯等了64年，北京第一次参加全国锦标赛是在1956年，2020年终于拿到了全国冰球最高荣誉，非常不容易。进而使得北京引领接下来中国冰球项目的发展，这是一个趋势。

"北京的冰球队员真的代表了首都精神，他们把顽强拼搏的精神在赛场上体现得淋漓尽致。正是因为有了北京的这两支队伍，2020年的全国锦标赛可以载入史册。昨天晚上那场决赛，我不敢说是中国冰球史上最激烈的比赛，但一定是之一。"

比赛结束后英如镝一直在说:"这次比赛如果少了这个队伍的任何一个人,不管是球员、教练员、管理人员还是工作人员,今天都不可能是这个结果,谢谢你们每一个人,谢谢你们的付出、你们的坚强和你们的牺牲。在此还想对所有支持我们,看好我们,鼓励我们的人说一句:'谢谢你们,我们没有让你们失望!'"

阳光男孩儿的多彩人生

如果生活是海洋,音乐就是波浪;如果生活是飞鸟,音乐就是翅膀。音乐能使人的灵魂爆出火花,英如镝是一个阳光男孩儿,冰球是他的职业,音乐是他的爱好,他从骨子里热爱冰球和音乐,在齐齐哈尔冰球节打球,他练得很认真,吃饭吃一会儿,他对主人说要找架钢琴练琴,即使不搞专业,他也要与琴约会,那是他发自内心的爱好。

自从2020年7月到沈阳集训,他回家探亲的机会不足3周。回到家里短暂的休息时间,他抓紧时间弹钢琴,弹吉他,吹口琴,跟父亲聊天;回到队里,音乐拉近了他和队友的关系,他组织国家冰球队员合唱团,一起唱歌,一起弹奏电钢琴和吉他,关系很融洽。

他将自己童年时敲鼓、哭、被家长喂饭、打冰球、摆时尚片的照片做成了视频,自嘲说"我的黑历史"。

冰球队强手如林,他从国外训练归来,冰球技术战术好,讲一口流利的英语,如果他不能和队友打成一片,就会被大家排斥,很难带好队伍。但是他和队友关系非常融洽,与队友到丹东,他俩站在鸭绿江畔做出舞蹈动作和雄赳赳气昂昂的动作,滑稽可爱,自己还在朋友圈注明:这是我离金正恩同志直线距离最近的一次了,来到著名景点,那必须得有老年旅游拍照合集,希望大家喜欢。这个巴颜,整个一个英氏幽默。

队友牛牛说他:"巴颜,我从来没有见过你这么自恋的人。"

他自信地回答:"你要是像我这么优秀,你也会这么自恋的。"

他仿佛生活在玻璃缸中，聪慧，透明，不装，一眼能看到底。有时候也会来点小幽默，他两岁时有一张反戴着帽子、戴着墨镜、叼着香烟的照片，估计是英达折腾儿子的杰作；最近，他反戴着帽子，戴着墨镜，把笔叼在嘴里，模仿儿时的那张照片做了抖音，可爱极了。他有时候会用冰球杆遮住半张脸拍照，调侃道：脸大，只能用道具挡。

他是中国国家冰球队队长、北京昆仑鸿星俱乐部球员、表演级钢琴家、业余吉他手，偶尔也打网球，说要对得起费德勒。这个身高1.85米的帅哥，做直播，录制单曲，直播点击率达到10万。父亲给他留言：纪念一下，10W赞了。

英如镝活得潇洒，活得真实，我很欣赏他的敬业而多才，聪慧而幽默。当我问起他在荷兰的受伤情况，他没有埋怨冲撞自己的塞尔维亚队员，反而检讨自己在场上疏忽了，没有抬头看对方。这种淡定的心理是大将风度。我和他谈起将来的打算，他非常坦诚，有问必答。我接触过一些中国冰球界权威人士，对他都赞不绝口。有人这样评价英如镝："他的技术水平和综合素质，远远超出了同年龄段的专业选手，他的出现是中国冰球运动的一件幸事，其成就有可能赶超刘翔、姚明。"

2021年全国冰球锦标赛在北京延庆刚刚落下帷幕，英如镝和国家冰球队的国手没有参加比赛，我相信他一定认真看了每一场比赛，他的母队北体职队卫冕冠军成功。不能参加国内最高级别的冰球赛对他来说是"恰如猛虎卧荒丘，潜伏爪牙忍受"。

但是国家体育总局掌门人有自己的考虑，他懂得卧薪尝胆的意义。

我反复琢磨着英如镝的话："我欠冰球很多。"说实话，为了冰球，他付出了十几年的青春，他的颧骨骨折五处，耳朵被打伤，身上也有多处伤痛，应该说冰球欠他很多很多。我问他为什么要用一个"欠"字来概括自己与冰球的关系？他诚恳地说："如果不做运动员，我不会长到1.85米，我应该是一个一米七几的小胖墩儿。我小时候性格内向，不敢与陌生人讲话，冰球逼迫我主动与人交往，因为我们打冰球经常是几十分钟之前还从来没有见过面，见面几十分钟之后就要上去打比赛，冰球教会我怎么做人，使我变得大胆，敢于与人交流。冰球给了我健康的体魄、健美的身材，冰球改变了我的性格，冰球使我的人生变得精彩。"

一个"欠"字，体现的是境界，彰显的是风范，这就是体育对人格的塑造。

前不久，英如镝发了一段歌手约翰·梅尔边弹吉他边演唱的视频：

"宝贝，你是最后一班火车，宝贝，你是最后一班回家的火车。"

约翰·梅尔最新曲目已经发行了。

他是推特上知名度最高的艺人之一，有370万粉丝。

英如镝是想念北京吗？如今，他和28位国手已经乘坐火车回到北京延庆训练。国家体育总局要求运动员进行体能测试，他练习史密斯深蹲架，还调侃说胖一点劲儿就会大一点，体测完了再减肥。

他长了一双修长的手，这双手握得了球杆，也弹得了钢琴。紧张的训练之余，他还不忘翻译，用了8天时间，翻译了《克莱本公园》，138页，44624字，这是他自己翻译的第一个剧本。当年，他的奶奶翻译了美国剧作家洛伦·汉斯贝瑞的《阳光下的葡萄干》，由他的父亲英达导演话剧，《克莱本公园》是一个致敬他奶奶吴世良翻译的《阳光下的葡萄干》的一部戏。他说："不知道这个戏最后能不能上演，但是起码为我开了这扇门。剩下的交给命运吧！"

1994年，在英如镝出生前的4年，中国男子冰球队曾经排名世界第20位；1998年，在英如镝出生的当年，中国女子冰球队在日本长野冬奥会上获得第四名的佳绩。也许，他是为中国冰球而生，他向我讲述了自己今后的梦想，那是一个无比美妙的梦想，虽然中国冰球队在世界上是弱队，但是英如镝初生牛犊不怕虎，率领中国男子冰球队顽强训练，他燃起了中国青少年的冰球梦，他激起了中国青少年对冰雪运动的热爱，这是他最大的成功。为了能在2022年向祖国交出一张答卷，他卧薪尝胆，力争在北京冬奥会上创造佳绩，为国争光。

冰球之城

齐齐哈尔市的名片是什么？北纬47度，年均有霜时间超过200天，每年冰冻期长达5个月，冬季大雪纷飞，这是齐齐哈尔市发展冰球事业得天独厚的优势，这座城市的名片就是冰球。

我来到齐齐哈尔，齐齐哈尔体育局副局长高洪群到火车站接我，他曾经担任国家冰球队队长，正经八百的国手。体育可以改变世界，体育赛事可以促进一座城市的经济发展，前提是这座城市要有开展这项体育运动的土壤，要有开展这项运动的带头人。

冰球运动的带头人

要想了解中国的冰球运动，不能不提齐齐哈尔。到齐齐哈尔的第一天，我就拜访了齐齐哈尔体育局局长汤朝龙。他是大庆人，早先在市工信局做经济工作。国有体制改革，大量国企职工下岗，连大庆这样的红旗标杆还有不少工人要买断工龄。东北地区经济不景气，运动员就会流失，难以为继。

汤朝龙受命于危难之际，市委书记孙珅以前在黑龙江省工信厅当厅长，2016年9月把汤朝龙调到齐齐哈尔体育局任党委书记兼局长。这是一个烂摊子，前些年，齐齐哈尔经济滞后，体育局的下属单位连工资和奖金都发不出，差旅费拖欠，场馆老化，还欠了一屁股债。汤朝龙上任没有带一个人、一分钱，队员用怀疑的目光看着他。他用经济头脑当跨界局长，用产业思维运营体育，打造冰球生态圈。他诚恳地对体育局高洪群副局长说："你给我找本冰球的书吧。"

要想当先生，必须先当好学生，他丢掉包袱虚心向内行人请教，从冰球的ABC开始学起。他在浙江大学办了一个体育产业培训班，一周时间，3天用来学习，两天参观、赛事、赛场、绿城足球，过去做的不是赛事，赛事要有品牌效益，用商业化运作，众筹让赞助商来赞助奖牌、奖品、服装、秩序册，解决了资金的困难。

他脑瓜活络，冬天搞冰球节，夏天搞冰球季，全城的酒店供不应求，越高级的酒店越爆满，齐齐哈尔毗邻内蒙古呼伦贝尔市，牛羊肉供应顺畅，餐饮业复兴了。以前组织冰球比赛不收费，他觉得组织比赛必须市场化，按照规矩收费，奖金比费用高。外国球队来了给部分补贴，齐齐哈尔是中国冰球城市，这张名片一亮，一个冰球季有128支球队参赛，其中有8—9支外国球队来，俄罗斯、日本、韩国、美国、捷克来打冰球，对外交流，每个外国球队来齐齐哈尔市都给一定的补贴，国内冰球队的队员特别愿意跟外国冰球队打球，汲取欧美冰球队的优点，找出自己的不足。

前几年齐齐哈尔的冰球队员退役后找不到好工作，只好到洗浴中心为顾客搓澡、开出租车，北京成功申办冬奥会给冰球之城带来了活力，冰球形成产业链，赛事、培训、装备、餐饮、咖啡馆，搞得红红火火，将鹤城形象支撑起来。

齐齐哈尔打冰球历史悠久，1954年齐齐哈尔市成立了冰球队，先后培养出150余名冰球运动健将，向国家队输送了17名教练员、500多人次的运动员。好汉不提当年勇，如何重振齐齐哈尔冰球在中国体育史上的辉煌，如何让圆圆的黑冰球引领鹤城经济的腾飞？

汤朝龙刚上任时，齐齐哈尔体育局的冰球馆当羽毛球馆用，一年收不了多少租金；北京打冰球的人多，冰球馆租金贵，汤朝龙联系北京的冰球运营公司，将冰球馆租给他们，每年有100多万元收益，纳税后年净收入80多万元，保证了冰场工作人员的工资发放。

城市必须有品牌意识，在孙珅书记的支持下，汤朝龙极力打造冰球城市这个品牌。把齐齐哈尔青少年带动起来了，北京青少年球队、首钢冰球队也到齐齐哈尔来打冰球。赛事市场化，允许教练员兼职，教练员下班后有人来进行青少年冰球培训，教练员的收入增加了，干劲儿也高了。

在全国各地播撒冰球的种子

现在中国发展青少年冰球缺少教练，齐齐哈尔有的是冰球教练，在汤朝龙的主导下出台了《教练员有偿输出办法》，按比例进行收益分成。齐齐哈尔体育局与重庆、长沙、成都、石家庄等城市签约，齐齐哈尔的教练员到这些城市去教冰球，汤朝龙往外派初级教练，初级教练的冰球水平也很牛，他们像播种机一样在全国各地宣讲冰球发展史，教冰球技术战术。

汤朝龙在全国布局，从西北到西南，从东北到华北，完全是市场化的运作，管理是相通的，把冰球当成产品去做，赛事就是研发产品。夏天天气炎热，南方仿佛一个大蒸笼，齐齐哈尔的教练员把南方的队员带到家乡训练，这样就带火了鹤城的经济。

我在齐齐哈尔住的冰球旅馆，老板是退役的中国国家冰球队国手安凯峰，长得高大威猛。他退役后开起酒店，酒店装修完全是冰球元素，门口是两个冰球队员铜雕塑，大厅里悬挂着他在国家队打球时使用过的球衣、冰刀、冰鞋、手套、冰球杆，墙上贴着冰球运动员的照片，桌子上摆着他荣获的奖杯，这就是冰球的广告效应。

某家电影厂拍摄冰球电影，《飞吧·冰球》《冰上魅影》，汤朝龙说："在我们齐齐哈尔拍摄多好，你们不用搭台了，我有的是冰场，有的是教练员和运动员，有的是装备，我有冰球咖啡馆、冰球酒店，我的孩子们给你当群众演员，剧组给买盒饭，稍微补贴一下，你们省大钱了。"

在他的游说下，电影厂真的跑到齐齐哈尔来拍电影了。他在人民体育出版社主编出版了国内首部城市冰球发展史《冰球：一座城市的记忆》，还在齐齐哈尔高铁站打广告，极力推广齐齐哈尔冰球，"亚洲最佳冰球城市"越叫越响，使鹤城成为中国冰球爱好者的朝圣地。

少年强则中国强，少年兴则齐齐哈尔兴，不少齐齐哈尔中老年人年轻时都打冰球，有强烈的冰球情结，所以，齐齐哈尔的很多小学生喜欢打冰球，汤朝龙就给这些小学生免费提供冰球场馆、装备、教练、组织赛事；给冰球先进学校的教师创造到俄罗斯、美国参观学习的机会，这是给齐齐哈尔培养冰球后备力量。操作模式是由赞助商提供经费，齐齐哈尔的学校打球时打赞助商的广告。

这座城市的人们不仅特别热爱冰球，而且花样滑冰也很好，北方青少年从事冰雪运动有一大批好苗子。

齐齐哈尔从U8—U20年龄段都有打冰球的，还有10支50—60岁的中老年球队打冰球，普及性好，独一无二。齐齐哈尔南站将要建设一个国际化的冰球场馆，全世界很难找到像齐齐哈尔有这么多冰球场馆、球队、冰上器材制造业的城市，富拉尔基重型机械厂是重工业，军工厂闻名遐迩。这里每年都有冰球大型赛事，赛事越多，影响力越大，冰课、冰时都要付费，女冰也成立了两支队伍，冰球促进了齐齐哈尔的经济。

厉兵秣马，枕戈待旦

现在，齐齐哈尔体育局不欠员工工资和奖金，每年130多支中外球队从四面八方来齐齐哈尔，在冰雪季、冰雪节打球，找酒店、球馆、球队、教练，这里冰球队员多、教练多、场馆多，有几百套冰球装备，齐齐哈尔体育局给您提供优质场馆，提供高水平教练，吃饭有冰球主题烤肉馆、冰球主题酒吧、冰球主题咖啡馆，有浓郁冰球特色，价廉物美；住宿有冰球主题酒店和各种档次的宾馆。

著名导演英达是冰球超级"发烧友"，经常来齐齐哈尔给冰球节和冰球季站台，把儿子和女儿都带到冰球之城，他的儿子英如镝曾经在齐齐哈尔冰球队训练；2021年夏天，他又把女儿英闻笛带到齐齐哈尔，除了感受具有67年冰球历史的齐齐哈尔冰球氛围，更是带领正在接受冰球守门员训练的小女儿到冰球之城继续深造，她将在齐齐哈尔兰迪女子冰球队进行专业的训练和提升。

冰雪运动虽是高投入、低产出，可是，搞体育的人富有激情，你想参加国际冰球比赛，请到鹤城来集训，这里有上乘的场馆，价廉物美。冰妈冰爸都想给热爱冰球的孩子赌一把，大城市打冰球的小孩要经常吃牛排，保姆车接送，一年至少得用20万元付冰球馆和教练费用。

汤朝龙把管理的经验用到冰球上，坚持齐齐哈尔要做冰球市场和推广，他到美国、加拿大、德国、捷克、奥地利、芬兰、瑞典、俄罗斯去取经，找球队、球馆、教练谈合作事宜。中国人很聪明，引进俄罗斯冰球教练，白俄罗斯花样滑冰教练，加拿大的冰球培训体系，加拿大、瑞典教练教冰球……齐齐哈尔孙珅书记给政策，体育局机关编制少，别的部门都在缩编，齐齐哈尔体育局却在扩编；别人出国限制，齐齐哈尔冰球人才出国不受限制，出国培训，参加比赛；还从哈工大、中央财经大学、南昌大学等名校的运动专业引进青年人才，培训青少年，办体育赛事。他的绝招儿是养狼，多培养对手，现在，齐齐哈尔冰球教练和管理者占全国的70—80%，大量往广州、深圳、北京、成都输出人才。

齐齐哈尔这个三四线小城之所以能够把冰球运动搞得如火如荼，关键是有一个睿智的市委书记孙珅，他是哈尔滨工程大学控制理论与控制工程专业在职研究生毕业，工学博士，高级工程师，现任黑龙江省人大常委会副主任、党组成员。他在齐齐哈尔任市委书记期间大力支持齐齐哈尔的冰球运动，人称"冰球书记"。他没有架子，汤朝龙找他汇报工作，随到随听；国家体育总局副局长赵勇来齐齐哈尔，一般市长接待就符合规格了，汤朝龙恳请孙珅书记出面，他再忙也要热情接待。

齐齐哈尔的冰球雕塑意味着冰球一代代传承。齐齐哈尔每年有180块室外冰场，汤朝龙很有头脑，风物长宜放眼量，不是盯着赚眼前的小钱，而是将公益冰场免费提供给市民，虽然看起来收入少了，但是在鹤乡培养了雄厚的群众基础。他把自己的教练输送到全国各地教冰球，看起来傻，其实在外任教的齐齐哈尔教练将齐齐哈尔冰球的品牌传播到各个城市。齐齐哈尔搞冰球赛事，他们积极推动当地球队到齐齐哈尔参赛，对手是狼有利于竞争，这样每年齐齐哈尔搞冰球节、冰球季，全国和世界的冰球队蜂拥而至，每次赛事至少一周时间，参会的运动员、教练、家属、嘉宾、记者将近2000人，宾馆订购一空，越贵的酒店越供不应求，打球总要吃饭、消费，齐齐哈尔的餐饮业火了，烤肉闻名遐迩十分畅销；齐齐哈尔的冰球装备火了，黑龙牌冰刀因为价廉物美销路很广，适合初学者；带有齐齐哈尔冰球队LOGO的服装、帽子、书包、球衣火了，齐齐哈尔体育局冰上艺术馆还有冰球钥匙链、冰球茶杯、冰球保温杯，你可以将自己的照片定制油画……赛事结束，再组织大家去趟扎龙、奥悦水世界、龙沙动植物园等风景区，观赏马戏曲艺表演，美食节、农家乐齐上阵，鹤乡的风光领略了，齐齐哈尔的经济活泛了，按照每人每天消费500元计算，赛会期间鹤城就会带来1700多万元收入，这就是体育产业对一座城市的推动和激活。

哈工大一个毕业生事业有成回报母校，给母校捐款5000万元，点名用1000万元捐赠给哈工大体育学院。哈工大想打体育品牌，英国剑桥大学划船最好，汤朝龙到哈工大与相关负责人洽谈，掏心掏肺地说："哈工大是中国名校，齐齐哈尔是中国冰球之城，咱们联手组建哈工大冰球队，共同寻找赞助商，哈工大做好北方名校应该做的冰雪运动，咱们应该谋求与国际名校同场竞技，把中国的冰球运动推向世界。"

他积极联络，多次去国家体育总局汇报，推动齐齐哈尔冰球事业，加强推广齐齐哈尔的冰球装备。

汤朝龙是一个富有激情的人，听他谈冰球是一种享受，他声音洪亮滔滔不绝，仿佛不是在谈一项运动，而是在谈他的亲人，他对冰球事业倾注了情感和心血。我对专注于事业、为奥运付出情感的人充满了敬畏，不知不觉聊了两个钟头仍然意犹未尽，汤朝龙带领我到体育局冬季运动项目中心大院转转。我们参观了笼式足球场、花样滑冰场、冰球场和速滑馆，我看到齐齐哈尔冰球队的队员有的在做陆地协调性训练，有的在绿色的人工草坪上踢足球；齐齐哈尔冰球队的教练在指导队员们打冰球。冰球真是太酷了，队员们临门击球、精准射门、二龙戏珠、强行突破，全神贯注如入无人之境，看得我眼花缭乱，热血沸腾，冰球的确是一项充满激情的运动。

冰球馆门口一座高达4米的铜制雕塑吸引了我的眼球，雕塑由6个冰球运动员组成，显然是一场比赛的上场队员，两个前锋在冲锋，两个后卫在防守，一个中锋在组织进攻，一个守门员在专注地盯着对方球员的球。每个人神情不同，动作迥异，但是虎视眈眈，英气逼人。雕塑下面黑色的大理石上写着："中国·齐齐哈尔·冰球城市"的字样。这个铜雕塑已经成为齐齐哈尔的地标和打卡地。

汤朝龙是个能人，上任几年就扭转了齐齐哈尔体育局落后的局面，把欠债全部还清，大家的收入增加了，自信心增强了。

齐齐哈尔市拥有两座标准滑冰馆、一座综合体育馆和一座速滑馆。我们来到了冰球主场馆，门口写着"南二"的字样，台阶上晾晒着运动员的衣服和护具。两侧的树干旁堆积着很多冰碴儿，原来滑冰对冰面有损伤，需要不停地清理冰场，浇冰刮下来的冰，一个半小时能攒一车，就把这些冰碴儿堆到树底下，让树喝个饱。

这个冰场和花样滑冰共用。当时正是花样滑冰队在训练，我看到一个叫张宁轩的小姑娘滑得十分优美，不时做出一些高难度动作。我与她聊天，得知她的妈妈喜欢滑冰，小姨是齐齐哈尔培养的滑冰运动员，现在在上海担任滑冰教练。她的爸爸在外地打工，妈妈带她在齐齐哈尔练习滑冰，她5岁滑冰，今年9岁，上三年级，每天滑两趟冰，一次滑90分钟，花样滑冰旋转跳三周、四周难免摔跤，她滑了4年了，不叫苦，不怕疼，立志成为优秀的花样滑冰选手。国家花滑队每年到这里选队员，张宁轩想先进齐齐哈尔滑冰队，再进国家队，将来想当花样滑冰教练。齐齐哈尔体育局冰场收费便宜，晚上来滑冰的青少年十分踊跃。

齐齐哈尔的花样滑冰也很突出，向国家队输送了金恒鑫、黄一航、刘宇航、赵婉彤等优秀运动员，他们现正在国家队集训。齐齐哈尔花样滑冰运动员宁婉棋/王超、刘润奇等多次在大赛上斩获奖牌。教练曹宪明曾获冰上舞蹈、双人滑全国冠军；教练徐铭曾获单人滑全国冠军；教练李炜现在国家队担任教练。近期，齐齐哈尔市体育局还聘任了申雪/赵宏博、韩聪/隋文静的曾任教练栾波前来执教，为已经是冠军组成的教练组再次注入新能量。

齐齐哈尔素有"冰球之城"的称号，这里有标准的冰球比赛场馆和训练馆，有从U系列到专业队的男、女训练梯队，有全国最专业的冰球教练和高水平冰球裁判员，更有从冰球主题酒店到烧烤吧、咖啡厅再到艺术馆的主题延伸业态。这里常年进行各个等级的冰球赛事，这里是全中国冰球运动员和冰球爱好者的梦想之城。

冰球之城的发展之路，伴随着人才的聚集和引进，市体育局坚持大门敞开、广纳才士，为城市发展添翼。2020年，引进白俄罗斯花样滑冰教练亚拉山大·克里斯金娜·扎哈连科，与她签订4年的执教合同；2021年，又签约申雪、赵宏博、曾任隋文静和韩聪教练的栾波，为鹤城花样滑冰项目引进优秀人才。

齐齐哈尔市开展15项体育运动，冬季运动中心有冰球馆、速度滑冰馆和花样滑冰馆等。望着冰场上运动员矫健的身影，我不由得感叹起体质人类学规律，黑龙江人大多是山东人的后代，也有少数民族，美男子多，高大威猛，体形矫健，适合冰雪运动。

2021年4月，市体育局推动与加拿大2022梦团队有限公司签订合作框架协议，在齐齐哈尔设立东北三省冰球运动培训中心。加拿大先进的运动体系、资源优势、发展理念，在"冰球之城"延伸。中国冰球协会选拔全国优秀冰球运动员、教练员备战2022年国际冰联男子U20世锦赛。其中，齐齐哈尔籍教练员入选1名，运动员入选8名，由齐齐哈尔培养输送的运动员入选3人，共计12人，分别为刘文、徐子淳、孙浩议、刘鹏程、贾雨泽、田博言、李承泽、孙玺、李帅、陈星男、徐宇阳、石俊龙。7月初，他们来到国家集训队，为国争光。

"冰球之城"品牌从无到有，从无人问津到炙手可热，齐齐哈尔市体育局一次次打破常规、一次次迎难而上，始终没有停下创新突破、主动作为的脚步，始终在吸纳人才、交流合作、夯实自身的道路上砥砺前行！

挺进全国冰球锦标赛决赛

2021年5月31日晚，齐齐哈尔—重庆冰球队在半决赛阶段迎来了冰球强队哈尔滨队的挑战。经过激烈较量，齐齐哈尔—重庆冰球队以3∶2的比分战胜老对手进入决赛圈，为重庆冰球运动创造了历史。

突然看到一个熟悉的身影，这不是我在齐齐哈尔采访过的周宇迪吗？他不是齐齐哈尔冰球队专业一队主教练吗，怎么跑到这里当重庆队的主教练呢？看到哈尔滨冰球队主教练板着的面孔，我的心里五味杂陈，哈尔滨队和齐齐哈尔队都是我刚刚采访过的中国冰球劲旅，当晚比赛结果是重庆冰球队战胜传统强队哈尔滨队，第二天与北体职队在决赛中一决雌雄。

6月1日晚，重庆队与卫冕冠军北体职队打决赛，我盯着电视屏幕观赛，又看到了主教练周宇迪，他满脸微笑，还竖起大拇指，信心百倍。再一看，裁判中有个冯雷好面熟，重庆队有些队员似曾相识；而北体职队的主教练是老将王国成，看自己采访过的人打球很过瘾。

重庆队怎么会异军突起？原来，2018年，重庆队与齐齐哈尔队签协议，合作共建冰球队，齐齐哈尔冰球队派人到重庆当教练指导他们打球。这回重庆队24名场上队员来自齐齐哈尔冰球一队，而参赛的齐齐哈尔队队员则是齐齐哈尔冰球二队。

面对强大的对手，一上场，周宇迪就派出一组6个队员的最强阵容，这是重庆队建队历史上首次打进全国冰球锦标赛决赛，决赛就是秀战术、秀顽强拼搏的精神，第一局双方打得很精彩，势均力敌，北体职队一马当先，重庆队毫不示弱，打一场进一步，不给对方任何进球机会，这是本届全国锦标赛含金量最高的一局比赛，重庆队的9号孙浩议犯规了，球杆把北体职队的李子豪牙龈碰出血了，小罚本应该被判罚出场2分钟，但是对方球员出血了就双倍判罚出场4分钟。第一局双方互交白卷，以0比0结束。

第二局开局重庆队比对方少一人，北体职队用的是一组的最强组合，5打4抓住绝妙的机会反攻，就在离孙浩议上场仅有2秒钟的时刻，第二局开局3分零8秒时，北体职队22岁88号的傅饶跟进抢点，打进了关键性的一球，打破了场上的僵局。在这次全国锦标赛中，重庆队6:3击败北京队，3:2赢了哈尔滨队，5场全胜。

接下来的比赛，双方冲撞激烈，火力全开，有时候重庆队只剩3个队员在场上，北体职队5打3，但是由于重庆队气势不倒，北体职队没有进球。最后，周宇迪主教练孤注一掷放开球门，让守门员打助攻，真是太危险了，城门大开，一旦对方控制住球，重庆队没有好果子吃，但是重庆队始终在拼搏，毫不气馁，最终的结果是北体职队没有再进球，以1∶0卫冕成功。

北体职队和重庆队是本届全国冰球锦标赛中没有输过球的两支队伍，北体职队获胜实至名归。球赛结束我给周宇迪发微信：打得很精彩，真不容易，辛苦了！

他说："孙老师，感谢您对我们的关注和支持，队员们尽力了，虽败犹荣。"

我说："重庆队从去年的全国冰球锦标赛第6名到今年打进决赛太不容易了，虽然叫重庆队，实际都是齐齐哈尔的队员，齐齐哈尔一队和二队都参赛了，说明齐齐哈尔的实力。队员们不容易，您可别批评他们，要多鼓励！"

他说："谢谢孙老师，我一直在鼓励队员，和强大的对手过招通过失败才能进步。"

2020年在云南腾冲举行的全国冰球锦标赛，女子冰球冠军由上海队夺得；2021年在北京延庆举行的全国冰球锦标赛，男子冰球亚军由重庆队摘取，而

作者采访哈尔滨冰球运动员

这两支冠亚军队伍都有齐齐哈尔冰球队队员，这就是中国冰球城市齐齐哈尔的实力和魅力。

鹤城，放飞的雄鹰

周宇迪1980年1月31日出生于齐齐哈尔，小时候身体羸弱，虚胖，患有过敏性鼻炎，春天风沙大，打喷嚏、流鼻涕、流眼泪可遭罪了，每年都要打针、吃药。父亲让他学游泳、练习速度滑冰，反正齐齐哈尔的野湖一年有好几个月冻冰，海阔凭鱼跃，天高任鸟飞。

齐齐哈尔人有冰雪运动的传统，周宇迪的父亲初中时打过冰球，如今在齐齐哈尔广播电视台工作，他的一个同事叫于志宏，从专业冰球队转业，他看到8岁的周宇迪身材高大，热爱运动，很有礼貌，活泼机灵，就建议他去学打冰球。周宇迪的父亲身高1.83米，母亲身高1.65米，遗传基因使他比同龄的孩子个子高，医生给他测骨龄说这孩子以后是个大个子，打冰球不吃亏。

齐齐哈尔有良好的冰球运动场馆和教练，三区体育场室外浇冰，鹤城体育场内，男子冰球队和女子冰球队都在训练。父亲把四年级的儿子送到了冰球场，没想到他一上冰场就有感觉，他有速度滑冰的基础，蹬冰力强，不打怵冰上运动，觉得冰刀、护具好酷啊，冰球真是男子汉的运动，对抗性强，富有激情。他加盟了齐齐哈尔市江岸小学冰球队，师从齐齐哈尔市冰球队教练孔垂玺打冰球。他悟性好，担任江岸小学冰球队队长，代表班级参加学校的运动会，1年之后就代表江岸小学冰球队参加齐齐哈尔市小学生冰球联赛。

无论是滑冰还是打冰球，最初他都是在室外运动。1年有5个月的冰雪季是上苍赐予齐齐哈尔人的福利，他用不着花钱租昂贵的冰球场，也用不着穿高档的冰刀鞋，普通的黑龙牌冰刀鞋已经使他心花怒放。冰球给他带来了好运，不但治好了鼻炎，而且身体变得强壮，与病秧子的称号拜拜了。体育运动使他茁壮成长，小学六年级身高达到1.72米，他的教练陈晶杰曾经当过国家冰球队后卫，号称"亚洲第一后卫"，他相中周宇迪是棵好苗子，手把手地带他，鼓励他与齐齐哈尔少年一队打冰球。齐齐哈尔市的冰球运动有良好的群众基础，少年一队有一批孩子打得很好，他混在这群孩子中苦练冰球，像恩师那样打后卫，最终打败了少年二队。

冰球是一项挫折运动

1993年，周宇迪小学毕业，对冰球如痴如醉的爱使他决定走专业之路。当时，中国的冰球是东北地区开展得最好，全国最牛的冰球队当属哈尔滨队和齐齐哈尔队，二者互有优势，佳木斯队也不错，人称"东北三只虎"。

1996年，他进入齐齐哈尔冰球队专业二队，成为一名专业冰球运动员。鹤城的雏鹰开始放飞，他们连续三年荣获全国青少年冰球比赛冠军。

搞体育，受伤在所难免。有一次他踢足球，与对方球员争抢球时头碰撞在一起，留下伤疤，缝了四针。

以前，中国的冰球运动员护具不到位，没有面罩，受伤是家常便饭。20岁那年，周宇迪在冰场打冰球，对手的冰刀踢到他的脸上，那一脚踢得太狠了，从鼻子到右脸颊撕裂了7—8厘米，半拉鼻子掉了下来，鲜血从鼻子喷涌而出，疼痛钻心，人整个木了。队友把他送进医院，医生关切地说："周宇迪，这可咋整，你伤在门面上，我给你缝美容针吧，别留下疤。"

他不懂医学，没有采纳医生的建议。面部受伤后治疗得越早效果越好，医生着急救死扶伤，急忙用普通针给他缝了15针，才算把鼻子给他缝合好了。

我仔细观察过他的伤口，仍然能够看到缝针的痕迹，心疼地说："你当时真应该缝美容针。"

他腼腆地笑了："我当时也不懂，就觉得男子汉大丈夫，缝什么美容针？我又不靠脸吃饭，缝普通针就行！"

现在的中国冰球运动员武装到牙齿，护具非常先进，但是当年中国冰球运动员的护具和装备很简陋。2000年，周宇迪作为齐齐哈尔队的名将被选入国家冰球队，成为国手。在韩国打冰球比赛，对方球员一球杆打到他的牙上，把他的8颗牙打掉了。队友急忙把他送到汉城的医院做手术，给他留下永久的记忆，他的牙齿后来咀嚼硬东西都疼。

有一次打冰球比赛，对方球员一球杆挥到他的脸上，把他的下巴戳了一个窟窿，母亲心疼地说："宇迪，医生说让你吃流食，嚼不了硬东西妈给你做面条吃。"

没想到下巴的伤口吃面条都漏汤，母亲急忙给他往伤口上贴胶布，一边贴一边掉眼泪。母亲带着哭腔说："儿啊，太难了，要不咱不打冰球了。"

他却安慰母亲："妈，男子汉就要坚强，人生没有比训练和比赛更难的事情，打冰球哪有不受伤的？"

冰球运动的播火者

周宇迪以自己精湛的球艺在中国冰球界站稳了脚跟，2006年担任中国国家冰球队队长，带领国家冰球队顽强拼搏。

2007年和2008年，他在北京亦庄训练，与美国圣何塞鲨鱼青年冰球队合作，叫做中国鲨鱼队，他担任正队长，在冰场上叱咤风云，教练是美国人，是NHL圣何塞鲨鱼青年冰球队主教练。

2012年，32岁的周宇迪退役，在北京教了半年冰球后回到家乡齐齐哈尔。他从小在这里长大，这里的一山一水一草一木都特别亲切。齐市体育局让他回来，由于家乡经济不景气，局领导考验他是否能踏实地留下来工作，把他安排在冰场负责卫生，一个月工资只有2000元，在北京他教冰球纳税的钱都比齐市的工资高。人与人之间贵在心灵的默契，虽然待遇低，但是齐齐哈尔吸引他的是人的淳朴，教练员和队友对他特别好，一旦认准你一生都不会离开。他觉得家乡待自己不薄，把能给的荣誉都给了自己，他获得齐齐哈尔市体育突出贡献奖、黑龙江省体育突出贡献奖，黑龙江省冬季运动会冠军，还担任2008年北京奥运会火炬手，他认为不应该埋怨家乡的贫穷，应该怀着一颗感恩和反哺的心面对工作，为振兴家乡经济和冰球事业而努力。

齐齐哈尔市有很多高级、中级教练在一线执教，教练员每年都要参加全国的各类培训和考试，这么多高水平的教练集中在一座城市实属罕见，这是鹤城盛产优秀的冰球运动员的缘故。周宇迪就是这些优秀教练中的佼佼者，他担任齐齐哈尔市冰球一队主教练，恰好这一年美籍华人王嘉廉赞助，给齐齐哈尔建冰球希望学校，齐齐哈尔的七区九县100所中小学都成立了冰球队。从2017年开始，齐齐哈尔又有了自己的冰球节日——齐齐哈尔冰球节。2017年1月，齐齐哈尔市十五届人大常委会第五十一次会议通过决议，将每年1月份第一个完整周的星期六定为"齐齐哈尔冰球节"，在全国树立冰球品牌和冰球城市品牌。以冰球节为牵动，搅热群众冰雪运动氛围；以阵地建设为依托，夯实群众冰雪运动基础；以体教结合为抓手，推动群众冰雪运动普及；以融合发展为目标，促进冰雪体育事业全面发展。

2017年，齐齐哈尔夏季冰球季暨鹤城国际冰球邀请赛开幕，来自美国、俄罗斯、捷克3个国家及北京、天津、成都、深圳、云南、青岛、吉林、哈尔滨、大庆、齐齐哈尔10个省市的冰球俱乐部和王嘉廉冰球希望学校冰球队，在一周内进行了130场比赛。

尔后，每年7月都是齐齐哈尔的冰球季，每逢冰球节和冰球季，全国各路冰球队伍云集鹤城参加比赛，杂技团和话剧团也来演出，夏天的齐齐哈尔是避暑胜地，冬天的赏冰戏雪带动了齐齐哈尔的旅游和经济，真是一项体育运动激活一座城市。

冰球节和冰球季虽然时间是1周至10天左右，但是比赛结束好多家长和孩子不走，有的甚至逗留一个暑假，他们很珍惜在齐齐哈尔这座冰球城市学习冰球的机会，不同的冰球队伍正规比赛结束还互相切磋交谈、相约比赛；学员在这里租场地请教练训练，与教练约课时和冰时，与齐齐哈尔冰球队约训练和比赛。家长则在齐齐哈尔市租民宿，自己买菜做饭，一般待1个月左右；有的整个假期都待在鹤城，参加陆地训练和冰上训练，把齐齐哈尔市周边的经济都带动了。现在，齐齐哈尔培养的冰球教练和运动员遍布全国各地，只要提到打冰球，人们就会想到齐齐哈尔。

我曾经到天津考察曲艺，发现天津的曲艺有着深厚的群众基础，门票很便宜，几十元一张门票还奉送瓜子、茶水。观众非常懂曲艺，喝彩都喝到点儿上。所以天津出了马三立、侯宝林、马季、高英培、冯巩、范振玉、笑林、郭德纲等一大批相声演员，出了京韵大鼓演员骆玉笙。齐齐哈尔这座城市冰球运动有着良好的群众基础，不仅孩子们热爱冰球，就连老人也热爱冰球。齐齐哈尔锅炉厂原厂长李友贵老当益壮，74岁了还在打冰球，技术水平很高。齐齐哈尔无疑是中国冰球整体水平最高的城市，不只是有一批冰球尖子，而且是有一批坚强后盾。

周宇迪把精力放在培养齐齐哈尔冰球队员身上，他的女儿周妍今年10岁，在江岸小学上三年级，和爸爸是校友。受爸爸影响，三四岁就上冰了，她每天下午5点放学，5点30到冰场训练，每周二和周四早晨6点30上冰，与齐市女子冰球队一起训练1个小时，7点半再去上学。女儿和他一样长得很高，10岁就1.57米，协调性好，性格开朗，女儿打冰球很开心，他对女儿说："你要学习、冰球两不误，要用知识武装头脑。"

现在，北京大学、清华大学、中国人民大学等名校都有冰球队，他的很多朋友都把孩子送到齐齐哈尔市冬季运动项目中心冰球队训练。每天上午8—9点半，运动员进行陆地训练；下午4—5点，进行冰上训练。

我在齐齐哈尔体育局观摩了各种冰场，有打冰球的，有练花样滑冰的，有对大众开放的收费冰场，孩子们买卡滑冰；也有对专业运动员开放的专业冰场供运动员训练。汤朝龙局长支持近百名齐齐哈尔专业教练员输出到全国各地的冰球俱乐部执教，指导业余冰球训练。2020年周宇迪就被派往重庆执教，在齐市和重庆两边教学。他四处播火，极大地带动了中国的冰球运动的发展。每逢冰球节和冰球季，全国各地喜爱冰球的人到鹤城来朝圣，观摩高水平的冰球训练。这里有全国冰球E级教练员学习班，考试合格颁发教练员等级证书。

我观看了鹤城冰球运动员的训练，他们有的在踢笼式足球，有的在陆地进行协调性训练，有的在打冰球，有的在做放松按摩，这支队伍平均年龄21.5岁。现在，中国U14冰球队有22个队员，其中有10个来自齐齐哈尔。

程思远向我讲述的往事

黑龙江有大冰雪、大矿藏、大森林、大油田、大粮仓，是中国的饭碗。黑龙江省生产了1500亿斤粮食，一半以上的粮食支援国家。

当年，全国人大常务委员会副委员长程思远向我讲述了一桩往事：他陪同李宗仁回到祖国，周总理建议他们到东北看看，说那里是我国的老工业基地，有大庆油田这面中国工业的红旗，是中国的骄傲。于是，他陪同李宗仁到了东北参观，处处感受到伟大祖国的工业发展蒸蒸日上，工人阶级当家做主人。那时候，东北是中国的标杆和脸面，是值得向外界推介、炫耀的地方。可是，国有体制改革，东北很多工人下岗，我采访西气东输工程时就发现有很多大庆的工人年纪轻轻就买断了工龄；大庆且如此，齐齐哈尔这座老工业城市也未能幸免，经济滑坡，收入欠佳。当工业不能引领一个地区的经济时，冰雪运动可以引领中国走向世界，体育事业可以成为振兴当地经济发展的强心针。

齐齐哈尔是北方边陲的一座小城，这所城市之所以能够扛起冰球的大梁，是因为他有勇猛的冰球队员，有深厚的冰球文化积淀。齐齐哈尔冰球队曾经蝉联第十三届全国冬运会男子冰球冠军、全国男子冰球锦标赛冠军；这座城市成立了中国第一支女子冰球队，我在齐市冰球酒店住宿，看到兰迪女子冰球俱乐部也在这里住宿，她们中有很多齐齐哈尔人，长期在家乡训练，饮食习惯，气候习惯，风土人情习惯。

这座城市在国内首个通过人大立法设立"冰球节"，130多支中外球队跑到这里进行冰球比赛，中国没有第二座城市有这么浓厚的冰球文化氛围，甚至姑娘小伙子结婚都要搞冰场婚礼，以在新房挂冰场手握冰球杆的照片和油画为美。我在吉林省吉林市采访冰雪运动时，看到齐齐哈尔体育局高洪群副局长、竞技体育科刘佳科长、刘文领队到吉林市，为教体示范校的中小学老师进行冰球技能培训，只有培训好老师，才能带动学生上冰雪。亚洲最佳冰球城市，齐齐哈尔当之无愧！

备战冬奥会，教练在拼搏，运动员在拼搏，作家也在拼搏，我们没有休息日，唯有走近，才能感悟；唯有深入，才出精品。我走进齐齐哈尔体育局冰球队大楼，看到有专门的营养师给做营养餐，专门的心理医生给做心理疏导；队员们有专门的训练场、训练室、护具室、浴室、会议室、办公室、宿舍，专门的冰球杆、护具等器材，专门的训练器械，饭菜可口，营养搭配，在这儿当运动员老幸福啦。

我在北京、黑龙江哈尔滨、吉林省长春市、吉林省吉林市参观了十几个速度滑冰场，齐齐哈尔市有一座400米标准的速度滑冰馆，硬件设施完备，达到可以承接国际赛事的水平，这些都令我高兴。可是明明是齐齐哈尔籍队员夺得全国女子冰球锦标赛冠军、全国男子冰球锦标赛亚军，却不能打自己的牌，要给其他省市冠名，我的心里很不是滋味儿，然而我深深地理解齐齐哈尔体育局的做法，为了振兴齐齐哈尔的经济，为了让家乡的父老乡亲过上好日子，为了推动中国的冰球运动，鹤城人民做出很大的贡献，他们以一己之力，培养全国的优秀冰球人才，向他们输送先进的冰球打法和理念，这是齐齐哈尔人的胸怀和担当，这是体育带动经济、经济反哺群众体育的实例。

美籍华人助力中国校园冰球

王嘉廉先生的一生是充满传奇色彩的一生，他不忘故土，心系冰球，培养了一批批优秀的冰球人才。

"王嘉廉中国冰球希望工程"是由爱国美籍华人王嘉廉先生提供资金和器

材赞助的慈善事业，是中国冰球协会和美国纽约长岛人冰球俱乐部共同创立的，旨在发展中国青少年冰球运动，培养中国冰球后备人才，通过建立多所王嘉廉冰球希望学校，为学生创造打冰球的机会，以学校为中心，组建男女少年冰球队，进行培养和训练，为推动中国冰球水平的提高和迅速发展做贡献。

"王嘉廉中国冰球希望工程"自2005年开展工作以来，经过各方不断努力，到现在为止已经在全国6个省市成立了49所王嘉廉冰球希望学校，其中黑龙江35所（哈尔滨市11所、齐齐哈尔市17所、佳木斯市6所、北安1所）、吉林市4所、内蒙古自治区4所、新疆1所、北京市2所。每所希望学校都是经过当地体育局、教育局报送美国纽约长岛人冰球俱乐部哈尔滨代表处选拔审批合格后，挂牌成为王嘉廉冰球希望学校。王嘉廉冰球希望学校，是发展中国冰球希望工程的重要立足点和战略部署，几年来的工作和实践证明，以希望学校作为培养冰球后备人才的切入点是正确和卓有成效的。

王嘉廉冰球希望工程成立以来，在王嘉廉先生的倾情资助下，为了能够更好地为冰球训练提供便利条件，已累计向王嘉廉冰球希望学校捐赠冰球运动员及守门员护具1300余套（其中包括头盔、球杆、冰刀、比赛服、轮包等13件），捐赠了26副冰球界墙；购置了一些磨刀机，捐赠给冰球希望学校，以解决磨刀难的问题；还聘请专人翻译并印制了加拿大最新的少年冰球训练教材，已分发给国家冬管中心冰球部、一些体育院校、一些地市的冰球协会、各冰球希望学校及有关单位100余套，填补了国内冰球培训教材的空白。截至目前，希望工程已为夏令营、各种培训、选拔赛、灯塔杯、王嘉廉杯大奖赛、（各种会议）奖励扶持等投入资金3500余万元。

二马路小学的根

我走进了齐齐哈尔市建华区二马路小学采访冰球运动，这所学校的翼虎冰球队组建于1957年，至今已经有64年的历史了。

20世纪50年代的中国一穷二白，齐齐哈尔这座边陲城市更是一无所有。但是，这里的人有一种自强不息、顽强拼搏的精神，二马路小学的师生硬是白手起家建起一支冰球队。条件十分艰苦，他们自己动手，用土堰围成冰场，用脸盆和水桶浇成冰面，用木头自制简易球杆，没有统一的服装就自己从家里找旧衣服穿；没有护具就光头上场，一名教练和十几个球员豪迈地说："老天爷肯给我们冻冰，这就是咱齐齐哈尔人的福气，一年有半年的雪季，干吗不打冰球？"

他们凭着对冰球的酷爱，坚持努力了20年，运动员没有护具，就戴着自己织的毛线帽子当头盔，打球时经常受伤，一不小心冲撞到土堰围墙，身上磕得青一块紫一块，衣服里全是泥土，但是没有一个人叫苦叫疼，土得掉渣的冰球场锻炼了一批又一批坚强的男子汉。

1977年，齐齐哈尔市体委为学校拨了一套旧的木质冰球围墙，冰球训练场地好歹提升了一个档次，队员们如雏鹰展翅，赛猛虎下山，得意地在冰场上拼杀；1982年，学校拥有了两支冰球队，队员发展到40多人。

经过在冰球训练场64年的拼搏，翼虎冰球队茁壮成长，日趋成熟。

多年来，学校在实施素质教育工作中，遵循"全面加特色、和谐加创新"的办学思路，始终如一坚持冰球训练与冰上课教学研究，先后参加过省、市、区百余场竞赛。为区级以上输送500多名运动员；其中为齐齐哈尔市专业队输送90多人，为齐齐哈尔市青年队输送200多人，为国家队培养队员67人，为国家少年队培养队员85人。其中19人参加过国际比赛。有47人因为冰球特长进入北京大学、复旦大学、沈阳体育学院、天津体育大学、北京体育大学、武汉大学、吉林大学、大连理工大学等高校学习。毕业队员中有25人从事冰球教练工作。

1995年，在齐齐哈尔市区体育局、教育局的大力支持下，学校出资5万元，成功举办了全国首届小学生"雏鹰杯"冰球邀请赛；那时候的齐齐哈尔，没有人不知道二马路小学冰球队的鼎鼎大名。不仅在鹤城名声大噪，而且在省内外都为人瞩目，为发展积蓄了力量。

要想让别人认可你，你必须咬牙干出点名堂。1999年，学校的冰球运动进入新的发展时期，在全面实施素质教育的大背景下，二马路小学的冰球活动被确定为建华区"两球一艺"艺体特色之一。

2000年，齐齐哈尔市体委为这所学校下拨了一套价值3万元的角钢骨架冰场围墙，冰球队员们高兴得嘴都合不拢了。

2001年，在齐齐哈尔市波司登滑冰馆与美国威尔市少年冰球队进行了友谊赛；同年，荣获"波司登·雪中飞"杯全国小学生冰球比赛冠军；学校连续25届荣获齐齐哈尔市小学生冰球比赛第一名。

2002年，学校为冰球队提供了一间专用活动室，从此，二马路小学冰球队走上了规范训练的道路。一所学校总要有自己的品牌，剑桥大学因为划船好被人铭记，齐齐哈尔市二马路小学是因为冰球被人们铭记，国家冰球队前国手安凯峰就是这所学校冰球队的佼佼者。冰球是这所学校的根，是他们的魂，冰球队与二马路小学同呼吸，共命运。

翼虎队如虎添翼

2005年至今，学校冰球队已有60余人次代表中国奔赴美国、加拿大、俄罗斯参加国际少儿冰球邀请赛、"王嘉廉冰球希望小学"选拔赛，开展访问交流活动。

2006年，这所学校被确定为首批"王嘉廉中国冰球希望学校"。学校冰球运动发展步入快车道，硬件设施不断提升，冰球队伍不断壮大，梯队建设不断完善。坚持常年的刻苦训练及各项赛事，促进了队员个人能力及战术水平的不断提高。

2016年，国家主席习近平带领一支U16岁男子冰球队出访捷克，其中就有4名二马路小学毕业的队员。

学校被评为全国体育锻炼标准达标先进单位、全国群众体育工作先进单位、国家级体育传统项目学校、省冰球传统项目先进单位、黑龙江省"百万青少年上冰雪"活动先进学校，被誉为"培养中国冰球运动员的摇篮"。

在二马路小学的一间陈列室，我看到陈列着各式各样的冰球奖杯、奖状和牌匾，更加感受到顽强拼搏、自强不息的冰球精神，激励鼓舞着二马路小学的师生不断地拼搏进取，不懈地追求卓越。

主人让我给翼虎冰球队题词，我在一张明信片上信笔写道：

祝福齐齐哈尔市二马路小学翼虎冰球队如虎添翼，为国争光！

孙晶岩

2021年3月31日

战鹰从回民小学起航

冰球是最受鹤城人民喜爱的体育运动项目，劳动湖天然冰场、嫩江公园天然冰面，都是免费为冰上运动爱好者提供。冬天到处都是野湖可劲儿滑呗，会滑冰了还想来点新鲜的，就是拿着球杆打冰球。冬天天气贼冷，各冰球基点校的老师往学校操场上浇水立刻冻成室外冰场，几乎每所学校都有冰球队，每年都有成千上万的孩子在冰场打冰球。

在齐齐哈尔市建华区，有一所回民小学，这所学校的操场是灰色的砖铺地，冬天一浇水就成冰场。回民小学德育主任何伟告诉我：学校的战鹰冰球队成立于1986年，风雨历程35个春秋，现在成为王嘉廉中国冰球希望学校、黑龙江省冰球传统学校。

回民小学现有1970个学生，战鹰冰球队现有65人，包含一至六年级的男女学生，男生多、女生少。中国的冰球运动必须从娃娃抓起，冰球的专业性很强，齐齐哈尔市选派退役的冰球女队员到幼儿园，教孩子们打冰球。自2016年开始，鹤城连续举办全国少年儿童冰球邀请赛和世界少年儿童冰球邀请赛。

百万青少年上冰雪，齐齐哈尔市有100所冰球学校，1984年开始发展冰上运动，组建冰球队。最初体育局下派教练来教小学生，将市少年冰球队淘汰下来的护具送给回民小学，老师将维修好的护具发给孩子们用。以前，孩子们打冰球没有头盔，穿的是老式冰刀鞋，冰球杆是木质的，叫做哈尔滨杆；现在，学校冰球场有了围栏，冰球杆变成碳纤维制作，拿起来很轻；冰球是塑胶，俗称胶皮疙瘩。服装、护具也鸟枪换炮了。学校有冰球准备室，准备室里储藏着冰球装备和护具，学生上冰前到准备室换衣服、戴护具、穿冰刀鞋。

齐齐哈尔1年有5个月冰冻期，冬天，孩子们以校园冰为主，每周能上四五次冰，一次90分钟；夏天就到体育局冰球场，有专职教练培训。夏天，他们利用业余时间到冰球馆训练，齐齐哈尔体育局对青少年体育非常支持，学校每周为体育示范校的学生提供两次冰上课。平时体育课的冰上课由学校体育老师教，由于白天专业运动员要训练，冰场冰球练完了给花样滑冰练，花滑练完了给速度滑冰练，所以给孩子们排的冰时是半夜11点和12点。为了赶这个冰点，家长们要骑自行车或者开车驮着护具接送孩子到一流的冰球场，何伟经常骑着自行车帮助学生带护具，接受专业教练的训练。

齐齐哈尔市有17所中小学入选王嘉廉冰球希望学校，体育局和教育局联手开展冰球活动。回民小学冰球队接受了王嘉廉资助的美国装备，鲍尔牌服装很漂亮。王嘉廉是美籍华人，在微软工作，喜欢冰球，他在美国纽约长岛开设了一个冰球俱乐部，2005年开始，王嘉廉开始赞助中国的冰球事业。

2021年4月份，王嘉廉冰球大奖赛正在齐齐哈尔比赛，全市17所王嘉廉冰球希望学校的中小学生参加比赛。黑龙江齐齐哈尔、哈尔滨、佳木斯、内蒙古满洲里、吉林省吉林市各出三个队，打得如火如荼。

风雨历程37个春秋，回民小学为国家、省、市培养了近百名优秀冰上后备人才。学校先后被评为黑龙江省冰球传统学校、王嘉廉冰球希望学校和全国冰雪特色示范校。

回民小学战鹰冰球队有70多名队员先后赴美国、俄罗斯、韩国、加拿大以及北京、上海等地，参加各级各类赛事。学校冰球队规范管理，科学训练，不断发展壮大，已经成为回民小学的特色品牌。在多次成为齐齐哈尔市小学生冰球比赛冠军之后，2019年，战鹰冰球队代表黑龙江省参加了由教育部主办的"逐梦冰雪 相约冬奥"全国小学生冰球赛，斩获第8届王嘉廉希望杯大奖赛亚军，一举夺得黑龙江省第三届中小学生冬季运动会冰球比赛冠军。2019年，学校冰球社团获得"齐齐哈尔市五四青年奖章"集体奖。学校多次获得省市"百万青少年上冰雪先进单位"的称号。

回民小学冰球社团的进步与发展，已经在学校发展史上描绘了浓浓的一笔，必将借2022年北京冬奥会、王嘉廉冰球希望学校、黑龙江省冰球传统校以及齐齐哈尔冰球城市的东风，紧跟时代脉搏，扬帆远航。

中俄元首为冰球比赛开球

2018年6月8日，在天津体育馆，中国与俄罗斯冰球队展开一场精彩的U14青少年冰球比赛，在欢快的乐曲声中，习近平与普京进入体育馆，全场7000多名观众起立欢呼，挥舞中俄国旗，热情地欢迎两国元首。两国元首步入冰场，双方队员列队欢迎，习近平和普京与他们逐一击拳问候。两国元首走到球场中央，小队员们马上围拢过来，两国元首亲切地与他们合影、交谈，勉励他们以球会友，赛出水平，通过学习交流成为好朋友，做中俄友好合作事业的接班人。

中国U14冰球队有22个运动员，这22个孩子中有10个来自齐齐哈尔。主教练决定由中国冰球队选择几个人去跟普京总统握手、献球衣。

当时明确说：普京总统的身高大约1.70米，所以献球衣的队员个子不能太高，最好1.65米左右，穿上冰刀鞋1.68米，看上去比普京总统矮。

胡文瀚刚巧1.65米，形象不错，幸运地被选中。临行前老师教了他一句俄语"你好"，黑龙江毗邻俄罗斯，黑龙江人对俄语时有耳闻，他的俄语"你好"发音很地道。他第一次见到普京总统，心情紧张，仍然面带微笑向普京总统敬献了中国国家冰球队红色的11号球衣，热情地用俄语问候："您好！"

普京总统很高兴，左手拿着球衣，右手紧紧地搂着他，眯缝着眼睛，脑袋微微向左倾斜，脸上洋溢着友好的微笑。这张照片非常温馨，把普京总统热爱运动、热爱孩子，铁血柔肠的个性体现得淋漓尽致。与此同时，俄罗斯队员也向习近平主席献上俄罗斯队红白蓝相间的球衣。

接下来是中俄双方U14冰球友谊赛，领队告诉中国队员："今天是中俄青少年冰球友谊赛，友谊赛比分要平和一点，打20分钟就停表。"

习近平和普京在冰场中圈共同执冰球落向冰面，为比赛开球。场上奏起中俄两国国歌，两国小队员生龙活虎积极拼抢，传球射门，极为精彩。俄罗斯是冰球运动强国，中俄两国青少年冰球比赛，加强了两国青少年的友谊。习近平对普京说："中俄两国青少年的比赛令人振奋，从中也看到了两国青少年的友谊。中方愿同俄方推动两国在冰球等运动项目上的交流合作。两国青少年要加强交流，使中俄睦邻友好世代相传。"

普京表示："今天两国青少年的表现都很出色，中国的冰球运动大有希望，希望这样的青少年冰球运动能成为俄中两国友谊的新纽带。"

给普京总统献球衣的孩子

2021年春天，我在齐齐哈尔市见到了给普京总统献球衣的孩子，他叫胡文瀚，两年多的时间，他从1.65米猛蹿了15厘米，长成一个1.80米的大小伙子了，这就是体育对他的恩赐。

我对他说："我刚接到黑龙江体育局的通知要赶到另一座城市采访，我已经买好了返程的车票，我昨天在齐齐哈尔采访了一天，今天只有4个钟头的时间，还有两个人物需要采访。我中午可以不休息，我希望先采访你的主教练，因为他年龄比你大，采访完了让他休息，我再找你可以吗？"

他憨厚地说："老师，我年轻，我没事，您可以随时召唤我。如果需要，我就坐在这里等。"

我果断地说:"你先回宿舍休息,我采访完主教练给你打电话。"

他悄悄地离开了,他的谦逊、懂事、彬彬有礼给我留下了深刻的印象。胡文瀚2005年出生,父亲给他取名文瀚是希望他好好读书,长大到浩瀚的文化海洋中劈波斩浪。然而,父亲对冰球的热爱和专长随着血缘和基因渗透到小文瀚的骨子里。10岁学打冰球无疑是起步晚了,但他有打冰球的天赋,成长迅速,加上父亲和教练对他的悉心培养,齐齐哈尔冰球城市冰球文化对他的浸润,他2018年入选全国冰球拔尖人才选拔队。

他的父亲胡江当年是齐齐哈尔冰球一队的主教练、全国人大代表,现在是首都体育大学的冰球教师。父亲从事了半辈子冰球职业,深知冰球运动很危险,不打算让唯一的儿子打冰球,但胡文瀚的家庭氛围影响着他,父亲的球衣、球杆、冰刀鞋、护具就是强大的信息流,时刻萦绕在这个天真无邪的孩子身边。他两三岁到冰球场找爸爸,看到小冰球队员在训练,就和他们一起玩。看到平时熟悉的伯伯叔叔们在陆地上训练平衡力,在冰场上厮杀,多带劲儿啊!下了训练场,伯伯叔叔们都会抚摸着他的头,亲切地说:"文瀚,将来也打冰球吧?"冰球就是这样不经意间向他发出呼唤,久而久之,熏也把他熏得热爱冰球了。

他10岁开始正式学冰球,打中锋,现在是齐齐哈尔市的注册冰球运动员。冰球给他带来了荣誉,也带来了伤痛,他右臂尺桡骨骨折,右腿跟腱拉伤,双腿膝盖滑膜炎……但是他轻描淡写地对我说:"打冰球,这点伤都是小伤,不值一提。"

他14岁进入齐齐哈尔专业二队,这个队的队员大多是2002年到2005年出生,现有31人,他在队里是小字辈儿。

2017年,父亲在美国给他报了冰球夏令营,送他在北美待了半年,他在美国休斯敦、匹兹堡和加拿大温哥华阳光海岸岛训练,英语和球技有所进步,他体验到美国、加拿大人对冰球的热爱,了解了冰球文化的内涵。

回到齐齐哈尔,胡文瀚顽强拼搏,齐齐哈尔市体育局帮助联系队员到异域打球，他随队到美国、加拿大、芬兰、日本、俄罗斯等国家打冰球，发现美国人把自己完全投入到冰球运动中，琢磨冰球，发自内心地喜欢这项运动；日本人打球积极，在冰场上全身心地投入，认真打好每一个球；冰球是加拿大人的国球，10个加拿大男人有9个会打冰球。北美有四大职业体育联盟，由NFL（美国国家橄榄球联盟）、MLB（美国职业棒球大联盟）、NBA（美国职业篮球联赛）和NHL（北美冰球职业联赛）组成，NHL比NBA还要受欢迎。

父亲看他是块打冰球的料，积极支持儿子打冰球，给他创造良好的条件。他生活在冰球之城，从开始不热爱冰球，到现在痴迷冰球，经历了痛苦的蜕变。无论在齐齐哈尔市龙沙区江岸小学冰球队还是齐齐哈尔市冰球专业二队，他都是核心队员。他的父亲打边锋，体能好，控球能力强，父亲对他言传身教，打冰球讲究突破能力、防守能力和组织能力，冰球队两个前锋、两个后卫、一个中锋、一个守门员，中锋是核心，他觉得自己突破能力最强，组织能力次之，防守能力较差，总是念叨，我要是有我爸那两下子就好了。

父亲胡江在首都体育学院冰雪运动教研室当冰球教师，一年365天有300天不在家，他跟随姥姥和母亲生活在齐齐哈尔。他现在在齐齐哈尔冰球队是封闭式训练，父母给他找私教教他英语，主学口语。他偶尔放假到北京看望父亲，我说："你父亲所在的大学在蓟门桥附近。"

他憨厚地说："我和父亲接触的时间很少，不知道具体方位，到了北京，父亲就在学校里给我提供打冰球的便利条件。"

我惊讶地问道："你们爷儿俩在北京不玩，就是琢磨冰球？"

他真诚地说："只要聊到冰球，我们父子俩有说不完的话。我父亲培养了我的兴趣爱好，我小时候体弱多病，春天总是发烧咳嗽，齐齐哈尔市医院的儿科医生都认识我，老得打针吃药。是冰球救了我，自从打上冰球，我的身体变好了。冰球教会我挫折意识，锻炼了我的心理素质和意志。我打过U10、U12和U14冰球季，现在正在备战全国冰球锦标赛。"

我关切地问道："你打算考大学吗？"

他坚定地说："我想2023年考大学。"

2021年6月，我又见到了胡文瀚，他代表重庆队参加全国冰球锦标赛，在比赛中勇猛顽强，进了一个球，最后，他所代表的队奇迹般逆转跻身全国冰球锦标赛决赛，给卫冕冠军队带来极大的威胁，最终获得亚军。重庆市按照队伍取得的成绩上报，按照标准奖励队员。

时光荏苒，这个给普京总统献球衣的孩子长大了，满脸青春痘。他变得勇猛，像冰球国手的后代。当今中国在国际外交的境遇不甚理想，但是体育可以拉近中国与外国朋友的关系。普京总统热爱运动，柔道是专业水准，拳击、冰球都有所涉猎。当他紧紧地搂着胡文瀚时，我看到的是一个大国的总统对冰雪运动的热爱，对中国冰球运动员的关爱。

有了中俄青少年冰球友谊赛的引子，中俄两国元首前往天津观赛。正是在从北京开往天津的高铁上，中俄两国元首签订了中俄铁路和货物运输等双边合作文件。小球可以撬动大球，体育可以影响国际关系，这就是体育外交的魅力。

走进黑龙江，感受冰雪运动的魅力。黑龙江省是中国的老工业基地，我多想让冰雪运动振兴这块黑土地的经济。

冰球主题酒店经理

二马路小学校对面有一家冰球主题餐厅，餐桌上画着冰球场，还有冰球主题咖啡馆，冰球主题酒店里有训练场地，这里是中国最早开展冰球运动的城市，冰球运动已经融入到人们的日常生活中。北京冬奥会将会促进冰球城市的发展。

原来齐齐哈尔的冰球赛事一年举办一次，现在每月都有冰球赛事。过去，退役后留队当教练的很少，现在，冰球教练特别吃香。

齐齐哈尔的主城区是建华区、龙沙区和铁峰区，我入住的冰球主题酒店位于鹤城市中心，酒店的老板叫安凯峰，是原来国家冰球队队长。他1978年出生在齐齐哈尔，是二马路小学的学生，家里姐弟两人，他的父母上班无暇顾及孩子，他着了魔般地迷上了冰球，冰球必须小时候学，10岁以后就很难学好。他每天利用放学时间打冰球，可是这样学习会受影响。体育给安凯峰带来健康的体魄，他六年级就长到1.73米。

1991年，齐齐哈尔少年体校招冰球队员，100多人选20人，13岁的安凯峰被选到体校少年队，按照常规13岁至15岁的队员在少年二队，15岁至18岁的在少年一队，他因为个子高、滑行好、打球灵巧，集训一夏天就到了少年一队，师从教练崔义文训练。

齐齐哈尔体育局重视运动员的全面培养，请第10中学的老师给运动员上课，语文、数学、地理、物理都学。

1997年，国家冰球队在全国范围内挑人，22个名额，好几百人竞争。安凯峰身体素质好，冰球打得好，得过全运会冰球冠军，19岁就进入国家冰球队打前锋，编制在齐齐哈尔。他打球顽强，攻球凌厉，担任过国家冰球队队长。冰球生涯给他带来了荣誉，也付出了惨重的代价：左肩胛下韧带断了，右手尺桡骨骨折，脸缝了27针，嘴漏了，曾经在球场上被对手撞昏，紧急拉到医院救治。

2006年，28岁的安凯峰退役，在齐齐哈尔养伤。他不后悔自己的选择，自己毕竟获得过2000年世界C组锦标赛第一名、2001年世界B组第5名。现在，安凯峰仍然打业余组，只是因为酷爱冰球。退役后，昔日的队友有人选择当教练，有人到南方发展，安凯峰想干一项与冰球相关的事业。

2019年，他在齐齐哈尔龙沙区开了一家冰球主题酒店，花600万元按照冰球的元素租房重新装修，大厅和餐厅的墙上挂着他在国家冰球队穿过的球衣和护具、历届国家冰球队和齐齐哈尔冰球队队员的老照片和奖牌，还有光顾过他酒店的中外冰球队的队旗，前台的桌子上摆着他和队友荣获全国男子冰球锦标赛的冠军奖杯。他花6万元在酒店门口做了两个冰球运动员手握冰球杆打冰球的雕塑，充满了冰球氛围。

酒店共有90个房间，上海女队、北京女队、黑龙江省男女花样滑冰队、北京首钢男队、长春队、吉林队，但凡到齐齐哈尔来，一定要住安凯峰的酒店。他在七楼设立一个200平方米的健身房，购买全套健身器材给运动员训练用，还可以唱卡拉OK，给运动员解压。健身房里有冰球器械，他教我拿冰球杆拨球，练手感，做拉伸动作。他还花110万元买了两台大巴车，55个座位，双层，上面可以坐运动员，下面可以放运动员的护具包。这是冰球运动员专用车，他把现役冰球运动员的照片喷到汽车上，做冰球广告，汽车上印着这样的标语：齐齐哈尔冰球城市。

安凯峰今年43岁，担任齐齐哈尔冰球协会秘书长。他觉得晒太阳享福的日子在后头，自己应该为齐齐哈尔人喜欢的事业做贡献，现在干点事情能够看到曙光。前一段时间，齐齐哈尔体育局搞网上直播，他琢磨着冰球产业，在自己开的酒店里做冰球咖啡厅、冰球主题奶吧，调制维生素C饮料给运动员补充营养；每天亲自去市场挑选水果、蔬菜和酸奶。

他的冰球主题酒店位于齐齐哈尔市中心，2021年初，齐齐哈尔昂昂溪区有疫情，龙沙区政府想租酒店给市民做隔离点，1天付给他1万元，连租两个月。当时，上海女子冰球队、北京女子冰球队和黑龙江省男子冰球队住在他的酒店，他谢绝龙沙区政府的好意，不接受其他人住宿，宁肯房间闲置，也要确保运动员安全，为此少收入60万元。由于酒店服务到位，上海女队20多人和北京女队20多人，常年在这里租房，每天早中晚三餐30个菜，脂肪、碳水化合物、蛋白质营养搭配，他雇了10人的厨师团队，水果、糕点等食材都自己选。他对我说："我这个年龄了，打仗不可能要我了，但我仍可以为国家出力。我当过运动员，有冰球的情怀。疫情防控期间齐齐哈尔的宾馆都营业，我谢绝外人入住，一定确保冰球运动员安全，少挣200万元我心甘情愿。"

他在云南腾冲参加首届中国冰球发展论坛，踊跃发言。最开心的是冰球节和冰球季，全国几百支队伍来到齐齐哈尔，他的酒店都是顾客盈门，宾馆要提前预约。

安凯峰的桌子上放着一个水晶，把儿子的脚丫印在水晶上，儿子属鸡，水晶上画着鸡的图案，还把儿子的胎毛做成毛笔，天气好了领儿子放生，祈福平安。我们聊得正欢，他的儿子走了进来，小家伙长得虎头虎脑，我问他将来要不要打冰球，他说："姑姑，我今年3岁，我爸说明年4岁就让我学滑冰、打冰球。"

火热的冰球之城，只有全民健康，才能全面小康。齐齐哈尔人以健康快乐的生活方式感染着我，激励着我。

雨夜，走进哈尔滨南城第一小学

一个春风沉醉的晚上，我迎着蒙蒙细雨来到哈尔滨南城第一小学，采访冰球运动和青少年上冰雪情况。看到学校有着气派的冰球馆，我想趁天黑前拍摄冰球馆的照片。冰球馆高大巍峨，在学校里拍摄不了全景，我打着伞走到校门口，只见黑色的大门上镌刻着11个金色的大字：哈尔滨市南城第一小学校。我扔掉雨伞，端起相机拍照，透过大门，看到红色的建筑屋顶悬挂着"冰球馆"三个红色的大字，在宝蓝色天幕的映衬下显得格外醒目。冰球馆迎面的墙上画着冰球运动员打冰球的画，门前悬挂着"中国女子冰球队后备人才培养基地"的巨幅招牌。夜色阑珊，雨雪交加，刘校长缓缓向我走来，这是一个有故事的人。

十年树木，百年树人

在哈尔滨一个普通的工人之家，父母生了五个丫头片子，终于在1959年10月10日生下一个小子，全家人皆大欢喜，给心爱的儿子起名为刘万富，希望金猪宝宝给家庭带来富裕和幸福。

然而万富家却不富裕，天有不测风云，小万富5岁就失去了父亲，母亲当列车员经常跑车不着家，5个姐姐就带着弟弟生活。大姐、二姐下乡了，大舅的朋友在北大荒工作，刘万富初中毕业投奔大舅的朋友到黑河北安市下乡，背着军用挎包当上了通信员。高考制度恢复后，他于1978年考入哈尔滨师范学校，毕业后分配到哈尔滨平房区友协第四小学，这所学校校舍是哈尔滨飞机制造厂的工人盖的，生源主要是哈飞子弟，学校7点30分上课，刘万富每天6点多到校，打扫卫生，烧锅炉，他教过历史、地理、音乐、美术、体育，担任过大队辅导员、主任、副校长、校长。

5年与50年

刘万富调到了哈尔滨平新镇新华小学，他想办特色学校，用冰球打开突破口。学校有个冰球队，他们冬天打冰球，夏天踢足球，体育运动蔚然成风。王廼伟原来是哈飞的工人，喜欢打冰球，1982年到平房区体校当冰球教练，新华小学有十几个孩子跟他学习打冰球，当时冰球杆都是木杆，木杆坏了王廼伟自己修，用铁皮包一下。他被评为国家中级教练员、全国优秀业余教练员，为各级体育运动学校和国家女子冰球队培养了大批优秀运动员。

刘万富觉得：教孩子5年，要考虑孩子今后发展的50年。新华小学的学生主要来自农村，有的是孤儿，有的父母离异，有的是留守儿童，刘万富有过不幸的童年，5岁丧父的经历使他特别同情理解这些穷孩子。听课时，他看到孩子们三九天穿着父母做的布鞋，脚上没有袜子，十分心疼，就号召党员干部每月从自己微薄的工资中拿出100元资助学生。冬天，他恳求消防队帮助学校浇冰场，他也带领老师一起浇冰，冰场在室外，寒风萧瑟，大雪纷飞，孩子们训练冻得脸蛋通红，打冰球情绪却十分饱满。

2012年，他驾车到哈五线（哈尔滨到五常）招生，从周家、牛家、拉林、背荫河、安家、五常6个县镇接家长来学校参观，宣传平房区的学校比农村学校好，哈尔滨南部将来大有发展，开展标准化考核狠抓教学质量。他又从双城、阿城、延寿一带招生，由于哈南开发建设，学校校舍正处在拆迁范围，借了一所中学的危房上课，一借就是8年。

2002年7月，新华小学女子冰球队成立，成为全国唯一一支少儿组业余女子冰球队，成立了金鹰冰球俱乐部。新华小学女子冰球史，是一部感人肺腑的创业史。刘万富的办公室既是校长室又是会议室，搞吃、住、训三集中，所有党员教师五一节加班三天给学生建食堂，给学生做营养配餐，所有学生中午管一顿午餐，冰球队员管三顿饭，每顿饭三菜一汤，肉炒青菜、鱼香肉丝、酱牛肉、鸡蛋汤、胡萝卜、牛奶等，所有在校学生每人每月收70元餐费。

2006年，新华小学被命名为王嘉廉冰球希望工程学校和哈尔滨市"两个一工程"冰雪学校；2016年被黑龙江省体育局命名为省级传统冰球学校；2010年被国家体育总局冰球部任命为中国女子冰球队后备人才培养基地。这所学校是冰球传统校，刘万富把冰球打得好的学生送到哈尔滨体校，再进入哈尔滨市体工队、国家冰球队，夏天练轮滑做表演，新华小学的学生参加黑龙江省首届雪地球比赛连续三年荣获冠军，代表哈尔滨市参加全国中小学生陆地球总决赛，荣获总冠军。

哈尔滨有1000万人口，有顶尖的国际冰雪运动员，还有少年冰球队、滑雪队，一些学校有自己的冰场。但这毕竟只能让一部分孩子体会到冰雪乐趣，还有很多冰城人不会冰雪运动。我们应当通过更多的途径让市民了解冰雪运动对生活的意义，争取给广大市民提供更多的运动场地，让冰雪运动成为更多人的健康生活方式。

全国第一座中小学校园冰球馆

"筚路蓝缕，以启山林"的意思是指驾着简陋的柴车，穿着破烂的衣服去开辟山林道路，形容创业的艰苦。

2013年，原哈尔滨市副市长张显友来学校考察调研，对刘万富说："刘校长，为了你的敬业精神，我给你建一个冰球馆。"

建冰球馆首先要有场地，哈尔滨市寸土寸金，张显友副市长研究后征收平房区的农田，2017年终于建设好一座冰球馆。刘万富带领全校师生从危房搬迁到新校址，改名为哈尔滨市南城第一小学校，租车接送全校学生上学。平房区的学生由于拆迁家搬到四面八方，有的地域偏远交通不便，招来的200个学生只剩下99个，一个班只有十几个学生。有了梧桐树，引得凤凰来。作为当年全国公立学校唯一一所建有冰球馆的学校，现在学校的办学规模逐渐扩大，今年招收200多个学生。

干事业一定要有火焰般的热情，刘万富情系冰球，向上积极争取资金。哈尔滨市体育局出资100万元、哈尔滨市教育局出资50万元、平房区教育局出资50万元，扶持平房区10所冰雪特色学校建立10支冰球队，由金鹰冰球俱乐部统一培训，挖掘培养冰球好苗子，练得好的孩子选送到哈尔滨市冰球队。现在，40多名冰球队员在哈尔滨市南城第一小学吃住、学习、训练。维护冰球馆正常运营很烧钱，馆内水电费、制冰费、购买孩子们冰球装备和护具、教练费开支等，费用全部从这些钱里出。

寒门学子找校长

刘万富24小时住在学校，无微不至地关心学生。田凤硕父母离异，父母各自成家后不管孩子，把他交给爷爷奶奶，爷爷奶奶又到南方去打工，他小学二年级从周家镇来到新华小学，学校组织六一儿童节游玩，他跑到刘校长办公室眼巴巴地望着校长欲言又止，刘万富看到田凤硕百爪挠心，关切地问道："你是不是明天游园没钱？"

田凤硕点点头，刘万富递给他50元钱，关切地说："放学后我带你去买游园用品。"

田凤硕接过钱，眼眶里含满泪花。在刘校长的关心下，田凤硕的球艺进步飞快，进入黑龙江省体校专业队。疫情防控期间体校放假，他无家可归就住在哈尔滨市南城第一小学冰球馆宿舍，后来，还提着一箱罐头来学校看望刘校长和李伟老师。

16岁的女孩儿龚晓宇是黑龙江省呼兰县人，家境贫寒，她的父亲喝酒蹬三轮车撞死人判刑入狱，母亲和哥哥借酒浇愁。刘万富看龚晓宇身体素质好，像个假小子，有体育天赋，觉得她如果不打冰球难寻出路，于是招收她进冰球队。新华小学组织学生到俄罗斯打比赛，本应学生自费，但是龚晓宇家没钱，就向刘万富借钱，几年来学费、餐费等，一共欠了刘万富7700元。她知恩图报，拼命练球，立志打好球改变家庭命运，现在成为哈尔滨体工队女子冰球队一号守门员。

14岁的吉林省女学生张惋迪父亲判刑，母亲急火攻心患心梗去世，别人向她翻白眼儿，姥姥领着她来到哈尔滨打工，把她送进新华小学念书。刘万富看她资质好，把她招来打冰球，还号召老师和动员社会力量资助她，大庆市牙科医院院长每月资助她500元生活费，她一步一个脚印苦练，现在进入哈尔滨体校成为冰球队主力，前程似锦。

哈尔滨南城第一小学金鹰冰球俱乐部成员在冰球馆分组训练，U8、U10、U12、U14分别练1个小时30分钟，原来只招女子冰球队员，后来又招收男队员，男女混练，以男带女，球技战术水平迅速提高。

好钢送到北京闯

2017年，北京市私立汇佳学校要成立一支冰球队，打造特色体育品牌，请哈尔滨南城第一小学金鹰冰球俱乐部输送好队员，可以注册学籍免费上学。刘万富挑选了12名孩子与李伟老师一起送到汇佳学校，交接仪式上汇佳学校请刘万富讲话，他不肯讲话，害怕自己掉眼泪。

哈尔滨南城第一小学的孩子到了汇佳学校，学校的冰球馆很棒，他们顽强训练勇猛拼杀，第一次代表汇佳学校与北京市的孩子打比赛就得了第二名。北京冰球协会出钱，李伟老师带领12个男孩儿到俄罗斯培训，培训结束，刘万富与几个家长凌晨3点起床到首都机场接从俄罗斯归来的12个学生，把他们送到汇佳学校。学校只允许李伟一个老师进去，看到学校的大铁门缓缓关闭，刘万富心里酸溜溜的。学生们望着刘万富万般不舍，体贴地说："刘校长，您心脏不好，别生气，别累着。"李伟到了学生宿舍谆谆叮嘱学生："好好听话，别惹祸。"

哈尔滨南城第一小学冰球队的学生在汇佳学校打了一段球，汇佳学校留了队长李明宇和王玉博，把其他学生又送回哈尔滨。李明宇和王玉博在全国第二届青年运动会上被评为最有价值球员，留在北京队后在美国长岛人俱乐部训练，放假就回到哈尔滨南城第一小学冰球馆训练。

爱的教和育

我在冰球馆观看孩子们训练，深感穷人的孩子早当家，他们没有靠山，从小就懂得要自立，替父母分忧解难。在冰球队里，没有人娇生惯养，必须靠自己打天下。寒冬腊月，女孩子爬冰卧雪，生理期也要在冰上训练，看到队员们咬牙训练的模样，我深受感动。2021年东京奥运会，14岁的中国女跳水队员全红婵在10米跳台三跳满分，夺得女子单人10米跳台金牌，赛后说："妈妈生病，我要好好跳水，把水花压低，赚很多钱为妈妈治病，治好她。"为了训练，14岁的孩子从来没有进过动物园和游乐场，她的成绩是用汗水换来的；齐齐哈尔籍中国女子乒乓球运动员王曼昱与陈梦、孙颖莎一道获得2020东京奥运会女子乒乓球团体冠军，她的父母卖肉夹馍补贴家用，王曼昱刻苦训练也有为家庭分忧解难的因素。我在黑龙江省和吉林省见到的很多运动员都出生于农村，他们勤奋训练，勇敢拼搏，富有孝心，令人尊敬。

在冰球队，我还见到了一个9岁的混血儿，他的爸爸是南非人，妈妈是黑龙江人。黑人的基因太强大，他不仅皮肤黑、头发卷，嘴唇还厚。他的父母离异后，妈妈把他送到哈尔滨南城第一小学，刘万富把他招进冰球队，一边学习文化课，一边练球。他的中文讲得很流利，与他聊天，我好几次想掉眼泪，这些异国通婚留下的单亲家庭的儿童是严峻的社会问题，亟待全社会的关注。刘万富有一颗慈爱的心，他不仅教孩子学习文化，打冰球，还关心他们健康成长，他的善良影响着孩子们的一生。进入国家队、省冰球队和哈尔滨体工队的队员离开学校后都不忘回学校看望刘万富，义务给冰球队的孩子们上课。

奖牌励志少年强

2014—2017赛季，哈尔滨南城第一小学参加哈尔滨市少儿冰球锦标赛、传统学校冰球赛、市中小学冰球比赛，都斩获第一名。2014年由美国长岛人俱乐部哈尔滨代表处王金玉先生带队，赴俄罗斯参加六城市少儿冰球邀请赛，荣获季军。

2015年7月，他们应邀参加青岛市第二届少儿国际冰球邀请赛荣获亚军，在2012—2013赛季全国女子冰球联赛中荣获季军。在2013年参加全国女子冰球锦标赛荣获第三名。

练体育的孩子很多不愿意学习，刘万富觉得没有知识寸步难行，谁学习好他就奖励谁。我在雨中走进冰球馆，看到刘万富校长和李伟老师带领学生训练。李伟毕业于沈阳体育学院足球专业，他的父母在沈阳，为了孩子们，他春节没有回家，而是陪着孩子练球。

冰球队有43个孩子都住校，文化课和正常学校一样按时开课，学校冰球队分为AB组，A组的孩子年龄大，每天17点30分先学习，18点到食堂吃晚餐，再去教室做作业，19点40分上冰，一直练到21点10分；B组的孩子年龄小，每天18点上冰，一直练到19点30分，再去吃晚餐、做作业。刘万富把全校学生的生日记在本子上，每个月集中给学生过生日，送生日蛋糕。

2016年，在齐齐哈尔举办第1届冰球季国际邀请赛，刘万富租了两辆大巴车从哈尔滨开往齐齐哈尔，将U10和U12组的队员送往鹤城。中国与俄罗斯队U10组决战，眼看着剩下1分零7秒就到终场了，2比2平，刘万富紧急叫停布置战术，对方全线压过来，郭铭浩和田凤硕互相配合从左边绕过对方打进一个球，获得U10组总冠军。

刘万富非常高兴，在齐齐哈尔请孩子们吃烤肉。回来时路过杜尔伯特蒙古族自治县时，他掏钱给30多个孩子买了一只烤全羊，孩子们大快朵颐，老师们舍不得吃，最后把孩子们剩下的菜咂着嘴吃得津津有味。

2017年，哈尔滨南城第一小学的队员在佳木斯举办的王嘉廉杯女子冰球升降级比赛中荣获冠军，2016—2018参加黑龙江省雪地球比赛，连续三年荣获冠军，代表哈尔滨市参加全国中小学生陆地球总决赛，荣获总冠军。

女冰国手的摇篮

刘万富给国家冰球队输送了很多优秀的女子冰球运动员，从建队至今培养出一大批女冰国手，共培养国家级运动健将77名。现中国女子冰球队北京冬奥会备战队伍中，中方主教练孙锐、两位守门员王雨晴、韩艺阳都来自这支队伍；新的中国女冰奥运备战队伍22名队员中，其中16名是这支队伍输送；新的中国女子国家青年冰球队22名队员中，有9名队员来自这支队伍；现黑龙江省体工队女子冰球队22名队员中有17名队员由这所学校输送；哈尔滨市体育运动学校男女冰球队30％的队员都来自这支队伍。多年来，平房区为国家、省、市培养冰球男女运动员170多人。从某种意义上说哈尔滨女冰就是国家女冰的摇篮。这所学校的女子冰球队以优异的成绩，铸造了中国冬季体育运动的辉煌。

第十六章　智斗冰壶

冰上国际象棋

上海世博会上，芬兰馆的外形酷似一个白色的冰壶，外墙呈鳞片状，下面是清凉的池水，里面有形态各异的鹅卵石。芬兰馆的外墙仿佛由许多冰块堆砌而成，给人以清爽的感觉。展馆的核心区由微型城市的中心和冰壶论坛组成，这是我第一次见到设计灵感来源于冰壶的建筑，我的脑海里顿时蹦出了四个字：冰清玉洁。我要讲述的故事与这四个字密切相关。

1984年7月7日，一个女婴在哈尔滨呱呱坠地。望着女儿粉嘟嘟的笑脸，母亲给爱女起了个好听的名字：王冰玉。女婴的父亲是国家冰球队运动员，后来担任冰球教练，这些冰球健将都对冰雪运动充满了感情，所以他们给孩子起名字很多都带有一个冰字。

父亲从国家冰球队退役后，到哈尔滨体育运动学校担任冰球教练，他没有刻意培养女儿当运动员，但是王冰玉却有良好的体育基因，小学就担任体育委员。

命运格外青睐冰城的孩子，7岁那年，父亲给女儿买了冰鞋带着小冰玉到冰上滑冰，没想到她一点也不打怵冰，没有扶板墙当天就学会了滑冰。15岁她初中毕业，恰逢哈尔滨体育运动学校开办冰壶专业，父亲说："冰玉，反正你在家待着也没事，到我们学校练习冰壶吧。"

1995年，日本和加拿大的教练来哈尔滨体育运动学校传授冰壶技巧，王冰玉上冰体验，一下子就喜欢上了冰壶，她觉得壶碰撞的声音是天籁。启蒙教练张为看着她投掷冰壶的身影赞叹道："这孩子柔韧性好！"

她得意地对同学说："我在练习一个叫冰壶的体育项目，几乎没人知道，特别牛！"

为自己喜欢的项目燃烧青春

其实，年轻的王冰玉不晓得冰壶起源于苏格兰，早期是贵族们在冬季的娱乐活动，在欧美国家有百年历史，并且成为欧洲的优势项目。冰壶被称为"冰上国际象棋"，动静结合，注重技巧，双方选手在场上斗智斗勇，是一项充满智慧的运动。

冰壶是一种团体运动，由两支4人队伍在一块长方形冰面上进行比赛。冰壶的绰号叫"咆哮游戏"，因为44磅（19.96千克）的花岗岩石冰壶在冰上滑行时会发出隆隆声。

冰壶，又称冰上溜石，是以队为单位在冰上进行的一种推掷性竞技运动，是世界上最古老的团体运动之一，起源于16世纪的苏格兰，那里的人们冬季在冰冻的池塘和湖泊上进行冰壶比赛。

已知最早的冰壶石料来自苏格兰的斯特林和珀斯地区，可追溯至1511年。石壶由不含云母的苏格兰天然花岗岩制成，重量不超过19.96公斤。除了原材料产地，世界上顶尖的冰壶制作技术也由苏格兰人掌握。

16世纪中叶，冰壶比赛诞生。在加拿大人的帮助下，冰壶运动比赛规则和方法逐渐完美。到了17世纪，带手柄的冰壶开始出现。进入20世纪，这项运动迎来了一系列重大进步，包括石材的标准化、滑行输送的改进以及室内冷冻制冰设备的运用。

王冰玉下决心练习冰壶，可是家里的女性成员一律反对，奶奶、妈妈、姑姑轮番劝她："冰玉，你学习不差，干吗非要往体育转？"

她执拗地回答："我喜欢冰壶，想打冰壶。"

她上了高中，白天上课，晚上就跑到体育场训练。当时哈尔滨只有道外区的八区体育场有两块冰可以训练，冰场非常抢手，花样滑冰运动员的冰鞋把冰场踩得到处都是孔，为了多上冰，冰壶运动员天天都是最晚的时间到那里，在晚8点训练，有时候轮到的是凌晨2点至5点的时间段。

刚开始练习冰壶时，中国还没有专门的场馆，只能在一个冰球场里和很多其他项目一起使用场地，场地上的大本营、前掷线、丁字线都得冰壶运动员自己画，开始时画一块场地需要一天时间，后来越画越好，都快练成制冰师了，现在只要三四个小时就能完成。

那真是一段艰苦的训练过程，训练队不管吃住，交通费自理，天天是半夜上冰，训练场没有座椅，冰壶运动员始终站在那里或者弯腰训练。一场冰壶比赛至少两小时，右手执壶，重心就在左脚，打冰壶时动作要偏低，膝盖经常碰到地面，先磕成青色，然后变成紫色，再变成黑色，最后变成黄色，每一次训练都是煎熬。她咬牙坚持下来了，而且打到了四垒，当上了场上的主力。她开始打冰壶遭到了母亲的强烈反对，但是她对冰壶的痴迷热爱终于使母亲改变了态度。

1999年，中国第一支女子冰壶队在哈尔滨组建，只有8个女队员，没有专业器材，她们就套着塑料袋，后期买运动鞋再买塑料板自己粘鞋。冰场紧张，给她们的冰点最差。那是一天中最困的时刻，真不愿意起床，姑娘们困得都不想说话，简单洗漱后背着包，扛着刷子冒着寒风就上冰了。

2000年7月，第一届全国冰壶比赛在哈尔滨举办，哈尔滨队夺得冠军，王冰玉是全国年龄最小的运动员，只有16岁，就在这一年，她正式开始从事冰壶运动。

2003年，第十届全国冬季运动会在哈尔滨举办，她代表牡丹江队打冰壶，妈妈劝她不要有压力，要释怀，保持好的心态。在父母的鼓励下，她坚持了下来。同年，国家冰壶集训队诞生，她代表中国参加泛太平洋地区冰壶比赛选拔，没有选上，谭东伟教练给她鼓劲儿："没事儿，我相信你可以！"

谭教练将哈尔滨的8个女孩子重新组队，其他队友的身体素质和对冰的感觉相当好，周妍和柳荫比王冰玉年龄大，但是教练信任王冰玉，让她打四垒，给她锻炼的机会。冰壶运动要求上下肢力量均衡，柔韧性强，协调性好，比赛时站的时间长，运动员手握刷子扫冰，手非常累，王冰玉不负众望，投壶准确，沟通能力、领悟能力强，对于冰壶的滑涩度和弧线、角度心中有数，敢于迎接挑战，和队友们配合默契。

2004年，世锦赛资格赛，新西兰和日本女队的四垒非常厉害，给王冰玉留下深刻印象。

2004年9月，中国女子冰壶国家队首次勇敢地走出去，到加拿大取经。先是在温哥华列治文体育馆找外教指导，整整训练了5个礼拜，每人每天生活费10加币，当时在加拿大一份薯条就要两加币，一个汉堡包就要4加币，一张小份比萨就要8加币，为了省钱，她们只好早晨、午餐吃面包，晚上自己做饭。有的切菜，有的炒菜，有的做汤，有的刷碗，分工明确。

中国冰壶队从2002年就派队出国参赛，从来没有进入世锦赛这种高水平的比赛，此次备战关系着中国冰壶队的生死存亡，王冰玉和周妍、柳荫、岳清爽等队友决定背水一战。可是，她们一道在业余冰壶俱乐部里上场比赛，发现自己连加拿大大妈级别的冰壶队都打不赢，心情格外郁闷。

加拿大的冰壶运动太普及了，3000万人口的国度竟然有150万名冰壶注册会员，到处是冰壶冰场，以俱乐部的形式教战术。优秀运动员经常参加世界巡回赛，积累战术，熟背棋谱，增强实战经验。在异国他乡，王冰玉和队友们无论身在何处，依然认真训练，不耻下问拜加拿大教练为师，潜心钻研冰壶技术战术，研究怎么对待与新西兰、日本、韩国女子冰壶队的比赛。

2004年11月，当枫叶红了的时候，泛太平洋地区冰壶锦标赛在韩国的春川举办，中国女子冰壶队获得了亚军，拿到了第二年世锦赛的参赛资格。亚洲女子强队的冰壶比赛，中国队赢了韩国队，韩国队赢了日本队，日本队赢了中国队。当专家对3支亚洲劲旅进行考量，发现中国女子冰壶队名列前茅。

2005年3月，冰壶世锦赛在苏格兰举办，首次亮相的中国女壶运气好，与新西兰队在一个小组相遇，轻松取胜；而日本队和韩国队相遇，两虎相争耗尽了力气，经过激烈厮杀日本队赢了。接着，中国女壶与冰壶劲旅加拿大女队交锋，11∶1的比分令人汗颜，最终排名世界第7，无缘参加2006年在意大利都灵举办的冬奥会。

跟高手过招儿

2006年，国家体育总局冬季运动管理中心决定派中国女子冰壶集训队赴加拿大训练。冰壶的技巧性很强，被称为"冰上国际象棋"，顾名思义，冰壶运动对运动员的脑力和智慧要求很高，冰壶的运行路线是要经过运筹的。冰壶运动很绅士，高超的运动员靠自己的智慧，而不是靠干扰对手、妨碍对手发挥最佳水平而取胜。比起滑冰运动中某些运动员与对手之间的故意冲撞，冰壶是对体育运动精神的最好诠释。

在冰壶项目上中国队缺乏经验，训练就向强国强队学习，只有跟高手讨教过招，才能有所进步。谭伟东教练带着王冰玉、周妍、柳荫、岳清爽等人来到卡尔加里，为了节省经费，他们租了一套60平方米的公寓，教练住在楼下，女运动员住在楼上，床铺不够，有人睡床，有人睡气垫，有人睡沙发，有人睡客厅……运动员和教练员每人每天只有8加元的补助，早餐经常空腹训练，午餐随便对付一顿，白天训练，晚上回来自己做饭。

谭伟东负责翻译、找训练场，他脑瓜活络，总能趸摸到便宜的冰场，有的冰场一天需要5加元租金，虽然路远，但是他们一大早开40分钟的车赶到现场，拿出牛奶喝几口就上冰训练，一直训练到上午10点，再赶回市区购物。他们到超市购买9毛9分一袋的切片面包、火腿肠、鸡、鲜牛奶，4个女孩子中只有岳清爽会做饭，谭教练就当主厨，他会做丸子汤、东北炖菜；王冰玉负责切菜，周妍负责煎鸡蛋，柳荫负责洗菜……吃完饭大家抢着洗碗，不在乎吃得好坏，团结得像一家人。下午跑步、骑自行车、做体能训练，晚上再接着训练，每天都要训练7个小时，1分钟最多提两次冰壶。加拿大冰壶强手如林，冰壶比赛通常都安排在周末，周五至周日也是法定的比赛日，只有周一可以休息。

卡尔加里位于加拿大阿尔伯塔省南部的落基山脉，是加拿大第四大城市，也是世界上最富裕、安全、幸福和拥有最高生活水准的城市之一。埃特蒙顿是加拿大阿尔伯塔省的省会，也是加拿大第五大城市。冬天气温很低，大多在零下30摄氏度左右，谭伟东教练身兼数职，既是教练和翻译，又是秘书和厨师，还是按摩师、保姆和司机，早晨队员们饿着肚子上冰，做准备活动，他就开车买菜做饭。在埃特蒙顿租房子时，房子只有一层和地下室，他住在地下室，让女队员住在一层。有一次，第二天要到另一座城市比赛，为了赶飞机，他害怕第二天汽车打不着火，到飞机场误点，半夜几次爬起来冒着严寒去发动车，一宿没有睡好，终于保证了次日凌晨的行程。当时没有汽车电子导航，每当谭教练开车时，王冰玉就坐在副驾驶的位置上，手里拿着一张英文地图，充当导航员。她的绝招儿是不认识路就找加油站，加油员往往认识路。

在加拿大待了半年，中国女子冰壶集训队的队员们没有吵过架，经常坐在一起一边吃零食一边聊天、讨论战术技术。长期的饮食不周使得周妍患胃下垂，但她不吭一声，埋头训练。量的积累达到质的变化，中国女子冰壶集训队很争气，终于在当年赢了加拿大女子冰壶队。当时的加拿大报纸酸溜溜地报道："加拿大队输给了一支小学生级别的队伍。"

面对冷嘲热讽，她们不为所动，专门找加拿大冰壶俱乐部队比赛。教练分为1到5级，5级水平最高。2007年，中国女子冰壶队在埃特蒙顿认识了加拿大教练丹尼尔，这是一个称职的冰壶教练，不但水平高，而且教学严格，他认真地教中国女子冰壶集训队，打高水平的循环赛。到了比萨店，姑娘们不晓得哪种比萨好吃，他主动给中国姑娘点餐。加拿大方面对丹尼尔说："如果你执意教中国队，你必须放弃加拿大的福利。"

丹尼尔斩钉截铁地回答："我宁愿放弃福利，也要选择教中国队，她们值得我付出。"

王冰玉等人得知丹尼尔教练为了教中国队放弃了优厚的福利，非常感动，她们知恩图报，尊重教练，玩命训练，一定要为教练争气！

冰壶就像人生，象棋有车马炮，冰壶也有智慧和谋略的博弈，打冰壶把对方逼到死胡同时，留有两个选择，一般对方都会选择安全口，10局比赛，因为一个壶的失误会导致一局的失误，就要研究出现失误的原因是什么，及时止损，打好当下这一壶。

丫头，你们想不想站上去？

加拿大的训练使中国女子冰壶队的姑娘们开阔了眼界，提高了技术，锻炼了体魄，增长了大赛的实战经验。

2007年的王冰玉到了人生竞技巅峰状态，身上没有伤，这一年在日本东京举办泛太平洋地区冰壶锦标赛，中国女子冰壶队夺得女子冰壶冠军。

2008年，在世锦赛上，加拿大女子冰壶队获得冠军，中国女子冰壶队获得亚军。从世界第七到世界第二，仅仅用了3年时间。

2009年，世界大学生冬季运动会在中国哈尔滨举办，中国女子冰壶队夺得女子冰壶冠军。

2009年3月，冰壶世锦赛在韩国平昌举办，王冰玉带领中国女子冰壶队应战。教练看着领奖台问道："丫头，你们想不想站上去？"

女队员异口同声地说："想！"

中国女子冰壶队顽强拼搏，取得了7战全胜的成绩；加拿大女队也是7场全胜，两支队伍在江陵冰壶馆相遇了，加拿大女队不相信眼前的中国姑娘能够打败自己，他们反复播放2005年加拿大女子冰壶队11∶1战胜中国女子冰壶队的视频，打的是心战牌。王冰玉和她的队友没有气馁，顽强拼搏，最后时刻送出"惊艳一投"，在决赛中战胜经验老到的瑞典队夺得了冠军，让中国女子冰壶在世锦赛成功登顶，实现了中国在冰雪项目上的重大突破，中国丫头终于站在了世界领奖台上。

2010年温哥华冬奥会，王冰玉率队首次参加冬奥会，在半决赛中遗憾地输给瑞典队，王冰玉不停地流泪，甚至一度怀疑自己能否继续担纲"四垒"。当年的瑞典女队实力雄厚，获得女子冰壶冠军实至名归。铜牌战中，中国女子冰壶队战胜了瑞士，获得季军，这枚宝贵的铜牌是迄今为止中国冰壶队在冬奥会上取得的最好成绩。媒体报道说："中国女子冰壶队短时间内拿到世界第三是个奇迹！"

冰是极寒之物，人的关节最害怕冰镇。冰壶运动需要运动员单腿跪在冰面上，长期跪冰使王冰玉的膝盖严重受损。2011年世锦赛，王冰玉的左腿膝盖疼痛难忍，她在左膝盖处打了两针封闭，率领中国女子冰壶队顽强迎战，夺得季军。

复出，是因为心中有梦

2013年，29岁的王冰玉暂时离开赛场，步入婚姻的殿堂。2015年4月，在她31岁那年，生下女儿小桔子，她的队友周妍也在同年生下一个儿子，她们在冰场上厮杀了那么多年，最美好的青春年华奉献给了冰壶，现在，真应该好好享受人生，体会当妈妈的欢乐了。她开始相夫教女，做一些冰壶推广工作。

然而，国家需要她们，2018年平昌冬奥会即将到来，中国女子冰壶队需要她们！

2016年1月，中国女子冰壶队领队李冬岩来召唤她们归队，备战平昌冬奥会。王冰玉的心里很矛盾，一边是嗷嗷待哺的8个月的女儿，一边是心爱的冰壶事业，经过激烈的思想斗争，她毅然决然地选择了后者，给孩子断奶，回归四垒，担任中国女子冰壶队的队长和助教，参加2016年在新疆举办的第13届冬运会冰壶赛场的比赛。离开家的那天，女儿用乖巧的眼神望着她，她恋恋不舍地抱着女儿，眼泪唰唰地流。妈妈对她说："冰玉，你放心地训练吧，孩子我帮你看。"

敏感的女儿似乎已经预感到什么，小手紧紧地抓着妈妈的衣襟，久久不愿意撒开。她一把将女儿塞到妈妈怀里，在女儿的号啕大哭中，眼含热泪冲出了家门。全国第13届冬季运动会，王冰玉虽然只是哈尔滨冰壶队的替补队员，但她的出现吸引了众多媒体的目光。

她复出的心愿是：竭尽全力拿到平昌冬奥会门票。很久没有训练了，怀孕生产后体重增长了，刚到训练馆，她双臂摸着单杠，却怎么也做不了引体向上。从2017年夏天开始，她虚心拜外籍教练为师，每天进行4个多小时的体能训练，坚持跑步、举哑铃、做引体向上，3个月后，当她手抓单杠时，轻而易举地就做出了标准的引体向上。下了单杠，她和周妍抱头痛哭，只有她们才能理解妈妈运动员重新出山有多么不易。中国女子冰壶队最小的王芮、杨莹、麻敬宜只有二十三四岁，王冰玉把自己在比赛和生活中的经验毫无保留地告诉大家，帮助年轻队友迅速成长。经过6个月的磨合，王冰玉、周妍、麻敬宜、刘金莉的组合突出重围，全力拼搏，迎来了平昌冬奥会的入场券。

从2014年索契冬奥会的第7名到2018年平昌冬奥会的第五名；从2018年的世锦赛第11名到冬奥会第五名，中国女子冰壶队走过的每一步都十分艰难，王冰玉从事竞技体育18年，冰壶教会她很多很多，但是她的字典里从来没有放弃两个字！

2017年11月21日，经过中国奥委会、中国残奥委会推荐，组委会研究决定，王冰玉等人为北京冬奥组委运动员委员会委员。

2018年11月22日，王冰玉宣布退役，她在哈尔滨开了一家青少年冰上俱乐部。为的就是能够使更多的青少年关注并且喜欢上冰上运动，让更多的人能够走进这项运动中来。她现身说法讲明兴趣对于青少年的重要性。到国家体育总局冬季运动管理中心工作，同年担任北京冬奥组委体育部冰壶项目竞赛主任，黑龙江省政协委员。

2019年4月2日是第12个"世界自闭症关注日"，自闭症又称孤独症，自闭症的孩子很需要社会的关爱。这一天，王冰玉成为水立方公益大使，在北京地标性建筑水立方参与了当晚举行的"点亮蓝灯"活动，用行动呼吁公众关爱孤独症群体，同时为孤独症群体和家庭传递更多快乐、信心与力量。

让冰壶大放异彩

王冰玉曾经参加过温哥华、索契、平昌3届冬奥会，这次作为北京冬奥会的组织者，她深深体会到做运动员是多么幸福，你不需要关心场地、运行、交通、饮食、服装、器材，因为有无数人在为你服务。你只需要了解赛事、专注比赛。所有的付出是靠冬奥会的竞赛来呈现，她仿佛是一个家长，要操心的事情太多了，冬奥会比赛时几支冰壶队伍需要吃饭，几点吃、吃什么，训练馆放多少水果、坚果、能量棒，她要与冬奥组委后勤保障部门沟通；比赛时怎样尽快把运动员送到场馆、赛后参加兴奋剂检测的运动员怎样尽快去现场，她要与冬奥组委交通部的人协调安排车；冰壶比赛时场馆房间里需要放几把椅子，几面镜子，她要与冬奥组委规划建设部的人商量；冬残奥会上冰壶运动员要准备多少轮椅，她要与冬残奥委的人商榷……

2022年冬奥会，她要为师弟师妹们提供良好的服务，冰壶冬奥会比赛是4个赛道，当今世界女子冰壶运动的水平有显著提高，加拿大、瑞典、瑞士、苏格兰女子冰壶队都是强队。在国外，有很多人是家族一起打冰壶，兄弟姐妹在一个队，她想起了加拿大的女子冰壶金牌运动员琼斯，既是对手，也是朋友，不知道她能否参加北京冬奥会。

她性格倔强，敢于接受挑战，特别关注冰上运动的人才选拔问题。希望越来越多的人参与进来，通过自己的努力，为国家培养更多的人才。

她深有感触地对我说："我曾经想着就这样打一辈子吧，想着自己站在

2022年冬奥会赛场的样子，幻想着自己40岁参赛时的模样，想着参加老年组比赛时可能还是会碰见现在的这群对手。我和冰壶有缘，换了岗位，我也依然爱冰壶，依然愿意为冰壶战斗到最后一刻。"

王冰玉和丈夫王冠石因冰壶而相恋，他是个冰壶爱好者，是微电子学博士，做冰壶战术、技术方面的研究工作，为国家队提供科技服务。他开发的统计系统，为专业运动员提供数据分析。王冰玉为了冰壶事业，对家庭有很多愧疚，她平均两个月才能看一次孩子，每当看到女儿在视频中哭着喊"妈妈，你快点回家吧"时，她都要掉眼泪。她一遍遍地哄着女儿："小桔子，妈妈也爱你，妈妈很快会回家！"

为了筹备北京冬奥会，她又一次食言了，她要为祖国而战！丈夫深深地理解她，曾经为她写过一首歌，唱的就是王冰玉的生活："身体像机器般运转，枯燥中发现快乐灵感。为梦想流的每一滴汗，都挥发成为我的勇敢。我不怕孤单，但也渴望爱的人陪伴，我也明白有时候坚持是种承担；我不怕失败，就算长路永远是漫漫，我会勇敢！哪怕注定会是遗憾……"

2022北京冬奥会，她期待着。

第十七章 极速追逐的速度滑冰

中国冬奥会奖牌第一人

有担当精神的孩子必成大器

提起中国的冰雪运动，我脑海里浮现出的第一个名字就是叶乔波，她是我们这一代人的青春偶像，很多新生代的冰雪运动员都是在她的激励下走上冰雪运动之路的。

叶乔波，1964年6月3日出生在吉林省长春市，由于背上有一块五分钱硬币大小的红痣，父母给她起了乳名小红。她有一个哥哥、两个妹妹。她的父亲曾任长春空军第九航空学校的体育教员，新中国成立前参加过广西剿匪，跑得特别快，正是因为他跑得快，在战斗中躲过生死劫难。这样一个军人却在"文革"中遭到迫害，被降职为工人，和妻子一起到长春《吉林日报》印刷厂工作。每天凌晨4点，他们就要到工厂印报纸，印刷机像车一样大，年久失修，经常出故障，外请师傅修费用太高，父亲就自己拆卸印刷机，逐个部件研究如何维修，经过苦心钻研居然成了维修高手，省去了印刷厂外请师傅修理机器的费用，最后，父亲凭着兢兢业业努力工作当上了印刷厂的副厂长。

父亲的手很巧，家里的沙发、茶几、条案、餐桌、椅子、床都是他亲手制作。父亲已经去世了，直到现在母亲还保留着父亲制作的沙发和床。

叶家住的是日式小楼，邻里关系很好，叶家包了饺子一定送给邻居品尝，邻居家做了好吃的也会给叶家送一碗。叶家厨房里搭了鸡窝养鸡，用鸡蛋给孩子加强营养。叶家的钱藏在鸡窝盖板的夹层里，他的邻居家经济条件不好，每到下半月家里就会青黄不接，叶乔波的父母非常善良，家里不上锁，邻居家有困难，父亲允许他们随时可以到自己家里取钱。邻居也很讲诚信，发了工资第一件事就是还上个月管叶家借的钱。

由于儿子有病，下面是三个丫头片子，父亲就把全部希望寄托在大女儿叶乔波身上。父母工作繁忙，身为长女，叶乔波从小就很懂事。有一天，她听到爸爸跟妈妈念叨："这周又挤不出来时间买土豆囤起来了，眼看就要入冬了。"

妈妈无奈地说："都早出晚归的，咱们下班时菜店也关门了，入了冬再去买又太贵。"

说者无意，听者有心，9岁的小乔波正在上二年级，准备做一件大事，放学后从鸡窝盖板里取了钱直奔菜店，买了60斤土豆，足足一麻袋，售货员叔叔问："人呢，谁背走啊？"

小乔波家没有自行车，她对售货员说："就是我，我背着走。"

售货员叔叔一脸惊讶地望着小乔波："你这么个小孩儿怎么能背得动，你家大人呢？"

小乔波执拗地说："叔叔，请您帮我把土豆背在身后。"

小乔波家离菜店有两站路，她背着60斤土豆往家走，再累也不敢放下。她咬牙背着土豆走了两站路，到了楼下，实在背不动了，她喊来邻居大哥，两人一起把土豆抬到二楼。父母回到家，看到屋里放着一麻袋土豆，高兴地问："这是谁买回来的？"

小乔波得意地说："我啊！"

爸爸笑逐颜开，妈妈一脸的惊喜，心疼、骄傲交织在眼神中，爸爸一句话都没有说，只是用赞许的目光微笑地看着女儿。乔波比大妹妹大6岁，比小妹妹大8岁，妈妈上下班只能背一个孩子，接送大妹妹上幼儿园的重任就落在小乔波的肩头。从小学二年级起，她就帮助妈妈送大妹妹上幼儿园，她背着妹妹挤公交车坐六站地去幼儿园，只要她一上车，原本拥挤的车厢里好多大人都争先给她让座，画面十分温暖。

小乔波在幼儿园长托时，一周才能回家一次，这个属龙的女孩儿从小就喜欢干活儿，在幼儿园帮助老师扫地、拖地、擦桌子、倒垃圾，经常受到老师表扬，越是表扬小乔波干得越起劲儿，这个好习惯一直保持到长春体校、八一队、国家队。到了八一速滑队，她主动帮助教练和队友洗衣服、扫地、拖地，直到现在，做家务还是她的爱好。

别看她总在干活儿，其实傻人有傻福，一个有责任感、有担当精神的孩子必成大器。

滑冰是她一生的挚爱

小乔波是长春市天津路二小的学生，继承了父亲跑步快的基因，从小就显露出良好的体育天赋，爆发力极好。9岁开始就连续三年获得学校、宽城区、长春市田径运动会第一名。只要一出发，她总是第一个冲过终点线，从100米到1500米，所有的项目她都是第一名，显露出超凡的运动天赋。

乔波小学时打乒乓球全校第一，爸爸不愿意让女儿打乒乓球，教乒乓球的臧教练三顾茅庐到乔波家动员她的爸爸。乔波是学校大合唱队的，还学画画，精力旺盛极了。由于她跑得快、乒乓球打得漂亮、唱歌好听、会画画，又是中队长，组织能力很强，啥事都要争第一，必然引起他人的嫉妒。小乔波梳着长辫子，班里的一个男孩子上课时总是在身后拽她的辫子，男孩子总想挑战她、欺负她。小乔波怒了，她知道总当乖乖女是会被人欺负的，于是，她勇敢地反抗。男孩子与她摔跤，她把书包往地上一丢，拼全力摔倒男孩子。一个男孩子摔倒了，又一个男孩子扑上来，她就挨个摔，凭着超人的体能把他们全部摔趴下。

那个从背后拽她辫子被她摔倒的男孩子到她家告状，只要别人一告状，妈妈立刻当着别人的面扇乔波一个嘴巴，把她扇得好没面子。她很委屈：是他先挑衅欺负我，我打他是自卫啊！但是妈妈就是如此严厉，妈妈的逻辑是："好孩子不打架。"

那个男生得意地炫耀："叶乔波她妈扇她真解气！"

尽管小乔波有时候爬树、打架，班主任谭老师却很器重她，总是表扬她，有了事情交给她做，自习时老师只要有事出去就让乔波维持课堂秩序，她总能镇住全班，最后，男孩子都怕她，没人敢欺负她了。

小乔波期待去长春体校田径队，王校长带着她到体校报名，体校田径班的老师却没有看上她，说："这孩子跑步动作难看，不好纠正。"

王校长觉得乔波不搞体育太可惜了，找到长春市体校男子速滑队队长王志春，请他帮忙推荐给速滑队。王志春和乔波来自同一所小学，他上五年级，乔波上二年级，他很看好乔波的运动天赋，便把乔波推荐给速滑队，乔波开始了滑冰的陆上训练。王志春像个大哥哥在陆地上给她做滑冰示范动作，猫腰、弓腿、蹬冰、收腿，小乔波练了一夏天居然不知道自己在练什么。直到冬季到来，体校发冰刀鞋，乔波脚大，穿38码的鞋，1.5毫米的冰刀，第一天上冰摔了几跤后就会站立并滑行了。

小乔波刚刚拿到冰刀鞋特别兴奋，哇，滑冰比打乒乓球、唱歌、画画好玩多了，滑行简直就是飞翔的感觉，太有诱惑力了！爸爸当过空军，飞行员是在蓝天上飞翔，而滑冰是在冰面上飞翔，世界上没有一件事情像滑冰这么有魅力，她对于滑冰的热爱深入骨髓，这双满是锈迹的破旧冰刀鞋改变了乔波一生的命运。

当时，体校正规训练时间是晚上，下午三点至五点是自由训练时间。孩子们在一起免不了贪玩，一天下午，乔波和体校的队员在一起玩抓人游戏，穿着冰刀鞋满冰场飞，谁滑得快抓住对方简直太刺激啦！

晚上，爸爸严肃地问她："乔波，你滑冰是为了快乐还是为了争第一？"

她想了想，斩钉截铁地说："跟打乒乓球和跑步一样，拿第一！"

爸爸说："你在冰场上玩抓人是不会争到第一的。"

乔波好生奇怪，我玩抓人爸爸什么时候看见了，难道爸爸去冰场看我了？没有看到爸爸啊。其实那段时间，爸爸总是默不作声地悄悄躲在一边看女儿训练。

乔波是那种一点就透的人，她极其自律，从那儿以后，她上了冰就埋头训练，再也没有玩过抓人。

体校有一个食宿班，进了这个班可以吃住在体校，恰逢当时腾出了四个食宿班的名额，要在20多个孩子中选拔出来。一个叫张春芬的师姐特别希望推荐乔波进食宿班，告诉她要用最低的姿势、最快的速度使足劲儿往前滑，像比赛一样冲出去。乔波滑得很猛，迎面碰上两个花样滑冰的队员在练8字滑，挡住了乔波的路，她没有学会刹车，急忙躲避，一头扎进冰场旁边的雪墙，只剩下两只冰刀鞋露在外面，张春芬急忙上前把乔波拽出来，崔顺子教练看着满身是雪的乔波欣喜地说："这孩子太好了，她的虎劲儿我要了！"就这样，不怎么会滑冰的叶乔波顺利进了体校食宿班。

市体校在胜利公园的正北方，只有一墙之隔，墙里是体校的几间平房，墙外是胜利公园。体校有冰场，但是没有浇好冰；为了省钱，体校的孩子都是先到胜利公园的湖面上滑野冰。从体校到胜利公园如果走大门要绕很远的路，于是，队员们就踩着墙上的垛子翻墙过去。教练经常将麻绳拴在自己的腰上，手里握着一根竹竿，指导运动员训练，一旦运动员掉到冰窟窿里，可以把绳子甩到冰窟窿处，进行紧急救援。

当年体校一个年轻的冰球教练为了能让孩子们早一天上冰，在凌晨四五点钟独自一人来到胜利公园湖面探冰，伸手不见五指，胜利公园里没有一个游客，这个教练穿着冰刀鞋摸索着上冰，不幸坠入湖里，他在水里吃力地解开鞋带用冰刀凿冰，拼命挣扎想逃生，却未能如愿，就这样带着遗憾一去不返。

当时，长春体校的老队员带着乔波在冰上做蹬冰、收腿的动作，小乔波猫着腰，屈着膝，跟着老队员做同一个枯燥的动作，她有很好的田径基础，腿部力量强，爆发力好，学得快，动作规范，姿势好看，练了一夏天，比练了两三年的小朋友做得专业，崔顺子教练特别喜欢她。

心中有梦，眼里有光

心中有梦，眼里有光，在教练的指导下，乔波的滑冰天赋得到极大的开发。

长春体校崔顺子教练是朝鲜族，她的丈夫是中医院的院长。有一天，崔教练的儿子发烧，夫妻俩以为儿子就是一般的感冒，给他吃了点感冒药。丈夫忙着给病人看病，崔教练起早贪黑地教队员滑冰，夫妻俩都以工作为重无暇顾及儿子，结果他们的儿子发烧了几天，没有得到系统的治疗，再诊断是败血病，一周以后就夭折了。崔顺子教练把毕生精力都花在了队员们身上，叶乔波、周洋、乔晶等奥运冠军和世界冠军都是她的学生。

由于体校发给乔波的冰刀鞋太破旧，鞋帮软塌塌的，冰刀满是锈迹，穿上脚根本就站立不起来。冰刀鞋不得力，乔波的腿型呈X滑行，崔教练说："你不要X型腿，你要想办法把脚腕立起来滑行。"

结果第二天，乔波就改成O型腿滑行。直到现在，崔教练还赞美乔波："我教过几千名孩子，没有一个人能够一天就把腿型改过来，唯有叶乔波。"

一个月后，乔波以1分7秒6的成绩奇迹般地打破长春市儿童组速滑500米纪录。富有戏剧性的是乔波冬季的500米滑冰成绩和夏季400米田径跑步成绩都是1分7秒6，都打破长春市小学生滑冰和田径纪录，这两个成绩的巧合很诡异。

长春冬天零下30多摄氏度，穿着透风的冰刀鞋在野外两个半小时不下冰，她的两个大脚趾冻黑了，腿又红又肿，哭着回到家，爸爸火速跑到楼下舀了一盆雪给女儿搓脚，直到现在她的大脚趾用针扎都没有知觉。妈妈心疼地看着小乔波的双脚，坚决不允许女儿再滑冰，乔波却哭着闹着非得去体校。老师让队员跑5个400米，乔波非要跑10个400米，一年后她就成为体校主力队员。

功夫不负有心人，凭着严格的训练和超人的努力，第二年，她就包揽了吉林省儿童组三项比赛的第一名。她引起了吉林省滑冰队的注意。11岁时，八一速滑队张继忠队长和肖汉章教练来长春体校选队员，看中了叶乔波，但是体校不放人，没能如愿。有着军人情结的乔波从小就喜欢当兵，期待进八一速滑队，经过一年的努力终于如愿以偿，1976年11月，她以12岁的年龄特招入伍，成为八一速滑队年龄最小的运动员。

英语是与国际广泛交流的工具

1981年，不满17岁的叶乔波第一次参加在挪威奥斯陆举办的世界青少年速滑锦标赛。同一休息室的一位波兰女选手指着比赛分组表问，乔波哪一个是你？得知乔波和自己在同一组，特别开心。做完三次热身的乔波准备上场比赛时，波兰选手突然拦住她，用手指着墙上的钟，不停地用手画圈，用波兰语对她说着什么。那个波兰女运动员不会讲汉语，叶乔波不会讲英语和波兰语，两人实在无法沟通，叶乔波一头雾水，不知道她在表达什么，没有听从波兰女运动员的劝告，独自走向冰场，去做赛前准备。

冬天挪威零下20多摄氏度，运动员滑冰不能穿厚衣服，结果，她在冰上左一圈右一圈地溜达，直到半个多小时后才发现浇冰车出来。她在冰上足足冻了一个多小时，等到比赛开始，她的腿完全冻僵了，名落孙山，成绩排在30多名。回到驻地，她才恍然大悟，原来波兰女运动员懂英语，看得懂英文通告，她用手转圈的意思是说冰场需要浇冰，比赛推迟一小时。这件事对她刺激很大，她痛下决心，回家后一定要学习英语。

回到国内，1981年，叶乔波就下决心自学英语，没有老师教，她就废寝忘食地跟着电视台学 *Follow me*（《跟我学》）。她在床头、桌子上、厕所墙上全都贴上英语单词，裤兜里装满英语单词，连去食堂吃饭的路上、在车站候车时都在背英语单词。当时不会音标，就用汉语标注。把 Hello（你好）标注成哈罗，把 stop（停止、结束）标注成斯倒坡。

当年，北京会滑冰的有百万人，只有两个选手被八一速滑队录取，其中一名男运动员赵小丁是北京的高材生，英语很好，叶乔波就拜他为师。后来，赵小丁滑冰受伤调到科研组当老师，负责给运动员拍摄滑冰录像、回放录像，叶乔波每天训练结束后都找他借录像带看自己的滑冰动作回放，同时看外国优秀名将的慢放动作，潜心琢磨，寻找差距。给运动员放录像是赵小丁的工作，但是叶乔波不愿意给他添麻烦，就向他借了钥匙，自己放录像看。赵小丁肯于钻研，从拍摄录像到拍摄电影，后来成了张艺谋的摄影师，拍摄了很多获得国际奖项的电影。他对奥运贡献很大，北京奥运会的宣传片就出自他之手。

当年，冰雪运动在我国尚属小众竞技项目，由于整体水平不高，所以训练条件十分简陋，训练方法不够科学。1983年春季开训不久，肖汉章教练让叶乔波在力量训练课上深蹲起140公斤的杠铃，这是连男运动员都很难完成的负荷量，乔波习惯于挑战自己，在教练的鼓励下她连续蹲了三次，结果在最后一次蹲起时她失误了，教练一个箭步冲上去试图接住杠铃，由于杠铃偏斜造成乔波第9、第10胸椎压缩性骨折。

一朵不该凋零的小花

叶乔波住进了沈阳军区201医院骨伤科，她太爱滑冰了，深知运动员如果受伤不能训练，成绩就会下滑，成绩不行就会被淘汰，她害怕被淘汰，瞒着医生每天凌晨四点半起床，把凳子放在一楼窗外，从病房窗户悄悄跳到窗外进行辅助训练和慢跑，练到早晨六点再从窗户爬进来躺在病床上，护士来测体温时还在装睡，不会被医务人员发现。她是那种极自律的人，凭着信念顽强地训练着。有一次训练碰到八一队政委，政委在队会上还表扬了她。

叶乔波有一个室友叫张小华，滑冰很好，与她同为八一队重点培养选手，两人情同姐妹，经常搭班在八一队的节目里表演。1983年5月20日，小华带着乔波喜欢吃的黏豆包和凉糕，兴奋地去医院看望乔波，把队领导表扬乔波的事告诉她。万万没有想到，第二天中午，护士让乔波到护士站接电话，队友哭着告诉她:"乔波,小华没了。"

她带着哭腔问道:"怎么回事？她昨天来看我时还好好的啊！"

队友沉痛地说:"小华上午在公路自行车训练中被大解放车给轧死了。"

犹如五雷轰顶，乔波顿时泪如雨下，一时间脑子一片空白，不敢相信这是真的。她久久不能平静下来，满脑子都是小华。小华啊，你心中有那么多美好的梦想，你穿军装的样子那么好看，你的笑声那么爽朗，你答应还要跟我一起编哑剧，你送给我的黏豆包和凉糕还没有吃完，怎么人就这样走了……

不待扬鞭自奋蹄

叶乔波觉得小华这朵18岁的小花凋零了，自己这点伤算得了什么？于是，她给自己制定了奋斗目标，一开始够不着，跳着跳着就够着了。她要战胜自己，战胜身边的队友。通往冠军的路荆棘丛生，她是那种不待扬鞭自奋蹄的人，用不着教练逼着练，每天只要有训练任务，她总要比别人偷着多练三分之一；别人深蹲500下，她就要深蹲1000下；别人做10组，她就要做12组；别人做力量训练，她一定从重量、次数、组数上超过队友；别人6点起床，她就要4点半起床。正值豆蔻年华，却像一个苦行僧，日复一日地重复着枯燥的训练课、按摩、磨冰刀、看技术回放、写训练日记、学英语……近20年的漫长岁月，叶乔波持续着常人无法想象的魔鬼训练，坚定不移地往上跳着够自己制定的目标。那时候我国没有什么人工冰场，叶乔波和队员们就跟着教练在零下30多摄氏度的低温里，坐着敞篷汽车到黑龙江的黑河、嫩江、齐齐哈尔和内蒙古的海拉尔等地训练，每堂课一滑就是3个小时。她年龄最小，几乎每天都是哭着在寒冷的冰面上训练，坚持是一种信念，坚持是一种快乐，她的脚下出现了一串闪光的足迹:

1977年1月，在沈阳全国女子速度滑冰比赛取得成人组500米第五名；

1979年3月，首次夺得全国速度滑冰青少年组女子500米第一名；

1982年，18岁的叶乔波在张家口全国速度滑冰达标赛取得青少年组单项和全能冠军，已经跻身全国名将行列；

1983年，受严重外伤的叶乔波进入低谷期，她积极应对治疗，重整旗鼓，枕戈待旦。

一个人设定的目标越高，所挖掘的潜能就越大。1985年，她虽以陪练角色进入国家速滑集训队，师从袭砚芳教练，但是习惯于给自己不断设立新目标的乔波，立志超越自己、超越对手。

1985年12月，她在日本举行的第十一届日中友好速滑赛上东山再起，走出了低谷，获得1500米冠军，并创造1500米、全能比赛两项全国纪录，同时改写了日本伊香保场地纪录。

1990年，在全国第七届冬运会上，叶乔波分获女子大全能比赛冠军（中长距离）和女子短距离全能比赛冠军，共赢得6枚金牌，这一"双料冠军"成绩至今无人改写。

来自国外的干妈干爸

叶乔波在业余时间点灯熬油地 *Follow me*，还真 Follow 出名堂来。1986年，国家速滑集训队首次来到德国南部巴伐利亚州的因策尔国际滑冰中心进行为期12天的训练，有一定英语基础的叶乔波已经可以与人沟通了。中国队首次抵达只有1000多户人家的因策尔，几乎家家都有自己的家庭旅馆，接待来自各国的旅游观光者。因策尔有很多滑冰爱好者，他们对中国运动员的到来十分好奇，其中的一对德国夫妇主动与中国运动员打招呼，请叶乔波和中国运动员到家里做客。热心的女主人福朗西斯卡用她的拿手好菜德国酸菜烤肉款待中国运动员，福朗西斯卡只会讲德语，不会讲英语和汉语，但她特别喜欢中国人，叶乔波不会讲德语，但她可以用手语与福朗西斯卡交流。交流中福朗西斯卡得知叶乔波和自己的女儿同一天生日，热情地说："乔波，你做我的干女儿吧。"从此，叶乔波就有了一个德国妈妈。

各国速滑选手在参加世界比赛时，国际滑联只提供三天的食宿费用。大部分比赛都在欧洲举办，当时没有申根签证，想在短期内获得多个国家的签证十分困难，叶乔波对德国妈妈说："妈妈，我们还有二十几天就要在欧洲参加另几场世界比赛，如果我们回到国内办理，签证时间上来不及，往返机票也十分昂贵，如果能住在您家，不仅省去了往返机票的费用，办理签证也十分容易。"

德国妈妈热情地搂着叶乔波的肩膀："你永远是受欢迎的，任何时候都可以住在我们家！"

肖汉章教练带领叶乔波等四五个运动员就这样幸运地住在了德国妈妈家里。为了更好地交流，德国妈妈买了一本德汉词典，从此也开始学习英语。每天，德国妈妈开车接送乔波等人去训练，到超市买菜，帮助中国运动员洗衣服，做德国饭菜，肖汉章和叶乔波等人也时常做中餐、包饺子招待主人。过去，德国妈妈家人少，虽然安静却有点寂寞，由于中国运动员的到来，每天吃着不同的饭菜，说着不同的语言，欢声笑语不绝于耳，有一种欢天喜地过大年的感觉。德国妈妈家充满了生机，她也焕发了青春，为中国运动员服务乐此不疲。叶乔波到哪里比赛，德国妈妈这个忠实的粉丝就自告奋勇当司机接送中国运动员去比赛，他们去过法国、意大利、奥地利、瑞士，还去过东柏林，一路都是德国妈妈当翻译。她追着中国运动员观看比赛，为干女儿加油。为了能够帮到乔波，每到一个国家，德国妈妈就向大会组委会申请做中国代表团的翻译、领队，有了ID卡，她才能正常进入比赛场地休息室。她收集了一堆ID卡，还举着ID卡得意地向朋友炫耀："你们看，我是中国队的领队和翻译。"

短距离速度滑冰选手都喜欢从内道出发，因为起步时从内道出发，滑的是小弯道。叶乔波就让德国妈妈帮助中国队抽签，说来也怪，德国妈妈手气特别好，总是抽到好赛道，而肖汉章教练抽签手气不好，总是抽到外道，500米速滑是外道，1000米速滑还是外道。

在国家速滑队，叶乔波既是运动员又能当半个工作人员，每次到国外比赛要逐个国家办比赛签证，她凌晨起床，不辞辛苦地拿着全队的护照坐火车到比赛国首都去办理签证，然后再赶回来与队友汇合，前往另一个国家参加世界比赛。

乔波等人为了多参加世界比赛，选择了住在外国友人家里，节省了往返机票。除了欧洲，她们还去北美比赛，还是住在外国友人家里，因此，乔波就有了德国、加拿大、美国的干妈干爸。

后来，中国速滑队出国参赛在国外遇到语言不通时，都是乔波出面当翻译，学习英语使她结识了很多外国朋友。荷兰这个滑冰王国拥有上万个滑冰俱乐部，虽然等级悬殊，但是他们的训练体系、方法是一致的，因此拿到荷兰普通俱乐部的训练计划相当于拿到了荷兰国家队级别的训练计划。过去，乔波500米的后100米、1000米的后200米降速很大，自从采取了荷兰队的变速训练等手段之后，乔波的速度、耐力有了大幅度提高。

当时，国家体委给出国比赛运动员购买的机票都是经济舱，但是国航的机组人员只要头等舱和公务舱有空座位，就尽量给中国运动员免费升舱，让他们好好休息。

她总是不断给自己制定新目标

1985年4月至1990年4月，国家速滑集训队在长春市冰上训练基地成立，并备战1986年3月在日本举办的第一届亚冬会。一枚金牌的重任压在了来自黑龙江省哈尔滨市体工队的袭砚芳教练培养的王秀丽身上。此时，袭砚芳教练感到胸部不适，脸也浮肿，她有不祥之感，但是不敢到医院看病，担心一旦确诊有病她将无法带领王秀丽、叶乔波等运动员在亚冬会上拼搏。尽管身体十分虚弱，她还咬牙带运动员训练，给她们按摩。在亚冬会上，速度滑冰先是女子500米比赛，第一名是桥本圣子，第二名是王秀丽，第三名是叶乔波；接着是女子1500米比赛，王秀丽没有辜负教练的苦心，如愿以偿一举战胜了桥本圣子，获得冠军。袭砚芳的眼眶含满了泪水，直到亚冬会结束，她才到医院检查，医生诊断为乳腺癌三期，把她扣在医院直接住院，上了手术台，医生切掉了她的两根肋骨，给她做了切除手术，接下来就是化疗，大把大把地掉头发，遭老罪了。化疗本应做一个月，但是袭教练只化疗了半个月就回到了速滑队，她离不开朝夕相处的队员，离不开中国的速滑事业！

1986年，进入国家速滑队一年的叶乔波战胜王秀丽夺得全运会女子速度滑冰冠军，这是解放军八一队队员获取的首金，于是，代表团领导共同决策给乔波以重奖。赛后，代表团王处长领着乔波到商场钟表专柜，指着一块价值5800元的金表对乔波说："这是组织上研究通过的给你的重奖。"

　　乔波顿时惊呆了，自己的月薪只有53元，怎么可以要这么贵重的手表？

　　王处长说："这是组织研究通过的，你就拿着吧。"

　　乔波说："反正我不能要这么贵重的东西。"

　　王处长问道："那你到底想要啥呢？"

　　她诚恳地说："我赛前一直想吃黏豆包，教练不让买，我现在就想要黏豆包。"

　　就这样，5800元的奖品换成了6元钱的黏豆包。

　　当时，中国的冰雪界运动强队是黑龙江队、吉林队和解放军队，三足鼎立，最优秀的运动员选调到国家队。到了国家队叶乔波没有止步，她先是把追赶的目标瞄向了王秀丽，当她超越了中国速滑女将王秀丽后，她就把视线瞄向了国际优秀运动员。她不断向各队教练员请教，向优秀运动员偷艺。当时，美国有个优秀的速度滑冰运动员叫海登，是空前绝后的速度滑冰天才，1980年在普莱西德湖冬奥会上，包揽了速度滑冰男子500米—10000米全部项目的冬奥会金牌。叶乔波反复看他的比赛录像，把他所有的冰上滑行分解动作和训练手段画成了图册，背沙袋、拉皮筋，美国当时早就有了先进的滑冰训练方法，叶乔波细心揣摩，在国际比赛场上认真观察他的滑冰动作。还有一个美国运动员叫詹森，她也潜心琢磨詹森的滑冰动作，探究美国速度滑冰运动员训练的科学性在哪里，为此写下了大量的训练日记。到了国际比赛训练场，她碰到优秀外国男运动员在训练，立刻跟着他滑，人家怎么蹬冰，她就如法炮制，每次快速跟滑、偷艺都使她受益不浅。

冰刀在冰场闪亮

　　超越王秀丽后，叶乔波又把目标瞄向了冬奥会冠军——美国的鲍尼·布莱尔和世界冠军——日本的桥本圣子（2020年东京奥运会组委会主席）。

1991年底，叶乔波到韩国汉城参加世界速滑比赛，赛前那天下午四点冰上训练时，她脚下的冰刀突然甩了出去，人也跟着飞出了冰面。夜色朦胧，国家体委国际司的翻译刘军赶紧带着她找到汽修店，修理工说："我会修车，不会修刀。"

当时中国不富裕，买一双冰刀鞋2000多元，而买一副冰刀管500多元，冰刀鞋坏了叶乔波不是频繁地换冰刀鞋，而是换冰刀管节省经费。那个年代中国选手都没有备用冰刀鞋，她只带了一双冰刀鞋赴韩国参赛，滑冰运动员必须用自己熟悉的冰刀鞋滑冰，在韩国现买即使质量好也不能用。她借了电焊和焊锡，笨手笨脚地焊起了冰刀管。第二天上午比赛，她穿着自己焊接好的冰刀鞋夺得了女子速度滑冰500米、1000米两枚金牌。

马上就要备战冬奥会了，国家体委的领导说："不能穿这双旧冰刀鞋，给你买双新的吧。"

她坚决不同意。这次不是为了省钱，而是为了熟悉冰刀鞋。冰刀与冰面产生摩擦，磨损很大，每天运动员都要磨一两遍冰刀。冰刀开焊是极其罕见的事情，偏偏让乔波在韩国汉城参加世界比赛的前一天下午适应场地的训练课时赶上了。

乔波在汽车修理店焊接冰刀时牢记一点：刀托和刀刃一定是90度垂直角，哪怕有0.1毫米的头发丝误差，都会导致滑行时偏离方向，甚至摔倒。乔波在没有机器测量的情况下，凭借对冰刀、滑道、肢体三者合一的感悟，硬是穿着自己焊接的冰刀鞋，在第二天的世界比赛

叶乔波自己焊接的冰刀鞋

中，夺得两枚金牌。她同样穿着这双伤痕累累的冰刀鞋，为中国实现了冬奥会奖牌零的突破。

骑兵爱战马，乔波爱冰刀鞋，只有爱到骨子里，她才能自如地驾驭它在冰场纵横驰骋。

中国冬奥史上奖牌"零的突破"

1979年10月，国际奥委会排除政治干扰，以绝对多数通过决议，恢复中国奥委会在国际奥委会中的合法权利。中国重回国际奥林匹克大家庭，中国体育全面走向世界的大门由此打开。1980年2月，第十三届冬奥会在美国普莱西德湖举行，中国体育代表团首次参加冬奥会，共派出28名男女运动员，参加了冬季两项、高山滑雪、越野滑雪、花样滑冰和速度滑冰五个大项。

当时，美国媒体大幅报道：《中国 —— 两个第一：第一次参加冬奥会，成绩倒数第一》。

这个报道深深地刺激了叶乔波，从那时起，乔波的心里就燃起了火苗：我要参加冬奥会，我要向冬奥会进军！

1990年，叶乔波在第七届全国冬运会上大放光彩，正式进入巅峰期。1991年初，她在世锦赛上战胜了桥本圣子，夺得500米冠军。

同年3月，在德国的因策尔，叶乔波荣获世锦赛短距离全部项目的5枚银牌，被誉为是"中国的银姑娘"。从此，叶乔波就开始和布莱尔并驾齐驱，互有胜负。

1992年2月，在法国阿尔贝维尔举办第十六届冬奥会，中国派出34名队员，参加了滑冰、冬季两项等34个小项的比赛。不巧的是肖教练又给乔波抽到了500米她最不喜欢的外道，与独联体没有进行系统训练的运动员叶琳娜分在一组，两人成绩悬殊。叶乔波一出发就把叶琳娜远远甩在身后，在200米处的换道区，按照国际滑联规定，叶琳娜应给叶乔波让道，可她却两次意外地撞向乔波，导致乔波至少耽误了半秒多的宝贵时间，冬奥速滑赛事上从未发生过类似事件，叶乔波以0.18秒的微弱差距屈居亚军，痛失金牌。裁判长并没有判罚叶琳娜犯规，尽管乔波不停地申诉，仍然没有让她俩重新比赛。叶乔波的肺都快气炸了，她不服输地喊道："我要求重新比赛，我肯定能拿冠军！"

中国代表团有人劝她："乔波，已经是银牌了，这已经是中国的第一块奖牌了，你不要争取了，就这样吧。要是争取的结果没有这个成绩好呢，连银牌都没了。"后来才得知，重新比赛的话，即使第二次成绩不好，也以两次比赛最好的成绩为准。

该事件促使国际奥委会更改了赛事分组规则。乔波憋足劲儿决心在1000米的竞赛中与布莱尔决一雌雄。首次出国参赛的肖汉章教练缺乏经验，赛场雷鸣般的呼喊声淹没了他的报时声音，就顺手从外国教练那里借了一部翻牌显示时间，在1000米还剩下30米时，乔波听到男队邓绍新教练大声呼喊："乔波，现在你是第一！"

她使尽浑身力量冲向终点，仍以0.02秒的微弱差距屈居亚军，再一次与金牌失之交臂。尽管遗憾地没有在冬奥会上取得金牌，但这枚宝贵的银牌让中国的五星红旗再次飘扬在冬奥会赛场，从此开启了中国冰雪运动员在冬奥会历史上争金夺银的历程。中国选手在这届比赛中获得三枚银牌，排在奖牌榜的第15位。这也是中国自1980年首次参加冬奥会以来，经过12年的努力，终于实现了奖牌"零的突破"。她还是我国乃至亚洲第一位女子短距离速滑全能世界冠军。

冬奥会后仅仅时隔五天，她参加世锦赛，战胜布莱尔等所有选手，摘取了亚洲保持至今的女子全能桂冠和500米、1000米的金牌，用实力证明了自己。

我们的乔波犹如一名勇士，一骑绝尘，向着利勒哈默尔冬奥会目标冲击。

叶乔波夺冠年代，赢得一个冠军，国家奖励7000元；赢得第二个冠军，奖金立刻减半，夺得两个世界冠军，奖金只有10500元。她不是为了钱而拼，而是为了祖国的荣誉。叶乔波是在中国冰雪运动不发达、起点低的情况下勇敢征战，她让世界认识了中国，又让中国认识了世界。她和罗致焕、王金玉、王秀丽、杨扬、王濛、张虹等人一样，是中国冰雪运动的领军人物。

面对两个手术方案

1993年赛季，叶乔波在日本举行的世锦赛上荣获三枚金牌，蝉联全能桂冠。这一年，她席卷了世界比赛14枚金牌，实现了大满贯战绩，斩获"金冰刀"奖。

然而在世界杯终赛时，叶乔波左腿膝关节发生交锁，膝关节突然卡住，猛地摔出场外，她隐隐感觉到不幸悄悄袭来。经过短暂7天休整，1993年4月初，冬奥赛季开启，乔波带伤开始备战冬奥会。膝关节疼痛越发严重，经常发生交锁，走路一瘸一拐，夜不能寐，连翻身都疼。八一速滑队请来国内著名的外科创伤专家——成都体育学院运动创伤医院院长和中医科主任亲自到沈阳给乔波针灸治疗，每天晚上药熏、按摩、针灸，由于她髌骨脱位，每天训练前，中医科主任亲自拿黏性绷带给她包扎膝关节，治疗时间长达两个多月。没有经历过撕心裂肺、痛彻骨髓的伤痛，你很难体会到乔波有多么艰难。

为了更好地适应1994年利勒哈默尔冬奥会训练环境，乔波与队友一道前往挪威国家训练基地备战，考虑到当时我们的经济条件不是很好，基地的里尔主任特批中国运动员可以免费使用训练场地。

看到乔波每天一瘸一拐、流着眼泪训练的场景，里尔主任实在于心不忍，他建议乔波找自己的好友挪威运动创伤私立医院瑞雷姆院长（欧洲著名外科医生）进行诊断，里尔主任亲自驾车带着叶乔波去医院做了20多张核磁共振的片子，当乔波问到费用时（90年代初期，在我国拍一张核磁共振片子需要1500元），里尔主任说："你不用管了。"直到现在，乔波都不知道钱是谁出的。

核磁共振显示乔波的膝关节里有很多碎骨，叶乔波得知这个消息，犹如五雷轰顶，眼泪唰唰地流了出来，这对冲击冬奥金牌的乔波来说无疑是沉重的打击。

瑞雷姆院长给了乔波两个手术方案：第一个方案是取出碎骨，大面积修复膝关节，接上两根韧带，但是康复期至少一年，这就意味着乔波的膝关节会得到很好的治疗，但是将错过冬奥会；第二个方案只取出碎骨，不做任何修复。乔波毅然决然地选择了后者。

瑞雷姆院长诧异地问:"为什么?"

乔波斩钉截铁地说:"我的目标是拿金牌!"

瑞雷姆院长摇头说:"这是不可能的!"

乔波迟疑了一下,又很坚定地回答:"只要有1％的希望,我也要尽100％的努力,我不想留遗憾。"

瑞雷姆院长亲自操刀给她做手术,她的膝关节软骨面呈锯齿状,从关节腔中取出5块游离体,最大的一块有大拇指指甲盖那么大。她手术后伤口疼痛难忍,护士在一周内每天从她的膝关节里抽出一大管脓血,乔波担心肌肉流失过快,强忍伤痛,第二天就开始慢慢走路,第三天就练习静蹲,第四天就开始背沙袋负重静蹲……

当年还没有随队医生,乔波只好自己给自己针灸止痛,有时要扎上100多针。

冰雪运动创造了她生命的辉煌

性躁皆因经历少,心平只为折磨多,乔波尝到了同龄人从未尝到的磨难,也激起她自强不息永不言败的决心。她深知在国际大赛上争金夺银、报效祖国的机会不多了,超负荷的训练令她伤病不断加剧,每天训练对她来说都是一种煎熬,她有时也反问自己:"如果我拿不到这块金牌,我还要不要坚持?如果我这条腿终身残疾,值不值得?"

想起父母含辛茹苦对自己的养育,想起老师们几十年如一日的辛勤付出,想起那么多八一队和国家体委领导对自己的期望,她不想辜负这一切,她一定要对得起这些恩重如山的关爱,她要坚持下去,不能有丝毫的动摇!

1994年2月,第十七届冬奥会在挪威利勒哈默尔举行,乔波预感到这将是她最后一次出征,她用多年来积攒下来的奖金给父亲和妹妹买了机票,期望家人能够分享最后一场搏击。

通常,奥运会举办期间,所在地酒店和公寓价格都要翻8—10倍,里尔主任再次伸出援助之手,推荐了俱乐部教练,这位教练经与朋友协商腾出了一栋别墅给乔波的父亲和妹妹居住，妹妹有生以来第一次见到姐姐的伤腿，抱着姐姐的腿就哭了。

叶乔波出征第十七届利勒哈默尔冬奥会，500米是她的强项，上一赛季，她还囊括了全部500米比赛的金牌。500米比赛结束，令她难以接受的是：叶乔波的名字排在第13位。她带着沉重的心情一瘸一拐地走到看台，见到父亲欲哭无泪，沉痛地说："爸，我让你失望了！"

父亲抚摸着女儿的肩膀说："你能来参赛就是一个胜利者！"

乔波顿时泪如雨下。

距离最后一项1000米比赛还有四天时间，除了正常训练以外，乔波每天都在做意念训练，从起跑、直道、弯道、换道，直到冲刺，乔波的意念演练过程与她的实际比赛时间几乎一致，不容有半点闪失。在这段日子里，乔波的父亲包饺子，帮女儿踩腿按摩，给女儿做心理疏导。

在赛场上，乔波偶遇自己从小崇拜的偶像——1980年普莱西德湖冬奥会金牌得主美国的名将埃瑞克·海登，海登退役后读了医学博士，他看了乔波的膝盖后说："你真的了不起！"

乔波拿着冰刀鞋走向赛场，与韩国的滑联主席、国际滑联副主席张明熙擦肩而过，他狠狠地在乔波背上拍了一下，高声喊道："Qiaobo, go fighting! （乔波，去战斗吧！）"

瞬间，乔波想起了儿时曾经看到的一幅巨大的油画，一个战士站在山头，他左手托着被打出来的肠子，右手端着冲锋枪，身后的阵地上插着一面千疮百孔的红旗，脚下是牺牲的战友。她猛然感到我就是这名战士，宁可这条腿扔在冰场上也要拿下比赛！

比赛开始了，细心的观众能够看到叶乔波的左腿更多的只是支撑，而不是发力，在最后距离终点还剩30米时，她的膝关节再次发生交锁，她在心里告诫自己："千万要支撑住，哪怕是出溜到终点……"

也许是这份执着感动了上苍，也许是她热爱的冰场眷顾了乔波，她仅以0.01秒的微弱优势战胜了呼声很高的加拿大选手苏珊，摘取铜牌。站在领奖台上，望着身边的冠军和亚军，她忍不住眼泪扑簌簌滚落下来。她知道，这是她人生舞台上的最后一次冰场搏击了。

　　30岁的女人像一朵花，正是绽蕾吐蕊最美好的年华，然而运动员的青春就是这样短暂。这个年龄，有人博士刚刚读完，有人刚刚走上工作岗位，可是如花似玉的叶乔波却要面临退役。比赛结束，她的腿疼痛难忍，实在站不起来了。冬奥会刚结束，德国妈妈建议她到德国医院进行诊治，著名的外科医生沙夫拉和挪亚合作为她做了手术，她又上了手术台，曾经缝合的刀口再次打开，呈现在眼前的是前十字和后十字交叉韧带完全断裂，两根侧副韧带撕裂，取出8块游离体。院长一边手术一边摇头，肖汉章教练被批准进入手术室看了整个手术过程，这个不苟言笑的铁骨硬汉忍不住哭了。

　　手术后的第二天，她就接到了一封国家体委发来的电报，通知她被评为全国体育十佳运动员，和颁奖仪式的时间、地点。伍绍祖主任说："以往颁奖你们

冬奥会中国第一块奖牌得主 —— 叶乔波

都是在参加冬季比赛,都没有赶上,这回一定要回来领奖。"

术后第三天,她就带着冰袋登上了飞机,她百感交集。"带着冰刀出征,坐着轮椅凯旋"。当她坐着轮椅出现在首都机场时,迎接她的是热烈的掌声和无数的鲜花。

从1979年至1994年,叶乔波先后参加了124次国内外速度滑冰重大赛事,共夺得133枚奖牌。其中68枚金牌,23项世界比赛冠军,是亚洲第一个女子全能世界冠军,也是让五星红旗在冬奥赛场升起的第一位中国人。她曾被评为全国"新长征突击手"、三八红旗手、五四青年奖章获得者、中国十大杰出青年、全军"优秀共产党员"、一级英模,连续三届当选全国政协委员,多次荣获一等功,被中央军委授予"体坛尖兵"荣誉称号。

叶乔波是在中国冰雪运动不发达、起点低的情况下勇敢征战,她让世界认识了中国,又让中国认识了世界。当岁月的刻刀在洁白的冰面上划过,留下的是中国冰雪运动健儿顽强拼搏的痕迹,她和罗致焕一样,是中国冰雪运动的领军人物,冰雪运动创造了她生命的辉煌。

翱翔在冰场的海燕

在黑龙江省冰上训练中心速滑馆,我看到了一幅照片,一个身穿黑色滑冰服、头戴黄色帽子的运动员在冰上滑行,她身材矫健,两只胳膊在背后伸直做后钩的手势,右腿在前左腿在后奋力蹬冰,仿佛一只黑色的海燕扇动着翅膀,穿越暴风骤雨,迎接速度与激情的挑战,她就是速滑名将、北京冬奥组委体育部速度滑冰竞赛主任王北星。

1985年3月10日,她出生于黑龙江省杜尔伯特蒙古族自治县,父亲是医生,母亲是工人,她还有一个弟弟,一家四口其乐融融。家乡冰天雪地,一年有5个月的冰冻期,给孩子们提供了良好的滑冰条件。北星小时候比较瘦弱,容易生病,她7岁时参加学校运动会,机缘巧合,刚巧赶上启蒙教练刘金堂到各所学校选苗子，让孩子们做20米往返跑、跳高、跳远，通过测试看小学生的跑跳能力，一眼就相中了王北星，他坚信这个小丫头是棵好苗子，带她到江边练习速度滑冰，悉心培养她。

杜尔伯特蒙古族自治县的体育老师很敬业，冬天冒着寒风在学校浇冰场，孩子们下午三四点钟放学后要先做作业，然后才能上冰训练。为了能够早点滑冰，小北星总是认真快速地完成作业。开始大家觉得学滑冰很新奇，有20多个同学报名参加，放学后冰场上呼啦啦一大片，热闹非凡。但是随着天气越来越寒冷，参加滑冰训练的人越来越少，最后就剩下她一个人了。体育是一块试金石，你对她一般的爱是不行的，必须是酷爱，只有酷爱才能咬牙，只有咬牙才能成才。搞体育不能怕吃苦，王北星自身条件好，在学校运动会跑步回回都是冠军；更重要的是她能吃苦，咬牙坚持训练。她认真揣摩刘金堂教练教的一招一式，风雨无阻从不间断训练。

她觉得冰雪世界有一种水晶般的梦幻感觉，自己在冰场仿佛变成了白雪公主，滑得如痴如醉。知女莫如父，父亲看她是这块料，果断地对妻子说："咱闺女有点娇气，练习滑冰可以锻炼意志，让她干体育锻炼锻炼；咱儿子比较虎实，让他学拉小提琴，磨得文雅一点。"

就这样，文质彬彬的北星整天像男孩子一样在冰上摔打；性格粗犷的弟弟整天在小提琴的世界里徜徉。父亲的教子方针是两个孩子一个学文一个学武，男孩子用音乐熏陶让他文雅一点，女孩子用体育锤炼让她坚强一点。王北星的父亲身高1.72米，母亲身高1.60米，她开始个头在班里是中上等，滑冰使她尝到了体育锻炼的甜头，从一个瘦弱的小女孩儿迅速蹿个儿，变得身强体壮。虽然刘金堂教练的学生变少了，但是大浪淘沙，最后淘下的就是金子。

后来，王家举家搬迁到齐齐哈尔市，父亲打前站侦察，哪所学校教学好，体育也抓得好。经过考察选定了建华区回民小学。父亲依然当医生，母亲到齐齐哈尔第一布鞋厂当工人，北星上了回民小学四年级，我曾经采访过她的母校，这是一所体育示范校，德智体美劳教育样样拔尖，老师在学校操场上泼水冻成冰场，体育课有冰雪课，她在体育老师的点拨下进步飞快，成为回民小学的骄傲，至今，母校的走廊上还悬挂着她的照片。小学毕业到了齐齐哈尔市第十中学，依然坚持练习滑冰。她来到齐齐哈尔市业余体校速滑队重点班，师从王杰纯教练，穿体校免费提供的师哥、师姐们穿过的冰鞋练习滑冰，她的爆发力好，速度快，很快就脱颖而出。

1999年，14岁的北星被选拔到黑龙江省体校，她挥泪告别父母和弟弟，告别了美丽的鹤城，只身来到哈尔滨。齐齐哈尔是冰雪运动强市，培养出薛瑞红、宋丽、万春波等速度滑冰宿将，他们都曾经斩获全国速度滑冰冠军。

正如她的名字那样，在北方，一颗新星冉冉升起。2003年，18岁的王北星以优异的速度滑冰成绩进了北京国家体育总局冬运中心集训队，成为中国速度滑冰的后备人才。

走出去，请进来

本着"走出去，请进来"的原则，领导派她和几个队友远赴加拿大卡尔加里训练。2003年9月25日，王北星和队友一起来到了枫叶之国。出国训练没有中国教练，她的教练是加拿大人凯文，曾经获得日本长野冬奥会男子速度滑冰500米铜牌。恰巧国家队的速度滑冰冠军王秀丽在加拿大执教，冬运中心请王秀丽对王北星一行在生活上予以关照。

6个队友租一套公寓，3个独立的房间，男女分开，两人一个房间。他们面临的第一只拦路虎是不会做饭，昔日，在家里有爸爸妈妈做饭，到集训队有厨师做饭，根本不用自己操心；可是在异国他乡物价昂贵，所有的开销都要乘以5，请不起厨师只好自己动手做饭，自己洗衣服，他们分工两人一组，每一组负责做一个星期的饭。没有中国教练和管理者，没有汽车，每人买了辆二手自行车，骑车到超市买菜，肉、蛋、蔬菜、水果。他们第一次上街买菜，遇上很大的雪，一路上摔了很多跟头，把腿都磕青了……此时此刻，他们才晓得柴米油盐酱醋茶有多么琐碎，才体会到在中国当一个运动员是多么幸福。北星和队友把采购的东西放在自行车上,拿出吃奶的力气拼命地往住处骑,卡尔加里冬天非常冷,和齐齐哈尔的寒冷不相上下,路上滴水成冰,有时候骑车会滑倒,摔得很惨,回来还要鼓捣锅碗瓢勺交响曲。

第二只拦路虎是语言不通,训练计划都是英文,有冰上训练、陆地训练、力量训练,很多内容都看不懂。王北星刚开始与人交流像孩子似的蹦单词,还要加上肢体语言的配合,凯文教练也是一边讲英语一边做示范动作。

他们报了当地的语言学校学习口语,根据个人的英语程度分在不同的班,3个月一期,学费很贵,需要将近1万元人民币。6个队友中有一个师兄英语较好,每天晚上,他给大家教1个小时的英语,把当天学习的英语词汇和句子抄在一张纸上,大家分别揣在兜里,第二天训练时抽空背20—30个单词、十几个句子。

不管多累,王北星都要每天花1个小时学习英语。每天上午是规定的训练时间,她们从驻地出发骑自行车到训练场,运动员训练强度很大,陆地训练有跑步、力量训练、压腿、蹬自行车、健身器械……冰上训练有专项滑冰训练,蹬固定自行车对于王北星来说是放松训练,她把抄写英文单词的纸放在自行车把前,一边蹬车一边背单词。不管多累,她都要把每天新学的英语单词和句子背得滚瓜烂熟。

中午12点,用15分钟随便吃个三明治,再用20分钟乘坐有轨电车到英语学校,下午1点至3点上课。学习英语需要语言环境,在加拿大,英语是人家的母语,她进步很快,学习了两个多月,从开始只会蹦单词到能够主动用英语与教练沟通,增强了自信心。将近1年时间,她就可以自如地用英语与人交流了。

成才必须耐得住寂寞

既然选择了速度滑冰这条路,就要坚定不移地走下去!成才就要耐得住寂寞。王北星有一个幸福的家庭,过去遇到困难可以向家人倾诉,有家人和朋友陪伴。到了国外,遇到难题她只能关起门来哭一场,哭完之后还要用笑容面对大家,没有人可以依靠,你必须靠自己。

每天下午3点钟下课，马不停蹄再从市中心乘车回到卡尔加里大学训练馆训练。她深切体会到加拿大之所以是冰雪运动强国，是因为他们的训练体系健全，科研和教学支持运动队。速度滑冰馆就在卡尔加里大学里面，冰场和高校连在一起，1988年举办冬奥会时建立了滑冰馆，卡尔加里大学有很强的科研团队，运动生物学、心理学等学科都很发达，教学科研服务于职业运动和大众体育运动。学有所成，学生学的专业在卡尔加里大学可以找到就业的机会。冰雪运动不仅有速度滑冰，还有冰球、花样滑冰、短道速滑……这所大学的博士和教授负责不同运动项目的科研和评估，学校有实验室，大学的人才和资源是源源不断的，他们用先进仪器对运动员进行心肺功能、体能和耐力的监测，通过训练，你达到什么指标，实验室出来的分析报告才有价值。

在国内训练时，运动员训练相对被动，教练让你练什么，你就得练什么；来到卡尔加里后，教练会定期与运动员沟通，让运动员发挥主观能动性，启发你思索。教练把运动员拉进来一起探讨为什么要这么练，运动员必须参与制订训练计划，教练会问运动员："你的训练目标是什么？"

从要你练变成我要练，只有发挥运动员的主观能动性，让他有"我要练"的信心，他才能"衣带渐宽终不悔，为伊消得人憔悴"。

这是东西方教育的不同，启发式而不是灌输式，加拿大的体育训练是王北星迅速成长的8年。她觉得这种"走出去"的海外训练模式是成功的，国家培养运动员，不单是希望运动员成绩优秀，更希望运动员在综合素质上全面提高。这些王北星做到了，生活能力的跃升，训练能力的提升，与教练在一起共同制定训练计划，自己参与其中才知道自己的优势，并且结合身体状态、体能测试等制定好训练计划。

王北星是天才型的速度滑冰选手，良好的身体素质和长期刻苦的训练使她取得了优异的比赛成绩和高超的临场发挥，也注定了她能够跻身世界最优秀速滑选手队伍。她身材高挑，身高1.74米却不瘦弱，有一双强健的大长腿，粗壮有力，臀大肌发达可以有极好的爆发力，腿部肌肉发达可以有良好的蹬冰能力。协调性好，运动灵活，稳定性强。出国训练之前，她在全国速度滑冰系列赛上很难进入前八名，到加拿大训练四五年后，她已经具备了与世界高水平运动员竞争的实力。

我曾经问过王北星："你从小在杜尔伯特蒙古族自治县长大，是不是经常吃牛羊肉，身体就结实？"

她笑着说："到运动队之前，我不吃牛羊肉，也不爱喝牛奶。我是到了运动队才开始吃牛羊肉。"

我也不喜欢羊肉的膻味儿，所以我理解她说的话。这么看来，她可真是老天爷赏饭吃，她出色的身体协调性和控制能力是与生俱来的，她本身就是天才型的运动员，再加上超人的刻苦，她不成才谁成才？

天外有天，取得优异成绩是水到渠成，但是要想成为世界第一，就要付出常人难以付出的努力。要走的路很长很长，她自省能力强，清楚地意识到自己的弱点：腰腹力量不足，上肢力量匮乏，胸肌不发达，她要通过科学的训练不断地挑战自我，超越自我。

迈进三届冬奥会的门槛

世界杯、世锦赛和奥运会是世界体育运动三大赛事，奖杯的分量是相同的，之所以冬奥会更引人注目，是因为世界杯、世锦赛每年都有比赛，而冬奥会4年举办一次，奥运周期长，一个职业运动员有几个4年的运动生涯？所以，冬奥会上的竞争会更加激烈，大家都想在冬奥会上实现自己的奥运梦想。王北星是个倔强的姑娘，她绝不把世锦赛、世界杯冠军当成奋斗目标，她把视线瞄向了冬奥会。

青年人在成长道路上是需要偶像的，在心中树立一个偶像，就树立了追赶的目标；一个人追求的目标越高，为之锲而不舍努力奋斗，他的才华就发展得越快，对社会就越有益。

冬运中心的领导知道她崇拜叶乔波，于2009年安排她俩在北京一家餐厅见面。在见叶乔波的头一天晚上，她激动得一宿没睡。这一年，北星24岁，风华正茂；叶乔波45岁，已经从清华大学毕业。两人聊得很投机，叶乔波向王北星讲了自己当运动员时面对对手如何调整心理，比赛的很多竞争在场上呈现，其实在场下就开始了，争金夺银遇到竞争选手一般不多说话，而是暗自发力，较量从发令枪响就已经开始。

叶乔波给了王北星极大的鼓舞，她茅塞顿开，一心一意向乔波姐学习，顽强拼搏。自叶乔波、王曼丽之后，王北星成为中国女子速度滑冰运动员的领军人物。当时，中国女子500米速度滑冰的佼佼者是王曼丽，她几乎囊括了国内所有女子500米速度滑冰的金牌。2005年11月，在美国盐湖城高原场地，同场竞技王北星居然超越了王曼丽保持的500米速度滑冰成绩，2005年，她夺得世界杯密尔沃基站女子500米速度滑冰冠军；2005—2006赛季，她夺得世界杯盐湖城站女子500米速度滑冰冠军；2006—2007赛季，她夺得世界杯海伦芬站女子500米、1000米速度滑冰冠军。那一次拼得太狠了，500米滑下来，她的腿都直了。

2006年，她参加了意大利都灵冬奥会，取得速度滑冰500米第七名的成绩。

2010年，温哥华冬奥会在加拿大开幕了，她把目标定在夺金牌上。在温哥华列治文市速度滑冰馆，第一个500米，她有点紧张，第二个500米她放开了滑，成绩反而好了一点。德国名将沃尔夫实力雄厚，500米最高纪录为37秒，王北星与她只差0.02秒。最终，王北星荣获女子速度滑冰500米季军。我去过这个温哥华滑冰馆，设施非常棒，冬奥会强手如林，她不负众望摘取奖牌。滑冰对运动员的技术和心理素质是综合考验，叶乔波说："王北星就该是这个成绩，正常发挥，不足之处是应该再多一点霸气！"

2014年，索契冬奥会在俄罗斯举办，这里是奥斯特洛夫斯基创作《钢铁是怎样炼成的》这部书的地方，奥斯特洛夫斯基在战争年代受伤，被诺沃罗西斯克州党委送到索契接受矿泉浴疗养，从此开始创作。她读过这部书，里面有一句名言："人最宝贵的是生命，生命对于每个人只有一次，人的一生应当这样度过：当回首往事的时候，他不因为虚度年华而悔恨，也不因为碌碌无为而羞愧。在临死的时候，他能够说：'我的整个生命和全部精力，都已经献给了世界上最壮丽的事业——为人类的解放而斗争。'"

小时候她曾经听父亲讲过保尔·柯察金的故事，父亲那代人把保尔·柯察金当成榜样。这一年她29岁，已经到了速度滑冰运动员的极限年龄，这是她作为运动员最后一次参加冬奥会了，在奥斯特洛夫斯基写保尔·柯察金的索契，她没有因为碌碌无为而羞愧，荣获冬奥会女子速度滑冰500米第七名。她感到遗憾、难过，落差很大。

平心而论，三届冬奥会她都有遗憾，尤其是温哥华冬奥会，她就是奔着金牌去的，但是强手如林，冲金失利使她难掩遗憾之情，但她毕竟获得季军。回到祖国，她告别了18年的速度滑冰运动员职业生涯，选择退役。她走进中国人民大学工商管理学院攻读MBA硕士，学习做体育管理案例，吮吸知识的乳浆，羽翼渐丰。

冰上玉娇龙

2018年，王北星回到自己热爱的冰雪事业，参与筹办北京2022年冬奥会，担任北京冬奥组委体育部速度滑冰项目竞赛主任，以国际滑冰联盟速度滑冰项目技术官员的身份参加了平昌冬奥会。

2022年，她以竞赛主任的身份参加北京冬奥会，作为服务于运动员的竞赛组织者，她要关心场馆建设是否到位、体育设施是否配套，我曾经两次和她一起到国家速滑馆寻访，冰丝带第一次制冰完成，她穿着冰鞋上去试滑，冰的硬度是否合适，从运动员的视角提需求：更衣室有没有按摩床，陆地热身训练的跑道有没有塑胶，她都要一一过问。她的宗旨是：以运动员为中心，绿色环保，符合国际大趋势，低碳制冷系统，碳排放趋于零，让运动员觉得国家速滑馆是最舒适的场馆，中国一定会提供符合冬奥会标准的场馆设施。

为了北京冬奥会，她没有时间与家人团聚，很多年的春节都没有回齐齐哈尔过年了。她经常给父母打电话，管母亲叫"咪咪猫"，管父亲叫"老板鱼"，有时候给爸爸打电话会问："老板鱼，咪咪猫最近欺负你了吗？"

运动员是有一群人，包括领队、教练、厨师、医生、心理医生、场馆工作人员在为他一个人服务，辅佐他去冲击奖牌；读MBA时是一个小组在共同奋斗，大家一起探讨做案例；而当国际滑冰联盟速度滑冰技术委员会运动委员会代表则是一座桥梁，承担沟通运动员与国际滑联关系的桥梁，将运动员的需求和建议汇总传递给国际滑联；当北京冬奥组委体育部速度滑冰竞赛主任是一个组织为世界各国的运动员服务。

命运仿佛一个魔方，兜兜转转，王北星回到了梦开始的地方，从事自己喜爱的速度滑冰事业，而立之年变成了竞赛组织者。在冰丝带建设期间，她至少来现场看了20多次。场馆建好后，北京冬奥组委体育部的竞赛主任全部下放到场馆，她在冰丝带一间临建房的三楼办公。几个人一个房间像鸽子笼似的环境，夏天闷热，冬天寒冷，她毫无怨言。

2021年4月份在国家速滑馆举办"相约北京系列冬季体育赛事"速度滑冰测试活动，她就像长在场馆，早晨7点钟到现场，晚上10点30到11点才能离开。测试赛举行了4天，她前后在场馆待了10天左右。

冰丝带要建成智慧场馆、科技场馆，400米长的冰道制冷系统要分区控制，分成6个区域：里圈有两个标准的花样滑冰和冰球场地，根据不同的项目分区冻冰，想冻冰球场地冻冰球，想冻花样滑冰的冻花样滑冰。她担任国际滑冰联盟速度滑冰技术委员会运动员代表，必须熟悉竞赛规则，对外要经常与国际滑联联系；对内要确保运动员的服务标准。她还是北京市中小学生冰雪运动专家团成员，冬奥知识宣讲团成员，到十几所中小学、冬奥社区和银行等地去宣讲冬奥知识。

目前国际上速度滑冰最棒的是荷兰，俄罗斯、挪威、意大利、德国、加拿大和日本也很棒。现在，中国速度滑冰运动员的佼佼者是高亭宇和宁忠岩，目前，他俩已经获得2022年北京冬奥会参赛资格。2022年北京冬奥会，中国运动员如果在速度滑冰上想有突破，就看高亭宇和宁忠岩。高亭宇主项目男子500米，宁忠岩主项目男子1000米和1500米。他们都获得了2021—2022赛季速度滑冰项目世界杯分站赛冠军。

从运动员转型到竞赛主任给王北星很大的帮助，她能够以运动员的视角在竞赛主任中提出运动员的需求，让大家更好地了解速度滑冰项目，为运动员和参赛队提供服务。国家速滑馆是北京冬奥会北京主赛区唯一新建的冰上竞赛场馆，是国际一流的滑冰场，也是目前亚洲最大的冰场。因为疫情影响，只有中国选手参加了"相约北京系列冬季体育赛事"速度滑冰测试活动。王北星需要定期向国际滑联技术委员会做报告，以便其他国家和地区奥委会的运动员能够及时了解场馆的发展情况。测试活动期间，王北星和竞赛副主任一起试了冰，将冰的软硬度反馈给外国制冰师马克先生。这次测试活动有14个项目的比赛在国家速滑馆举行，数量与冬奥会相同。随着冬奥会的临近，整个冰丝带无论是场馆设施、体育器材还是服务质量，正在逐渐向高质量攀登，为全世界的运动员提供优质服务，北京冬奥组委正在做最后的冲刺，期待在这样的场馆创造出更好的成绩。

在王北星的青年时代，中国女子速度滑冰处于鼎盛时期，世界大赛时5个中国女运动员全分在A组，能够进入前十二名。王北星的主打项目是女子500米速度滑冰，比较幸运的是滑了

作者采访北京冬奥组委速度滑冰竞赛主任王北星

几十年冰，居然没有受什么大伤。她为冰雪而生，是当之无愧的冰上玉娇龙。

奥运会是一个让所有热爱体育的人在同一时间同一地点内竞技，大家因为热爱走在一起，参加一个大party。奥运会的初衷就是为了制止战争，作为竞赛组织者，她不会因为有的国家打压我们就对那个国家的运动员服务有差异，体育无国界，她的心中燃烧着奥运的激情，她的生命为体育事业而燃烧。

"金冰刀"的传奇人生

在哈尔滨全国速度滑冰冠军赛现场，我见到了都灵冬奥会速度滑冰女子500米亚军、速度滑冰世界杯总冠军、世锦赛冠军王曼丽，她正在解说运动员的滑冰状态和成绩，声音充满了激情。冠军赛结束，我们俩就有了一次深谈。

她1973年出生于黑龙江省牡丹江市，2003年至2006年是她的黄金年，她几乎囊括了所有速度滑冰世界杯女子500米金牌，并且连续两届荣获世锦赛500米金牌；在她24年的运动生涯中，她一共获得22个世界冠军。2004年，31岁的王曼丽赢得国际滑联为速滑世界杯总冠军设立的最高荣誉"金冰刀"。

虽然获奖无数，可她却非常谦逊、低调。她的父亲王桂芳是北京顺义人，到牡丹江当兵，她的母亲金淑琴是牡丹江人，父亲和母亲在牡丹江相识、相爱，从此离开家乡在牡丹江结婚生子、定居。王曼丽兄妹三人，有一哥一妹，她的父母对体育很热心，父亲虽然只有1.65米高，却弹跳力好，三步跨栏能够着篮板；母亲50岁还能陪她跳绳。他们要求孩子锻炼身体，宁肯自己少吃一口，也要让跑跑颠颠的孩子加强营养，每天早晨给每个孩子1毛钱，让他们去买羊奶喝。

在父母强大的基因和严格要求下，王家兄妹热爱体育运动。王曼丽在牡丹江市紫云小学上学，学校开运动会，一年级的她比全校所有男生跑得都快。二年级时被选拔进校体育队，每天早晨5点钟起床去学校训练，训练完回家吃早餐，7点多再去上课。在小学，除了一个五年级的女生她跑不过外，其余人轻松超越。小学生运动会100米短跑，她的成绩是13秒4；急行跳远4.75米，成为学校的体育尖子。

四年级时，牡丹江体校到学校招收滑冰队员，她以良好的体育天赋被选中。启蒙教练孙忠坤非常重视她，手把手地教她，她适应能力慢，但是一旦学会终身不忘。当时，白天全天上课，晚上去滑冰，早晨4点30分起床去大水泡子滑，孙老师早早地在那里用扫帚清扫冰场、给队员发冰鞋。她穿着棉袄、棉裤滑一个小时，浑身是汗就去上学；下午放学后再去滑到晚上7点30，8点回家吃晚饭、做作业。为了练习滑冰她废寝忘食，真是披着星星出门，戴着月亮回家。

不服输是她的特质

提起牡丹江，人们就会想起林海雪原。牡丹江市的冬天寒风刺骨，西北风的嘶鸣分外凄厉，早晨她不想起床，身为军人的父亲便催促："到点还不起来。"

她性子要强，咬牙天天早起锻炼。她田径成绩好，小学毕业选择上重视田径的牡丹江市一中。孙忠坤教练对她说："田径不如速滑有发展。"

在她的心目中，教练的话就是圣旨，她听从孙教练的意见，去了牡丹江市体校练习滑冰，上午上课、下午滑冰、晚上住在集体宿舍里。1986年，朝鲜族教练文花子教她；后来，文教练的丈夫谢天恩老师继续教她，谢老师是速度滑冰冠军，也是专业班教练，眼界很高，觉得她水平欠佳，就把她送回到孙忠坤教练手中。她不服输，在孙教练手下苦练，发誓为启蒙教练争气！

1988年，15岁的王曼丽进入牡丹江体工队，又被文花子教练收为徒弟，成为冠军教练谢天恩的队员。她想：我不能让谢教练瞧不起。谢教练学习很好，没钱上大学就练习滑冰搞了专业，他越不看好王曼丽，她就越要把冰滑好，师徒俩就这样较上了劲。王曼丽性格像个假小子，淘气，宿舍里8个女生，她几乎都打过架。她好管闲事，爱打抱不平，经常替弱者出气。但是她在训练上一丝不苟、爽朗、乐观、刻苦，滑行时身体呈流线型，上体前倾，两腿深屈，蹬冰有力。

谢天恩教练慨叹："王曼丽不听话，我喜欢听话的学生，可是听话的学生都没有她滑得快。"

1995年，哈尔滨市冰上基地建了优质的室内滑冰馆，这里可以举行国际滑冰赛事，这个冰场对全国开放，冰点十分抢手。1996年，黑龙江省各地优秀的滑冰运动员都到哈尔滨冰上基地训练，她以40.5秒的成绩斩获第三届亚洲冬季运动会女子速度滑冰500米冠军。夺冠后，她入选速度滑冰国家队。仿佛有一个魔咒紧箍着她，在随后4个冰雪赛季，40秒却像一个难以逾越的鸿沟挡在王曼丽和谢天恩教练面前，反复出现无法前进。世界变化日新月异，此时，速度滑冰女子500米的成绩已经进入38秒5以内，滑冰滑到一定高度，缩短一秒钟好比"蜀道难，难于上青天"，0.1秒之间就有成百上千人，她觉得自己已经竭尽全力，不可能再进步了，想放弃了，但是谢天恩教练死活不肯放弃她，他绞尽脑汁寻找她停滞不前的原因，终于发现她的有氧训练和无氧训练比例失调、平衡支撑能力差破坏了技术动作的连贯性。

为了弥补短板，从1999年开始，谢教练为王曼丽增加大量的公路自行车训练，最远的时候从牡丹江骑到了绥芬河，160公里整整骑了6个小时，累得她一边骑一边流泪。她忍受了常人无法忍受的痛苦，经历了常人没有经历的磨难，终于迎来了柳暗花明，2000年，在她27岁那年，在日本举行的世界速滑单项锦标赛上，她的成绩进入38秒92，斩获世界杯女子500米速度滑冰季军。

终于拿到世界级比赛的大奖了，可是她仍然不服输，她要拿的是金牌！女子速度滑冰500米相当于田径中的百米短跑，需要爆发力、技术动作、连贯性和弯道加速，一个都不能少。当时，她穿黑龙牌冰刀鞋，因为踝关节软冰刀立不起来。后来，她改穿美国制造的脚型鞋，荷兰制造的海盗牌冰鞋和日本生产的3S冰鞋，感觉好多了，滑冰要有好器材、好装备。

此后，她卧薪尝胆，玩命地练习滑冰，哪里有弱点就从哪里突破，不停地跟自己较劲儿，不停地挑战自我。一个人如果能够不断否定自我、挑战自我、超越自我，就没有人能够打败他了。经过顽强拼搏，幸运女神向她走来，从2003年到2005年，她把所有的世界杯、世界杯总站、世锦赛的女子500米速度滑冰冠军全部收入囊中，这一年她31岁。

都灵冬奥会的较量

2006年，都灵冬奥会在意大利举行，王曼丽的目标是冲击金牌。她的速度滑冰500米个人最好成绩是37.28秒，俄罗斯选手朱洛娃本赛季的个人最好成绩是38.05，王曼丽具备夺取金牌的实力。

她和朱洛娃展开较量，高水平的速度滑冰运动员都愿意滑内道，她的压力太大了，33岁的年龄，可能是最后一搏！发令枪一响，她们像箭似的冲了出去。前400米，王曼丽一直领先，但在最后100米竞赛时，身材高大、耐力极好的俄罗斯运动员朱洛娃冲过了终点，最终赢得了冠军，王曼丽屈居亚军。这次失利成为她心中永远的遗憾。她觉得拿了亚军对不起所有的人，没脸见人。她还不服输，想4年后参加温哥华冬奥会再搏一次，万万没有想到，她夏天骑自行车把膝盖摔伤，右腿疼痛难忍，2008年，35岁的王曼丽因伤退役。她哭成了泪人，谢教练安慰她："有人想拿冬奥会亚军没有拿到，有人想参赛没有资格，你参赛了，拿到亚军了，你就是勇者，你还有后半生！"

2008年，王曼丽做了膝盖关节镜手术，从受伤的右腿关节处取出了四块游离体。

2010年温哥华冬奥会期间，她怀着儿子看冬奥会女子速度滑冰电视转播，儿子剧烈的胎动撞击着她的腹部，她捂着肚子心里思忖着：儿子，妈妈多想再比赛一场速度滑冰啊！

退役后，她从世界冠军转型到体育管理人员，现任黑龙江省冰上训练中心书记，主抓党务。在她的运动生涯中共收获金银铜牌50枚。她对我说："牡丹江把100米速度滑冰列为初中毕业体育考试的必考项目，这对发展冰雪运动很有意义。中国已经成功申办冬奥会，希望广大青少年能够多参加冰雪运动，逐步成长为冰雪项目的'未来之星'，推动中国冰雪运动的发展。"

我终于理解了王曼丽在解说时为什么饱含深情，她人不在赛场，但仍心系冬奥，她把体育管理工作当成冬奥夺金的延续，全心全意做好服务工作，为备战冬奥会的运动员加油鼓劲。

与王曼丽一道站在2020—2021赛季全国速度滑冰冠军赛现场,我脱口吟出这样的诗句:

咏2020—2021赛季全国速度滑冰冠军赛

扬鞭骏马赴冰城,闪电流星霹雳行。

乳燕翱翔追旭日,长天浩荡尽春声。

凌花绽放英豪笑,圣火高喷勇士情。

劲旅相逢拼奥运,龙江竞赛凯歌盈。

作者采访冬奥会速度滑冰亚军王曼丽

第十八章 雪车雪橇是冰雪运动中的F1

雪车雪橇赛道有哪些项目？

雪车雪橇赛道有钢架雪车、雪车和雪橇三种比赛项目，有3个出发区，男女运动员不同运动项目出发点不同。钢架雪车运动员单人趴着比赛，雪车由单人、双人或者4个运动员坐着比赛，雪橇是1个运动员躺着比赛。运动员比赛手套的手指部位有密密麻麻的钉子，长约4毫米，以便于运动员出发时抓住地面，助推雪橇滑行。

在冬奥会赛事中，雪橇项目共设男子单人、女子单人、双人及团体接力4个小项。当前，我国雪橇队共有男子单人雪橇运动员8名，女子单人雪橇运动员9名及双人雪橇运动员一组。2020年10月9日正式进入国家雪车雪橇中心展开冬奥会赛前集训。

雪橇项目对运动员的反应速度、身体素质和滑行技术要求很高。它主要依靠运动员身体的灵活度来操控雪橇，既需要运动员能大胆地进行高速度的冲刺，又需要运动员在高速滑行中运用头脑和身体控制好雪橇。

雪橇是速度最快、操控最精细、最有艺术感且无制动的滑行运动项目之一，成绩精确到千分之一秒。中国国家雪橇队的中方教练阚樾于2000—2004

年间接受雪橇训练，长达5年，是中国最早接触雪橇项目的运动员，并在2004年日本长野举办的第七届亚洲杯雪橇男子比赛中获得银牌。

雪车雪橇属于极限运动，冒险而富有刺激性。赛道是冰面，雪橇没有刹车，只要有一点纰漏，运动员就会受伤甚至出现意外。凹型滑道左右都有防撞系统，水平高的运动员不撞，速度就快；水平差的运动员东撞西撞就会影响速度。雪车雪橇赛道以前规定时速150公里，温哥华冬奥会期间，在惠斯勒滑雪场雪车雪橇赛道，格鲁吉亚运动员库玛利塔什维利在雪橇练习赛中，以145公里的时速滑行时发生意外，飞出轨道不幸身亡。后来，在俄罗斯索契冬奥会上，国际冬奥组委就对雪车雪橇赛道加强安全设计，规定把雪车雪橇比赛时速减少为135公里。

2021年1月18日下午，习近平主席前往延庆国家雪车雪橇中心，先后来到赛道出发区、结束区，察看了雪车、雪橇运动员从出发到冲刺的完整训练过程。国家雪车、雪橇队的运动员、中外教练员和延庆赛区运行保障团队、建设者代表，向习主席高声问好。习近平向大家表示慰问，勉励大家刻苦训练，劳逸结合。

雪橇是一项以千分之一秒来计算成绩的运动，获得动力的唯一机会就是比赛出发时的加速发力，进入赛道就只能靠技术来掌控滑行，头越低阻力越小，到了结束区靠冰面的上坡和手套上的钉子来使雪橇停止。

在冬奥会赛事中，钢架雪车项目共设男子单人和女子单人两个小项。在该项目中，起跑和滑行技术是取得好成绩的重要因素，而调整和打磨雪车也是其中一项非常重要的工作。

耿文强现任钢架雪车队队长，于2015年从跳远转项进入钢架雪车队。2016年1月23日，在瑞士圣莫里茨举行的钢架雪车国际邀请赛中，仅训练两个多月的耿文强获得铜牌。在2018年平昌冬奥会上，训练3年的耿文强获得第十三名的好成绩。并于2018年11月7日在北美杯首战——加拿大惠斯勒站比赛中获得金牌，成为中国钢架雪车队自建队以来在国际雪车和钢架雪车联盟主办的比赛中获得的首枚金牌。

通过对田径、橄榄球等项目的跨界跨项选材，中国的雪车队伍正式集结，并于2016年初开始训练。2017年2月，中国队首次亮相雪车世锦赛。通过运动员们不懈努力，中国雪车队最终争取到了冬奥会参赛资格：男子双人雪车项目两个席位和男子四人雪车一个席位。获得男子双人雪车项目冬奥会参赛资格的两对组合分别是李纯健、王思栋和金坚、申可。以邵奕俊为舵手，搭档李纯健、王思栋、史昊的男子四人雪车（替补队员为王超），在平昌的赛场上，他们代表中国雪车完成了冬奥会历史上的首次亮相。

雪车雪橇赛道是半封闭的，夏天冰很快就融化了，不能训练，因此在雪车雪橇赛道旁边建造了一座冰屋，国家雪车雪橇运动员在冰屋训练。目前，延庆冬奥场馆已经进入冬奥会测试赛周期，钢架雪车国际训练周、雪橇国际训练周等5场测试赛将在国家雪车雪橇中心进行。同时，高山滑雪中心也在紧张地备战最后一个造雪季。

我看到延庆国家雪车雪橇中心异常忙碌，制冰、修冰、塔台播报、医疗配合、场内运动员接驳，各项运行服务保障工作正在有条不紊地进行。这是国内唯一一条符合冬奥会标准的雪车雪橇赛道，自地面蜿蜒而下，冰面光洁无瑕，全程1.9公里的赛道是30多名制冰师耗时10个昼夜轮替制冰的结果，他们清早起来到赛道除霜、清扫养护，现在所有制冰工作完成，遮阳帘开启，医疗对接，运输运动员的司机和塔台播报人员就位，确保测试赛和冬奥会的圆满完成。

为了备战北京冬奥会，运动员每天都在付出心血和汗水，我觉得国家雪车雪橇赛道仿佛是一条游龙，而冬奥健儿酷似一群猛虎，龙腾虎跃，信笔赋诗：

七律·延庆赛区抒怀

祥云缭绕海陀娇，旭日苍茫傲九霄。
飞燕翔空争白浪，惊鸿背水竞狂飙。
游龙逶迤看青鸟，跃虎威严喜热潮。
汗水晶莹迎赛事，妫川大地曙光昭。

冰雪运动中的F1

世界一级方程式锦标赛（FIA Formula 1 World Championship），简称F1，是由国际汽车运动联合会（FIA）举办的最高等级的年度系列场地赛车比赛，于1950年首次举办。

世界一级方程式锦标赛是高科技、团队精神、车手智慧与勇气的集合体，与奥运会、世界杯足球赛并称为"世界三大体育盛事"。

雪车雪橇比赛被誉为是冬季项目的"F1"。作为冬奥会的速度担当，在所有冬奥项目中，四人雪车是速度最快的，最高时速可以接近140公里。

2021年春节，当我再次到延庆赛区采访时，雪车雪橇中心机电项目部总工程师冯涛带领我参观场馆，我看到赛道光洁，制冰顺利，运动员在出发大厅跑步，雪车雪橇在赛道飞驰。钢架雪车比赛结束后，雪车雪橇竞赛主任张旭东等人正在与教练、运动员总结经验。"相约北京"测试活动马上就要开始了，他们必须紧锣密鼓地训练。

第二轮是雪车的训练，我来到出发区，认真地观察运动员出发，他们戴着头盔，穿着黑色的比赛服，脚蹬钉靴在冰上推着雪车奔跑，然后快速跃进雪车，借助惯性雪车飞驰而下，选手出发的环节是比赛唯一的发力机会，一旦进入赛道，一切都将由重力来控制。我看到运动员热身时在跑步，就是为了锻炼在冰面短跑加速，他们必须在6秒钟内将雪车向前推进50米。

雪车出发后，舵手是关键，路线不能有丝毫偏差。所有的弯道都是在侧墙上滑行，相当于运动员是平行地面在墙上飞行，必须把握好呼吸节奏，以免胸腔受到重力压迫。我竖起耳朵倾听，嗡嗡的声音震耳欲聋。抬眼望去，记分牌上用英文标出运动员的名字：Li Yuxi，这是一个女运动员，中文名字叫做黎禹汐。

雪车比赛包括4个小项，分别为男子四人赛、男子双人赛、女子单人赛、女子双人赛。比赛共进行4次，以4次比赛的累计时间计算成绩，时间短者名列前茅。

雪车运动员分为舵手、推手和刹车手，舵手是全队战术制定者，在车内掌舵，选择理想的滑行路线；推手在比赛中，左右移动身体控制雪车；刹车手在雪车冲刺到达终点线后，使用刹车装置停止雪车运行。

雪车雪橇赛道比赛场地相同，延庆的主赛道有16个弯道，起点至终点的落差为150米。雪车雪橇赛场不是都在平行冰面滑行，在弯道处需要在滑道的侧墙上滑行，滑道的平均坡度为9度—11度，弯道被设计成希腊字母Ω的形状，还有亚洲独一无二的具备360度回旋弯的较长赛道。雪橇的速度极快，弯道上雪车雪橇呈180度角在滑行，对运动员提出了极高的要求。雪车的滑行速度受重量、空气阻力和摩擦的影响，运动员体重和雪车重量越重，雪车跑得越快。

在结束区，我清楚地看到冰面呈上坡状，这是为了便于刹车。雪车和钢架雪车有刹车装置，而雪橇没有刹车装置，冰面设计成上坡状，加上运动员的操控，才能使得雪车雪橇停止运行。

随着嗡嗡的声响，雪车雪橇运动员风驰电掣急速冲刺，稳稳地停在了结束区。男运动员速度快些，有的男运动员很快就到达结束区。听到播音员用柔美的声音播报他们的成绩，我打心眼儿里为他们高兴。

中国雪车国家队刚刚成立6年，韩国平昌冬奥会，中国雪车队才在赛场上首秀，这是一支年轻的队伍。看到流线型的雪车上印着五星红旗，自豪感油然而生。比赛结束，我看到运动员将雪车刀片保护支架卸掉放进车里，再抬着沉重的雪车放到支架上，汽车将雪车从结束区运输到出发区，开始下一轮的比赛。

雪车雪橇场馆有办公室、出发区、结束区、运动员休息室、热身区、塔台、播音室，室温是22摄氏度至26摄氏度，这样的温度冰会融化，因此需要制冷系统24小时运转。国家队的训练时间从早晨8点到晚上10点，100多位宝冶人春节不休息在山上坚守，进行赛道的照明、巡检的维护、冰面的制冷……

雪车的传统强队在欧洲和北美洲，其中德国队男子四人雪车项目非常突出，不愧为德国战车。他们曾经包揽1994年至2006年4届冬奥会冠军，这和他们的训练有关，也和德国具有世界最多一流的雪车雪橇赛道有关。

如果说雪车是弯道驰骋，钢架雪车就是贴地飞行，对运动员的臂力和控制力有极高的要求。虽然中国钢架雪车队2015年10月才成立，但是一个月后就到加拿大的卡尔加里和德国国王湖训练。

2021年2月21日，雪车雪橇测试赛首场比赛在延庆赛区举办，雪车雪橇竞赛主任张旭东说："这次测试赛是冬奥会的一次练兵，发现问题想办法解决。"

雪车雪橇竞赛组织专家诺蒙兹·科坦斯说，国家雪车雪橇中心是他去过和工作过的最出色的场馆。"每一处设计都非常替运动员考虑，我相信每一个来到这里的人都会喜欢它。"

人应该富有激情，体育就是竞技和激情的融合，我喜欢体育人，因为他们纯洁、向上，张扬着青春的活力，洋溢着生命的激情。雪车雪橇就是速度与激情的比赛，一个运动员对我说："我们这些队员来自五湖四海，有东北的，山东的，广东的，新疆的，这儿的冰滑得特别舒服，是我们滑过的最好的赛道。"

雪游龙佳节试水

2021年春节，我在延庆赛区采访，雪车雪橇赛道铺满了冰，洁净光亮，人不能直接站在冰面，我只能站在赛道旁观察运动员训练。

一个月前我在延庆赛区采访，由于天热，雪车雪橇赛道没有制冰，遮阳帘高高卷起，我从出发口在赛道里走，仔细观察赛道的高度、角度和360°回旋弯。这是世界第17条，亚洲第3条，中国第1条雪车雪橇赛道，由16个角度倾斜度各异的弯道组成。走在钢筋混凝土赛道里，想象着北京冬奥会期间，这里制好冰，奇冷无比，雪车雪橇运动员将在这里风驰电掣驶过。他们的雪车底部和雪橇底部相当长的赛道是贴在身边的墙上行驶。当时，国家雪车雪橇队正在附近的冰屋封闭训练，集中练出发技巧。

2021年国庆节，雪车雪橇运动员和制冰师依然没有休息。国家雪车雪橇中心场馆从10月5日至11月22日，分别举办雪车和钢架雪车国际训练周，雪车计时赛、钢架雪车计时赛；雪橇国际训练周和雪橇世界杯5项测试活动。那天，海陀山喜降瑞雪，气温很低，海陀戴雪是吉兆。

10月7日开始，北京天气放晴，蓝天白云缭绕着海陀山，位于北京冬奥会延庆赛区的国家雪车雪橇中心开始雪车和钢架雪车国际训练周第一次滑行。来自美国、英国、德国、俄罗斯等24个国家的运动员首次体验了中国第一条雪车雪橇赛道。这也是国家雪车雪橇场馆落成以来，外国运动员首次体验这条赛道。

上午9点，滑行正式开始，按照领队会确定的出发顺序，韩国队钢架雪车运动员金恩智是所有运动员中第一个滑行的，她非常兴奋。由于是第一次尝试新的赛道，金恩智选择了从出发区三开始滑行。从赛道上滑下来之后，她激动地说："这条赛道太棒了，冰面的状态也非常好，滑起来很爽！"

高速滑行加上离心力的作用，运动员在很多赛段处于贴墙飞驰的状态。中国第一条雪车雪橇赛道的设计极具想象力，风驰电掣的雪车穿行其间，观赏性超级棒。

本次测试活动赛事具有标准高、境外人员多、开赛时间早、时间跨度长的特点，包含雪车、钢架雪车、雪橇3个分项10个小项，共产生10块金牌。来自35个国家和地区的参赛队，总计约730名运动员、教练员和随队官员参赛。即将于11月20日至21日举办的国际雪橇联合会世界杯，是中国首次举办滑行类项目世界杯级别的赛事，中国队第一次以东道主身份参赛，国外运动员将首次体验中国雪车雪橇赛道，为备战冬奥蓄力。在此期间，车橇场馆还将迎来第一次世界杯级别赛事的转播，这也是中国电视转播制作团队第一次转播雪车、雪橇项目，同时，此次转播也将填补国内媒体转播领域在雪车雪橇项目上的空白。

国家雪车雪橇中心场馆主任林晋文说："本次国际测试赛是国家雪车雪橇中心场馆落成以来第一次举办高级别的国际赛事。目前，竞赛组织、场馆设施保障和场馆运行都已准备完毕，将有400余名中外运动员同场竞技，参与滑行。我们场馆运行团队有信心、有决心迎接挑战，也预祝本次国际测试活动取得圆满成功。"

国际雪橇联合会执行主席克里斯托夫·施魏格在实地考察后高度评价:"国家雪车雪橇中心在全世界都是独一无二的,场馆的建筑设计与自然环境完美融合,我们非常期待在国际训练周与世界杯期间使用这个场馆,相信运动员也一定会非常喜欢这里。"

冬奥会比赛前运动员应该熟悉场馆,目前,延庆国家雪车雪橇中心呈封闭状态,训练周延续到11月底。我期待着勇敢者早日在北京冬奥会闪亮登场。

第十九章 自由的精灵 —— 自由式滑雪

凌空斗技云中翻

自由式滑雪诞生于20世纪20年代的挪威，是以滑雪板和滑雪杖为工具，在专门的场地上通过完成一系列规定和自选动作而进行的一种雪上竞技项目。

20世纪60年代，自由式滑雪传入美国，融入了很多技巧性动作。当时的美国正处于一个变革的时期，人们渴望自由的心理促使这项全新的刺激的滑雪项目出现在人们面前。此项目最初只是将高山滑雪和杂技集于一身，经过最近几十年的发展，变成了今天的样子。

空中技巧、雪上技巧和雪上芭蕾，是自由式滑雪包含的3个小项。空中技巧包含两次不同的特技跳跃；雪上技巧要求选手在一条陡峭而多雪包的线路上完成自由滑行的过程，注重的是技术性转动、速度和空中技术动作；雪上芭蕾就是特技滑雪。

运动员李妮娜曾是中国女子自由式滑雪空中技巧项目的当家花旦。她是我国自由式滑雪项目第一个世界杯总决赛冠军，第一个获得空中技巧世界排名第一，第一个获得世界锦标赛冠军的女运动员。参加了2002年、2006年、2010年、2014年四届冬奥会，蝉联2005年、2007年、2009年三届世锦赛冠军，获得2002年盐湖城冬奥会第五名。

2006年意大利都灵冬奥会给中国队带来好运，韩晓鹏以灵活的启动、利索的加速、漂亮的起跳、炫目的腾空、神奇的旋转、稳当的落地吸引了众人的眼球，一举夺得自由式滑雪男子空中技巧冠军，实现了中国队雪上项目与男子项目两个冬奥会金牌零的突破。

李妮娜摘得2006年都灵冬奥会自由式滑雪银牌；4年之后，她再次获得2010年温哥华冬奥会自由式滑雪亚军；8年之后，她荣获2014年索契冬奥会第四名，被誉为"雪上公主"。

雪上运动是中国的弱项，但自由式滑雪世锦赛的一项纪录却是中国人保持的，李妮娜是世锦赛1986年创立以来，空中技巧项目唯一的三连冠。

2015年2月10日，李妮娜接受北京冬奥申委颁发的聘书，正式成为北京申办冬奥会形象大使。

2015年7月31日，李妮娜在吉隆坡作为陈述人，见证了北京赢得2022年冬季奥运会举办权的历史时刻。

2017年11月，李妮娜任北京冬奥组委运动员委员会委员。

千里马与伯乐

自由式滑雪至今已经有100年的历史。北京2022年自由式滑雪的比赛场地位于张家口崇礼云顶滑雪公园。自由式滑雪分为空中技巧、雪上技巧、障碍追逐、U型场地技巧、坡面障碍技巧、平行大回转几个项目，其中U型场地技巧是从倾斜的半圆筒斜坡往下滑并展现跳跃、回转等空中动作的比赛。在一轮比赛中，选手一般需要在U型池中做5至6个动作，裁判根据动作的腾空高度、转体角度及动作的流畅性与美观性来打分。

中国U型场地技巧有几个优秀女运动员，叫张可欣、蔡雪桐、徐梦桃，为了探寻张可欣、蔡雪桐的成才之路，我与她们的教练温晓彬通了电话。温晓彬在黑龙江阿城，我在北京，我没有见过 U 型池，田野调查练就的腿脚使我先跑到张家口崇礼云顶滑雪公园和黑龙江亚布力滑雪场现场观看 U 型池场地，这是张可欣和蔡雪桐训练过的地方。当我站在壮观的 U 型池前，看银光闪耀，雪花飞扬，听山风呼啸，松涛回响，我和张可欣、蔡雪桐已经在进行心灵的对话。

尔后，我冒着风雪千里迢迢赶到哈尔滨与温晓彬相见。他 1975 年出生于黑龙江省延寿县，1986 年开始接触滑雪，和王岩、任立刚是同批队员。1997 年，22 岁的温晓彬担任哈尔滨市阿城区滑雪体校越野滑雪教练。

俗话说："千里马好找，伯乐难寻"，意思是说千里马出现得容易，一匹瘦骨嶙峋的马，经过伯乐的精心饲养及合理驯服，就会成为日行千里、夜行八百的千里马。谁都想当千里马，但是千里马的成功离不开伯乐的殷殷心血。

2003 年，我国才开始引进 U 型场地技巧训练项目，温晓彬奉命主抓单板滑雪和 U 型场地技巧。他经常跑到阿城区乡村学校挑滑雪苗子，2011 年，9 岁的张可欣入了温晓彬的法眼。农村学校体育器材匮乏，张可欣却把跳绳、踢毽子、扔沙包玩出了花样，张可欣脸蛋红扑扑的，脸上流淌着热汗，弹跳力出类拔萃，在茫茫雪野上格外扎眼，他觉得这个小丫头身体素质好，灵巧，就果断把她招进阿城区体校。张可欣家贫穷，父亲是跛脚，哥哥患有重病需要透析，她从小就很懂事，懂得要为家庭分担负担。看到她生活拮据，温晓彬就自掏腰包给她买衣服和学习用品，教给她 U 型场地技巧示范动作。开始，张可欣不得要领，温晓彬就一遍又一遍地示范，把自己摸索的经验毫无保留地传授给徒弟。U 型场地技巧运动员冬天在亚布力雪场训练，夏天在蹦床上训练，张可欣皮实，胆大，在蹦床上一遍遍地苦练转体动作，认准的道路绝不回头。

温晓彬的学生蔡雪桐、史万成、徐德超、王雪梅 4 人练单板 U 型池，张可欣练双板 U 型池，温晓彬亲手把他们从阿城区体校送到国家队训练。蔡雪桐荣获世界杯单板 U 型池积分总冠军、世锦赛冠军，是我国单板 U 型池挑大梁的运动员；在平昌冬奥会上，中国自由式滑雪女子 U 型池首秀，15 岁的张可欣初生牛犊不怕虎，跻身决赛。中国的女子自由式滑雪U型场地技巧运动员，徐梦桃、谷爱凌、张可欣、蔡雪桐都是佼佼者，2018—2019中信国安·国际雪联自由式滑雪U型场地技巧世界杯崇礼站于2018年12月20日拉开战幕，张可欣斩获女子组冠军。

2019—2020国际雪联自由式滑雪U型场地技巧世界杯首站比赛于2019年9月7日在新西兰滑雪胜地卡德罗纳结束，中国队共有4名队员闯进女子组决赛，其中张可欣在决赛中跳出91分，获得冠军，谷爱凌获得亚军。

2021年3月13日，2020—2021赛季全国自由式滑雪U型场地技巧锦标赛在崇礼云顶滑雪场举行，来自12个参赛队伍的51名运动员参赛，本次比赛由国家体育总局冬季运动管理中心主办，河北省体育局、张家口市政府承办，山东省运动员李方慧摘得女子项目金牌，哈尔滨的张可欣获得亚军，毛秉强获得男子项目金牌。

温晓彬的学生蔡雪桐在备战北京冬奥会单板U型场地技巧，张可欣和毛秉强在备战北京冬奥会双板U型池，毛秉强是国内最优秀的双板U型池男选手。

温晓彬现在是自由式滑雪空中技巧国家级裁判。滴水之恩当涌泉相报，2020年，温晓彬参加在张家口崇礼举办的二青会，张可欣听说教练来了，专程去看望恩师，请他吃饭，兴高采烈地与伯乐合影。

2021年12月11日，在2021—2022赛季自由式滑雪空中技巧世界杯芬兰鲁卡站比赛中，由徐梦桃、孙佳旭和齐广璞组成的中国队以354.87分斩获混合团体金牌；同日，蔡雪桐在单板滑雪U型场地世界杯美国铜山站获得女子个人冠军，这是她获得的第13个世界杯冠军。一日双金，标志着中国运动员在自由式滑雪项目上百尺竿头更进一步。

U型池上空的空中芭蕾

据新华社北京12月28日电，新华社体育部评出2021年中国十佳运动员。

其中，最年轻的运动员是18岁的谷爱凌，她是唯一一位参加冬奥会项目的运动员。2021年3月，谷爱凌在自由式滑雪世锦赛上获得2金1铜。12月，她伤愈复出，在大跳台世界杯美国斯廷博特站比赛中夺冠，并创造了女子选手在自由式滑雪比赛中完成前空翻两周加转体四周动作的历史。

2021年12月11日凌晨，2021/2022赛季自由式滑雪世界杯美国铜山站比赛，女子双板滑雪U型场地技巧决赛，18岁的中国选手谷爱凌以96.00分夺冠。她前脚刚拿到自由式滑雪大跳台世界杯美国斯廷博特站的冠军，后脚就又夺得U型场地技巧世界杯金牌。一周双冠，惊艳了世界。

美丽和才华如何在她身上融为一体？让我们用颠倒蒙太奇手法去探讨这位天才美少女的成长之路：

2011年，8岁的谷爱凌开始学习自由式滑雪，加入太浩湖地区专业滑雪队。雪上体育项目众多，自由式滑雪难度颇大，滑雪者要在空中辗转腾挪，表演各种技巧，她身姿矫健，腾跃起落，宛如雪上精灵。

2012年，9岁的谷爱凌开始参加全美滑雪比赛。早在1989年，中国就正式开始自由滑雪空中技巧的训练。体育出成绩离不开体质人类学，中国人的特长是灵巧，在"小巧水美"的项目中容易出成绩。自由式滑雪这种以技巧见长的项目，容易成为中国雪上项目取胜的突破口之一。谷爱凌这棵滑雪的好苗子在美国专业的滑雪训练中茁壮成长，获得了自由式滑雪少年组的冠军。

2019年1月27日，在2018—2019赛季国际雪联世界杯女子坡面障碍技巧意大利站的比赛中，谷爱凌获得金牌；

2019年6月6日，已经获得世界冠军的15岁的谷爱凌，通过个人社交媒体宣布自己正式转为中国国籍，并发文"中国自由式滑雪运动员谷爱凌报到"，她要代表中国参加2022年的北京冬奥会。

2015年，北京和张家口获得了2022年冬奥会的举办权后，12岁的谷爱凌就希望有一天能代表中国队参加北京冬奥会。她一声不吭咬牙训练，多少个夜晚，她孤独地在路上进行长跑体能训练；多少次旋转跳跃，她重重地跌倒在雪地上，没有人可以随随便便成功，因为热爱所以坚持，2019年8月16日，谷爱凌获得2019—2020赛季自由式滑雪坡面障碍技巧新西兰公开赛的冠军，这也是她加入中国国籍后获得的第一个冠军；

2019年8月28日，获得2019年新西兰冬季运动会暨澳洲杯自由式滑雪U型场地赛冠军；

2019年9月1日，在新西兰冬季运动会暨澳洲杯自由式滑雪坡面障碍技巧赛中，谷爱凌以88.33分获得冠军；

与以往不同的是，这几次，她以中国运动员的身份站上了领奖台。

中国的冰雪运动冰强雪弱，中国的自由式滑雪U型场地技巧和坡面障碍技巧是短板，谷爱凌的加盟给中国队带来佳音，增添了取胜的砝码。2019年9月7日，在2019—2020国际雪联自由式滑雪U型场地技巧世界杯卡德罗纳站中，谷爱凌以89分获得亚军；

2020年1月，谷爱凌再为中国斩获2金1银，获得2020年洛桑冬季青年奥林匹克运动会滑雪U型场地技巧、自由式滑雪大跳台冠军，自由式滑雪女子坡面障碍技巧亚军；

2020年2月，获得2019—2020赛季世界杯加拿大卡尔加里站U型场地技巧冠军，坡面障碍技巧冠军；

2020年4月16日，荣膺国际雪联2019/2020赛季"最佳时刻"殊荣；

一颗滑雪新星冉冉升起，2021年1月，谷爱凌在美国阿斯本首次参加世界冬季极限运动会X Games，她是本年度大赛上唯一一个参加滑雪项目的新秀，也是唯一参加三个项目比赛的女运动员。虽然年龄小却不怯场，不退缩，勇敢拼搏，用最高难度动作，斩获自由式滑雪U型场地赛和坡面障碍技巧赛金牌、大跳台赛铜牌，一举将3枚奖牌收入囊中，这是中国首次在冬季极限运动会摘得金牌。

2021年3月，疫情袭击着世界，未成年的谷爱凌又在自由式滑雪世锦赛中，勇夺两金一铜，创造了中国运动员在这个项目上零的突破。人们看到的是鲜花和掌声，有谁知道她是在右手骨折的情况下参加比赛夺得冠军的？

在2021—2022赛季自由式滑雪大跳台世界杯美国斯廷博特站比赛中，中国选手谷爱凌夺冠，首次完成了两周空翻转体1440度，成为世界上女子选手中的第一人。她是世界杯三金王、冬青奥双金王，更是第一个在X Games夺得金牌的中国选手。

张家口崇礼的云顶滑雪公园，已经修建好自由式滑雪的U型场地技巧、坡面障碍技巧、平行大回转、障碍追逐、空中技巧、雪上技巧6条赛道，北京冬奥会期间，那里将展现璀璨的自由式滑雪美景。我站在赛道前遥望，滑雪场的松树披上了美丽的树挂，仿佛吉林的雾凇。树上顶着厚厚的积雪，酷似蘑菇伞，宛如白茶花。漫天皆白，雪里训练情更迫，滑雪场上一片片洁白的光彩，一道道飞翔的身影。U型池好像一条白色的银链，我幻想着几个月之后，谷爱凌像一股旋风在U型池上空自由驰骋，时而腾挪旋转，时而凌空飞跃，展现无与伦比的空中芭蕾。

塞外雪花大如席，雪花染白了我的头发，打湿了我的睫毛，我在雪中兀立，听雪打树丛的声音，真是长空无飞鸟，雪中有蛟龙。滑雪不是中国运动员的强项，但是谷爱凌的出现昭示着中国的自由式滑雪运动正在向世界体育强国迈进。北京冬奥会期间，我会把目光投向张家口崇礼，谷爱凌将代表中国参加三项比赛，祝福她在北京冬奥会上再创辉煌！

北京时间1月9日消息，自由式滑雪世界杯美国猛犸山站，谷爱凌拿到女子U型场地冠军，包揽本赛季4站全部冠军。《人民日报》和央视都发声，盛赞谷爱凌的表现。国际滑联更是表示，"这是女子U型池比赛历史上迄今为止最为完美的发挥。"

第二十章 国际裁判是怎样炼成的?

一飞冲天

在北京冬奥组委,有一位年龄最大的女士,她就是体育部短道速滑竞赛主任申鸰。

在北国春城长春,有一所白求恩医科大学。在这所大学里,有一对恩爱的夫妻,丈夫是微生物学教授,妻子是检验科的检验师;他们生了7个孩子,其中4个是女孩子,女孩儿的名字里都是鸟的名字。大女儿叫申燕,二女儿叫申鹭,三女儿叫申鹃,四女儿叫申鸰,燕子、白鹭、杜鹃、鹪鸰,都是鸟,孩子的名字里包含了父母的精神向往和愿望。鹪鸰是一种鸟,这种鸟虽然小,但很勇敢,不飞则已,一飞冲天;不鸣则已,一鸣惊人。父母希望女儿们能像鸟儿一样飞翔,更是对小女儿寄予厚望!

1958年,申教授奉命到内蒙古医科大学支边,便举家北迁,5岁的申鸰跟随父母从汽车城、电影城来到了呼和浩特。

一方水土养一方人

一方水土养一方人,申鸰在内蒙古大草原长大,喝的是奶茶,吃的是牛羊肉，身体格外健壮。内蒙古冬天冰天雪地，有很多的冰场。虽然她并不会滑冰，但她喜欢明亮如镜的宽阔的冰场。她经常脚踩铁丝在冰上打出溜。偶然的一次机会，她借到了一双冰鞋，没有丝毫摔倒的恐惧在冰场上纵横驰骋，感觉滑冰太爽了！

1968年上中学时，老师问道："咱们班里谁会滑冰？"

同学们面面相觑，申鸽犹豫了一下举起了右手："我会！"

下课后，老师把她带到图书馆前的空地，递给她一双轱辘鞋："你滑一下试试。"

虽然只是一块空地，但她犹如上了冰场，似乳燕展翅，赛骏马奔驰，滑得有模有样。下课后，老师来到她家家访，对她的父母说："呼和浩特市速滑队要集训，参加全国滑冰比赛，申鸽这孩子有天赋滑得不错，希望你们能够支持她。"

申鸽10岁时练体操，高低杠、吊环、跳马，样样都行，参加过内蒙古体操比赛，成绩还不错。父母希望她继续练体操，可是申鸽却铁了心："我想练滑冰。"

她如愿以偿进入了呼和浩特速滑队。教练李陶陶是个蒙古族男人，对队员的要求很严。她身体素质好，踝关节力量非常强。她和男孩子一起练习滑跳，教练规定女队员练习5分钟，男队员练习8分钟，她要强，总是按照男孩子的训练强度来练习，一般的男孩子都滑不过她。她每天放学后训练两个小时滑冰，从下午4点30练到晚上6点30，想一年达到二级运动员标准，两年达到一级运动员标准，三年达到运动健将。她参加了全国滑冰比赛，和牡丹江运动员分到一组，抽签时抽了红带子，她喜欢先滑内道再滑外道，发令枪响了，自己居然滑在牡丹江专业运动员前面。然而正当成绩飞快进步时，"文革"开始了。学校不上课她就继续练，每个星期天和周二、周四、周六，她一定在冰场上滑冰。在呼和浩特比赛期间，父母带着她的哥哥、姐姐、弟弟来看她比赛，给她鼓劲儿，哥哥、姐姐、弟弟竖起了大拇指，父母高兴地说："咱家鸽行啊！"

把自己逼近绝境

"文革"时学校停课闹革命,但申鸽唯一的兴趣就是练滑冰。3年的中学时光一晃就过,毕业时年轻人的命运就是上山下乡、当工人。二姐申鹭叫她到湖北十堰第二汽车制造厂当学徒,因为她中学毕业面临两条路:一条是跟随二姐到湖北当工人,一条是上山下乡。

父母进了"6·26"医疗队,家人的意见是让申鸽到湖北去,稳稳妥妥能够当个工人。但是李陶陶教练对申鸽说:"你不要去湖北,在内蒙古周末可以回来训练,一旦内蒙古成立速滑队马上就能进专业队。"

李陶陶的妻子一个劲儿地埋怨丈夫:"你别瞎整,专业队不是你说成立就能成立的,万一速滑队不成立,你就把人家孩子耽误了。"

申鸽决定孤注一掷,走一条冒险的路:下乡!这样虽然苦一些,但是周末总能训练滑冰,到湖北虽然工作轻松,但是没有滑冰教练指导,自己这辈子就和心爱的滑冰事业拜拜了。下乡这条路荆棘丛生,如果内蒙古速滑队不成立,就意味着她要当一辈子农民。她顾不得那么多了,只有把自己逼近绝境,顽强拼搏。

18岁的申鸽来到了呼和浩特郊区农村插队落户,在知青点吃窝头咸菜,每天6点30出工,锄地、种地、砍柴、收割……无论什么农活她都拼命干,手磨出了老茧,脸变得粗糙,茫茫草原无边无际,难道她真的要在广阔天地练一辈子红心吗?倔强的她也会在休息时躺在草地上默默地流泪。

然而她不服输,她是那种认准的事就一定会坚持到底的人。劳动间隙她捡到几块石头,满心欢喜带回知青点,别人问她:"你捡石头干什么?"

她搪塞道:"腌咸菜。"

每天早晨天刚蒙蒙亮,当别人猫在被窝里睡懒觉时,她一骨碌爬起来,一会儿跑步,一会儿双手背在身后驮着用衣服包裹的石头在村头树林里练习滑跳,负重屈膝走路,锻炼腿部力量。农民们赶集路过她的身边,看到她如此投入的样子,无奈地叹口气:"唉,这孩子脑子有毛病吧?""可不咋的,没毛病大冷天不在蒙古包里待着跑到地里背着石头瞎跑？"

听到别人的议论她不为所动，依旧按照心中的目标训练着，为了心中的目标她吃再多的苦也无怨无悔。为了不耽误出工，她必须每天早起去练习，有一次居然把时间看错，练了半个小时不见天亮。艰苦、彷徨让她一下子瘫坐在地上，眼泪从脸上流到了心里，但是所有的苦难都不能动摇她的决心。皇天不负有心人，仅凭心中的信念，在那个年代她居然走出一条自己的路。

滑冰场上的犟姑娘

1972年初，正当她在农村出大力流大汗种田时，内蒙古速滑队成立了，达斡尔族教练沃嫩其本想招一些十五六岁的队员，当19岁的申鸽前来报到时，只见她脸庞黝黑，洒满阳光，好像一株田野里的红高粱。教练让她在冰上滑了一圈，身轻如燕，身体素质倍儿棒，教练高兴地说："申鸽，你来当队长吧。"

有人有意见：应该招十五六岁的，她都19岁了，干吗要招她？沃嫩其教练斩钉截铁地说："她的滑冰技术在队里是最棒的，素质好，技术好，能当领头羊。"

沃嫩其教练顶着压力招了申鸽，她下定决心要对得起教练，不偷懒，不耍滑，为了心中的理想苦练，一定要站到领奖台上。她天资聪颖，教练一个眼神，她就知道他要做什么。

沃嫩其是内蒙古滑冰队教练，带领队员来到海拉尔训练。海拉尔是呼伦贝尔市的一个区，位于内蒙古自治区东北部，冬天温度为零下22至零下28摄氏度。极端寒冷天气，穿着棉袄棉裤、戴两副毛手套都伸不直手，教练规定400米的冰场，每个队员滑15圈，有的队员怕冷，不想滑了。而海拉尔零下28摄氏度的滑冰场上却有一个叫申鸽的倔强的姑娘，她非常自觉，冒着刺骨寒风穿着毛衣毛裤滑冰，从来不偷奸耍滑，不滑完15圈绝不收兵。呼出来的气在围脖前结成了冰溜子，酷似圣诞老人的白胡子，她掰断冰溜子继续滑，她常想，让我下冰场只有两种可能：一是完成任务自己走下去，二是累得昏过去，被队友从冰场抬回来。她立下雄心壮志，争取在一两年之内出成绩。

可惜时值"文革"，很多东西不正规，好景不长，滑冰队下马了，解散那天，队员们都哭了，申鸰心里特别难过，也痛哭一场。滑冰队员要转业，她不死心，想去没有解散的新疆队或者呼伦贝尔队滑冰，不管离家多远有多少困难，只要能够滑冰，她就心满意足。

以内蒙古状元的成绩考进北体大

妈妈舍不得女儿远行，劝她到工厂学门技术，关键时刻，李陶陶教练对她说："申鸰，北京体育大学来咱内蒙古招生，你去报名试试。"

1973年，北京体育大学体育系给了内蒙古4个考试名额，申鸰没有任何后门，硬碰硬去考试，结果她的100米短跑比男生跑得都快，俯卧撑一口气超过前面所有人，她在内蒙古考了第一名，毫无悬念地上了大学。

她以田径的优异成绩录取到体育系，师从北体大水冰系的穆秀兰老师，老师教游泳和滑冰，她在冰场上展翅翱翔，出色的滑冰成绩令人刮目相看。

3年的大学生涯转瞬即逝，工农兵学员哪来哪去，1976年她大学毕业回到呼和浩特体校速滑队，和李陶陶教练成了同事，当了5年滑冰教练，1981年调到内蒙古医科大学当体育教师，教高低杠、跳马、投篮、滑冰。

1984年，31岁的申鸰开始从事短道速滑裁判工作。

从体育教练到国际裁判

1992年，39岁的申鸰获得了国际短道速滑裁判的称号，并首次被派到日本参加世界大学生运动会，在她的行李里带着字典和《英语900句》。由于英语不好加之胆怯，只要赛时休息，她就躲到卫生间里，生怕别人用英语和自己交谈。直到比赛要开始了才走出来，躲避的滋味儿不好受。

与此同时，在她心中突然萌发出一个强烈的念头，当运动员我没有升过国旗；当教练员我没有培养出叶乔波；当裁判我要走到最前列，我必须称职，我要骄傲地站在国际赛场上。

当国际裁判要懂外语，她在39岁时开始学习英语，凡是呼和浩特的大学有英语讲座，她都会不辞辛苦地参加。她当时在内蒙古医科大学任教，早晨6点钟起来出操，回家熬奶茶，做早餐，丈夫上班去了，她每天对着收音机学习英语，听BBC的广播，然后再去给学生上课。当时，内蒙古师范大学有英语角，每到周末她都骑着自行车到那里，与人对话。持之以恒，整整坚持了12年，从第一次去日本的自卑，到第二次去日本的自信，再到第三次去日本出现在国际大赛裁判位置时的自豪，英语已经对答如流。一个日本技术代表惊讶地对另一个裁判说："申女士外语进步了。"

2000年，47岁的申鸽成为ISU（国际滑联）短道速滑的编排记录长。当记录长要会电脑，她买了电脑请人教自己打字、做表格、统计运动员人数和成绩，开始她用WORD做表格，连文件怎么居中都不会，但她不耻下问，把内行人讲的要点用本子记下来，很快就学会了做表格、制作PPT。她所有的裁判文件、数据统计、汇报文稿、PPT都是自己写、自己制作，受到专家和同行的好评。

2008年，北京奥运会田径项目需要206个国内技术官员，她想家门口的奥运会我一定要争取参加，于是，她报考英语田径裁判，她熟悉田径，又会英语，顺利考取，在赛场上大显身手。

为运动员创造公平的比赛环境

2014年，国际滑联指派她担任索契冬奥会短道速滑编排记录长，负责编排竞赛程序，记录运动员的成绩；没想到2018年，国际滑联又指派她担任平昌冬奥会短道速滑编排记录长。她是目前国内唯一的ISU短道速滑编排记录长。

运动员能够在冬奥会等国际大赛夺冠与裁判员公平、公正、严格的执裁效度息息相关。但是在国际赛场上，裁判员的临场执裁中争议事件也是屡见不鲜，2020年东京奥运会，我们清楚地看到体操裁判打压中国运动员，袒护日本男子体操运动员，引得一片嘘声。虽然我国培养出诸多优秀的短道速滑运动员，但是在比赛中却难以见到中国短道速滑裁判员的身影，而高水平的裁判员势必能为运动员创造一片公平公正的比赛环境。职业道德是裁判员临场执裁必须遵守的道德规范和行为准则。裁判员在临场执裁中必须秉持高尚的职业道德，裁判员的言行举止、仪容仪表、态度情感在场上都能体现出职业道德水平，所以要注意自己各方面的表现。申鸰31岁成为短道速滑的裁判，47岁成为ISU（国际滑联）短道速滑裁判员，国际体坛对裁判员素质和技能要求越来越高，编排记录长在比赛前后应做好各项准备工作。为适应新职能的工作需要应具备新的技能，68岁的申鸰不断提高编排记录长的裁判素质，以便更好地为北京冬奥会服务。

从索契到平昌，她亲身见证了两届冬奥会。北京冬奥会，虽然她已经退休，虽然女儿坚决反对她来北京工作，但是她还是义无反顾地前往。作为体育人，她把荣誉看得比生命还重要。

她不撞南墙不回头，只要认准的事情绝不放弃。她爱好广泛，儿时的梦想是拉手风琴，十五六岁时看到一个女孩子梳长辫子，手风琴拉得特别棒，特别羡慕人家。尽管已经60多岁，她买了一架手风琴，60贝斯的，拉得如痴如醉；渐渐的60贝斯的手风琴满足不了她了，就买了一个72贝斯的手风琴，拉得废寝忘食；后来72贝斯的手风琴又满足不了她了，就换了一个80贝斯的手风琴，虚心拜老师。她陪女儿练习钢琴时认识了五线谱，现在天天练琴。她一般晚上8点半回宿舍，再忙再累也要拉一个小时的手风琴。

2018年，北京冬奥组委体育部招聘短道速滑竞赛主任，有3个人选，一个是40多岁的男同志，一个是短道速滑运动员刘秋宏，一个是申鸰，3个人中她年龄最大，不占优势，在激烈的竞争中，65岁的申鸰当选。当冬奥组委决定用她时，她有点犹豫，她想给自己的裁判生涯打一个圆满的句号。可又一寻思：人生能有几回搏？她做过短道速滑运动员、教练员、国际裁判，丰富的人生经验是年轻人不可比拟的。走马上任后，她积极工作，跨专业、跨学科学习新课题，为短道速滑队员做好后勤保障。她做事不服输，做什么都要尽善尽美。

目前，世界各国都有短道速滑高手，男队里匈牙利、荷兰、韩国、以色列、哈萨克斯坦等国的运动员比较出众；女队里荷兰、韩国的运动员比较出众，2022年北京冬奥会短道速滑比赛强手如林，竞争非常激烈。短道速滑站位重要，机遇重要，但最重要的是靠实力。为了武大靖等金牌运动员能出成绩，申鸰竭尽全力做好后勤保障，她负责餐饮，要与国际滑联运动服务部沟通，让各国运动员吃得舒心，比如：针对伊斯兰国家运动员的特点做好清真餐；欧美国家的运动员喜欢吃西餐，就要把西餐做得合乎人家的口味；还要做好冰务计划，制冰师在短道速滑和花样滑冰的转换期间，通过调节冰的温度来适合运动员滑行。短道速滑速度很快，容易发生运动员冲撞事故，拥挤时一旦摔倒，冰刀很容易伤到运动员，她要为运动员提供一流的冰场、一流的防护。

冬奥会短道速滑和花样滑冰比赛共用一个场地，需要的防护垫是可移动的，短道速滑的防护垫厚，花样滑冰的防护垫薄，在工艺制造上要求很高，意大利一家公司的防护垫质量很好，中国也有一家生产防护垫的企业来竞标，在瑞士测试防护垫质量，专家评价很高，国际滑联推荐了中国和意大利两家企业生产的防护垫可为2022年北京冬奥会使用产品。申鸰和她的团队在防护垫的设计和安装如何能满足赛事的需求上，为厂家提供了很好的建议，用专业技术支持中国厂家的民族产品，成为2022年北京冬奥会的唯一中标的大型体育器材。

申鸰是国际短道速滑 ISU 裁判，多年执裁国际赛事，曾执裁2008年北京夏季奥运会、2014年索契冬奥会、2018年平昌冬奥会。2020年底，申鸰来到内蒙古鸿德文理学院，给师生做了一场题为《北京冬奥会背景知识与短道速滑项目介绍》的精彩讲座，着重介绍了短道速滑项目，并展示了王濛、李坚柔、周洋等优秀短道速滑国家运动员的精彩比赛瞬间。申鸰教授说："更快、更高、更强是奥运精神的体现，我们都是普通人，只要肯努力，不断超越自我，永葆蓬勃朝气，我们就一定可以更快、更高、更强！"

2021年10月，在首都体育馆，举办世界杯短道速滑比赛，这是冬奥会的测试赛，测试新装修的首都体育馆是否符合举办国际体育大赛的需要。

裁判一定要公平、公正、公开，为运动员创造公平的比赛环境。2022年北京冬奥会是申鸰的关键一搏，她将尽全力给自己的裁判生涯画一个圆满的句号。为了这个目标，她时刻准备着。

第二十一章　志愿者的一片冰心

玲珑塔前的盛典

2019年5月10日是北京冬奥会倒计时1000天，庆典活动在北京奥林匹克公园玲珑塔南侧广场举行。我早早来到现场，仔细地打量着周围的一切，如烟的往事在我记忆的荧光屏前闪现。

13年前，这里还是一个大工地，洼里乡和大屯乡的农民和居民为了2008年北京奥运会刚刚从这里迁出。那时候我经常驱车到这里采访，连春节都在鸟巢、水立方度过。我曾经与鸟巢的建设者一边啃着包子一边聊工程，也曾经与水立方的建设者促膝谈心。我认真倾听海外华侨为水立方捐款的故事，瑞士设计师赫尔佐格和德梅隆与中方设计师李兴钢设计鸟巢的故事，运动员为奥运备战的故事……足足采访了几百位奥运人士，并把他们写进了我的长篇报告文学《五环旗下的中国》。

我亲眼看着奥运场馆在建设，就像看着自己的孩子一天天长大。当有关方面让我为水立方撰写碑文时，我毫不犹豫地选择了白话文和汉赋两种文体，我想让海外华侨回国看到自己捐建的奥运场馆时，能够感受到中国传统文化的魅力。现在，这块石碑就矗立在国家游泳中心南广场。

13年，弹指一挥间，这里已经变成了一个美丽的公园，刚健的鸟巢和秀丽的水立方是奥林匹克公园的主角，南侧的玲珑塔和北侧的奥林匹克塔遥相呼应，相得益彰。

中国的奥运场馆在赛后再利用上起到了典范作用，当年的奥运场馆至今仍然造福于北京市民，我就曾经在这里跑过小马拉松，在水立方观看过音乐剧，在鸟巢观看过演唱会，奥林匹克公园成了名副其实的健身园、休闲园、娱乐园。2022年北京冬奥会，这里的大部分场馆都会重新上阵，这就是双奥之城的优势。

今天的奥林匹克公园披上了节日的盛装，我亲眼看到国家体育总局、中残联、北京市、河北省、北京冬奥组委相关领导，国际奥委会代表，驻华使节代表，运动员、志愿者代表等1500人参加了此次活动。

庆典由康辉、杨澜、谭江海主持，首先，观众观看了冬奥会倒计时1000天的短视频，为了这个短视频，北京电影学院的郭劲锋老师团队与北京冬奥组委的同志们加班加点，绞尽脑汁，跨越北京、延庆、张家口三地取景，融入了文化、民俗、体育各种元素。他们拍摄到凌晨两点，打出租车回到驻地迷糊两个钟头，再出发拍摄到晚上9点。为了拍摄自己掏腰包玩冰壶，买音乐版权，后期剪辑时连续48小时没有阖眼。5月9日晚上我离开北京冬奥组委时已经临近7点，可是网络处的同志们还在饿着肚子开会审片，研究冬奥会倒计时1000天的宣传、接待工作，这个短片是他们的心血之作啊！

北京市市长、北京冬奥组委执行主席陈吉宁首先致辞，他表示，北京作为"双奥之城"，全面落实绿色、共享、开放、廉洁的办奥理念，高标准高质量开展各项筹办工作，取得了积极成果。场馆和基础设施加快建设，赛事组织和赛会服务扎实推进，市场开发势头良好，宣传推广持续升温，冰雪运动加快普及，形成了广大群众积极参与冰雪运动、支持冬奥筹办的生动局面。北京冬奥会倒计时1000天的到来，标志着冬奥筹办工作迈入一个新阶段。我们将继续全面贯彻习近平主席对冬奥筹办工作的重要指示精神，认真践行《奥林匹克2020议程》，与国际奥委会等方面密切合作，努力为世界奉献一届精彩、非凡、卓越的奥运盛会。

国际奥委会副主席、北京冬奥组委副主席于再清用流利的英语致辞说，在距离第二十四届冬季奥运会开幕整整1000天的重要时刻，谨代表国际奥委会向北京冬奥组委表示热烈的祝贺。2008年，中国首次举办奥运会，北京为世界呈现了一场无与伦比的体育盛会。2022年，北京作为首个"双奥之城"，毫无疑问将再次为世界奥运史谱写新篇章。

2019年标志着冬奥筹办工作迈入一个关键阶段。希望大家能够积极参与，发掘冬季运动的魅力，为北京2022年冬奥会贡献自己的力量。国际奥委会、奥林匹克运动，包括奥林匹克全球合作伙伴、国家（地区）奥委会、国际单项体育组织和转播商将与中国密切合作，在北京这座奥运城市再筑辉煌。我们非常荣幸与中国各界朋友携手并肩，为实现举办精彩、非凡、卓越的冬奥盛会这个中国梦共同奋斗。

歌唱演员孙楠、吉克隽逸和蓝天幼儿园的小朋友表演了歌曲《冰雪运动》，他们的歌声高亢磁性富有激情，蓝天幼儿园的小朋友身穿红白相间、蓝白相间的雪娃娃服装伴舞，北京体育大学的学生身穿平昌冬奥会闭幕式北京八分钟的熊猫服装出场，这件衣服用铝合金管材和碳纤维条相结合，配合LED串灯珠进行制作，既轻便成型又不易受潮变形，亮灯效果极佳。大熊猫木偶蹦蹦跳跳在舞台上穿梭，有力地渲染了冰雪运动的无限魅力。

接着，北京市副市长、北京冬奥组委执行副主席张建东发布了《北京2022年冬奥会和冬残奥会志愿服务行动计划》。面向北京2022年冬奥会和冬残奥会，北京冬奥会和冬残奥会共设立前期志愿者、测试赛志愿者、赛会志愿者、城市志愿者、志愿服务遗产转化等5个志愿服务项目。其中，赛会志愿者项目将于2019年12月正式启动。为充分调动社会力量参与办奥，京冀两地共青团视频发布了京冀地区"迎冬奥"志愿服务十大示范项目，两地将在5月11日组织志愿服务示范项目统一行动。

随后，运动员和演员走上台，其中就有我13年前采访的冬奥会冠军杨扬，她和2006年都灵冬奥会自由式滑雪男子空中技巧金牌、中国第一枚自由式滑雪项目金牌得主韩晓鹏、2014年索契冬奥会速度滑冰女子1000米决赛冠军张虹、中国男子短跑运动员张培萌、演员吴京和佟丽娅及80名志愿者代表一道发出《奉献冬奥 圆梦未来》的倡议，号召全球志愿者积极参与和投身北京冬奥志愿服务。

演员常石磊和袁娅维走上台，演唱了歌曲《我的梦》，赢得一片掌声。

屏幕上出现了北京全新体育卫视——冬奥纪实频道开播短片，北京广播电视台负责人介绍了冬奥纪实频道于5月10日上星播出的情况。

最后，北京市委书记蔡奇、国际奥委会副主席胡安·安东尼奥·小萨马兰奇等人，运动员代表武大靖、庞桥璐，文艺界代表成龙和一名中学生代表一道启动倒计时装置，玲珑塔上出现了一个巨大的长方形广告牌，上面是北京2022年冬奥会的会徽和奥运五环，中间是一个欧米伽商标，下面写着：距北京2022年冬奥会开幕1000天。启动装置后，声光电配合，全场观众一起高喊"10、9、8、7、6、5、4、3、2、1"，迎接北京冬奥会倒计时1000天。

此时此刻，北京奥林匹克公园变成了欢乐的海洋，在优美的音乐声中，一群孩子滑起了轮滑，运动员和演员们尽情歌唱，玲珑塔霓虹闪烁，鸟巢和水立方彩灯高照，全场观众群情激昂，活动达到高潮。

望着人声鼎沸的广场，我想：北京冬奥会倒计时1000天，既有激情，更有责任。我要为双奥之城、为北京冬奥会的筹办者、建设者写出新的篇章。

冬奥会志愿者全球招募仪式

2019年12月5日是国际志愿者日，我大清早爬起来，向首钢园出发。室外温度为零下8摄氏度，我冒着严寒来到首钢滑雪大跳台前，这个地方我太熟悉了，从这里还是一个大坑开始，首建投大跳台协调部胥延部长就带我参观过。后来每次到首钢北京冬奥组委采访，我都要顺道去看一眼这个奥运建筑。看到滑雪大跳台一步步建设，仿佛看着自己的孩子一天天长大。

滑雪大跳台终于竣工了，看到她在蓝天白云的映衬下傲然挺立的身影，我的心比喝了蜜还甜。

走进会场，看到1000名志愿者站在那里排练队形，喊着口号，心里涌出了深深的感动。我端着照相机站在第一排，近距离亲眼看着来自社会各界的嘉宾与1000名志愿者代表，在首钢滑雪大跳台——新近竣工的北京冬奥会竞赛场馆，隆重举办北京冬奥会、冬残奥会赛会志愿者全球招募启动仪式。

首钢滑雪大跳台在原来的晾水塔前建造，以其优雅独特的"飞天"造型、高品质大坡度超长雪道，满足着人们关于极限雪上运动的无尽想象。

2019年年底，首钢滑雪大跳台终于迎来了来自世界各地的重量级滑雪运动员。美国队运动员 Ryan Stassel 说："巨大的跳台真的非常震撼，这是我见过的最好的跳台。"

中国队运动员苏翊鸣说："这是一个神奇的建筑，作为中国人能够看到这么好的跳台在北京感到非常自豪。"

国际雪联单板和自由式滑雪大跳台及坡面障碍技巧项目竞赛总监罗伯托·莫里斯说："看到如此完美的一个跳台，有种梦想成真的感觉。所有的运动员第一次看到首钢滑雪大跳台的时候都很激动，这是一个奇迹，对这项运动来说是一个里程碑式的建筑，能够帮助这项运动提升到另外一个更高的层次。"

莫道桑榆晚，为霞尚满天

"莫道桑榆晚，为霞尚满天"是唐代诗人刘禹锡的诗句，意思是不要说日落之时天色已晚，满天的红霞依然很瑰丽。这句诗写出了诗人气势豪壮、奋进不息的精神。

在张家口，我见到了侯保存，他瘦高的个子，满头银发，戴一副黑边眼镜，穿一件黑色的夹克式羽绒服，在漫天冬雨中赶来。他是张家口煤矿机械厂退休干部，今年73岁，他的经历很传奇。他自幼酷爱英语，1968年下乡时带着英语书自学。不管干农活多苦多累，他也要挤时间学几句英语。20世纪70年代初期，北京人民广播电台开始播讲英语，他高兴得心花怒放，买了个砖头厚的收录机跟着学习。

1982年，中央电视台开始播出英语教学节目 Follow me，这是我国第一部原版引进的英国 BBC 情景会话节目。张家口生产长城牌电视机，他用微薄的工资买了台黑白的长城牌电视机，跟着电视学习 Follow me，有人翻白眼说他"赶时髦"，他不为所动，虽然身在煤气厂，心里想的却是全世界。

慢慢的，厂里的小青年被他感染，激起了学英语的兴趣，他索性利用休息时间在锻工车间的会议室教大家学英语。日积月累，工友们的英语有了进步，在职称评定时，英语轻松过关。尝到了甜头的年轻人成为他忠心耿耿的广告牌，他被调到煤气厂职工学校教学。他发现很多人学英语口语不地道，说的是洋泾浜英语，就上网查英语谚语和名句，努力学好语音语调。

他一边教书一边跟着电大自学3年英语，后来又到张家口市老年大学学习了一年半的英语。他没有上过正规大学，也没有好的英语老师和教材，但是他始终不懈怠，不放弃，坚持自学了40多年。很多人学习英语不是因为热爱，而是为了应付考试，而他学习英语不是为了考职称，也不是为了炫耀，而是发自内心的热爱，英语已经成为他生命的一部分。

2015年，他以68岁高龄报名参加了张家口市英语演讲大赛，成为参赛选手中年龄最大的选手，很多人以为他是陪同孩子来参赛。参赛要出示身份证，他对主办方负责同志说："对不起，我没带身份证。"

负责同志说："您不用出示身份证，参赛者中只有您一位白发老人，我们都认识您侯大爷。"

看到参赛的年轻人很多都是英语专业毕业的，口语非常流利，他打心眼儿里佩服，听他们用英语演讲很享受。这次英语大赛高手云集，谁也没把白发苍苍的侯大爷放在眼里，可是经过4轮过关斩将后他进入决赛，最终从470多人中脱颖而出，获得第17名的好成绩，并一举摘得"精神风采之星"荣誉。

他热爱英语，更愿意义务教英语。2012年，他开始无偿地教张家口市民学习英语，培训市民冬奥英语志愿者。他利用星期天在张家口市的怡安街社区、惠安苑社区、长宁社区、武城街社区等社区教英语，每周8节课，每次教1个小时30分钟，最少的班有十几个人，最多的班有30多人。

8年来，免费英语班从只有一个班、一个老师和几个学生扩展为覆盖张家口市桥东区、桥西区和经开区的11个实体班，12个教师，固定学员200多人。他率团队加入张家口慈善义工联合会，担任名誉会长，又牵头成立了老年英语服务队，兼任老年英语服务队队长，走进社区、书院，广泛开展英语义务教学。

善事大家做，学英语需要教室和教材，他找社区和居委会帮忙，苦口婆心说明学英语的意义。在他的感召下，怡安街社区和长宁社区无偿提供周一至周六的教室；张家口学院、北方学院、河北建筑学院三所大学编写了通俗易懂的迎接冬奥会的英语教材——《张家口市民学英语200句》，他不顾年迈骑着自行车从家里赶到长宁社区，整整要骑40分钟。张家口是风口，冬天气温在零下十几摄氏度，遇到刮风体感温度是零下二十几摄氏度。西北风肆虐着，发出凄厉的狞叫，在漫天飞雪和刺骨寒风中骑行，对于一个73岁的老人有多么不易，可他却无怨无悔，矢志不渝。

为了调动大家的学习兴趣，他开办了英语口语班、英语冬奥会导游班、英语解说班、新概念班，为了把发音弄准，他聘请了外教，自己掏腰包给外教买饭、报销出租车钱。奔波劳累上火了，嗓子说不出话来，他咬牙坚持，轻伤不下火线。现在大家都玩微信，他把张家口市的学员编成15个微信群，带领12个教师义务教英语，除了上课，平时学员有了问题在微信群中解答，他专门录制了一些英语口语在微信群里发送，锻炼学员的听力和口语水平，受到学员的广泛欢迎。

张家口四岔村有一批留守儿童，山沟里的孩子渴望学习英语，他每个星期天上午骑40分钟自行车赶到大境门，村主任在大境门开车接他，把他带到四岔村，整整教了10个月的农村留守儿童。

爱像翅膀，也柔软，也坚强。8年了，他风雨无阻，热心教学，四岔村的农村娃在他的辅导下英语有了进步，张家口的市民在他的教育下，英语突飞猛进。他被评为张家口市"申奥之星"选拔大赛精神风采之星、2015年迎冬奥之星、2018年河北省第五届"中老年健康之星"、河北省"十佳正能量网络人物"、2018年京津冀银发达人、2019年度河北好人。

给学生一碗水，自己就要拥有一桶水。为了练好英语口语，他跟着美国之音苦练。上了岁数学英语有时候撂爪就忘，他觉得虽然记忆力退化了，但是理解力增强了。他不服输，勇于挑战，不怕别人指指点点。

2018年10月，他非常自信地参加英语演讲。我听过他的演讲录音，很难为他，演讲稿中有很多生僻的词汇，比如张家口崇礼产业聚集区、高端产业、大境门上的"大好河山"四个字是时任察哈尔都统高维岳写的，冬奥会滑雪赛道等等，他侃侃而谈如数家珍，不负众望，赢得了阵阵掌声，一些外国朋友向他竖起了大拇指。

在张家口市委大楼办公室，我用英语即兴与侯保存聊北京、张家口冬奥会，我说，您就把我当成一个第一次来张家口看冬奥的外宾，咱俩实战演练。我不断地提问题，他对答如流，那是他吃到心里的活计。望着侯保存神采奕奕、精神矍铄的样子，我想起了南飞的大雁，群雁高飞头雁领，冬奥英语学习之所以能够在张家口市蔚然成风，是因为他这只头雁带头奉献，他的慈善义工团队接力向前。一个人可以走得快，一群人才能走得远。凝聚为精神，失散为混沌。

不知不觉与侯保存聊到天黑，我关切地说："侯老师，我们用车送您吧。"

他爽快地说："不用，我骑自行车来的。"

我的心涌出深深的感动，一个古稀之年的老人，本应该在家里舒舒服服地颐养天年，但是他却风里来雨里去，把自己当成一个播种者，向世界播撒爱的种子。

面对即将到来的2022年北京、张家口冬奥会，他想在冬奥会来临的时候带着自己学生做志愿者，为外国人指路做翻译，把自己对社会和全人类的爱传递出去。德国教育家雅斯贝尔斯曾说："教育就是一棵树摇动一棵树，一朵云推动一朵云，一个灵魂唤醒另一个灵魂。"侯保存像一团火，他传播的不只是英语，而是中国人对奥林匹克的热爱，对大同世界的向往，对世界和平的呼唤。

外语是志愿工作的武器

而立之年的刘晨显得瘦小精干，她出生于河南省郑州市，从小喜欢外语，从郑州外国语学校毕业后，考入北京外国语大学俄语系，虽然是小语种，但她学得非常刻苦，大三作为交换生到俄罗斯坦波夫国立大学学习了一年的俄语。从北京外国语大学毕业后，她考取北京大学外语学院俄罗斯文学专业读研究生。她发现俄罗斯人性格直爽，好客，表达方式直接，热爱大自然。她喜欢俄罗斯文学艺术，觉得俄罗斯文学总是在探索哲学，不局限于本民族，而是思考人的精神的归属和自我救赎的方式。

2014年，索契冬奥会召开，她报名参加索契冬奥会志愿者，想到俄罗斯发挥自己的俄语特长。没想到冬奥会志愿者必须提前两年报名，参与索契冬奥会没戏了，虽然错过了索契的机会，但是2016年里约奥运会的志愿者工作正在紧锣密鼓地招募，她立刻向里约奥组委申请报名参加。

2017年7月，她第一次踏上南美洲的土地，到达了和中国相隔一万八千公里的"足球王国"——巴西。从2014年递交志愿者申请以来，关于巴西的一切开始走入她的视线，2015年年底，她终于收到了录取通知，成为里约奥运会的语言翻译志愿者。

她期待着服务好中国队，幻想要是能在中国女排与俄罗斯女排的比赛中服务该有多美，却在离奥运会开幕只剩下一个多月时，接到奥组委的短信："我们现在急缺俄语翻译，您愿意用俄语工作吗？负责给俄罗斯的运动员翻译俄语和英语。"

她寻思不能服务中国队非常遗憾，还要面对两种语言都不是母语的挑战，但在奥运最需要自己的地方发光发热，不正是志愿者的价值和意义所在吗？于是，她又投入到第二轮备战中。临行前，朋友们对她说："刘晨，到了里约，别忘了帮我们要郎平、马龙和张继科的签名。"

到了里约，她才晓得有200名来自不同地域的华裔志愿者前来参加里约奥运会，每个人都是个人行为，虽然大家来自五湖四海，但是共同的爱好和志向使得他们的心紧紧地联系在一起。他们互相帮助，结下了深厚的友谊。

刘晨喜欢排球、体操、跳水等观赏性强的项目，万万没有想到，她必须在自己岗位的场馆服务，没有机会现场看到中国女排的比赛。这样的安排，竟鬼使神差地带她走近了一项新的体育运动，结识了一支冠军队伍——俄罗斯女子手球队。

提起手球，也许大家都很陌生，它结合了排球的技巧、足球的场地设计和篮球的规则，是奥运会的团体球类大项。而刘晨负责在举行手球比赛的未来竞技场为运动员、媒体、医疗队和观众提供语言翻译服务，其中最重要的工作就是比赛后协助他们进行媒体采访。起初，面对这些来自战斗民族身材高大的运动员，她有些胆怯，但遇到专业术语时，运动员甚至会放慢语速，定睛看她的反应，她稍稍皱一下眉头，她们便主动说："我再解释得清楚些。"

如沐春风，她感受到俄罗斯姑娘的细心和善良。与场下的和风细雨不同，场上的她们是另一番精神面貌，敢打敢拼，英勇无比。一次采访中，有记者问："为什么俄罗斯女子队状态这么好？"

俄罗斯教练引用俄语谚语回答说，俄罗斯女人是勇敢的，既能勒住奔驰的马匹，也能踏入着火的木屋。

就这样，俄罗斯女子手球队连赢8场，一举拿下奥运冠军，创造了历史。虽然这枚金牌和刘晨没什么关系，但见证了俄罗斯姑娘一路的拼搏与精彩，她发自内心地为她们的胜利感到骄傲和自豪。

在激烈的赛程中，也不乏温暖的故事。在俄罗斯女子手球决赛时，由于语言不通，俄罗斯观众和工作人员发生了小摩擦。刘晨到达现场时，双方已被隔离在了不同房间，等待警察调取监控。看到俄罗斯小伙子坐立不安地来回踱步，焦急地喊着要离开这里去看比赛，刘晨用俄语安慰他："您别着急，我来给您转播。"

于是，她开始在两个屋子之间穿梭，不断向他转达着："俄罗斯又得了一分！""俄罗斯领先啦！""比赛只剩10分钟啦！"

随着她激动的解说，俄罗斯小伙儿渐渐平静下来。她又去看了眼实况，跑过来大声喊道："俄罗斯赢了！是冠军！"

听到这话，小伙子的脸上洋溢着欢快的神情，他不好意思地对刘晨说："谢谢你，给你们添麻烦了。"

这一句道谢，让刘晨深受触动。语言可能会造成误会，但同样，语言也会消融误会。她把小伙子的话翻译给警察，误会马上就化解了。

这是刘晨在里约工作的真实写照。回国后，有人问她："你到现场看女排决赛了吗？"

"要到马龙、张继科的签名了吗？"

她无法一一给出肯定的回答。虽然她离奥运比赛近在咫尺，但她所有的工作时间都在场馆的固定区域，能亲临现场的手球比赛少之又少，更别说看中国队的比赛了。志愿服务间隙，他们也会分到一些场馆的比赛票，但那不一定是你想看的项目。既然如此，为什么还要参与奥运呢？因为，她想用自己所长、尽自己所能，为奥运、为更美好的世界努力着，奉献着。近年来，越来越多的中国志愿者活跃在国内外大型赛会活动中，为更好地服务北京冬奥会积累了丰富和宝贵的经验。

在巴西，刘晨被问得最多的是安全问题。巴西不仅有法律触及不到的贫民窟，还有当时疫情严重的寨卡病毒。在奥运期间，虽然里约加强了安保力量，但和每时每刻治安都很好的首都北京相比，还有不小的距离。志愿者们曾笑称说，一起去过里约的朋友可以算得上是生死之交了。

在母校北京外国语大学和北京大学，她不仅是学外语，更重要的是学文学。参加里约奥运会是她第一次来到南美，她认真观察着巴西的风土人情。巴西人热情奔放，性格外向，等车的时间他们也会放音乐跳上一段桑巴舞。满大街的涂鸦体现了自由和色彩感，黄色、绿色相间的绚丽色彩使人想到巴西足球队的队服，里约是一座海滨城市，很美，金色的沙滩和绿色的面包山，救世主基督像成为这座城市的标志。

那是2016年8月的晚上，南半球的气温十分舒适。为了方便志愿者，里约奥组委给刘晨等志愿者安排在离比赛场馆较近的青年旅社住宿，奥运会开幕的前一天夜晚，刘晨忙完场馆的服务要乘坐公交车回宾馆，当时已经是半夜11点，和她一个组的一位60多岁的巴西老爷爷热情地对她说："上我的车，我送你回驻地。"

与刘晨一起工作的巴西人都会讲英语，老爷爷去过日本，会讲英语、葡萄牙语和西班牙语，刘晨用英语与他聊天，突然看到街上灯火通明，欢歌笑语，原来是传递奥运圣火的车队经过，不少人在街上狂欢，他们亲眼见证了奥运圣火的传递。看到奥运圣火的那一刻，激动欢乐的氛围让刘晨深深感受到了奥运带给人们对这个世界的信任和爱。正是这份爱和信任，让大家超越语言和文化的差异，在内心构筑起民心相通的桥梁，连接起有着万千角落的同一个世界。而奥运的魅力，不仅仅是更快、更高、更强的竞技体育精神，更在于让全世界因同一场盛会更积极地探索、更包容地交流、更纯粹地热爱，推动建设真正意义上的人类命运共同体。

带着这样的收获与感动，刘晨对在北京和张家口举行的冬奥会充满了期待。她在北京大学读书期间就参加了奥运宣讲，曾经到北京大学、河北师范大学、北京日报社、国旗班、社区、张家口崇礼等地讲过20多场。

2018年，她大学毕业，刚巧赶上北京冬奥组委去招聘，她来到北京冬奥组委入职，在新闻宣传部搞奥林匹克教育。她充分发挥自己外语好的优势，翻译国际奥委会的文件资料，开视频会议。国际奥委会在瑞士，与北京有时差，一般晚上6点至7点会议较多，她连续3周晚上10点—12点开视频会议，每当国际奥委会成员来北京冬奥组委，她都用流利的英语向他们汇报工作。北京冬奥组委有两个俄罗斯人，一个叫尼古拉，一个叫萨沙，她会用俄语与他们沟通。

北京冬奥组委有外国专家，接触的是多元文化，她喜欢这里的环境。她小时候滑过旱冰，酷爱花样滑冰，北京冬奥会，这是中国人自己的主场，更需要每一个人的参与和付出。

让城市亮起来，让冬奥转起来，参与奥运塑造着刘晨，也将影响着她的未来。

奥林匹克环球行

侯琨是山东潍坊人，从小在黑龙江伊春长大，6岁时跟随父母回到了家乡，在潍坊一中读书时，学校有一尊周恩来的雕像，这尊雕像潜移默化地熏陶着侯琨，他立志要向周恩来学习，当别人问他你将来想干什么时，他毫不犹豫地说："我长大了想当总理。"

2003年，他考入中国传媒大学国际传播学院外语系学习乌尔都语，这是巴基斯坦的国语，在学校他就热心社会工作，喜欢组织活动，担任过学生会主席。2007年6月，他参加了奥运志愿者工作，对奥林匹克有了初步的接触。当年，我在德胜门现场采访第十三届奥林匹克收藏展，萨马兰奇先生出席了活动，那场活动有一个志愿者就是侯琨，只不过我们当时并不认识。

奥林匹克收藏展开幕式那天是一个炎热的上午，老百姓里三层外三层早早就来到现场，举着横幅欢迎萨马兰奇先生。当时，满大街都悬挂着"爱国、创新、包容、厚德"八个大字，北京人开放、局气，他们对奥林匹克的爱是那样炽热而真诚。

侯琨在北京读了4年大学，感受最深的就是北京精神。爱国是"北京精神"的核心，创新是"北京精神"的精髓，包容是"北京精神"的特征，厚德是"北京精神"的品质。爱国是北京城市精神最深刻、最显著的特征，源远流长，历久弥新，体现了北京市民所具有的"天下兴亡，匹夫有责"的精神。中国没有一座城市像北京人那样关心政治，四九城里的大爷一边光着膀子摇着扇子下棋，一边嘴里还在不停地念叨"昨天政治局开会了，说了这么几件大事……"北京的哥更是侃爷，您乘坐10公里的出租车，他有9.9公里能跟您侃国际风云。

人的成长离不开养育自己的土壤，侯琨在山东长大，有朋自远方来不亦乐乎，礼仪之邦推崇厚德载物，齐鲁文化的影响，使他眼界开阔，胸怀天下，思维活跃，广交朋友。到北京上大学，他最喜欢的就是北京人对政治的热情，对世界的关注，对朋友的真诚。

大学毕业，他最对口的工作是到国际广播电台，所学的小语种在那里能够派上用场。他却独辟蹊径，选择到合众人寿人力资源部工作了3年，积累了社会经验。当时，每月工资6800元，这对于刚毕业的大学生已经是丰厚的报酬了，但他仍然不满足，他要闯一条新路。第13届奥林匹克收藏展给他打开一扇天窗，他看到了奥林匹克收藏的价值，便用辛辛苦苦积攒的工资买了一些奥林匹克纪念品，收藏使他尝到了甜头，也积攒了一定的经济实力，做志愿者的经历使他和奥林匹克结缘，打算做奥林匹克文化收藏推广工作，他于2010年中旬毅然辞职自己创业，开始了奥林匹克环球行。

当时，有人对他砸掉铁饭碗、独自闯天下的行为不赞同，然而燕雀安知鸿鹄之志，他是要干大事的人，必须把自己逼到绝境，走一条充满艰险却无限风光的路。

2012年元旦，他来到洛杉矶体育场，这是中国奥运第一人刘长春参加奥运会的体育场，也是许海峰中国奥运第一金诞生的城市，睹物思情，心情格外激动。除了参观，他还注意收藏奥林匹克纪念品。在洛杉矶，他见到一位美国收藏家，问她有没有有收藏价值的纪念品？那位收藏家说："我有一本影册，不知道你是否感兴趣？"

侯琨接过来一看，高兴得眼睛直放光，原来1936年柏林奥运会期间，奥运村里有一个照相馆，来自各个国家的参加柏林奥运会的运动员经常到这个照相馆照相，照相馆的摄影师是个有心人，他收藏了这一本影册，镶嵌着40多个国家参赛运动员的照片，并请这些运动员在上面签名，一共有18名中国运动员在影册上签名，涉及自行车、足球、铁饼等运动项目，每个人写的都是繁体字。侯琨心里乐开了花，立刻掏出一大把美元买下了这本影册。他按照上面的名字一一寻找，居然发现一名叫郭洁的人还活着，时任西安体育学院的退休教授，当年作为铁饼运动员参加柏林奥运会。

2012年春天，侯琨专程到西安去拜访郭洁教授。郭教授整整100岁了，见到眼前这个年轻人，他一边翻看影册一边回忆。他遗憾地对侯琨说："当时我们国家内忧外患，经费短缺，69名参赛运动员只能乘坐邮轮最低级的船舱，在海上颠簸了27天，才在奥运会开始前不到一周赶到柏林，最后的结果不用说，只有一个运动员进入了决赛。我那时候满心希望为国争光，可连复赛都没进去，确实是一次沉重的打击。我们当时没有教练，没有训练器材，连鞋袜都是自己花钱买，怎么能像现在的运动员这样为国争光？"

听到这里，侯琨的眼睛湿润了。为国争光，这不就是几代中国体育人的梦想吗！让郭教授感到骄傲的是，北京举办了2008年奥运会，他成为最年长的火炬手，如果不是国家的强大，他和亿万中国人的奥运梦又怎么会实现？

郭教授端详着影册上自己的签名，激动地说："是我写的，当时我还会写繁体字，现在都不会写了。"说完，他还在当年签名的影册上又重新签了名。

侯琨掏出本子真诚地说："郭教授，请您给我题字吧。"

郭洁教授题写道："无与伦比的奥运瑰宝。"

从那以后，侯琨就和郭教授保持联系，2013年，郭教授不慎摔伤，侯琨帮助他联系到北京的医院住院，后来，郭教授不幸于2015年去世。

与奥运运动员交往，侯琨觉得特别有意思。他得知参加1948年伦敦奥运会的中国运动员有1个人在世，叫吴成章，家在上海，在部队工作，大校军衔，是新中国成立前中国参加奥运会的唯一健在的运动员。参加1952年赫尔辛基奥运会的中国运动员还有4人在世。

2012年9月9日，第三届青奥会文化节在南京举办，侯琨应邀带着奥运火炬、奖牌去做奥林匹克宣传展览。在主办方的饭局上，侯琨发现有一个文静端庄的女子叫吴静钰，是江苏省队的跆拳道运动员，住在苏州，她在北京奥运会和伦敦奥运会上荣获女子跆拳道冠军，应邀作为本届青奥会的揭幕嘉宾。他们在饭桌上交谈得很愉快，互相留了联系方式。第二天，侯琨就回到北京，开启加拿大的奥运城市之旅。他去了蒙特利尔、卡尔加里和温哥华，又去了美国和墨西哥，无论走到哪里，总有一个影子在他的眼前晃动，那就是吴静钰，他知道自己那颗骄傲的心已经离不开这个清秀的江西妹子了。从加拿大回国后，他又到苏州去找吴静钰，向她表达了爱意，两人确定了恋爱关系。

吴静钰1987年出生于江西省景德镇，后来在景德镇体校学习跆拳道，2004年代表江苏省体育代表团参加过跆拳道比赛，在2008年北京奥运会和2012年伦敦奥运会上荣获女子跆拳道冠军。是奥林匹克这根红绳紧紧地拴住了这对年轻人的心，他们互相爱慕，喜结连理，婚后吴静钰调到了北京工作。

2015年4月，吴静钰到巴黎训练，侯琨也到了巴黎，他自己去了夏蒙尼，后来和妻子一起去了凯旋门及埃菲尔铁塔，参观博物馆，一边宣传奥林匹克文化，一边帮助中国体育博物馆收集奥林匹克纪念品。他买到了顾拜旦的手稿，还收藏了1906年希腊雅典奥运会期间，帕特拉斯社会交响乐团的指挥给希腊国王谱写的手绘乐谱，乐谱一共3张，非常精致。20世纪初，欧洲宫廷流行手绘乐谱，侯琨找人根据乐谱演奏了音乐，还录了音，非常好听。现在美国、瑞典、瑞士等国都有奥林匹克收藏公司，奥林匹克环球行不仅是文化推广，而且也有收入。

2016年，吴静钰要参加里约奥运会，侯琨也跟随妻子去了里约，吴静钰参加比赛，侯琨在里约游览，发现里约没有一家外国媒体宣传中国，中央电视台国际频道不是播放中国美丽景点就是歌舞，没有把中国的文化优势充分展现出来。

2017年7月，侯琨和吴静钰的爱情之花结出了硕果，他们的女儿出生了，国际奥委会主席巴赫博士给这个小天使起了个英文名字叫做Gloria。Gloria

一词来自英文 Glory，意为"荣耀"，希望她能够继承父母的事业，为奥林匹克运动增光添彩。侯琨教 Gloria 学英语，吴静钰教 Gloria 跆拳道，夫妻俩2018年10月还带着女儿参加了在阿根廷布宜诺斯艾利斯举行的第3届夏季青奥会，Gloria 也成为本届青奥会年龄最小的注册卡拥有者。

侯琨做好了详细的计划，每年要去几座奥运城市，有些奥运城市他是单独走，有些奥运城市他是连着去，比如到美国，就到洛杉矶、亚特兰大、圣路易斯、斯阔谷、盐湖城、普莱西德湖寻访；到了法国，就到巴黎、夏蒙尼探秘；到了德国，就到柏林、加米施 — 帕滕基兴寻踪；到了挪威，就到奥斯陆和利勒哈默尔拜访，在奥斯陆，他去拜见了利勒哈默尔冬奥会主席海博格。奥运可以带动精神面貌和人文素质的提升。海博格说："那么多人来利勒哈默尔参加冬奥会，这么点的地方，停车的问题我都要跟老百姓协调，请你们腾出一些停车位，请利勒哈默尔的老百姓在冬奥会期间出去度假。"到了日本，就到东京和长野游览；不懂日语，在日本他请了一个志愿者给自己当翻译和导游。

所到之处，大力宣传奥林匹克文化。他发现意大利人非常喜欢奥林匹克收藏，意大利有个公安局局长叫马里奥，英语不太好，只会讲意大利语，他就用手比画着与他交流。欧洲的城市老百姓还是会讲一些英语，可以沟通。从2012年到2020年1月，他走遍了所有举办过冬季、夏季奥运会和青奥会的26个国家的47个城市。经常有人问他："侯先生，你为什么要做这个事情？"

他觉得北京奥运会的成功举办，极大地激发了国人的奥运热情，但是大家更多的是关注赛场上顽强拼搏的运动员，而对"和平、友谊、尊重"的奥林匹克精神认识却有些模糊。于是，一个探访全球奥林匹克城市的梦想就此诞生，他想看看，奥林匹克运动到底为何有这么大的魅力，能够吸引全世界的人参与。

2017年，侯琨组织了一场活动，邀请小萨马兰奇、李妮娜、郭丹丹、张丹等人参加中国人民大学人文奥运研究中心首届冰雪论坛，小萨马兰奇讲课，会后，与会嘉宾在两块滑雪板上签名。一块留在中国人民大学，一块侯琨个人收藏。

赚农民工的钱，操国家总理的心

2019年7月，应世界跆拳道联盟（WT）和跆拳道人道主义基金会（THF）邀请，世跆联运动员委员会委员、中国跆拳道协会副主席、奥运冠军吴静钰作为THF形象大使来到了位于约旦的阿兹拉克难民营，教难民跆拳道，通过跆拳道运动激励这里的女性和孩子们，侯琨一同前往。

世跆联主席赵正源博士、约旦王子、安曼市长、亚跆联主席以及国际摔跤联合会代表等一同参加了本次活动。阿兹拉克难民营是由联合国难民署和约旦政府联合成立的专为叙利亚难民设立的国际难民营。吴静钰也成为首位到访国际难民营的中国奥运冠军，她还为那里的孩子们送上了T恤衫、道服和纪念徽章。

侯琨见到了联合国难民署给叙利亚建造的第一个难民营——阿兹拉克难民营，这是难民营的标杆，戈壁滩上白色的活动板房一望无际，20平方米住一家人，联合国委托约旦政府给难民配发粮食，约旦夏天40多摄氏度的高温，屋里没有空调和电扇，周围有铁丝网，由军队把守，难民中最长的在里面住了7年，没有人身自由。没有家园、没有国籍、没有未来，吴静钰和侯琨心里很难受，看到难民的悲惨景象，侯琨感慨万千，一个国家如果国力不强，发生战争，倒霉的是老百姓。奥林匹克的内涵就是反战，希望世界和平发展，制止战争，中国的和平环境值得每个中国人珍惜。

如今，奥林匹克已经植入侯琨的血脉，他是奥运的受益人，他的妻子是奥运冠军，他的全家都和奥运息息相关，他的生活与奥林匹克联系在一起，连刷牙杯上都是五环的标志。

2016年9月28日，他到北京东四社区讲奥林匹克，那是他第一次去宣讲，尔后到盼盼食品讲，昌平中学讲，整整讲了5年。每次演讲补助120元，他开车从家里到昌平，补助费还不够来回的汽油钱。妻子吴静钰调侃道："你是赚农民工的钱，操国家总理的心。"

2019年3月，他开始到非奥运国家走访，到了古巴，他打听奥委会地址，在中国驻古巴大使馆对面，只有三个人上班，他见到了古巴奥委会秘书长，是一个老头儿，原古巴篮球运动员，参加过三届奥运会，他和秘书长热情交谈。2019年6月23日，国际奥委会成立125周年庆典，他来到洛桑，意外地又遇见了古巴奥委会秘书长，这位秘书长获得了国际奥委会颁发的银质勋章。

有一次，侯琨到巴拿马寻找奥委会，那是一栋500平方米的房子，一个40多岁的工作人员正在值班。侯琨说，我找你们的奥委会主席，工作人员说："主席不在，请您等候一个半小时。"

他拿起报纸想打发时间，工作人员突然问道："侯先生，您能不能用中文、英文、西班牙文录制一段视频，号召大家运动起来。"

侯琨马上拿出了自己制作的环球行的旗帜，用中文、英文和西班牙文分别录制了一段话，等录制结束，巴拿马奥委会主席也回来了，这段视频在巴拿马的奥委会官网播送。

还有一次，侯琨来到阿联酋奥委会，秘书长没有在，工作人员也让他用中文、英文录制全民健身活动的视频，号召人们参与奥林匹克活动。这段视频也在阿联酋奥委会的官方网站上播出。

1964年东京举行第十八届夏季奥运会时，运动员从全世界带来树种。57年后的今天，这些种子长出的大树，被用来建造多个本届东京奥运会的比赛场馆和奥运五环。虽然东京奥运会开幕式的五环标志很简陋，但是五环的材质是57年前运动员带来的树种长出的大树，这是对1964年东京奥运会的传承。

侯琨觉得自己全家是奥林匹克运动的受益者，赶上了好时代，中国在快速发展。走完环球行之后，他觉得中国是全世界最安全的国家，和平时期是幸运的，我们不是生活在和平的世界，而是生活在和平的国度。

2020年5月，经国际奥委会主席巴赫先生提名，侯琨成为国际奥委会文化与奥林匹克遗产委员会委员。他有一个新的梦想，在2022年北京冬奥会开幕前现场为总计10万人进行奥林匹克文化讲座，分享自己的奥林匹克环球行经历，将东西方文明互鉴的精髓传递给中国青年人，让更多的人能够参与到奥林匹克运动中来！

最近，他来到天津南开大学，这是中国奥林匹克先驱张伯苓先生创办的学校，他和张先生同一天生日，来了就激动，和同学们多分享了一些关于张校长的故事。一天3场冬奥宣讲的高强度模式，他累并快乐着。

10年来，侯琨把推广奥林匹克文化由爱好变成了事业。不久前，巴赫博士再次约见了侯琨，并为他题词：祝贺你完成了一项真正的奥林匹克行动，感谢你对传播奥林匹克价值观做出的巨大贡献！

北京体育大学副校长的奥运心

田麦久是北京体育大学副校长，我与他的相识源于奥运。那是一次与奥运冠军的雅聚，我和他以及奥运冠军陈一冰等人应邀参加。

1940年，一个男婴出生于山东青岛，他家里有6个孩子，他行五。没想到这个小五子特别喜欢跑步，从小就显露出超人的体育才华。

他考入青岛二中上学，青岛二中毗邻小青岛，蓝天、白云、栈桥、海鸥，他的童年充满了欢乐，不仅体育优异，而且数学成绩拔尖，特别喜欢写诗，受到语文老师的青睐。海边长大的孩子经常赶海，拿着小铲子和鱼篓子，一会儿挖个海螺，一会儿抓只螃蟹，一会儿抓只海蜇，还捡到五颜六色的贝壳和珊瑚。观赏珊瑚使他对地质产生兴趣，憧憬着长大后考地质学院，当一个神气的勘探队员。

他擅长体育，尤其喜爱中距离跑，400米、800米跑是他的强项。体育老师初世贤发现他是棵好苗子，悉心培养他。青岛二中是体育传统校，在山与海的怀抱中，他逐渐长大了，体育特长得以发挥，浑身上下洋溢着青春的活力。

1956年，全国第1届少年运动会在青岛举行，比赛在青岛第一海水浴场附近的汇泉体育场举行，正在上高二的田麦久参加比赛，妈妈带领家人前来观战，在暴风雨般的欢呼声中，他荣获男子800米冠军。体育老师初世贤的脸上露出了自豪的笑容。

1957年，田麦久高中毕业，除了体育老师外，所有的老师都不赞成他报考体育院校，数学老师想让他报考数学系，语文老师想让他报考中文系，他知道自己那颗骄傲的心已经被体育迷住了，毫不犹豫地报考了北京体育学院田径系。

接到录取通知书那天，他的心仿佛撞进了一头小鹿，扑通扑通地跳个不停。乘坐绿皮火车从山东青岛来到首都北京，这个山东小伙子格外珍惜难得的学习机会，拼命苦读。4年后大学毕业，又继续攻读体育学研究生。1964年研究生毕业，他如愿以偿留校当老师。他在讲台上辛勤耕耘，桃李满天下。

改革开放之后，邓小平提出要从中国派10万留学生到国外学习，留学需要考英语、日语和德语，田麦久读研究生时选修的第二外语是德语，索性报考了德语，顺利被录取了。

1979年2月，他到德国科隆体育大学进修运动训练学，攻读博士学位。

阿尔卑斯山脉是欧洲最高的山脉，位于法国、意大利、瑞士、德国、奥地利和斯洛文尼亚6个国家的部分地区，主要分布在瑞士和奥地利国境内。阿尔卑斯山脉东西延绵1200公里，南北宽约120公里—200公里，东宽西窄，平均海拔3000米左右，一共有82座海拔超过4000米的山峰，其中又有超过一半位于瑞士瓦莱州。

德国北部毗邻荷兰和丹麦，德国的东南是奥地利，正南是意大利，西南是法国和瑞士。德国是中欧开展冰雪运动最早的国家，早在18世纪早期，汉堡、柏林和法兰克福等地就已经有了滑冰运动；德国的滑雪运动起源于挪威，挪威的探险家费里特乔夫·南森在穿越格陵兰岛归来后，在欧洲的一些大学作报告，在德国引起轰动。

德国人喜爱体育运动，德国的知识分子和中产阶级以滑雪为时尚休闲运动，孩子会走路，家长就带着学滑雪。很多德国人为了滑雪方便，在阿尔卑斯山买一栋别墅居住。

田麦久的朋友海克尔是科隆体育大学体育教育学教授，全家老小都热爱滑雪。海克尔在小瓦赛山谷买了一栋房子，位于德国南部与奥地利交界处，属于阿尔卑斯山脉，邀请田麦久去度假。他在那里住了一个星期。德国的纬度相当于中国的黑龙江省，可是冬天在室外不觉得冷。海克尔带领他到山上看滑雪，他看到海克尔在滑雪时像一个精灵，充满了诱惑。在海克尔的影响下，田麦久穿着滑雪服、滑雪靴跃跃欲试。看着人们在雪山上飞跃，他不由得想起了母校。

北京体育大学位于海淀区圆明园附近，早先在北体大和清华附中之间是一片稻田，冬天，把稻田浇水变成冰场，成为北体大学生的滑冰训练场，田麦久仿佛一只矫健的海燕，在洁白的冰场上纵横驰骋，游刃有余。

在中国北方，会滑冰并不稀奇，可是会滑雪就很罕见了。

经过顽强苦读，田麦久获得了博士学位，从德国留学归来，担任北京体育大学副校长，他的妻子邝丽是北体大艺术体操教授，中国首位艺术体操国际裁判，担任过洛杉矶、汉城奥运会艺术体操裁判。夫妻俩齐心协力同舟共济，把全部心思放在培养学生上。

冰雪运动是一项地域性的体育项目，中国冬季运动薄弱，中国申办冬奥会，有着高瞻远瞩的政治眼光。

中国成功申办冬奥会，他打心眼里高兴。习主席说："2022年冬奥会在中国举办，将有利于推动中华文明同世界各国文明交流互鉴，带动中国13亿多人关心、热爱、参与冰雪运动。让中国人民再次有机会为奥林匹克运动发展和奥林匹克精神传播做出贡献。"

习主席向世界承诺：大力推动冰雪运动，中国要有三亿人上冰雪。

筹办冬奥会有两件大事：一是组织比赛，二是参加比赛。为了办好冬奥会，国家派了很多人到国外参观学习。冬奥会的组织者、裁判员、志愿者人数会远远多于运动员。中国组织一场无与伦比的冬奥会不成问题，但是参赛水平不会很高。迄今为止，中国在冬奥会项目上只得过13块金牌，而且冰强雪弱，雪上项目只得过一枚。

体育比赛分为大项、分项和小项，比如大项游泳，分项包括花样游泳、普通游泳、跳水、水球；小项包括男子游泳、女子游泳、单人跳水、双人跳水、双人跳台跳水、单人跳板跳水……

冬奥会的高山滑雪、跳台滑雪、雪车、雪橇项目在中国极少涉猎，这次全项目参赛，任重而道远。

田麦久从小喜欢写诗，主要写新体诗，写大海，写春天，充满阳光。从事体育教育工作几十年，他忙里偷闲，写了不少好诗。退休后，他重操旧爱，打算用诗歌讴歌心中的理想。

2013年3月，他在成都浣花溪公园成立了诗社，浣花溪公园和杜甫草堂毗邻，当时，他联络了8个人，条件是必须是体育界人士，必须有较高的诗词造诣。由于是在浣花溪公园成立，所以诗社的名字叫做浣花诗社。

他们自筹资金，自己创作，请中国诗词学会的专家、湖北教育学院教授侯孝琼、湖北诗词学会副会长兼秘书长李辉耀、中华诗词学会秘书长王改正参加改稿会，教授们很认真，每篇都提出修改意见，仔细点评，凡是格律上的问题，他们一律虚心接受，诗歌意境和内容上的据理力争，因为体育界人士懂得体育，不说外行话。现在，诗社已经发展到14个人，他们精心创作，为每一位奥运冠军填写了诗词。

2022年北京冬奥会在家门口举办，田麦久格外高兴，率领浣花诗社成员写了很多迎接冬奥会的诗歌，用诗词向奥运冠军致敬。

第二十二章　冬奥文化在中国

北京冬奥会打下美丽中国底色

2019年6月23日是国际奥林匹克日，早晨6点多钟，我赶到位于北京延庆的世园会门口，只见人头攒动，熙熙攘攘，忙碌的志愿者、保安、服务人员已经上岗，世园会本应上午9点开门，为什么7点钟就有人入园？原来，北京冬奥组委举办的"奔向2022 绿色起跑 全民开动"2019国际奥林匹克日冬奥主题活动暨阿里巴巴北京世园会公益跑活动，今天在这里展开。

几天来北京连续播报高温蓝色预警，今天的会场大清早就艳阳高照，又是一个桑拿天啊！

然而，天气炎热，没有北京市民渴望举办冬奥会的激情热。在北京世界园艺博览会国际馆前的主席台上，体育健儿带领大家做跑前热身操，逐渐拉开了活动的序幕。

中央电视台《体育新闻》和《体育世界》主持人袁文栋走上台，开始专业主持，他简要地介绍了活动规则和意义。大屏幕上播放了北京冬奥会、冬残奥会低碳管理宣传片。

北京冬奥组委正式发布《北京2022年冬奥会和冬残奥会低碳管理工作方

案》，积极倡导全社会低碳生活方式，创造奥运会历史上第一次碳中和的"北京案例"。这一活动也是中国奥委会国际奥林匹克日分会场活动。

北京市副市长、北京冬奥组委执行副主席张建东，生态环境部副部长赵英民出席了当天的活动。公益跑出发之前，张建东代表北京冬奥组委发布了《北京2022年冬奥会和冬残奥会低碳管理工作方案》。

张建东副市长头一天还在延庆视察冬奥会工程，当天一大早就身穿运动服站在主席台上，他说："北京冬奥会是我国重要历史节点的重大标志性活动，也是我国加快冰雪运动发展、提升全民健康水平的重要契机。中央高度重视北京冬奥会筹办工作，习近平主席作出了一系列重要指示。我们要把冬奥筹办工作与群众体育工作紧密结合起来，大力推动群众冰雪运动普及，促进全民健身广泛开展。下一步，我们将秉持奥林匹克精神，紧紧围绕'三亿人参与冰雪运动'的宏伟目标，加快推动群众体育特别是冰雪运动蓬勃发展，为提升人民群众健康水平，增强幸福感和获得感，建设健康中国和体育强国，做出新的更大贡献。

"重在参与，共同建设更加美好的世界，是奥林匹克精神的重要内涵。希望各界朋友们积极响应奥林匹克精神倡导，与我们紧密携手，深入落实绿色办奥理念，努力践行低碳管理工作方案各项措施，形成绿色发展方式和生活方式，共同建设天更蓝、山更绿、水更清的优美生态环境，为北京冬奥会打下美丽中国底色。"

生态环境部副部长赵英民在活动上致辞。他表示，非常高兴能够与各界朋友共同宣传、推广北京冬奥会，见证《北京2022年冬奥会和冬残奥会低碳管理工作方案》的发布。

他表示，北京2022年冬奥会和冬残奥会在筹备过程中，坚持生态优先、资源节约、环境友好，把绿色作为底色，将生态环境与可持续发展融入筹办工作的全过程，通过绿色能源、绿色场馆、绿色交通等全方位措施，努力控制温室气体排放，并探索通过植树造林实现碳中和，以实际行动诠释了"绿色办奥"理念，引领了以低碳为荣的社会新风尚。

接下来阿里巴巴首席市场官董本洪走上台，讲述了崭新的理念，我最感兴趣的是他讲的全民健身跑步与扶贫的关系。公益捐步不仅可以锻炼身体，而且还可以为有困难的人提供微薄的帮助，是一件非常有意义的事情。将公益步数折算成钱，捐赠给贫困地区的人们。公益活动能玩到这个份儿上，真是太牛了！

在活动现场，环保人士、"北京榜样"代表贺玉凤、运动员代表王皓、阿里巴巴集团代表周天宇等人共同发出了低碳环保倡议。他们倡议所有人都行动起来，积极宣传普及绿色办奥理念和低碳环保知识，踊跃参与全民低碳行动，共同为举办一届精彩、非凡、卓越的奥运盛会，为加快建设天更蓝、山更绿、水更清的美丽中国做出更大的贡献。

接着，张建东，赵英民，中国残联办公厅主任杨代泽，河北省政府副秘书长、省冬奥办主任李璞，延庆区委书记、北京冬奥组委延庆运行中心主任穆鹏，现任中国短道速滑队主教练、中国滑冰协会主席李琰，北京世园局副局长叶大华等共同为公益跑鸣笛，嘹亮的笛声震撼着大家的心灵。

随后，近千名运动员、志愿者、文艺界人士、环保人士、市民、体育爱好者身穿白色的运动服开始奔跑，我近距离看到他们在北京世园会的跑道上挥洒汗水，用奔跑来支持北京冬奥会绿色低碳的目标。

体育意味着文化和精神，我人生中获得的第一个冠军就是女子中长跑冠军，我曾经参加过北京小马拉松赛并跑完全程，今天，我身穿运动服在世园会跑步，感到运动的火焰在熊熊燃烧，深深地为健儿们的热情而感动。体育塑造人格，体育使人年轻。

北京8分钟

2018年2月25日，在平昌冬奥会闭幕式上，作为下一届冬奥会的举办城市——中国北京带来了别具一格的8分钟演出，向世界发出了盛情邀请。

这属于北京的"8分钟"是2022年北京冬奥会在世界奥运舞台上的初次亮

相，伴随着奥林匹克会旗的交接，冬奥会正式进入"北京时间"。

北京8分钟着重以现代科技展现中国人民对全世界的欢迎。蕴含着对未来4年的美好期待，也汇聚着熠熠闪光的"中国智慧"——在精彩的演出背后，科技的力量不仅让创意更丰满，也助力北京8分钟在平昌闭幕式上的精彩呈现。

2018年2月25日和3月18日在平昌冬奥会和冬残奥会闭幕式上，中国成功完成奥林匹克会旗和国际残奥委会会旗交接，向全世界奉献了《2022相约北京》和《2022我要飞》文艺表演。在平昌冬奥会闭幕式上，国家主席习近平通过视频，向全世界发出诚挚邀请——2022年相约北京！北京文艺表演取得圆满成功，赢得了国内外一片掌声，大家公认表演精彩震撼，是一场惊艳世界的视听盛宴。

奥运会是最具国际影响力的体育盛事，也是检视国家能力、展示国家形象、促进国家发展的重要窗口和机会。人们只看到演出的成功，风光无限，可有谁知道短短的8分钟，北京冬奥组委和北京体育大学的演员们付出了多少汗水，经历了什么风险。

担子撂在了北京体育大学的肩上

北京冬奥组委高度重视平昌冬奥会和冬残奥会闭幕式北京文艺表演工作，于2016年10月启动了北京文艺表演筹备工作，短短的8分钟，前后共历时17个月，筹备工作主要分为3个阶段。

2016年11月，北京冬奥组委与北京市文化局组成联合工作组，聘请张艺谋为总导演，开展平昌冬奥会和冬残奥会北京文艺表演创意方案的创作工作。北京冬奥组委多次召开主席办公会议，专题研究创意方案，并在与国际奥委会进行充分交流沟通基础上，报送第24届冬奥会工作领导小组审定。2017年9月6日，习近平主席亲自审定了北京文艺表演创意方案。按照习近平主席审定的北京文艺表演创意方案，北京冬奥组委和导演团队一起，以"2022相约北京"为主题，以"习近平主席和中国亿万人民一起向世界发出邀请"为核心段落，组织开展深化创作，形成了最终的平昌冬残奥会闭幕式演出方案。

考虑到境外演出特点，奥组委多次组团赴韩国平昌，实地踏勘闭幕式场地，并与平昌冬奥组委相关部门就演出场地、设备、通讯频率等工作进行沟通，获取演出所需技术资料。组织相关厂商进行技术攻关，研制出符合创意要求的熊猫、"冰屏"、机器人、耐寒服装等核心道具，还特意对设备进行了抗寒、抗风测试，保证其在低温、大风环境下的工作稳定性。

北京体育大学的竞技体育学院、教育学院和社会体育系设置了轮滑专项。经北京市体育局推荐，北京冬奥组委找到了北京体育大学冰球学院副院长王晓亮，要求由北体大的学生完成平昌冬奥会闭幕式上"北京8分钟"的表演。王晓亮请他们与北体大团委沟通，提出具体要求。北京冬奥组委的人说：我们要选拔轮滑技术能力好的，身高在一个高度，不能过于悬殊。

考虑到演出对轮滑演员技术水平的要求，从北京体育大学遴选轮滑专业80名男生，年龄在20—21岁，年级以大三为主；考虑到残奥会的特殊性，从中国残疾人艺术团遴选专业演员参与冬残奥会演出。按照场地独立封闭、保密性好、适合搭建舞台、方便组织排练和领导审看的要求，将位于北京市昌平区的武警特种警察学院南口校区作为排练场地。

之所以选择昌平，是因为这里的气候与韩国的平昌相似，是一个风口。

北京体育大学派王晓亮、熊铮和鲁冀三位老师带队，王晓亮与熊铮负责轮滑训练，鲁冀负责推屏训练。他们到昌平的第一天就成立了临时党支部，给大家发放书籍，每两周开一次组织生活会。

北体大的曹卫东校长、邢尚杰副书记专程来到昌平武警驻地看望师生们，给大家带来羽绒大衣、防寒服、帽子、手套、暖宝、羽毛球、篮球、象棋、扑克牌和巧克力，亲切慰问大家。校医院的医生也赶来为师生们送药。

学生们在这里厉兵秣马，为平昌冬奥会"北京8分钟"的演出刻苦训练。

老谋子说,这个节目如果成功了就是最牛的

北京8分钟的总导演是张艺谋,他的手下有音乐、动作、队形等执行导演,导演们不懂得冬季体育项目的动作,而王晓亮、熊铮、鲁冀三位老师不懂得节目编排,他们强强联合取长补短,由三位体育老师演示各种冬季训练的基础动作,滑行、旋转、摆臂,半蹲摆臂身体重心移动,在直线的滑行中加入速滑的动作,由导演根据动作的美感决定取舍,最终定下了四五套基本轮滑动作。再由北京理工大学的老师把张艺谋的创意设计成草图和电子显示图发给同学们。

张艺谋鼓励大家说:"如果这个节目成功了就是最牛的,如果失败了就是孙子。"

2017年11月,为了尽可能贴近实战,模拟平昌冬奥会闭幕式现场环境,北京冬奥组委在昌平排练场地上,按照1:1比例搭建了直径72米的圆形舞台,并召开了工作协调会,组建了安保、医疗、气象、运输等服务保障组,为排练工作提供全程保障。

2017年12月1日,北京体育大学的83名师生顺利入住昌平训练基地,与来自全国的技术团队工作人员进行了87天的封闭训练,北京体育大学冰球运动学院副院长王晓亮担任表演队教练,在他的指导下,师生们圆满完成演出排练工作。同时,在全国96个地点,采集宣传片视频素材,确保宣传片、"冰屏"中所展示的内容达到最佳效果。

同学们要在一个直径72米的圆形舞台上表演,舞台中央有24个2米高4米宽的大屏幕,脚下是木质地板,在地面上找一个点连成片,他们必须根据草图在地板上滑出中国结、龙、凤凰、橄榄枝、长城、高速铁路、大飞机、航天器、孔雀开屏等充满浓郁中国元素的形状。这些线路各有各的难处,龙的形状难在整齐度,同学们分成3组滑龙,起点和终点不一样;中国结是菱形的形状,滑行动作与投影速度要匹配;熊猫队长的动作很难,既要滑行漂亮,又要动作优美。于广水与邢志伟是大四的学生,个人技术好,他们的滑行熟练度比一般人

高，承担了熊猫队长的职责。

　　学生们开始了封闭性的训练，上午练轮滑技术，增加体能训练。早晨6点半起床，7点吃早餐，8点开始训练，一直练到中午12点；下午练轮滑队形，午饭后稍事休息，从1点30开始训练到晚上5点；晚上练轮滑音乐、灯光、投影的配合，6点吃晚饭，7点钟再次训练，一直练到半夜12点。晚上气温骤降，舞台上有很多霜，面积很大，大家急忙用扫帚扫，用拖把擦，擦完仍然有雪末，轮滑鞋上沾一点水就打滑。

　　搞体育的人体育动作在行，可是对舞台展现却很陌生，节奏感差，抓不住音乐的节点。他们就虚心向导演请教，一遍又一遍地训练，终于像模像样了。

　　昌平的风很硬，有时候刮10级大风，气温在零下10多摄氏度，同学们身穿单薄的演出服训练，有两个学生被冻哭了。还有的同学身上贴着20个暖宝还觉得冷。学生住的宿舍里没有暖气，只有暖空调，感冒频发，83人的团队几乎每一个人都轮了一遍，熊铮老师天天跑医院，陪同学生输液。

　　江长青同学在训练时摔倒，被地板上的螺丝钉扎破了手，鲜血直流。熊铮老师带他去医院，本应缝针，可是缝针就要影响训练，为了继续训练，他坚持不缝针，上药包扎伤口后轻伤不下火线，圆满完成训练任务。

　　昌平军营里没有网络，学生们不准用手机，在这里封闭性训练了87天，实在枯燥无味。冶智勇和王晨同学是回民，他们是正宗的穆斯林，超市里的牛羊肉不能吃，必须吃阿訇杀的牛羊。军营里没有清真食堂，炊事员只好买来新锅，给他们炒鸡蛋青菜，整整吃了3个月的素食。即使如此艰苦，大家仍然士气高涨，春节不放假，连大年三十都在紧张地训练。王晓亮和熊铮老师觉得学生们体能训练不够，给同学们加大训练难度。

　　王晓亮是北体大体育教育研究生毕业，带学生练习轮滑时，他的女儿于2017年10月24日出生，他这个当爸爸的无法守候在妻子女儿身边。偶尔有回家的机会，他还不忘给回民同学买回一些正宗的清真食品。

　　2018年大年三十晚上，师生们在昌平的军营里举办了除夕晚会，这是出征前的动员大会鼓劲大会啊！

从昌平到平昌

昌平与平昌，虽然只是两个汉字颠倒一下，却是两个国度两个战场。

马上要到韩国平昌冬奥会表演了，韩国也没有正宗的清真餐，没有阿訇杀的牛羊，回民只能吃方便面。两个学生10天需要吃120包方便面，韩国海关不允许一个人带那么多方便面，王晓亮就让大家分头帮助带。

大年初二一大早，北京体育大学的83名师生怀着激动的心情乘坐飞机离开北京昌平来到韩国，住在关东大学的学生宿舍，4人一间房间。平昌冬奥场馆演播大厅要轮流排练，他们被安排到晚饭后训练。中午，他们办理好进入冬奥场馆的证件，下午4点来到候播厅的凳子上休息。5点钟吃晚饭，然后化妆训练1个小时。

那天风很大，气温低，队员们训练时出了很多汗，衣着单薄，寒风刺骨冻得瑟瑟发抖。舞台上空上千公斤的悬吊物被狂风刮得乱晃，为了安全，冬奥组委紧急叫停。

第二天平昌雪花大如席，又不能训练；第三天漫天大雾，能见度很低，还是不能训练。正式演出的前几天雪雾交加，没有一天好天气。导演组忧心如焚，轮滑演员本来就不熟悉场地，再不训练，上场怎么可能发挥好？

屋漏偏逢连阴雨，破船又遇顶头风，真是祸不单行，由于舞台有雪末，演出的前几天，苏泽培同学在滑行时摔伤了下巴颏，冬奥组委和北京市委宣传部的工作人员陪同他到平昌医院看病，医生给他的下巴颏缝了3针。

王晓亮严肃地说："同学们，你们是国家的人，不能出任何纰漏！"

苏泽培同学坚定地说："养兵千日用兵一时，无论怎样，我都不下去，保证完成任务！"

考虑到他的轮滑技术不错，王晓亮让他带伤上场，导演组给他化妆，把他的伤口遮住了。

在韩国平昌，我们是客场，训练时间要听从主人安排。《北京8分钟》的上一个节目是韩国人表演，他们在舞台上放焰火留下很多纸屑，喷火时在地板上留下了煤油的痕迹，轮滑鞋的轮子沾上煤油会打滑，导演组马上安排专人负责清扫煤油和烟火残渣。

轮滑鞋有4个轮子，鞋子不能沾水，3位老师将轮滑鞋上的轮子用医用胶布粘上，仍然无济于事。舞台太滑了，训练时24个演员有12人摔跤。22个轮滑队员、两个替补轮滑队员、两个熊猫队长和两个替补熊猫队长仍然咬牙坚持训练。每个轮滑演员都有自己的规定动作，为了以防万一，黄凯嵩同学当上万能替补队员，所有人的演出动作他都要会，所有人的滑行线路他都要了如指掌。训练前他教会了很多人轮滑，可是真正演出时，他却没有上场，甘当无名英雄。

到了平昌，王晓亮、熊铮和鲁冀老师操碎了心，为了让轮滑队员一门心思投入训练，他们收了所有同学的手机和电子产品；为了防止轮滑队员晚上聊天睡不踏实，他们规定同学们晚上睡觉不许关门，自己站在走廊里竖着耳朵听宿舍里的动静，等到所有人都进入梦乡，他们悄悄地把门关上，才敢躺下休息。

躺在床上，王晓亮心里直打鼓：今天摔了一半的队员，明天一个不摔谈何容易？

经历了九九八十一难，表演当天突然晴空万里，风和日丽，真是天助吾也！

2018年2月25日晚，真刀真枪的较量开始了。舞台上，北京体育大学的24名学生与24台智能机器人共同演绎冰球、冰壶、滑雪等冰雪运动项目。借助轮滑运动员滑出的轨迹和高科技实现的影像变化，表演团队不仅综合运用了轮滑演员、地面投影、动态视频和玩偶等表演元素，还首次使用24个隐形机器人参与表演，憨态可掬的熊猫起舞，潇洒帅气的冰上演员，绚丽夺目的时光交换，充满科技含量的机器人和冰屏旋转，使得北京8分钟的表演惊艳世界。

整个表演勾勒出中国结、中国龙、凤凰、长城、高速铁路、大飞机、航天器等充满浓郁中国元素的图案，以及国家大剧院、天眼望远镜等体现当代中国建筑和发展成就的造型，反映出中国的历史文化和时代风貌，既有传统韵味儿，又有现代特色，堪称一场美轮美奂的视听盛宴。

北京冬奥会会徽"冬梦"、蓝色地球、孩子的笑脸、橄榄枝和梅花编织的花环等纷纷呈现，体现出中国推动构建人类命运共同体的大国担当。中华民族是龙的传人，五彩祥龙是中国力量的象征。熊猫特使向世界发出邀请，4年后来北京，共赴一场冰雪盛宴。

平昌冬奥会闭幕式现场天气给力，经过演职人员的精心准备和幕后的多方协调，北京接旗仪式顺利进行，北京文艺表演精彩亮相，机器人与轮滑舞者互动，"北京交接"工作圆满完成。

国内外对北京文艺表演高度认可，认为表演精彩震撼，惊艳了世界，演绎了历史与传统，把中国先进的科学技术与中华优秀文化、中国发展成就、冬季运动元素完美结合，表达了中国人民愿与各国人民一道推动人类命运共同体建设、共创人类美好未来的理念，彰显了新时代的大国风范与自信，期待着与北京共赴一场美丽的"冰雪之约"。

3月12日，平昌冬残奥会闭幕式演出团队抵达韩国平昌，立即与韩方导演及技术团队召开会议，对接演出相关技术工作。经双方协商，先后明确了彩排日程安排、总控室布局、演员流线、通信等问题，并确定了4名手语老师和机器人反光柱的具体位置。根据复杂天气情况，特意安排演员和手语老师前往关东大学训练馆进行热身。通过规范舞蹈动作，细抠演员表情，进一步调整演员状态。

18日凌晨2点，演出达到预期效果后，完成了最后一次联合彩排。3月18日晚，闭幕式现场落下了细雨。演职人员克服不利的天气条件，北京文艺表演再一次精彩亮相，实现了"两个奥运，同样精彩"。

北京冬奥组委充分发挥体制优势，与有关部委、单位密切合作，共同展现了国家力量和形象。在中央办公厅统筹协调下，中宣部、外交部、公安部、中央网信办、国家体育总局、国家气象局等部门以及陆军、武警部队给予了大力支持。北京、河北、四川、黑龙江、吉林、新疆、辽宁、广东等有关省市区在视频拍摄、演出设备研发等各个方面也都给予了有力保障。

为展现我国的科技实力，新松机器人、深圳一品光电、烯旺石墨烯、北京电影学院、北京理工大学等科研单位专门组织科技攻关，针对北京文艺表演需要，特别是应对大风、低温、电磁干扰等多个技术难题，最终呈现了"智能移动机器人""透明显示屏""全景仿真演出系统"等多个科技创新成果。

平昌冬奥会的亮相，充分挖掘中国元素的时代表达，利用冬奥会平台向世界展现新时代中国风貌。

北京冬奥组委在与导演组共同创作的过程中，努力通过现代科技和国际化手段展现新时代中国新形象。

这台节目研究选择具有时代特征的中国元素。表演中以冰雪运动为主线，通过熊猫队长和冰雪运动青少年的滑行轨迹，在舞台上组成冰球、冰壶等冬季运动图景，绘制了中国结、中国龙、凤凰等文化元素，呈现了高铁、大飞机、空间站等中国高新技术成果，将传统中国代表元素与新时代中国的创新成就相结合，向世界展示新时代中国形象。根据冬残奥会的特点，还专门为平昌冬残奥会闭幕式演员设计了中国传统服饰，展现中国元素。

表演突出展现中国"人类命运共同体"理念。表演中通过地坪投影显示出奥运五环与地球村、橄榄枝、中国梅花组成的和平花环，以及24块冰屏所展示的历届冬奥会会徽等元素，突出展现了中国在构建"人类命运共同体"上的大国担当，表达了中国致力于通过举办一届精彩、非凡、卓越的奥运盛会，让世界更加相知相融的美好愿景。

编导努力采用代表中国科技创新水平的新展现手法。表演中大胆采用了碳纤维新材料、人工智能移动机器人、透明"冰屏"显示技术、激光控制技术、石墨烯保暖服装材料以及数字全景仿真模拟表演系统等高科技的展现手段，配合现场地坪投影，共同创造具有科技感、国际化的表达形式，使传统的中国结、中国龙等文化元素通过崭新的现代表达方式向世界传递。

北京冬奥组委认真把握国际传播规律，从早期策划阶段，就主动建立与国际奥委会、各大国际电视转播机构、国际主流媒体的合作关系，提高统筹协调国际媒体能力，让国际媒体主动讲述中国故事。

世界将再次见证，奥林匹克精神闪耀的中国充满希望，将为全人类呈现精彩绝伦的冰雪盛宴。

冬奥视觉艺术家

在第八届和苑和平节上，我见到了著名现代视觉艺术家刘恒甫，他是中国艺术研究院名誉研究员、北京国际和平文化基金会艺术顾问、故宫研究院客座研究员、清华建筑设计院文化旅游分院艺术总监、中国开发性金融促进会文旅委员会艺术总监、中华世纪坛专家委员会专家、中华诗词发展基金会公益慈善大使、北京市优秀文化艺术人才、凤凰数字科技艺术总监、北京恒甫视界创始人。曾获中国工艺美术大师金奖、中国旅游商品博览会金奖、首届中国创意设计大赛金奖、2015年度中国最佳主题公园奖。

参加和平节时，我写北京筹办2022年冬奥会的长篇报告文学正要杀青，然而当我看到刘恒甫的冬奥艺术作品时，我预感到一个重要的冬奥人物不经意间来撞击我的笔尖。他邀请我到他位于北京通州的艺术馆参观，我在周末冒着大雨赶到。他带领我楼上楼下地转，木雕、不锈钢雕塑、冰雪艺术、绘画、摄影、服装设计、佛像、心经，琳琅满目，我感受到这是一个博采众长，被多种文化艺术熏陶浸染过灵魂的人，他的成功绝非偶然。

1969年3月，刘恒甫出生于黑龙江省黑河市，父亲刘凤珠、母亲姜淑先是一对勤劳朴实的夫妻，生下了5个孩子，刘恒甫排行老五，上面有一个哥哥、三个姐姐。他家有三间平房，五个窗户，黑河的冬天奇冷无比，零下40摄氏度，每天早晨，他躺在炕上睁开眼睛第一眼看到的就是窗户上形态各异的冰窗花。

窗户是建筑的眼睛，眼睛是能够透视心灵的窗户，窗里窗外的故事讲述着人类的历史。冰窗花是北方冬天特有的自然现象，当屋里的水蒸气遇到低温的窗玻璃，就会结成不同的冰晶图案。天气越冷窗花就越厚，有时候像棵松树，有时候像串葡萄，有时候像根芦苇，有时候像只蝴蝶，这对于小恒甫来说格外新奇，他往窗户上哈气，用小手去捂窗花，想让窗花变形。然而窗花很硬很厚，在温暖的室温下逐渐融化，慢慢的，他觉得看窗花不过瘾，就开始画窗花。

他的妈妈是个巧手女人，用肥皂画粉或者划粉直接在布上画画，拿起针来刺绣，全家人的衬衣、外衣、棉袄、棉裤都是妈妈亲手裁剪缝制，纳鞋底、绣花更是手到擒来，她模仿能力极强，还会给人看病。过年了，妈妈用模子制作各种面食，把梨放在户外冻，在大缸里腌酸菜，全家人围着桌子吃着妈妈做的小兔子馒头、酸菜馅饺子、寿桃和冻梨，品尝着有滋有味儿的边陲小城生活。

推动摇篮的手是推动世界的手，母亲是儿女的第一位老师，刘恒甫的启蒙老师就是他的母亲。看到妈妈点灯熬油为全家人做衣服，小恒甫就学着用缝纫机扎衣服；看到妈妈用划粉在布上画图样，小恒甫就帮妈妈打下手，自己动手制作画夹子；每年腌酸菜、做冻梨、冻柿子这种力气活儿，小恒甫都抢着干，他在劳动中增长了才干，锻炼了动手能力，学会了创造人生。对于小儿子的创作，妈妈总是鼓励他，还把他画的画拿给邻居显摆。

姜淑先真是个聪明女人，母亲对童年儿女不经意间的夸奖，往往能够影响孩子的一生。故乡是一瓶老酒，散发着浓郁的醇香。黑河给刘恒甫带来最深的印象就是冰雪，这座边陲小城人烟稀少，只有1万人，江对面就是俄罗斯的远东第三大城市阿穆尔州首府布拉戈维申斯克市，一江碧水，两岸霓虹。冬天江面冻得硬邦邦的，最近处只有750米，一眼就能望到对岸。

黑河真是冰雪天堂，一年有5个月的冰雪季，这些文化符号潜移默化地浸润在刘恒甫的血液里。随着年龄的增长，摸窗花和画窗花已经不能解渴，他想买一架尼康FM2相机拍摄窗花，当时他的月工资只有100多元，一架尼康FM2相机需要2000多元，买一架相机需要花掉他一年的工资，他节衣缩食，从伙食费上抠自己，当他手捧着相机回到家时，高兴得爱不释手，恨不得睡觉都要搂着它。之所以选择尼康FM2相机,是因为这种相机抗冻。窗花千变万化,气温不同、湿度不同,窗花的形状也不同。冰窗花的美必须有艺术家的精细观察和心灵孕育才能发现,刘恒甫通过彩色透光拍摄技法发现、凝固、还原冰窗花的千奇百怪,运用多重技法进行再创作,出现了丛林、秋花、怪兽等图案。

1989年,20岁的刘恒甫来到南京艺术学院深造,师从杨洋老师,刻苦学习绘画和雕塑。每当夏日,刘恒甫敞开门窗,总会有一群燕子伴随着南风,落在他画室的屋里筑巢。燕子是有灵性的,它们只挑选善良和睦的人家栖息。在心爱的木雕泥塑当中,燕子也来加盟创作。然而,刘恒甫的心思不在于此,他要追求自己永无止境的文明之光,填充自己永不满足的探索之心。

他当过老师、记者,担任过教育杂志的编辑,做过产品设计、平面设计、时尚设计、雕塑和绘画。1992年,他开始玩相机拍摄冰窗花。为了拍好窗花,他废寝忘食,一架相机不行,就省吃俭用买第二架相机拍摄,当时没有数码相机,用的是胶卷拍摄,胶卷老贵了,柯达胶卷25元钱一卷,富士胶卷23元一卷,照相烧钱,洗照片也烧钱,他就在暗房里自己洗照片,摸索着学会了暗房技术。窗花不能在一家选,要多家选,他如痴如醉开车拉着设备逮哪儿拍哪儿,他有一双善于发现的眼睛,拍摄的窗花是他和大自然的共同创作。

拍摄窗花为他打开了一扇天窗,他又迷上了拍摄雪花和雪景。他几十年都在琢磨窗花和雪花,拍摄雪景晨光要起早,凌晨3点钟,他和司机一道从哈尔滨开着一辆四面透风的212吉普车向雪乡出发,雪乡在牡丹江附近,5个小时后到达雪乡,雪厚极了,没过膝盖,甚至没过腰,他让司机在山下等候,自己先喝一罐红牛饮料提精神,然后怀揣几块巧克力,背着照相机和水壶爬山,他专挑没人的地方走,这样拍摄的照片没有脚印。雪乡冬天零下40多摄氏度,他爬上几百米的高山,雪太厚用不了三脚架,只能用手端着照相机拍摄。照相机冻得冷冰冰的,贴在脸上仿佛针扎般疼痛,每过一张片子一定要慢慢旋转按钮,否则胶卷就会因用力过猛而断裂。上了山就不能随便下山,一个个树墩仿佛一个个雪蘑菇，一个个红灯笼酷似雪中红梅；他在山上拍摄得如痴如醉，饿极了就吃几块巧克力，拍摄七八个小时，到下午4点多饥肠响如鼓，下山啃个烧饼，喝碗大楂子粥，匆匆忙忙向哈尔滨赶，回到家里已经是夜阑人静。长期的户外拍摄冻坏了他的双腿，经常感到从骨头缝里往外冒凉气，至今夏天还要往腿上贴膏药。

在黑河拍摄雪地晨曦，乘坐212吉普车冻得浑身发抖，相机贴在脸上凉飕飕的。拍摄雪花更是一绝，下雪天在外面搭个棚子，在室外用支架支撑一块玻璃板，玻璃下面打上灯光，静静地等候雪花落在玻璃板上，他从棚子里跑出来仔细地观察雪花，雪花形状各异，有的宛如桉树树叶，有的酷似松树松针，有的仿佛白色盾牌，有的好像玫瑰花瓣，不管什么形状，六棱是它的共性。拍摄雪花气温也有讲究，越冷的时候雪花越小，呈颗粒状，打在脸上凉飕飕、硬邦邦。哪片雪花是完整的，哪片雪花断了一个角，都逃不过他的法眼，精心挑选好完整的雪花，戴着口罩用超显微摄影仪对准焦距。景深太小了，雪花蜷缩着六个角不平，只好先分层拍摄，再用后期合成；你不能对着雪花哈气，遇热雪花就融化了；你不能毛手毛脚地操作，雪花的六棱极其美丽也极其娇嫩，稍微一动就破碎了，你必须像大姑娘绣花那样伺候着雪花，它才给你露出完整的笑脸。

清新的雪花洁白无瑕，飞舞的雪花充满动感，每一朵雪花都是大自然的缔造，都拥有自己独特的图案，都具有自己的生命密码。雪花到世界上走一回，生命虽然短暂，但是高傲而倔强，千姿百态绝不重样。他爱雪花爱得如痴如醉，10多年间奔走于北方各地，运用唯美的艺术视角和高超的摄影技巧，拍摄了上万朵雪花图形，赋予雪花以灵性和美感，展示出雪花素洁的灵魂、动人的姿色和奇妙的变幻，把大自然的鬼斧神工展示得淋漓尽致。

人要想干出点名堂，必须有一种刻骨的挚爱，刘恒甫拍摄的雪花和窗花真是巧夺天工。雪花有各种各样的形态，春天的雪花最大，雪发黏，最大的雪花直径有26公分，像盘子那么大，有诗意的联想；冬天最冷时雪花小而硬，打在脸上像沙粒，没有亲临其境的观察，怎么可能得到这样直观的印象？

他在哈尔滨道里区的广场建立了恒甫冰雪艺术中心，以全新视角展现冰雪艺术新美学，弘扬寒地传统文化，中心内容由雪花清韵、冰彩神奇、窗花梦幻、冰雪人文、冰雪精艺、当代艺术、文化沙龙等七大艺术展厅组成。运用当代国际化视觉艺术理念设计的展陈空间，题材广泛，内容丰富，现代科技高新工艺研创的布景造型等，展现冰雪艺术的神奇魅力和寒地人文的悠远古韵。探索自然冰雪与冬奥，公共艺术与冬奥，中华文化的宋体字。

2017年，刘恒甫接到做奥运雕塑的邀请后非常兴奋，他绞尽脑汁，设计别出心裁。刘恒甫觉得兵马俑和长城都是人类文明的奇迹，他用不锈钢雕塑了4个秦陵兵马俑在长城上高山滑雪的造型，将世界两大奇迹的汇合融为一体，展示大国的文化自信。这个灵感源于对中华民族五千年历史的理解。一般传统表现冬奥的手法是运动的剪影，而《今古寄情》造型新奇，从高山上风驰电掣滑下来有呼风唤雨的雄风，展现中国几千年的文化。这尊8米高的不锈钢雕塑傲然矗立在北京八达岭长城上，装点冬奥，成为独特的代言，迎接着四面八方的来宾，让2022年的北京再次震撼世界。

艺术创作的灵感源于热爱，冰雪艺术是他人生快乐的组成部分。他去过十多次雪乡，抓拍冰雪自然风光，让世界了解中国，让中国走向世界。冬奥是世界的，当全世界的目光聚焦北京时，北京应该用冰雪艺术感动全世界，他相信冰雪艺术能够得到全世界的喝彩。

2017年，他创作了26米高的雕塑《托起明天》，矗立在八达岭高速公路延庆出口。

他制作的雕塑《友谊之歌》，矗立在俄罗斯远东地区的中心城市哈巴罗夫斯克，是俄罗斯哈巴罗夫斯克边疆区首府，他的雕塑弘扬中俄友谊。

2019年，新中国成立70周年之际，他设计制作了国庆节甘肃省的游行彩车。

我非常欣赏他的艺术作品《奥运之光》，介乎雕塑和装饰之间，把五个子弹壳打开，子弹掉到地上，五个黄色的子弹壳形成五环，表现人类命运共同体，红色的木框层层叠叠，使我想起上海世博会中国馆的造型《东方之冠》，红色的木框像牡丹，展现中国气象、和平的梦想。我问他是怎样构思的，他把五个手指头聚拢到一起问我："孙老师，您看这是什么？"

我兴奋地说："五环啊！"

他机智地说："灵感就是这样来的，奥运就是制止战争，不要子弹，维护和平。"

我大声说道："Peace,not war！（要和平，不要战争！）"

他告诉我打算把这件作品送给瑞士洛桑国际奥委会。

中国的风水学讲究水为财，刘恒甫喜欢水，其实冰雪都和水有关，恒甫艺术馆旁有一个湖叫做北塘，在湖畔，我看到了他的巨幅雕塑《中华有鱼》，酷似祥云的造型，红色的鱼鳍和鱼尾是蝴蝶，惟妙惟肖，代表和平美好。鱼与余同音，中华有鱼是"中华有余"的谐音，可谓中国传统吉祥祈福最具代表的语言之一，若用图画表示则可看作是传统吉祥符号。《中华有鱼》属于当代城市的公共艺术，用不同的角度解读艺术，给人们带来的愉悦心情，这是吉祥之鱼。刘恒甫的作品有创造，有童真般的心境进行创作。鱼本身就是生命的过程，生命从大海中走来，他的作品既有历史性，也有当代性。

在刘恒甫的家里，我还看到了银色的冠军树，上面有黄色的果子。他的创意是奥运冠军树上，每一个果子就代表一种冬奥项目，北京冬奥会有109个小项，他想做109个苹果，这个项目的冬奥冠军写一段对下一届冬奥冠军的寄语装进果子里，这棵冠军树放在北京冬奥会赛场，送给下一届冬奥会举办国，下届冬奥会冠军夺冠后可以从果子里摘取上届冠军赠给自己的寄语。我觉得这个创意很棒，有对奥林匹克精神的传承。

刘恒甫的童年在冰天雪地长大，从小就喜欢研究冰雪主题，画了很多画，用相机拍摄雪花、冰窗花。从最初的摄影、设计到雕塑、大型城市景观设计及建造，这是一个由二维平面到多维立体的思维转化过程，刘恒甫完成了跨界，从摄影师、设计师、雕塑家，而后成为一名城市公共艺术家。也许是太爱摄影了，他的艺术馆有一面墙，摆放着300多架不同型号的相机和摄像机。

2020年1月6日，刘恒甫以冰雪为核心，在故宫博物院斋宫举办冰雪艺术展，此次展览由北京冬奥组委和北京奥运城市发展促进会联合主办，故宫博物院协办，北京奥运城市发展促进中心、恒甫冰雪艺术中心承办。展览共展出他20年来的精品创作176件（套）。其中影像作品93幅，绘画作品26幅，雕塑作品16件，装置作品41件（套）。作品突出冬奥元素和冰雪元素，展示现代冰雪艺术，通过雪花清韵、冰彩神奇、窗花梦幻、雪国圣境等冰雪艺术作品，传播冰雪的自然之美、艺术之美、人文之美，通过摄影、绘画、装置等艺术门类的优秀作品全面展示冬季运动和冰雪的独特魅力。展览持续了8个月，创造了个人艺术展览在紫禁城展览时间最长的殊荣。

2020年11月27日，刘恒甫的个展"冬奥节拍2020——迎冬奥冰雪艺术展"在中华世纪坛开幕。展览由北京奥运城市发展促进会和北京冬奥组委文化活动部主办，中华世纪坛管理中心、中华世纪坛艺术馆、中国开发性金融促进会协办，北京歌华文化中心有限公司、恒甫冰雪艺术中心承办。

这次展览60％是新作品，雕塑、影像、绘画，1000多平方米的展厅里陈列的300多件展品全部是他自己独创的，仅冰窗花，他就拍摄了6万张作品；他不断探索和实践冰雪艺术主题，影像、气泡、油画、版画，用多种的艺术形式展现自然风采。他不是因为北京冬奥会才研究冰雪，而是研究了20多年自然的冰雪风光，黑龙江是他的故乡，是他的生命的根。

如今，北京冬奥组委大楼陈列有130多件刘恒甫的雕塑作品，为双奥城市添彩。北京的自然冰雪不够精彩，刘恒甫童年透过窗前的冰花看太阳，他要把自己见到的美丽的冰雪呈现给世界。哈尔滨第十六届冰雪大世界，冰雪可以装点生活，跨越冰雪的四季化，历史给中国一个契机，2022年北京冬奥会不仅是体育的盛会，更是文化的盛会，他要用中国文化去影响世界。

2019年春节，刘恒甫带着自己的艺术品到了瑞士洛桑国际奥委会展示，与巴赫主席一起吃饺子。巴赫主席亲切地与他合影留念。

在恒甫艺术馆里，我看到了雕塑《五洲和谐》选用了五片树叶，银杏叶代表亚洲，枫叶代表美洲，橄榄树叶代表欧洲，桉树叶代表澳洲，猴面包树叶代表非洲，五片树叶环抱着向上燃烧，寓意和平、团结、绿色、生态。

和平节期间，每个嘉宾都收到了一本小册子，小册子的封面就是刘恒甫画的版画《丝路祥音》，飘舞的丝绸表现山水，黄色代表沙漠，白色代表雪山，红色代表丹霞，绿色代表森林草原，蓝色代表蓝天，他用绚丽的色彩表现丝绸之路的沿线风光，将中国山水当代化、国际化。

在第八届和苑和平节上，最打动我的是"中华锦绣"系列，刘恒甫认为宋体字是中国文化的正装，是世界认知中国的文化符号。源于唐宋，盛于明清，千百年来只用宋体典籍传承中国有形的文化，已深深地扎根在中华民族精神气质之中，影响了一代又一代中国人。

冬奥会体育图标的创作，高度提炼广为世界认同的中国符号"宋体字"笔画为创作元素，以强有力的对比效果和巧妙应用，创作出生动、激情、动感的形象，形成现代、唯美、独特的艺术效果。国际冬奥会有24个体育图标，包括冰球、速度滑冰、短道速滑、花样滑冰、冰壶、高山滑雪、跳台滑雪、越野滑雪、雪橇、雪车、北欧两项、钢架雪车、单板滑雪平行大回转、单板滑雪障碍追逐行、冬季两项、单板滑雪U型场地技巧、自由式滑雪空中技巧、自由式滑雪雪上技巧、单板滑雪大跳台、单板滑雪坡面障碍技巧、自由式滑雪大跳台、自由式滑雪U型场地技巧、自由式滑雪障碍追逐、自由式滑雪坡面障碍技巧。

奥运不仅是体育的盛会，更是文化的盛会。冬奥图标设计不是国内设计师个体的竞争，而是国与国文化实力的竞争。刘恒甫历时3年，创作"中华锦绣"系列，是奥运史上首次实现图标体系由二维向三维四维的跨越，并创造出宋体英文，开创奥运图标引领时尚产业先河，用中国故事影响世界。以往这些图标都是二维平面，他把冬奥的造型由二维转为三维、四维。独创了宋体字奥运图像。宋体字头部是个点，代表速滑，把中国文化通过冬奥盛会向世界展示，呼唤世界大同。

在恒甫艺术馆，我梳理出三条脉络：一是自然冰雪与冬奥；二是公共艺术与冬奥；三是中华锦绣与冬奥。中华锦绣图标体系，以宋体字为骨架，以云锦为衣裳，赋予奥运体育图标中国形、中国色和中国风，绚丽多姿的色彩，灵动多变的造型，美好吉祥的寓意，充分体现了中国传统文化与现代设计的完美结合。

冰雪是人类艺术永恒的主题，刘恒甫主创的哈尔滨冰雪大世界获得中国最佳主题公园金奖，这是他的冰雪艺术首秀；故宫迎冬奥冰雪艺术展、中华世纪坛冰雪艺术展、和苑和平节中华锦绣展，这是他的冰雪艺术展览三级跳，赢得一片喝彩，彰显着他在冰雪艺术中卓越的成就。

文化是殊类相感、触类旁通的，王羲之、王维、苏轼、黄庭坚等人既是大文豪，又是大书法家，文化艺术体现出人的文化积淀和文化功力。刘恒甫是全才，他在城市公共艺术、雕塑、绘画、影像、主题公园设计上，闯出了自己的一方天地。他的冰雪艺术将随着北京冬奥会激越的鼓点震撼世界，我期待着。

第二十三章　奥运文化与教育

孙斌的奥林匹克情结

孙斌是我写长篇报告文学《西望胡杨》的主人公，他从新疆和田援疆回京，在北京团市委工作。2016年3月，他来到北京冬奥组委新闻宣传部，几年来他所在的处换了3个名称：从文化活动处到文化教育处，再到教育和公众参与处，变化的是名称，不变的是他对奥林匹克运动的热爱。

随着经济的发展变化，大家由争着办奥运会到谨慎办奥运。2016年里约奥运会花了大量的钱，可是赛后场馆再利用工作没有做好，受到诟病，对后来的奥运筹办国提出了严峻的挑战。

2020年，国际奥委会主席巴赫提出要在青少年中普及推广奥林匹克教育。运动员比赛是奥运会的核心，冬奥会的奥林匹克教育是主角，只有青少年成为奥运会的粉丝，关注奥运会，奥运会才有生命力。

北京冬奥会要在全国30万所大中小学中开展奥林匹克教育，推动三亿人参与冰雪运动。可是，教育和公众参与处5年只有500万元经费，只能动员社会力量参与推动相关活动，由机关和社会单位出钱。办活动需要经费，举办一届北京市中小学生冬季运动会需要花费200万元，分给教育处的经费只能办两届冬季运动会。

为了推动工作，北京冬奥组委与教育部、国家体育总局、共青团中央、中央文明办联合发红头文件：弘扬奥林匹克精神，推动冰雪运动普及，推动学校体育科学发展，全面实施素质教育，促进学生全面发展。

目前全国奥林匹克教育示范校有835所，冰雪运动特色校2063所，最终要达到5000所，以点带面起到辐射作用。长春重视冰雪运动，愿意提供经费。2020年12月底在长春举办了全国冰雪运动会。

第二届全国学校冰雪运动竞赛奖牌，由北京市中小学冰雪运动会评出。冰雪运动是烧钱的，由北京市教委拨款给学校，大力开展冰雪运动，给120多万个学生补助，孩子人均100元。

北京冬奥组委首次引进了奥林匹克全套教材，由全球200多名教育专家编写，把教育融入到体育中，堪称体教融合的典范，根是教育。这套书由孙斌和刘晨等人翻译了78.5万字，不断修改，最终由人民出版社出版。他们制作播放了7个短视频，观众浏览量达到2100万。还与北京人民广播电台联手制作了音频节目，进行奥林匹克教育宣传；此外，还制作了金牌体育课在中国教育电视台播放。

奥林匹克教育从小就要扎进孩子们心里，给孩子们讲奥林匹克五环：

> 为什么1986—2010年的五环的形状是有缝隙的五环，2010年之后又回归到1957年定稿的闭合的五环，因为2010年之后五环变为闭合，意味着环环相扣，五大洲人民更加团结。
> 更快、更高、更强，由顾拜旦的好友用拉丁文写的。
> 奥林匹克的核心价值观，卓越、尊重、友谊，尊重规则、尊重裁判、尊重对手。
> 奥林匹克精神的核心是相互了解、团结友谊、公平竞争，奥林匹克的愿景是通过体育让世界变得更加美好。古代办奥运会的初衷就是为了制止

战争。古希腊经常发生战争，最初古希腊奥运会项目以标枪、铁饼、铅球为主，进行体育比赛后，就必须和平竞争。人的压力过大会伤害自己及社会，人在体育锻炼跑步回来后感到心情舒畅，顾拜旦的目的是让人以体育为平台达到身、心、智的愉悦，培养出德智体美优秀的学生。

在进行奥林匹克教育的过程中，孙斌拿儿子做试验，让儿子体育练习打篮球，音乐练打架子鼓，用体育和音乐熏陶儿子。

北京朝阳区民大附中900个学生，90%的学生戴眼镜，近视率很高，所以现在招飞行员不好招。

2020年12月22日，由教育部、北京冬奥组委、吉林省人民政府主办的"筑梦冰雪·相约冬奥"全国学校冰雪运动竞赛暨冰雪嘉年华在吉林省长春市开幕。孙斌来到长春，亲眼看到来自全国各地的运动员代表和长春市各学校的师生代表近7000人参加了启动仪式。

开幕式上，长春市百万学子打破"同跳冰雪健身操""世界最长冰滑梯""世界最高冰火炬"3项世界纪录。冰雪嘉年华主会场设有冰雪文化站、筑梦启航站、雪雕博览站、竞技体验站、炫彩迎奥站"五站式"活动，以及全国学校冰雪创意作品展示、学生齐绘冰雪画卷、冬奥知识大比拼等丰富多彩的体验活动。

在严格做好疫情防控工作的前提下，全国学校冰雪运动系列竞赛也同步开始，组织了高山滑雪、单板滑雪、越野滑雪、速度滑冰、冰球、越野轮滑等冰雪竞技项目比赛，这些比赛持续到了2021年1月11日。此次活动不仅展示了青少年良好的精神面貌，精湛的冰雪运动技能，还进一步推动了全国冰雪运动进校园活动，为冬奥营造了良好的社会氛围。

为什么体校的孩子不易自杀？

我曾经采访过李宁、邓亚萍、郭晶晶、叶乔波、杨扬、刘秋宏、陈一冰、王曼丽、王北星、王冰玉、石竟男等奥运冠军和世界冠军，感觉体育人非常阳光、性格开朗，积极向上，充满进取精神。体育比赛的过程就是浓缩的人生，高潮与低谷、顺境与挫折，短时间内体验一遍人生况味，确实有增广见闻、加深生命厚度的作用。从审美角度来看，只是体育之魅力，而在教育者眼里，体育不仅能壮筋骨，还能调感情、强意志，确是人格教育的好方式。

为什么某些孩子稍微有点压力就自杀？越高的学历心理越脆弱，名校博士、硕士那么高的学历却经不起一点委屈？为什么体校的孩子几乎没有一个自杀的？

要回答这个问题，首先要弄清体育的本质。体育运动不仅是一种竞技方式，更是一种超越他人、超越自己的精神。有一句奥林匹克格言叫做"更快、更高、更强、更团结"，诠释了体育的奋斗拼搏精神。

体育运动要依靠团体的力量，篮球中漂亮的空中接力，足球中前锋、中锋、后卫间默契的配合，排球中主攻、副攻、一传、二传各司其职，龙舟中完美的划船动作，这就是团队精神。抑郁症及受迫害造成的自杀另当别论，自杀的人往往有人格缺陷，孤僻、不合群，而通过参加体育集体项目，减少个人的单独活动，尽量让他们融进集体中，增强自身活力和与人合作的机会，可以逐渐改变孤僻性格。人在从事体育运动中会释放多巴胺，使人精神愉悦。体育锻炼的是体魄与毅力，塑造的是人格与品质。体育对人的性格、意志力有重塑作用，教会你如何面对失败。

运动员在训练时每天都在挨训，每天都在吃苦，每天都在挑战自我。短道速滑运动员杨扬在滑冰1500米失利，感到前所未有的压力，此时团队激励她，使她放下包袱，无数次的征战让她有了危机意识，有永远站在悬崖边上的感觉，寻找规律，换位思考，建立团队，她有过从天堂到地狱的经历，认识到当你无法改变裁判和对手时，那必须改变的是自己。真正面对失败时发现，没有想象的那样痛苦，而是看到自己的不足，找到可以提升的空间，期待下场比赛更好的自己。遇到挫折时，她不气馁，认真观察裁判，注意起跑质量，调整呼吸，深呼吸，不焦虑，注意节奏和摆臂，不到终点，一切皆有可能。她觉得如果海上航行的船没有目的地，那任何方向的风都会是逆风，永远无法抵达彼岸。人们输掉他们的梦想，不是因为缺少天赋，而是缺少面对失利的勇气。

毛泽东在《新青年》杂志上发表过一篇有关体育的论文《体育之研究》，论述了体育对一个人特别是对青少年身心健康的重要作用，民族强盛必须高度重视体育。

在湖南长沙第一师范，我看到一眼水井，是毛泽东当年洗冷水浴的地方；无独有偶，在江西省兴国县潋江书院，我又看到了一眼水井叫做小井，毛泽东在潋江书院居住时也到这口井前打水进行冷水浴。毛泽东还喜爱游泳，这是他坚持体育活动的证明。

体育教学不仅是教会你某项运动，而是赋予你坚强的意志和健康的体魄，使你终身受益。教育的过程应该是启发、引领、传授、实践和解放，体育教育对青少年的成长至关重要。

竞技体育可以帮助学生进行自我调节，全国中小学21万余所，各级各类学校53万余所，让孩子们更多地参加体育运动，文明其精神，野蛮其体魄。当你在体育锻炼中战胜了肉体的苦，生活中的苦也就不在话下了。

生命因健康而美丽，真正意义上的健康是一个人的身体健康、心理健康和较强社会适应能力的综合。教育应以每个人的健康为最终目标，因此，老师在教育学生强身的同时，同样也会强调"强心"。

在运动的土壤上播撒文化

中国体育体制一个突出的问题是运动员退役后的出路没有得到很好解决，获得过世界冠军和全国冠军的人，可以保送到高等学府读书，到体制内任职，有一个体面的工作，但是世界冠军和全国冠军只是金字塔的顶尖，大多数的运动员都是金字塔的底座，他们当年因献身体育运动就缺失了很多读书的时间，退役后文化素质不高，难以在社会中自立。我以前采访过的在押人员，就有退役运动员，因为没有文化，找不到好工作，最后在生活的挤压下沦为罪犯的实例，因此，能否让运动员训练学习两不误，在为国拼搏的同时插上文化的翅膀，就成为一个严峻的现实问题。

信其师才信其道

在黑龙江省冰上训练中心速滑馆，2020—2021赛季全国速度滑冰锦标赛、冠军赛正在如火如荼地举行，一个面容清秀、慈眉善目的中年女人走进场馆，看望正要参加比赛的19岁女运动员杨滨瑜。这位中年女人既不是裁判，也不是教练，更不是家长，她为什么要赶到现场给运动员打气呢？

这位温文尔雅的女人叫王晓影，1976年生于哈尔滨，1999年毕业于哈尔滨师范大学中文专业，分配到哈尔滨市星光中学教语文，担任班主任和德育主任。

2011年，哈尔滨市教育局与黑龙江省体育局联合创办哈尔滨冰雪运动学校，需要有经验的德育老师，王晓影幸运地入选做前期筹建。

运动员的训练和文化学习是一对矛盾，运动员必须每天坚持训练才能成才，但是训练就会影响学习，以往很多运动员为了提高成绩就荒废了学业。哈尔滨冰雪运动学校的运动员以冰雪项目为主，既要训练，也要学习文化，深受广大运动员的欢迎。2014年，这所学校在全国招收375名学生，黑龙江省各地市都招生，辐射全国。当时，江苏、河北两个训练队在黑龙江省冰上运动中心训练，运动员训练完了就来上课。

起初，这所学校学生知识断层、多年没有上学，基础薄弱，文化水平差，农村学生占70%，单亲家庭占70%。王晓影发现孩子们缺失校园生活，缺少家庭教育，便全身心筹划为他们开发丰富多彩的课程，搞趣味运动会、领学生去动物园玩，参观科技馆，上烘焙课、茶艺课、文化课、音乐课、美术课……茶艺课讲茶文化，红茶、绿茶、白茶、普洱茶的区别；音乐课教唱歌、弹古筝；

美术课教水彩画画；每周举行升旗仪式、唱国歌；语文课讲冰雪明星运动故事，比如速度滑冰运动员张虹、于静，短道速滑运动员王濛的故事，于静出生于普通职工家庭，淘气小子，学滑冰特别刻苦，取得过世锦赛速度滑冰500米冠军，王濛是矿工的女儿，刻苦训练，虚心求教，孩子们在大院和课堂上经常见到自己崇拜的偶像，特别愿意听他们的成才故事。

练体育的孩子往往特别信任自己的教练，不太主动接受文化教育，坐不住板凳，觉得文化课可有可无。王晓影给黑龙江省冰雪运动后备人才讲一年级至九年级的语文课，英语教师讲赛场赛事英语。有的运动员运动成绩不错，可是不知道为谁而练。王晓影觉得语文教学不仅有语文知识，还应该有思想品质的教育，她尤其注重对学生进行传统文化教育和家国情怀教育，帮助他们树立正确的人生观，明确为谁而练。他把语文教学和训练结合在一起，初二课程给学生讲陶渊明，就讲陶渊明面对不良风气不与世俗同流合污；她还带领学生参观博物馆、科技馆和抗联旧址，给学生讲抗联英雄赵一曼的故事。

杨滨瑜初一时从哈尔滨风华学校转来，文化课基础好，表达能力强，有自己独特个性。她与文化课老师有矛盾，有时候老师讲课，她觉得讲得不好站起来就走了，有时候趴在课桌上睡觉，甚至弃训弃练。王晓影就给她讲应该如何待人接物，要学会尊重别人，己所不欲勿施于人。她苦口婆心地对杨滨瑜说："冰雪运动是你的特长，是你获得人生价值的敲门砖，放弃训练你就没有出路，你应该有近期目标和远期目标，无论是为国争光还是找一个好工作都需要文化知识，你要力争做滑冰队员当中学习最好的，在学习中又是滑冰最好的，你就是最牛的！"

杨滨瑜听了她的话，若有所思。她与父母、教练、队友意见不一致或不理解时，情绪化明显，会比较急躁。王晓影无微不至地关心她，给她做心理疏导，加小灶，让她多做练习册，走特招生的路，去上清华、北大。她擅长朗诵，喜欢演讲，王晓影就给她示范演讲技巧，从文本的选择到演讲的姿态、声调、眼神，告诉她演讲要面带微笑，眼睛平视，下巴上扬，理解文本的含义。她反复给学生们讲解曹操的《龟虽寿》、诸葛亮《诫子书》、梁启超《少年中国说》等文章，小学阶段学习《三字经》，中学阶段学习《大学》《论语》；背诵古诗文，朗诵时要抑扬顿挫，掌握技巧。王晓影鼓励杨滨瑜，让她在毕业典礼上担任主持人，当升旗手，她的发言稿王晓影亲自审阅修改。妈妈和她沟通不畅时就给王晓影打电话求助，她跟母亲住在哈尔滨，王晓影经常电话联系或去家访，送去温暖和关爱，引导杨滨瑜既要热爱速滑运动，又要有思想、有梦想，不忘初心，潜心追梦！

赛前心理疏导

杨滨瑜有时候会赛前紧张，有一次去荷兰比赛，下了飞机她就感冒了，教练没让她比赛，她就情绪不佳，心里不舒坦。她告诉了王晓影，她的妈妈也向王晓影求助，请她疏导女儿。王晓影就给杨滨瑜打电话，告诉她教练有教练的考虑，你一定要服从教练的安排。机会来了最好，要以最佳状态迎战，你要克服紧张情绪，保持心理健康。

2021年3月下旬，全国速度滑冰锦标赛举行，杨滨瑜参加追逐滑，在家门口比赛心情有点紧张。比赛的前一天，王晓影专程去看望她，宽慰她放下包袱，发挥潜能，运动员有个性容易出成绩。在王晓影的鼓励下，杨滨瑜发挥出色，三人一组追逐滑冰，她的领滑是最棒的，比赛就是历练，她获得2020—2021赛季全国速度滑冰锦标赛女子组全能500米亚军。

当年杨滨瑜与韩梅一组，曾经在荷兰举办的青年奥运会上获得集体出发冠军，她立刻发微信向王校长报喜，王晓影马上回复666（意思是很厉害、很牛），还发了一个66.6元的小红包给她。

2015年，王晓影带杨滨瑜去北京开阔眼界；2016年，杨滨瑜被评为哈尔滨市三好学生；2017年，杨滨瑜从哈尔滨冰雪运动学校毕业，但她始终与王晓影保持联系。王晓影在办公室里给杨滨瑜准备了一个咖啡杯，贴着她的名字，每次她返校看望王校长，王晓影都用她的专用杯子给她冲咖啡。杨滨瑜是青奥会冠军，国家健将级运动员，想争取冬奥会冠军。她希望能够通过自己的努力让五星红旗在赛场上高高飘扬。

冰雪运动学校有位18岁的哈尔滨女子冰球运动员叫蒋希捷,礼仪很好,国家体育总局局长苟仲文到哈尔滨冰雪运动学校视察,王晓影安排蒋希捷给苟仲文局长敬茶,展示茶艺;杨滨瑜也与苟仲文局长在速度滑冰馆交谈,到了国外训练还能用英语与外国人进行简单的交流。

亚冬会后,习近平主席接见运动员。哈尔滨冰雪运动学校的杨滨瑜和蒋希捷被黑龙江省体育局推选到北京,受到习近平主席的接见。

杨滨瑜获奖后,面临多项选择,有一次,王晓影与杨滨瑜聊天,杨滨瑜说:"我赚钱了就给妈妈和姥姥买房子,用努力改变现状。"

王晓影说:"你除了给妈妈改善住房条件,还要关注邓亚萍和杨扬,要力争改变体育现状,为中国的体育事业做贡献,你要努力考取清华、北大。"

作者采访黑龙江省冰雪运动学校副校长王晓影

她想考体育院校，实现自己的体育梦。

有情怀的人做有意义的事

在黑龙江省体育局大院，我见到一个漂亮的女孩儿，她叫高晨曦，是哈尔滨队的速度滑冰运动员，她紧紧地依偎着王晓影，仿佛一对母女。比赛前，王晓影去冰场看望她，给她做心理疏导，她也经常回学校看望王校长。

哈尔滨冰上运动学校的学生上午上文化课，下午训练，有的家长不支持孩子学文化，觉得还是滑冰来得实惠，将来能找个好工作。王晓影就给他们做工作，讲明现在是信息时代，干什么工作都要有文化。

长期以来，中国的体育重技轻文，冰雪运动员长期封闭训练，除了训练在基础教育阶段缺乏正规的文化教育，由于学生大多数来自单亲家庭，一些人有心理疾患，王晓影觉得语文教学是运动员的必修课，她亲自给学生讲语文课，反复讲知识点，陶渊明的《饮酒》中"采菊东篱下，悠然见南山"的意思是在东篱之下采摘菊花，悠然间，那远处的南山映入眼帘。表达了作者厌倦官场腐败，决心归隐田园，超脱世俗的思想感情。《饮酒》借酒为题，以饱含忧愤的笔触，表达了作者对历史、对现实、对生活的感想和看法，抒写了作者对现实的不满和对田园生活的喜爱，充分表现了作者高洁傲岸的道德情操和安贫乐道的生活情趣。

她声情并茂地朗读朱自清的《背影》，给孩子们讲解什么是父爱；《走一步，再走一步》这篇课文记叙了"我"童年的一次冒险，在父亲的帮助下一步一步战胜困难，从悬崖上走下来脱险的经历，告诉我们困难和危险并不可怕，只要我们坚定信心，不怕它，将它分解为一个个小困难，从眼前脚下做起，就能各个击破，战胜它。课文通过一个故事生发出人生感悟，引出一个耐人寻味的道理，给人以启发和教益。

哈尔滨队列滑队员大部分都是哈尔滨冰雪运动学校毕业的，女运动员张立杰来自七台河市，在哈尔滨举目无亲。她嘴唇干裂，王晓影心疼她，就给她买唇膏，买书籍和练习册，鼓励她多读书，学校图书馆随时向你们敞开。

黑龙江省所有地市的运动员到冰上训练基地培训，哈尔滨冰雪运动学校解决了学习和训练的矛盾，能够成为冠军的运动员毕竟是金字塔的顶端，大部分人都是金字塔的底座，学习好文化知识，才能有更大的发展。这所学校的老师都是正规师范大学毕业，教学质量高。由于王晓影的出色工作，她被评为高级教师，担任哈尔滨冰雪运动学校副校长。

2017年9月，王晓影荣获哈尔滨市"四有好校长"荣誉称号；

2018年6月，荣获黑龙江省中小学优秀共产党员教师；

2018年9月，荣获黑龙江省师德先进个人荣誉称号。

第二十四章　三亿人上冰雪

龙江精神

黑龙江省坐落在中国东北部，冰雪资源得天独厚。在华夏东极抚远，可以迎接共和国的第一缕阳光；在神州北极漠河，可以领略祖国最高纬度线。这块黑土地每年有5个月的时间千里冰封，万里雪飘，这是上苍赐给黑龙江人的福利。

黑龙江省是全国开展冰雪运动最早的省份，更是冰雪运动冠军的摇篮。新中国成立后，黑龙江省举办了第一届全国冰上运动会，培养出第一个冬季项目速滑世界冠军罗致焕、第一个中国冬奥会金牌获得者杨扬、第一个冬奥会花样滑冰金牌获得者申雪/赵宏博、第一个冬奥会雪上项目金牌获得者韩晓鹏、第一个冬奥会速度滑冰金牌获得者张虹、一人独揽冬奥会短道速滑4枚金牌的王濛等一大批优秀的运动员。

黑龙江省是中国冰雪运动成绩最好的省份，具有得天独厚的冰雪资源，也多次承办世界级冰雪赛事，在历届冬奥会中，黑龙江省运动员屡创辉煌，迄今为止我国参加冬奥会共获得13金28银21铜，黑龙江省运动员获得9金15银12铜。金牌占全国冬奥会金牌总数的69%；奖牌占全国冬奥会奖牌总数的58%。黑龙江省冰雪项目在历届冬奥会中为国家的金牌及奖牌贡献率远超出其余省份及地区加一起的总和。"龙江力量"一直是中国冰雪运动的中流砥柱。

黑龙江省有独特的自然地理气候条件，冬天是大冰雪，全省13个市地加一个农垦，其中9个市地有速滑专业队。运动员追着雪走，夏天到南半球去滑雪，9月份到俄罗斯提前两个月去滑雪，黑龙江省是一地一品，每个地级市都有自己的优势体育项目。

北京成功申办2022年冬奥会后，黑龙江省委提出"三个40％"的目标：一是力争黑龙江省参赛运动员达到代表团运动员总数的40％以上；二是参赛教练员达到代表团中方教练员总数的40％以上；三是运动成绩贡献率达到代表团的40％以上，努力成为中国代表团的重要支柱，为龙江备战北京冬奥指明方向。

2022年北京冬奥会成功申办后，国家进行了赛事制度改革、注册制度改革和部分政策调整，全国冬季项目竞争激烈程度加大，冬奥会对于黑龙江省来说既是难得的机遇也是前所未有的挑战。

2022年北京冬奥会开幕在即，北京作为世界唯一的"双奥之城"，将为全世界呈现中华文化、展现体育精神、贡献奥运遗产。当今世界正面临百年未有之大变局，在国际经济社会日新月异发展的今天，我们要在国际化的大视野下，呈现体育文化的光辉，展现中国蓬勃发展的生机，讲述伟大复兴的梦想，让世界看到中国为奥林匹克事业发展做出的巨大贡献。

本届北京冬奥会的筹办过程，就是百姓的获得感不断增强的过程，我深切感受到，中国的冰雪运动项目正在从竞技舞台迅速走近百姓身边。比如，全国大量中小学生都要参与"一冰"或"一雪"运动，全国大量中小学被纳入冰雪运动特色学校，北京冬奥会让百姓从筹办工作中实实在在受益。

"白色经济"铺就"黄金路"。冰雪产业和冰雪推广相互支撑、相互促进。中国的冰雪运动底子薄，这是我们的弱项，但在冬奥会筹备过程中，通过推广普及群众冰雪运动，实现三亿人参与冰雪运动，以冰雪事业发展推动冰雪产业发展，我们就有机会扬长避短，实现冰雪产业的弯道超车。

黑龙江省冰雪体育作为我国冰雪运动强省，为中国冰雪运动发展做出了突出贡献。龙江体育精神是龙江体育历史的精华和瑰宝。新中国成立后，龙江作为中国冰雪运动发展的先行区，以罗致焕、王金玉、刘凤荣等为代表的老一代龙江体育人，开风气之先、领时代之新，在中国体育史上写下了浓墨重彩的一笔。改革开放后，龙江涌现出了孔令辉、杨扬、王濛、韩晓鹏、申雪、赵宏博、焦刘洋、王镇、张虹等一批奥运冠军，为祖国争光，为民族争气，为龙江添彩。一代代龙江体育人用汗水和荣光，生动诠释了"不畏强手、顽强拼搏、超越自我、勇创一流"的龙江体育精神。

黑龙江省体育局站在国家层面谈体育，他们培养运动员有着精心的布局，缜密的计划。近年来，黑龙江省体育局坚持强化顶层设计、分类布局、一地一品，推动冰雪运动健康持续发展。比如，七台河市主抓短道速滑，齐齐哈尔市主抓冰球，鸡西市主抓越野滑雪，鹤岗市主抓高山滑雪，佳木斯市和大庆市主抓速度滑冰，黑河市主抓冬季两项，哈尔滨市阿城区主抓U型场地技巧……通过分类布局、一地一品的模式，充分发挥了不同地区的资源禀赋，黑龙江省体育局的顶层设计和政策扶持，又充分调动了各地市体育部门的积极性。黑龙江省冰雪运动就像是一盘大棋，每个地级市体育部门抓的运动项目就是一枚枚棋子，只有每个棋子都发挥作用，这盘棋才能下得精彩。

黑龙江的冰雪运动历程

黑龙江省是中国冰雪运动成绩最好的省份，黑龙江运动员获得600多个世界冠军，在中国夺得的13枚冬奥会金牌中，有9枚是黑龙江籍运动员斩获的。在全国举办的十四届冬运会中，黑龙江省先后承办了七届，成绩占金牌榜首位。

北京成功申办2022年冬奥会后，黑龙江省委、省政府高度重视，出台一系列政策助力冬奥会备战工作，尤其是在竞技体育和青少年体育后备力量培养上独树一帜。黑龙江省深挖优势、优化布局、跨界跨项，率先完成了109个冬季项目全覆盖，着力改善训练条件。

采访黑龙江省体育局陈哲局长和庄士超副局长，很受鼓舞。他们都是大学哲学专业毕业，眼界开阔，思维敏捷。

黑龙江省体育局庄士超副局长告诉我："黑龙江省有独特的自然地理气候条件，冬天是大冰雪，全省13个市地加一个农垦，其中9个市地有速滑专业队，冬夏两线作战，中国第一个速滑世界冠军罗致焕是黑龙江人，中国第一个冬奥会金牌获得者杨扬是黑龙江人……黑龙江省具备冰雪优势，参与人数越来越多，在人员配置上，全国都在裁员，而黑龙江省体育局局长陈哲为冰雪运动增加5个副处的编制，伙食保障、后勤保障十分到位。第十三届全国冬季运动会，黑龙江省运动员成绩全国第一，摘取了46枚金牌。我们的运动员追着雪走，夏天到南半球去练滑雪，9月份到俄罗斯提前两个月去滑雪，我们是一地一品，每个地级市都有自己的优势项目。现在，黑龙江省运动员在夏奥会和冬奥会一共荣获682块金牌。"

在黑龙江省冰上运动中心，我见到了罗致焕，他是中国首位获得冬季运动项目的世界冠军。我们俩坐在主席台上观看"2020—2021赛季全国速度滑冰冠军赛"，他全神贯注，激情万分，不停地为运动员叫好。休息时，国家体育总局李颖川副局长和黑龙江省体育局陈哲局长亲切地与他握手、交谈，我端着照相机抓拍了镜头，他身体微微前倾，脸上洋溢着欢乐，我把照片给他看时，他高兴地笑了。

罗致焕1957年开始速度滑冰运动生涯，1960年开始参加速度滑冰世界锦标赛，共参加6次世界锦标赛，其中1963年2月在日本长野县轻井泽举行的第57届世界速度滑冰锦标赛中以2分9秒20的成绩取得了1500米冠军，打破了全能世界纪录，是新中国获得第一个冬季运动项目世界冠军的人，也是亚洲第一人。

夺冠回国后，贺龙元帅在北京四川饭店接见中国运动员。他一进门就问："谁是罗致焕？"

罗致焕小声说："我是。"

贺龙元帅热情地说:"你过来,坐在我跟前。"

这次接见极大地鼓舞了罗致焕。

1964年2月,在芬兰举行的第58届世界速度滑冰锦标赛上,罗致焕获得500米第3名。退役后曾任黑龙江省滑冰队总教练,1985年起任国家队教练员,带领国家队多次参加世界锦标赛和奥运会。他的脚下留下一串串闪光的足迹:

1963年,荣获两枚"体育运动荣誉"奖章;

1984年,获建国35周年最杰出运动员奖;

1988年,荣获"新中国体育开拓者"奖;

1989年,获建国40周年最杰出运动员奖;

1994年,获建国45周年体育英杰奖;

1998年,担任日本长野县冬奥会火炬手;

2008年,担任北京奥运会火炬手;

2009年,获建国60周年体育特殊贡献奖,被胡锦涛主席接见。

作者采访中国首位世锦赛速度滑冰世界冠军罗致焕(中)和高亭宇的教练刘广彬(右)

科研助力北京冬奥会

严力是北京体育大学体育生物科学专业的高材生，1992年大学毕业分配到黑龙江省冰上训练中心，1997年调到黑龙江省体育科研所，这个科研所与哈工大、东北林大、中国电子集团49所、东信同邦合作，集高校、院所、企业的优势共同研发了7年，研制出一套科技设备，2018年在亚布力滑雪场和哈尔滨滑冰馆安装，针对竞技体育，记录运动员运动学、动力学、生理生化、环境场的数据，将运动场的冰温、雪温汇总成大数据，经过密钥分析，加强冬奥科技智慧冰雪场的建设。

冰壶是一项有智谋的运动，投手和扫冰员是两个人，冰壶队员在比赛时，科技设备分析会将冰面的信息传递给四垒，观察员往往由四垒担任，冰壶既有前进的方向，又有自转，跟冰之间还有摩擦力。冰壶球投掷出来后究竟擦冰还是不擦冰，投手不知道冰面的变化，观察员知道信息后会及时告知投手，使投手对如何打球心知肚明。

在滑冰训练中教练员常常会说："我想知道运动员是怎样滑的？"

滑冰馆安装了这套设备，一个运动员1000米速度滑冰从G点到H点，56米区间内发生降速，滑行速度慢，通过智慧冰场系统数据分析，蹬冰效果分析图显示左右脚蹬冰产生速度的效果不一致，左脚优于右脚，使得运动员和教练员一下子茅塞顿开，明确了制约成绩提高的关键和下一阶段训练的方向。

智慧冰场是一个基于早期数字冰场基础上，为了切实解决运动员滑行过程中薄弱环节，集成多学科、先进科技而自主研发的一套体育科技监控系统。2009年至2018年间数字冰场帮助黑龙江省运动员高亭宇在全国第十三届冬运会上获得冠军。平昌冬奥会前，黑龙江省运动员高亭宇在青年组比赛，有优秀潜质但是并不拔尖，进前6名都困难。严力通过数字冰场测速、DARTFISH视频分析等手段对高亭宇与世界高手的技战术特点进行比较，肯定了高亭宇的优点，即起跑技术合理、节省体能、发挥稳定、蹲屈前弓角度好、直线蹬冰效果好、速度快、身体协调性好、心理素质好状态稳定。但也寻找到了与其他高水平运动员在专项力量和体能方面的差距。

严力说："高亭宇这个运动员肯定出成绩，弯道力量差怎么解决这个问题，科研设备知道他的蹬冰速度和力度是多大。"与教练不断反复探讨总结出：高亭宇入弯道点的选择、步伐控制以及入弯道与出弯道点右腿蹬冰的果断性和力量需要加强，弯道滑行技术的合理性和滑行路线的经济性需要提升。利用高科技对运动员的动作进行数据分析，科技助力冬奥，找出症结后教练有针对性地训练。我观察过严力和科技人员做拉皮筋的动作，拉皮筋是弯道专项力量训练，拉皮筋至少需要3个人进行，教练给运动员拽着皮筋，高亭宇奋力蹬冰，加强腿部力量训练。这是一项针对性极高的训练，有效的专项力量训练方案，提高了运动员的专项能力。

大量的体能测试数据，对于中国体育科学科研角度来说，是十分宝贵的。根据生理生化的测试，严力得知高亭宇肌肉发达的程度，营养支持状况，提出如何训练和加强营养的建议，教练如法炮制，两三个月后高亭宇的成绩突飞猛进，一年就备战平昌冬奥会。当时俄罗斯好几个世界纪录保持者没有参加平昌冬奥会，严力预测高亭宇能够进入前8，结果高亭宇获得季军。

智慧冰场与数字冰场相比，在速度的精准性、采样频率和滑行轨迹描述方面有了质的飞跃，2021年借助哈尔滨承办全国速滑比赛的机会，大量的体育精英汇集在黑龙江。美国、荷兰的科研人员见到这套科研设备很佩服，智能化、3D数字沙盘，屏幕可以电视转播，眼镜可以提示运动员应该怎样超越对手。

体育科研人员好比核磁共振医生，教练员好比外科主刀医生，运动员好比病人，科技是催化剂，有了设备很快就明确诊断运动员得了什么病，为什么肚子疼？外科医生就明白应该在哪儿开刀，教练员就有的放矢，指导运动员怎么滑冰。

2020—2021赛季全国速度滑冰冠军赛，高亭宇比赛状态很差，以前100米跑九秒五几，这次跑了九秒七几，他滑冰时在弯道摔跤了，血液监测显示他的体能、肌肉力量处于低谷期。摔跤只是冰山一角，科研人员通过监测知道他的竞技状况，亡羊补牢，犹未为晚。最近，高亭宇获得2020—2021赛季速度滑冰项目世界杯分站赛冠军。

冬季阳光体育大会

全国青少年冬季阳光体育大会由国家体育总局、教育部、共青团中央联合主办，一共举办了四届，都在黑龙江，前三届在牡丹江镜泊湖，第四届在哈尔滨市，活动对带动三亿人参与冰雪运动起到重要推动作用。

黑龙江省体育局竞体青少处二级调研员孙昱是一个热爱体育富有创意的人，毕业于黑龙江大学俄语专业。体育搭台，经济唱戏，黑龙江省体育局创意推动青少年体育。她对青少年体育充满感情，为了让全国更多的青少年有机会体验冰雪运动的快乐，她积极协调各单位筹办冬季阳光体育大会，国家体育总局大力支持，牡丹江市政府、哈尔滨市政府热情接待，镜泊湖上的宾馆几乎家家爆满，她天天熬夜加班，乐此不疲。

2015年2月11日至16日，首届全国青少年"未来之星"冬季阳光体育大会举办。正值北京申办冬奥会关键时刻，全国31个省市及新疆生产建设兵团的600多名初中生齐聚黑龙江省牡丹江镜泊湖，每个省来15个人，有1个领队、两个教练员、12个运动员，足球运动员必须有6个人，女运动员必须有两人以上，中学生年龄为13—16岁。所有参赛项目都是集体项目，就是为了提高现阶段青少年的团队合作精神，考验的就是团队的战斗力。

这次冬季阳光体育大会以"迎冬奥、展身姿、沐阳光、驭冰雪"为主题，活动内容包括体育比赛、阳光体育活动展示、冬季奥林匹克文化交流、青少年爱国主义教育和其他文娱活动。多样化的冰雪活动，在激励广大青少年崇尚冰雪运动、掌握科学健身知识的同时，也能让他们磨砺意志、传递友谊，充分感受冰雪运动的魅力。

全国青少年冬季阳光体育大会

　　开幕式上，5个冰雪运动世界冠军领着来自全国东西南北中的孩子们在一张巨幅中国地图上为中国申办冬奥会签名助威，宣传奥林匹克运动。大会结束后，这张巨幅中国地图由大会组委会捐赠给了北京冬奥申委。

　　开幕式表演，由牡丹江的一些少年小京剧团体孩子们表演京剧《智取威虎山》，杨子荣打虎上山就是发生在牡丹江的故事。

　　后来，在马来西亚吉隆坡国际奥委会第128次全会上，中国申冬奥代表团团长、国务院副总理刘延东用英文做中国申办冬奥陈述时，就有一张张虹领着孩子们在镜泊湖湖面上滑冰时的背景照片。在冬奥会申办工作总结大会上，刘延东副总理说："回顾近两年来的申办历程，在党中央、国务院的坚强领导下，在全国人民的大力支持和各有关方面的共同努力下，申办团队全体同志面对复杂艰巨的形势任务，全力以赴，协调配合，迎难而上，勇于担当，以高度的使命感、责任感扎实高效地开展工作。经过600多个日日夜夜的不懈奋斗，出色完成了党中央、国务院和全国人民赋予的光荣使命，北京将成为世界上第一个举办夏奥会和冬奥会的城市，中国也将成为世界上第一个举办夏奥会、冬奥会和青奥会的国家。申办成功赢得党中央、国务院充分肯定，获得全国人民和国际社会积极评价。全体同志所付出的艰辛努力、取得的骄人业绩、作出的重大贡献将载入中华民族复兴和国际奥林匹克运动的光辉史册。"

刘延东指出，回顾那段激动人心的申办历程，许多宝贵经验值得我们深入思考总结。成功获得2022年冬奥会举办权，中央的坚强领导是申办成功的根本保证，党中央、国务院的高度重视和坚强领导，为申办冬奥会提供了强大的政治后盾，使申办工作始终沿着正确的轨道前进；全国人民的鼎力支持是申办成功的坚实基础，中华儿女万众一心的支持，为申办取得成功注入了不竭动力；集中力量办大事的体制优势是申办成功的关键因素，正是这种我国所独具的体制优势，保障了申办工作的顺畅进行；我国与国际社会的友好合作关系是申办成功的有力支撑，我们以推动奥林匹克运动发展、促进冬季运动普及的诚意赢得理解和支持；无私奉献的工作团队是申办成功的重要力量，正是这样一支有能力、肯吃苦、能打硬仗的队伍，有效完成了各项重大任务，确保了申办的最终成功。这些宝贵经验值得我们在今后工作中发扬光大，再创辉煌。

冬季的镜泊湖到处都是雪，湖水很深，湖面冻冰，下面湖水常年不冻，火山岩都被雪覆盖，湖面凿洞可以用网捞鱼。镜泊湖的野冰上气温零下20多摄氏度，国家体育总局冯建中副局长带头踢雪地足球，踢满全场20分钟。运动项目琳琅满目，冬季体育比赛包括5人制雪地足球、冰球、花样滑冰、雪地徒步穿越、冰上龙舟、雪地障碍6个项目；冰雪运动乐园选取具有冰雪活动特点、文化性、民族性和时尚性较强的体育活动进行展示和体验，包括滑雪训练营、冰滑梯、雪滑梯、冰杂、冰爬犁以及"明星在身边冰雪乐园"等活动，设计体育明星与青少年互动。

牡丹江市为了阳光体育大会，在镜泊湖上做了晶莹剔透的雪堡，组织孩子们游玩，又给每个省的代表队提供了1.5米高、1米见方的雪坯子和铲子、刀等工具，让孩子们自己动手制作雪雕。野雪是做不了雪雕的，必须是压雪机压出来的实雪才能做雪雕。晚上，镜泊湖上灯火通明，来自各个省的孩子们用两个小时做雪雕，这是他们从未经历过的实践，潜能都发挥出来了，宁夏的孩子们拿着贺兰山岩画的图纸，把雪坯子的四面都做成岩画雪雕，山东的孩子们雕刻了南极的泰山站，吉林的孩子们雕刻了一汽生产的轿车，江西的孩子们雕刻了景德镇的瓷瓶，辽宁的孩子们雕刻了辽宁舰，新疆的孩子雕刻了哈萨克毡房……看到孩子们无限的创造力，孙昱心花怒放突发奇想：赶紧设置奖项，给每个省做雪雕的团队发奖，孩子们可能一辈子都玩不了这些东西，这是黑龙江奉送给全国各地孩子们的礼物，能够让他们一辈子刻骨铭心。孙昱深感孩子们被应试教育的考试束缚住了，回归大自然和孩子们一起玩冰雪，孩子们的天性释放出来了。

  冬奥会速度滑冰冠军张虹领着黑龙江的孩子们在镜泊湖滑冰，南方的孩子们看傻了眼，冰雪运动的魅力深深地烙在孩子们的记忆里。闭幕式是篝火晚会的形式，孩子们围着篝火唱歌跳舞，优美的舞姿和欢快的歌声把月亮和星星都惊得瞪大了眼睛。

  为了各省参赛队伍的孩子们在镜泊湖上夜晚不寂寞，孙昱利用一个晚上的时间，拜托镜泊湖的领导找到了宁安市内一个会做冰糖葫芦的老师傅，说全国的孩子来玩，请您为孩子们现场制作冰糖葫芦。老师傅说："你放心，我肯定去，为了孩子们，不给钱也去。"

  老师傅领着儿子、儿媳妇拿了三口锅和煤气罐，在广场上现场制作，老师傅熬糖浆，让孩子们串糖葫芦，有山楂、香蕉、草莓、海棠果，孩子们各取所需，熬糖浆的火候是绝活儿，老师傅将串好的水果蘸满糖浆，像变戏法似的做好了诱人的冰糖葫芦，孩子们双手举着冰糖葫芦边吃边笑，欢声笑语在镜泊湖上空久久地回荡。吃完冰糖葫芦，再让孩子们参与制作冰灯猜灯谜，充满智慧和趣味。

  闭幕式，举办了一场篝火晚会，演员就是全国各省来参加大会的运动员们，各地的节目都有自己的高招儿，孩子们你方唱罢我登场，八仙过海显神通。

  大会最令人紧张的是竞技比赛，每个比赛都是非常刺激，都是孩子们没玩过的，孙昱领着人先去踩点儿，查看各个场地，比赛时又现场指挥，领着孩子们雪地穿越，在雪地穿越比赛中，1.6公里的野雪，必须9个人一组，体现团队精神，四川和陕西团队雪地穿越时是男孩儿把女孩儿背回来的，孙昱问孩子们：你们为什么要背着她，男孩子们自豪地说："我们是一个团队。"

"未来之星"冬季阳光体育大会是一个品牌，极大地推动了全国青少年的冰雪运动，也为助力北京申办冬奥贡献了力量。

2015年，国家体育总局冯建中副局长现场支持；

2016年，国家体育总局李颖川副局长现场支持；

2017年，国家体育总局高志丹副局长现场支持；

2018年，国家体育总局赵勇副局长现场支持，这一年的全国青少年"未来之星"冬季阳光体育大会是在哈尔滨举行的，启动仪式在哈尔滨市冰球馆。本届大会主题为"普及冰雪运动 培养冬奥之星"，大会共有来自全国31个省（区、市）、新疆生产建设兵团和澳门特别行政区代表团的33支代表团参加。本届冬季阳光体育大会在过去的基础上增设了6个奥运项目，分别是速度滑冰、短道速滑、高山滑雪、越野滑雪、单板滑雪等5个冬奥会项目，以及与冬奥会跨界跨项选材相关的蹦床项目，并将年龄放宽至18岁以下，大会参赛规模达到1948人。

本届大会首次允许各地级市体育部门和青少年体育社会组织组队参加，鼓励社会力量建立的青少年体育机构参与竞技类比赛，以吸引更多青少年参与进来，发现和培养更多人才。

作为本届大会的形象大使，温哥华冬奥会女子短道速滑3000米接力冠军张会出席了启动仪式。

四届冬季阳光体育大会上，国家体育总局领导与孩子们共同参与体育运动，寓教于乐，体验冰雪运动。王春露、张虹、李坚柔、张丹、刘秋宏、张会等奥运冠军、世锦赛冠军与孩子们互动，在镜泊湖捞胖头鱼，吃冰糖葫芦，前三届都是600多人参加，到了哈尔滨就有近2000人参加。来自全国各地的孩子们一辈子都会记住镜泊湖，记住哈尔滨，记住"未来之星"冬季阳光体育大会。

700小鹿的体育情结

孙昱的微信名叫做700小鹿,她就像梅花鹿那样充满青春活力和热情,把自己对青少年体育的热爱化作一个个精心谋划的具体活动。

孙昱的性格像个男孩子,豪爽泼辣,干脆利落。她觉得让黑龙江省所有的中小学生穿冰刀、蹬雪板去滑冰滑雪不太容易,从2016年一直到2020年,她提倡将足球和冰雪运动结合,创立了自下而上的青少年四级联赛,校、县、市和省持续发力,给孩子发个雪地足球,只要有操场有雪就能踢雪地足球。黑龙江省体育局和教育厅合办雪地足球联赛,刚开始是黑龙江省6个市地试点,1243所学校参与;到2020年,黑龙江的13个市地全覆盖,2500所学校参与,占全省3219所中小学的77%,25000人参加,这又是助力三亿人参与冰雪一个大型体育活动。

2017年初,黑龙江省教育厅和体育局联手,大力推动学校的冰雪体育,以竞赛来调动中小学校孩子的热情,开展学生冬季运动会。之后每年举办一届冬季运动会,设置6个项目。

目前黑龙江省已经建成冰雪特色学校500所,体育传统校317所,冰雪项目传统校100所,比如哈尔滨清滨小学、哈师大附中冰雪运动就搞得不错,哈尔滨平房区的南城第一小学女子冰球在全国都赫赫有名。

现在,只要提起阳光体育大会,孙昱就会想起与孩子们一起赏冰驭雪的欢乐。雪地足球、冰球、花样滑冰、雪地徒步穿越、冰上龙舟、雪地障碍、雪地拔河、雪圈……都是团体项目,要求团队协作,既有趣味性,又有教育性。

2017年,除了设立牡丹江镜泊湖主会场,国家体育总局还设立北京、河北、内蒙古、辽宁、吉林、新疆等6省(区、市级)分会场,并在黑龙江13个市地开展系列青少年上冰雪活动。世锦赛短道速滑3000米接力冠军刘秋宏作为2017年冬季阳光体育大会形象大使,向全国青少年发出了"参加体育运动,提高身体素质，为实现中国梦共创美好未来"的倡议。

孙昱绞尽脑汁不断创新，年年都要有新花样。除历年冰雪乐园开设的冰滑梯、雪滑梯、摩托雪圈、香蕉船等项目外，还增加了雪地自行车、冰壶、冰杂、冰爬犁等娱乐项目。同时，在大会期间首次面向参会全国运动员开办滑雪、冰球、滑冰、冰壶训练营，普及冰雪项目知识和技能，旨在让更多的青少年掌握冰雪运动技能，体验冰雪运动乐趣。

2017年，镜泊湖在山庄码头广场和冰湖湖面上建设"萨满村落"，由满族传统民俗体验区和超级冰雪娱乐区两部分组成，有20余种满族文化和冰雪娱乐体验项目：老式萨满雪屋木屋、充满神秘色彩的萨满祭祀神坛以及满族传统射箭场、马拉爬犁、小网挂鱼等，将萨满文化和优势冰雪资源进行了有机结合，为青少年运动员打造了一个极具观赏性、体验性、互动性的全新项目。也许，冰雪对于东北人司空见惯，然而中国地大物博，很多生长在南方的孩子没有见过雪，黑龙江的大冰雪给他们带来了无以言表的欢乐。

冬季阳光体育大会是中国目前最高规格的青少年冬季大型综合类体育活动，是积极推动"三亿人参与冰雪运动"和助力冬奥会系列活动的重要内容。

孙杨：一个冬天的童话

中国的冰雪运动强省是黑龙江和吉林，每年有5个月的雪季，这是上苍对东北人的眷顾。黑龙江有亚布力雪场，吉林有松花湖雪场、北大湖雪场和长白山雪场，条件很好。"文明其精神，野蛮其体魄"，如果东北的孩子都能够成为冰雪运动健儿，中国三亿人上冰雪就大有希望。

我走进长春新区吉大慧谷学校，看到有的孩子在模拟滑雪机上练习滑雪，有的孩子在滑行垫上练习滑冰基本动作，我摸了一下一个小姑娘的腿，股外侧肌肌肉发达，腿的线条很优美，显然是长期训练的结果。看到孩子们全神贯注，把冰雪运动当成享受的样子，我不由得感叹他们太幸福了。

电影蒙太奇镜头在我的眼前切换：我讲了4年课的江西省兴国县东村乡小洞小学，教室里连投影仪都没有；我给孩子们讲冬奥会，孩子们没有听说过；给孩子们讲2008年北京奥运会，孩子们仍然没有听说过。小洞村一所刚刚废弃的小学，只有一间教室、一个篮球架、一个老师。国家京剧院的领导和著名京剧演员来我的小洞村老区工作室图书馆捐赠2000册图书，教孩子们孙悟空的武打动作，孩子们做得不到位，徐畅副团长悄悄提醒："伸左腿。"孩子们讷讷地说："阿姨，我不知道哪个是左腿。"

徐畅对我说："当我听到孩子这句话时心里特别难受。"

我感慨地说："当我告诉别人小洞村的孩子不知道北京冬奥会和夏奥会时，好多人都不相信。不到贫困山区真不知道教育扶困的重要，农村留守儿童多么需要关心！"

这不是天方夜谭，这是发生在2021年4月19日江西兴国小洞村的现实。在落后山区，教育的缺失令人心寒。然而，长春新区眼前的场景却令我心里温暖。

冰雪项目是烧钱的，为了推动三亿人上冰雪，长春市教育局通过市财政给长春新区冰雪实验区1276万元专项拨款，作为启动资金。买了6台机器装备六所学校，建立仿真冰场，吉大慧谷学校2016年由吉林大学和长春新区合作办学，注重项目、资金和师资培训。小学六年级以上的上滑雪课，2018年，学校对冰雪运动尤为重视，课堂上对学生进行冬奥知识、体育文化的普及。有127个小学班，24个中学班，将近7000名学生。学校配备了200多名教师，体育组有40多个老师，仅小学体育教师就有37名。中学组体育组长叫黄菲，小学组体育组长叫孙杨。

一台模拟滑雪机大约需要80万元，滑雪，有多少人是在雪场愣摔打学会的？而这所学校的孩子能在这么昂贵的机器上学习滑雪，有专业老师指导，在机器上模拟会了基本动作，上雪场很容易掌握滑雪要领；在机器上克服了恐惧心理，上雪道就无所畏惧，政府投资、学校重视、老师付出是重要原因。究竟是谁把这所学校的冰雪课打造得如此精彩呢？

1982年，孙杨出生于长春第一汽车制造厂，父母都在一汽工作，她在一汽子弟七小读书。她长得圆圆脸，大瞪眼，剪短发，性格像个男孩子。

1991年，9岁的孙杨到长春业余体校学习短道速滑，是体校年龄最小的学员。每天上午在学校上课，下午2点30到晚上七八点在长春市胜利公园练习速滑，她当时很瘦，可是爆发力好，赵斌教练相中这棵好苗子，教她滑冰技巧，她悟性很好，苦练加巧练，练了一年就在长春市短道速滑春芽杯比赛中获得全能冠军。

教练爱徒心切，看她练得不好有时候会打她，父母经常为她练滑冰吵架，爸爸看她挨打不忍心，心疼地说："闺女，咱不学了，老爸都舍不得打你一个指头。"

她学习成绩好，想放弃滑冰去考学，妈妈语重心长地说："你们80后没有一技之长到工作岗位也站不住脚，人吃不了苦不行！"

听了妈妈的话，她咬牙坚持下来。当年的冰刀鞋鞋帮太软，质量差，滑冰者穿上踝关节立不起来，教练就用锉刀锉鞋帮，糊一层纱布，抹一层哥俩好牌胶；再敷一层纱布，抹一层哥俩好牌胶，一共糊上30层至40层，鞋帮终于变硬了。孙杨的家在长春一汽宿舍，冰场在五环体育场，俗称"大锅底"，父亲摸黑骑着自行车带着女儿来到大锅底野冰场，孙杨穿着这双千层帮的冰鞋上冰，从月挂树梢头滑到星星满天眨眼。冰鞋不舒服，她的脚跟被鞋子磨出血泡，父亲心疼地剪了海绵垫在冰鞋里，让女儿减轻疼痛。海绵在冰鞋里是游走的，血水把袜子都染红了。她的脚变形了，走路疼得钻心。短道速滑重点在于练习弯道超越，教练找了一个男队员给她当陪练，她在弯道超越陪练时，陪练不小心摔倒了，他的冰刀划过孙杨的腿，她穿的连身滑冰服被割破了，腿上被尖利的冰刀削掉一块肉，为了滑冰，她甘愿吃尽天下苦。

梅花香自苦寒来，1998年，吉林省运动会召开，女子短道速滑500米、1000米、1500米、3000米、3000米接力5枚金牌，全部被孙杨收入囊中。

1999年，17岁的孙杨入选吉林省体工队，师从金梦鹤教练。1年之后，全国短道速滑锦标赛在沈阳八一队滑冰场举行,王濛、李坚柔、朱米乐等一批滑冰高手都来了。专业运动员分成一二三线,吉林省把吉林市短道速滑运动员李坚柔和吉林市体工队运动员孙杨分在第一线,刘国力教练看到孙杨爆发力好,就以大力量训练为主。冰场一圈是111.12米,教练让她滑7圈×10组,练一场吐一场,练完一摘头盔,汗水从头上扑簌簌滴落下来,连体服都湿透了。凭着刻苦训练,2001年,她在哈尔滨荣获全国运动会短道速滑第7名,全国短道速滑锦标赛1000米季军。

呕心沥血培育冰雪蓓蕾

孙杨热爱滑冰,但是滑冰专业队员是吃青春饭的,2005年,23岁的孙杨退役,先后到长春南关区东四小学、平泉小学当体育老师,到一汽四小幼儿园当幼师。2018年,她应聘来到长春新区吉大慧谷学校担任体育组组长。

她格外珍惜这份工作,把全部心血扑在学生身上。刚开始孩子连冰刀鞋都不会穿,孙杨就手把手地教;冰刀鞋要经常磨刀,正常的冰刀请人磨一次需要花100多元,孙杨就自告奋勇给学生磨冰刀,磨了两天累得胳膊都抬不起来了。

练习滑冰要抓紧点滴时间,每天早晨6点钟,她在学校门口的停车场组织学生练习轮滑、出早操,一直练到7点15分,7点30分孩子们到学校上课。每周她要教12节冰雪课,每天上午要教两节课的滑冰和轮滑。

2019年5月,学校成立了校滑冰队,下午3点至4点30分,她要带校滑冰队训练;每周五和周六晚上有1小时至1.5个小时的冰点,晚上9点钟,运动员不练了,孙杨就带领校队学生到长春市冬季运动管理中心滑冰场练习滑冰,那可是专业运动员的滑冰场,孩子们能够在这里上冰太幸福了!

家长们理解学校为学生争取这个专业的滑冰场有多么不容易,他们非常支持,下午从学校接回孩子,盯着他们做作业、吃晚饭,晚上9点之前准时送到滑冰场。从学校到冰场单程22公里,大家如痴如醉,一直滑到晚上10点30分才离开冰场。滑冰出一身臭汗，孩子们回家洗洗涮涮后临近子夜才能睡觉。

滑冰能够使股直肌、股外侧肌、股内侧肌、胫骨前肌、臀大肌、腰肌得到锻炼，学生在训练前腿部肌肉没有力量，经过训练，腿部肌肉有了记忆，线条优美。四年级学生刘纯伊父母离异，没有人接送她去冰场，孙杨就让她放学后到自己办公室写作业，给她买面条吃，晚上亲自开车接送她去冰场。吉林省"百万学子上冰雪"在长春市南岭体育场举办，刘纯伊没有辜负孙杨老师的付出，顽强训练，获得长春新区首次轮滑比赛500米冠军、吉林省"百万学子上冰雪"短道速滑第7名。

10岁的武楚博上四年级，喜欢短道速滑，孙杨手把手地教他，给他做示范。孙杨的腰和膝盖受过伤，讲示范动作就要弯腰蹲低，一堂课下来，腰和膝盖都很疼，但她咬牙坚持，一招一式非常到位。孩子们每周都要通过手机钉钉软件上网课，在家练滑冰。

一次上轮滑课，武楚博不小心滑倒了，门牙都磕掉了，牙齿把上唇咬破了，流了好多血，孙杨马上带他到水房，用清水给他洗干净，通知家长带他到医院治疗。每天早晨6点钟的轮滑课，武楚博从不缺课，特别能吃苦；每周跟着孙老师到滑冰馆滑两次冰，都是妈妈亲自接来送往。功夫不负苦心人，吉林省举办"滑启100"轮滑比赛，全国各地的高手都来参赛，武楚博获得第7名。他自信地告诉我："我们长春新区10多所学校都能浇冰，穿冰刀鞋上冰场，等我长大了，无论走到哪儿都会说：我们是长春人，我会滑冰、会滑雪，能吃苦的孩子才有出息！"

孙杨带出的吉大慧谷学校小学生首次参加全省青少年速滑U10比赛，与专业运动员同台竞技，取得了第七名和第八名的可喜成绩，激励着每一位冰雪教师。

吉林省出了周洋、李坚柔、武大靖三位冬奥冠军。2014年索契冬奥会，孙杨曾经的队友李坚柔获得女子短道速滑500米金牌；陈德全在长春练习短道速滑，进入国家队后参加了2014年索契冬奥会，获得短道速滑男子接力5000米铜牌，1500米第五名。孙杨发挥自己曾经是专业滑冰队员的优势，把奥运大使击剑冠军李娜、孙玉洁和孙伟请到学校与同学们互动，还把李坚柔、陈德全的冬奥会滑冰视频在学校的演播厅放给同学们观看。她把冰雪课上得有声有色，极大地调动了孩子们的学习热情，借轮滑球的布局、方法教打冰球，学生们纷纷询问："老师，啥时候轮到我们班上冰场啊？"

疫情防控期间冰场全封，但是滑冰训练不能停，尤其是青少年的滑冰训练，坚持下去就会突飞猛进，停止训练就会半途而废。孙杨就用钉钉软件自己录制视频发给学生家长，学生家长在家就用滑行板督促孩子练习陆地蹬冰动作；家长给孩子拍视频发给孙杨，孙杨点评后再发给学生。自从跟孙老师学习滑冰，孩子们的生活自理能力强了，性格变得开朗了，身体变得健康了。

为了教好孩子，孙杨整天与冰雪打交道，冰场是极寒之地，她就是在极寒之地成长。她患有宫寒症，39岁都没有怀孕。

2020年，她的母亲不幸发现患肺癌晚期，孙杨把母亲接到自己新买的大房子里，无微不至地照顾母亲。这所房子离学校很近，每天早晨6点钟要给学生上课，她牵挂母亲，母亲却说："孙杨，你去吧，咱不能耽误学生，你一定要到现场等学生！"

孙杨含着眼泪离开生病的母亲，有一次，上火嗓子发炎，一度说不出话来。她就用肢体语言给学生做示范，指导学生训练。学生关切地问道："孙老师，您的嗓子好点了吗？"

长春体育教师孙杨与她的学生

听到稚嫩的话语，她的心被温暖包围着。当年，冰刀从她的大腿碾过她都没有哭；今天，面对孩子们的关心，她忍不住热泪盈眶，她要把全部的爱奉献给孩子，吉大慧谷学校选择了她，她要让实力告诉学校：你们没有选错人！

孙杨向学生们播撒体育的种子，把体育文化融入到课堂上。每年的12月都是冰雪文化艺术节，是孩子们的节日，学校筹办音乐节，卡拉OK赛，演出歌曲和戏曲；办百米长卷画展，冰雪文化艺术的节日，所有的内容都跟冰雪有关。老师积极动脑，研究发明创造，孩子们在雪地上放风筝、将矿泉水瓶子装满水冻成冰打雪地保龄球、雪地爬犁、雪地拔河、雪地球、雪合战、越野滑雪、陆地轮滑打冰球、地板冰壶、仿真冰场……孩子们踊跃参加吉林省和长春市的比赛。

孙杨给整个长春新区的体育老师做培训，引进奥运大使，在雪场上，孩子们的睫毛上凝结着冰珠，真是一幅幅美轮美奂的冬天的童话。当体育课成为孩子们翘首盼望的课程，当学生把冰雪课当成极大的精神享受，当祖国的花朵在冰雪运动中强身健体时，孙杨这个体育老师就实现了人生的梦想。

她把冰雪运动做成了艺术

在长春，我见到一个年轻的体育老师，短短的头发，甜甜的笑脸，浑身上下洋溢着青春的活力。她叫李罕妮，顾名思义就是稀罕、罕见的女孩儿。她1983年出生于吉林省长春市，童年时崇拜中国女排。2002年，她考取延边大学体育学院，2006年毕业分配到长春市125中当体育老师，2010年，125中与长春高新区一所小学合并，中小学只有三个体育老师，她担任体育组长。

2017年，长春市教育局提倡百万学子上冰雪，她在体育课上做调研，问孩子们有多少人滑过冰、滑过雪，当时一个班级只有两三个人上过冰雪。她想：东北的孩子不会滑冰滑雪多丢人啊，也对不起东北得天独厚的天气条件啊，冰雪是东北的特色啊！如果东北的孩子都不带头上冰雪，怎么可能带动三亿人上冰雪呢？拥有深深体育情怀的她决定要让学生先喜欢冰雪，恰好长春市教育局拨给学校9万元开展冰雪运动，为了让学生喜爱冰雪，一定要先从提升学生兴趣开始，所以学校买了雪地球、雪合战设备、轮滑鞋，设立了地板冰壶教室，在全校开展雪地球、轮滑、雪合战、地板冰壶运动。她热爱体育，充满活力，她的热情感染了学生，同学们变得生龙活虎。2018年，全校3800多个学生全部上冰雪，每人至少会一两项冰雪运动，经过申报，学校被评为吉林省冰雪特色示范校、国家冰雪特色校。

2019年，长春新区教育局给冰雪运动特色学校配备了高山滑雪模拟机，放在冰雪教室，刚开始，大家谁也不会使用。长春新区教育局王旭科长邀请专业滑雪教师来教，组织体育教师培训。不会滑雪的她要想教会学生，自己必须先行，两天时间就从零基础学会了，但是机器只是告诉你滑雪时身体重心和基本姿态，要在滑雪上游刃有余必须到雪场磨炼。于是，她利用周末自费到长春市的莲花山、天定山雪场学习滑雪，很快就学会了。

同学们对模拟滑雪机特别感兴趣，常规教学都盼着上滑雪机体验。她从最基础的讲起，教孩子们怎么穿滑雪装备，滑雪时的基本站姿、基本的摔倒时的保护方法，当你感觉要控制不住摔倒时马上降低重心，双脚呈内八字切内刃，身体抱团侧倒。滑雪机作为滑雪运动的辅助训练非常棒，国际上是给参加冬奥会的高山滑雪运动员练习滑雪用，根据数据收集矫正滑雪者的不良姿势，只要在滑雪机上进行练习的学生到了雪场以后都能很快地掌握滑雪技术，孩子们也是从最初的零基础渐渐游刃有余，更是深深地喜爱上了滑雪运动。家长们对冰雪运动的热爱也被调动了起来，欢天喜地送孩子上雪场，孩子学会了滑雪，锻炼了身体和意志，大大提升了冰雪运动的普及。

李罕妮祖籍山东，她的爷爷闯关东到了吉林，爷爷总说："只有吃饱才能有劲儿，天冷需要脂肪，要壮壮实实，才能抗冻。"东北寒冷，冬天人们习惯戴棉帽，把帽檐下垂遮住耳朵，由于风大又遮住耳朵，说话听不见，所以东北人说话嗓门大，扯着嗓子喊。一方水土养一方人，李罕妮性格开朗，说话声如洪钟。

她的女儿叫孙牧涵，今年9岁了，受母亲影响学龄前就开始学习各项体育运动。2021年1月，李罕妮带领女儿学习滑雪，上去就把她带到中级道，女儿摔跤摔得青一块紫一块，不肯学了。她对女儿说："任何运动都不是轻易就能够学成的，都要经过无数次的跌倒和失败后，一次次勇敢站起来，不断挑战自己战胜自己。"在她的鼓励下，小牧涵经过不断的练习后学会了滑雪，有一个滑雪动作叫"落叶飘"，小牧涵宛如一片树叶在雪道飘舞。

长春市财政局给长春新区试验区拨款1276万元做冰雪校园推广工作，新区管委会责成教育局带领校长到北京考察冰雪项目，在北京他们去北京八一实验小学分校、北京联合大学校园观摩冰雪课，到厂家寻访冰雪器材。

北京筹办冬奥会大大促进了冰雪运动，李罕妮有意志，有情怀，有初心，有坚持，她常年在野外教学，冬天脸冻皴了、手冻僵了；夏天晒暴皮了，滑雪也摔伤过，她无怨无悔。看到同学们雪地球比赛时呼哧带喘，冬天鼻涕眼泪一起流，不在乎不喊累，性格变得坚毅，她觉得很高兴，东北人有一股豁达、不服输的精神，体育塑造人格，这就是她当体育教师的快乐。

无花果

在长春，我见到了一个无花果般美丽的女人，她叫王旭，是长春新区教育局德体艺卫科科长。她1976年6月生于长春，属龙，19岁考入四平师范学院（吉林师范大学）生物教育专业，在大学入党，1998年，以优秀大学生毕业分配到长春市朝阳团区委工作，后又到长春市90中学教生物。

2001年9月，她来到朝阳区教育局任团委书记，2017年初，被新区选调到长春新区教育局德体艺卫科担任科长。长春新区被列为长春市冰雪试验区，由她主抓冰雪运动推进工作。她是那种干什么就一定竭尽全力干好的人，她首先了解四个分区（高新区、北湖区、空港区、长德区）的情况，琢磨怎么进行全区域整体推进冰雪运动。她借助吉林省的冰雪推介会了解冰雪运动，上网搜集其他地区的先进经验，然后对长春全区域的冰雪运动做了顶层设计，为了各方面配套，长春市财政拨款1276万元扶持冰雪运动特色校的冰雪运动，她做了科学合理划分，给其中19所公办学校配备了雪具器材。打雪合战和雪地球要佩戴头盔和护具，她把做雪球的槽、护具、头盔、衣服分门别类发给学校；还给6所冰雪特色示范校配备了3D模拟滑雪机；给北湖明达、慧谷和尚德3所学校配备了仿真冰；给孩子们配备雪鞋、越野滑轮、单双刃冰刀鞋、轮滑鞋、地板冰壶、雪地球等滑雪训练辅助器材。

有了装备和器械，孩子们跃跃欲试，老师的情绪高涨，10多所公立学校在自己校园里浇冰场。老师白天上课，利用夜里的时间浇冰，老师、保安和后勤人员都住在学校，三班倒浇冰，整整需要浇一个星期的水才能冻成合格的冰场。一些位于城乡接合部的学校水源不便，有的半夜三更抽井水浇冰，夜色如墨，有的老师打开汽车远光灯照明，有的老师买来探照灯照亮。如果天公不作美突然升温，冰就会化掉，几天的辛苦全部化为泡影，只得重新浇冰。看到同学们期盼的目光，老师们热血沸腾，早一天浇好冰，孩子们就能早一天上冰玩。长春的冬夜格外寒冷，有的老师冻病了，一边输液一边上课。浇冰连夜加班是无偿奉献，没有一分钱的补助，但是老师们心甘情愿。

长春冬天没有毛毛雪，只要下雪就是铺天盖地，长春新区有260多名体育老师，他们将厚重的积雪堆成滑雪道，为孩子们建造一个冰雪乐园。孩子们在操场中间堆雪人、打雪仗、雪合战、雪地球……等他们玩够了，老师就将残雪集中到一起形成雪坡，可以在上面滑雪。最冷是三九天，孩子们放假了，学校的冰场和雪坡对本校学生是开放的，只要学生想到学校玩冰雪，老师就放弃休息时间陪同。有的学生家里有鱼塘或者冰场，学校就将冰刀鞋借给学生，让他在家里的冰场或者冻冰的鱼塘练习滑冰。

自从开展校园冰雪运动推进活动，王旭就琢磨全区4万名学生怎么上冰雪？2018年冬天，她在全市率先组织长春新区50多名体育老师进行冰雪运动师资培训，先学习理论，模拟滑雪机的性能和训练要点，滑雪机的拆卸和调试，如何使用滑雪辅助设备；接下来是实战演练，聘请长春极限冰雪运动俱乐部来承办培训项目，俱乐部的教练不仅教会老师滑雪技能，而且教老师怎样吸引孩子热爱滑雪。为此，专门聘请美国滑雪教练在莲花山雪场教滑雪，雪场专门为他们单独开辟了一条魔毯、一条雪道。为了体验滑雪初学者的心理感受，更有效地带动青少年及身边人参与滑雪运动，已过不惑之年的她与体育老师们一起学习、一起感受。她滑雪不如年轻人灵光，但她认真观察老师的教学，第一天没有上雪板，苦心琢磨，头一次接触滑雪她就挑战自己选择了单板，单板非常难，摔跤在所难免，晚上躺在床上一宿没睡，她想过放弃，但是很快就打消了这个念头，心里想"推动青少年上冰雪是我的职责，我不带头谁带头"，她咬牙挑战自己。第二天跟随教练上了高级道，太危险了，她有点恐高，她趴在雪坡上从中级道顺着滑下来。教练又把她带到中级道，经过高级道的惊悚后，再来感受中级道和初级道，顿时就不会感到恐惧，她用实践体验了初学者的心理变化，找到了滑雪教学的突破口——克服心理障碍。第二天早晨，她来到初级道开始推坡学习，摔倒了爬起来再滑。王旭带头全程参加学习滑雪，体验学习滑雪的心路历程。第一天摔得浑身疼痛实在不想学了，但是咬牙终于学会了单板和双板滑雪，给老师们树立了榜样。王旭热情地说："我带动50人，你们每个老师带动50人，那么能够带动多少人啊！"体育老师们说："王科长，我们都想放弃了，看你还在练，我们就坚持下来了。"

她一遍又一遍动脑筋琢磨，为什么自己推坡推不动？是缺乏力量的训练，运动协调性不好，雪板有硬有软，尾翼有长有短，应该如何保养？诸多问题一一呈现在她的脑海，这些问题成为她日后带动大家参与冰雪运动的解锁密码。

莲花山滑雪场是中国国家队自由式滑雪空中技巧训练基地，曾经承办国际雪联组织的2018—2019、2019—2020两个赛季的自由式滑雪空中技巧项目世界杯分站赛。

冬天放寒假，王旭对妹妹说："你上班忙，我带你儿子去学滑雪，我来出钱。"

妹妹乐不可支，儿子有姐姐照看，她一百个放心。王旭给外甥李嘉祺报了滑雪冬令营，带着外甥来到莲花山雪场。

小外甥很争气，教了四五次就学会了。王旭在小外甥的带动下也学会了滑雪，滑雪俱乐部的教练跟随他们，给她和小外甥拍摄了滑雪视频。妹妹高兴地把儿子滑雪的照片视频发朋友圈，其他同学的家长看到后，也给自己的孩子报名上雪场，小嘉祺滑雪上瘾了，妈妈又给他办了雪场滑雪卡，他成了滑雪的义务宣传员。

王旭对体育老师说："体育老师不上冰雪以身示范怎么可能带动学生？"

有王旭这么尽职的科长，长春新区的中小学生真是有福，从2018年冰雪运动设备到位，上半年就组织师资类培训，长春新区教育局做了很多工作组织培训冰上项目和雪上项目，下学期孩子们就接触冰雪器材，通过体育课和蓓蕾计划集中教学，开展校园冰雪嘉年华活动。学校寒假开展社团活动，体育老师一律陪着孩子们锻炼，要求孩子放假期间每天锻炼1小时，留冰雪作业。学生帮助父母打扫门前雪、在院子里堆雪人都视为学生参加假期冰雪活动实践，没有高大上的滑雪器械，在家门口浇冰打出溜滑、坐小爬犁都算逐冰戏雪，从点滴培养学生对冰雪的热爱，为后续校园冰雪运动推广打下了坚实的基础。

王旭是一个贤妻良母，她与丈夫郭忠志是高中同学，他们的女儿郭宇芯17岁，在东北师大附中高三文科实验班学习。丈夫是中国联通技术专家，做管理工作，整天不着家，都是王旭操持家务。王旭的家离单位很远，自从2017年调到新区工作，她早晨披着星星上班，7点前赶到单位，晚上九十点钟戴着月亮回家。丈夫从管理岗位转到技术岗位，开始管家做饭减轻王旭压力，成全她的事业梦想。

2020年岁末，郭忠志调到吉林省通化市工作，家里的顶梁柱离开了，女儿只能自己照顾自己，吃饭叫外卖，学习在自习教室。丈夫本应2021年春节回家，赶上通化市有疫情，他以工作为重，在通化市的方舱医院设计网络，遵守隔离规定就没有与家人团聚。2021年2月23日是女儿17岁生日，郭忠志在通化忙得昏天黑地，王旭孤独地陪同女儿过生日。女儿高三马上要考大学了，王旭经常加班，无暇顾及女儿。王旭的父母已经70多岁，退休在家，母亲患心脏病，做腰椎间盘手术，父亲患脑梗，生病住院都不敢告诉女儿。偶尔有个小长假，她才有时间陪伴父母。

王旭出生于工人家庭，父母在吉林省汽车修配厂工作，父亲是高级技术工程师，她的成长道路上没有人助力全靠她自己打拼，所以，她深知青年学生在成长的道路上多么需要有人帮助，有人关爱。她的原则是：只要是长春新区学校的孩子，都要一碗水端平，开展冰雪运动的福利，一所学校也不能少，一个孩子都不能少。她的母亲教导她："善待别人，与人交往宁肯吃亏决不能占便宜，一定要走正道！"

长春新区的老师很年轻，她像熟悉自己手心手背那样熟悉这些体育老师。新区的学校也年轻，吉大慧谷、吉大尚德、吉大英才是与吉林大学合作办学；东师明达、东师慧仁实验学校是与东北师范大学合作办学，还有长春新区十一高中兴华学校、西营城学校。她非常感谢新区教育局党委书记兼局长汪巍，汪局长有干劲有能力，如果没有汪局长的支持，自己不可能把冰雪运动开展得这么顺利。

在各级各类大众青少组冰雪运动比赛中，长春新区包揽了长春市中小学生地板冰壶和雪地球比赛小学组、初中组冠军；长春市青少年雪合战大赛的冠亚军；长春市首届中小学生高山滑雪单板、双板冠军；全国第二届中小学生越野滑轮锦标赛初中男子组600米冠军，团体接力赛亚军、季军；吉林省旱地滑轮青少年组冠亚季军；全国青少年滑雪大赛（北大湖站）第3名，全国第12、第15名的优异成绩，涌现出"中国未来滑雪之星"葛津浩、"锐意之星"崔瀚文等多名优秀小滑手。

2017年，长春新区成为长春市首批冰雪运动实验区，在新区教育工作者的共同努力下，全区中小学冰雪体育课程开课率100%、中小学生冰雪运动参与率和知晓率达到了100%，全区22所学校全部被评为吉林省校园冰雪运动特色学校，19所学校被评为全国校园冰雪运动特色学校，4所学校被评为首批北京2022年冬奥会和冬残奥会奥林匹克教育示范学校，这些成绩的背后洒下了王旭辛勤的汗水。

与王旭接触，我时常想到家乡一种甜美的果实无花果，嫩绿的外衣，青春的旋律；火红的内心，希望的梦幻。

无花果是中药，为桑科、榕属植物。我家乡的无花果获得了全国农产品地理标志。无花果在我国各地均有栽培。具有清热生津，健脾开胃，解毒消肿之功效。主治咽喉肿痛，燥咳声嘶，乳汁稀少，肠热便秘，食欲不振，消化不良，泄泻，痢疾，痈肿，癣疾。无花果也是水果，甘甜如蜜。

无花果，多么富有哲理的名字。你不以妩媚的花瓣取悦他人，却以甜美的果实沁人心脾。夏天是你的成熟季节，你的外表是浅浅的绿，透亮的绿，像碧玉、像翡翠；你的内心是淡淡的红，醉人的红，像玛瑙，清风拂面而来，你浓郁的叶不由得一阵战栗。在婆娑的树影下，我听懂了你对叶说的悄悄话："不开无名花，多结丰硕果，这是我生命的真谛，也是我活着的意义。"

从王旭的足迹，我找到了长春新区的冰雪运动为什么开展得这么好的答案。她是一个脚踏实地、全力以赴的人，把推广冰雪运动当成事业去做。她像无花果，将累累果实奉献给大地。

吉林省位于黄金滑雪带上

粉雪的粉字不是指的颜色，而是指的雪的状态，是松软的如粉末状的雪。世界三大粉雪基地是中国的长白山、欧洲的阿尔卑斯山和北美的落基山。值得庆幸的是这三个地方我都去过。

粉雪，是凝固核还没有充分冰冻变大就落到了地面的雪颗粒，雪的核心是冰晶，冰晶外面吸附着细小而密实的雪绒花，雪成颗粒状。根据颗粒的大小，可以分为细粉雪、粗粉雪。细粉雪捧在手里，像捧着白色的面粉，雪可以从手指缝滑落，粉雪因此得名。滑粉雪的时候，你会感觉到脚下的雪像丝绸一样柔软顺滑，整个人随着雪地的起伏而上下漂浮，如同飞翔一样的感觉。雪板划开雪面的感觉如同热刀切过黄油，如果你细心观察，板头会把最表层的一些雪撞飞，就像船头破浪掀起的浪花一样。

众所周知，法国的波尔多、中国的烟台、美国的旧金山、意大利的西西里生长的葡萄可以酿造上乘的葡萄酒，这与纬度密切相关。北纬42度—46度是世界冰雪黄金带。吉林省的冰雪资源非常丰富，现在已经建好了46个滑雪场，雪道总数347条，雪道总长度298公里，雪道总面积1032公顷，居全国首位。以后要建设100个雪场。吉林省处在世界三大粉雪地域，地处冰雪黄金带。加拿大的惠斯勒雪场、美国西雅图雪场隶属于北美的落基山脉，欧洲瑞士、奥地利、德国、法国、意大利等国的雪场隶属于阿尔卑斯山脉，中国吉林省的优质雪场隶属于长白山脉。在吉林省滑雪体感温度适宜，中国达到国际化标准的前10个雪场中，吉林省就占了三个：长白山万达国际雪场、万科松花湖雪场和吉林北大湖雪场。

东北、华北和西北有1亿名学生，中国的家庭模式是"小太阳式"，孩子喜欢什么，家长就围着孩子转。家长自己消费，一分钱掰成两半花，但是为了孩子，花再多钱也舍得。如果每个学生能够带动两个家长上冰雪，三亿人上冰雪这个目标轻而易举就能实现。

冰雪运动的灵魂在于参与

奥林匹克精神告诉我们：体育运动重要的不是获胜，而是参与。

吉林省位于世界冰雪黄金纬度带，具有发展冰雪产业的独特优势。

吉林省位于东北三省的中间位置，有着丰富的地域民族文化和得天独厚的冰雪资源。开发吉林省的冰雪资源可以推动其经济发展。目前，吉林省参与冰雪运动的学生达到200多万人，吉林省做了2019—2020年冰雪运动主题日活动，2019年全省有210万人参加；2020年12月的一天，长春市从早晨9点到11点，各个学校把自己学生跳冰雪健身操的视频上传到教育局，通过竞赛引领大力发展校园冰雪运动，这一天仅长春市就超过100万人参与。

吉林省还开展全国冰雪运动嘉年华活动，冰球、速滑、花样滑冰、轮滑，青少年学生参与度高，在冰雪运动中提出"教会、勤练、常赛"，积极参加全国比赛和国际比赛。越野滑雪非常艰苦，第29届世界大学生冬季运动会，中国越野滑雪队所有运动员都来自吉林省，带动一大批孩子想学滑雪。

周洋、武大靖、李坚柔、王春露、杨阳、乔晶、韩佳良等人都是吉林省的滑冰运动员。近年来吉林省长春市积极开展冰雪运动，"筑梦冰雪 相约冬奥"全国学校冰雪运动竞赛暨嘉年华，开展冰上龙舟、雪合战，鼓励学生玩雪戏冰，从全国各地前来参赛的运动员在1000人以上，吉林省本土运动员有几百人。这个嘉年华活动越搞越火，2019年有来自16个省的5000人参与，2020年有来自19个省的8000人参与；2021年，设在长春天定山滑雪场的主会场有来自全国各地的上万人参与。

吉林省财政每年拿出1000万元为长春市的557所冰雪特色学校配备冰雪设备器材，联合出版社编写冰雪运动教学指南，在吉林省建立15所奥林匹克运动示范学校。没有冰雪文化的支撑只是玩，吉林省政府和新疆维吾尔自治区政府共同创建中国（长白山 — 阿尔泰山脉）冰雪经济高质量发展试验区战略合作。开展冬奥知识竞赛，青少年积极参与。吉林市在冰雪运动上独树一帜，吉林市周边有很多滑雪场，越野滑雪很枯燥，高山滑雪很刺激，每年的雪季，吉林市的滑雪场都人头攒动，热闹非凡。

2021年12月25日，首届"吉林 — 新疆"冰雪运动青少年交谊赛在长春开赛，比赛分别在吉林省长春市、通化市和新疆维吾尔族自治区乌鲁木齐市、阿勒泰市举行，共创冰雪运动辉煌。

当前学校体育教育有何缺失？

与长春市教育界、体育界的朋友聊天是一件愉快的事情，这是一群有思想、有能力、有干劲的人。吉林省教育厅胡仁友处长认为：目前学校体育存在五大缺失：

学校的体育标识是什么？没有商标或者学校的图案，有的LOGO用楼体现显得死气沉沉没有活力。

学校的体育精神是什么？现在每所大学都是100年、50年的历史，可是，学校的体育精神是什么说得清楚吗？

学校的体育文化是什么？比如一所大学的文学院和外语学院打一场篮球，啦啦队是谁？一般是场上队员的女朋友或者朋友，文学院和外语学院的全体学生能来观赛吗？

学校体育运动的吉祥物是什么？透过吉祥物来凝练体育精神。吉林有个东北虎篮球队，因为东北虎早年在吉林省出没比较多，所以吉林注册了东北虎篮球队，虎王孙军有虎劲儿。北京烤鸭有名，北京队叫北京鸭，有特点。

学校的体育旗帜色彩是什么？很多学校没有一种色彩标识。

胡仁友处长的话引起我的深思。我去过美国很多大学，发现他们的校服各有千秋，耶鲁蓝，哈佛紫，康奈尔红，哥伦比亚蓝，体现了校园文化。康奈尔大学的校服有一个大大的C字，是康奈尔的英文字头，有的C字里有一只小熊；有的写着：CORNELL，校徽图案里写着1865，意思是1865年建校；哈佛大学的校服比较简洁，胸前写着HARVARD；耶鲁大学的校服胸前写着YALE；哥伦比亚大学的校服胸前写着：COLUMBIA，下面是一个皇冠的图案；斯坦福大学的校服写着STANFORD，下面印着一个大大的S，是斯坦福的英文字头。或者校徽上画着一棵树，下面写着1891，意思是1891年建校。中国的大学校服应该有自己的颜色标识。

学校的体育文化，有精神、颜色、吉祥物、旗帜，一看到这些标识就能想到这所学校的精神。中国大学生体协各个队必须有自己的标识、旗帜和吉祥物。

冰雪运动进校园

冬奥在北京，体验在吉林。

长春新区是国务院于2016年2月3日批复设立的第17个国家级新区，为了积极响应习近平主席提出的大力开展冰雪运动的重要指示，长春新区作为长春市首批冰雪运动试验区，始终以发展冰雪运动、提高学生体质健康、弘扬冬季奥林匹克精神为根本目标，打造长春新区校园冰雪运动新样本，不断探索中小学校园冰雪运动推广模式。通过挖掘冰雪文化内涵，不断提升全区中小学生的体质健康、运动技能，丰富学校德育载体，开创素质教育新局面。

通过顶层设计统筹领导、阶梯式培养师资队伍、完善冰雪运动基础设备设施建设、推动冰雪运动进课堂、开展青少年冰雪运动赛事，不断夯实冰雪运动文化，凸显了长春新区办学特色和宗旨。建立了长春富奥体育中心、长春世茂莲花山滑雪场、天定山滑雪场、长春旱雪公园等长春新区青少年冰雪实践基地，每年组织小学六年级学生集体到滑雪场上滑雪体育课，利用寒假第一周雪假时间组织全体学生上雪场、上冰场，寒假期间开放校园冰场拓展学生滑冰学习和训练的时间。联合体育局、社会团体对困难学生进行免费的雪场滑雪体验课，受益人数达1778人。长春市冬季运动管理中心大力支持，为长春新区学生每周提供免费的滑冰时段，53名速滑队孩子通过专业场地的训练，竞技技能飞速提高。

目前，全区22所学校全部被评为吉林省校园冰雪运动特色学校，19所学校被评为全国校园冰雪运动特色学校，4所学校被评为首批北京2022年冬奥会和冬残奥会奥林匹克教育示范学校。

为了发展寒地经济，向冰雪要白银，吉林省采取的措施是：第一，设立雪假：吉林省中小学寒假的第一周是雪假，鼓励、推动学校把孩子引导到冰场、雪场玩冰戏雪，学校组织，家长可以带领孩子一起去，充分利用雪假；第二，建设500所冰雪特色学校，2020年实际建设了557所冰雪特色学校，在体育课中开展冰雪运动；第三，每年培训240名冰雪运动教师，省级培训了1200名冰雪运动教师，引进冰雪人才；第四，校企合作，通过购买冰雪服务的方式把学生送到雪场，政府出一点费用，学校出一点费用，雪场提供50元—80元，包括门票、教练费用、雪具、保险；长春市每个学生100元，吉林市每个学生80元。

冰雪运动容易上瘾，吉林市2019年有75000学生到雪场学习滑雪，公家提供两次免费滑雪机会后，自费买季票和月票再返场滑雪的超过20000人次。据统计，2018—2019年，吉林省的滑雪客源，黑龙江占17%，辽宁占22%，吉林本土占20%。吉林市和长春市的义务教育阶段的中小学生冰雪教育做得好，长春市是六年级上冰雪，长春市有莲花山滑雪场、天定山滑雪场，连续两年在净月潭公园和天定山滑雪场举办冰雪节。

2019年冬季，长春新区举行了首届冰雪嘉年华活动，把家长请进校园。活动当天，家长像开家长会那样可以请假不上班，学生不上课，共同感受冰雪运动的魅力。家长和学生持票参加活动，老师们把校园做成冰雪欢乐谷地图，进校园就像进了迪士尼乐园一样，每个人拿一张票，到了一个地方可以去打卡，吃冰糖葫芦、冻梨，布置一些民俗的张贴画和工艺品，百万学子齐跳冰雪操，玩冰壶、冰球、雪地球、轮滑……家长们高兴地说："冰雪运动不仅锻炼身体，而且还锻炼意志，自从孩子参加冰雪运动，这半年就没有生过病，还学着自己给滑雪板打蜡，增强了动手能力。"

吉林市的冰雪运动开展得很好，越野滑雪太苦，很多人不愿意练，吉林市就利用自己的场地优势大力推广越野滑雪。吉林市城区153所中小学的小学五、六年级，初中一、二年级，高中（含中职）的一、二年级上滑雪体育课。小学五、六年级和部分初中学校一、二年级学生是高山滑雪和雪洞越野滑雪各1次，其他初中和高中（含中职）学生两次高山滑雪，到吉林市的5个高山滑雪场实战演练。自2018年以来，吉林市已经连续3年带学生到滑雪场上滑雪体育课，所有滑雪费用、教练费用和往返交通费全部由吉林市政府埋单。在政府的推动下，青少年学生变成冰雪运动爱好者和主力军。

不能辜负每年5个月的冰雪

长春新区吉大尚德学校的校长王恒是一个有思想、有魄力的人，他重视小学教育，立志把冰雪运动普惠给每一名学生。在他的领导下，尚德这一所坐落在北国春城的九年一贯制学校，培育出了许许多多的冰雪运动高手。孩子们在滑雪方面的表现，尤为出众。

王恒是吉林省德惠市人，小时候买不起冰刀鞋，只能做个冰车，跪在上面用铁锥子扎着冰滑行；没有滑雪板，只能坐爬犁，整个冬天在冰雪上摸爬滚打，银白世界到处回荡着他们爽朗欢快的笑声。童年的记忆是沉淀在岁月中的，如今的他，把小时候冰雪运动器材不足的遗憾在学生们身上竭尽全力地弥补，给尚德学校的学生创造良好的冰雪运动条件。

采访中，王恒校长回忆道，以前小学一年级学生规定每天在校6小时，下午两点就放学，而家长多数5点多才下班，孩子有3个多小时的空当，流落到社会不安全。于是，在从事教育教学工作后，他不断探索，自2019年开始，为了保证孩子们的安全，使其充分利用放学后的宝贵时间，王恒督促学校结合原有的滑冰、滑雪、田径、篮球等社团，组织开展丰富多彩、各具特色的蓓蕾计划活动，初步探索课后服务雏形。2021年，长春市组织开展课后服务，王恒便发动全校教师参与课后服务工作，组织班主任看管学生写作业、学科教师带领学生进行文体活动，其内容之多、覆盖范围之广，令人赞叹不已。学校这项服务解决了家长的后顾之忧，受到家长的热烈欢迎，全校有超过三分之二的学生踊跃报名，每个月每名学生只收180元，其中包含学校的水电提供、文体器材素材的使用、老师的教学和培训费，平均每天一名学生收费8.2元。

吉大尚德学校有一个巨大的操场，铺设人工草坪，夏天可以踢足球、打羽毛球；冬天也是绿油油的，可以打雪仗、堆雪人，老师还在操场旁边给学生堆雪坡，两侧安装防护网，学生们在学校就能滑雪滑梯，还能练习滑雪，是校园里一道亮丽的风景。冬天，看到学校丰富多彩的体育运动项目，我对王恒校长说："我上小学时体育课只有做操、跳高、跳远和跑步。"

他笑着说："你那是老式的运动，我们现在可是先进了。"

我饶有兴味地探究吉大尚德学校的先进体育运动项目，发现已在全校普及冰雪运动，并且已小有成就。小学一年级开展冰雪知识普及课；二年级进行冰雪游戏课、堆雪人、打雪仗；三年级上地板冰壶课；四年级打雪地球；五年级开设滑冰课；六年级上滑雪课；初中打雪合战，搞雪地足球、轮滑球，学生在学校九年，一定要让他们在冰雪运动上有一技之长。而且，尚德学校的老师们，人人参与地板冰壶运动。冰壶教室的墙面上，记录着老师们每年"厮杀"的精彩战绩。平日里，体育活动课上，班主任自己就能带着孩子们到冰壶教室打比赛。孩子们个个都是打冰壶的好手，人人都是裁判员。

有运动就会有创伤，滑冰和滑雪都难免受伤。一个孩子被冰刀划了头，还有的学生被雪地球打到头上，但是没有人放弃，没有人退缩，大家仍然坚持并热爱着冰雪运动。学校给学生配备了不同尺码的冰刀鞋，全面开展高山滑雪、短道速滑、地板冰壶、旱雪、旱地越野滑轮、轮滑、轮滑球、雪地球、雪合战、旱地冰球、越野滑雪等10余项冰雪特色运动。长春市提出百万学子上冰雪，大力开展冰雪活动，共跳冰雪健身操，共同创造吉尼斯世界纪录。

校园里，"阳光大课间"和课后服务时间，操场上、体育馆，随处可见孩子们享受冰雪的身影，加油声、欢笑声不绝于耳。每年冬季，学校专门为滑雪的孩子浇筑溜冰场、搭建旱地雪坡，每年的12月底还举办盛大的冰雪嘉年华，为学生体验冰雪乐趣提供契机与保障，形成了浓厚的中小学冰雪运动氛围。学校冰雪体育课程开课率100%，冰雪运动参与率100%，冰雪运动知识、冬奥会常识、观赛礼仪普及率100%。

吉大尚德学校有一种硬币叫做尚德币，配合"五尚少年"尚德成长银行使用。老师可以根据学生的表现奖励学生硬币，这种硬币不能在社会上流通，但是可以兑换胸章，也可以在学校每年12月底开展冰雪嘉年华上流通，购买食物和纪念品。

2020年11月，长春下了一场冰雨，雨下来之后立刻冻成冰，这是10年不遇的奇景，整个长春市仿佛是一座水晶宫，非常漂亮。学校在保证安全的前提下，组织学生们去拍摄冰雨，组织摄影比赛，发掘奋战在风雪第一线的最美身影，通过美育，促进孩子们德、智、体、美、劳的全面发展。

国家级冰雪特色校

推进冰雪运动进校园是教育部深化学校体育改革的重要内容，也是推进教育现代化建设的重要举措。

2018年，长春新区吉大尚德学校荣获"国家级冰雪特色校"称号，2019年被评为"北京冬季奥林匹克教育示范校"。为使冰雪运动在校园进一步普及推广，弘扬冰雪文化，带动更多青少年参与享受冰雪运动的乐趣，锻炼广大青少年的意志品质，建立完善冰雪运动项目后备人才培养体系，在长春新区教育局的大力支持与精心指导下，吉大尚德学校引进旱地滑雪设备，成功组建小学部滑雪队。

作为长春市少数配备旱雪设备的学校之一，尚德学子们的滑雪训练不再受场地、时间、季节的限制。队员们借助特殊地面，让物体在斜坡上利用减少摩擦力和增加摩擦力来快速下滑和停止，使用与滑真雪相同的雪板与技巧完成滑雪动作。自建队以来，尚德滑雪队一直以普及冰雪运动为使命，传播冰雪运动的乐趣，诠释奥林匹克体育精神。

经过平衡能力、反应敏捷度、重心转移度等综合测评，新队员们成功突围，入选校滑雪队，为冰雪竞技项目注入新鲜血液。孩子们通过每周的训练，达到全身动作协调配合，并形成记忆和动力定型，为雪上练习做好技能、体能储备。

训练时，大家相互监督、提高训练效率；赛道上，彼此互相照应，确保训练安全；训练后，集体分析讨论、共同成长。同舟共济既是信念也是原则，团结使得吉大尚德滑雪队的小队员们在比赛中取得令人满意的出色成绩。

模拟滑雪机的引进、滑雪队的组建，开拓了同学们的视野，丰富了学习生活，使吉大尚德学校冰雪运动训练在滑冰、雪地球、雪合战、雪地足球、地板冰壶的基础上得到进一步扩充。

2020年12月13日，中国青少年滑雪大奖赛在张家口举行，是由国家体育总局冬季运动管理中心、中国滑雪协会主办的国字号青少年滑雪赛事。

2019—2020赛季共计参赛人数1368人，来自全国22个省市区，历经3大赛区、8场比赛的精彩角逐，最终332名选手入围全国总决赛。强手如林，角逐激烈，吉大尚德学校三年级六班葛津皓同学在2019—2020中国青少年滑雪大奖赛全国总决赛中获得高山滑雪大回转U10男子组第十二名，二年级四班崔瀚文荣获高山滑雪大回转U10男子组第十五名。

丰富的滑雪经验、专业的滑雪技巧、勇敢坚毅和永不服输的体育精神是两位冰雪小将在全国大赛中获奖的基础与保障。赛事组委会授予葛津皓"中国滑雪未来之星——新锐之星"称号，崔瀚文同学为长春零度滑雪俱乐部赞助滑手。

吉大尚德学校不仅在冰雪运动中崭露头角，还有学生入选吉林省游泳队，代表吉林省参加全国学生运动会和省运会。当青春激昂的生命与热烈拼搏的竞技体育碰撞出耀眼的火花，火花里闪动着的是生命中的无限风光。王恒亲力亲为，当看到冰雪运动对学校建设有如此巨大的促进作用，当看到体育极大丰富了孩子们的人生，他打心眼儿里感到高兴。

农村学校如何抓好冰雪运动？

我在江西省兴国县东村乡小洞村设立了孙晶岩老区工作室，连续4年给学生们讲课，当我给他们讲北京冬奥会时，孩子们居然没听说过。我的心一阵颤抖：农村学校太需要优秀教师，农村留守儿童太需要有人关心了。

农村学校地理位置偏远、办学规模较小、设施设备相对落后、家长教育学生的思想保守、学生社会活动单一等问题为在农村学校开展冰雪运动普及提出了更高的挑战。

在长春，我访问了位于飞机场附近的长春新区十一高中西营城学校，这是一所农村学校。走进学校，只见15辆橘黄色的校车排成一排，神气活现地站在那里，一副雄赳赳气昂昂的样子。这所学校有1665个学生，46个教学班，中学早晨7点30分上课，小学早晨8点20分上课，15辆校车负责接送周围13个村、几个社区的学生上学。最远的学生住在离学校十几公里的屯子和村庄里，一个学生每月收取50元车费，学校小学生居多，有的要接送两趟。

体育老师郭兴文毕业于吉林省九台县体育专科学校，1988年来到这所学校担任体育老师。小时候，他的家庭条件很差，买不起冰刀鞋，只好跪在冰车上用两根铁扦子戳在冰上滑。

2018年，长春新区学校号召百万学子上冰雪，这所冰雪特色校积极响应政策，教孩子们滑冰。开始学校只有几双冰刀鞋，在新区教育局的统筹下学校配备了几百双冰刀鞋，有单刃和双刃，还购买了轮滑球、越野轮滑鞋、地板冰壶和雪合战器材，全校学生每人至少参与一项冰雪运动。每周有一节冬奥课，普及冬奥知识。长春市教育局规定六年级学生必须上雪场，给学生统一租车、购买雪场门票，学生用餐、租雪具都是政府财政报销。学校组织学生利用周末去长春周边的庙香山、天定山、莲花山滑雪场研学。

郭兴文先教学生怎么穿雪具，讲滑雪注意事项，滑雪时前面有人怎么办，要学会初级雪道犁式刹车，掌握安全摔倒技巧，摔倒时不能后仰，一旦不稳应该顺势往两侧倒，怎么挪步，怎么前行，摔倒后怎么站起来，滑雪时如何控制重心，坡缓时要前行，如果陡峭坡就要将雪板呈内八字，转弯时采用半犁式。他讲课深入浅出，学生从零基础开始学习，第一天针对滑雪项目讲理论，第二天上初级雪道，第三天上中级雪道，第四天就上高级雪道，编队形。孩子学得快，几个小时就能站着往前滑行，一般上雪场四五天就学会了。长春市搞冰雪嘉年华，天定山、莲花山、庙香山都有学生去滑雪，郭兴文教的80多个学生也去参加冰雪嘉年华滑雪。

长春新区还对体育老师进行速度滑冰、花样滑冰、冰上接力赛和陆地训练的培训。郭兴文学以致用，带领学生学习滑冰、打冰球、冰上接力赛，进行陆地训练。学生参加冰球队外出训练都是老师车接车送，有一个叫胡柏瑜的二年级男孩儿特别想进冰球队，眼巴巴地望着郭兴文软磨硬泡，他就吸收胡柏瑜，给他找小号码的冰刀鞋。学校给孩子配备牛奶等营养餐，普及冬奥知识，讲解冬奥吉祥物的设计内涵，根据冰雪项目的难易来推广不同的项目，适应不同年龄段的孩子。练雪地球是为了打轮滑球，练轮滑球是为了打冰球。

2020年12月22日，全国第二届中小学生越野滑轮锦标赛在长春举办，长春新区十一高中西营城学校滑轮队代表吉林省参加比赛，这是冬季越野滑雪的替代项目，经过两天的激烈角逐载誉而归。魏铭荣获初中男子组600米第一名、初中男子组集体出发1公里第二名；王雨鑫荣获初中男子组600米第二名；孙赫荣获初中女子组600米第二名、初中女子组集体出发1公里第三名；王源浩荣获小学男子组400米第三名。学校12名参赛队员全部获得奖牌，其中金牌1枚、银牌4枚、铜牌5枚，奖牌总数达到10枚。

农村学校抓冰雪运动，关键要有敬业的体育老师和称职的校长，为了动员学生参加冰雪运动，他和许雪飞校长、孙国成德育副校长一道逐个给学生家长打电话，动员家长支持孩子参加校队去打比赛。我走访这所学校，亲眼看到孩子们在操场上进行陆地训练，打雪地球，郭兴文用心血和汗水育人，为九台区体校和长春市冬季运动管理中心输送短道速滑的苗子。

富奥冰上运动中心的故事

在长春富奥冰上运动中心，我见到了一座漂亮的冰球馆，这里曾经举办过亚洲冬季运动会、2012年全国第12届冬季运动会冰球比赛，这个场馆的老板叫陈立学，以前是长春市冰球队员，退役后做房地产生意赚钱了，就想为中国的冰球事业做贡献。国家冰球队负责人是陈立学的队友，国家队训练本应给场馆交费，但是国家队经费有限，陈立学就给国家队免除了场馆费，从2007—2011年，国家冰球队男女队员都在这个场馆训练，吃住训一体化，封闭式训练，每年都来长春练三四个月。

陈立学一家祖孙三代都打冰球，他的儿子陈金1992年出生，29岁，冰球打得很好。东北师大附小中信实验学校四年级的学生在这里训练了1年。长春新区吉大慧谷、吉大尚德、十一高中兴华学校的冰球杆、球门、护具、球鞋等器材已经到位，长春新区十一高中西营城学校成立了冰球队。东北师大第三附小冰球队每周上四次冰，40多个学生经常来这里训练，每次1小时。冰球是时尚高端的运动，家长非常支持孩子，吉林省拨给的冰雪运动资金必须买球杆、护具等，长春新区拨给的资金可以用来浇冰场、买冰时、举办冰雪嘉年华活动。北京现有注册冰球队员5万人，教练月薪3万元，由北京冰球协会承办比赛，有校队、区队、市队各个俱乐部，聘请东北的国家冰球队退役队员当教练，家长自费请私教培训孩子打冰球；长春富奥鲨鱼冰球俱乐部现有注册队员100人。

在冰球馆，我见到很多学生家长在等孩子训练，他们开车带孩子来打冰球，孩子训练结束再接孩子回家。我抽空与家长聊天，一个家长叫张世峰，儿子张嘉恒10岁，上四年级，已经练了两年冰球。他受体育老师的影响爱上了轮滑和冰球，学校成立了轮滑队，社团很多，学生自由挑选。学冰球完全是由于体育老师个人的魅力，打冰球是孩子每周最大的快乐。因为疫情训练叫停了一周，孩子们的心像小猫抓挠似的没着没落。东北师大第三附小的体育老师叫王希娣，是国家速滑队退役运动员，她无私地利用业余时间免费教孩子打冰球。张嘉恒是轮滑社团成员，只要晚上上冰，早早就在学校把作业做完。他所在的学校与长春市签约，"百万学子上冰雪"的福利项目就有到富奥冰球馆打冰球这一项。我透过玻璃窗，可以清晰地看到王希娣认真地教学生打冰球，从准备动作到攻球要领，教得一丝不苟。张世峰告诉我："王老师非常体贴学生，总是尽早结束训练，让孩子们睡个好觉。"

践行悟道的冰球教师

王希娣，1975年出生于吉林省松原市。1985年，10岁的小希娣在松原市业余体校开始了速度滑冰训练，1987年进入白城市体工队，正式成为一名专业运动员，并改项短道速滑。1991年成绩突出的她进入了国家集训队，师从辛庆山教练，1994年调入吉林省冰上运动管理中心。在1998年亚洲短道速滑锦标赛中荣获短道速滑女子3000米接力亚军，在1997年第八届全国运动会女子短道速滑1000米比赛中打破世界纪录。

2005年，退役的王希娣来到东北师大二附小当一名体育老师，随后开创了轮滑项目体育学科特色课程并组建了"风火"轮滑队。2009年东北师范大学附属小学成立了第3个校区，长春东师中信实验学校，3年创品牌是学校规划目标，每个学科都要开设特色课程，她作为优秀教学精英在2010年调入三附小，同时把轮滑运动带到三附小，一门心思研究开发适合小学生低年级的轮滑教学，并在全年级利用体育常规课，进行全员普及轮滑项目的学习，使三附小的学生达到人人会轮滑，人人爱轮滑，轮滑运动热火朝天地在校园轰轰烈烈地开展着，与此同时组建了百人的"追风"轮滑社团。2017年她又把旱地冰球项目引入校园以课程方式进行全员学习，旱地冰球队快速成长。以出色的教学成绩被评为全国轮滑运动开展30年优秀教师。

2019年，长春市冬季运动管理中心成立了冰球队，大力倡导青少年学生打冰球，冰球运动要从娃娃抓起的战略目标，并与三附小达成合作协议。2019年12月开始，王希娣老师给三附小的学生进行两周冰球训练课时，突发的新冠疫情使得训练不得不停止。2020年10月，王希娣在校内挑选了50多名学生组成东师附小的"虎王"冰球社团，开始了冰球零基础教学，连续4个多月每周上冰3次。2020年这支组建刚刚半年的队伍参加吉林省青少年冰球锦标赛，队伍中最大的是四年级学生，最小的是还没有球杆高的一年级学生。孩子们第一次参加正式比赛，没有实战经验，起初有些怯场，但在王希娣老师的鼓励下，孩子们战胜自我，顽强拼搏，在丁组参赛的9支队伍中夺得第5名。在她的感召下，孩子们特别喜欢打冰球，并在训练中逐渐懂得了自信和拼搏。更难得的是，通过训练，孩子们有了规矩意识，有了集体荣誉感，懂得了责任与担当。性格文静懦弱的学生开始变得坚强，勇猛淘气的孩子学会了约束自己，同学间形成互相帮助、互相关爱的团队风气。

王希娣退役后曾经到日本学习工作了两年，回国后她有机会当专业队教练员，但她却选择做一名老师，从事青少年体育教育工作。体育老师育体育人，不但要提升学生的身体素质，更要教育孩子如何做事、如何做人。当老师一定要对得起孩子，教会孩子认真做事的态度。她发现中日孩子有所不同，日本孩子输球后在老师面前下跪，真诚地道歉："老师，我对不起您！"而很多中国的孩子输球后耍脾气，埋怨裁判和对手，有些家长一个劲哄孩子，导致孩子抗压能力差。王希娣从来不惯学生，认为要从自身找原因，只要在训练场上她就六亲不认，无论训练和比赛，你可以不会，可以技不如人，但你不能不认真，嘻嘻哈哈，必须有专注做事的态度。因为孩子在冰场上不认真就会受伤。她虽然严厉，但是家长却很信任她，孩子在她手下训练冰上、轮上都非常受益，她让学生自己去闯，敢于尝试，在她那里训练能够学到东西，学的不只是一项运动技能，更能养成良好的习惯，将受益终生。

她亲自给学生挑选轮滑鞋，帮着系鞋带，教孩子穿护具，与学生一起做游戏，练反应能力。学校旁有个大水泡子，冬天她就开发成一块冰场，利用中午休息时间和下午第一节体育课，教社团的学生们练习滑冰，每周滑两次。在她的带动下，三附小的学生练习滑冰蔚然成风。寒假她陪孩子从中午12点练到下午4点，一练就是连续两周不中断。在零下20多摄氏度的天气，寒风凛冽、雪花飘飘。为使冰面平整，她用雪铲清理冰刀切碎的冰块。她的无私付出，赢得了孩子和家长的心，家长和她一起清理冰雪，还熬好红糖大枣姜汤送到小湖边，舀给孩子们喝。

冰球运动的特点是滑行速度快、技术动作多样、战术复杂多变、对抗激烈、身体接触频繁、身体负荷强度大、短时间大强度的负荷和静止恢复相交替。冰球训练和比赛中冲撞、摔倒不可避免，这也是初学冰球的基本功。在训练中她通过滑行间摔倒、旋转训练来提高学生的方向感和身体控制能力，通过穿冰刀跳障碍游戏来克服恐惧心理，通过狼吃羊等游戏锻炼孩子勇猛、果敢、团队配合。

冰球比赛规则允许冲撞，看到有人在场上故意拿冰球杆打孩子的腿，她告诫学生：即使欧美冰球发达国家对18岁以下的冰球运动员都不允许恶意碰撞。在场上不择手段恶意碰撞、拉人打人是错误的，即使获胜也是不光彩的，真正的获胜要靠技术、靠实力、靠团队共同努力。体育的规则和做人的原则是一致的。体育规则如同生活中的法律，我们要做遵纪守法的人。体育不能耍滑，不能投机取巧，要脚踏实地认认真真做好每一件事，当你面对强大的对手时，心里不要惧怕不要退缩，即使输了我们也要欣然接受，总结不足，再接再厉，继续努力训练，一次的失败不等于永远失败。抗挫折能力对于少年儿童来说非常重要，少年儿童的赛场一定要公平公正，我们一定要打文明球，不打架、不骂人，学习冰球运动要学习它的内涵。

她用体育运动教育少年儿童要有正确人生观、价值观、世界观。因为，教师的职责就是要让孩子学会有担当、有责任、敢创新，要做一名优秀的中国公民。

为更好地执教冰球，王希娣不断汲取专业知识。2021年，她参加了国家体育总局举办的教练员通识知识更新轮训班、中国冰球协会E级教练员培训班，努力学习儿童青少年身体发育特征与训练的敏感期规律、青少年的运动伤害防护与康复、青少年运动员文化教育与人格塑造，学习运动专项知识，学习研究战略思维能力，提升教练员能力结构。在运动科学上，她要涉猎解剖学、生理学、医学、营养学、生物力学、生物化学、急救、损伤预防等学科，都要认真学习、潜心研究。她在学习中践行悟道，优秀运动员的意志品质就是自觉性、果断性、坚持性、自制性，一个好的体育教师能够带出一群猛虎，在王希娣的带领下，东北师大三附小获得一连串闪光的荣誉：

2011年，荣获全国轮滑运动示范学校；

2015年，被评为吉林省轮滑和滑冰体育项目传统学校；

2017年，被评为吉林省冰雪运动特色学校；

2018年，被评为全国旱地冰球实验学校；

2020年，被评为全国冰雪运动特色学校。

你听说过雪洞吗？

在吉林市北山，我见到了雪洞，所谓雪洞就是防空洞。当年"备战备荒"，中国挖了不少防空洞，我在广西壮族自治区梧州市见到把防空洞开发成酒窖，用大缸储藏药酒。如今，聪明的吉林市人因地制宜将北山风景区内原有的人防洞室派上了大用场，建设成亚洲首座、世界第四的室内越野滑雪场，是一座具有国际水平的四季全天候、标准化室内越野滑雪专业训练场地，也是国家体育总局备战北京2022年冬奥会重点工程，可全年开展越野滑雪和冬季两项训练、比赛。

雪洞是俗称，全名是"吉林市北山四季越野滑雪场"，场地工作人员杨思文告诉我：雪洞有1308米长，2017年7月开始施工，2018年12月完工，2019年元旦开始运营。2019年4月份，孙春兰副总理特意来吉林市看了雪洞的建设情况，过去一到夏天，中国的越野滑雪和冬季两项冰雪运动员都到外国训练，现在有了自己的训练场地，每年5、6月份进驻雪洞，一直练到自然雪下来，一年365天都能在雪上练习。

随着北京冬奥会的临近，吉林市这座著名冰雪运动城刮起了冬奥"热风"，吉林市有那么多的雪场，适合不同水平的人练习滑雪，为什么不能让吉林市的每个中小学生都能掌握滑雪技能，享受滑雪乐趣呢？这是吉林市教育局体育卫生艺术教育处处长林颖以及吉林市政府领导们一直在琢磨的事情。2018年雪季，在吉林市委市政府的统筹谋划下，吉林市教育局体育卫生艺术教育处周密安排，全面启动了"筑梦冰雪、相约冬奥"吉林市中小学生冰雪运动普及工程，将冰雪运动纳入中小学体育课，将中小学生带到了各大滑雪场上滑雪体育课。每周的四节体育课，变成一节大课。小学五、六年级，初中一、二年级，高中一、二年级的学生，由学校统一组织，雪场提供滑雪教练、雪镜、雪鞋、雪板等滑雪装备，按照一个教练教10—15个孩子的比例，组织学生到滑雪场学习高山滑雪，车费、场地费、装备费、教练费全部由吉林市政府埋单，学生免费学习。

2019年雪洞建成后，林颖带领处里相关同志对雪洞进行了全面考察，发现防空洞是密闭的，人工造雪，室内温度很低，雪终年不化，不仅运动员可以训练，吉林市城区的中小学生也可以沾光，可以到雪洞练习越野滑雪，因为越野滑雪是最基础、最容易掌握的滑雪项目。2020年，吉林市教育局将越野滑雪项目也纳入了中小学冰雪体育课的教学内容里，小学五六年级学生的冰雪体育课也由原来在冬季12月份开课延续到每年的6月份才结束。全国其他地方的人春夏秋三季是替代训练，比如滑轮，旱地雪球，而吉林市的孩子一年四季都可以学习滑雪。

吉林市城区人口200多万，全市（包括外县）有33万名中小学生，从2018年开始，吉林市政府每年投入935万元用于有75000名学生的两次滑雪体育课，2020年除上好高山滑雪体育课外，还有40000名学生到雪洞进行一次越野滑雪的学习训练。

吉林市政府每年还为中小学铺设93块校园公益冰场，用于上好中小学冬季滑冰课。吉林市现有75所全国冰雪特色学校，128所省级冰雪特色学校，6所学校被评为"北京2022年冬奥会和冬残奥会奥林匹克教育示范学校"，所有冰雪特色学校都是围绕冬奥会项目创建特色，比如短道速滑、冰球、旱地冰壶、速度滑冰、越野滑雪、单板滑雪、高山滑雪等，并开设相应的体育课程。每个冰雪运动特色学校每学期开设不少于18课时的冰雪运动课程，形成了"一校一特色""一校多特色"的发展格局。在特色学校示范引领下，全市共组建速度滑冰队112支、短道速滑队40支、高山滑雪队29支、单板滑雪队20支、越野滑雪队18支和校园冰球队18支。

在雪洞里，我见到了吉林市船营区教育局副局长杨柳和吉林市第七中学校长孟庆云正带领学生来上越野滑雪体育课。船营区的小学多以越野滑雪作为体育特色，很多学生都在进行越野滑雪训练，是吉林市越野滑雪的人才摇篮，吉林市第七中学的学生每天分场次，每次150人上越野滑雪课，学生们在雪具大厅穿好滑雪鞋，分成10组在雪洞的10个地点领取滑雪板和雪杖，15名学生跟1个教练上课。

我在教练的帮助下也穿好滑雪鞋，蹬上滑雪板，在雪洞里练习越野滑雪。雪洞里气温很低，走几圈又冷又累，但是全新的体验使我乐此不疲。滑雪有教练的指导少走弯路，我觉得越野滑雪既能增强体质，又能锻炼意志。后来，我又乘坐雪地摩托在雪洞里转了一圈，领略了雪洞的全貌。

在吉林市了解到，高山滑雪一人次两小时索道费300多元，教练按小时收费800—1500元。吉林市政府给中小学生滑雪体育课埋单，市教育局与各雪场签订协议，要求3个半小时内，教练要手把手教学生，雪场除提供滑雪装备外，还要封闭出专门的初学者场地用于学生上滑雪体育课，以确保学生的运动安全。

吉林市的学生真是幸运儿，能够享受得天独厚的冰雪训练。林颖处长有一个梦想，就是让每一个吉林市的中小学生在上学期间都能学会滑雪滑冰，让冰雪运动融入到他们的生命和生活中，享受冰雪运动带来的乐趣，增强体质、锤炼意志。

在冰雪运动中燃烧激情

吉林市教育局和吉林市体育局坚持体教融合，连续多年合作举办各类中小学生体育竞赛和活动。每年雪季来临，都会举办中小学生冰雪运动会，有短道速滑、速度滑冰、冰球、越野滑雪、单板滑雪、高山滑雪六个项目，已经进行了五届。

每年寒假的第一周，吉林市教育局将其作为"雪假"，所有的学生都参与到冰雪运动中来，打冰球、练滑冰、学滑雪、抽冰猴、划冰车，在冰雪中体验运动的乐趣。每年还组织冰雪冬令营，吸引更多的孩子参与到冰雪活动中来。

吉林市体育局狠抓体育人才梯队培养，建立市、县、体校（青少年体育俱乐部）梯次培训和选拔体系，让孩子们在多维度的冰雪运动中锻炼身体、愉悦身心，提高技能、快乐成长。已培养出中国冰雪运动的领军人物李坚柔、武大靖等。李坚柔曾经荣获索契冬奥会短道速滑女子500米冠军，武大靖在平昌冬奥会获得短道速滑男子500米冠军。

为规范冰雪教学，吉林市教育局充分挖掘地方性课程资源，组织一线冰雪体育教师，并聘请冬奥冠军李坚柔作为编写顾问，在全省首创编写冰雪地方教材《吉林市中小学生"逐雪嬉冰"冰雪运动系列指导纲要》，集中优势打造中小学体育课堂新亮点。目前这套教材已在全市中小学推广使用。吉林市教育局每年定期举办体育教师滑冰、滑雪、冰球技能和教学培训，只有教师学会，才能教好学生。吉林市教育局和体育局充分发挥退役冰雪专业运动员的特长，聘请他们到中小学任教，作为学校内的专项教练员。

吉林市以前是中国冰球队的传统城市，有深厚的冰球运动氛围和大批冰球热爱者。为培养中国冰球后续人才，吉林市教育局和体育局克服困难，聘请吉林市退役冰球运动员到学校当兼职冰球教练，坚持每年以学校为单位举办全市中小学生冰球比赛，今年比赛进行了4天，19支队伍从早晨7点打到晚上7点，每天12个小时比赛，最小的参赛队员年仅6岁。就在我采访吉林市青少年冰雪运动时，意外地碰到了齐齐哈尔体育局副局长高洪群带领竞技体育科刘佳科长、刘文领队，他们专程给吉林市教育局举办的冰球教练员培训班进行授课和现场指导。

冰球是一项对抗性极强的集体项目，对运动员的个人技能要求极高，需要长年累月地坚持训练。吉林市第五中学的张碧洋是一个漂亮的小姑娘，自2013年初次接触冰球运动，到2015年正式参加冰球训练以来，逐渐从一名小小的冰球爱好者转变为优秀的"冰球女孩"，多次参加全国冰球U系列比赛，大放异彩，被很多冰球队伍熟知。即使已经是初三的学生了，依然坚持冰球训练。

吉林市第一实验小学的体育老师

曲艺1982年出生在长春，北华大学体育系排球专业毕业后，来到吉林市第一实验小学工作，整整工作了17年。妻子李阳光是吉林省德惠市人，在万信九年制小学部教体育，他有一个女儿叫曲芳夺，他和妻子是大学同学，特意把家安在妻子学校附近，她下班能够照顾家。

现在习近平主席提倡"三亿人上冰雪"，学校也在大力发展冰球运动，冰球队从最初的14个队员发展到现在的67个队员。2020—2021年雪季，学校克服操场小的困难，特意为冰球队在校园内铺设了一个冰球训练场，市体育局也为学校配备了冰场围挡。学校的冰场浇冰工作是学校体育组的老师独立完成的，为了保证冰场质量，大冬天老师们每天后半夜浇冰，组里的老师三班倒，晚上9点、12点、凌晨3点分别来三拨人，干3个钟头，先用热水浇，留缝与热化。冰雪运动很酷，但是人工浇冰造雪真的很苦，往往浇一次冰，全身棉服都湿透冻硬了，但为了让更多的学生上冰雪，老师们无怨无悔。

曲艺上的大学里没有冰球专业，教冰球必须从头学起。为此，他把国内出版的冰球书籍都买齐了，还特别请在洛杉矶定居的吉林省体育学院田晓军老师，帮忙购买美国冰球训练方法的书，逐字逐句地钻研，在课堂和训练时耐心

吉林市第一实验小学冰球队在2021年全国中小学生冰球比赛中获得亚军

地给学生讲解冰球要领，让孩子们了解冰球、热爱冰球、懂得冰球。冰球运动对装备要求甚高，价格不菲，装备费、训练费1年需要两万元，六年下来就需要12万元，这对学生家长形成了不小的经济压力。为了减轻家长的经济负担，学校把学生分成6岁、8岁、10岁三个年龄组别，为学生提供基础装备和训练场地，陆地训练由曲艺负责教，市教育局和体育局还外聘专业冰球教练。

为代表吉林省参加全国第2届小学生冰球冬令营，他一周需要上18节体育课，平均每天上3—4节体育课，一个人带67个孩子坚持每天晚上5点—6点进行冰球训练，除了受疫情影响停止外，一直坚持训练。2021年1月12日因为通化疫情封城，他腊月二十九都没能回家。冬天，他在零下30多摄氏度的气温里教学生滑雪，寒暑假都不能休息。现在，他教的67个学生都能打冰球了，U6段的孩子都能够转弯滑，他们风雨无阻去冰场训练，学校负责租车，提供装备。

开始训练冰球后，曲艺感觉冰球运动是一项非常有趣的运动，打冰球时身体的对抗性很强，穿的冰球服像铠甲机器人，北方人的性格似乎更适合这项运动。体育要多样性、特色化，体育能够让学生走得更远，给孩子指一条光明的路，让童心飞扬。

2021年12月26日，在全国中小学生冰球比赛中，吉林市第一实验小学获得亚军，此次比赛的小队员全部来自这所学校的冰球社团。这一晚，曲艺老师应该痛饮庆功酒了，可我看到的不是酒瓶，而是曲艺洒下的泪花。

让我们到冰雪中撒点野

中国的冰雪运动强省是黑龙江和吉林，每年得天独厚5个月的冰雪季功不可没。长期以来，中国的冰雪运动不进山海关。一套上乘的冰球衣服、头盔、冰刀鞋、球杆加护具就要两万多元，一套上乘的滑雪装备也要1万多元。东北的孩子可以冬天在湖面和水泡子上滑冰、打冰球、练速度滑冰、花样滑冰，关内的孩子不可能有那么好的室内冰场。如果冰雪项目能在关内推广，可以带动一大批人参与，由此点燃中国冰雪运动的火炬。如果不能吸引关内的孩子大量参与冰雪运动，"三亿人上冰雪"就是一句空话，也许冬奥会之前轰轰烈烈，冬奥会结束就会烟消云散。

2021年夏天，当东京奥运会在扶桑之国激烈竞赛之际，另一场赛事吸引了我的眼球，那就是北京市高中校际冰球联赛。我的母校北京101中冰球队参赛，这支队伍共有17人。在领队周祎老师和主教练金太日带领下，经过多场比赛的激烈角逐，最终以全胜战绩，将联赛首届冠军奖杯收入囊中。

在最后一场冠亚军争夺战中，比赛跌宕起伏，双方球员拼尽全力争夺，最终3比3战平，比赛进入残酷的任意球大战。101中队员们沉着冷静，仔细聆听教练的战术布置。经过4轮任意球大战，101中守门员成功零封了对手，以两球优势赢下比赛，获得来之不易的冠军。

北京市人才济济，能够在北京市高中校际冰球联赛拔得头筹谈何容易？我来到母校北京101中，找到体育组负责冰雪项目的周祎老师，探寻这所学校冰雪运动进校园的故事。我向他提起我在101中上学时，体育老师王寿生、梁学成、宁重君都非常敬业，有一套科学的体育教学方法，所以，101中的学生体育成绩突出。周祎说他没有见过王寿生，但是梁学成和宁重君老师曾经到体育组来过。

周祎老师带领我参观学校的篮球场、足球场和排球馆，看着同学们刻苦训练的模样，我不由得想起了刘晓彤。吉林姑娘刘晓彤在排球场上表现出良好潜力，12岁时就被北京101中学体育老师相中来到北京，在这个排球馆训练过。后来被北京女排挖了过去，成为一名专业排球运动员。她入选中国女排国家队后，2014年获得世界女排大奖赛总决赛最佳扣球手和最佳主攻的称号；2014年世界女排大奖赛总决赛入选最佳阵容，荣膺最佳主攻；2016年和中国女排一起荣获里约奥运会冠军。中国女排名将朱婷的妹妹也在101中女排代表队效力。

周祎老师又带领我来到了大操场，如烟的往事在我记忆的荧光屏前闪现：这个操场是我的福地，我就是101中体育教学的受益者。我曾经在部队荣获女子800米中长跑冠军。上中学时我的身体素质并不好，1.65米的个子体重只有

90斤，我本不应该与体育冠军结缘。为什么一棵瘦弱的豆芽菜可以在体育比赛中夺魁，得益于我的母校北京101中学。体育教学是101中的强项，我的体育老师王寿生是北京市第一个特级体育教师。每天早晨和下午，母校大操场上围满了锻炼的人群。101中毗邻圆明园，得天独厚的地理位置为学生的体育锻炼带来了福音。体育课上老师带着我们围着圆明园的福海长跑，一圈下来两三千米，开始我跑不上半圈就喘得上气不接下气，几年下来，竟然也能毫不费力地跑两三圈了。体育老师梁学成带领我们练习跳远，体育老师宁重君带领我们做操，还推荐我到天安门广场跳舞。我之所以能够在部队夺得女子中长跑冠军，全团军械员手枪、冲锋枪、半自动步枪三种枪射击总分冠军，是因为母校的体育老师把体育精神的种子播撒在我的心田里。101中的老师注重情感教育，师生关系特别亲密，我作为学生干部和校报编辑经常在学校加班，我的班主任老师傅慧敏就留我在她家住宿；王寿生老师不仅教会我跑步要领，更锻炼了我的意志，懂得了体育精神。我的同班同学伍志毅曾经荣获北京市中学生女子五项全能冠军。我离开中学几十年了，可我每年都要去学校看望老师，当年我们班的教室就在101中现在大操场的位置，我骑自行车是在这个操场学会的，我跑步的规范动作也是在这个操场学会的。我曾经参加北京"全日空"杯国际小马拉松赛并跑完全程，都得益于这个操场和母校的体育老师。

人应当感恩和反哺，我要把北京名校体育教师对我的培养传承下去，弘扬奥林匹克精神和中华体育精神，给孩子们的心田播撒奥林匹克和科技的种子，是我义不容辞的责任。

周祎是安徽铜陵人，个子很高，从小喜欢体育，考取北京体育大学体育教育训练学博士，2014年博士毕业到101中担任体育老师。现在，101中有17位体育教师，一半以上是硕士学历。周祎教初中体育，每周23节课，平均每天4.5节课。除了正规的体育课，他还要负责学校冰球队的课余训练，教体能训练和冰球的技战术。由于冰球项目的特殊性，需要专业的训练场地和教练，近年来采用了教体融合的方式，与冰上运动的专业俱乐部合作。

2017年，101中成立了冰球队。2018年，北京101中被评为全国首批冰雪运动示范校、北京市冰雪运动特色校、北京2022冬季奥林匹克教育示范校。作为冰雪运动示范校，北京市每年拨款75万元用于冰雪教学。这笔钱必须专款专用，101中学本部有5000多名学生，给每个学生买冰鞋、护具就是一大笔花费，室内冰场仅电费一个月就要3万多元。101中初中的每个学生必须学会滑冰，轮滑是基础，所有的轮滑鞋、冰鞋、护具不用学生掏一分钱。学校聘请高水平的专业教师教滑冰，在101中学，我见到了一个室内冰场，四周悬挂着冰球、花样滑冰运动员的照片，冰面上印着"北京101中"的字样。

101中的冰雪项目不仅开展得早，在校生普及面大，而且也取得了非常好的成绩。周祎每周两次带领学生到首都体育学院冰球馆练球，聘请了北京冰球小狼俱乐部金太日教练教冰球，101中冰球队有40人左右，周祎作为领队，学生家长非常支持孩子学习这项运动，自己开车送孩子到位于蓟门桥的首都体育学院。他约的是晚上7点半到9点的冰点，这个时间段冰场租金便宜，又不耽误上课。学生们晚上6点从学校出发，去冰球馆的路上正是最堵车的时间，换好装备从7点30一直训练到9点，卸掉衣服和护具，回到家里洗完澡已经是11点，还要做作业，非常辛苦。每次训练连场地费带教练费需要花5500元，每周就要花11000元。花样滑冰租冰场更贵，因为冰场上人多容易撞伤，所以冰场训练的人必须限制数量。

101中本部滑雪社团有200多人，学校自筹经费购买了20台进口的模拟滑雪机，供同学们学习滑雪。热爱滑雪的孩子先在海淀区体育局注册，体育局出钱让孩子们自己去找滑雪场练习，有了滑雪比赛就参赛。体育局出的钱是远远不够的，学生家长还要投入。

冬天到了，101中的冰雪健儿迎着呼啸的寒风，驰骋在冰天雪地之间。在2020年下半年举办的系列滑雪赛事中，101中学滑雪队张宇轩、李思薇、刘祥琪、张苇杭4位冰雪少年凭借出色的技术能力和拼搏精神获得佳绩。

2017年7月，101中学滑雪队参加京津冀青少年夏季滑雪挑战，获得冠军、亚军、季军等多个奖项；2019年1月，101中李思薇同学在"2018—2019中国青少年滑雪大奖赛"全国总决赛中，荣获高山滑雪大回转项目U14女子组冠军；2019年11月30日，"科汇杯"国际雪联国际青少年高山滑雪邀请赛，由国际雪联和张家口市人民政府联合主办，101中的张宇轩同学在单板大回转滑雪比赛中以57.32秒夺得冠军；在全国青少年交流大会暨张家口市首届学生冰雪运动会上，101中吉硕同学勇夺高中组单板500米高山速降冠军，张弓驰同学勇夺初中组单板500米高山速降季军，陈棱鉴夺得单板第四名，方原夺得双板速降第四名；高中的张苇杭同学在全国中学生单板滑雪比赛中荣获冠军；高中的刘祥琪同学获得高山滑雪双板冠军；第二届青年运动会在山西举行，101中的学生代表外省市队参赛冰球、滑雪项目，李思薇同学斩获二青会高山滑雪双板铜牌；傅雨婷同学斩获双板高山滑雪中学生组冠军，成为北京队的一号种子选手。现在，李思薇的妹妹李星薇也在101中上学，加盟了滑雪队，姐妹花将在雪场上一展风采。

2021年12月25日，101中学高二15班的刘祥琪在北京市石京龙滑雪场举办的2021年北京市青少年滑雪锦标赛上，荣获双板滑雪亚军；2021年12月26日，101中学高三16班的张苇杭，荣获单板亚军。

海淀区是北京市的教学强区，由于冰球教学既费力又费钱，海淀区目前只有101中学、十一中学和20中学有高中冰球队，其他学校没有高中冰球队。周祎觉得既然101中学选择了我，我就要对得起这些学生。101中学冰雪运动的强项是冰球、花样滑冰和滑雪。冰雪教学非常辛苦，周祎家住北京林业大学附近，每天早晨8点到校，晚上10点才能回家，双休日也不能休息，总有学生的体能训练课。每次学生要参加冰球比赛，周祎这个体育老师就忙得团团转，一般初中和高中各有17名学生参赛，他在体育组接待报名的同学，疫情防控承诺书、学籍证明的原件和复印件、冰雪运动专项保险、核酸检测报告、报名费，他必须一份一份地按顺序整理好，统一送到北京市冰球协会，审核完毕报名后再把学籍卡的原件还给学生，事无巨细，一点都不能出纰漏。孩子的身高在变，

101中学学生在2021年北京市青少年滑雪锦标赛颁奖台上

队服小了要洗好收藏，冬天，他还要给学生采购新队服、羽绒服等装备，再把清洁好的旧服装发给新来的队员。

周祎陪同我参观学校的运动场馆时脸上洋溢着自豪，我在101中上学时就感到上苍如此厚爱这所学校的莘莘学子，北京市没有一所中学有这么美丽的校园，看到母校新建的篮球场、足球场、排球馆、冰室和大操场，这个操场是中国田联认证的操场，每次升旗仪式可以容纳近6000人，我由衷地感叹：101中的学生太幸福了！

101中校园有湖，冬天结冰就成了冰雪嘉年华的场地，周祎和体育老师把同学们带到湖面滑冰，吸引了众多的同学。陆云泉校长刚一宣布2020冰雪嘉年华活动正式启动，同学们就开始了精彩的表演。晨露计划花样滑冰国家集训队王新迪和穆尼热罗合曼带来了冰舞表演。两位花样滑冰小将伴随着动感的音乐，在冰上翩翩起舞。晨露计划花样滑冰国家集训队另一组队员王岳洋和李小希表演高难度的双人滑，冰上托举、旋转、跳跃，赢得一片掌声。冰雪嘉年华活动启动之后，校园湖面冰场将持续开放一段时间，同学们可以随时上冰。每年的12

月到次年1月，湖面冰场上都有很多人来滑冰。寒假期间，101中冰球队、滑雪队还将组织各类集训，以及参加全国第十四届冬季运动会单板滑雪项目的比赛等。

祎是美好珍贵的意思，周祎就像他的名字那样把美好带给学生，他还带领同学们到鸟巢冰雪嘉年华体验冰雪运动的乐趣，所有费用由学校埋单。打冰球守门员的技术至关重要，周祎费尽周折把北京市的优秀高中生冰球守门员招到101中学。

付出得越多，收获才越大，冰雪运动锻炼了孩子们的身体，增强了意志，提高了技术战术，2018年，全国中学生冰球邀请赛，101中荣获冠军；北京市中学生初中冰球校际联赛，101中荣获两次冠军；101中是北京名校，学生天赋很高，冰球社团创始人丛沛恩，现在是美国加州大学伯克利分校冰球队队长；18岁的王希岭同学一边打冰球一边拿了美国波士顿大学的录取通知书；高三的马思成同学2020年获得冰球运动健将；101中国际部高二学生陈子昂经常利用寒暑假到国外训练，冰球打得出类拔萃；初三学生安香怡出生于北京花样滑冰世家，她的父亲是中国早期的花样滑冰名将安龙鹤，退役后与朋友一道成立了教花样滑冰的世纪星俱乐部。花样滑冰的家学很关键，安香怡从小跟着父亲在冰场度过，摸爬滚打，耳濡目染，天赋极高。在近年来的几次全国成人组比赛中以完美的动作力压群雄，是中国女子花样滑冰的种子选手，获得亚洲女子花样滑冰单人滑冠军，具备在北京冬奥会上一展英姿的实力；在北京市第4届中小学生体质健康标准测试赛中，101中初中组获得第一名。

101中获得的体育荣誉不胜枚举，田径、女排、健美操、啦啦操经常获得全国冠军乃至世界冠军。近年来，北京101中高度重视校园冰雪运动，积极响应教育部、国家体育总局大力发展冰雪运动的号召，推动冰雪运动在校园的普及和发展，营造冰雪校园，助力冬奥运动。让每个学生都能喜爱冰雪运动，每个学生都能掌握一门冰雪运动技巧，是101中学冰雪运动的发展目标。

现在，北京市没有招收冰球特长生的综合类大学，只有北京体育大学和首都体育学院两所学校招收冰球特长生，有的学生想上综合类大学，大学不招收冰球特长生就会影响冰球项目发展。如果这个问题不解决，大学的门不对高中冰球、滑冰、滑雪体育特长生打开，家长怎么会放心让孩子练冰球、练滑冰滑雪？北京冬奥会之后冰球、花样滑冰、短道速滑这些项目势必仍然是东北孩子的天下。所以，我们不应该短视，应该让冰雪运动常态化。

奥运会上看到的很多美国运动员都来自大学，这是因为美国顶尖的体育人才基本上都来自学校尤其是高校，这和中国的体育人才培养模式形成了鲜明对比。在美国，学生们在校期间会被学校强制安排参加各种各样的体育活动。在某常青藤名校游泳馆，我看到墙上贴着学校历届学生获得游泳冠军、亚军、季军的名字和成绩，美国的体育教学深入人心。

在101中，有一个奥林匹克青年营，青年营营地主题雕塑是《放飞梦想》，雕塑融合了剪纸、风筝和祥云等中国传统文化元素，以两只腾空欲飞、优雅动感的风筝为造型，与"青年创造未来"诠释新一代青年积极向上的精神风貌。

2008年8月6日至17日，全世界204个国家和地区的470名优秀青年相聚奥林匹克青年营——北京101中学，营员们见证了第29届奥运会的辉煌时刻，亲身感受了中国传统文化，增进了了解和友谊。

101中作为北京市冰雪运动特色校、北京2022冬季奥林匹克教育示范校，以实际行动响应《北京2022年冬奥会和冬残奥会中小学生奥林匹克教育计划》，弘扬奥林匹克精神，提高广大学生对冰雪运动的参与热情和运动技巧，促进学生全面发展。

童年的冬奥时光

2021年10月27日，北京冬奥会倒计时100天，我大清早驱车向北京市电厂路小学出发。我曾经去石景山五里坨社区做公益，电厂路小学就在五里坨社区附近，原来是石景山发电厂的子弟学校，也是北京市第一个冬奥社区的辖区学校，具有开展冬奥教育的独特优势。

北京有一个说法："上风上水上海淀。"海淀区的名校居多，其次是西城区、东城区、朝阳区、丰台区……顺义区的牛栏山中学升学率很高，石景山区名校不多，电厂路小学地处石景山区的西部，离门头沟区只有一公里，生源中一半来自石景山区，一半来自外省，由于地理位置、生活环境、家庭背景等诸多原因，这所学校在教育上并不占有优势。

我8点多赶到学校，校长薛东和体育教师石晓军已经在校门口等候，薛东带领我参观了学校的奥林匹克橱窗、校园操场和冬奥会倒计时牌子，周立超老师陪同我参观了学校的冰壶馆、冬奥博物馆、手工制作室，与孩子们互动，给学校题字；体育老师丁筱陪同我参观了溜冰场、冰鞠场、冰雪运动器材室，看到了琳琅满目的冰雪器材，我感到这里的冬奥文化氛围十分浓厚。

上午9点30，体育老师齐熹带领同学们在操场上上体育课，他们一会儿压腿做准备活动，一会儿跑步，充满了青春朝气。接着，全校308名学生齐聚大操场，精神抖擞，意气风发。

操场的东侧是一个主席台，蓝色的屏幕打出字幕："北京2022冬奥倒计时100天暨冬奥英语戏剧展演"。同学们以表演英语戏剧的方式庆祝北京冬奥会倒计时100天，北京冬奥会召开适逢中国的春节，话剧的主题是《当冬奥遇上中国春节》，马上开始演出了，我看到几个孩子身穿不同的服装站在一边候场，他们胸前的衣服上分别印着中国、丹麦、加拿大、德国、韩国的国旗，这是五年级的学生，一个高个子穿红衣服的同学戴着假发，我问他："你是男孩子还是女孩子？"他一把摘掉假发，笑眯眯地看着我笑，他叫闫藤俊，扮演加拿大孩子。我给同学们拍摄了照片，鼓励他们大胆演出。

第一幕开始了，由7个五年级的同学分别扮演志愿者、丹麦人、韩国人、加拿大人、德国人和志愿者的爸爸、妈妈。纯英文演出，同学们的发音很标准，我都听懂了。

志愿者叫做艾丽娜，是一名中国记者，负责接待各国参加北京冬奥会的来宾。她从首都机场接来了丹麦人彼得、韩国人凯蒂、加拿大人科林、德国人菲利克斯后，对他们说："欢迎来到我们的首都北京参加2022年冬奥会。今天是中国的传统节日春节，我邀请你们到我家做客。现在请跟随我上车，去我的家石景山吧。"

他们路过天安门广场，外宾们赞叹：北京太美了。艾丽娜把外宾请到自己家，她的父母请外宾品尝龙井茶，热情地介绍龙井茶的产地和历史。丹麦朋友彼得介绍了丹麦很多不同种类的面包和开放式三明治；韩国朋友凯蒂介绍了韩国的泡菜和韩式烤肉的制作过程；加拿大朋友科林谈起了加拿大的国球冰球，加拿大国家冰球队在冬奥会上获得过9个男子冰球冠军；德国朋友菲利克斯介绍了德国运动员擅长的有舵雪橇和无舵雪橇。

志愿者艾丽娜向外国朋友介绍了中国优秀的花样滑冰运动员隋文静和韩聪。孩子们你一言我一语聊得欢畅，艾丽娜的爸爸妈妈为客人包饺子，告诉他们饺子是中国的传统美食。

外国朋友品尝完饺子，赞不绝口。艾丽娜的爸爸带领他们一起贴春联，对联上写着"迎接北京冬奥会"的字样，全体演员用英语说："预祝2022年北京冬奥会取得圆满成功！预祝所有运动员都能取得好成绩。欢迎五湖四海的朋友！"他们彬彬有礼鞠躬谢幕。

第二幕叫做《游法海寺》，第三幕叫做《石景山游乐园洋庙会》，孩子们以导游和小志愿者的视角用英语向外国友人介绍北京冬奥项目的运动员以及石景山游乐场洋庙会、春节民俗等传统文化。三幕英语话剧整整演了40分钟，同学们看得津津有味，话剧编排得太棒了，主要编剧构思是校长薛东，编剧是刘士荣、郭修玲、尹丽莎、张蕊老师。英语指导，第一幕是郭修玲老师，第二幕是尹丽莎老师，第三幕是张蕊老师。戏剧是2021年暑期布置的，开学开始合练将近两个月。

如果这台英语戏剧是在北京的景山学校、中关村一小、芳草地小学演出，我一点也不觉得惊讶，但这是在靠近门头沟的一所位于城乡接合部的小学，这里的学生有的还生活在低保家庭。这所学校没有高大上的校舍，也没有外教老师，最引人注目的是三个晾水塔，和我以前去过的五里坨社区的环境很相似，这是北京一所普通的工薪阶层的学校，只有3位体育老师，但是全校学生都会滑冰，都会打冰壶，都热爱奥林匹克，学生彬彬有礼，精神面貌焕然一新。

电厂路小学何以将冰雪运动开展得生龙活虎？是谁精心营造良好的校园体育活动氛围，弘扬奥林匹克精神，促进校园体育文化的发展？我把视点瞄向了这所学校的领军人物薛东校长。他是全国优秀教师、北京市第二批名校长、两届北京市体育学科骨干教师，对学校如何开展冬奥教育有更加专业、更加清晰的工作思路。

校长需要有一种教育思想，有学校发展的愿景，带领老师们为学校的孩子们搭建成长的舞台，让孩子们在学校积蓄充沛的成长力量，为今后的美好人生奠基，为孩子们的童年留下美好记忆。

薛东1975年出生于北京门头沟，从石景山师范学校毕业后，在石景山区先锋小学当体育老师，后来提拔为副校长。他擅长足球，喜欢冰球，热爱体育，2013年来到电厂路小学担任校长。2015年4月，他带领50名四五年级的学生到首都体育馆观看世界女子冰球B组联赛，一边看一边给学生讲解，同学们看得津津有味儿，激起了强烈的对冰球的兴趣。

3个月后，北京成功申办冬奥会，他跃跃欲试，谋划着在学校冰雪课上大展身手。2016年，他带领学生到石景山区冠军溜冰场滑冰；2017年，他带领50名学生租车到首都体育馆观看世界花样滑冰大奖赛。由于他经常带领学生观看冰球比赛，引起了北京市冰球协会工作人员的注意。他们问薛东："你们怎么来的？"

他憨厚地说："我们喜欢冰球，买票来观看，50元钱一张票。"

50元钱一张门票，50个学生就要2500元，加上租车、给学生买点饮料，看一次冰球就要花3000元。冰球协会的工作人员被感动了，对他说："以后别花钱了，我们给你们赠票。"

他乐不可支，更加积极地带领学生观看冰球比赛。他觉得中国的孩子不比任何国家的孩子差，只要你给他搭建平台，他就会有所作为。

冰雪运动烧钱，搞奥林匹克教育也需要钱，而电厂路小学的大多数孩子家庭并不富裕，他的原则是不让学生家长多花一分钱，没钱也要干，普及冰雪运动旱地化教学，打校际冰球联赛。一副冰球装备相当昂贵，他就给学生购买曲棍球塑料杆，教学生在平地上拨打塑料球，等学生掌握要领后，再买真冰球杆打塑料胶球。

薛东觉得学校教育品质的提升是发展的突破口。他以真诚赢得人心，有了平台机会就多，教师受益，专业就能发展。电厂路小学虽然规模小，薛校长要让老师看到更高的希望，学校抓住北京举办2022冬奥会的契机，借势借力，从2018年上半年起，他们探索并开发具有电厂路小学特色的冰雪课程。孩子们穿上轮滑鞋在操场硬地上练习滑行，轮滑和滑轮是有区别的，轮滑就是穿上带轱辘的鞋子在平地滑行，练好了就能在冰场滑冰；滑轮是穿上滑轮鞋，踩在长滑雪板上滑行，练好了10分钟就能到雪场滑雪。他们去过军都山滑雪场、乔波滑雪场滑雪，到首钢冰场滑冰，到阜石路的华星冰球场打冰球，还穿上运动鞋打陆地冰球，全校308名学生，一个也不能少。

全校学生打冰壶，开始是用塑料仿真冰壶，冰壶下面有轮子可以在平地上打，等学生了解冰壶原理掌握基本技法后，再到真冰壶场打。上一次真冰壶场两个小时就需要花4000元租金，他到处化缘，在石景山教委和广宁街道冬奥社区的帮助下，用200万元在学校建了一个冰壶馆，邀请冰壶世界冠军王冰玉来学校指导，国家冰壶队的队员也到学校练习打冰壶。一个同学告诉我："我打冰壶已经一年半了，冰壶是一项团队竞技的运动，需要队员们和队长团结努力，我在这里变得更乐观，交到很多朋友。"

北京冬奥组委积极支持电厂路小学的奥林匹克教育，给他们送冰雪运动比赛的票。2019年冰壶世界杯比赛在首钢举行，有3个学校的学生受邀观赛，其他两所学校的学生看了一会儿就走了，只有电厂路小学的学生坚持到最后，一场冰壶比赛两个半小时，孩子们为什么不肯离开，因为看得懂，看得上瘾。

电厂路小学的教师一专多能，我访问了电厂路小学的所有体育老师，石晓军老师负责冰壶教学，每天早晨7点10分至8点10分来学校的冰壶馆指导冰壶社团的学生打冰壶，还是电教老师，负责照相、摄像等电教业务；齐熹老师负责冰球教学和其他体育课；丁筱老师负责研究冰雪运动旱地化教学，还担任德育主任。这个26岁的女教师原来是薛东的学生，在薛校长人格魅力的感召下，现在一心一意搞好学校的体育教学，她申报的"北京冬奥会背景下的中小学冰雪运动旱地化教学实施研究"，获得北京市青年教师专项课题资助。我跟随丁筱老师去看冰雪旱地教学器材，见到了仿真冰壶，下面有轮子可以推动；还有塑料冰球杆、塑料冰球、自制雪车、冰蹴球……我还体验了学校的旱地冰球场地，从2018年3月，学校开展旱地冰球教学；2018年底，学校开展旱地冰壶教学，冰球、越野滑雪、轮滑、滑轮，搞得红红火火。

通过冰雪课程建设，为学生提供丰富的、可选择的学习内容，提供多样、开放的学习方式，发展学生个性，培养学生主动学习、终身学习能力。冬奥是平台，不是作秀，学生不是光会滑冰滑雪就行了，而是要德智体美劳五育并举。奥林匹克教育要面向每一个孩子，薛东非常重视让每一个孩子都有成就感，不落下一个孩子。学校建立了冬奥博物馆，讲解员换了十几个，学生讲解的过程就是受奥林匹克教育的过程；搞英语奥林匹克戏剧节，四五六年级各演出一幕剧；今天表扬了这几个孩子，下次就让其他孩子出镜，上光荣榜。冬奥教育积蓄能量，孩子们自信，敢于表达。

最近，意大利锡耶纳国际摄影奖2021年度最佳照片《生活的艰辛》令我非常感动，一个一条腿的父亲支撑着拐杖用双手举起没有下肢的儿子高兴地微笑。日本东京残奥会期间，政府组织学生去观看残奥会，邀请残奥会冠军来讲参加残奥会的故事，使青少年懂得如何帮助残疾人。

薛东觉得残奥精神是生命教育，珍爱生命，你有什么困难，我来帮助你。孩子们受到教育，看到残疾人会主动上前帮助推车。2021年11月18日电厂路小学首届冬残奥会举办了，学生们单脚打冰球、单手拿冰球杆，坐轮椅打冰壶，旱地雪车、单臂滑行，轮椅用塑料椅子替代，以此来体验残疾运动员的艰难。如果说奥运会是争金夺银，让你学会拼搏的话，那么残奥会教会你健全的人格，生命不息，奋斗不止。这样的大爱教育，孩子们见到残疾人不会歧视，而是主动帮助他们。

电厂路小学制定了针对不同年级的冰雪课程目标，基本完成了冰雪课程构建。现在，有些孩子能像蓄电池一样，把冬奥知识传递给家长、同伴甚至社区。除多次进行社区宣传外，学校的冰球队、冰壶队的孩子们多次走进社区，教授社区居民冰雪运动技能。在孩子们的带动下，高井路社区的冬奥教育活动蓬勃开展，学校还通过家长讲堂讲授邮票知识，开展学生、家长共同创意冬奥邮票活动。

2018—2020年，学校编辑了6本《冬奥有我》读本。

2020年1月，编辑了《冰雪知识》学生实践手册，把读本发给全校学生学习，也将读本赠送给了社区，扩大冬奥宣传范围。疫情防控期间，全校师生共同编辑了《一家一国 冬奥带我看世界》读本，印发给全校学生，供大家阅读、欣赏、分享。

要想让孩子们熟记冬奥知识，就要把冬奥与所学课程紧密相连。比如美术课不是单纯地画画，而是与冬奥吉祥物结合起来，画冰墩墩、雪容融，形象立体；英语课不是单纯教英语，而是用英语讲冬奥，亲切实用；数学课不是单纯讲算术，而是讲冰壶的测量和摩擦力……冰雪课程实施立足学校传统和实际情况，通过课程整合实施推进冬奥教育。两年来，学校有11位教师参与了语文与"冬奥融媒体小记者团"、英语与冬奥戏剧、数学与冰壶测量、科学与冰壶摩擦力、美术与冬奥吉祥物设计、综合实践与新首钢、传统文化与"冰嬉图"等国家、地方课程的课堂教学展示活动。

2019年，学校建立了"小小冬奥博物馆"，经过整理、分类，布展了60平方米的博物馆展厅，有手工创意、非遗作品、微缩景观、冬奥收藏、冬奥荣誉六个展区，摄影、衍纸、泥塑、剪纸、刻纸、绘画等9大类210件藏品。

学校冰雪运动校本课程内容主要体现为"2+8+5"模式。"2"代表全体学生每学年参加两次上冰或者上雪训练；"8"代表旱地冰球、旱地冰壶、越野滑轮、冬季两项、冰蹴球、轮滑、雪车、轮滑冰球等8个冰雪项目的个性化训练，旱地化实施，注重基础训练；"5"代表冰球、冰壶、越野滑雪、短道速滑、冬季两项5个真冰、真雪项目的专业化训练。2018年，在全员上冰的基础上，新的一、二年级也都进行了上冰训练，全体学生学习滑冰；2019年，有3个年级的学生实现了全员上雪。

在石景山区教委和广宁街道冬奥社区的支持下，2020年7月31日，电厂路小学成为全国第一所拥有真冰冰壶道的学校，冰壶馆利用率很高，不仅电厂路小学的同学可以打冰壶，周边的学校和居民都能免费来这里打冰壶。在冬奥社区的支持下，2019年，全校两个年级上冰训练，依托冬奥社区的冰壶场地、雪上乐园，实现全员上冰雪。

首钢有冰场，利用寒假亲子冰雪作业，让家长带领孩子走进冰场和雪场。在石景山区体育局的支持下，借助各项国际、全国、市、区比赛，把比赛当作免费上冰、上雪的机会。他们积极争取冬令营、奥林匹克体验日、冰雪嘉年华活动的机会……

学校冰雪运动训练主要与北京市冰球协会、北京市滑雪协会、北京市射击协会（负责冬季两项的射击项目训练）、"爱上雪"体育公司合作，以上单位都会选派专业教练到校指导，每周两次。按照学校体育工作计划，学校经常性组织冰雪旱地化项目的年级对抗赛。有4名学生被北京市滑雪协会选入越野滑雪集训队，2019年暑期进行了集中训练。

学校的特色冬奥课程包括"传统冰雪文化课程""冬奥加速度"课程、"冰雪旱地化实施系列课程""一家一国"课程、"冬奥组委和首钢"课程、"冬奥博物馆课程""冬奥手工课程"……优质课程达到了5门；课程开展的方式主要包括知识性学习、研究性学习、冰雪技能学习等；实施课程的时间主要包括班队会时间、体育课时间、课后"330"时间，针对各年级的学生在相同内容上进行了难点的分层；对于学生的安全教育工作，主要是按照学校德育和安全的各项制度执行，参加各项比赛会给学生上意外保险、签订家长安全责任书；课程考核办法执行的是学校教育每月考核方式，不单独考核；学校当地的特色主要是有首钢及冬奥社区，学校开展了"冬奥组委和首钢"的"研学"课程研究。

在系统建构、深入实施的基础上，学校举办了以"互动教育助奥运·丰富课程展特长"为主题的石景山区第一届冰雪课程建设研讨会，校园内和楼道里的冰雪艺术长廊展示了豆画、邮票、剪纸、泥塑、衍纸画、线绳画等学生作品。

每个班级教室内的冬奥主题板报也是冬奥宣传的亮点，内容丰富，涵盖了多项内容，包括中国冰雪文化、冬奥科技、冬奥英语、冬奥诗词、冬奥志愿服务、冬奥励志故事、冬奥观赛礼仪、冬奥与融媒体。学校还组织全校学生逐班进行参观，每个班级都有小讲解员讲解班级板报的设计意图，这样，不仅让学生观看和学习到了更多的冬奥知识，还锻炼了学生的语言表达能力。

学校一到五年级学生在操场上展示了旱地冰球、旱地冰壶、桌上冰壶等冰雪运动，6位教师进行了课堂教学展示活动，薛校长点子多，他在校园里搞冰雪文化，各具特长的学生都能在不同的平台上展示自己。校园生活丰富多彩，全面提升了学生素质。两年来，学校充分挖掘、利用各种资源，多次组织学生现场观看各项冰雪竞赛。

电厂路小学的学生有福了，他们观看"女子冰球世界锦标赛B组比赛"、KHL冰球赛、"全国冰壶冠军赛"、"电厂路小学冰球队与中国女子冰球队友谊赛"，走进鸟巢庆典广场和首钢园观看国际雪联越野滑雪大奖赛、走进鸟巢观看世界滑雪大跳台比赛、走进五棵松体育馆观看NHL中国赛……现场观赛开阔了学生的视野，学习了更多冬奥知识和观赛礼仪。

此外，学校还组织学生参加了2018、2019北京市中小学冬奥知识竞赛总决赛，荣获季军；2019北京市中小学生冬奥演讲比赛获得第四名；参加2019年北京市中小学冬奥夏令营；荣获2019北京市中小学奥林匹克艺术作品三等奖、2019北京市中小学生"我心中的冬奥吉祥物"设计征集活动三等奖；2018和2019年，学校分别参加了冬奥吉祥物的征集仪式和发布仪式；2018年11月2日，学校在首钢冬奥组委成立了第一届"小小冬奥组委会"，2020年，成立了第二届"小小冬奥组委会"；中国冰雪大会、冬博会、奥博会、奥林匹克纪念日、全民健身日展示、冬奥宣传片拍摄、奥运十年宣传片拍摄、"冬奥有我爱上冰雪"等几十项活动，有冬奥活动的地方，就可以看到电厂路小学孩子们的身影，活动让孩子们增长了见识，开阔了视野。

通过几年的冬奥教育课程实践，追求卓越、超越自我、以奋斗为乐的奥林匹克精神已深入学校师生内心。"冬奥教育"课程的开展，受到了国际奥委会、国际各冰雪组织、国家体育总局、市教委的高度认可，同时，冬奥教育课程建设不仅为学校发展注入了新的活力，为实现课程育人奠定了坚实的基础，开辟了新的路径，课程实施成效显著，还探索出了一条适合学校课程建设的特色之路，促进了学校教育品质持续提升，成为石景山区教育系统一道亮丽的风景线。

学校在北京市、全国有了一定的知名度和影响力，成为全国冬奥教育的品牌学校，北京市委书记蔡奇，副市长张建东、卢彦，国际奥委会副主席胡安·安东尼奥·小萨马兰奇等亲临学校观摩冬奥教育开展情况；中国第一个男子短道速滑奖牌获得者李佳军、中国速度滑冰女运动员王北星、冰壶世界冠军王冰玉、花样滑冰冬奥会冠军申雪、残奥会冠军刘玉坤也莅临学校指导；2020年学校被评为全国"冰雪运动推广示范单位"，2019年学校被教育部命名为全国奥林匹克教育示范学校，为石景山区服务保障冬奥会、全力打造首都冰雪进校园特色区作出了突出的贡献。

学生在冬奥教育这个舞台上，开阔了视野、增长了见识，更加自信、阳光；有了自己心中的冬奥榜样，激励自己不断前行；有了自己的人生目标和奋斗目标，小到学习目标、生活技能目标，让孩子感受到参与体育的快乐，对体育有兴趣，能够帮助他们从小培养终身运动习惯，收获健康的生活方式；学会不断挑战自己，超越自我，增强责任感。

他们发挥辐射作用，引领全国冬奥教育深入发展，向全国推广冬奥教育。目前，电厂路小学与全国17个省市、自治区、直辖市、香港的小学签订了"奥林匹克教育战略合作协议"，推广冬奥教育。今后的目标是扩大到全国所有的省市，将冬奥教育广泛推广，共同迎接北京冬奥会的到来。电厂路小学2019年迎接了江苏、安徽、河北、山东等省市的学校校长、教师访问团，一起交流奥林匹克教育和冰雪运动的开展，学校毫无保留地将各种资料提供给各个单位。

学校被国家体育总局评为"冰雪运动推广示范单位"，国家体育总局苟仲文局长在颁奖现场为北京石景山区电厂路小学授牌。

2019年，京津冀中小学奥林匹克教育及校园冰雪运动推广经验交流会在北京举办，北京市各区教委相关负责人、北京市113所市级冰雪特色学校、107所奥林匹克教育示范学校的校长和骨干教师，以及来自河北和天津体卫处领导和学校代表参加活动，薛东校长做大会发言；河北和天津体卫处领导、100多位京津冀校长和骨干教师到电厂路小学现场观摩了奥林匹克教育特色主题活动。

正因为我在江西省兴国县东村乡支教的小学农村孩子不知道北京冬奥会，所以我特别关注奥林匹克教育的普及和推广，欣赏电厂路小学的学生到张家口崇礼的学校教同学打冰壶、冰球，同龄孩子之间的传授是对奥林匹克精神的传承和发扬。电厂路小学与张家口崇礼乌拉哈达小学、西甸子小学，延庆姚家营中心小学，海淀羊坊店中心小学等10多所学校成立了"奥林匹克教育联盟"。

2019年3月，学校还带领学生走进张家口崇礼的两所小学进行了3天的冬奥志愿服务，2019年8月，崇礼的孩子们也来到电厂路小学进行了1周的奥林匹克教育手拉手活动。志愿服务活动提高了孩子们的生活自理能力、增强了责任意识，孩子们的语言表达、交流沟通能力及自信心得到了展现；孩子们将拥有的冬奥知识、冰雪技能、奥运精神进行了传播；孩子们在整个活动过程中表现出来的热情、大方、有礼受到了组织方及接待学校的赞许。孩子们通过参与冬奥、助力冬奥，不仅自己越来越自信，自主管理能力增强，还承担冬奥志愿服务，带领家人、同学、小伙伴一起积极参与奥林匹克教育，学习奥林匹克知识，感悟奥林匹克精神，传播奥林匹克文化，贡献自己的智慧和力量，成为合格的冬奥"小使者"。

"小小冬奥组委"主席鞠雅萱同学将到崇礼参与冬奥志愿服务的故事，写成了演讲稿参加北京市中小学生冬奥演讲比赛，她的演讲用真情真实演绎了一个冬奥志愿者的自信和阳光，感染了每一名现场观众。电厂路小学把冬奥宣传推向家庭和社区,开展了"冬奥志愿家庭"活动。疫情防控期间,62户家庭作为第一批志愿家庭开展了系列线上培训,已开展了更多的冬奥志愿服务实践活动。在冬奥社区开展了"冬奥知识网上答题""冬奥集卡""冬奥祝福语征集"等活动,学校都积极组织学生和家长一起参与,增进了家长们对冬奥会的了解、对奥林匹克教育的认识。积极组织家长和孩子一起现场观赛,引导家长也能和孩子们一起,进一步了解冰球、冰壶等比赛相关知识、比赛规则、观赛礼仪,成为了懂项目、会观赛的"专业观众";在对家长和学生进行爱国主义教育的同时,加强了国际理解教育,提升了学生及家长的国际意识和交往能力,引导他们树立奥运会东道主意识和人类命运共同体意识,展现中国学生和家长热爱和平、友好热情的精神风貌。

2019年12月,国际奥委会副主席胡安·安东尼奥·小萨马兰奇等官员、国际冰雪组织各单项负责人、国家体育总局领导、冬奥组委领导走进学校观摩冬奥教育开展情况。胡安·安东尼奥·小萨马兰奇副主席对学校的冬奥教育开展情况给予了高度的评价。

受邀访问奥林匹克特色校是我的荣幸!

奥林匹克精神不仅关乎顶尖运动员和奥运会,还应该植根于校园。"这是一种生活方式,孩子们眼中闪烁着光芒,我们看到了他们对冰雪运动的热爱,这令我们兴奋和自豪。"

希望电厂路小学的孩子们"学习好,运动好,还要好好努力!"

胡安·安东尼奥·萨马兰奇
2019年12月13日

2021年,学校编辑出版了《北京2022奥林匹克教育与我》一书,总结了北京2022年冬奥开幕前几年,学校奥林匹克教育工作的开展情况;进一步扩大学校影响力；作为奥林匹克教育遗产，为今后兄弟学校开展奥林匹克教育提供借鉴。

由于电厂路小学在奥运上的突出成绩，2019年，被教育部命名为全国奥林匹克教育示范学校；2020年，被评为全国冰雪运动推广示范单位、北京教育学院体育与艺术学院课程实施基地校。

薛东让我给他们的新书《童年的美好记忆——我的冬奥之旅》写序，尽管我非常忙，但是毫不犹豫地答应了，我想把爱的火种播撒在孩子们心田，鼓励他们从小学会大爱。

薛东像一团火，燃烧自己，照亮别人，这就是奥林匹克精神！

冬奥会倒计时100天，作者采访电厂路小学薛东校长（右）

尾 声

北京冬奥会在紧锣密鼓的筹备中，中国的政策是"全项目参赛"。设有滑冰（速度滑冰、短道速滑、花样滑冰）、滑雪（高山滑雪、越野滑雪、跳台滑雪、自由式滑雪、单板滑雪）、冬季两项、冰球、冰壶、雪车、雪橇7个大项15个分项109个小项。"十四冬"是中国运动员备战北京冬奥会的演兵场，通过举办"十四冬"，我们找到了差距，看到了努力赶超的方向。

诚然，中国不是冰雪运动强国，存在着冰强雪弱的特点。但是，我们筹办冬奥会的过程就是向世界冰雪强国学习的过程，奥林匹克重在参与，东京奥运会上，国际奥委会主席巴赫宣布，把奥林匹克的口号从"更快、更高、更强"修改为"更快、更高、更强、更团结"。

体育无国界，在世界百年未有之大变局背景下，全球治理面临新的巨大挑战，人们更加需要携起手来，团结一致，齐心协力。

2022年北京冬奥会提供了一个很好的机会，让中华文化能够在世界上展示出来。这次赛事的举办和2008年举办北京奥运会的时候还有点区别，因为当时我们的国际地位跟今天相比还有很大的差距。经过这么多年发展，特别是"十八大"以来，我国综合国力得到大幅度提升，国际影响力也有很大改观。所以利用冬奥会的这个机会，可以更自信地来展现我们中华的文化、中国的色彩。中华文化主张在各个文化之间和谐共存、共同发展，中华文化没有侵略性，她非常包容，这是当今世界特别需要的。我们传播中华文化，也要有这种理想，有这种信念。我们是为了全人类共同的福祉，为了人类的和平发展，我们是人类的命运共同体。

奥运主题口号作为一届奥运会重要的标志性核心内容，越来越受到国际奥委会和举办城市的重视，也成为每届奥运会举办理念的集中体现。

2001年9月7日，联合国大会通过决议，决定自2002年起，国际和平日为9月21日。决议中提到："宣布此后，国际和平日应成为全球停火和非暴力日，并邀请所有国家和人民在这一天停止敌对行动。"

2021年9月17日，2022年北京冬奥会和冬残奥会发布的口号是"一起向未来"，14年前，北京2008年奥运会的口号是"同一个世界，同一个梦想"，我非常喜欢这两个口号，只有团结一致才能有美好的未来。

就在同一天，为庆祝世界和平日，由中国世界和平基金会、北京国际和平文化基金会与联合国教科文组织、驻华使团等机构共同举办的第八届"和苑和平节"暨第三届全球青少年摄影比赛结果揭晓在北京隆重举办。我应邀出席会议，亲眼看到来自100多个国家的政要、驻华使节、政府官员、国际组织代表、社会组织负责人、各界人士和青年代表们参加了这次盛会，在共同放飞和平鸽之后，就和平对话、文明合作、抗击疫情、青年空间等主题发表精彩演讲。联合国教科文组织官网对本次活动进行了全球直播，据不完全统计，线上有9000余万人观看了庆典活动。

晚上，我出席了和平之声音乐会，聆听了中央歌剧院著名歌唱家和各国驻华外交官一起演唱意大利歌剧、俄国歌曲、德国歌曲。聆听歌剧首先要懂得剧情，当我听到各国外交官用英语、俄语、德语、意大利语、西班牙语喊出"我爱你""爱和平"时，心情无比激动。文艺与体育是人类共同的爱好，可以跨越国界。为什么和平节这么受欢迎，因为全世界人民都热爱和平，我们要的是和平、信任、团结与可持续发展，而不是霸权、侵略、抵制与制裁。

和平发展是全人类共同的使命，也是中华民族的根本利益所在。将不同文化、民族及社会背景的人们聚集在一起，共同找出涉及种族及文化方面的偏见，并探讨解构及挑战它们,而奥运会正是加强团结、促进和平发展的最好契机。

望着天空中飞翔的和平鸽,我即兴赋诗:

七律·咏第八届和苑和平节

满目芳菲歌国泰,丹枫烂漫笑盈开。
凤麟鸽阵飞环宇,锦绣中华友谊栽。
圣火冰花昌盛赛,春雷冬奥筑英才。
八方山水携膀臂,四海宾朋和睦来。

冬奥会不仅是体育的盛会,更是文化的盛会,北京冬奥会是历史赋予中国的一个契机,我们要用中国文化去影响世界,让我们携手一起向未来!

后 记

  1896年在希腊雅典举行的奥林匹克运动会至今已有125年的历史。奥林匹克的宗旨是制止战争，消除隔阂，呼唤和平与发展。"百年奥运"，是现代国际社会文明发展史上的一座丰碑，是以体育运动为平台和载体，全世界不同地域、不同文化、不同信仰的人们的欢聚一堂的世界性盛会。奥运会4年一届，根据比赛项目的不同分为夏奥会和冬奥会。冰雪运动极具挑战性和观赏性，使得冬奥会更加令人期待。

  2008年，中国北京成功举办了夏季奥运会。2015年7月31日，中国成功申办2022年北京冬奥会，北京成为有史以来世界唯一一个既举办过夏奥会又将举办冬奥会的双奥城市。

  14年前，我有幸应北京奥组委邀请，受中国作家协会委派，全程跟踪采访了2008年北京奥运会，创作出版了长篇报告文学《五环旗下的中国》；14年后，我与奥运会再续前缘，又有幸在中国作家协会和北京冬奥组委的关心支持下，对北京冬奥会北京、延庆、张家口三大赛区的冬奥场馆建设工程，北京冬奥会7个项目的竞赛主任进行深入采访，后来又奔赴冰雪运动强省黑龙江和吉林，在哈尔滨采访速度滑冰、冰球和自由式滑雪；在齐齐哈尔采访中国冰球之乡；在七台河采访中国短道速滑之乡；在亚布力雪场采访高山滑雪和越野滑雪；

在长春和吉林市采访奥林匹克教育和推动青少年上冰雪，在教练指导下体验越野滑雪。在黑龙江除了采访冰雪运动，我还探究如何用冰雪运动产业推动黑龙江省的经济发展；在张家口崇礼除了采访场馆建设，我还挖掘冬奥会促进崇礼经济发展的真实故事。采访历时3年半，深入生活最久的单位就是延庆国家高山滑雪中心和国家雪车雪橇中心，我在那里蹲点采访，连春节都在延庆冬奥场馆度过；我还奔赴加拿大、英国、挪威、瑞典、芬兰、丹麦、奥地利等国家，在雪场和冬奥场馆与外国朋友聊天，观察冰雪运动强国的现状。

冰雪聪明这个词汇比喻人聪明非凡，出自唐代大诗人杜甫的《送樊二十三侍御赴汉中判官》。杜甫诗曰：冰雪净聪明，雷霆走精锐。

走南闯北采访冰雪运动，我切身感受到冰雪运动的大美，深深感谢冰雪运动强省黑龙江、吉林体育工作组织者和教练对众多优秀中国冰雪运动员的培养，感谢北京冬奥会对三亿人上冰雪的推动，感谢奥林匹克教育对中国人爱心的熏陶。一个终生与冰雪做伴、与冰雪拼搏的人，其灵魂势必被熏陶得晶莹剔透聪明非凡。参加冰雪运动，不仅能锻炼人的体能，而且能增强人的意志。

是中国成功申办北京冬奥会给予我机会，是北京冬奥组委和中国作家协会的信任支持，使我这个以往只见过北京什刹海、颐和园冰场，对冬奥会一无所知的人，走进、接触、了解了世界冰雪运动。所到之处，所有的冬奥建设者、设计师、运动员、教练员、环保专家、体育老师、体育工作组织者、奥林匹克教育工作者、爱国华侨，都给了我热情无私的帮助。感谢国家体育总局、北京冬奥组委所有帮助我联系采访的人，感谢所有接受我采访的冬奥相关人士，感谢国际奥委会副主席小萨马兰奇在百忙中接受我的采访，我忘不了他们。

我先后采访了200多人，终于完成了50多万字的长篇报告文学《中国冬奥》。拙作杀青之际，我毫不犹豫地交给了人民文学出版社，昔日我写国家西气东输工程建设的72万字的长篇报告文学《中国动脉》、描写中国筹办2008北京奥运会的42万字的长篇报告文学《五环旗下的中国》都是在这家出版社出版，令我感动的是我的这三部长篇报告文学都是中国作家协会的重点扶持作品，经历了人民文学出版社刘玉山、潘凯雄、臧永清三位社长审阅，他们都将拙作作为该社重点书籍隆重推出，都说出了"要一路绿灯"这同一句话。中国出版集团原总裁、人民文学出版社原社长兼总编辑、韬奋基金会理事长聂震宁老师不仅在电视台热情推荐我的新书，而且向孙晶岩老区工作室图书馆捐赠了他写的三本著作。

感谢中国作家协会和北京冬奥组委的鼎力支持，感谢人文社臧永清社长、孔令燕副总编的热情扶持，感谢杨新岚、陈悦、徐晨亮老师的精心编辑，感谢著名文化学者、作家、画家、社会活动家冯骥才，全国政协常委、国际著名雕塑家、法兰西艺术院通讯院士、中国美术馆馆长吴为山先生联袂对拙作的热情推荐，感谢我的家人对我的支持，《中国冬奥》即将与读者见面了，但愿这部书能够告诉读者一个真实的中国冬奥故事，为推动中国三亿人上冰雪出力。

孙晶岩

2021年11月29日初稿

2022年1月9日定稿